Angela Kämper
Sphärenspringer

Angela Kämper

Sphärenspringer

Spiritueller Roman

Bibliografische Information der Deutschen Nationalbibliothek: Die Deutsche Nationalbibliothek verzeichnet diese Publikation in der Deutschen Nationalbibliografie; detaillierte bibliografische Daten sind im Internet über http://dnb.dnb.de abrufbar.

Das Coverbild – eigentlich ein großer Wandteppich – wurde freundlicherweise von der Bielefelder Künstlerin Dorothea Jacobsen-Nolting zur Verfügung gestellt: Evolution 2, Bildwirkerei Hochwebstuhl 240×150 cm. Vielen herzlichen Dank.

Lektorat Teil 1 und 3: Ute Kleinelümern

Verlag: BoD · Books on Demand GmbH, Überseering 33, 22297 Hamburg, bod@bod.de

Druck: Libri Plureos GmbH, Friedensallee 273, 22763 Hamburg

ISBN: 978-3-8192-2764-6

Dieses Buch widme ich Astrid Dittmar-Sellin, die mir
mir ihrem offenen Herzen und ihrem Lachen im
Lebensgarten Steyerberg den Rahmen für einen
äußeren und inneren Ort zur Verfügung gestellt hat,
an dem ich diese wundervolle Reise unternehmen
und aufschreiben konnte.

Mit herzlichem Dank und Liebe ... wo immer Du
jetzt bist.

Werner Heisenberg:

"Der erste Trank aus dem Becher der Naturwissenschaften macht atheistisch, aber auf dem Grund des Bechers wartet Gott."

Daniel Meurois-Givaudan:

"Alles was uns vereint, lässt uns wachsen. Es lenkt unsere Aufmerksamkeit auf das subtile Netz der Offenbarung, von der göttlichen Intelligenz gewebt, um den Menschen aus allen möglichen Kulturen zur Bewusstseinserweiterung zu verhelfen."

Teil 1

1

Ming Chen löste seine drei Finger von der Innenseite des Handgelenks. Herr Wang war ein schlanker, fast zartgliedriger Mann jenseits der siebzig. Sein Puls war für sein Alter außergewöhnlich kraftvoll. Sein Nieren-Qi hatte die Kraft eines gesunden Dreißigjährigen. Es würde Ming Chen leicht fallen, Qi in die Lungen umzuleiten, da in den anderen Energiesystemen ausreichend Lebensenergie vorhanden war.

Ming Chen bat den alten Herrn auf der Liege Platz zu nehmen und es sich dort bequem zu machen. Er sollte nur zuvor sein Hemd ausziehen. Herr Wang bekam einen heftigen Hustenanfall. Wegen seines schweren, nun schon bereits drei Wochen andauernden Hustens war er zu dem Arzt für Traditionelle Chinesische Medizin gekommen, der über die Grenzen von Chengdu hinaus bekannt war.

Ming Chen arbeitete in der letzten staatlichen TCM-Klinik. Vor zwanzig Jahren hatte es in Chengdu, damals auch schon eine Millionenstadt, noch zwölf weitere TCM-Kliniken gegeben. Im Laufe der Jahre waren sie nach und nach dem rasanten Trend der Chinesen zum Modernen und Westlichen zum Opfer gefallen.

Vor vielen Jahren hatte sich Ming Chen noch über seine Kollegin gewundert. Er fand die Ärztin im Arztzimmer liegend. Sie hing am Tropf und gab sich selbst eine Infusion gegen eine bei ihr aufkommende Erkältung. Kurz zuvor hatte sie noch bei einem sechsjährigen Mädchen erfolgreich eine Akupunkturbehandlung durchgeführt. Das Kind litt unter dem "kalten Gesicht", wie traditionell epileptische Anfälle genannt wurden. Die noch junge Ärztin war über die Stadtgrenzen hinaus bekannt für ihre erfolgreiche

Akupunktur-Behandlung von Epilepsie, insbesondere bei Kindern. Und sie selbst nahm nun ein chemisches Pharmazeutikum gegen eine solche Lapalie. Ming Chen hatte schon einige Zeit das Gefühl, dass mit den ungemein beschleunigten gesellschaftlichen Veränderungen in China auch ein aus seiner Sicht unglückseliger Umbruch in der Medizin vor sich ging.

Ming Chen war Arzt für Traditionelle Chinesische Medizin in vierter Generation. Er hatte auch Schulmedizin studiert, sogar mit großer Freude. Er hatte das umfangreiche Wissen über den physischen Körper und seine Funktionsweisen förmlich aufgesogen. Doch die Anatomie und Physiologie hatte sich stets unter seine eigene Wahrnehmung des Energieflusses im Menschen gelegt. Ming Chen spürte und wusste einfach, dass und wie Qi durch den Körper von Lebewesen fließt – es sei denn, es lagen Energieblockaden oder Qi-Mangel vor. Wie sein Vater, sein Großvater und ein Urgroßvater war er zudem Qigong-Meister. Er konnte die universelle Lebensenergie konzentrieren und über seine Hände in seine Patienten leiten, um die krankmachenden Störungen mit Hilfe des Qiflusses in den Meridianen zu beheben.

Seine Kommilitonen an der medizinischen Fakultät in Chengdu verließen sich lieber auf Apparate und chemische Pharmakologie. Kaum noch einer von ihnen konnte noch das Qi erspüren, geschweige die Energie konzentrieren und verstärken. Für Ming Chen war bei der modernen Medizin die Behandlung von den Händen in den Kopf gerutscht. Computertomografie und Magnetresonanztomografie statt Pulsdiagnose. Antibiotika, Beta-Blocker und Chemotherapie statt Heilkräuter, bewusster Ernährung, Akupunktur und Moxibustion. Aber dieses Rad konnte niemand zurückdrehen. Er hätte sich so sehr ein Miteinander dieser beiden Richtungen gewünscht, aber das alte Wissen wurde mehr und mehr verdrängt.

Ming Chen konnte nur mit innerer Gelassenheit die Zeit an sich vorbeiziehen lassen. Für sich hatte er in der kleinen verbliebenen TCM-Klinik seine Oase gefunden. Still war er meistens, fast schweigsam. Aber Ming Chen lachte auch gerne. Jeden Samstag gönnte er sich eine Zigarre und einen Whisky, dazu für gewöhnlich einen klassischen amerikanischen Spielfilm oder einen Science-fiction – bis dahin hatte seine eigene Verwestlichung gereicht. Er liebte dieses Ritual.

Darüber hinaus faszinierte Ming Chen die Astrophysik. Es bereitete ihm die Vorstellung eine tiefe innere Freude, dass einzelne Planeten in gewaltigem Tempo und unvorstellbar schneller Eigenrotation wie hektische Nomaden durch den Weltraum sausten. Er spürte darin im Großen einen Ausreißer des Qi-Stroms in seinen Patienten. Und dann Chinesen, die auf der abgewandten Seite des Mondes herumliefen. Allein das Bild setzte ihm ein Lächeln in Gesicht und Herz. Was immer die Partei damit vorhatte. Aber Politik war nicht so sein Ding. Nicht weil er Angst gehabt hätte, nein. Sondern weil er sich durch und durch als Taoisten sah. Auch der Archäologie war Ming Chen zugetan. Nur – über sein eigenes Land wurde für seinen Geschmack leider viel zu wenig publik gemacht.

Nun lag Herr Wang auf seiner Behandlungsliege. Herr Wang lebte mit seiner Frau nun schon seit einigen Jahren in der südchinesischen Stadt Guilin in der Provinz Guangxi. Früher hatte Herr Wang mit seiner geliebten Frau in einem Dorf am Fluss Li gelebt. Ehe sich China geöffnet hatte und die Touristen in immer größeren Scharen gekommen waren, war Yangdixiang noch ein beschaulicher Ort gewesen. Der Li schlängelte sich gemächlich um die spektakulären Kalkstein-Karsthügel, die wie unzählige grüne Gugelhupfe steil aus einem Mosaik aus Reisfeldern aufragten. Damals fischten die Fischer auf den schmalen Bambusflößen tatsächlich noch mit ihren Kormoranen ihren Lebensunterhalt aus dem Fluss. Inzwischen dienten die Fischer nur noch als romantische Fotokulisse für die Touristenmassen.

Damals war Herr Wang Geschichtenerzähler, bis vor gut fünfzehn Jahren auf dem Land ein geachteter Beruf. Jeden Tag ging Herr Wang in einem der umliegenden Dörfer auf den Markt - manchmal musste er mehrere Stunden dorthin laufen. Er hatte sein Auskommen und konnte sich und seine Familie, seine Frau und seine zwei Kinder, ernähren. Aber er verdiente niemals genug, um sich ein Boot leisten zu können. Mit einer Bootsfahrt auf dem Li hätte er den Weg zum nächsten Dorf erheblich abkürzen können.

Doch Herr Wang war ein stets freundlicher und bescheidener Mann, der niemals über sein Leben klagte. Er liebte seinen Beruf, er liebte das Geschichtenerzählen. Auf jedem Dorfmarktplatz hatte er seinen festen Platz unter einem Baum und erzählte seine Geschichten von Drachen und anderen mystischen Wesen, aber auch Liebesgeschichten und allerlei Abenteuer. Höchst angespannt schweigend, manchmal unterbrochen von ausprustendem Lachen, manchmal von erstauntem "Ooohhh", lauschten die Marktbesucher seinen Worten. Und wenn er fertig war, gaben sie ihm ein paar Yuan für seine Kunst.

Herr Wang erzählte von Liebe und Leid, von Zwietracht, Verlust, Hoffnung und Versöhnung. Eines jedoch unterschied Herrn Wang von anderen Geschichtenerzählern: Seine Geschichten hatten immer ein offenes Ende. Es lag also in der Verfassung des Zuhörers, ob seine Geschichten einen guten Ausgang nahmen oder nicht. Ob das schöne Mädchen seinen Prinzen bekam oder nicht. Ob der verschlagene Kaufmann Gong in den verzweifelten Ruin getrieben wurde oder ob er noch reicher wurde. Es gelang Herrn Wang, so lebendig zu erzählen, dass die Figuren in den Köpfen seiner Zuhörer zu atmenden Wesen wurden. Sie wurden ihnen so vertraut, dass sie im Kopf nach dem geschickten Erzählende weiterlebten. Jeder ließ die Figuren in seinen inneren Bildern weiter agieren. Seine Zuhörer waren stets sehr zufrieden nach dem Vernehmen seiner letzten Worte. Auf dem Nachhauseweg war jeder Zuhörer durch Herrn Wangs Erzählkunst angeregt seine Gedanken mit seinem für ihn passenden Ausgang der Geschichte zu füllen – und bei manchem auch sein Herz.

Darüber hinaus stießen Wangs ungewöhnliche Geschichten bei den Dorfbewohnern, die alle nur ihre kleine Welt am Fluss Li kannten, viele neue Gedankentore auf. Wo vorher Stillstand im Geist geherrscht hatte, konnten nun wieder Gedanken, Bilder und Qi fließen.

Wie nun bei der Akupunkturbehandlung durch Dr. Ming Chen. Herr Wang hatte nur wenig Geld. Seine beiden Söhne zahlten zwar seine Miete und seinen Lebensunterhalt, aber er selbst hatte keine eigenen Einnahmen mehr. Eine Rente gab es nicht. Und so hatte er wirklich nichts überher. Auch nicht für seine Gesundheitsversorgung oder die seiner Frau. Herr Wang hatte sich geschworen, nur im äußersten Notfall seine Söhne um weitere Unterstützung zu bitten. Sie hatten schließlich ihr eigenes Leben. Und so hatten die beiden Männer eine Abmachung getroffen: Herr Wang bezahlte seine Akupunkturbehandlung mit einer Geschichte.

Ming Chen hatte bereits die ersten Nadeln gesetzt, als Herr Wang fortfuhr: "...und nun musste der Junge irgendwie versuchen, diesen goldenen Sonnenstrahl durch das Nadelöhr zu lenken."

In diesem Moment setzte Dr. Chen eine Nadel schräg von oben sanft, aber bestimmt, hinter die obere Einbuchtung von Herrn Wangs Brustbein, Punkt REN 22, tiān tú, was so viel wie "Himmelsvorsprung" bedeutet.

In Ming Chens Kopf verschmolz der Sonnenstrahl aus der Geschichte mit der Akupunkturnadel zwischen seinen Fingern. Das erzählte Nadelöhr des Jungen legte sich in die kleine knöcherne Bucht von Herrn Wangs Brustbein. Sein eigenes Qi, das er stets sanft in die gesetzten Akupunkturnadeln leitete, ergoss sich immer stärker in die Nadel. Bald war es vollständig mit dem goldenen Sonnenlichtstrahl verschmolzen. Immer stärker wurde der Energiefluss, erfasste Ming Chens Arm, Brust, und bald seinen ganzen Körper. Ming Chen verlor komplett die Kontrolle über das, was hier geschah. Alles sog die Akupunkturnadel auf. Der Qigong-Meister, sonst so geübt in der Lenkung des Qi, fühlte Stück für Stück seine Energie schwinden. Verschwinden durch diese dünne Metallnadel hindurch, die hinter dem Brustbein von Herrn Wang steckte. Dieser Qi-Strom floss immer schneller. Als letztes zog dieser Sog an seinem Kopf. Es fühlte sich an, als würde sein Gehirn eingeschmolzen. Es tat nichts weh, war nicht mal besonders unangenehm. Es war nur höchst fremdartig, seltsam. Und entzog sich komplett seinem Willen.

Dann wurde Ming Chen schwarz vor den Augen.

* * *

Ming Chen findet sich auf einer Art schwarzem Untergrund wieder. Dort liegt er auf etwas, das er nicht kennt, nicht weich, nicht fest. Und er sieht nichts. Es ist stockfinster um ihn herum. Absolut still und dunkel.

Oder doch nicht? Ming Chen versucht sich die Augen zu reiben. Doch er tastet ins Leere. Er spürt sich. Doch er kann sich selbst nicht berühren. Obwohl er sich spürt, spürt er nichts. Seine Wahrnehmung scheint sich allmählich an die neue Umgebung zu gewöhnen. Der Qigong-Meister beginnt etwas zu sehen. Sehen ist zu viel gesagt. Eher zu ahnen. So wie er das Qi spüren und fast irgendwie sehen kann. Es ist immer noch dunkel, doch zugleich fühlt er alle und keine Farben. Es leuchten die bezauberndsten Pastelltöne auf, als würden immer mehr Sonnen mit pastellenen Strahlen scheinen. Gleichzeitig ist seine Umgebung ohne Farbe, aber ohne schwarz zu sein.

Dann erklingen die weichesten und harmonischsten Töne, die Ming Chen je vernommen hat. Schwingungen, die er fast sehen kann. Töne, vielleicht auch Stimmen dabei, die alles tragen und halten und stützen. Und dennoch ist es still, eine unendlich tiefe Ruhe.

Ming Chen versucht, sich zu bewegen. Er spürt seinen Fuß zwar, aber sieht ihn nicht. Ihm ist als schwebe er im leeren Raum. Gleichzeitig hat er Halt. Er setzt seinen rechten Fuß vor. Und tatsächlich spürt er Halt unter seinem rechten Fuß. Der Halt leuchtet wie in fluoreszierendem Blau unter seinem Fuß auf. Da ist also etwas! Er setzt seinen linken Fuß vor und wieder findet er Halt auf oder in etwas kurz blau Aufleuchtendem.

Es erinnert Ming Chen an fluoreszierende Algen an Strand. Als er mit seiner Frau in Libeng am Strand des Gelben Meeres einmal nachts spazieren gegangen war, leuchteten bei jedem ihrer Schritte in dem feuchten Sand die in Kontakt und Bewegung geratenen Algen grün fluoreszierend auf.

Aber wo er jetzt ist, hier ist kein Sand, kein Strand, kein Wasser. Der Raum um ihn herum ist leer und doch ist der Raum da. Als würde sich dort, wo er etwas berührt oder berühren will, das entstehen, was er braucht - wie jetzt ein Boden unter seinen Füßen, um sich fortzubewegen. So setzt Ming Chen Fuß vor Fuß in dem für seinen Verstand leeren Raum. Jeder Schritt wird von etwas kurz blau Aufleuchtendem sicher gehalten. Nicht im Entferntesten kann Ming Chen begreifen, was hier vor sich geht.

Er tastet vorsichtig mit seinen Händen durch die Luft – ja, oder was auch immer ihn hier umgibt. Das lässt ihn sogar atmen. Es fühlt sich leer, aber zugleich auch flüssig an. Die Bewegungen seiner Hände hinterlassen farbige Schlieren um ihn herum. Dort wo seine Hände durch diese flüssige Leere streichen, wo sie die gallertartige Flüssigkeit zu berühren scheinen, flammt bläulich fluoreszierendes Licht auf. Wie bei seinen Füßen. Aber sich gegenseitig anfassen können sich seine Hände nicht. Als würden sie durch einander hindurchgehen. Als wären sie nicht da – obwohl Ming Chen sie deutlich spürt und nun auch die Auswirkungen ihrer Bewegung als Farbschlieren sehen kann.

Wo ist er nur hingeraten? Was ist mit ihm geschehen?

New York Times

Erneuter Zusammenbruch der digitalen Datenübertragung in Teilen der USA - Weltweites Chaos befürchtet

Erneut sind für vier Stunden nicht nur der Strom ausgefallen, auch jegliche Datenübertragung per Notstromversorgung war unmöglich. Experten rätseln noch immer über die Ursache dieses erneuten kompletten Ausfalls der Energie- und Datenversorgung. Naturereignisse, eine Überlastung des Stromnetzes, Über- oder Unterspannung, Lastabwurf oder Netzfrequenzabweichung können wie bisher ausgeschlossen werden. Diesmal sind von der mysteriösen Störung die Bundesstaaten Ohio, Kalifornien sowie die Städte New York und Detroit betroffen. Wie die fünf Male zuvor trat der Ausfall an allen Orten zum genau gleichen Zeitpunkt auf und verschwand auf die Sekunde genau an allen Orten wieder – als hätte jemand einen ominösen Schalter zunächst abgeschaltet, dann wieder angestellt. Treten diese Ausfälle weiterhin auf werden ein Zusammenbruch des Aktienmarktes, schwerste weltwirtschaftliche Probleme oder gar Zusammenbrüche und zunehmende Unruhen in der Bevölkerung oder gar bürgerkriegsähnliche Zustände befürchtet.

Erste vergleichbare Störfälle im elektrischen und digitalen Netz werden inzwischen aus Deutschland, Großbritannien, China und Australien gemeldet. Die weltweiten Börsen registrieren die ersten Panikverkäufe von Aktien und Anleihen.

China Daily

Zahlungsverkehr weiterhin problemlos

Staatspräsident Xi Jinping und die chinesische Regierung versichern, dass der Zahlungsverkehr durch die digitalen Aussetzer nicht gefährdet ist.

Der fast ausschließlich bargeldlose Bezahlverkehr der chinesischen Bevölkerung wird durch den stundenweisen Ausfall der Geldautomaten oder Kartenbasierten Systeme nicht grundlegend beeinträchtigt. Die Bevölkerung wird angehalten, Ruhe zu bewahren und von Hamsterkäufen abzusehen. Die chinesischen Behörden haben alles im Griff und werden keine Ausweitung der Störungen zulassen. Erste Saboteure wurden bereits festgenommen...

2

Moshe nahm all seine Kraft zusammen und setzte so schnell er konnte einen Fuß vor den anderen. Er rannte und rannte, gefolgt von David, seinem besten Freund aus dem Nachbardorf. Der war jetzt allerdings sein erbittertster Gegner, denn die beiden Jungen waren in die jeweils konkurrierende Fußballmannschaft gewählt worden. Moshe hatte noch eine Körperlänge Vorsprung vor seinem ebenfalls sehr flinken Freund, war aber schon in Schussweite vor dem gegnerischen Tor angekommen. Zwei Laufschritte noch. Dann zog Moshe voll durch. Sein rechter Fuß traf den blauweißen Lederball bilderbuchmäßig mit dem Spann. Der Ball flog einen leichten Bogen und beendete seinen Flug erst, als ihn das Netz abrupt abstoppte.

"Tor! Tor!" schrie Moshe mit breitem Strahlen auf seinem hübschen Jungengesicht. Moshe hatte zwar stark abstehende Ohren, aber diese umrahmten seine feinen Gesichtszüge, aus denen vom Herzen aus geöffnete, schwarze Augen heraus strahlten. Dazu trug Moshe meist ein Lachen in die Welt. Seine Mutter nannte ihn oft "meinen Leuchtstern". Aber auch viele andere Erwachsene im Dorf hatten den Jungen gerne um sich, da sich sein lebendiges Strahlen in jedem Raum ausbreitete, den er betrat.

Nur sein Vater behandelte ihn anders. Anders als alle anderen Menschen, denen er in seinen elf Jahren bislang begegnet war. Sein Vater war Rabbi Joshua Levy, kein orthodoxer Jude, aber ein tiefgläubiger und sehr ernster Mann. Wenn man als Fremder Moshe und den Rabbi zusammen sah, wäre man niemals auf die Idee gekommen, Vater und Sohn vor sich zu haben. Selbst Joshua Levy blickte oft erstaunt auf den Fröhlichkeit und lebendige Leichtigkeit verbreitenden Jungen neben sich. Doch das waren seltene Momente. Meist war der Rabbi in seinem vollen Tagesplan mit zahlreichen Riten gefangen und bemerkte seinen Sohn gar nicht.

Moshe wurde von seinen vor Freude taumelnden Mannschaftskameraden einer nach dem anderen angesprungen, bis der Pulk aus Jungen umkippte und die johlenden Jungen ihren Helden unter sich begruben. Es waren noch zwei Minuten zu spielen und Moshe hatte gerade die 3:1 Führung geschossen. Damit hatten sie so gut wie sicher den Einzug in das große Jugendturnier in Hebron in der Tasche. Zum ersten Mal in der Geschichte des Dorfes Sika.

Die ausstehenden zwei Minuten hielt Moshes Mannschaft den Ball flach. Sie gaben ihn tatsächlich bis zum Abpfiff nicht mehr ab. Der Jubel einer Handvoll Zuschauer und schließlich auch von Moshes Siegermannschaft schwoll bereits an, als der Schiedsrichter noch tief Luft holte, um in seine Pfeife zu pusten.

Moshe strahlte, befreite sich aber mit freundlichem Nachdruck von Händen und Armen, die sich ihm entgegenstreckten. Er musste sich sehr beeilen. In zehn Minuten musste er bei seinem Vater sein. Nachdem er sich losgerissen hatte, rannte er in dem gleichen Affenzahn, wie noch vor wenigen Minuten zum gegnerischen Tor, in die Umkleidekabine. Er duschte sich nur kurz den Schweiß ab. Zum shampoonieren hatte er keine Zeit mehr. Flüchtig abgetrocknet schlüpfte er noch etwas klamm in seine Kleidung. Dann lief Moshe mit seiner Sporttasche auf dem Rücken so schnell er konnte zum Gemeindehaus.

"Wir haben gewonnen, Papa. Wir dürfen nun am nächsten Wochenende zum großen Turnier nach

Hebron." platzte es aus aus dem vor Glück leuchtenden Gesicht des Jungen heraus.

"Das freut mich, Moshe." erwiderte sein Vater
trocken. "Holst du bitte den Jad[1], die Menora[2] und
meinen Sohar[3] aus dem Schrank."

Ohne seinen Sohn weiter anzuschauen reichte er ihm
den Schlüssel und vertiefte sich wieder in sein Gebet,
das von den typischen rhythmischen Vor- und Rück-
wärtsbewegungen seines Oberkörpers begleitet war.
Der Rabbi hatte die heilige Thorarolle, die nur er anfassen durfte, bereits auf den Tisch gelegt.

Das Dorf Sika hatte keine eigene Synagoge. Es war
eine der zahlreichen Ortschaften, die ab 1967 im
Zuge der israelischen Besiedlungsmaßnahmen nach
der Besetzung des Westjordanlands aus dem Boden
gestampft worden waren. Der schmucklose Ort bestand aus überwiegend sandfarbenen, nüchtern-
zweckmäßig errichteten Gebäuden, umgeben von Oli-
ven- und Orangenplantagen. Sika lag im biblischen
Judäa, knapp zwanzig Kilometer südwestlich von
Hebron. Es befand sich unmittelbar an der so ge-

---

[1]   *Thora-Zeigestab oder Thorafinger, der vermeiden soll,
dass beim Lesen die teils jahrhundertealten, handgeschriebenen
Schriftrollen mit den Händen berührt, verschmutzt oder beschädigt
werden, da die Thorarolle als heilig gilt*

[2] *traditioneller jüdischer siebenarmiger Leuchter*

[3] *das bedeutendste Schriftwerk der Kabbala, wörtlich:
"strahlender Glanz"; es enthält im Wesentlichen Kommentare zu
Texten der Tora in Form von Schriftexegesen, Erzählungen und
Dialogen, aber auch zur Weltenentstehung und mystischer
Psychologie, einschließlich Diskussionen um das Wesen Gottes,
Ursprung und Struktur des Universums und der Natur der Seele.
Für bereits spirituell wahrnehmende Menschen dient der Sohar
als spiritueller Führer, mit dem sie zum Ursprung ihrer Seelen
gelangen können.*

nannten Grünen Linie, der ehemaligen Waffenstill-
standslinie zwischen Israel und dem Westjordanland
aus dem Jahr 1949, heute ein Grenzstreifen oder
eher eine Sperranlage mit Zaun und Militärpatrouil-
len.

Immerhin wohnte in Sika ein Rabbi. Und Joshua
Levy nutzte mit unprätentiösem Selbstverständnis
einfach einen Raum im Gemeindezentrum, um sich
hier mit Gläubigen zum gemeinsamen Gebet und
dem Lesen der Heiligen Schriften zu treffen.

Moshe platzierte den schweren silbernen Thora-Zei-
gestab mit dem ausgestreckten Zeigefinger zwanzig
Zentimeter parallel zu den beiden großen Holzrollen,
wie es ihn sein Vater gelehrt hatte. Hier würde sein
Vater nachher aus den fünf Bücher der hebräischen
Bibel, der Thora, lesen. Die Menora stellte Moshe
ebenfalls an ihren Platz und zündete mit den langen
Streichhölzern, die er so gerne mochte, die sieben
Kerzen an. Den Sohar seines Vaters, das Heilige
Buch der Kabbala, in dem weise Rabbiner Auszüge
aus der Thora erläuterten, legte der Junge etwas abseits auf dem Tisch ab. Nach dem Lesen der Thora
veranstaltete sein Vater einen meist einstündigen
kabbalistischen Diskurs über das zuvor Gelesene.
Meist wurde dazu auch ein Kapitel aus dem Sohar
vorgelesen. Moshe verstand zwar nicht, was die Erwachsenen sprachen, aber er möchte die klare Energie so gerne, die sich dann zwischen den Menschen
und auch bei seinem Vater ausbreitete. Außerdem
war dies eine der wenigen Gelegenheiten, bei denen
der Junge einmal der Stimme seines sonst so wort-
kargen Vaters lauschen konnte.

Heute war Moshe aufgedreht, so glücklich, dass er es
kaum aushalten konnte. Sie durften zum Turnier.

Das hieß, ein Ausflug nach Hebron. In die Stadt. Er wusste nicht, wohin mit all seiner Freude, seiner überschüssigen Energie. Moshe war noch gar nicht wirklich in diesem Raum seines Vaters mit all der Getragenheit und rituellen Ernsthaftigkeit angekommen. Übermütig nahm der Junge den silbernen Jad in die Hand und tippte selbstvergessen mit dem ausgestreckten Zeigefinger auf den Tisch. Aber das machte ein klopfendes Geräusch. Das würde seinen Vater in seinem Gebet stören. Also suchte der Silberfinger einen dämpfenden Untergrund für sein Auftippen. Moshe schob den Jad ein wenig vor, sodass er auf dem Pergament der bereits ein Stück entrollten Thorarolle landete. Spiel mit den heiligen Worten der Thora – ein Sakrileg. Doch Moshe war noch derart in den Nachwehen seines Freudentaumels gefangen, dass er das gar nicht bemerkte. Und Moshes Vater war durch sein tiefes Gebet auch nicht wirklich in dem Gebetsraum anwesend, sondern in anderen Dimensionen unterwegs.

Als der Silberfinger schließlich auf einem א, "aleph", dem ersten Buchstaben des hebräischen Alphabets, landete, ging plötzlich von der Thorarolle ein gigantischer Lichtstrahl durch den Raum, zog sich aber augenblicklich wieder in das Heilige Pergament zurück. Von da ab sah Moshe zugleich in Zeitlupe und rasend schnell den Gebetsraum mit dem in ein Gottesgespräch vertieften Vater und die Thora unter sich verschwinden.

* * *

'Papa! Papa!'

Mit einem Mal sind diese Worte in Ming Chens Kopf.

Und erneut: 'Papa! Papa!'

Ming Chen hört die Worte nicht mit seinen Ohren. Sie sind wie plötzlich einfach drin in seinem Kopf. Eine Jungenstimme, die nach seinem Vater ruft.

Ming Chen konzentriert sich. Woher kommt die Stimme? Er kann keine Richtung ausmachen. Die Stimme ist einfach in seinem Kopf. Aber der Qigong-Meister spürt etwas neben sich. Nur ein Gefühl. Er dreht sich leicht nach rechts. Dicht neben seinen eigenen frischen Bewegungsspuren sieht er ein diffuses Muster aus blau fluoreszierenden Schlieren.

Ming Chen fokussiert seine Aufmerksamkeit. Da bewegt sich doch was. Nach und nach setzt sich in seinem Kopf ein Bild zusammen: Da liegt ein Junge neben ihm, der verzweifelt mit Armen und Beinen um sich herum rudert. Dabei zieht jede seiner Bewegungen blaue Schlieren in die gallertige Luft.

'Wer ist da? Papa, bist du das?'

Der Junge scheint ihn nicht sehen zu können. Obwohl er inzwischen aufgestanden ist schaut er in andere Richtungen, dann wieder an ihm vorbei oder durch ihn durch. Ming Chen sieht den hübschen Jungen mit den abstehenden Ohren nun klar vor sich. Wobei das Bild sofort verschwimmt, wenn seine Gedanken in ein Analysieren der Situation abschweifen. Offenbar kann er den Jungen sehen, wenn er sich stark darauf konzentriert, der Junge ihn aber nicht.

Ming Chen macht einen Schritt auf den Jungen zu und versucht, ihn vorsichtig an der Schulter zu berühren. Er will das Kind nicht erschrecken, deshalb bewegt er sich ganz langsam. Aber seine Hand fasst ins Leere. Er greift durch das, was er als den Körper eines Jungen vor sich sieht, einfach hindurch.

'Wie zwei Geister...' schießt es Ming Chen durch den Kopf.

'Ich bin kein Geist. Ich bin Moshe. Moshe aus Sika.' antwortet es in Ming Chens Kopf. 'Wer ist da? Wo bist du?'

'Ich stehe direkt neben dir.' Endlich erhält Moshe in seinem Kopf eine Reaktion in dieser seltsamen Dunkelheit. Immerhin ist er nicht allein.

'Dreh dich ein wenig nach links. Da bin ich.'

Ming Chen wedelt heftig mit seinen Armen, um viele Farbschlieren in der Gallerte zu machen.

'Bist du das Blaue da?' kommt es in seinen Kopf.

'Ja, das mache ich. Wenn man sich hier schneller bewegt, dann entstehen diese blauen Farben. Kannst du mich sehen, Moshe? Hinter dem Blau?'

Als Moshe ein wenig die Augen zusammenkneift und sich ganz stark konzentriert, sieht er einen großen Mann neben sich stehen. Er zuckt ein wenig zusammen ob der fremdartigen Erscheinung des Mannes. Moshe hat noch nie einen echten Chinesen gesehen, höchstens in Kungfu-Filmen.

Dann vernimmt der Junge: 'Wo kommst du her, Moshe? Du siehst gar nicht chinesisch aus. Woher kannst du Chinesisch?'

Es lacht in Ming Chens Kopf. 'Ich kann doch kein Chinesisch! Ich wohne in Sika. Das ist in Israel.'

'Aber ich kann dich verstehen. Und du mich wohl auch. Und ich spreche und denke ganz bestimmt chinesisch.'

Und nach einer kurzen Pause fährt Ming Chen fort: 'Was sprichst du denn für eine Sprache. Israelisch?'

Moshe lacht erneut. 'Nein, doch nicht Israelisch. Ich spreche Hebräisch.'

'Kannst du mich sehen, Moshe? Ich heiße übrigens Ming Chen. Und ich komme tatsächlich aus China. Aus einer großen Stadt, Chengdu. Die liegt neben dem gelben Drachenfelsen.'

Was erzählt er denn da? Drachenbilder sind nun überhaupt nicht seine Art. Ming Chen stutzt über sich selbst.

'Ja, ich kann dich jetzt sehen, Herr Ming Chen. Du hast eine weiße Hose und ein langes weißes Hemd an. Und du hast - das ist ja lustig – einen langen schwarzen Zopf.'

Es lacht wieder in Ming Chens Kopf. Der Chinese muss schmunzeln.

El Universal *(auflagenstarke mexikanische Tageszeitung)*

Das Wunder von Escuinapa: Geheimnisvoller Korkenziehermais

Die Bauern aus aus der Umgebung von Escuinapa de Hidalgo im Bundesstaat Sinaloa trauen ihren Augen nicht: Wie Korkenzieher winden sich die Stängel ihrer Maispflanzen der Sonne entgegen. Wo sonst die kerzengeraden Stängel in Reih und Glied auf den Feldern stehen, bietet sich nun ein bizarrer Anblick: symmetrisch, wie um eine unsichtbare Säule herum gewundene Maisstängel, von dem die Maiskörner ungewöhnlich unsortiert in alle Himmelsrichtungen zeigen. Ein überdimensionaler Korkenzieher neben dem anderen. Ein Kunstwerk? Eine Laune der Natur? Manipulation durch Gentechnik?

Landwirte und Wissenschaftler stehen vor einem Rätsel...

Hamburger Abendblatt

Verschwundenes Kreuzschiff AIDA nach mysteriöser Odyssee zurück in Hamburg

Kreuzfahrt-Urlauber und Mannschaft gehen völlig verstört, aber gesund von Bord.

Dem Hamburger Abendblatt gelang ein erste Interview mit dem Kapitän des Luxusliners: „So etwas habe ich in meiner 27-jährigen Seefahrtsgeschichte noch nie erlebt. Und ich habe in den Jahren schon einiges gesehen. Von hier auf jetzt sind alle Navigationssysteme ausgefallen. Also nicht nur ausgefallen. Sie zeigten alle nur noch Nonsense-Daten an. Die gesamte Elektronik spielte verrückt. Und im Nu hatten wir komplett die Orientierung verloren. Und außerdem funktionierte kein einziges Handy mehr an Bord. Auch der gute alte Magnetkompass spielte komplett verrückt. Die Nadel dreht sich wie wild nur im Kreis. Und dann war nach 24 Stunden, so plötzlich wie er gekommen war, der ganze Spuk wieder vorbei. Von hier auf jetzt funktionierte alles wieder ordnungsgemäß. Alles völlig verrückt!"

Wie wir vor drei Tagen berichtet haben, war das derzeitig größte Kreuzfahrtschiff auch auf den Überwachungsradars an Land plötzlich verschwunden. Und heute morgen tauchte es ebenso plötzlich wie unerwartet wieder auf. Sowohl die Rederei als auch die Experten für Hochseeschifffahrt stehen vor einem Rätsel.

3

"Ich finde, wir sollten für die Familienaufstellung Jan
und Monika nehmen. Die beiden halten ihren Kevin
nun schon über sieben Jahre fest. Ja, der Vater Jan
hat seinen Sohn gefunden, aufgehängt auf dem
Dachboden des eigenen Hofes. Aber die beiden kommen nicht los, vor allem Monika nicht. Und ich glaube, Kevin auch nicht. Sicher, das ist extrem heftig,
wenn man seinen eigenen Sohn so findet. Aber vielleicht kommt bei den beiden ja irgendetwas in Bewegung durch das Aufstellen. Ich würde es ihnen so
sehr wünschen. Die beiden sind ja auch noch so
jung. Und ich glaube, beide wollen eigentlich auch
ihr eigenes Leben zurück. Jan ist für mein Gefühl
schon etwas weiter. Aber er will auch seine Frau
nicht alleine lassen. Und Monikas Traum ist es ja
eigentlich Kirschbäume anzupflanzen. Aber es bewegt sich nicht bei ihnen. Die stecken beide so fest.
Von außen ist das gut zu sehen."

Christine, Rosas zweiter Coach in der Hospiz-Trauer-
gruppe "Verwaiste Eltern", hatte still zugehört, während sie die Kerzen löschte und die übrig gebliebenen
Süßigkeiten zusammenpackte, die sie, wie jedes Mal,
zum monatlichen Gruppentreffen auf den Tischen
verteilt hatten.

Die Luft im Raum war wie immer nach dem Treffen
bleischwer und zum Schneiden gefüllt mit Schmerz,
Trauer, Schock, Fassungslosigkeit und Wut. Drei-
zehn Mütter und Väter hatten hier soeben über zwei
Stunden versucht, im Raum des Husumer Hospizver-
eins ihrer Unfassbarkeit über das Nichtmehrdasein
ihrer Söhne und Töchter Luft zu verschaffen, irgendeine Art von Raum zu geben. Die meisten waren versteinert. Vor allem die Eltern, die ihr Kind durch Sui-

zid verloren hatten. Und das waren Dreiviertel in dieser Gruppe.

Ihre beste Freundin Hilde hatte Rosa geraten, während des Erzählens ihrer erschütternden Geschichten und vor Fassungslosigkeit und Schmerz versteinerten Befindlichkeiten stumm in ihrem Inneren Mantren zu wiederholen. Quasi als Gegengewicht zu dieser kaum zu ertragenden Schwere. Hilde hatte ihr Engel und sogar Erzengel vorgeschlagen. Aber Rosa hatte es so gar nicht mit der christlichen Religion. Und Engel? Na ja. Dennoch hatte sie es in Ermangelung einer anderer Lösung einfach Mal ausprobiert. Und es hatte funktioniert. Das stumme Rezitieren der Engelnamen hielt sie raus aus dem bleiernen Dampf, der über der gesamten Gruppe lag. Rosa hatte sogar manchmal das Gefühl, dass die gesamte Atmosphäre in dem Hospizraum ein ganz klein wenig in Bewegung war, wenn sie innerlich die Engelnamen murmelte. Aber sie war sich nicht sicher, ob das nur ihre eigene Wahrnehmung war, weil sie sich so sehr wünschte, hier mit diesen verzweifelten Müttern und Vätern etwas zu bewegen. Drei Engel sollten es sein, hatte ihr Hilde empfohlen. Das hätte die meiste Kraft. Im Laufe der Zeit kristallisierte sich bei ihr eine Kombination aus Kindbettengeln und Erzengeln heraus. Die mochte sie am liebsten. Die gingen ihr am leichtesten über ihre inneren Lippen: *Nuriel – Uriel – Raphael.* Das innere Rezitieren dieser drei Engel war nun ein fester Bestandteil ihrer Arbeit mit der Eltern-Trauergruppe geworden.

Rosa legte einige Stückchen Weihrauchharz auf die inzwischen glühende Kohlescheibe. Sofort stieg eine dünne Rauchsäule auf, die sich behäbig an der Zimmerdecke verteilte.

"Ja, das ist eine gute Idee. Jan und Monika hängen irgendwo fest. Und jetzt ist unsere Fortbildung noch frisch. Lass es uns ausprobieren. Soll ich sie anrufen und fragen?"

"Ich weiß nicht," entgegnete Rosa nach kurzer Überlegung. "Meinst du, die beiden sind tatsächlich jetzt offen dafür? Ich hatte eher das Bild im Kopf, ob wir die Aufstellung für die beiden beziehungsweise für die drei machen. Aber ohne, dass sie direkt dabei sind. Was hältst du davon, Christine?"

"Du meinst, das funktioniert? Auch, wenn die Betroffenen selbst gar nicht anwesend sind." Etwas ungläubig sah Christine ihre Kollegin an.

"Keine Ahnung. Der Kursleiter hatte das am letzten Tag mal in einem Nebensatz erwähnt, dass er das schon mal erfolgreich gemacht hat. Ich bekam halt dieses Bild in meinen Kopf. Auch sonst sind bei einer Aufstellung sind ja nie alle Personen live anwesend, die platziert werden. Und das funktioniert ja auch. Ich kenne das auch vom Psychodrama. Da wurde ich mal als Mutter gewählt. Ich kannte die Frau natürlich überhaupt nicht. Trotzdem konnte ich in ihre Gefühle und Gedanken schlüpfen und ganz gut die etwas unangenehme Mutter spielen. Damals habe ich mir gar keine Gedanken darüber gemacht, wo das herkam, was ich fühlte oder gesagt habe. Aber es passte. Keine Ahnung, wie das funktioniert. Aber es ging."

"Ja, gut. Lass es uns ausprobieren. Zu verlieren haben wir ja nichts. Entweder es klappt oder nicht. Es kann ja nur besser werden für die beiden. Sonntagnachmittag? Bei mir?"

"Okay. Abgemacht. Da bin ich ja mal gespannt!"

Am darauffolgenden Sonntag trafen sich die beiden Frauen in Christines Haus in Husum. Aus den weit geöffneten Fenstern im großen Wohnzimmer verschwanden gerade die ersten Weihrauchwolken, als Rosa eintrat. Sie schmunzelte.

"Ja, ich bin noch lernfähig," grinste die deutlich ältere Christine zurück. "Die Zettel habe ich auch schon vorbereitet. Stifte liegen hier. Und einen Yogi-Tee habe ich auch schon gekocht. Möchtest du eine Tasse?"

"Super, Christine. Nein danke. Hinterher trinke ich sicher sehr gerne, also den Tee meine ich. Wenn es dir recht ist, würde ich am liebsten gleich anfangen. Ich bin schon ziemlich aufgeregt. Eine Familienaufstellung für jemand zu machen, der gar nicht da ist! Ich bin sehr gespannt, was passiert."

Rosa rieb sich mit einer Mischung aus Verlegenheit und aufgeregtem Tatendrang die Hände.

"Gut Rosa. Dann lass uns loslegen. Hier habe ich uns Platz geschaffen, hier können wir uns ausbreiten."

Christine wies auf den freien Parkettboden vor dem Couchtisch mit den noch leeren Papierzetteln und schloss die Fenster. Der Weihrauch war ins Freie entschwunden und hinterließ eine klare und friedliche Luft.

"Dann lege ich mal den Kevin hin." Rosa schrieb den Namen auf den ersten Zettel und platzierte ihn mittig auf den Parkettboden.

"Monika, die Mutter." Christine sinnierte mit dem beschriebenen Zettel in der Hand. "Monika ist immer noch im Schmerzschock. Auch noch nach sieben

Jahren. Kevin war ja auch noch ihr Lieblingssohn, auch wenn sie das niemals offen zugeben würde."

Christine ging drei Schritte vor, auf den Kevin-Zettel zu. Sie schloss die Augen, um sich in Monika einzufühlen.

"Ich sehe Kevin immer noch als kleinen Jungen durch den Garten in meine Arme laufen. Er ist so ein hübsches und fröhliches Kind. Ein Sonnenschein. Zaubert allen ein Lächeln ins Herz. Das ist nicht mein Junge, der sich da umgebracht hat. Den kenne ich gar nicht."

Christine legte den Zettel in ihrer Hand direkt vor den Kevin-Zettel auf den Boden. Die beiden Zettel berührten sich ein wenig.

Rosa beschrieb den nächsten Zettel und schloss ebenfalls ihre Augen: "Ich habe dich gefunden, Kevin. Da drin, an unserem Dachbalken hängend. Mein Sohn. Kevin. Das war so furchtbar. So entsetzlich war das. Ich konnte erst Wochen nachdem wir dich beerdigt hatten weinen. Wenn ich allein auf dem Feld gearbeitet habe. Immer wieder musste ich um dich weinen, meinen Sohn, der mir immer fremder geworden war. Du hattest dich schon so lange zurückgezogen. Ich habe das viel zu spät gemerkt. Bist nicht mehr rausgefahren mit uns zum Angeln. Und du hast nicht mehr wirklich gelacht. Und ich habe nichts gemacht. Ich habe dir nicht geholfen. Ich war so sehr mit dem Hof beschäftigt. Das tut mir so leid, Kevin."

Rosa musste schlucken.

"Ich weiß nicht warum, aber ich glaube, dein Gemüt ist krank geworden. Das hat jedenfalls Doktor Klaudius gesagt. Dass du Depressionen hattest, und aus deiner schwarzen Welt keinen Ausweg mehr wusstest."

Rosa legte Jans Zettel mit etwas Abstand hinter Monikas Zettel, auch Kevin gegenüber.

"Dann gibt es noch den jüngeren Bruder von Kevin, den Malte. Soll ich mit Malte weitermachen?" fragte Christine.

Rosa nickte stumm. Sie sah sich genötigt zu kommentieren, um ihren Verstand etwas aus der aufkommenden Schwere herauszuheben: "Ja. Das geht erstaunlich gut, findest du nicht auch...?"

Christine brummte nur ein kaum vernehmbares "Mmmmmhhh" zurück.

"Ich bin Malte. Kevins kleiner Bruder. Ich finde das alles ganz furchtbar. Es ist als würden wir jetzt seit Jahren mitten auf dem Friedhof wohnen. Die Luft Zuhause ist so dick – zum Schneiden, nicht zum Atmen. Ich krieg hier kaum noch Luft. Dabei ist das mit Kevin schon sieben Jahre her. Da war ich neun! Ich hab meinen Kevin auch sehr gerne gehabt. Er hat mir immer geholfen, bei Mathe und auch so. Auch wenn mich Pietro aus dem Dorf mal wieder verkloppt hat oder geärgert hat. Und ich konnte mit ihm reden. Über alles. Kevin war der einzige, der mich verstanden hat. Der überhaupt zugehört hat. Aber jetzt ist es, als wäre ich gar nicht da. Wie wenn ich mit Kevin gestorben wäre. Als gäbe es mich nicht mehr. Mama ist mehr in Kevins Zimmer als bei mir, diesem schrecklichen Museum voll mit seinen alten Sachen. Ich bin furchtbar allein!"

Christine legte sichtlich betroffen den nächsten Zettel weit hinter den Kevin-Zettel, sehr weit entfernt von den drei übrigen Zetteln. Malte schrie förmlich aus dem so weit von anderen abseits liegenden Zetteln seine Einsamkeit heraus.

Die beiden Frauen standen ein Weilchen stumm jeweils in ihre Gedanken versunken nebeneinander. Sie blickten auf die vier Zettel am Boden, die für vier so schmerzhaft verletzte Wesen, Seelen, dort lagen. In all ihrer Sprachlosigkeit.

"Und jetzt?" fragte irgendwann Christine in das Schweigen hinein.

"Jetzt spüren wir in Kevin hinein. Wie es ihm, seiner Seele geht." antwortete Rosa.

"Fängst du bitte an," kam von Christine.

"Ja, kann ich machen." Rosa atmete ein Mal schwer auf und stellte sich dann auf den Zettel, auf dem in Großbuchstaben KEVIN stand.

"Ich fühle mich so bedrängt. Von euch allen, vor allem von dir Mama. Ich liebe euch. Ich liebe euch alle. Aber bitte lasst mich gehen, lasst mich los..."

Im gleichen Moment stieg ein gleißend weißes Licht von dem Kevin-Zettel aus quer durch Christines Wohnzimmer bis zur Decke auf. Und als sich das Licht wieder in das Papier und tiefer zurückzog, fühlte sich Rosa mitsamt dem Licht aus Christines Wohnzimmer herausgezogen.

* * *

4

Die verbliebenen hohen Stufen des Zikkurats[1] hoben sich vor dem hellblauen Himmel ab.

'Wie Treppen für Riesen,' dachte Jihane, die manchmal für ihr Alter noch recht kindlich war.

Ihre 15 Jahre sah man dem Mädchen kaum an, was nicht nur an dem Hidschab[2] lag, den sie außerhalb des Hauses tragen musste. Ihre Bewegungen waren eher burschikos, nicht so geschmeidig wie die ihrer Mitschülerinnen. Ihre gleichaltrigen Freundinnen schminkten sich sehr stark. Ihre schwarzen Augen vergrößerten sie durch geschickt gezogene Kajal-Linien und Wimperntusche. Und das Lippenstiftrot betonte trotz der Verschleierung ihre Weiblichkeit so, dass ihnen auf der Straße die Männer nachschauten. Jihane mochte das alles nicht. Weder das stundenlange Schminken noch das Angestarrtwerden. Sie war ein eher sportlicher Typ.

Das Mädchen aus Isfahan spielte leidenschaftlich gerne Tennis. Aber das war nicht immer leicht. Doch Allah sei dank, hatte Jihane eine sehr offen eingestellte Mutter. Anaram Shirvani war eine sehr gebildete Iranerin. Sie hatte noch andere Zeiten im Iran erlebt. Anaram war unter dem Schah in einer wohlhabenden Oberschichtfamilie aufgewachsen. Klavier- und Ballettunterricht, Theater, Konzerte und Kino, Reisen ins Ausland – für Jihanes Mutter war das alles selbstverständlich gewesen. Im Gegensatz zu ihrer Tochter hatte Anaram einiges von der Welt gesehen.

---

[1] *ein mesopotamischer pyramidenartiger Stufentempel*

[2] *Traditionelle islamische Verschleierung der Frau durch ein kapuzenartiges Kopftuch*

Mit der Rückkehr Chomeinis hatte sich alles verändert. Die iranische Revolution hatte den Frauen viele Freiheiten und Jihanes selbstbewusster und unbeugsamer Großmutter das Leben gekostet. Die einst wohlhabende Familie hatte alles verloren: Villen, Geschäfte und Mietshäuser in Teheran und Isfahan ebenso wie ihre Fabriken und Import-Export-Firmen, die unter anderem Geschäftskontakte mit dem jetzigen Erzfeind USA unterhielten. Gewalt und Erniedrigungen, die die Familie Shirvani hatte erleiden müssen, hatten Jihanes Großvater als gebrochenen und leisen Mann zurückgelassen. Er hatte sich aus dem realen Leben zurückgezogen. Nur durch das Ausblenden konnte er den Schmerz über den gewaltsamen Tod seiner so geliebten Frau ertragen. Ein gläubiger Moslem war er immer schon gewesen, auch zu Zeiten des Schahs.

Umso härter traf ihn das Unglück, das ausgerechnet die Mullahs über sein Land gebracht hatten. Die Ereignisse hatten den gläubigen Mann immer mehr in die geistig-spirituelle Welt gedrängt. Er sah die für ihn wahren Zeichen Gottes, war in Kontakt mit Engeln und anderen Wesen, den Gesandten Allahs. Stundenlang saß er da und starrte vor sich hin. Er sprach kein Wort. Nichts Weltliches interessierte ihn mehr.

Nur die Gegenwart seiner über alles geliebten Enkelin konnte sein Gesicht erhellen. Jihane lud er in seine geistigen Welten ein und das aufgeweckte Mädchen folgte ihm begeistert. Sie liebte die feinfühligen Erzählungen ihres Großvaters, in die sie gemeinsam mit ihm eintauchen konnte.

Jihane war acht Jahre alt, als sie gemeinsam den Anahita-Tempel von Bishapur besuchten. Das kleine

Mädchen stand mit seinem Großvater im zentralen Becken der einst riesigen Wasseranlage. Großvater erklärte ihr alles. Dass die Menschen mit Kanälen das Wasser aus dem nahen Fluss hier hinein leiteten. Die vorislamische Göttin Anahita reinigte und energetisierte hier das Flusswasser mit Hilfe des Sonnenlichts. Im Zentrum des Tempels befand sich ein großes Wasserbecken. Es war so ausgerichtet, dass es die meisten Sonnenstrahlen des Tages auffing. Das Sonnenlicht übertrug seine hohe Schwingung auf das im Becken enthaltende Wasser. Anschließend wurde es über ein ausgefeiltes Kanalsystem an die Menschen in der Umgebung weitergeleitet. Das Wasser sorgte für gute Gesundheit der Menschen und ertragreiche Ernten. Jihane konnte das alles bildlich vor ihrem inneren Auge sehen. Sie stand mittendrin.

Nun ging Jihane neben ihrem Großvater auf die pyramidenartigen Stufen des Zikkurats zu. Der Schotter knirschte unter ihren Schuhen. Plötzlich lief Jihane wie gegen eine Wand. Eine sehr weiche Wand, wie aus Watte. Auch ihr Großvater zuckte an der gleichen Stelle leicht zusammen. Jihane ging ein paar Schritte zurück, dreht sich um und prallte an genau der gleichen Stelle wieder gegen die Wattewand. Zu sehen war nichts.

"Jetzt gehen wir in das Energiefeld des Zikkurats," flüsterte ihr der Großvater zu. "Hier genau fängt es an." Und der alte Mann tupfte mit seinen Händen ehrfürchtig auf die Stelle, die seine Enkelin als die Wattewand wahrgenommen hatte.

Jihane war aufgeregt. Sie gingen auf einen höchst energiereichen Ort der Erde zu. Ihr Großvater hatte ihr bereits auf der Fahrt erzählt, dass diese Stufenpyramide von Chogha Zanbil zusammen mit anderen Pyramiden auf der Erde ein starkes energetisches Netzwerk bildet. Sie sei verbunden mit der großen Cheops-Pyramide in Ägypten, mit den Pyramiden der Mayas in Lateinamerika und sogar Pyramiden in China.

"Sieh nur!" sagte der Großvater und zeigte in den Himmel.

Jihane blickte nach oben und sah sofort, was ihr Großvater meinte: Exakt über dem Zikkurat war die Wolkendecke aufgerissen. Aber nicht wie von hohen Winden zerzaust. Nein. Jihane blickte in ein hellblaues Loch, ein sehr helles blau, fast weiß. Der Kreis war genau so groß wie die Grundfläche des Zikkurats. Und in dem hellblauen Himmelskreis spürte Jihane eine Bewegung. Als käme durch das Wolkenloch irgendetwas rein.

Ihr Großvater nickte ihr zu. Die beiden verstanden sich auch ohne Worte. Jihane sah sie nicht wirklich, aber sie spürte ganz deutlich, dass hier Engel und andere Wesen ein und aus gingen. Jihane drückte sich fest an den alten Mann neben sich. "Danke, Großvater!"

Kurze Zeit später nahm das aufgeregte Mädchen die Hand ihres Großvaters und versuchte ihn schneller auf das Zikkurat zu ziehen.

Ihr Großvater winkte freundlich ab: "Nicht so schnell, Liebes. Lauf doch schon vor bis zur Mauer. Nur nicht in die Gänge gehen. Das ist gefährlich...."

Das sportliche Mädchen war bereits lachend losgelaufen, so schnell, dass sie sich ihren Hidschab festhalten musste. Wie sie dieses Ding verabscheute.

Das war immer nur im Weg. Natürlich lief Jihane in den ersten Gang hinein, der sich vor ihr auftat.

* * *

'Oh Gott, was ist denn jetzt passiert?'

Rosa steht kaum eine Armlänge vor Ming Chen. Dicht neben der großen Frau sieht Ming Chen einen weiß leuchtenden, in leichtem violett schimmernden jungen Mann.

Rosa bleibt vor Verblüffung unbeweglich stehen. Der Qigong-Meister muss sich sehr stark konzentrieren, um die neu aufgetauchte Frau weiterhin zu sehen. Dann dreht sich Rosa ein wenig um ihre Achse und schreit auf: 'Oh Gott! Kevin! Bist du das?'

Die beiden stehen keine Hand breit voreinander. Rosa weicht einen Schritt rückwärts aus.

'Ja,' antwortet die weiße Gestalt. 'Ich bin Kevin. Ich bin euch so unendlich dankbar. Ich hing die ganze Zeit da unten irgendwo fest. Mutter hat mich einfach nicht losgelassen. Ich konnte nichts machen. Du hast mich endlich in diese Welt mitgenommen. Meinen tiefen herzlichen Dank...'

Rosa spürt einen Schwall zartviolettes Licht von Kevin zu ihr kommen, dann ist im nächsten Augenblick sein weiß-violettes Leuchten verschwunden.

'Keine Angst, du bist nicht allein hier.' sagt Moshe und fuchtelt wild mit seinen Armen durch die gallertige Umgebung und springt wie aufgezogen umher, um sich für Rosa sichtbar zu machen.

Rosa tritt erneut einen Schritt zurück, diesmal, um auf Abstand vor den blauen tanzenden Schlieren vor sich zu gehen.

'Bitte nicht erschrecken. Ich stehe hinter Ihnen. Wenn Sie sich auf uns konzentrieren oder wir uns etwas schneller bewegen, dann können Sie uns sehen. Und Sprechen – das tun wir hier offenbar alle in der gleichen Sprache. Ich bin übrigens Ming Chen. Ich bin auch noch nicht so lange hier.'

Mit wedelnden Händen macht der Chinese Rosa auf seinen Standort aufmerksam.

'Ich bin Moshe.' ergänzt der immer noch wild zappelnde Junge.

'Ach du großer Gott,' staunt Rosa, immer noch erschrocken. 'Bin ich tot? Seid ihr auch tot? Wenn das weiße Wesen da eben tatsächlich Kevin war – der ist schon seit über sieben Jahren tot. Was ist passiert?' Rosa ist völlig durcheinander.

'Ich weiß auch nicht, wo wir hier sind. Der Junge und ich sind auch gerade erst hierhin gekommen. Das einzige, was ich bisher weiß, ist, dass, wenn wir uns auf etwas konzentrieren, dann können wir es blau fluoreszieren sehen. Und man wird auch sichtbar, wenn man sich schnell bewegt. Und ich spüre auch, dass wir hier nicht die einzigen sind.' antwortet Ming Chen ruhig.

'Wir sind offenbar in Yetzirah. Das ist die erste feinstoffliche Welt über Assiah. Und der leuchtende Mann konnte sich offenbar endlich aus dem Zwischenreich befreien, wo die Seelen der Verstorbenen manchmal gefangen sind.'

Moshe spricht genau so ernst wie sein Vater.

'Woher weißt du das, Moshe?' fragt Ming Chen den Jungen verblüfft.

'Keine Ahnung. Ich weiß so was gar nicht. So was weiß mein Vater. Der ist Rabbiner in unserem Dorf.'

Der Gedankenaustausch wird jäh durch das Auftauchen einer weiteren Person unterbrochen. Jihane fällt mitten zwischen die drei.

Sie werden immer geübter im Umgang mit dieser Welt. Moshe und Ming Chen fuchteln mit ihren Armen und Händen durch die Gallerte und stampfen mit ihren Füßen auf, um sich für den Neuankömmling sichtbar zu machen. Rosa fällt schnell in das eigentümliche, aber offensichtlich sinnvolle Gebaren mit ein. Ming Chen erklärt dem iranischen Mädchen ruhig und freundlich die Situation, so weit sie sie verstanden haben, und alle vier stellen sich einander vor.

Nature (Die weltweit führende multidisziplinäre Wissenschaftszeitschrift)

Ist die Magnetuhr verstellt?

Hunderte ertrunkene Störche sind an den Küsten der Äußeren Hebriden (Schottland) angeschwemmt worden. Die großen Zugvögel müssen von ihrer Jahrhunderte alten Route über die Meerenge von Gibraltar abgekommen und weit auf den Atlantischen Ozean hinaus geflogen sein. Ohne Rastmöglichkeiten und unter den harten Wetterbedingungen über dem freien Ozean haben die Störche die Kräfte verlassen. Seeleute berichteten Tage zuvor, dass sie beobachteten, wie Scharen großer Vögel plötzlich wie Steine vom Himmel in die Wogen des Atlantiks fielen. Nun wurden ihre toten Körper an den nördlichsten Küsten Großbritanniens angespült. Ornithologen, Meteorologen und Klimaforscher stehen vor einem Rätsel...

Daily Mirror *(britische Boulevard-Tageszeitung aus London)*

Fallen uns bald Satelliten auf den Kopf?

Neueste Meldungen aus Sidney und Brisbane, Australien: drei Satelliten im Outback vom Himmel gefallen. Letzte Woche berichteten wir bereits von abgestürzten Satelliten in Sibirien und der Sahara...

5

Jimmy nahm seine Arme zur Seite, die er schützend über seinen Kopf gelegt hatte. Er rieb sich den Sandstaub aus den Augen – ohne Erfolg. Auf seinen Handschuhen selbst lag zu viel von dem Staub. Er rieb sich mehr Sand in die Augen hinein als heraus. Jimmy ging in den Vierfüßerstand und schüttelte mit dem Gesicht gen Boden heftig seinen Kopf, um sich von der Sandschicht zu befreien. Dann zog er seinen rechten Handschuh aus, um mit den sauberen Fingern seine Augen zu reiben. Aber er blieb dabei so geduckt wie möglich.

Jimmy horchte in die Umgebung. Totenstille. Vorsichtig öffnete er seine Augen. Sein erster Blick fiel auf das Hinterrad des Jeeps. Oder was davon übrig war. Der Jeep stand auf der Felge. Langsam drehte er seinen Kopf in die entgegengesetzte Richtung. Auf dem Felshang, der die Piste säumte, lagen einige Metallteile verstreut. Jimmy spähte dann durch den verbliebenen Spalt unter dem Jeep auf die Piste. Er konnte keine Füße, keine Stiefel erkennen. Keine Bewegung. Auch als er den Kopf geradeaus hob, konnte er auf der Schotterstraße in der Richtung, aus der sie gekommen waren, keinerlei Lebenszeichen ausmachen. Er hatte nicht die geringste Ahnung, wie lange er ohnmächtig gewesen war.

Mit gebeugtem Rücken hinter dem Jeep Deckung suchend stellte er sich langsam auf seine Beine. Jimmy konzentrierte sich auf seine Ohren. Nichts. Es war immer noch absolut still. Aus seiner Deckung heraus drehte er sich um und schaute die Piste in Fahrtrichtung herunter. Auch hier bewegte sich nichts. Etwa fünf Meter vor ihm lag sein Gewehr. Weiter runter der Transporter – oder was von ihm übrig geblieben war. Das Heck war offen, die rechte Seite aufgerissen und die Beifahrertür lag weitab rechts im Graben.

In gebückter Haltung rannte Jimmy auf das Heck des Transporters zu. Unterwegs hob er sein Gewehr auf, das er gleich in Anschlag nahm. Nun nahm er unter dem hoch aufragenden Heck des Wagens Deckung. Jetzt konnte er auf den Jeep zurückblicken.

Oh, nein! Da lag Rodriges, sein Fahrer, mit weit geöffnetem Mund und einem großen Loch im Bauch neben dem Jeep im Pistenstaub. Er rührte sich nicht mehr. Jimmy wusste sofort, dass sein Kamerad tot war. Dazu hatte er in diesem verfluchten Land schon genug Tote gesehen. Der junge Latino war erst vor drei Wochen zu ihnen gestoßen und nun hatte es ihn gleich erwischt.

'Fuck! Der arme Kerl!' schoss es Jimmy durch den Kopf.

Er richtete sich auf und schaute in das Heck des Kleinlasters. Der Wagen war komplett leer. Und er konnte durch die verbliebenen Seitenwände in den blauen Himmel schauen. Alle Lebensmittel, die sie zum äußersten Stützpunkt der NATO-Truppen in den nördlichen afghanischen Bergen bringen sollten, waren weg.

Mit seinem Gewehr im Anschlag schlich er sich an der Beifahrerseite des Wagens entlang. Die Fahrerkabine war komplett verschwunden. Hier hatte die Bombe ganze Arbeit geleistet. Jimmy schaute sich um. Aber nichts war zu sehen oder zu hören. Er musste wohl längere Zeit ohnmächtig gewesen sein. Er konnte sich nur noch an einen gewaltigen Knall erinnern, und dass ihn irgendwas aus seinem Beifahrersitz katapultiert hatte. Seitdem Stille.

Jimmy ging vor den Laster, bis zum Rand der Piste. Über den steilen Hang verstreut sah er den zerfetzten Körper von Mike, der einmal der Fahrer des Lebensmitteltransporters gewesen war. Jimmy gestattete sich Entsetzen und auch Wut. Aber alle weiteren Gefühle waren abgestellt. Schon seit langem. Er war leer. Und mit jedem Tag hier wurde die Leere größer. Wie sonst sollte er auch all das hier ertragen. Mike und Rodriges waren nicht seine ersten Toten. Aber er fand es eben auch wichtig, dass die UN-Friedenstruppen hier in Afghanistan unter all den sich laufend bekriegenden fucking Moslems und Stämmen aufräumten. Irgendjemand musste hier doch für Ordnung sorgen.

Der junge Amerikaner überlegte kurz, was er jetzt machen sollte. Er war ganz auf sich gestellt. Er hatte kein Wasser und nichts zu essen. Die letzten beiden Stunden war ihr kleiner Konvoi an keiner menschlichen Siedlung vorbeigekommen. Es machte also keinen Sinn, zurück zu gehen. Was ihn in Fahrtrichtung erwartete, wusste er nicht.

Kurz entschlossen setzte sich Jimmy auf der Straße in Fahrtrichtung in Bewegung. Der Schotter knirschte unter seinen Militärstiefeln. Sein Gewehr hing am Gurt über seiner rechten Schulter, den rechten Finger am Abzug. Die ansteigende Piste machte eine scharfe Rechtskurve. Uneinsehbar. Jimmys Schultern spannten sich an. Er umgriff das Gewehr mit beiden Händen.

Plötzlich hielt er inne. Da lag etwas auf der Schotterstraße. Etwas großes, schwarzes, weißes. Eine tote Ziege. Sie rührte sich auch nicht mehr. Jimmy ging langsam auf das tote Tier zu. Da vernahm er ein leises Wimmern, fast Weinen. Zuerst sah er eine kleine Sandale, die vor dem Leichnam des Tieres lag. Als er näher kam, erblickte er einen kleinen Kopf, blutverschmiert. Es war ein kleiner Junge, der da weinte. Begraben unter der toten Ziege.

Vorsichtig ging er auf den Jungen zu. Man konnte nie wissen, ob es sich nicht um eine Falle von Partisanen handelte. Angestrengt suchte sein Blick den Berghang über sich ab, sein Gewehr im Anschlag. Er trat einen Schritt zur Seite und blickte ins Tal. Auch gegenüber, in den endlosen Felsen, konnte der Soldat nichts entdecken. Hören könnte er auch nichts – außer dem leisen Wimmern des afghanischen Kindes. Als er schließlich bei dem Jungen angelangt war, war es wieder mucksmäuschenstill.

Jimmy blickte in vor Angst weit aufgerissene Kinderaugen. Der Soldat nahm sein Gewehr von der Schulter und legte es ein wenig abseits ab. Dann rollte er den leblosen Ziegenkörper zur Seite. Obwohl er sehr angespannt war, versuchte er zu lächeln, um dem Kind die Angst zu nehmen. Mit Gesten deutete ihm Jimmy an, dass er sich ihm nun nähern würde, um nachzusehen, was mit ihm los sei. Der Versuch, eine ausweichende Bewegung von dem fremden Soldaten weg zu machen, endete in einem Schmerzensschrei. Jimmy sah sofort, dass das linke Bein des Jungen unnatürlich verdreht war. Das Bein war sicherlich gebrochen. Und am Kopf hatte er eine heftige Platzwunde, die noch immer blutete.

Mit erneuten Gesten versuchte Jimmy dem Jungen deutlich zu machen, dass er liegen bleiben solle und dass er seinen Kopf versorgen wolle. Obwohl er nun schon mit Unterbrechungen zwei Jahre in Afghanistan war, waren *"ßalaam"* für 'Hallo', *"ubö"* für 'Wasser' und *"Merabaani"* für 'Danke' seine einzigen afghanischen Worte. Man hatte und suchte auch nicht den Kontakt zu den Leuten hier. Also sagte Jimmy in einem fort *"ßalaam"* und zeigte zwischen sich und dem Kopf des Jungen immer hin und her. Dabei versuchte er zu lächeln. Er klaubte aus einer Jackentasche eine frische Mullbinde und ein kleines Fläschen mit Betaisadona zum Desinfizieren hervor. Langsam entspannte sich der Junge.

Jimmy zeigte auf sich und nannte seinen Namen: "Jimmy". Dann zeigte er auf den Jungen und zuckte mit den Schultern und fragendem Gesicht. Das wiederholte er einige Male, bis ein leises "Karim" aus dem Kindermund kam.

Jimmy strich symbolisch über seine Stirn und wies dann mit dem Mullläppchen auf den Kopf des Jungen: *"Karim, Merabaani."*

Der Junge zuckte nicht mehr zusammen, als sich ihm der Amerikaner näherte. Er nahm ihm die kleine traditionelle Mütze ab und steckte sie in eine Jackentasche. Vorsichtig strich er mit dem violett getränkten Mull über Karims Kopfwunde. Jetzt zuckte der Junge ein wenig zurück. *"Merabaani. Merabaani, Karim."* Jimmy wusste, dass das Betaisadona auf der Platzwunde brennen musste. Doch der schmale Junge war sehr tapfer. Er zuckte nicht zusammen und verzog auch sonst keine Miene. Nachdem der Amerikaner die Wunde gereinigt hatte, klebte er eine frische Mullbinde mit Pflaster auf Karims Stirn fest.

'Und nun?' dachte Jimmy. Er hatte jetzt den Jungen so weit versorgt, wie es ihm möglich war. Diese verfickten Afghanen hatten seine Kameraden getötet!

Dabei hatten sie nur Lebensmittel holen wollen. Doch irgendetwas ihn ihm ließ den jungen Amerikaner innehalten. Der Bruch musste dringend versorgt werden. Er konnte den Jungen ja unmöglich hier auf der Schotterstraße liegen lassen.

Jimmy deutete Karim gestikulierend mit seinen Armen an, dass er ihn jetzt die Straße entlang tragen würde. Der Junge schaute ihn nur mit großen Augen an, schien ihn aber zu verstehen. Er zeigte keine abwehrenden Reaktionen. Kurzerhand schulterte Jimmy sein Gewehr, hob den schmalen Jungen, der noch leichter war als er vermutet hatte, auf und trug ihn vorsichtig vor seiner Brust. Während er mit dem Jungen auf dem Arm die Piste hochging, legten sich langsam zwei dünne Arme um seinen Hals.

Das Ende der Kurve gab den Blick frei auf eine kleine Häuseransammlung in etwa zwei Kilometer Entfernung. Karims Gesicht erhellte sich. Er hob seinen Arm, zeigte in die Richtung und sprach aufgeregt einige für Jimmy unverständliche Worte.

Die Dorfbewohner sahen schon von weitem das sich nähernde eigenartige Gespann. Einige kamen ihnen entgegengelaufen. Die Frauen fielen in ein leises Wehklagen ein. Zwei bärtige Männer nahmen Jimmy den Jungen ab und trugen ihn in der Dorfmitte in ein Haus.

Bald war Jimmy umringt von lachenden Kindern. Die kleinen Kinderhände zupften fordernd an seiner Uniform herum. Die Kinderschar zog den Amerikaner aufgeregt durcheinander redend in ein Haus. Dort werkelten zwei Frauen am offenen Herd. Die Ältere wies ihn an, sich auf einen kleinen Schemel zu setzen und reichte ihm einen Becher heißen Tee, den er dankbar entgegennahm. Die Kinder plapperten hinter seinem Rücken weiter vor sich hin. Die jüngere Frau wurde resoluter und wedelte mit energischen Handbewegungen die Kinderschar aus dem Raum. Nun plapperte sie vor sich hin. Jimmy glaubte zwischendurch ein 'Karim' und ein 'Merabaani' zu verstehen. Auf jeden Fall waren die Frauen ihm gegenüber wohlgesonnen und freundlich. Wie offenbar das ganze Dorf. Das hätte auch anders kommen können.

Jimmy begann, sich zu entspannen. Er spürte jetzt, wie erschöpft er war. Der heiße Tee tat sehr gut. Er legte sein Gewehr neben sich ab und nahm seinen Helm vom Kopf. Er strubbelte sich durch seine vom Schweiß angeklebten Haare. Die beiden Frauen im Raum kicherten laut. Kurz darauf reichte die Ältere ihm einen Teller mit frisch gekochtem scharfem Gemüse und ein Fladenbrot. Er bedankte sich mit einem doppelten "Merabaani" und schlang gierig das Essen herunter.

Jimmy erwachte, noch immer den leeren Teller auf dem Schoß und den Löffel in seiner rechten Hand. Er musste kurz eingenickt sein, oder länger – keine Ahnung. Er fühlte sich wie gerädert. Reflexartig langte er sofort an sein Gewehr. Er war jetzt allein in der Küche. Die beiden Frauen waren nirgends zu sehen. Er setzte seinen Helm auf, erhob sich von dem Schemel und trat mit dem Gewehr vor der Brust vor die Tür. Der Dorfplatz war leer. Jimmy ging langsam zu dem großen Haus, in dem er die beiden Männer mit Karim hatte verschwinden sehen. Ihm fiel ein, dass er ja noch Karims Mütze bei sich hatte. Er fingerte sie aus seiner Jackentasche hervor und trat in das große Haus ein.

Dort lag Karim in der Mitte des Raumes. Sein gebrochenes Bein schien immerhin ordentlich geschient und war offensichtlich einigermaßen fachkundig behandelt worden. Um den Jungen herum wiegten sich etwa fünfzehn Frauen in kräftigem Singsang hin und her.

'Ob die etwa meinten, das gebrochene Bein des Jungen gesund singen zu können?' ging dem Amerikaner durch den Kopf. Trotz seines hochmütigen Gedankens berührte ihn die Szenerie der konzentriert singenden Frauen.

Aus einem Nebenraum vernahm Jimmy das Mittagsgebet der Männer. Von ihm nahm niemand Notiz. So viel Ehrfurcht hatte er doch, dass er die Zeremonie hier nicht stören wollte. Und Karims Mütze einfach auf den staubigen Boden legen, das ging auch nicht. Also setzte sich Jimmy still in eine Ecke des Raumes. Er stellte sein Gewehr ab und schlief sofort wieder ein.

Er fiel in eine Art Wachtraum. Ganz langsam, wie in extremer Zeitlupe, löste er sich vom Boden und entfernte sich schwebend von dem Geschehen. Trotz zeitlosem Gefühls löste er sich immer weiter von der Erde, sah den schmucklosen Raum, in dem die afghanischen Frauen Karim gesund sangen, sich selbst in der Ecke kauernd. Körperlos, zeitlos, realer als in einem Traum entschwebte Jimmy allmählich in das dunkle, schützende Schwarz des unendlichen Raums.

* * *

Als Jimmy aufwacht, ist der Raum leer. Vielmehr ist um ihn herum gar kein Raum mehr. Keine Wände, keine Möbel, keine Menschen.

'Da ist noch jemand!' hört er eine Jungenstimme. Moshe hat den Amerikaner neben sich entdeckt und wedelt sich für den Neuankömmling sichtbar.

Sein reflexartiger Griff nach seinem Gewehr funktioniert nicht. Jimmys blau aufleuchtenden Hände fassen ins Leere, gehen sogar durch einander hindurch.

'Ich bin Moshe. Wer bist du?' klingt es freundlich in Jimmys Kopf.

'Wo bist du denn?' fragt es ungläubig zurück.

'Sie müssen sich auf die blau fluoreszierenden Linien konzentrieren. Dann können Sie den Jungen erkennen.' antwortet Ming Chen.

Es gelingt dem Amerikaner nicht, seinen Verstand wirklich auf die blauen Linien vor sich zu konzentrieren. Es rotiert alles in seinem Kopf. Ist er nicht gerade noch in Afghanistan gewesen? Das erschien ihm manchmal schon verrückt genug. Aber das jetzt hier. Hier ist ja gar nichts mehr...

'Kommen Sie aus Afghanistan?' fragt ihn jetzt eine Frauenstimme. 'Ich bin Rosa, ich komme aus Deutschland.'

'Wieso aus Afghanistan... nein, ich bin Amerikaner. Ich komme aus Chicago. Mein Name ist Jimmy. Jimmy Fulton. Aber – fuck – wo sind wir hier? Was soll das, zum Teufel?'

Mit dem letzten telepathischen Gedanken taucht vor der kleinen Gruppe plötzlich eine weiße Wolke auf: 'Ihr seid jetzt alle eine Energiestufe höher als vorher auf der Erde. Ihr habt die dreidimensionale Welt verlassen und seid jetzt die feinstoffliche lichte Energie, die ihr eigentlich seid.'

Jimmy will sich die Augen reiben, weil er nicht glauben kann, was er da sieht und hört. Aber seine Hände gehen einfach durch seinen Kopf hindurch. Das konnte doch nur ein böser Traum sein.

'Es ist kein Traum hier, schon gar kein böser...' fährt die Gedankenstimme fort. 'Wir kommen zu euch in Liebe.'

Und zwei weitere weiße Wolken werden sichtbar.

'Wer seid ihr?' fragt Ming Chen, der von allen am gefasstesten geblieben ist.

'Nennt uns einfach Lichtwesen. Wir sind, was ihr in euren Science Fiction wohl 'Formwandler' nennt.'

Mit diesen Worten verwandeln sich die drei Wolken vor ihnen ihn drei große, weiß leuchtende geflügelte Engel, um im nächsten Moment zu einem leuchtenden Hund, einer leuchtenden Krähe und einem leuchtenden Löwen zu werden.

'Wir haben uns euch als Wolke genähert, weil euch das aus eurer Welt ein vertrautes Bild ist, neutral und vielleicht am wenigsten Furcht einflößend.'

Jimmy vernimmt zwar die Gedanken, aber er versteht nichts.

'Habt ihr mich entführt? Bin ich jetzt eine Geisel, oder was? Wenn nicht, muss ich umgehend zurück zu meiner Einheit!' regt sich der Soldat auf. Sein Nichtverstehen macht Jimmy immer aufgebrachter.

Die drei Lichtwesen reagieren, indem sie jedes einen Strahl rosa-grünen Lichts in Jimmys Richtung entsenden.

Moshe wedelt sich vor Jimmy zu vielen blauen Schlieren und sendet ihm: 'Du, das ist nicht schlimm hier, Amerikaner. Ich habe keine Angst. Und ich bin ganz nah bei dir. Wir sind einfach nur in einer anderen Welt. Mein Papa hat da viel von erzählt. Und der ist Rabbi, der weiß das.'

'Bin ich durch das Wolkenloch über dem Zikkurat hierher gekommen?' fragt nun Jihane die Lichtwesen.

'Ja. Genauso ist es, Jihane.' ist die freundliche Antwort. 'Ihr alle Sieben seid durch Energietore in diese Welt gekommen. Wir haben nur den Schleier, der unsere feinstoffliche von eurer dichten Welt trennt, kurz fortgenommen.'

'Wieso sieben?' fragt Ming Chen. 'Ich habe nur vier weitere Menschen hier ankommen sehen...na ja, spüren. Der Junge, das iranische Mädchen, Rosa und den Amerikaner. Also wir sind nur fünf, oder hat jemand von euch noch etwas anderes mitbekommen?'

'Zwei sind wohl noch auf dem Weg.' entgegnet das löwische Lichtwesen.

The Times of India *(auflagenstärkste Tageszeitung in Indien)*

Mysteriöse kilometerlange Linien in Reisfeldern

Die Reiskörner in den Provinzen in Punjab und Haryana sehen aus wie gigantische Murmeln, etwa kirschgroß. Sie sind nicht langgestreckt wie ein übliches Reiskorn, sondern tatsächlich kugelrund. Der Fruchtstand ist so schwer, dass die gesamte Reispflanze vor Beendigung ihres Wachstums durch dieses Gewicht zu Boden gedrückt wird. Als wäre das nicht schon seltsam genug, wachsen diese weltweit niemals zuvor gesehenen Reispflanzen auf verschiedenen Feldern in kerzengeraden Linien – über Kilometer ziehen die liegenden Reispflanzen einen Streifen durch das Land, von Feld zu Feld.

Biologen und Agrarwissenschaftler halten eine Mutation der Reispflanzen für ausgeschlossen. Dr. Sharma, ein Experte in Sachen Reisanbau und Zucht von Reissorten, sagte uns in einer persönlichen Stellungnahme: "Eine Mutation könnte höchstens ein Feld oder einen Bereich eines Reisfeldes betreffen. Das Saatgut eines Reisfeldes stammt in der Regel aus einer, maximal zwei bis drei Chargen mit jeweils dem gleichen Erbgut. Eine solch bizarre Ausbreitung einer Wachstumsveränderung kann sich natürlicherweise niemals entlang einer solch kilometerlangen, schmalen Linie entwickeln. Ich habe keinerlei Erklärung für dieses Phänomen..."

Bild Zeitung

Sylt und Amrum evakuiert – Klimawandel schuld?

Nun ist der Klimawandel auch bei uns angekommen. Seit Tagen schon toben gewaltige Hurrikans bei uns nie gekannten Ausmaßes über der Nordsee. Ein völlig neues Phänomen seit Beginn der Wetteraufzeichnung. Die zerstörerische Wetterfront nähert sich zügig der deutsch-dänischen Nordseeküste. Vorsorglich wurden die Promiinsel Sylt und ihre Nachbarin Amrum evakuiert...

6

Die Soldaten kamen an einem klaren Sommertag. Die schneeweißen, mit leuchtendem zinnoberrot abgesetzten Häuser mit ihren trapezförmigen, aus dunklem Holz gefertigten Fenstern und den bunten Tüchern, Teppichen und Fahnen strahlten dem tiefblauen Himmel entgegen. Wie kleine Sonnen glänzten goldene Giebel und ein Rad des Dharma, das buddhistische Symbol des Kreislaufs des ewigen Lebens, im Licht. Das Kloster lag am Ende eines Tals, etwa 40 Kilometer westlich von Lhasa, der Hauptstadt Tibets. Die Gebäude hockten wie kleine Schwalbennester in dem steil aufragenden unbewaldeten Berghang.

Neun Nonnen saßen im Yogasitz auf bunten Teppichen auf dem Boden. Sie waren in tiefes Gebet versunken. Die plötzliche Anwesenheit chinesischer Soldaten schienen die Frauen gar nicht zu bemerken. Wie in Trance hallte unverändert ihr kräftig-monotoner Singsang durch den bunt geschmückten, aber kaum von Tageslicht erhellten Gebetssaal. In regelmäßigem Abstand zog der durchdringende Ton einer angeschlagenen Klangschale durch den Raum, gefolgt vom einem schrillen Zimbeln-Klang. Auch die beiden Nonnen, die diese Instrumente bedienten, hielten ihre Augen trotz der knallenden Geräusche der schweren Militärstiefel geschlossen.

Schnell ließen die eingedrungenen Soldaten ihre anfängliche Ehrfurcht vor dieser von tiefer Konzentration getragenen Gebetszeremonie fallen. Harsche Kommandos auf Chinesisch zerrissen den sanft wabernden Singsang der Nonnen.

Einer der Soldaten, offenkundig der Kommandant, schrie durch den Raum, sie sollten endlich still sein.

Doch trotz der Gewalt in seiner Stimme schien der Mann von der Situation und seiner Rolle auch unangenehm berührt zu sein.

Die neun Frauen verstummten erst, als zunächst ein zwar sehr hohes, aber dennoch sehr energisches Bellen ertönte, das sogleich in ein Knurren überging. Augenblicklich folgte ein Schuss.

Eine der Nonnen sprang mit einem spitzen Schrei auf, beugte sich über das kleine blutüberströmte Fellknäuel und lief mit gebrochenem Murmeln aus dem Gebetssaal. Die Soldaten ließen sie stumm passieren.

Für eine kurze Ewigkeit war es totenstill im Raum. Dann wurde die Stille zerschnitten von Militärkommandos.

"Wer ist hier die Chefin?"

"Wo ist die Vorsteherin?"

"Wo ist eure Bibliothek?"

Nyima, die Vorsteherin des Nonnenklosters Nenang, war eine kleine drahtige Frau – mit der Ausstrahlung eines Felsendrachens. Jedenfalls wenn es gebraucht wurde. Mit gleichmäßigen, bedachten Bewegungen erhob sich Nyima vom Boden und ging mit einem stummen Gebet auf den Lippen zu dem erschossenen Hund. Sie beugte sich langsam zu dem einst schneeweißen Tibet Terrier herunter und schloss sanft seine Augen. Als sie den kleinen Hund hochheben wollte stieß ihr einer der chinesischen Soldaten den Gewehrkolben gegen die Brust, sodass die kleine Frau zur Seite taumelte.

Nun sprang eine weitere Nonne auf und baute sich in ihrer ganzen Größe vor dem chinesischen Soldaten auf. Neben der großen und kräftigen Frau wirkte der körperlich viel kleinere Soldat beinahe zart. Tashima war eine Kampa-Frau. Mit ihren großen tiefschwarzen Augen blitzte sie den Soldaten von oben herab an. Dieser wusste sogleich, dass er eine stolze Kampa vor sich hatte, eine Vertreterin der einst räuberischen und kriegerischen Ethnie im tibetischen Himalaja. Kampas hatten seinerzeit bis auf den letzten Blutstropfen den Dalai Lama beim Einmarsch der chinesischen Besatzungstruppen verteidigt – aufgrund der militärischen Überlegenheit der Chinesen letztlich allerdings vergeblich.

Der Soldat wich einen Schritt vor der stattlichen Frau zurück, legte aber sein Gewehr an. Nyima erfasste in Sekundenschnelle die Situation. Weiter ihre Lippen in stummem Gebet bewegend richtete sie ihren Körper in Richtung auf die aufgebrachte Kampa-Nonne aus und schaute konzentriert in ihre Richtung. Augenblicklich drehte sich Tashima zu ihr um. Die Blicke der beiden Frauen trafen sich, wie mit einem lautlosen Klirren. Nyima senkte nur langsam ihren Blick zu Boden. Es war wieder kein Laut zu hören. Dann sank Tashimas kräftiger Körper wieder zum Boden und nahm die Gebetshaltung ein. Leise begann Tashima Mantren zu murmeln. Ebenso leise stimmten die sieben übrigen Nonnen mit ein.

Nur Nyima blieb aufrecht stehen. Weiterhin ihre Lippen in stummem Gebet bewegend ging die kleine Person mit ruhigen Schritten, ohne den Blick irgendeines Menschen im Raum zu beantworten, zu einem Regal und holte eine Decke hervor. Nyima legte diese in eine kleine Nische an der Seite des Gebetsraumes. Dann hob sie den toten Hund auf und bettete seinen

Körper auf die Decke. Mit einem Teil der Decke deckte sie die rote Wunde an der Brust des Tibetterriers zu, so dass sein weißer Kopf unbedeckt blieb.

Nun erst richtete Nyima ihren Blick auf die Menschen im Raum. Sie forderte zwei Nonnen auf, sie mögen am Kopf- und am Fußende des toten Hundes das Totengebet verrichten.

Langsam ging Nyima auf den Kommandanten zu: "Ich bin die Vorsteherin des Klosters Ninang. Mein Name ist Nyima. Was wollen Sie?"

Freundlich, aber bestimmt kamen die Worte aus ihrem noch immer offen freundlichen Gesicht. Mit ruhigen Handbewegungen wies sie die übrigen Nonnen an, den Gebetssaal zu verlassen. Bald stand die kleine Frau allein vor dem guten Dutzend chinesischer Soldaten mit ihrem Kommandanten.

Es war nicht das erste Kloster, dass der chinesische Kommandant aufsuchte. Der selbstlose Mut der tibetischen Mönche war ihm schon vielfach begegnet. Aber nun war er in einem der wenigen Nonnen-Klöster. Und die ruhige Gelassenheit, mit der ihm hier nun diese zarte Person gegenüberstand, beeindruckte den Chinesen doch sehr. Ob er wollte oder nicht.

So wechselte er in einen neutralen, fast freundlichen Tonfall. Er fragte die Vorsteherin nach ihrer Bibliothek. Nyima zeigte daraufhin auf eine Tür. Sie stellte keine Fragen. Sie wusste, was nun kommen würde.

Der Kommandant gab seinen Soldaten ein Zeichen. Dabei konnte er den Blick der kleinen Nonne vor sich kaum aushalten und musste seinen Blick zu Boden senken. Er hatte auch nur seine Befehle.

Während dieses kurzen stummen Zwiegesprächs zwischen diesen beiden in so unterschiedlichen Lebenswirklichkeiten agierenden Menschen stürmten die Soldaten in den angezeigten Bibliotheksraum. Einer nach dem anderen kam mit Armen voller Schriftrollen und den typischen langgestreckten tibetischen Büchern, doppelt beschriebenen Papieren zwischen zwei kunstvoll verzierten Holzdeckeln, aus dem Raum wieder hervor und verschwand durch den Ausgang des Gebetsaals. Eine knappe dreiviertel Stunde dauerte das Ausräumen der Klosterbibliothek durch die Soldaten. Während der ganzen Zeit hatten der Mann und die Frau stumm voreinander gestanden. Nyima hatte ausdruckslos in das Gesicht des Chinesen geblickt, während dieser ebenso ausdruckslos auf den Boden gestarrt hatte.

Der Kommandant räusperte sich: "Und nun die geheimen traditionellen Bücher und Schriftrollen!" Er bemühte sich um einen harten Tonfall.

Nyima ging, stumm gefolgt von dem Kommandanten, in einen weiteren Raum und öffnete ein in die weiße Wand eingelassenes Geheimfach. Die Vorsteherin wusste, dass Widerstand hier zwecklos war, höchstens in Gewalt eskalierte. Der Kommandant selbst entnahm, sogar mit einer gewissen Vorsicht, die darin liegenden acht langgestreckten Bücher mit reich verziertem und vergoldetem Buchdeckel. Dabei handelte es sich um bis jetzt sorgsam gehütete Kostbarkeiten des Bön-Buddhismus, der ältesten spirituellen Tradition Tibets.

Kurz streiften sich die Blicke des Chinesen und der Tibeterin. Dann verließ er mit seinen tuschelnden Soldaten im Gefolge den Gebetssaal. Von draußen war durch die geöffnete Tür das Prasseln des Feuers im Hof zu hören.

Sofort nachdem die Soldaten den Raum verlassen hatten ging Nyima zu dem toten Hund. Sie selbst hatte ihn schwer verletzt vor vier Jahren gefunden und gesund gepflegt. Sie hatte ihn Sonam genannt, tibetisch für Glück. Und der kleine Bursche hatte den Nonnen jeden Tag mit seinem dankbaren und fröhlichen Wesen Glück und Liebe in ihre Herzen gebracht. Nun war er tot, weil er seine Menschenfamilie hatte verteidigen wollen.

Nyima hockte sich neben die beiden noch betenden Nonnen vor Sonams toten Körper. Sie klinkte sich in das Totenritual mit ein, um für den sanften Übergang seiner Seele eine Lichtsäule aufzubauen. Nach und nach kamen die übrigen sechs Nonnen dazu, hockten sich hinter sie und stimmten in die Totengebete mit ein.

Einige Stunden verbrachten die Nonnen so im respektvollen Gebet zum Wohlergehen von Sonams Seele.

Plötzlich spürte Nyima, wie sich das Energiefeld des toten Hundes veränderte. Die von dem toten Hundekörper aufsteigende Energiesäule wurde dichter und heller. Und dann erfasste eine gleißend helle Lichtsäule durch den Hundekörper hindurch die kleine Nonne. Mit dem Zusammenfallen der Lichtsäule war der tote Körper von Sonam aus dem Gebetsraum verschwunden. Und mit ihm die Klostervorsteherin Nyima.

* * *

Ein kleiner weißer Tibetterrier rennt aufgeregt zwischen den blauen Schlieren hin und her, über denen immer wieder Bruchstücke von Gesichtern zu erkennen sind. Die kleine Nonne ist für die fünf anderen erstaunlich gut wahrzunehmen, im Gegensatz zu ihnen selbst.

Sie hockt sich gelassen im Schneidersitz hin. Ihre Bewegungen und ihr gesamter Ausdruck wirken sehr gelassen. Sonam springt sofort in ihren Schoß. Das heißt, eigentlich versinkt der kleine Hund eher im Schoß der Tibeterin. Sie scheinen regelrecht miteinander zu verschmelzen. Das weiße Leuchten von Sonam geht auf Nyima über. Die tiefe Ruhe der Nonne kuschelt Sonam ein, der sich in ihrem Schoß zusammenrollt.

'Ich werde Sonam genannt, weil ich anderen gern ein Lächeln in den Augenblick bringe. Diesmal ist Nyma mitgekommen. Unsere Herzen sind miteinander verbunden.'

'Der weiße kleine Hund hier spricht ja!' wundert sich Rosa. 'Er freut sich auf die Abenteuer mit uns. Und er heißt Sonam.'

'Hunde und auch andere Tiere sprechen immer mit uns. Nur die Menschen hören nicht. Sie sind zu beschäftigt.' antwortet Nyima.

'Er ist so niedlich. Ich wollte schon immer einen Hund haben. Aber mein Vater ist dagegen. Er sagt, Hunde sind *meluchlach*[1].' Moshes blaue Schlieren nähern sich dem leuchtenden Sonam.

---

[1] *hebräisch für schmutzig*

Jimmy: 'Der Hund ist die ganze Zeit voll zu sehen. Fast so wie der Typ gerade. Puh! Ganz schön strange das alles hier.'

Auch Jihane steuert ihre Gedanken bei: 'Mein Großvater sagt immer, dass die Tiere viel näher an Allah sind als wir.'

Moshe: 'Ja, mein Vater auch. Die Welt der Tiere ist höher als unsere.'

Endlich meldet sich Sonam zu Wort: 'Ihr könnt mich auch selber fragen, ihr lieben Menschen. Ich stehe direkt neben euch.'

Rosa entfährt: 'Ich habe noch nie mit einem Hund gesprochen!'

Jimmys zustimmend nickender Kopf zieht blaue Streifen neben Rosa.

Sonam darauf: 'Dann wird es aber Zeit.'

Dabei wedelt sein Schwanz freundlich blaue Schlieren in der Gallerte.

Rosa kommt eine Freundin in den Sinn, die mit ihrem Labrador bei einer Tierkommunikatorin gewesen war. Dieser Frau hatte der Hund offenbar irgendwie mitgeteilt, dass er gerne eine rosafarbene Decke in seinem Körbchen haben wollte. Eine solche Decke hatte ihre Freundin, zwar noch ziemlich skeptisch, aber dennoch rasch besorgt. Daraufhin begann Lukas, so hieß der Labrador, wieder Freude an seinem Leben zu entwickeln. Er machte sich sofort über das Futter in seinem Napf her.

'Die rosa Farbe hat sanft die Herzensenergie von Lukas erhöht. Das hat ihm wieder Lebensmut und Lebenskraft gegeben. Lukas hat sehr viel Herzensenergie für deine Freundin ausgeglichen. Das hatte ihn sehr angestrengt.'

Rosa zuckt zusammen. Sie ist überrascht, dass die Lichtwesen so präzise auf ihre Gedanken antworten. Sie scheinen nicht nur ihre aktuellen Gedanken lesen und verstehen zu können, sondern auch in das Gedachte eintauchen zu können, bis in die Vergangenheit.

Ihre Freundin hatte tatsächlich zuvor eine schwere Lebensphase durchgemacht. Ihr Lebenspartner war plötzlich und unerwartet durch einen Herzinfarkt gestorben. Die beiden hatten einander sehr geliebt. Und ihre Freundin war daraufhin lange Zeit in einem Verlustschock erstarrt. Sie funktionierte zwar einigermaßen in ihrem Alltag, aber Rosa kam sie eher wie eine leere Hülle vor. Und jetzt erinnert sich Rosa, dass Lukas nie von ihrer Seite gewichen war.

'Das ist ja alles schön und gut. Aber was machen wir hier?' fragt Jimmy, langsam ungeduldig werdend.

'Ja, eine gute Frage' pflichtet Rosa dem Amerikaner bei. 'Und wenn ich bislang irgendetwas verstanden habe, dann, dass das hier nun so überhaupt nicht unsere Welt ist. Ihr sagt, Lichtwesen, dass wir hier etwas zu tun haben. Aber wie sollten wir hier etwas ausrichten, wo wir doch kaum mehr sind als blaue herumwedelnde Schlieren in einem leeren Raum...'

Vor ihren Augen verschmelzen nun die drei tierähnlichen Lichtwesen zu einer aufrechten, menschenähnlichen Gestalt: 'So ist es sicherlich einfacher für euch, mit uns zu kommunizieren.'

Etwas schüchtern meldet sich Jihane: 'Und mein Großvater wird sich furchtbare Sorgen machen. Er wird mich überall suchen. Wir waren zusammen im Zikkurat. Und er hat noch gesagt, ich soll nicht in die Gänge gehen. Aber ich war zu neugierig. Und dann war ich plötzlich auch schon hier. Er wird sich so schreckliche Sorgen um mich machen, weil er mich nicht mehr findet.'`

Jihane ist völlig verzweifelt.

'Ja, das stimmt. Auch Christine wird sich furchtbar darüber erschrecken, dass ich mit einem Mal verschwunden bin,' ergänzte Rosa.

'Oh, da habe ich mehr Glück. Mein Papa merkt erst mal gar nicht, dass ich nicht mehr da bin. Der ist immer sooo beschäftigt. Ich finde das toll hier. Aufregend. Mal ein richtiges Abenteuer. Ein bißchen so wie Spiderman mit Star Trek im Krieg der Sterne:'

Moshe scheint der einzige zu sein, der Gefallen an der Situation findet, in der sich die Sieben nun befinden.

Teil 2

1

'Das sind viele Fragen auf einmal, ihr lieben Menschen', entgegnet das in klarem Blau vor ihnen leuchtende Lichtwesen in weiterhin bedächtiger Ruhe.

'Ich fange mal mit euren Befürchtungen an. Dein Großvater, liebe Jihane, wird gar nicht bemerken, dass du weg bist. Und auch deine Kollegin, liebe Rosa, wird das gar mitbekommen. Wir ziehen hier für euch alle die Zeit zusammen. Gleichzeitig wird die Zeit dort, von wo ihr hergekommen seid, gedehnt. Und wenn ihr dann zurückkommt an euren Ort, dann ist dort nur die irdische Zeit eines Wimpernschlags vergangen. Also macht euch keine Sorgen.'

'Sind wir dann jetzt Zeitreisende?' Moshe ist ganz aufgedreht.

'Ich kenne das aus Star Trek Discovery,' denkt Rosa. 'Michael Burnham und Philippa Georgiou, und ihr alter Ego aus dem Spiegeluniversum, reisen auch durch Zeit und Dimensionen. Irgendwie ging das durch bestimmte energetische Portale...'

'Ja, so ähnlich Moshe und Rosa,' antwortet Lichtwesen.

'Das ist ja alles schön und gut, irgendwie auch cool. Trotzdem – was sollen wir hier? Zwei Kinder, ein Hund und vier Erwachsene, wenn ich das richtig beobachtet habe. Und dann aus aller Herren Länder. Was soll das für ein Job sein?' Die Ungeduld des jungen amerikanischen Soldaten wächst.

'Beginnen wir mit euch. Ihr seid alle auf der Suche nach dem Licht – natürlich bis auf Sonam. Er ist immer im Licht und hält die Verbindung, auch wenn er auf eurer dreidimensionalen Erde ist.' beginnt das Lichtwesen. Sonams Schwanz wedelt leuchtend durch den Schoß der Nonne, sodass er wie ein weißer Osterhase in einem blauen Nest aus phosphorisierenden Schlieren sitzt.

'Ihr nennt es Gott, Allah, Jawhe, Buddha, Elohim oder einfach Quelle. Ihr seid alle auf eurem Weg. Wir haben nur einige Tore etwas weiter geöffnet und den Schleier des Vergessens etwas geliftet, sodass diese Übergänge leichter für eure Energiekörper zu durchschreiten sind. Und da ihr Sechs hier seid, heißt das, dass ihr bereit seid.'

Sonam bellt aus seinem gemütlichen Nest heraus.

'Aber sicher. Ihr Sieben. Sonam kann das sowieso. Ihr sechs seid Menschen, die von sich selbst absehen können, die bereit sind, etwas für andere zu tun. Und die es auch tun. Ihr habt Zugang zu eurem Herzen. Ja, und für dich Sonam ist das Hiersein ohnehin selbstverständlich.'

Das Lichtwesen schaut von oben sanft auf den Terrier herab, dessen weißes Fell von Innen her strahlt. Sonams Leuchten erhellt seine ganze Umgebung.

'Wieso können wir den Hund einfach so sehen, uns aber nur über die blauen Schlieren, wenn wir uns bewegen?' fragt Rosa das Lichtwesen.

'Tiere verlassen niemals vollständig die geistige Dimension, die ihr auch die fünfte Dimension nennt. Tiere wurden auf einer höheren energetischen Ebene geschöpft als ihr Menschen.'

'Ja', prustet es aus Moshe heraus, 'die Tiere werden in Jezira von Gott erschaffen. Und sie können zwischen den Welten hin und her gehen. Wir Menschen sind in Assia, in der Welt von Materie und Handlung. Die meisten Menschen bleiben dann noch die meiste Zeit in Malkuth, der untersten Energiestufe in dieser Welt Assia. Und die Tiere können einfach immer zwischen diesen Welten wechseln.'

Moshe hält kurz verwirrt inne über die irgendwie aus ihm herausgefallenen Worte. Er wedelt aufgeregt mit seinen Händen, so dass ein blauer Schlierenball vor seinem Kopf entsteht, was den Jungen für alle anderen Menschen hier sichtbar macht.

'Oh. Entschuldigung. Tut mir leid, dass ich da so rausgeplatzt bin. Ich weiß das alles überhaupt nicht. So etwas weiß eigentlich alles nur mein Vater. Der ist ja Rabbiner. Mit den Welten kenne ich mich gar nicht aus. Das ist ja nur für Erwachsene.'

Lichtwesen spricht sanft zu dem jüdischen Jungen: 'Wahrscheinlich hast du einen Seelenanteil von deinem Vater mitgenommen oder mitbekommen, als du hierher gekommen bist, lieber Moshe. Das ist wunderbar. Trau dich ruhig und teile deine Gedanken mit uns, vor allem auch mit deinen Gefährten. Die Kabbala kann euch sicherlich helfen bei dem, was noch vor euch liegt.

Noch Mal zu Sonam. Ihr Menschen denkt meistens nur, dass eure Tiere, eure Hunde, eure Katzen oder eure Kühe schlafen oder dass sie vor sich hin dösen. Doch sie verlassen dabei oftmals ihren irdischen Körper, um sich in der geistigen Welt aufzuhalten. Und wenn ihr denkt, dass ein Tier stirbt, dann bleibt es einfach nur dort. Dort in der geistigen, der feinstofflichen Welt. Und lässt dann einfach seine physische Hülle auf der dichten Erde zurück.'

'Deshalb blieben die Hunde im Rudel von meiner Freundin Hilde immer so ruhig und gelassen, auch wenn einer ihrer Freunde im Sterben lag oder sich ganz verabschiedete,' geht es Rosa durch den Kopf.

Lichtwesen nickt ihr zustimmend zu. 'Sie haben keine Angst zu gehen. Die Tiere kennen den Ort bereits, wohin ihre Seele nach ihrem physischen Tod geht.'

'Sonam kann nicht mehr ganz auf die Erde zurück. Sein irdischer Körper ist tot. Seine Hülle dort unten ist leer.' Still und ruhig kommen diese Gedankenworte aus der kleinen, zwischen ihnen kauernden Nonne hervor. Sonam setzt sich freudig in ihrem Schoß auf.

Moshe fragt mit der unverstellten Neugierde eines elfjährigen Jungen: 'Und sag mal, Lichtwesen, wieso kann ich dich hören und verstehen, wo ich dich gar nicht richtig sehen kann?'

'Stimmt!' unterstützt Jihane den Jungen. 'Es entstehen doch immer blaue Schlieren hier, wenn wir uns bewegen. Aber ich höre auch etwas, wenn nichts Blaues auftaucht. Auch von den anderen hier, die ich noch weniger sehen kann als dich. Die Worte kommen dann ja wohl nicht aus dem Mund, oder?'

Ming Chen steuert zurückhaltend seine Gedanken bei: 'Das ist wohl Telepathie, was wir hier erleben. Oder?'

'Tetepa... was?' fragt Moshe nach.

'Telepathie,' wiederholt der Chinese. 'So etwas wie Gedankenlesen.'

Rosa ist schon eine ganze Weile sehr still und in sich gekehrt. Es gehen ihr verschiedene Bilder durch den Kopf: konzentrische Kreise um einen zylinderförmigen kleinen Turm. Wie wenn ein Stein ins Wasser fällt, nur umgekehrt. Dictyostelium discoideum bewegt sich in Wellen auf ein Zentrum zu, ohne auch nur einen Laut von sich zu geben.

Lichtwesen kann offenbar als einziger in dieser Runde Rosas zurückgehaltene Gedanken und Bilder lesen.

Es ermuntert die Deutsche: 'Ja Rosa. Das ist schon mal ein Anfang, um die nicht gesprochene Kommunikation zu verstehen, sich ihr erst einmal anzunähern. Willst du den anderen vielleicht deine Gedanken mitteilen?'

'Ja, das kann ich natürlich gerne tun. Aber das ist natürlich keine Telepathie. Eigentlich ist es Biochemie, lebendigste Biochemie. Einfach, aber faszinierend. Das hat mich schon damals im Studium von den Socken gehauen. Ich bin ja Biologin, also Biologie-Lehrerin. Aber, wie gesagt, das ist beileibe keine Telepathie. In mir ist nur seltsamerweise das Bild dieser Schleimpilze aufgetaucht angesichts unserer neuen Form der Kommunikation hier oben.'

'Das stimmt. Doch dieses Beispiel aus eurer Biologie macht allen vielleicht deutlich, was auf der dreidimensionalen Erde bereits an vielfältiger Verständigung geschieht. Was überhaupt alles möglich ist, sich eben nicht nur über das gesprochene Wort untereinander zu verständigen.' ermuntert das Lichtwesen.

'Also gut.' beginnt Rosa. 'Nun ja, da gibt es die Schleimpilze. Die heißen biologisch Dictyostelium discoideum. Das sind winzige einzellige Organismen. Die leben quasi überall in der Erde. Zu tausenden in einem Teelöffel Erde. Auf unserer Erde.'

Rosa muss laut loslachen. Ist schon bizarr, hier in dieser feinstofflichen Welt ein Faszinosum aus dem Erdreich zum besten zu geben, dem eher dreckigen Gegenstück zu der feinen durchscheinenden Welt, in der sie sich offenkundig derzeit befinden.

Sie fährt fort: 'Also wenn die Ernährungslage gut ist, wenn also genügend Bakterien in der Erde vorhanden sind, dann leben diese Schleimpilze als Einzeller. Sie sehen dann aus wie Amöben, und verhalten sich auch so. Sie kriechen durch Veränderung ihrer Form umher. Sie stülpen sogenannte Scheinfüßchen aus, das heißt, diese Scheinfüßchen fließen eher aus und der Rest der Zelle fließt dann nach. Das habt ihr bestimmt schon in der Schule oder im Fernsehen gesehen. Und so umfließen die Schleimpilze dann auch Bakterien, um sie zu fressen.

Aber wenn eine Hungerperiode kommt, also nicht mehr ausreichend Bakterien vorhanden sind, geschieht etwas Faszinierendes. Nach einer anfänglich ziemlich chaotisch wirkenden Unruhe richten sich tausende, ja hunderttausende der Amöben auf einen einzigen Punkt hin aus. Alle Schleimpilz-Amöben in der Umgebung fließen sternförmig auf diesen einen Punkt zu. Und wenn man sich das in Zeitlupe und mit bestimmter Technik anschaut, kann man rhythmische Bewegungswellen der wandernden Zellen erkennen. Ein synchronisiertes Schwingen und Vibrieren von zuvor noch einzeln dahinfließenden kleinsten Lebewesen. Wie ein in synchronen Wellen schwingender Stern.

Dieses Bild tauchte bei mir eben auf, als ich über unsere telepathische Situation hier nachdachte. Keine Ahnung warum. Denn die Wissenschaftler haben schon länger entschlüsselt, was hier geschieht: Hungernde Schleimpilzamöben setzen einen Botenstoff frei – wen es interessiert: cAMP, das Energiemolekül cyclisches Adenosinmonophosphat. Und da wo am meisten von diesem Botenstoff freigesetzt wurden, da geht es für jede Amöbe hin. Sie folgen also alle einem Konzentrationsgradienten des Botenstoffes: von wenig immer dahin, wo mehr davon ist. Man geht davon aus, dass die Freisetzung in bestimmten Zeitintervallen abläuft. So erklärt man sich das von oben zu betrachtende Pulsieren des wandernden Sterns aus den unzähligen Amöben.'

'Ich kann sie sehen, diese kleinen Kriechpilze. Ich kann sie wie einen Film sehen.' sprudelt es begeistert aus Moshe heraus.

'Habt ihr das jetzt auch im Kopf?' fragt der Junge mit großen Augen in die kaum sichtbare Runde.

'Ich sehe auch so etwas wie einen Film mit den kriechenden Amöben. Und auch eine Grafik mit dem ganzen Entwicklungszyklus der Schleimpilze.' Jihane ist zwar auch erstaunt über das plötzliche Kopfkino, aber bleibt gelassener als Moshe.

Ming Chen scheint die auch in seinem Kopf aufgetauchten Infos ausführlich zu analysieren: 'Faszinierend!'

'Nun gut,' wirft das Lichtwesen ein. 'Das ist die Erklärung eurer Wissenschaftler. Es liegt natürlich auch noch etwas Energetisches darüber. Aber dazu später.'

'Na ja, mit feinstofflichen Energien haben wir Biologen es nicht so. Die kann man ja nicht beobachten oder gar messen.' antwortet Rosa etwas amüsiert.

'Das ist eine Frage der zur Verfügung stehenden Beobachter und Messinstrumente.' entgegnet Lichtwesen. 'Erzähl uns doch bitte die Geschichte der Schleimpilze zu Ende.'

'Nun ja. Im Zentrum des schwingenden Sterns tun sich die Amöben dann zu einem Verband zusammen, der aussieht wie eine Mini-Nacktschnecke und der sich auch verhält wie eine winzige Nacktschnecke. Und zwar wie eine einzige Mini-Nacktschnecke. Gerade noch einzeln unterwegs, kriechen nun abertausende, ehemals einzelne Lebewesen wie ein einziges neues durch die Welt. Die Zellen verschmelzen nicht. Aber der ganze Zellverband ist bald von einer Schleimschicht umgeben. Eben wie bei einer echten Nacktschnecke. Die Autonomie der einzelnen Amöben ist nun komplett dahin. Jetzt agieren die Zellen wie ein einziges, wie ein neues Lebewesen. Und wie eine einzige Nacktschnecke kriecht dieser Zellverband nun in eine neue Umgebung, in der Hoffnung auf neue Nahrung, Bakterien. Dort bildet sich dann an einem langen Stiel ein Fruchtkörper aus. Wie ein Minipilz – allerdings mit einem sehr kleinen Hut. Die ehemals gleichen Zellen übernehmen dabei verschiedene Aufgaben. Sie werden entweder Stiel oder Kappe oder Spore. Schließlich werden dann von hoch oben Sporen freigesetzt. Wie Pflanzensporen können diese nun so lange überdauern, bis wieder gute Ernährungsbedingungen vorliegen, also ausreichend Bakterien in der Umgebung. Dann schlüpft aus jeder Spore eine Schleimpilz-Amöbe. Das Wunder kann wieder von vorne beginnen.

'Was es alles gibt!' entfährt es einem verblüfften Jimmy.

'Wir haben die Schleimpilze in der Schule durchgenommen.' steuert Jihane bei. 'Wir haben mit der Klasse etwas Erde von unter den Bäumen aus unserem großen Stadtpark geholt. Und daraus haben wir dann die Schleimpilze gezüchtet. Die kleinen Pilzchen mit den Sporen konnten wir sogar mit bloßem Auge erkennen. Ich fand das auch total toll. Wir haben auch eine tolle Biologie-Lehrerin.'

'Wir machen in Bio nie so spannende Sachen!' beschwert sich Moshe.

'So kann das gehen, Moshe,' bemerkt Ming Chen. 'Ich habe von diesem wundersamen Lebewesen auch noch nie etwas gehört. Und ich bin nun wirklich schon eine Menge an Jahren länger auf dieser Welt als du, Junge.'

'Und auch wenn sie noch so klein sind, also auch als einzelne Amöbe, sind es beseelte Lebewesen. Wie alle Menschen, wie alle Tiere, oder wie alle Pflanzen. Daher erscheinen sie auch bei uns im fünfdimensionalen Raum. Ohne die Anhaftung an die Schwerkraft auf der Erde sind sie bei uns frei schwebende Wesen. Und auf ein bestimmtes Signal hin, auf eine bestimmte Schwingung hin, schließen sie sich auch hier zu vielen zusammen.' Das Lichtwesen zeigt den sechs astralen Menschen über seine Gedanken bewegte Bilder von ihnen wie schwebende Lichtpunkte. 'Sie helfen hier in der fünften Dimension unter anderem die Lichtsäulen zu stabilisieren, wenn die Seelen von Lebewesen auf der Erde hierhin aufsteigen.'

'So ähnlich wie die Lichtwesen, die kleinen leuchten Samen vom Baum der Seelen in dem Film 'Avatar'? Atokirina hießen diese Waldgeister glaube ich in der Sprache der Na'vi. Die haben auch dabei geholfen, von einer in die andere Ebene zu kommen. Und die Samen werden Verstorbenen für einen lichtvollen Übergang mit ins Grab gegeben.' will Rosa wissen.

'Ja, könnte man sagen, so in etwa.' antwortet Lichtwesen. 'Viele eurer Science Fiction Filme beziehen sich auf Informationen oder Offenbarungen aus der geistigen Welt – ob bewusst oder unbewusst.'

'Wale und Fledermäuse sprechen auch ohne Worte miteinander. Das haben wir in der Schule gelernt. Die machen keine Sprache mit Worten, sondern sie reden mit Ultraschall miteinander.' steuert Moshe aufgeregt bei, der auch etwas sagen möchte. 'Das können wir mit unseren Ohren gar nicht hören. Das ist viel, viel, viel zu hoch für uns.'

Darauf Jihane: 'Mein Großvater kann einfach so mit Tieren sprechen. Er versteht genau, was sie brauchen, was sie fühlen, ob sie Schmerzen haben. Und manchmal sagt er auch seltsame Sachen, wie, dass unser Hund mir sagt, dass ich jetzt diesen einen bestimmten Weg nicht entlang gehen soll, weil da etwas Dunkles auf dem Weg ist, was nicht gut für mich ist.'

Für Nyima ist es völlig selbstverständlich, mit anderen Lebewesen außer Menschen zu sprechen. Das verstehen alle aus ihren Gedanken. Die Tibeterin schweigt.

Ming Chen hingegen holt seine physikalischen Kenntnisse hervor: 'Kann man Telepathie nicht mit der Quantenverschränkung erklären? Genau Entgegengesetztes geschieht zur gleichen Zeit an einem anderen Ort, ohne dass die beiden beobachteten Teilchen miteinander Kontakt haben.'

'Kannst du das etwas genauer erklären?' fragt Rosa.

'Sicher. Gerne. Zwei Lichtteilchen werden miteinander verschränkt zu einem gemeinsamen quantenphysikalischen Zustand: Photon A und Photon B. Anschließend werden sie räumlich getrennt. Das kann ein Meter, 10.000 km oder bis an das Ende unseres Sonnensystems sein. Wenn nun ein Sender das Photon A mit einer Information überlagert, also einer Botschaft, die er quasi verschicken möchte, passiert etwas Faszinierendes. Automatisch ändert sich auch der Zustand des entfernten Photons B. Das heißt, die Information ist übertragen. Und zwar augenblicklich. Ohne dass Zeit vergeht. Also auch ohne dass irgendetwas, was auch immer das sein sollte, zur Beeinflussung von Photon B die erforderliche Strecke zurücklegt.'

Der bislang eher zurückhaltende chinesische Qigong-Master ist voll in seinem Element. Er sprudelt förmlich über: 'Die Quantenverschränkung ist also kein lokales Phänomen. Sie vernachlässigt Zeit und Raum. Einfach faszinierend! Einstein nannte die zu seiner Zeit zunächst nur theoretisch postulierte Quantenverschränkung 'spukhafte Fernwirkung'. Er war ziemlich unglücklich damit. Heute finden diese physikalischen Experimente in Österreich, in Wien beziehungsweise auf den Kanarischen Inseln tatsächlich statt. Dafür gab es 2022 auch den Nobelpreis für Physik. '

'Ja und nein. Es sind ja immer noch Teilchen, an denen eure Wissenschaftler dieses Phänomen entdeckt haben. Die Quantenverschränkung geht eher in die Richtung Paralleluniversen. Paralleluniversen existieren auf parallelen Zeitlinien, mit ähnlicher, aber nicht gleicher Geschichte. Dort herrschen zum Beispiel andere Naturgesetze. Aber das näher zu erläutern würde jetzt zu weit führen.' antwortet Lichtwesen. 'Am nächsten kommt der Telepathie das, was ihr Tierkommunikation nennt. Wenn dein Großvater mit einem Tier spricht, dann hat er Zugang zu dessen geistiger Ebene. Erklären tut es das nicht, aber es handelt sich letztlich auch um Telepathie.'

'Aber eine Frage habe ich noch. Wieso kommt es eigentlich, dass nicht alles durcheinander geht, alles, was wir sprechen und denken, und wir sind ja sechs, und du, Lichtwesen, und Sonam auch nicht zu vergessen. Also acht Wesen, die denken und sprechen und bellen. Und jetzt gerade hört ihr alle mir zu – oder wie man das telepathieren nennt. Und alle eure Gedanken zerzauseln meine Worte hier nicht, quatschen nicht dazwischen. Das ist ja schon auf der Erde sonst schwierig, wo wir nur das gesprochene Wort mitbekommen, dass einer dem anderen zuhört.' Rosa ist ehrlich erstaunt über dieses Phänomen.

'Stimmt!' nickt Ming Chen zustimmende blaue Schlieren. 'Wir denken doch alle laufend mit. Und es entsteht kein Durcheinander.'

'Wir sind in der fünften Dimension, ihr Lieben. Und hier spielt Zeit keine Rolle mehr. Hier ist alles gleichzeitig, nacheinander und zugleich. Liebe und Achtsamkeit füllen die fünfte Dimension. Daher bekommt alles seinen 'Raum', einen Platz – so würdet ihr es auf der Erde sagen. Raum als solches, wie ihr es kennt von der dichten Erde, gibt es hier nicht. Versteht es nur als Bild für euren Verstand. Jedes Wort, jeder Gedanke, jede Geste – alles ist da. Es ist einfach. Und das Bewusstsein, der Geist, stellt die Verbindung her. Hier jetzt euer Bewusstsein. Also euer Bewusstsein. Mein Bewusstsein. Und natürlich auch Sonams Geist und Bewusstsein. Das ist für euren Verstand vielleicht nicht leicht vorzustellen. Aber ihr merkt ja – so ist es.'

Irgendwie spüren alle eine Art breites Grinsen im Energiefeld von Lichtwesen. Und irgendwie ist es gerade zwischen ihnen allen etwas heller geworden. Und von Sonam kommt ein 'Ich-liebe-euch-alle' zwischen die sechs körperlosen, feinstofflichen Menschen und Lichtwesen.

Lichtwesen: 'Vielleicht zum Verständnis noch Folgendes: Aus höherer Sicht existiert das, was ihr auf der Erde als Zeit wahrnehmt, gar nicht. Raum und Zeit sind miteinander verbunden. Und das, was ihr als Raum wahrnehmt, das ist letztlich nichts anderes als erstarrtes Licht.

Ihr habt vielleicht schon von der Verformung der Zeit gehört. Ming Chen kann euch dazu bestimmt noch Näheres erzählen. Durch die Veränderung der Gravitation, also der Schwerkraft, kann die Zeit verformt und der Raum gekrümmt werden. Ein Gravitationsfluss wirkt sich somit auf das Raum-Zeit-Kontinuum aus. Auf diese Weise entsteht ein dimensionales Öffnungsfeld. Auf der Erde ist das zum Beispiel beim Nord- und beim Südpol der Fall. Und es gibt auch bestimmte Frequenzmechanismen, die die Überlagerung von parallelen Dimensionen verbinden.

Aber was jetzt für euch wichtiger ist, um zu verstehen warum ihr hier, seid ist Folgendes: Auf der ganzen Welt gibt es Koordinationspunkte. Dort werden Zeitcodes erstellt. Solche Koordinations- oder Vektorpunkte entsprechen einem Zeittor. Diese Punkte sind eigentlich Anker. Denn solche Vektorpunkte binden jede geistige, also feinstoffliche Realität, an die stoffliche Welt, in der ihr normalerweise zuhause seid. So ist es an solchen Zeittor-Vektorpunkten sehr viel leichter in eine andere energetische Ebene zu wechseln, da hier die verschiedenen Energieebenen in der stofflichen, in der physischen Welt verankert sind.

Bei dem Durchtritt durch einen solchen Zeittor-Vektorpunkt ist man nicht sofort in der Vergangenheit oder der Zukunft manifestiert. Es ist eher so, dass dann das Fenster zu einer gewissen Zeitfrequenz offener ist. Aber es können hier auch tatsächlich Manifestationen in andere Zeiten geschehen. Ihr solltet wissen, dass es Zeitreisende schon immer gegeben hat. Solche Energietore wurden und werden noch zum Beispiel von höherdimensionalen Zivilisationen genutzt – ihr würdet sagen, von Außerirdischen.'

'Na prima,' kommentiert Jimmy als erster. 'Nun bekommen wir es auch noch mit Aliens zu tun!'

'Ja, das ist doch toll!' pflichtet ihm Moshe bei. 'Wie bei Krieg der Sterne und Star Trek. Wie cool ist das denn!'

'Ja, ihr zwei, für manche ist das sehr aufregend, für andere ganz normal. Und noch etwas. Es gibt auch noch eine andere Möglichkeit der Zeitreise. Und zwar über die Kristallenergie der Phi-Resonanz. Aber das würde zu weit führen, euch das jetzt zu erklären. Diese Möglichkeit offenbart sich in tiefen Meditationszuständen und auf stark erweiterten Bewusstseinsebenen. Ich denke, Nyima hat damit schon Erfahrungen gemacht. Vielleicht kann sie euch bei Gelegenheit etwas dazu erzählen.'

Die anderen gewöhnen sich langsam daran, dass die kleine tibetische Nonne eher schweigt als ein Wort zu viel zu sagen.

'Früher wussten die Menschen noch von solchen Energietoren. Eure Wissenschaftler glauben zwar, dass sie mit ihrer jetzigen Forschung die Wahrheit ergründen. Tatsächlich kratzen sie aber nur an der Oberfläche. Sie beschäftigen sich nur mit einem sehr kleinen Ausschnitt aus der Wirklichkeit, nur mit einem kleinen Teil dessen, was allein in eurem Universum existiert. Eure Wissenschaftler bleiben stets im dreidimensionalen Bereich. Ihre Messinstrumente sind, von uns aus betrachtet, recht grob. Das war schon einmal anders. Auch hier auf der Erde. Es gab auf der Erde schon sehr hoch entwickelte Kulturen. Die waren sehr viel weiter hinsichtlich ihres Wissens- und Technikstandes. So war es schon lange vor Beginn eurer Zeitrechnung möglich Gene zu manipulieren.'

Alle vernehmen ein tiefes Aufstöhnen von Rosa.

Lichtwesen fährt unbeirrt fort: 'Leider hat dieses Wissen und seine unkontrollierte Nutzung ein dunkles Kapitel in der Geschichte der Menschheit eingeleitet. Dieser Eingriff in die Naturgesetze, in die Prinzipien der göttlichen Schöpfung, haben letzlich zum Untergang von Atlantis und die Menschheit ins Vergessen ihres geistigen Ursprungs geführt. Hoffen wir, dass sich eure Wissenschaftler wieder der Achtung vor der Schöpfung besinnen und aufhören, sich zu überschätzen und Gott spielen zu wollen. Aber das ist ein anderes Thema!'

Lichtwesen hält kurz inne.

'Wir waren bei den Energietoren. Dort, wo die Menschen vor tausenden von Jahren solche Zeittor-Vektorpunkte wahrgenommen haben, errichteten sie spezielle Bauwerke, meistens in Pyramidenform. Pyramiden können die Energie besonders gut fokussieren und verankern. Jihane, du bist durch ein solches Energietor hier zu uns gelangt. Du warst an einer Stufenpyramide. Hast du die hohe Energie des Zikkurats gespürt?'

'Ja;' antwortet das iranische Mädchen aufgeregt. 'Da war etwas wie eine Wand aus Watte, durch die mein Großvater und ich hindurchgegangen sind. Und diese Wattewand war ein gutes Stück vom Zikkurat entfernt. Mein Großvater hat mir das fast genau so erklärt wie du gerade. Mein Großvater weiß viele solche Sachen. Und Großvater hat auch gesagt, ich solle nicht in die Gänge gehen. Das wäre gefährlich. Ich war vor gelaufen, weil er nicht mehr so schnell laufen kann. Und dann konnte ich nicht widerstehen. Ich habe nur ganz kurz reingeschaut. Wirklich nur ganz kurz. Und schon war ich hier...'

'Da hört ihr aus erster Hand,' spricht das Lichtwesen in die Runde, 'wie stark und spürbar die Energie, die energetische Öffnung an solchen Zeittor-Vektorpunkten ist. Eines der stärksten Energietore ist bei der großen Pyramide von Gizeh in Ägypten. Das heißt, das war einmal das stärkste Energietor auf der Erde.

Eure zahlreichen Archäologen haben mit ihren Grabungen und der Entnahme von unzähligen Reliquien und sogar Leichen diesen Ort nicht nur entweiht, sondern auch dessen Energie sehr stark geschwächt. Ein Übriges tun die unzähligen Touristen. Die meisten der vielen Menschen, die die Pyramiden besuchen, wissen gar nicht, an welch bedeutungsvollem Punkt auf der Erde sie dort stehen, geschweige denn, dass sie etwas von dessen besonderer Energie spüren. Sie schauen sie nur mit ihrem Verstand an und spekulieren bestenfalls, wie die gigantischen Bauten wohl errichtet worden sind, so ganz ohne die heutigen technischen Hilfsmittel.

Die oberflächlichen Wahrnehmungen und Gedanken haben über lange Zeit das Energiefeld vor Ort gefüllt. Bewusstsein schafft Realität. Und da jeden Tag solche Menschenmassen dort durchgeschleust werden, hat die Masse dieses oberflächlichen Bewusstseins mit solchen rein materiellen Wahrnehmungen und Gedanken das Energiefeld dort angefüllt. Das hat das Energiefeld um die großen Pyramide von Gizeh erheblich verändert. Und das hat zusätzlich zu den vielen unachtsamen Aktionen der Archäologen das Energiefeld geschwächt.

Ihr könnt euch das so vorstellen:' spricht Lichtwesen nun in die etwas ungläubigen Gesichter vor ihm, 'Wenn ein Mensch oder hunderte Menschen vor der Pyramide stehen und denken, dass es nur ein geometrisch geformter Haufen riesiger Steine ist, einfach das Grab eines einst berühmten und mächtigen Pharaos, dann passiert noch nichts. Oder sagen wir genauer, fast noch nichts. Wenn das aber an diesem einen Ort über Jahrzehnte durch viele hunderttausende Menschen geschieht, dann wird das Energiefeld durch das eingebrachte Bewusstsein so groß, so stark, dass sie auch diesen eigentlich so starken Energieort beeinträchtigt. Und das ist geschehen.'

Das Lichtwesen macht eine Pause, um bei den Menschen das eben Gehörte ankommen und sacken zu lassen. 'Es ist schon wichtig, dass ihr das ein wenig

versteht. Auch wenn euch das neu oder fremd erscheinen mag.'

Wenige, sich langsam aufbauende blaue Schlieren
zeigen an, dass die meisten der Gruppe zumindest
zögerlich-langsam Nicken.

Das Lichtwesen fährt fort: 'Das alles hat zur Folge,
dass das Energiegitter, das die Erde umgibt, nicht
mehr stabil ist. Und das ist die Stelle, wo ihr ins
Spiel kommt. Wir brauchen euch sieben wunderbare
irdische Wesen, um das Energienetz der Erde wieder
zu stabilisieren. Einige von euch haben ja sicherlich
von seltsamen Ereignissen gehört, die derzeit auf der
Erde geschehen. Satelliten, die anscheinend einfach
so vom Himmel fallen? Orientierungslose Zugvögel?
Unerklärliche Stromausfälle? Oder Maispflanzen, die
mit einem Stängel gewunden wie ein Korkenzieher
wachsen? Die Menschen, auch eure Wissenschaftler
und Experten, die verstehen das nicht. Aber das sind
sehr deutliche Anzeichen dafür, dass das Energienetz
des Erdenwesens, ihr Energiegitter aus dem Lot
geraten ist.'

'Alles der Reihe nach!' wirft Ming Chen ein. 'Das mit
dem Energietor, durch das das iranische Mädchen
hierher gelangt ist, das kann ich ja noch halbwegs
nachvollziehen. Aber ich habe lediglich eine Akupunkturnadel gesetzt in dem Moment, als ich hierher
befördert wurde. Wo soll denn da ein Energietor
sein?'

Das Lichtwesen schweigt.

Der Qigong-Master stutzt einen Augenblick. 'Nein.
Du willst doch nicht etwa andeuten... nein, das kann
doch nicht dein Ernst sein!'

'Doch!' antwortet das Lichtwesen. 'Genau so. Akupunkturpunkte sind natürlich auch Energietore. Allerdings sehr kleine. Vor allem im Vergleich zum iranischen Zikkurat. Aber es sind auch energetische Tore in die feinstoffliche Welt. Aber von vorne. Die Meridiane haben doch kein physiologisches Korrelat, also keine körperliche Entsprechung? Da stimmen wir doch überein, Ming Chen, oder?'

Ming Chen nickt langsam blaue Schlieren.

'Und trotzdem funktioniert die Energieleitung, der Fluss des Qi in ihnen. Was ja auch essentiell für den irdischen dreidimensionalen Körper ist, oder?'

Erneut bilden sich blaue Schlieren um Ming Chens Kopf.

'Und die Akupunkturpunkte sind Stellen in diesem Energieleitbahnsystem, an denen du den Fluss des Qi, also der Energie, beeinflussen kannst. Auch richtig?'

Erneute Schlierenbildung beantwortet die Frage.

'Die traditionelle chinesische Medizin arbeitet in der Aura. Die Aura ist das Energiefeld, das jeden Menschen und überhaupt jedes Lebewesen umgibt, und auch durchdringt. Wenn sich eure Wissenschaftler darauf mehr einlassen würden, würden sie die Aura als vielschichtiges elektromagnetisches Feld um den Körper messen können. Die Aura entspricht aber darüber hinaus eurem Energiekörper, einem feinstofflichen Körper. Ihr wisst vielleicht, dass sie sich in Schichten, genau gesagt, in mindestens sieben Schichten unterteilen lässt. Und mit der Akupunktur arbeitet ihr in der ersten Auraschicht. Übrigens haben die feinstofflichen Schichten einst euren Körper gebildet. Die Aura war die Matrize oder Vorlage für euren stofflichen, physischen Körper. Und beim Tod nimmt jedes Lebewesen seine verschiedenen Energiekörper, also die Aura, wieder mit. Und ihr habt sie auch mit hierhin in die fünfte Dimension genommen. Eure Aura ist hier also dabei.'

Das Lichtwesen macht wieder eine kurze Pause.

'Und du bist Qigong-Master.' wieder zu Ming Chen gewandt.

'Du kannst das Qi mit deinem Bewusstsein außergewöhnlich stark zentrieren und konzentrieren. Und du machst deine Akupunkturarbeit stets mit großer Hingabe und Konzentration. Du lässt das zentrierte Qi über deine Hand und die Nadel mit in den Akupunkturpunkt und damit das Energiesystem deines Patienten strömen. Dein Bewusstsein kann so fokussieren, dass du deine ganze Energie bündelst. Dein restlicher, dein physischer Körper wird bei diesem Vorgang völlig unerheblich. Nun ja, wir haben hier nur ein wenig an deiner Dematerialisation mitgeholfen. Somit konnten wir dich leicht auch durch dieses sehr kleine Energietor ziehen, oder sagen wir besser: gleiten lassen.'

Ming Chen verschlägt es vor Verblüffung die Sprache. Das eben Gehörte erscheint ihm ebenso nachvollziehbar und logisch wie unwahrscheinlich, ja unmöglich. Auch Rosa und Jimmy stehen verdutzt da. Nur die beiden Youngsters sind schlicht fasziniert.

Jihane: 'Solche Geschichten erzählt mein Großvater auch oft. Dass Menschen einfach in Felsen verschwinden oder irgendwelche Geister aus Felsen heraus schweben.'

'Ich finde das total spannend.' sagt Moshe und erzeugt ein Muster aus blauen Schlieren, weil er so aufgeregt hin und her hüpft. 'Das ist wie bei Luke Skywalker und Meister Yoda, nur ganz in echt!'

Nur Nyima ist still und lässt das Erzählte gelassen in sich wirken. Sonam wedelt wie immer wohlwollend und gut gelaunt mit dem Schwanz.

Dann besinnt sich Rosa: 'Nun zu mir. Ich habe einfach eine Familienaufstellung gemacht. Zettel mit Namen von Personen auf den Boden gelegt und mich dann in die jeweilige Person hineinversetzt. Jetzt bin ich aber mal gespannt, wo da ein Energietor gewesen sein soll, durch das ihr mich hierher gezogen habt.' 'Nun,' antwortet das Lichtwesen, 'Du und deine Kollegin, ihr habt Energie aufgebaut. Und das nicht mal für euch selbst, sondern für jemand anderen. Um diesem jemand zu helfen, der sich in einer für ihn ausweglosen Situation befindet und sich in seinen Bildern von der Wirklichkeit festgefahren hat. Ihr seid beide mit eurem Herzen dabei, mit Mitgefühl, ehrlicher Anteilnahme. Und mit dieser Methode, die ihr Familienaufstellung nennt, schafft ihr einen Kanal, der über die dreidimensionale Ebene hinausgehen kann. Und da du die lichtvolle Seite anrufst, gehst du mit deinem Bewusstsein durch einen Lichtkanal einfach durch niederen Energiefelder hindurch. Das geschieht, weil du Gott, den höchsten des Universums, um seinen Segen und seine Hilfe für diese Technik bittest. Deshalb holst du die Informationen nicht nur aus der Matrix, der Illusion von der Wirklichkeit. So hast du Kevin sehr rasch erreicht. Erinnerst du dich, Rosa? Kevin hat sich in dem Moment noch im Zwischenreich aufgehalten, wie du ja inzwischen erfahren hast.'

'Ja, das stimmt.' Die blauen Schlieren um Rosas Kopf zeigen an, dass sie zustimmend nickt.

'Ich musste mich gar nicht lange in den Jungen einfühlen. Es machte schwupp, als ich mich auf seinen Namenszettel gestellt habe – und schon wusste ich, wie sich Kevin fühlt.'

'Du hattest sofort Kontakt mit Kevins Bewusstsein. Ich weiß nicht, ob du das weißt, Rosa. Bewusstsein ist das, was die Seele mit dem Körper verbindet. Und durch eure Aktion habt ihr es möglich gemacht, dass die inkarnierten Seelenanteile von Kevin zu seinem Höheren Selbst zurückkehren konnten. Das Höhere Selbst sind unsere nicht-inkarnierten Seelenanteile. Sie sind die Verankerung in der geistigen Welt für die Wesen, die sich in der dichten 3-D-Welt inkarniert haben. Aber gut – das sind doch sehr viele Informationen für euch...'

'Okay. Und mein Energietor für hier?'

'Deine Herzensverbindung zu Kevin. Sie hat die Tür zur geistigen Welt geöffnet. Wir haben nur ein wenig mitgeholfen, dass du durch diesen Energiekanal, durch diesen Lichtkanal kommen konntest. Weil wir dich herholen wollten. Weil du zusammen mit den anderen geeignet bist für die Aufgabe, die vor euch liegt. Aber du hast den Anfang gemacht, die Tür überhaupt geschaffen, über dein Mitgefühl und dein Bitten und Beten zu Gott.'

'Oha!' Rosa reagiert noch skeptisch. 'Passiert das öfter, dass jemand beim Familienaufstellen einfach in die geistige Welt hinüber flutscht?'

'Nein. Keine Sorge, Rosa. Wir haben von der anderen Seite schon ordentlich mitgeholfen, das Energietor weit genug für dich zu öffnen. Wie gesagt, wir brauchen dich. Ich hoffe, du bist mit diesem kleinen Eingriff unsererseits einverstanden?'

'Na ja, kleiner Eingriff. Das ist ja wohl leicht untertrieben. Aber da ich schon mal hier bin. Wenn ich helfen kann. Für ein sinnvolles Abenteuer bin ich ja immer zu haben. Nur – wird sich Christine nicht furchtbar erschrecken, wenn ich auf einmal verschwunden bin?'

'Wie schon gesagt, liebe Rosa. Für Christina wird die Zeit gedehnt. Sie merkt gar nicht, dass du verschwunden bist. Wenn du zurückkommst, ist für sie nicht mehr Zeit als ein Wimpernschlag vergangen.'

'Nyima, du bist so still und ruhig.' wendet sich Ming Chen freundlich zu der kleinen tibetischen Nonne. 'Dich scheint es ja überhaupt nicht zu wundern, dass du mit einem Mal hier an diesem immateriellen Ort bist. Sehe ich das richtig?'

'Ja. Ich kenne diesen Ort hier. Sonam hat mir schon viel von hier und von anderen Welten berichtet. Ich war auch schon selbst mal in einer sehr tiefen Meditation hier.' antwortet Nyima.

'Aber ich pass ja nun wirklich nicht hier rein. Ich bin Soldat. Also eher zum Bewachen und vielleicht auch mal zum Töten gut. Aber ich meditiere überhaupt nicht. Ich glaube nicht an Gott, an keinen Gott von all denen, die mir inzwischen schon begegnet sind. Nicht an Gott und all den religiösen Aberglaubenschnickschnack. Ich finde die ganze Sache mit Allah und so eher schrecklich. Da halten die Moslems in Afghanistan ihre Frauen unter Verschluss. Unter den Taliban lernen die Kinder nichts, außer den Koran auswendig. Und die Mädchen nicht einmal das. Die dürfen gar nicht zur Schule. Also das nur, weil ich gerade aus Afghanistan komme. Und meditiert habe ich auch noch nie. Überhaupt, habe ich mit dem ganzen Energiezeugs nichts am Hut. Wenn ich Rückenschmerzen habe, dann werfe ich eine Pille ein. Und fertig! Also bei mir habt ihr euch bestimmt vertan. Wohl die falsche Tür aufgemacht?'

'Aber du kannst doch nicht so über Allah sprechen! *Allahu-akhbar*!'

Jihane kann nicht an sich halten: 'Wir sind auch Moslems. Ich bin Muslima. Fast alle Menschen, die ich kenne, sind Moslems. Und bei uns sperrt keiner die Frauen ein. Und ich gehe auch ganz normal zur Schule. Und den Koran habe ich auch noch nicht auswendig lernen müssen. Und mein Großvater ist ein sehr gläubiger Mann. Mit ihm bete ich auch jeden Tag. Und er ist ein ganz, ganz lieber Großvater.'

'Ihr seht, ihr Menschen geht sehr unterschiedlich mit eurer Beziehung zu Gott um. Alles was wir jetzt gehört haben ist Wirklichkeit auf der Erde. Grausamkeiten im Namen Gottes und Mitgefühl und Liebe im Namen Gottes.' mischt sich das Lichtwesen ein.

'Menschen töten andere Menschen, weil sie das für einen Auftrag Gottes halten. Andere verstehen ihren Glauben als Aufforderung zur Hilfe für andere Menschen – und das nicht nur die Christen, wo Jesus als Prophet die Nächstenliebe in den Vordergrund gestellt hat. Töten – gleich ob Mensch oder Tier – ist immer eine Missachtung der Schöpfung. Kein Töten geschieht im Sinne Gottes. Gott, Allah, Jawhe, Ahura Mazda oder schlicht die Quelle: Gott ist immer Liebe, Mitgefühl, Barmherzigkeit. Wenn etwas anderes geschieht, dann haben immer unlichte Kräfte ihre Finger im Spiel. Da haben sich auf der Erde die merkwürdigsten Vorstellungen und Kulturen über die Botschaften der verschiedenen Propheten wie Abraham, Zarathustra, Buddha, Moses, Jesus oder Mohammed gelegt. Aber Menschen haben ihren freien Willen. Nur wenn sie zu weit gehen, dann werden sie auch schon mal aus der Schöpfung herausgenommen.'

Nach einer kurzen Pause fährt Lichtwesen fort: 'Aber nun weiter zu dir, Jimmy. Zunächst einmal: Wir sehen, dass du vorgibst härter zu sein, als du im Inneren tatsächlich bist. Du hast den verletzten afghanischen Jungen mitgenommen und somit mindestens sein Bein, wenn nicht sogar sein Leben gerettet. Und dass, obwohl du damit ganz bewusst dein eigenes Leben in Gefahr gebracht hast. Es hätten dir genauso gut militante Afghanen oder Taliban begegnen können, die davon ausgehen, dass du dem Jungen etwas angetan hast oder antun willst. Zumal du dich gar nicht mit den Einheimischen verständigen kannst. In dem gebeutelten Land ist schon mancher für weniger erschossen worden. Und das wusstest du genau. Dennoch hast du auf dein Herz gehört. Ausschließlich auf dein Herz. Nicht berechnend. Gar nichts. Du wusstest nur in deinem Herzen, dass du diesem Jungen helfen musst. Und das trotz der Gedanken und Bilder in deinem Kopf: Feindeskind. In fünf Jahren wird er mich oder einen Kameraden erschießen oder selbst eine solche Sprengfalle legen. Die meisten deiner Kameraden würden sicherlich diese Sicht bestätigen? Oder Jimmy?'

Der Amerikaner nickt blaue Schlieren.

'Du bist einfach deinem Mitgefühl für dieses kleine, hilflose Wesen gefolgt. Du hast den Jungen einfach in den nächsten Ort getragen, von dem du nicht einmal wusstest, dass er so nah war. Und nach dem Gesetz der Resonanz bist du dann auch herzensguten Einheimischen begegnet. Sie waren ohne Arg, trotz deiner amerikanischen Soldatenuniform, die allen wohl bekannt ist und sicherlich nicht mit wohltuenden Gefühlen und Erinnerungen verknüpft ist. Die Dorfbewohner haben dich freundlich aufgenommen, sich bei dir für deine Hilfe bedankt und dir zu essen und zu trinken gegeben.

Nun zu deinem Energietor. Erinnerst du dich noch an die Frauen, die um den verletzten Jungen einen Kreis gebildet haben? Mit ihrem Singen und ihren Gebeten haben sie Energie aufgebaut. Sie haben sich an das Licht, an Gott, an Allah gewandt, weil sie Hilfe und Heilung für den Jungen erbeten haben. Diesen starken Lichtkanal haben wir genutzt, um dich hindurch zu schleusen. Das war für uns etwas aufwändiger als bei den anderen. Aber du hast ja neben dem Frauenkreis tief und fest geschlafen. Und im Schlaf war deine Seele bereits unterwegs in die geistige Dimension. Außerdem war du noch im Schock. Die Explosion durch die Miene, auf die ihr gefahren seid, hat dich in einen schweren Schock versetzt, Jimmy. Dann deine toten und zerfetzten Kameraden. Und der Schrecken, dass du als einziger überlebt hast. All das war ein großer Schock für dich. Auch und gerade, weil du so geübt darin bist, deine Gefühle nach unten zu kehren.'

'Mag sein. Aber ich bin Soldat!' wirft Jimmy ein.

'Ja, Jimmy. Aber du bist auch ein fühlender, ein empfindsamer Mensch. Diese so nahe unmittelbare äußere Gewalt, der du nur knapp entronnen bist, hat dich doch arg mitgenommen. Auch wenn du schon einige schlimme Sachen gehört und gesehen hast. Dein Verstand will darüber hinweggehen. Aber dein Herz, deine Seele, machen da nicht mit. Daher ist durch den Schock dein Energiekörper aus deiner ätherischen Spalte herausgerutscht. Also deine Aura ist aus der linken Seite deines dichten, materiellen Körpers herausgetreten. Ziemlich weit. Denn das Erlebnis war sehr heftig für dich. Daher konnten wir dich letztlich recht leicht hier rüber holen durch das Energietor, dass die Frauen geschaffen hatten.'

'Beam me up, Scotty!' Jimmy muss lachen, etwas zu laut, weil er eigentlich sehr irritiert ist.

Da wedelt Moshe ganz aufgeregt blaue Schlieren vor dem Amerikaner.

'Wie ist das denn, Amerikaner, das Beamen. Spürt man das, wenn man in seine Moleküle zerlegt wird und dann wieder zusammengesetzt wird? Tut das nicht weh? Oder kitzelt das?' will der Junge von Jimmy wissen.

'Da muss ich dich enttäuschen, Junge. Ich habe nichts gespürt von meinem Trip. Ich habe geschlafen. Und dann bin ich einfach hier oben in dieser blauen Schlierengallerte wieder wach geworden. Tut mir leid!'

'Oh, wie kann man denn sein erstes Beamen ver-schlafen!' warf Rosa mit einem Glucksen ein.

'Tja, hätte ich gewusst, wie wichtig das ist, wäre ich sicherlich nicht eingeschlafen.'

'Lichtwesen: 'Dann wärest du aber auch nicht hier. Wir hätten dich kaum herholen können...'

'Dann habt ihr mich ja auch hochgebeamt!' juchzt Moshe.

'Wenn du das so nennen möchtest. Wir haben dich über die große heilige Thorarolle hierher gebracht. Du hast ja mit dem Jad gespielt. Und in Gedanken hast du immer wieder mit dem Jad auf den Buchstaben א, aleph, getippt. Erinnerst du dich?'

'Mmmhh..' antwortet der Junge verschämt. 'Ich darf den Jad nicht mal anfassen. Schon gar nicht darf ich die heilige Thora berühren. Oh weh! Wenn das mein Vater erfährt, dann krieg ich richtig Ärger.'

Nervös tappst Moshe von einem Bein aufs andere und hinterlässt ein blaues Schlierenmuster unter sich.

'Keine Sorge. Davon wird dein Vater nichts erfahren. Wir können alle schweigen, oder?' fragt Lichtwesen in die Runde.

Von überall kommen nickende blaue Schlieren auf Moshe zu.

'Wie sieht es aus bei euch, ihr Lieben? Wir würden euch gerne etwas zeigen. Seid ihr bereit für eine erste Runde auf der Erde? In eurem neuen energetischen Zustand?'

'Wieder beamen. Das finde ich super. Ich passe dann auch ganz genau auf, wie sich das anfühlt und was genau passiert.' Moshe ist begeistert.

'Jep! Wenn ich schon mal hier bin.' kommt es betont lässig von Jimmy.

'Kommst du mit?' fragt Jihane.

'Nein. Das geht nicht. Ich kann nicht einfach so mit-kommen. Aber ich bin hier, wenn ihr von eurem ersten kleinen Ausflug zurückkommt.' antwortet Lichtwesen.

'Wo geht es denn hin?' will Rosa wissen.

'Lasst euch überraschen. Es geht einfach darum, euren neuen Zustand auszuprobieren. Es kann euch nichts passieren. Ihr seid auch schnell wieder hier. Einverstanden?'

Als noch einige zustimmend blaue Schlieren nicken, ist die Gruppe bereits in klares weißes Licht gehüllt, das sie sanft in einen großen blau-weißen Licht-strudel zieht.

* * *

2

Mit einem Mal spürt Rosa wieder Boden unter ihren Füßen. Vielmehr ahnt sie eher, dass etwas Festes unter ihr ist. Sie muss regelrecht mit ihren Armen rudern, um nach all der fließenden Leichtigkeit ihr Gleichgewicht zu halten, so fremd fühlt sich inzwischen schon der Erdboden für sie an. Dabei berühren ihre Füße den Erdboden nicht wirklich. Rosa schaut unter sich und sieht, dass ihre Schuhe einige Zentimeter über dem dunkelbraunen Felsboden stehen. Oder genau genommen schweben. Sie bewegt ihre Füße leicht auf und ab. Es fühlt sich an wie auf einer festen Schaumstoff- oder Gummimatte. Etwas Unsichtbares über dem Boden gibt ihr irgendwie Halt. Wie auch immer. Das tut ihr gut.

"Fucking hell!" Jimmy atmet erleichtert auf. "Endlich!"

Seine schweren Springerstiefel treten fest auf den felsigen Untergrund. Jimmy startet augenblicklich einen Laufspurt auf der Stelle. "Endlich wieder Boden unter den Füßen!"

Und der junge amerikanische Soldat rennt los, erst einen kleinen Bogen, dann bewegt ihn sein durchtrainierter Körper im Sprint in immer größer werdenden Kreise um die Gruppe.

Plötzlich bleibt Jimmy wie angewurzelt stehen. Zwischen vielen seltsamen geraden Linien bleibt er stehen. Sie sehen aus, als hätte sie jemand mit einem riesigen Lineal in den Felsen geritzt. Sie sind vor ihm wie steile Wellen geschwungener Linien aufgetaucht. Ein Muster. Größer als er selbst. Aber wie natürliche Felsmaserung sieht das nicht mehr aus. Er hebt seinen Kopf und folgt mit den Augen den geschwungenen Linien. Und im optischen System seines Gehirns baut sich durch die betrachteten Linien allmählich eine Figur auf: Eine riesige Hand, daneben eine etwas kleinere, und darüber ein rundlicher Körper mit einer spitz zulaufende Ausbuchtung – vielleicht eine Art Schnabel. Langsam setzen Jimmys Synapsen das Bild zusammen: Ein kleiner Vogel, ein junger Vogel, ein Küken, allerdings mit riesigen Krallen.

Und als der Amerikaner seinen Kopf weiter hebt und um sich schaut, erblickt er rechts von sich eine kerzengerade lange und helle Struktur auf dem Felsen. Es erinnert ihn als erstes an eine überdimensionierte Landebahn für Flugzeuge.

Die anderen stehen in Gruppe und sehen sich lange an. Damit jeder den anderen auch ansehen kann, haben die fünf Menschen einen kleinen Kreis gebildet. Der kleine weiße Tibetterrier tobt sich in ihrer Mitte auf dem blanken Felsen aus. Es ist das erste Mal, dass sie sich gegenseitig sehen können. Und zwar in voller Größe, alles und komplett. Mit ihrer aktuellen Kleidung. Ming Chens beeindruckend traditionell chinesisches Outfit und vor allem sein langer schwarzer und geflochtener Zopf erregen bewundernde Aufmerksamkeit.

Nur Nyima hält sich zurück.

Doch auch die kleine Tibeterin mit den ausdrucksstarken Gesichtszügen und den tiefschwarzen Augen erntet aufmerksame Blicke. Jihane ist völlig begeistert von Nyimas traditionellen tibetischen Stiefeln. Der Fuß des Stiefels ist in weißem und schwarzem Fell gehalten, während sich der Schaft mit blauen, roten und goldenen gewebten Abschnitten geschmackvoll hervorhebt, ehe der obere Teil in schlichtem Schwarz abschließt. Die mit Leder verstärkte Stiefelspitze ist leicht nach oben ausgezogen. Unter ihrem weinroten Überwurf aus dickem Stoff trägt Nyima ein gelborangenes Hemd. Wie beim Dalai Lama bedeckt der Überwurf nur eine Schulter der kleinen Frau.

Jihane, Rosa und Moshe tragen schlichte Jeans mit T-Shirt. Jihane hat ihren hellblauen Hidschāb schon lange in der Jeanshosentasche verschwinden lassen. Auf dem schwarzem T-Shirt des jungen Fußballspielers aus Israel ist natürlich Ronaldo in Ballaktion zu erkennen.

Ming Chen bemerkt: 'Der Hund scheint gar nicht richtig mit seinen Pfoten den Boden zu berühren. Ich habe das Gefühl, dass ich auch leicht schwebe. Und bei euch sieht das irgendwie auch so aus.'

Jihane starrt die ganze Zeit auf den langen Haarzopf des Chinesen.

Rosa antwortet: 'Ja, ich schwebe auch irgendwie. Die beiden Kinder auch. Und auch du, wie ich sehe.'

Rosa blickt freundlich in die großen, fast übernatürlich tiefschwarz leuchtenden Augen der tibetischen Nonne. 'Wie war noch mal dein Name?'

'Nyima.' antwortet die kleine Frau unaufgeregt.

'Sie scheint kein Wort zu viel zu sprechen.' denkt Rosa wohlwollend.

Und zu beiden Youngsters gewandt: 'Habe ich das richtig verstanden: Du bist der Moshe aus Israel und du die Jihane aus dem Iran?'

Beide nicken.

'Ja, und ich bin Rosa aus Deutschland.'

Dabei fährt ihre rechte Hand etwas verlegen durch ihr langes dunkelbraunes Haar. 'Der Soldat aus den USA heißt Jimmy und steht offensichtlich fest mit beiden Beinen und Füßen auf dem Felsen. Und der beeindruckende Mann hier neben mir ist Ming Chen aus China. Was für eine bunte Truppe!'

'Und ich bin Sonam, auch aus Tibet.' Der Terrier steht aufrecht mit erhobenem Schwanz in der Mitte der Gruppe und schaut Rosa mit seinen kleinen schwarzen Augen unvermittelt an.

'Oh ja, entschuldige,' entgegnet Rosa etwas verlegen. 'Ich bin sprechende Hunde nicht so gewohnt. Ich muss mich daran noch gewöhnen. Sorry. Wir sind natürlich sieben.'

'Ich weiß, ich wiederhole mich, aber alle Hunde sprechen. Du hörst nur nicht.' kommt es freundlich von Sonam.

Inzwischen hat sich auch Jimmy in den Kreis eingereiht. Er schaut auf die Füße jedes einzelnen: "Ihr schwebt alle über dem Boden. Nur der Hund und ich stehen auf unseren Füßen – äh, Pfoten. Wie fühlt sich das eigentlich an, so herum zu schweben?"

Alle Blicke richten sich auf den Hund, der inzwischen mit seinen vier Pfoten auf dem Felsen steht. 'Aha, als Nicht-Mensch hat man hier offensichtlich die Wahl. Sonam kann beides.' kommentiert Rosa.

Moshe fängt indes an zu hüpfen, das heißt, eigentlich macht er riesige Luftsprünge. Es sieht ein wenig aus wie die Fernsehausschnitte der Astronauten aus den Apollokapseln, als sie die Schwerelosigkeit bei ihrem Spaziergang auf dem Mond demonstrierten. Nicht ganz so sanft schwebend. Zunächst rudert er dabei kräftig mit den Armen, um das Gleichgewicht so zu halten, damit er auch in der Luft aufrecht bleibt.

Juchzend springt der Junge auf und ab. 'Probiert es auch mal. Das macht Spaß.' Dabei macht er seine erste Sprungrolle vorwärts.

Bis auf Jimmy probieren nun auch die anderen aus, wie leicht sie vom Boden abheben können. Auch die sportliche Jihane schlägt nun ihre ersten Purzelbäume in der Luft. Als Moshe das sieht, tobt er immer wilder durch die Luft: Rückwärtspurzelbäume, Spiralen rauf und runter, Über-Kopf-Stehen, Toter Mann. Alles Mögliche, was sich ein Junge nur ausdenken kann. Alles ist möglich.

Jeder ist mit sich selbst beschäftigt, dem Ausprobieren seiner Bewegungsmöglichkeiten in dieser Art Schwerelosigkeit.

Außer Jimmy am Boden bemerkt niemand von den anderen, dass sich Nyima mit einer kräftigen Ausholbewegung weit nach oben geschwungen hat. Sie schwebt nun in schwindelerregender Höhe über dem felsigen Boden. Sie spricht nicht, aber ihre Wahrnehmungen und Gedanken fließen unaufdringlich zu den anderen.

Jimmy antwortet sofort: "Ja, der Vogel. Dann habe ich das ja richtig zusammengesetzt. Da ist in riesengroß ein kleiner Vogel in den Felsen eingeritzt."

Im stillen Gedankenfluss zeigt Nyima den anderen noch viele weitere Felsbilder und Linien: ein Baum, Menschen, Affen, eine Spinne, Wale. Auch in Jimmy Kopf kommen die perspektivischen Bilder der Figuren an, obwohl er fest mit beiden Füßen in seinen dicken Militärstiefeln auf dem Felsboden steht. "Also ein bisschen ist auch bei mir anders. Immerhin – die Gedankenübertragung geht nicht an mir vorbei."

Nach und nach schwingen sich auch Rosa, Jihane, Moshe und Ming Chen in Nyimas Höhe auf. Sie blicken auf ein riesiges Felsplateau herunter.

'Wer hat nur diese riesigen Zeichnungen hier angefertigt, die ja nur wirklich von hier oben zu erkennen sind?' fragt sich Rosa. 'Ich glaube, ich kenne einige der Figuren hier. Ich habe sie schon mal im Fernsehen gesehen. Hier müssten auch – nicht weit weg – die überdimensionalen Landebahnen für Raumschiffe sein. Wir sind – glaube ich – in Mexiko oder Argentinien. Ich weiß es nicht mehr ganz genau. Jedenfalls irgendwo in Südamerika.'

'Wir sind bei den Nazca-Linien in Peru.' erklärt Jihane trocken. Sie hatte über diesen Ort in einem Buch gelesen und sich gleich erinnert. Vor allem an ihre Lieblinge, die Wale. 'Man weiß nicht, ob das wirklich Landebahnen für Raumschiffe sind. Mein Großvater sagt immer, wenn man nur wirklich will, braucht man gar keine Raumschiffe, um sich im Weltraum fortzubewegen. Aber ich weiß das nicht.'

'Schau mal, Sonam. Da hinten hat jemand einen riesigen Hund hingemalt.'

Moshe zeigt in Richtung Osten. Sonam erhebt sich ruhig und schwebt in die angezeigte Richtung.

Jimmy schaut dem Terrier verblüfft hinterher: "Wieso kann der beides? Richtig laufen und schweben?"

Nyima empfängt einen sehr leichten Hauch von Schwingung, der von dem Felsplateau auszugehen scheint. Als würden die Felsen des Plateaus mit minimaler Amplitude vibrieren. Die leichte Schwingung geht in einen noch leichteren Ton über. Ein Ton, zarter als der Flügelschlag eines Schmetterlings. Aber Nyima mit ihren offenen, unverstellten Sinnen nimmt diesen zarten Klang wahr, der sich aus einem sehr tiefen und aus einem sehr hohen Ton zusammenzusetzen scheint.

'Weißt du noch mehr über diesen Ort hier, Jihane?' fragt Rosa.

'Ich habe ein fotografisches Gedächtnis. Da kann ich auch nichts zu.' erklärt sich das zurückhaltende Mädchen. 'Ich weiß noch, dass diese kerzengeraden Nazca-Linien und Streifen bis zu zwanzig Kilometer lang sind. Mein Lieblingsbild, der Wal, ist zweiundsechzig Meter lang. Wer diese Scharrbilder gemacht hat, das weiß ich nicht. Auch nicht, wie alt die sind. Ach ja, und es soll hier auch Pyramiden geben. Und riesengroß ist das hier. Ich meine, das wären fünfhundert Quadratkilometer gewesen.'

'Schon bei Felsen und Steinen tun sich die Forscher sehr schwer mit der Altersbestimmung.' ergänzt Ming Chen. 'Da wird die C-14-Methode schnell ungenau. Denn sie kann nur das Alter von Mineralien, Gesteinen oder archäologischen Objekten auf der Grundlage der in ihnen enthaltenen Radionuklide bestimmen, deren Zerfallsprodukten oder der Isotopenzusammensetzung. Und da bewegen wir uns schnell im Bereich von Jahrtausenden. Aber bei eingeritzten Felsbildern hat diese Methode gar keine Chance. Da kann man nur Vergleiche der Motive, der Herstellungstechnik oder so anstellen.'

"Was ihr alles wisst!" entfährt es Jimmy, der noch immer allein inmitten der weiten Felsebene steht.

'Das ist schon ein faszinierender Ort hier. Dagegen sind die Felszeichnungen von Aspeberget und Tanum in Bohuslän Kinderkram. Aber hat irgendjemand von euch eine Ahnung, was wir hier sollen?' fragt Rosa in die Runde.

"Ich sowieso nicht!" zuckt Jimmy mit den Schultern.

Nicht wirklich auf eine weitere Antwort wartend versinkt Rosa in sich selbst. Versonnen summt sie leise eine Melodie vor sich hin. Mehr summend vor sich hin flüsternd als singend fallen die Worte aus ihren Lippen: *I've looked at clouds from both sides now, from up and down and still somehow. It's cloud illusions I recall. I really don't know clouds at all...'*

Ming Chen und Jihane blicken die summende Deutsche aufmerksam an. Ein inneres Nicken der Zustimmung ist zu spüren.

"Aha, du kennst Joni Mitchell!" kommentiert Jimmy, der offensichtlich auch zugehört hat.

'Ja klar, Jimmy. Ein Song aus meiner frühen Jugend. Ich habe ihn geliebt und rauf und runter gehört.' antwortet Rosa mit leicht verklärtem Blick.

Jimmy ist schon ziemlich froh, dass die anderen in dieser platten Weite wieder in seiner Nähe sind. Sonam steht wieder ganz dicht neben ihm. Im nächsten Moment legt sich der Hund so zu seinen Füßen, dass sein Köpfchen auf einem von Jimmys Militärstiefeln zu liegen kommt. Jimmy kann den Hund jetzt sogar im Nacken kraulen. Er spürt sehr wohltuend das weiche Fell zwischen seinen Fingern.

'Ich denke Mal, wir sind hier, um zu lernen und zu üben, uns auf diese ungewohnte Weise zu bewegen.' versucht Ming Chen zu erklären.

'Ja, ihr seid zum üben hier. Probiert es aus. Ihr könnt schweben, fliegen, schnell oder langsam. Nur mit eurem Willen. Es geschieht, was ihr euch vorstellt. Und ihr könnt euch ganz einfach an einen anderen Ort versetzen. In einem Moment. Stellt euch einfach konzentriert einen Ort vor, an dem ihr sein möchtet. Und ihr werdet erleben – ihr seid schon dort. Ihr nennt das Teleportieren.' Zum Erstaunen einiger kommt diese ausführliche Erklärung und Aufmunterung aus den kleinen weißen Tibetterrier, der kurz seinen Kopf von Jimmys Stiefel gehoben hat.

Und schon ist Jihane aus der Gruppe verschwunden. Sie schwebt jetzt über dem Scharrbild des riesigen Wals. Moshe befindet sich kurz darauf über der Spinne, die er von oben so faszinierend gefunden hat. Nyima hat sich den Affen ausgesucht. Und Ming Chen bewegt sich langsam in immer weiter werden-den Kreisen etwa drei Meter über dem Felsen des Plateaus. Dabei liegt der große Chinese entspannt in der Waagerechten, das Gesicht entspannt nach unten gerichtet.

Jimmy hockt sich auf dem Felsen im Schneidersitz hin. Sonam kuschelt sich sofort in seinem Schoß ein. Von Moshe ist nur noch ein überschäumendes Juchzen zu hören. Der Junge macht sich einen Spaß daraus, sich per Willenskraft und Vorstellung wie eine magische Schachfigur wie von einem Feld auf ein anderes, von einer Zeichnung zur nächsten zu setzen.

'Mach dir nichts draus, lieber Freund,' vernimmt Jimmy zwischen seinen sich überkreuzenden Beinen. 'Deine Zeit kommt noch.'

Der Soldat tätschelt zärtlich Sonams Kopf, während die anderen über die Weite des Plateaus schweben, fliegen, Figuren in die Luft malen oder sich direkt teleportieren. Nach einiger Zeit taucht eine Spirale aus Licht über dem Felsplateau auf und wirbelt die Sieben sanft zurück in das gallertige Nichts.

* * *

'Willkommen zurück. Wie hat euch dieser Ort in Peru gefallen, den ihr Nazca-Linien[1] nennt?' fragt Lichtwesen.

'Toll. Toll. Toll.' sprudelt es auch Moshe heraus. 'So große Bilder habe ich noch nie gesehen. Und das Tetraparieren, oder wie das heißt, das macht riesig Spaß.' Der Junge hüpft blaue Schlieren in die Gruppe.

'Teleportieren.' korrigiert Jihane freundlich.

'Na gut, dann eben teleportatieren.' Moshe ist noch völlig aus dem Häuschen.

'Es ist euch allen leicht gefallen, euch dort auf dem Felsplateau zu bewegen. Das konnte ich wahrnehmen. Wir haben euch an diesen Ort gebracht, weil dort die Matrix am wenigsten dicht ist. Es gibt dort so gut wie keine physikalischen oder energetischen Beeinträchtigungen oder gar Störungen, wie sonst inzwischen an den meisten Orten auf der Erde.'

---

[1] *Die Nazca-Linien sind über 1500 riesige, nur aus der Luft erkennbare Scharrbilder (Geoglyphen) auf einer überwiegend ebenen Fläche von 500 km² in der peruanischen Wüste bei Nazca und Palpa; u.a. schnurgerade, bis zu 20km lange Linien, Dreiecke und trapezförmige Flächen sowie Figuren mit einer Größe von etwa zehn bis mehreren hundert Metern; bei ihrer Herstellung wurde die obere Gesteinsschicht, die von Wüstenlack, einen rostroten Gemisch aus Metalloxiden, überzogen ist, entfernt und das beigegelbe Sedimentgemisch trat als Linie hervor.*

'Und – sind diese langen schnurgeraden Linien dort, sind das wirklich Landebahnen von Raumschiffen? Landen hier die Aliens?' will natürlich Moshe wissen.

Lichtwesen antwortet ruhig: 'Manchmal ja.'

Moshe hat sich mehr Informationen erhofft. Irgendetwas Sensationelles. Doch Lichtwesen nimmt durch seine gelassene Art die Spitzen aus der überdrehten Aufregung des Jungen.

'Ihr habt nun erfahren, wie es geht, euch mit eurem Astralkörper auf der Erdoberfläche fortzubewegen.' setzt Lichtwesen fort.

'Na ja!' wirft Jimmy etwas betreten ein.

'Jimmy, Deine Zeit kommt noch. Du hast einfach nur eine andere Aufgabe bei der Mission als die anderen.'

Und wieder zu allen: 'Wir können euch nur an einen bestimmten Ort auf der Erde bringen, also sozusagen runterlassen, und auch wieder hochholen. Aber bewegen müsst ihr euch auf der Erde aus eigener Kraft. Mit eurem Willen. Mit eurer Vorstellungskraft. Ihr habt nun erfahren, wie einfach das geht, wie einfach das gehen kann. An anderen Orten der Erde ist wie gesagt die Matrix ausgeprägter, dichter als hier auf der Nazca-Ebene. Fortbewegen könnt ihr euch dort aber auf die gleiche Weise. Manchmal müsst ihr euch nur stärker konzentrieren, zentrieren. Euren Willen mehr fokussieren. Ming Chen und Nyima sind darin schon sehr geübt. Vielleicht müsst ihr anderen euch manchmal an den beiden orientieren, nachmachen, was sie tun, um in ihre Mitte zu kommen, wie die beiden sich ausrichten, ihren Willen fokussieren.'

Jihane: 'Nyima singt ganz viel. Ganz tief. Wunderschön. Ich meine, das macht auch was.'

'Ja. Töne singen, summen, tönen, das zentriert eure Energie. Ihr könnt mit euren verschiedenen Chakren tönen. Das zentriert und erhöht gleichzeitig eure Schwingung. Ihr werdet euch schon zurechtfinden. Und im Zweifel bittet ihr einfach eure Geistführer um Hilfe. Die sind immer bei euch.'

'Wen bitte?' entfährt es Jimmy und Rosa fast gleichzeitig mit ähnlich fragend-ungläubigem Gesichtsausdruck.

Lichtwesen: 'Jihane, kannst du den beiden erklären, wer oder was Geistführer sind?'

Jihane: 'Mein Großvater sagt immer, dass jeder von uns ein geistiges Helferteam um sich hat. Darunter sind auch Geistführer. Er sagt, dass sind Seelen, die meist schon viel Erfahrung auf der Erde gesammelt haben und sich bereit erklärt haben, uns eine Zeit lang auf unserem Lebensweg zu begleiten. Sie kennen auch unseren Lebensplan, unseren Seelenplan, das, was wir uns vorgenommen haben für dieses Leben, bevor wir in unseren Körper geschlüpft sind. Wir können sie zu allen Sachen befragen oder auch um Hilfe bitten. Und manchmal schubsen sie uns auch ungefragt wieder auf unseren Weg. Mein Großvater sagt, dass sie immer da sind, um uns und mit uns.'

Ming Chen fragt nach: 'Das heißt ja wohl auch, dass wir uns irgendwann auch mal für diese Mission hier gemeldet haben?'

Lichtwesen schweigt als Antwort.

Jimmy: 'Also ich weiß von nichts!'

'Ich weiß auch nichts von einer solchen Abmachung.' antwortet Ming Chen trocken. 'Aber wir haben sowieso sehr viel vergessen, als wir hier runterkamen. Das scheint der Preis für die irdische Inkarnation zu sein.'

Lichtwesen fährt fort: 'Gut, ihr lieben Erdenwesen. Seid ihr bereit für euren nächsten Ausflug? Wir möchten euch gerne das Leben auf der Erde zeigen. Das gesamte Leben. Also auch das Leben, das viele von euch noch nicht wirklich kennengelernt haben. Eine kleine Rundreise.'

Von den meisten kommt ein verhaltenes Schlieren-nicken. Nur Moshe wirbelt wieder vor Begeisterung einen Schwall blauer Schlieren um sich. Und Sonam wedelt mit seinem Schwanz.

Mit den Worten von Lichtwesen 'Dann geht es jetzt los.' erfasst erneut ein heller blau-weißer Lichtstrudel sanft die bunte Gruppe.

* * *

3

Im nächsten Augenblick finden sich die sechs Menschen und ein aufgeweckter weißer Hund mitten in dem Summen und Brummen einer voll erblühten Wildwiese wieder.

Sie hocken, stehen, liegen oder schweben mitten in einem Meer aus Blüten von rotem und weißem Klee, pink-violetten Kuckuckslichtnelken, mattgrünem Kälberkropf, gelben Butterblumen, Löwenzahn und weiß-gelben Margeriten. Die Luft schwirrt von Pollen und Myriaden von Insekten: Schwebfliegen, Schmetterlinge, unzählige Käfer-, Bienen-, Wespen-, Fliegen- und Mückenarten. Das Summen und Brummen und Schwirren kommt von überall her. Aus den umliegenden Sträuchern und Bäumen erschallt ein Vogelkonzert von Amseln, Buchfinken, Meisen, Zilpzalp, Rotkehlchen und Zaunkönig. Es klingt, als wäre die Insektenwiese der Orchestergraben, der den vielstimmigen Chor aus den befiederten Geschöpfen mit virtuosen Instrumenten begleitet.

Doch nicht genug. Es ist, als ob, alle Pflanzen und Tiere auch untereinander wispern und tuscheln. Und von überall kommen noch weitere Stimmen hinzu. Wispernd. Tönend. Klopfend. Summend. Klingelnd. Schwingend. Die bunte Blumenwiese ist so gefüllt mit Leben, wie es keiner von ihnen je zuvor gesehen oder auch nur geahnt hat oder sich überhaupt hat vorstellen können. Außer Sonam vielleicht.

Die Wiese ist über die Gräser und Kräuter hinaus angefüllt mit Wesen. Die Luft über den Pflanzen schwirrt und sirrt, so voll ist sie mit Wesenheiten. Dicht an dicht. Unzählige geflügelte Elfen schwirren um die Blüten. Und mehr und mehr energetische Wesen stehen oder fliegen, Feen sausen oder tänzeln durch die Luft, alles ist voller Bewegung und Leben über den Wiesenpflanzen. Es sirrt und schwirrt, zirpt und brummt, wispert und tuschelt, tönt und singt von überall her. Auch weit über ihnen. Alle tragen zu einem unbeschreiblich vollen und dennoch harmonischen Schöpfungskonzert bei.

Der einzige, der Worte findet, ist Jimmy: "Wow! What's that?"

Sonam hat sich auf den Rücken gerollt und schubbert sich wohlig an der Grasnarbe. Dabei strampeln seine Beine vergnügt Richtung Sonne.

Noch versunken im Staunen ob dieser Fülle und des harmonisch-stimmigen Miteinanders merken die Sieben, dass sie behutsam emporgetragen werden und durch einen sanften Lichtstrudel gezogen werden.

* * *

Kurz darauf finden sie sich mitten in einem Wald wieder.

Auch hier werden sie von einem niemals zuvor wahrgenommenen Konzert empfangen. Nur dass die Tonlage hier nun deutlich tiefer ist als zuvor auf der Wiese. Eichen, Buchen, Eschen, Berg-Ahorn und Ilex geben Bariton und Bass. Das Moos, das hier große Teile des Bodens bedeckt, summt und tönt deutlich höher als die mächtigen Bäume. Käfer und Spinnen, Asseln und Ameisen wispern und knuspern dazu. Zwischen den Baumwurzeln und unter Mooshöhlen lugen kleine Wesen hervor. Manche stoßen scharfe oder schrille Laute aus, andere scheinen in einer Art Singsang ganze Geschichten zu erzählen.

Rosa, die viel in Skandinavien gereist ist, ruft aus: 'Es gibt sie also wirklich! Schaut mal, die Zwerge und Trolle!'

Auch hier im Wald ist die ganze Luft erfüllt vom Summen und Brummen, Zischen und Wispern unzähliger Wesen. Alle scheinen gleichzeitig zu kommunizieren. Doch auch hier im Wald klingt es nicht wie ein wahllos-chaotisches Durcheinander, sondern alles Leben hier fügt sich zu einer vielstimmigen wunderschönen Symphonie.

'Ein vollkommen anderes Werk als der Klangkörper der Wiese. Das hier ist der Klangkörper des Waldes, dieses Waldes. Ein Birkenwald oder ein Regenwald wird wieder völlig anders klingen.' geht es Ming Chen durch den Kopf.

'Eigentlich ekle ich mich ja vor Spinnen,' sagt Jihane, 'aber diese hier sind wunderschön. Und sie klingen auch schön, mit all den anderen zusammen.'

* * *

Erneut werden die Sieben sanft emporgehoben. Diesmal setzt sie der blau-weiße Lichtstrudel mitten in einer Steinwüste ab. Zwischen beige-rötlichem Sand ragen große und kleine, schroffe und rundliche Felsen verschiedenster grau-braun Schattierungen hervor. Hier ist es deutlich stiller als an den beiden vorherigen Orten.

Moshe findet die passende Worte: 'Hier klingt alles viel langsamer.'

'Ja,' stimmt Rosa zu, 'sehr viel langsamer, und viel tiefer und irgendwie breiter. Und hier sind nicht so viele Wesen, oder?'

'Dafür sind sie aber deutlicher größer.' reagiert Jihane.

'Ich glaub es nicht!' wirft Jimmy ein. 'Ich hör die Felsen singen, und irgendwie auch sprechen. Sogar die kleineren Steine. Ein bißchen wie in Zeitlupe verzerrt hört sich das an. Sehr viel langsamer als normal. Wie du schon gesagt hast, Moshe.' Es ist ein sehr langsamer, sehr tiefer Ton, den die Sieben hier hören.

Umkreist werden sie von großen Wesen, von denen die meisten zart wie ein Wind hauchen. Nur wenige der Wesen stoßen eine Art Pfeifen aus. Hoch zwar von der Tonhöhe, aber doch angenehm für die menschlichen Ohren. Ein eher behäbig-sanfter Klang an diesem Wüstenort. Sonam hat sich entsprechend auf den Bauch gelegt und seine Hinterbeine wie ein Welpe weit nach hinten ausgestreckt. Er nimmt die tiefen Töne, die sanften Frequenzen der Felsen unter ihm mit seinem ganzen Körper auf. Diese weichen Schwingungen gefallen ihm offenbar sehr.

Sie hören den Steinen eine ganze Weile zu. Hier scheint auch die Zeit langsamer zu gehen. Für die Sieben fühlt sich ihr Aufenthalt hier in der Wüste wie eine kleine Ewigkeit an, ehe sie die Lichtspirale an einen völlig anderen Ort der Erde versetzt.

* * *

Zuerst hören sie einen tiefen langgezogenen Ton, der behutsame Kapriolen schlägt. Ein ungewöhnliches, doch sehr warmes Auf und Ab von Tönen, die direkt ihre Herzen berühren.

'Das ist Walgesang.' erklärt die deutsche Biologie-Lehrerin. 'Wir scheinen direkt im Meer zu sein. Mitten in ihrem wunderbaren Gesang.'

'Das ist sooo schön.' Moshe ist völlig hin und weg. 'Das habe ich schon mal auf Youtube gehört.'

Jihane ist stark berührt: 'Ich liebe Wale.'

"...und Hühner" entfährt es Jimmy ein wenig spöttisch. Doch auch der amerikanische Soldat ist berührt von dem sphärischen Gesang der riesigen Meeressäuger.

"Sorry, Jihane. Vergiss einfach meine dumme Bemerkung."
Jihane nur trocken: 'Ja,ich liebe Wale und Hühner und Hunde und Katzen und Reiher und Esel und Pleskehäher[1]. Und überhaupt alle Tiere. Und jetzt sogar Spinnen.'

Nun müssen alle herzhaft lachen. Die aufkommende Spannung ist sofort verflogen. Verlegen stimmt auch Jimmy bald mit ein.

Bald lauschen sie wieder still dem Walgesang. Dieser ist unterlegt von einem zart schwingenden Tönen. Das ist offenbar das Wasser. Der Ozean selbst. Offenbar hat auch das Wasser der Weltmeere ein Eigenleben, das sich ihnen in einem weichen, sehr melodiösen Klangspiel offenbart. Ein vorbeiziehender Schwarm Sardinen beschert der konzertanten Vorführung ein vielstimmiges Ostinato.

Auch im Wasser erfasst die Sieben der blau-weiße Lichtwirbel.

* * *

Diesmal landen sie in einem kleinen Oval, von dem ringsherum, schmale Terrassen aus Natursteinmauern aufsteigen. In etwa gleichem Abstand stehen

---

[1] *eine Rabenvogelart, die im östlichen Iran endemisch ist*

am Übergang der Terrassen in den ovalen Platz hineinreichende, relativ dünne, aber meterhohe T-förmige steinerne Pfeiler.

Der Raum ist angefüllt mit einer Vielzahl von Wesen, durchscheinende Wesen, die sie trotz ihrer ätherischen Erscheinung an bekannte Tiere erinnern. Schwein, Kuh, Pferd, Esel, Ziege, Schaf, Hund, Katze und Huhn können sie ausmachen. Die Luft in dem Raum flirrt weich, ist durchzogen von weichem Licht, dessen feine Schwingungen sie trotz ihres feinstofflichen Zustandes fast körperlich spüren können.

'Ihr seht hier die großen, die höchsten Tiergruppenseelen!' kommt sehr leise und voller Ehrfurcht von Sonam. 'Sie kommen aus dem großen Seelenmeer aller Tiere, wo die gesamte Energie aller, aller Tiere zusammenkommt.'

Die Feierlichkeit dieser Versammlung hüllt alle in ehrfurchtvolles Schweigen.

Jimmy drückt sich verlegen ob seines grobstofflichen Körpers an eine leere Seite des Raumes und erklimmt dort die unterste Terrassenstufe, um so wenig wie möglich aufzufallen oder gar zu stören. Sonam folgt ihm und setzt sich mit gespitzten Ohren und aufmerksam wachen Augen neben den Amerikaner. Die anderen Fünf schweben sehr langsam und vorsichtig zu den beiden. Alle spüren, dass sie einem sehr besonderen Ereignis beiwohnen dürfen.

Auf der gegenüberliegenden Terrassenstufe entdecken sie einige in grobes Tuch gekleidete Menschen. Von den geistigen Tierwesen geht ein warmes weiß-goldenes Licht aus. Keine Worte oder auch nur Laute sind zu hören. Zarte Lichtwellen schwingen sanft zwischen den Geistwesen hin und her und gehen auch zu den Menschen, die sie mit offenem Gesicht aufzunehmen scheinen.

Die sechs Beobachter selbst sind gedankenleer, lassen sich passiv in diesen sanften Schwingungen treiben. Sogar Jimmys Kopf ist ganz auf Ehrfurcht und reine Aufnahme eingestellt.

Die tierischen Geistwesen schweben je vor einen der großen T-förmigen Steinpfeiler. Jedes der Tier-Geistwesen schickt einen gleißenden Lichtstrahl in die Steinplatte vor sich. Anschließend kommen sie in der Mitte des Ovals zwischen zwei sehr viel mächtigeren, ebenfalls aufrecht stehenden rechteckigen Steinplatten zusammen. Dabei scheinen sie zu einem einzigen gemeinsamen Energiefeld zu verschmelzen. Von diesem Energiefeld gehen zarte Lichtschwingungen aus, die das gesamte Oval, schließlich den gesamten Raum mit rosa-goldenem Licht erfüllen.

Nun erheben sich die Menschen. Nacheinander gehen sie von einem T-Pfeiler zum nächsten, lehnen ihre Stirn gegen die aufrechte Steinplatte und murmeln unverständliche Worte. Bei jeder Berührung einer menschlichen Stirn mit dem Pfeiler tritt aus dem Stein ein heller weiß-goldener Lichtfunke hervor.

Die sehr konzentriert, fast andächtig wirkende Zeremonie der Menschen nimmt einige Zeit in Anspruch. Nachdem jeder der Menschen an jedem der T-förmigen Steinpfeiler seine Ehrerbietung dargebracht hat, stellen sie sich im Kreis um das immer noch in der Mitte des Ovals schwingende Energiefeld der Tier-Geistwesen. Währen die Menschen ehrfürchtig ihren Oberkörper zur Verbeugung nach vorne neigen, löst sich das Energiefeld in ihrer Mitte auf. Die Tier-Geistwesen sind verschwunden. In der Mitte des Menschenkreises stehen stattdessen ein Schwein, ein

Esel, ein Huhn, ein Schaf, eine Ziege, ein Pferd, eine Katze, ein Hund und eine Kuh. Das Oval ist randvoll durch die nun offensichtlich physisch manifestierten Tiere und die Menschen.

Gleich darauf lösen sich sowohl die Menschen als auch die Tiere wie zerplatzende Seifenblasen auf. Die sieben Zaungäste sind nun alleine in dem sonst leeren Oval.

Jimmy hockt auf dem Terrassenabsatz. Dem Soldaten laufen die Tränen übers Gesicht: "Ich weiß nicht was das ist oder warum! Aber ich muss einfach nur weinen!"

'Ich kann das ja nicht.' antwortet Rosa, ebenfalls zutiefst angerührt. 'Aber wenn ich in deinem körperlichen Zustand wäre, würde ich auch Rotz und Wasser heulen. Ich verstehe überhaupt nicht, was da eben passiert ist. Ich weiß nur, dass es etwas ganz Bedeutsames war und dass es mich sehr, sehr tief berührt hat. Da war so viel weiche Energie, so viel Liebe, die diese Tier-Geistwesen verströmt haben. Diese Liebe haben sie auf jeden Fall den Menschen hier gegeben.'

Auch Moshe, Jihane und Ming Chen sind vor Ergriffenheit gedanklich verstummt.

Nyima wendet sich freundlich aber klar Sonam zu: 'Tu es.' Diese beiden Worte kommen auch bei den anderen an.

Nach einer Pause beginnt Sonam: 'Ihr Menschen denkt, ihr hättet manche Tiere vor vielen tausend Jahren unterworfen. Ihr nennt das zähmen, meint aber unterwerfen. Es war aber gerade andersherum. Einige Tiere haben sich freiwillig in euren Dienst gestellt, um euch Menschen zu helfen, auf der Erde zu leben. Die großen Tiergruppenseelen haben dies aus Liebe getan, aus Liebe zur Schöpfung und auch aus Liebe zu euch Menschen. Und wir durften gerade dieser heiligen Übereinkunft beiwohnen.'

Ein durchdringender schriller Schrei geht Jimmy durch Mark und Bein und bringt auch die Astralleiber der anderen zum Erzittern. Der schmerzerfüllte, nicht enden wollende Schrei kommt von Jihane. Ihr Astralkörper windet sich vor Verzweiflung. Ihr Schmerz durchdringt den gesamten ovalen Raum.

Es dauert lange, bis ein Gedanke in ihrem Kopf den Schmerz etwas abmildern kann: 'Und was tun wir Menschen all diesen wunderbaren Geschöpfen an!'

Es dauert noch Mal sehr lange, bis sich das iranische Mädchen einigermaßen beruhigt. Erst Sonam, der sich sanft an Jihanes Energiefeld schmiegt, kann ihren Schmerz des Mitgefühls nach und nach wieder auflösen.

Diesmal erfasst die Sieben zunächst eine sehr zarte Lichtspirale. Nachdem sie das weiche Licht eingehüllt hat, nimmt die Spirale an Intensität und Drehgeschwindigkeit zu, um sie mitzunehmen.

* * *

Nun landen die Sieben auf Felsen, Schotter und spärlicher Vegetation. Sie schauen auf. Und vor ihnen erhebt sich ein gigantischer, fast wie geschliffen glatter Berg aus Fels. Sein abgerundeter Gipfel leuchtet weiß – Schnee. Schnee zieht sich auch noch in langen weißen Linien waagerecht bis auf die mittlere Höhe des Berges.

'Yungdrun Gutse!' ruft Nyima voller Inbrunst aus.

Die anderen zucken regelrecht zusammen. Solche Gefühlsausbrüche haben sie bei der kleinen Nonne noch nie erlebt.

Nyima streckt sich sofort lang aus zu einem tiefen Kotau. Allerdings kann sie den Boden nicht berühren. So schwebt die Nonne einige Zentimeter über dem Schotterweg, so tief, wie dies ihr feinstofflicher Körper zulässt. Nyima streckt ihre rechte Hand nach einem Felsen seitlich am Wegesrand aus. Ihre Hand geht einfach hindurch, als wäre das massive Gestein gar nicht da. Aber das ist ihr heiliger Berg hier vor ihr. Sie will, sie muss ihn umrunden. Und allein dieser Wille setzt sie in Bewegung. Schon schwebt sie waagerecht über dem Boden. Sonam hatte sich neben sie gelegt. Und nun schweben die beiden Tibeter den Weg entlang, lassen diesen wundersamen Berg rechts liegen.

Die Verbliebenen nehmen eine riesige Energiehülle um den Berg wahr. Wie ein gigantisches Zelt aus durchsichtigem Pergament. Aber eigentlich nur Energie. Nur so stark, dass sie sie gerade so eben sehen können. Über dem Berggipfel befindet sich die Spitze des Energiezeltes. Sie ragt wie eine starke, mächtige Zeltstange aus der energetischen Abdeckung hervor. Wie Zeltplanen strecken sich die Energiedecken in alle vier Himmelsrichtungen: Nord, Ost, Süd und West. Wo sie enden, ist für die Fünf nicht auszumachen. Es scheint wie ein über die ganze Erde gespanntes Zelt zu sein - unvorstellbar gigantische Ausmaße.

Um den Gipfel selbst nehmen sie eine große Öffnung wahr. Hier herrscht reger Betrieb. Unzählige Wesen fliegen und schweben durch diese Öffnung herein und wohl annähernd ebenso viele auch heraus.

Jimmy flapst, das kann er sich nicht verkneifen, aber dennoch nur recht leise: "Wow! Hier ist ja ein Betrieb wie auf'm Bahnhof!"

Jihane: 'Ich kenne so was. Ich habe solch ein Energietor auch über dem Zikkurat Chogha Zanbil im Iran gesehen. Die Wolken haben ein kreisrundes Loch freigelassen, mitten über dem Zikkurat. Nur nicht ganz so groß. Und es waren nicht annähernd so viele Engel und andere Wesen dort. Das Tor hier ist noch viel, viel größer – und auch die Wesenheiten, die hier rein und raus gehen.'

Jihanes erstaunter, aber völlig entspannter Blick bleibt nach oben in Richtung Berggipfel gerichtet.

Auch die anderen können Engel ausmachen. Geflügelte Wesen. Aber auch zahlreiche andere Wesen gehen ein und aus. Ihre verschiedenen Erscheinungsformen sind mit Worten nicht zu beschreiben. Sie ahnen oder spüren sie auch eher, als dass sie die Energiewesen tatsächlich mit den Augen erfassen.

Rosa verblüfft: 'Da sind echte Engel dabei, richtig mit Flügeln, mit großen, teil befiederten Flügeln. So, wie ich sie aus Büchern kenne.'

Der pfiffige Moshe unterbricht das Staunen der anderen: 'Wo sind denn Nyima und Sonam? Ich kann sie gar nicht mehr sehen.'

Ming Chen reagiert: 'Du hast recht, Junge. Die beiden sind außer Sicht. Wir sollten auf jeden Fall zusammen bleiben. Kommt schnell mit.'

Und der große Chinese schwingt sich auf in die Richtung, in der Nyima und Sonam verschwunden sind.

Jimmy: "Okay. Dann stellen wir das System mal auf Dem-Hund-folgen."

In gleichen Moment schweben die Energiekörper der anderen los. Doch Jimmy bleibt stehen. Seine schweren Militärstiefel knirschen auf den kleinen Steinen, die auf dem Felspfad liegen. Aber er hebt nicht ab. Die anderen vier sind nun auch schon außer Sicht. Jimmy fasst sich daraufhin ein Herz und läuft los. Er nimmt Anlauf, um sich dann auch nach vorne in die Luft zu werfen, um den anderen hinterher zu kommen. Doch er landet nur hart bäuchlings auf dem harten Boden. Trainiert wie er ist hat der Soldat in ihm den Aufprall durch Abstützen mit seinen Händen und Armen abgefedert. Es ist nichts weiter passiert. Außer – dass sein Stolz etwas angeknackst ist.

'Fuck. Wie lächerlich muss das denn ausgesehen haben!' geht ihm durch den Kopf.

Er schaut sich um. Einige Pilger gehen an ihm vorbei. Unmittelbar hinter ihm wirft sich ein etwa dreißig bis vierzig Jahre alter Mann auf seine volle Körperlänge nieder. Anhand der Kleidung identifiziert er ihn als Tibeter: ein mit der Wolle nach innen um eine Schulter geworfenes Fell, eine dicke Wollmütze und Stiefel, ähnlich wie die die von Nyima, mit deren nach oben ausgezogenen Spitze, aber nicht so schön, sondern funktional und eher schlicht.

Von ihm, dem in dieser Menschenmenge eigentlich mehr als auffälligen amerikanischen Soldaten, nimmt aber offenbar niemand sichtbar Notiz. Nicht wegen seines Missgeschicks. Und nicht mal wegen seiner hier nun völlig deplatzierten Militäruniform. Die Menschen sind vollkommen vertieft und versunken in ihr Ritual. Sie scheinen den amerikanischen Soldaten überhaupt nicht wahrzunehmen. Jimmys erster Gedanke dazu ist, dass sie ihn vielleicht gar nicht sehen können. Doch als er sich erneut umschaut, sieht er, das der Tibeter, der sich gerade noch hinter ihm niedergeworfen hat, nun einen weiten Bogen um ihn macht, um ihm auszuweichen. Er hingegen hockt immer noch verdutzt auf dem Boden, mitten auf dem Weg.

"Also können sie mich doch sehen." Jimmy rappelt sich auf und klopft sich den Staub von seiner Uniform. "Was soll ich jetzt machen. Zu Fuß komme ich niemals hinter den anderen her. Und ich habe auch nicht den leisesten Schimmer wohin sie alle unterwegs sind. Was ist das alles abgefahren crazy: Gerade noch in einem afghanischen Dorf, dann irgendwo im Himmel oder was das da war, dann im Peter Pan Land oder doch mit Alice durchs Kaninchenloch gerutscht, und nun lost irgendwo in Tibet. Nur eines weiß ich ganz sicher – ein Traum ist das hier nicht. Das ist fucking real. Ich stehe hier irgendwo in Tibet vor so einem speziellen Berg. Und dann diese so merkwürdig zusammengewürfelte Truppe. Ich denk Mal, die haben gar nicht bemerkt, dass ich fehle. Warum auch immer ich nicht mit konnte."

Jimmys Soldatengehirn meldet sich zu Wort: "Na, dann mach ich das jetzt am besten wie bei der Armee: Dort bleiben, wo die Truppe dich zuletzt gesehen hat. Sonst werden wir uns hier in dem unbekannten Terrain nie wiederfinden."

Dennoch etwas verunsichert ob der merkwürdigen Situation hockt sich Jimmy auf einen Felsen etwas abseits des Weg. Ohne sie wirklich im Detail wahrzunehmen richtet Jimmy seinen Blick auf die vorbeiziehenden Pilger. Sie würdigen den uniformierten jungen Mann keines Blickes.

Unterdessen erläutert Ming Chen auf dem Schwebeweg den anderen: 'Ich habe so eine Idee, wo wir sein könnten. Mir kam die Form des Berges ja schon irgendwie bekannt vor. Ist ja sehr markant. Und als die Nonne sich sogleich anschickte, einen Kotau zu machen und den Berg zu umrunden, da wurde das dann klar – das wird der Kailash sein. Der heilige Berg der Tibeter, den alle Gläubigen wenigstens ein Mal im Leben umrunden sollten. Mehr als fünfzig Kilometer ist der Pilgerweg lang, wenn ich das recht erinnere.'

Und zu Jihane gewandt: 'So ähnlich wie die Hadsch für gläubige Moslems – einmal im Leben nach Mekka pilgern.'

Und die Gruppe setzt schwebend ihren Weg fort. Der Pilgerweg führt bergauf und bergab, es geht durch tiefe Schluchten und über hohe Pässe. Kein Baum, kein Strauch. Nur an den wenigen Wasserläufen gibt es spärlichen Grasbewuchs. Eine extrem karge, aber höchst klare und beeindruckende Gebirgslandschaft mit einem unbeschreiblich klaren Licht. Alle bewegen sich mit schwebender Leichtigkeit vorwärts, einfach dadurch, dass sie es wollen. Sie folgen dem Weg, der mal in einem näheren, mal in einem weiteren Bogen den majestätischen Berg umrundet, und auf dem sie vor sich Nyima und Sonam pilgernd vermuten.

Dabei schweben sie nicht unmittelbar über dem Boden, sondern etwa in zwei Meter Höhe. Auf diese Weise kollidieren sie nicht mit den Gläubigen und Pilgern. Einige Pilger gehen den Weg aufrecht wandernd, andere werfen sich immer wieder der Länge nach in den Staub und messen den Pilgerweg mit ihrer Körperlänge ab. Und wenige messen den Weg sogar mit ihrer Körperbreite ab. Die den Kotau[1] aneinander reihenden Pilger tragen schwere Schürzen und haben kleine Holzbretter an den Handinnenflächen befestigt, manche tragen auch feste Handschuhe, um sich bei ihren Niederwerfungen wenigstens etwas vor Staub, Steinen und Felsen zu schützen. Sie werden wohl Wochen für die Umrundung brauchen.

Es sind auch einige Touristen auf dem Pilgerweg unterwegs. Neben ihrer typischen modernen Outdoor-Kleidung unterscheiden sie sich vor allem durch ihren Gesichtsausdruck von den pilgernden Gläubigen. Während die Tibeter keine Emotion auf ihrem Gesicht tragen, sondern in sich selbst versunken sind, vollkommen nach innen konzentriert auf ihr Pilgern, stehen den Touristen Staunen ob der Pilger, der Landschaft oder des beeindruckenden Kailash, manchen aber auch Erschöpfung mindestens ins Gesicht geschrieben – viele müssen sich auch mit Worten ausdrücken.

Ming Chen sieht sich bestätigt: 'Ja, das ist ganz sicher der Kailash. Eine Umrundung löscht alle Sünden eines Lebens. Und 108 Umrundungen führen direkt ins Nirwana – sagen die gläubigen Tibeter.'

Es ist sehr still an diesem Ort. Die Pilger verrichten schweigend ihre heilige Aufgabe. Und die durch das Energietor über dem Gipfel des heiligen Berges ein- und ausströmenden geistigen Wesen machen kaum den Laut eines Schmetterlingsflügelschlages. Nur der

---

[1] *in kniender Haltung ausgeführte tiefe ehrerbietige Verbeugung, bei der der Kopf den Boden berührt, eine Unterwerfungsgeste*

Kailash selbst macht einen einzigen tiefen Ton. Dieser Ton ist sehr leise, und doch sehr präsent. Und er ist permanent zu hören. Durch nichts unterbrochen. Eine fast unwirkliche Schwingung – ein Klang der Stille.

Rosa ist von diesem gleichförmigen, fremden Ton sehr berührt. Aber da ist noch etwas. Sie ahnt es mehr, als dass sie es tatsächlich hört. Noch leiser als der Berg, aber auch klar, ein tiefes Klingen oder Brummen oder Sausen. Und der Ton ist tiefer als der vom Berg. Irgendetwas in ihr weiß sofort, dass dies der Klang der Erde ist. Sie kennt einen ähnlichen Ton von ihren Klangschalen. Es ist der Ton der Erde, wohl die gleiche Frequenz. Aber hier hört sie jetzt den wahren Ruf der Erde. Versunken in ihre Wahrnehmung blickt Rosa auf und sieht in ein bekanntes, ihr mit leichtem Nicken über einem freundlich lächelnden Mund zustimmendes Gesicht: Nyima. Sie haben die beiden eingeholt.

'Es ist Nada, der erste und letzte Klang der Schöpfung.' erklärt Nyima der Deutschen. 'Der ewige Hauch der Schöpfung klingt für mich wie ein tiefes, aber klares OM. Dieses Nada, der erste Klang der Schöpfung, ist der Atem von Brahma. Der Gott, der niemals schlafen darf, da sonst die gesamte Schöpfung wieder im Nichts verschwindet.'

Nach einer kleinen Pause fährt sie fort: 'Dieses Nada kann man am ehesten hier im Himalaya hören, auch wenn das göttliche OM natürlich über die ganze Erde zieht. Das mag daran liegen, dass hier seit Jahrtausenden so viele Menschen meditiert und das Licht angezogen haben. Das hat hier in den Bergen eine besonders klare und reine Atmosphäre geschaffen.'

'Und die Sintflut hat ja auch die Berge des Himalaya verschont', wirft Moshe ein, gleichzeitig mit seinen Schultern wie zur Entschuldigung zuckend. 'Ihr wisst schon, Papa!'

Moshe grinst, noch ein wenig verlegen. Obwohl – so langsam gefällt ihm auch die Rolle des altklugen Jungen, vor allem die Beachtung durch die Erwachsenen, die damit verbunden ist.

'Ja. Auch der Yungdrung Bön sagt, dass Tibet aus dem Meer entstanden ist. Man erzählt, dass fünf göttliche Frauengestalten dem Meer befohlen haben, sich zurückzuziehen. Und um Tieren und Pflanzen dauerhaft Schutz zu gewähren, verwandelten sich diese fünf Göttinnen in die fünf höchsten Gipfel der Himalaya-Kette. Das könnte eure Sintflut gewesen sein.'

Nach einer Pause fährt Nyima, ungewohnt gesprächig, fort: 'Nachts, vor allem wenn es zu bestimmten Zeiten hier im Himalaya windstill ist, ist es hier sehr still. Eine Stille, eine absolute Stille, die fast schmerzt. Die Stille ist so kompakt, dass viele Menschen hier sie körperlich spüren können. In dieser Stille ist er sehr deutlich zu hören: der Klang. Der Klang, der immer da ist. Er ist nicht das Rauschen des Blutes in den eigenen Ohren. Dieser ewige Klang ist tiefer, man vernimmt ihn tiefer. Ein Brausen der Stille.'

Nyima ist ganz erfüllt, von ihrer Heimat, ihrem Glauben, ihrer Umrundung des Kailash, ihrem Sein. Die kleine Nonne leuchtet noch mehr als sonst von innen heraus.

'Ist das nicht die Schumann-Frequenz[1]?' geht es Ming Chen durch den Kopf. Der Astrophysiker in ihm ist erwacht. '7,82 Hertz. Die Schwingung der Erde, ihrer Oberfläche.'

Rosa. 'Keine Ahnung.'

Nyima schweigt einfach. Nein, sie tönt. Die kleine Nonne schwingt sich auf diesen tiefen Ton der Erde ein. Sehr leise. Sehr zart. Dabei setzt sie bedächtig die Umrundung des Kailash fort. Die anderen staunen wieder nur über das tiefe Vibrato, das aus der kleinen Person herauskommt. Sie folgen ihr schweigend.

Als sie ihren Ausgangspunkt erreicht haben, werden sie sanft in die Höhe gezogen. Vor die Mitte des großen Energietores, mittig über dem schneebedeckten Gipfel des Kailash. Wie ein mächtiger Chörten[2] aus Bergkristall ragt der Berg nun für die

---

[1] *1952 entdeckte der Physiker und Elektroingenieur Winfried Otto Schumann, dass elektromagnetische Wellen bestimmter Frequenzen im kugelschalenförmigen Hohlraum zwischen der ausreichend leitfähigen Erdoberfläche (größtenteils Salzwasser) und der gut leitfähigen Ionosphäre in etwa 100 km Höhe schwingen. Sie bilden entlang des Umfangs der Erde in einer Art Hohlraumresonator stehende Wellen. Sie können durch Blitze angeregt werden, sind aber von so geringer Amplitude, dass sie nur mit sehr empfindlichen Instrumenten nachgewiesen werden können. Es entsteht eine sogenannte transversale magnetische Welle mit einer Grundfrequenz von 7,8Hz - der Hauptwert des Frequenzspektrums der Schumannresonanz. Sowohl die riesigen DNA-Moleküle in lebenden Zellen als auch die Hirnrhythmen – speziell der Hypophyse oder Zirbeldrüse – sind in Resonanz mit der Schumann-Frequenz.*

[2] *Ein meist weiß getünchtes Sakralbauwerk des tibetischen Buddhismus. Der Hauptkörper hat etwa die Form einer umgestülpten Glocke mit rundem Grundriss und erhebt sich auf einem vielfach abgestuften Unterbau mit quadratischem Grundriss. Die Spitze bildet häufig ein Ehrenschirm (chhatra), von*

hoch schwebende Gruppe aus der Umgebung heraus. Mit etwas Abstand hat der heilige Berg, von oben aus betrachtet, auch die Form einer abgerundeten Pyramide.

'Schaut genau hin, ihr lieben Wesen.'

Die Gedankenworte kommen aus Sonam, der bei dem Aufstieg freudig mit dem Schwanz wedelt. Aber sie spüren, dass die Gedanken dahinter doch irgendwie von Lichtwesen kommen, während sie noch weiter sanft nach oben gezogen werden. Wortwahl und Energie sind nicht die von Sonam.

Dann sinken die fünf und Sonam langsam wieder in Richtung Erde. Je tiefer sie sinken, desto deutlicher spüren sie, dass es nun Abend geworden ist. Die Sonne nähert sich dem Horizont. Sie blicken alle voller Ehrfurcht auf den abgerundeten Gipfel des Kailash, der sich im Licht der untergehenden Sonne verfärbt hat. Seine weiße Schneekuppe hat sich in eine golden leuchtende Haube verwandelt.

Da ruft Moshe aufgeregt: 'Schaut mal, da sitzt der Amerikaner!'

Tatsächlich schwebt die kleine Gruppe keine drei Meter von Jimmy entfernt über dem Pilgerpfad. Jimmy erhebt sich sofort, als er die Gruppe niederkommen sieht: "Ihr könnt euch gar nicht vorstellen, wie sehr ich mich freue, euch alle wiederzusehen!"

'Wo bist du denn gewesen? Warum bist du denn nicht mit uns gekommen?' fragt Jihane in ihrer ruhigen Art.

---

welchem aus häufig die bunten Gebetsfähnchen in alle Himmelsrichtungen gespannt sind.

"Na, du bist gut! Es ging nicht. Keine Ahnung, warum ihr fliegen könnt und ich nicht. Ich habe alles versucht, das könnt ihr mir glauben. Aber war nichts mit Abheben. Und zu Fuß hatte ich keine Chance euch zu folgen."

Ehe die Gruppe dieses Phänomen weiter ausdiskutieren kann, werden sie – und diesmal alle Sieben – durch die blau-weiße Lichtspirale nach oben gezogen. Sie finden sich in dem gallertigen Nichts vor dem Lichtwesen wieder, dort, wo ihre gemeinsame Reise begann.

* * *

Lichtwesen begrüßt die Gruppe: 'Ihr lieben Menschen und Hund. Wie hat euch dieser Blick auf die Erde gefallen?'

Rosa antwortet als erste: 'Ich bin noch ganz überwältigt und voll von all dem. Es kam mir vor, als würde alles leben. Aber wirklich Alles! Nicht nur die Tiere und die Pflanzen, auch die Steine, die Berge, sogar das Meer...'

Sie erzeugt weiche blauer Schlierenwellen, da sie sich noch ganz erfüllt sanft hin und her wiegt. Und eher fragend schickt sie hinterher: '...und es fühlte sich so an, jedenfalls für mich, sogar die Erde?'

Moshe ist wieder ganz aufgeregt und zieht mit seinen herum wirbelnden Armen blaue Schlieren: 'Und Engel haben wir gesehen, große und kleine, mit und ohne Flügel. Und sogar freche Trolle im Moos. Und dann große mächtige Tierengel, die waren ganz weich und voller Licht. Und die haben sich vor unseren Augen in Tiere verwandelt, Schweine, Hühner, Kühe, Hunde...'

Jihane bleibt stumm. Aber alle spüren und sehen fast, was in ihrem Kopf vor sich geht.

'Du sprichst von der Versammlung im Tempel von Göbekli Tepe, Moshe.' setzt Lichtwesen fort. 'Eure Wissenschaftler haben anhand von archäologischen Funden Theorien aufgestellt, dass die Geschöpfe, die ihr Menschen herabwürdigend Nutztiere nennt, vom Menschen vor tausenden von Jahren aus der freien Natur entnommen und durch ihn gezähmt und domestiziert worden sind.'

'Ja, genau so.' ergänzt Rosa. 'Ich habe als Biologie-Lehrerin gelernt und auch unterrichtet, dass zum Beispiel das Pferd, also das Wildpferd, um 7.000 v. Chr. durch die Mongolen gezähmt wurde und anschließend in seiner domestizierten Form über Persien bis in die Ukraine gelangte. Tausend Jahre früher soll der Esel durch die Cromagnons domestiziert worden sein. Wiederum tausend Jahre zuvor die Ziege und das Schaf. Und 15.000 Jahre v. Chr. Hund und Katze, der Wolf durch die französische Solutréen-Kultur, also die Hünen, und die nordafrikanische Falbkatze durch die Cromagnons. Das Schwein gilt als das letzte domestizierte Tier. Da gibt man an um 4.800 v.Chr., und zwar durch die Kuschiten und Crogmagnons, in England, Schottland und Irland.'

'Diese Annahmen setzen, wie häufig, den Menschen in den Mittelpunkt globaler Ereignisse. Und zwar als treibende Kraft. Ihr habt jetzt gesehen, wie es wirklich war. Der Mensch stand zwar bei diesem Abkommen im Zentrum, allerdings als Geschöpf, dem von den höher entwickelten Tieren deren Hilfe und Unterstützung angeboten wurde. Und zwar freiwillig. Allein aus Liebe zu euch Menschen, zur Schöpfung. So wollte ursprünglich das Rind, das eine so grundlegend gutmütige Wesensart hat, seine Kraft zur Verfügung stellen, um den Boden der damals sesshaft werdenden Menschen zu bearbeiten. Ochsen und Stiere, die den Pflug durch die Erde ziehen. Ihr Dung sollte als Dünger für die Anpflanzungen dienen. Ihre Milch, ihr Fleisch und ihr Leder waren lediglich als Nebenprodukte gedacht. Es wäre die Chance der Menschen gewesen, sich durch Sesshaftigkeit und Landwirtschaft endgültig von dem Töten ihrer Geschwister, auch der Jagd, zu verabschieden. Leider sind die Menschen nicht achtsam, nicht respektvoll mit der Hilfsbereitschaft der Tiere umgegangen.' 'Nicht achtsam ist ja wohl mehr als untertrieben!' wirft Jihane mit jugendlich aufflammendem Zorn ein.

'Du hast Tiere als die Mitgeschwister, die sie sind, erkannt und ins Herz geschlossen, liebe Jihane. Du hast eine besondere Herzensbeziehung zu ihnen. Diese Verträge von Göbekli Tepe zwischen den Tieren und den Menschen bestätigen doch, dass du mit deiner Sicht auf die Tiere voll im Licht der Schöpfung bist. Oder wie siehst du das Jihane?' fragt Lichtwesen.

'Aber das ist doch normal. Tiere empfinden Schmerz, sie lieben ihre Familie, schließen Freundschaften, sie freuen sich und trauern. So viele Menschen, sogar mein Vater, wollen das nicht sehen. Sie gehen oft so schlimm mit Tieren um, dass ich das kaum aushalten kann.'

'Da stimme ich dir zu, Jihane. So viele Menschen müssen ihre Liebe erst wieder entdecken und entfalten. Ihr Herz ist verschlossen. Sie können von dir Liebe und Mitgefühl lernen, liebe Jihane. Das ist sicher eine deiner Aufgaben hier in dieser Inkarnation, die du für dich gewählt hast.'

Die Runde schweigt und schaut eine Weile auf das iranische Mädchen. Als Jihane ganz verlegen wird, erlöst Rosa das Schweigen.

'Mir fällt dazu eine Geschichte ein, die mir meine Freundin Hilde erzählt hat. Das hat mich damals sehr berührt und ich wusste sofort dass das wahr war und wie sehr Achtung und Liebe mitschwingt. Wollt ihr sie hören?' fragt Rosa in die Runde.

Die Antwort sind fünf senkrecht auftauchende blaue Schlieren.

'Also...Die Bekannte von Hilde sah auf der Weide, die an ihren Garten grenzte, eine Kuh, flach ausgestreckt, sie bewegte sich nicht mehr. Die Kuh war tot. Sie verständigte den Bauern, doch bis zum Dunkelwerden wurde die Kuh nicht abgeholt. Dann in der folgenden Nacht wurde die Frau wach, und zwar durch ein Geräusch, das heißt, eigentlich durch einen Ton, einen Ton, den sie noch nie zuvor gehört hatte. Ein Ton, sehr tief, dabei an- und abschwellend. Sie stand auf und ging dann den Lauten nach und sah aus dem Flurfenster auf die Wiese. Es war Vollmond und nebelig. Dennoch konnte die Frau quasi mit gespenstischer Klarheit Konturen, einen dunklen Kranz aus großen Körpern erkennen. In der Mitte lag die tote Kuh. Rundherum formten die Leiber der übrigen Kühe der Herde einen Kreis – Körper an Körper, leicht nach innen gebogen, um die Rundung zu schaffen. Der Kopf der einen Kuh lag in der Krümmung des Rückens der vorderen. Dabei war der Kopf leicht erhoben, das Maul geöffnet, um den Ton freizugeben, der wie ein einziger qualvoller Schrei war, ein fließender Klang, der allen Schmerz, alles Leid dieser Welt beinhaltete. Der gesamte Kreis dieser Tiere bestand aus zwei oder drei ineinander verflochtenen Kreisen, als wären sie eins, genauso wie der Ton eine Einheit darstellte. Eine Weile schaute sich die Frau diese Szene an. Sie hatte kein Gefühl mehr dafür wie viel Zeit vergangen war. Dann zog sie sich leise zurück. Als die Frau am nächsten Morgen auf die Wiese sah, war die tote Kuh war nicht mehr da, nur noch ein ausgetretener schwarzer Ring aufgewühlter Erde, gestampft von unendlichen Hufen.'

Erneut reagiert die Gruppe mit berührtem Schweigen.

Es dauert eine ganze Weile ehe Ming Chen mit einer nüchternen Frage das Bild des Totenrituals der Kuhherde aus ihren Köpfen nimmt: 'Wo liegt eigentlich dieses Göbekli Tepe, dieser Tempel, Lichtwesen?'

'Er liegt in dem Land, das ihr heute Türkei nennt. In Süd-Anatolien. Göbekli Tepe ist übrigens erst Mitte der 1990er Jahre von euren Wissenschaftlern entdeckt worden. Die letzten dort tätigen Menschen haben die gesamte Tempelanlage tief unter Erde begraben. Deshalb wurde sie wohl erst so spät gefunden. Bislang haben sie auf zwanzig Quadratkilometern sechzehn weitere, größere Kammern oder – wie sie sagen – Tempelräume gefunden. Für eure Wissenschaft ist es zurzeit die älteste Tempelanlage der Erde. Sie sagen, dass Göbekli Tepe das erste Mal vor 12.000 Jahren besiedelt worden sei.'

Wie meist in solchen Situationen schweigt Nyima die ganze Zeit. Am Kailash hatte sie schon mehr Worte gemacht als in den letzten Monaten in ihrem Kloster zusammen.

Weitere Gedankenworte kommen nun von Lichtwesen: 'Habt ihr von oben sehen können. Der Kailash, sah er von oben nicht aus wie ein Mandala? Habt ihr die vier Flüsse sehen können, die von hier in die vier Himmelsrichtungen fließen. Um den Kailash herum liegen die Quellen der vier großen Ströme Asiens: Indus, Brahmaputra, Ganges, und Jangtsekiang. Von oben betrachtet bilden die vier Quellen zusammen mit dem schneebedeckten Gipfel des Berges ein riesiges Mandala. Der Kailash mit seinem Geistwesen Tise Lha-Tsen bewacht die vier großen Flüsse Asiens, jeder lebensspendend für Millionen Menschen. In dem Mandala könnt ihr vielleicht den Kailash, oder wie der traditionelle Bön ihn nennt, Yungdrun Gutse, als zentralen Weltenbaum erkennen. Die vier Quellen stellen die vier äußeren Tore dar.'

Und Nyima bemerkt: 'Und die Spitze des Yungdrun Gutse ragt durch dieses große Tor hier in die neun höchsten himmlischen Zonen hinauf und verbindet so Himmel und Erde.'

Lichtwesen ergänzt: ' Die Öffnung ist um ein Vielfaches höher als es sich euer Verstand vorstellen kann. Durch die Öffnung kommen nicht nur Geistwesen rein oder gehen raus, wie ihr es wahrgenommen habt. Das Tor ist so weit und so tief – durch diese Öffnung dringt auch das ewige Licht ein, das unsere Sonne, den Mond und die Sterne beleuchtet. Dieses Tor öffnet sich in die fünfte Dimension. Das tibetische Bön kannte das schon. Es nennt diese fünfte Dimension Lhayül, was so viel wie himmlische Welt bedeutet. Auf der Erde mit ihren Luftraum lebt ihr nach dieser alten Religion oder besser noch Weltanschauung in der mittleren Welt Miyül. Mi ist tibetisch für Mensch, Yül für Welt. Und unter der Erde breitet sich nach Bön die ebenfalls neunstufige

Unterwelt aus, die Ogyül. - Die spirituellen Ursprünge Tibets sind nicht der Buddhismus oder der Lamaismus, wenn auch der Dalai Lama ein humorvoller und lichtvoller Mensch ist. Der Bön existierte bereits vor 18.000 Jahren. Er ist die Lehre des Yungdrung Bön, des Ewigen Gesetzes.'

Rosa hat den Eindruck, dass all das, was sie bisher erlebt haben, die kleine Nonne nicht sonderlich beeindruckt. Sie hat das Gefühl, als wäre das, was ihren eigenen Verstand so komplett aus den Puschen wirft, allerdings auch irgendwie ihr Herz, ihren Geist öffnet und weitet, Nyima nicht unbekannt. Nyima wirkt nie erstaunt oder überrascht. Als hätte sie als das schon einmal gesehen oder erlebt.

Und erneut schaut Nyima die Deutsche in diesem Moment offen und klar mit einem leichten Nicken im Gesicht an. 'Ich meditiere viel.' kommt bei Rosa an.

Ihre stille telepathische Begegnung wird jäh unterbrochen durch einen Wortschwall von Jimmy, der nicht mehr an sich halten kann: 'Alles schön und gut. Ich fand das ja auch alles aufregend und nett, irgendwie. Aber wieso konnte ich an dem tibetischen Berg nicht mit den anderen mit? Und dann habe ich mich noch voll auf die Schnauze gelegt. Selbst der Hund konnte ja mitfliegen oder mitschweben oder wie man das nennen soll. Nur ich hätte zu Fuß um den Berg latschen müssen. Hab ich dann aber nicht gemacht, um den Kontakt zu den anderen nicht komplett zu verlieren. Ich weiß immer weniger, was ich hier soll. Vorher schon nicht. Und jetzt schon überhaupt nicht mehr! Ich bin Soldat. Und mit Engeln und Geistern hab ich es nicht so. Obwohl – es war schon echt cool, wie die da alle am Berg rein und raus sind. Und waren wir wirklich im Meer, tief im Wasser? Ohne zu atmen?'

Alle spüren deutlich, wie beeindruckt, ja überwältigt der Amerikaner von den neuen Erfahrungen auf der Erde ist. Aber auch, wie sehr das den jungen Mann in einen inneren Zwiespalt stürzt.

Sonam setzt sich neben Jimmy und dreht sich vertrauensvoll auf den Rücken. Jimmy: 'Du kannst mich wohl echt gut leiden, kleiner Hund?'

Jimmy lässt wie beiläufig seine Hand zu Sonam heruntersinken. Dass er ihm liebevoll den Bauch krault sehen die andern an der langsamen Schlierenbildung in Form von Kreisen und Schleifen über Sonams Bauch.

Der kleine weiße Terrier antwortet mit sehr weicher Stimme: 'Oh ja. Ich liebe dich von ganzem Herzen. Du hast ein großes weiches Herz.'

Für einen Moment verschwinden die blauen Streichelschlieren über Sonams Bauch. Doch kurz darauf tauchen die weichen blauen Wellen wieder auf. Bei Rosa und Ming Chen zeigen sich kleine blaue Schmunzelschlieren an ihren Mundwinkeln.

Rosa lässt ihrer nüchternen Wissbegierde freien Lauf: 'Lichtwesen. Erklär uns doch bitte, was wir sonst noch alles gesehen haben, außer dem Kailash und den Verträgen zwischen Tier und Mensch. Und vor allem auch, warum. Warum sollten wir all das sehen?'

'Waren wir in Jezira oder Chochma?' Moshe ist gleichzeitig voll und erschöpft und aufgedreht. Wenn er das seinen Kumpels erzählt. Und vielleicht sogar seinem Vater. Vielleicht hört er ihm dann endlich mal zu.

Lichtwesen: 'Ihr habt es schon selbst erzählt. Wir wollten euch zeigen, was für ein gütiges wundervolles Wesen die Erde selbst ist, und wie viel Leben sie auf ihrer Oberfläche beherbergt. Zumindest einen Ausschnitt davon. Einen kleinen Ausschnitt aus all dem, was ihr für gewöhnlich mit eurem Tagesbewusstsein wahrnehmt. Vielleicht verschafft euch diese kleine Reise eine Ahnung davon, wie viel größer, voller, weiter und wunderschöner die Welt eigentlich ist, wenn ihr auch die feinstoffliche, die geistige Ebene mit hinein lasst.'

Ausgerechnet der Qigong-Master schlägt wieder eine Brücke zu den Naturwissenschaften: 'Es ist ja wohl auch so, dass unser gesamtes Universum aus kaum 4% Materie besteht. Und das ist ja das, womit wir täglich hantieren. Das ist ja das, was wir anfassen und mit unseren sieben Sinnen erfassen können. Dabei besteht unser Körper selbst ja aus mehr als 99,9999...% aus masseleerem Raum. Die Materie macht, mit anderen Worten, nur 0,000 000 001% unseres Körpervolumens aus. Würde man den leeren Raum entfernen, dann bliebe als tatsächliche Masse nur etwas von weniger als 20μm[1] Größe übrig. Die eigentliche Masse unseres Körpers müsste man dann mit dem Mikroskop suchen.'

Der große Chinese hat sich wieder einmal in seinen naturwissenschaftlichen Zahlen und Verhältnissen verloren. Obwohl – nicht verloren. Denn eigentlich geht alles in Ming Chen dabei auf – und zwar nicht nur sein Gehirn. Lichtwesen nickt nur sanft zustimmend.

---

[1] *Mikrometer, der millionstel Teil eines Meters*

Rosa: 'Die Wesen oder Engel oder Geister oder Außerirdischen ... ja, wie soll ich sie jetzt eigentlich nennen?

Nyima trocken: 'Sie waren alle da!'

Rosa weiter: '... gut ...also alle diese, sie leben also immer auf, in und um unseren Planeten? Auch in unserem ganz normalen Alltag ist alles so voll von ihnen?'

Lichtwesen: 'Ja.'

Jimmy erzeugt breite dunkelblaue Schlieren, da er skeptisch seinen Kopf hin und her wiegt.

Moshe: 'Huhuhu! Dann sind wir jetzt auch Geister? Oder sogar Aliens? Wir haben ja auch keinen echten Körper mehr.'

Der Junge fasst mit seiner Hand durch seinen Bauch hindurch, was die anderen nur an der Schlierenbildung erkennen. Dann streicht seine Hand wie nichts durch das Fell und den Bauch von Sonam.

'Aliens seid ihr ganz sicher nicht, lieber Moshe, da muss ich dich enttäuschen.' antwortet Lichtwesen.

'Zumindest nicht im aktuellen irdischen Sinne,' setzt Lichtwesen sehr leise nach. 'Aber so etwas wie Geister schon. Hier seid ihr in eurem feinstofflichen Körper. In eurem Energiekörper. Ihr nennt ihn Astralkörper. Das gibt euch eine feinstoffliche Form. Diese feinstoffliche oder energetische Form ist auch das, was ihr bei euren Besuchen auf der Erde von hier oben erkennt. Denn auf den beiden bisherigen Ausflügen habt ihr euch doch als Rosa, Jihane, Nyima, Ming Chen und Moshe erkannt, oder?'

Die Gruppe nickt zarte Schlieren.

Lichtwesen weiter: 'Das Wichtige ist aber, dass euer energetischer Körper euer jeweiliges Bewusstsein beherbergt. Euer ganz individuelles Bewusstsein. Das, was euch einzelne ausmacht. Es ist die eigentliche Verbindung zwischen eurem Körper und eurer Seele. Das, was in euch Gedanken und Gefühle hervorbringt. Und vielleicht habt ihr es gespürt: alles Erschaffene hat Bewusstsein. Tiere ja sowieso.' Sonam bellt zustimmend. 'Aber auch Pflanzen, Steine, Berge, Meere und auch die Erde.'

Und Lichtwesen fährt fort: 'Lieber Moshe. Noch zu deiner Frage wegen Jezira, Binah und Chochma. Binah und Chochma, das sind ja hohe energetische Zustände aus dem kabbalistischen Lebensbaum. Wenn ihr euer energetisches Gefährt erschafft um euch von einem Ort zum anderen zu bewegen, also um euch zu teleportieren, dann geschieht folgendes: Euer Wille das zu tun, also von A nach B zu kommen, gibt den Anstoß. Ohne einen festen Willen geht gar nichts. Es ist also euer Wille, der den Impuls für die Teleportation setzt. Und in der Bewegung – ja, sie ist keine Bewegung, wie ihr sie sonst kennt. Wenn ihr schnell oder langsam irgendwo hin schwebt oder fliegt, das ist Bewegung. Dann vergeht Zeit zwischen eurem Start an Punkt A und eurer Ankunft an Punkt B. Aber bei der Teleportation vergeht keine Zeit. Ihr seid soeben noch hier und wenn euer Wille den Impuls setzt schon dort. Energetisch und kabbalistisch betrachtet schwingt ihr dann zwischen Binah und Chochma...'

Moshe hört schon eine ganze Weile nicht mehr zu. Der Junge ist viel zu begeistert und aufgedreht von all dem ungewöhnlichen Erleben, um sich lange Erklärungen anzuhören. Nur Ming Chen und Jihane hatten dem Lichtwesen aufmerksam gelauscht.

'Kann man diese Teleportation nicht mit der Quantenverschränkung erklären?' will Min Chen wissen.

'In gewisser Weise, Ming Chen. Das ist schon die richtige Spur.' antwortet Lichtwesen.

Jihane fragt auch noch nach: 'Ist das eine Merkaba, die uns dann transportiert?'

'Ihr lieben Menschen, wie hungrig ist doch euer Verstand. Gerade eine Lücke gefüllt entsteht die nächste und will gleich gefüllt werden.'

Jihane zuckt mit den Schultern blaue Schlieren in die Gallerte. 'Ich frag ja nur.'

'Die Merkaba ist der feinstoffliche Lichtkörper der euch alle umgibt. Wenn dieser Lichtkörper energetisch hoch ist und aktiviert wird, dann kann er als Gefährt dienen. Letztlich auch für den physischen Körper. Die Merkaba kommt eher zum Tragen, wenn wir euch hier – für euch nach oben – in die höhere, in die feinstofflichere Dimension holen oder wenn wir euch wieder zur Erde in die Dichte absenken. Die Merkaba kannst du dir vielleicht am ehesten wie einen Wagen vorstellen, der euch durch die verschiedenen Dimensionen fährt oder führt.'

Ming Chens physikalischer Wissensdurst ist erwacht: 'Genau. Durch die verschiedenen Dimensionen. Dazu habe ich noch eine Frage. Der Junge nennt das ja so beiläufig 'beamen' – könntest du erklären, wie es möglich ist, dass wir so schnell von einer Dimension in die nächste gelangen können? Erschafft ihr dafür jedes Mal ein Wurmloch? Oder wie funktioniert das?'

'Was ist ein Wurmloch?' will Moshe wissen.

Lichtwesen blickt auf Ming Chen: 'Also. Wie ich das verstanden habe, ist ein Wurmloch eine Krümmung im Raum. Hier ist dadurch die Zeit so zerrissen, das hier keine Naturgesetze mehr Gültigkeit haben, wie wir sie sonst auf der Erde kennen. Ein Wurmloch ist vollgepumpt mit Energie, sehr voll mit Energie. Das ist hoch energetische Strahlung. Unsere Physiker sagen, dass man durch diese Raumkrümmung...'

Ming Chen spürt förmlich das Unverständnis in Moshes Gesicht.

'Also, das kannst du dir vielleicht am ehesten wie ein gefaltetes Stück Papier vorstellen.'

Ming Chen streckt seine Hand unter zitternder Bewegung aus, damit sie auch durch bläuliche Schlieren sichtbar wird. Sein Handteller und seine Finger bilden eine ebene Fläche.

'Also normalerweise müssen wir um von hier,' er tippt mit dem Finger auf einen Punkt seiner Handinnenfläche nahe am Handgelenk, 'nach hier,' er zeigt auf die Spitze seines Mittelfingers, 'zu kommen, die gesamte Strecke hier zurücklegen.'

Ming Chen zeichnet mit dem Zeigefinger der anderen Hand eine gerade Linie von dem ersten Punkt über den gesamten Handteller den ganzen Mittelfinger entlang bis zu dessen Spitze. 'Wenn der Raum gekrümmt ist, dann ist der Weg sehr viel kürzer.' Der Chinese klappt seine Finger in Richtung des Handgelenks und legt den Mittelfinger auf den ersten Punkt. 'Wenn hier ein Wurmloch ist, sagen die Physiker, dann ist man durch die Raum-Krümmung sofort von dem Ausgangspunkt in der Mittelfingerspitze. Eine Art Abkürzung.'

'Oh, danke, Ming Chen.' sagt Rosa. 'Das war sehr anschaulich. Ich hatte das noch nie richtig verstanden.'

'Beam mich durch die Raum-Krümmung. Beam mich direkt zum Zeigefinger.' singt Moshe fröhlich, den die Antwort offensichtlich auch zufrieden gestellt hat. 'Beam mich nicht den langen Weg. Beam mich durch die Abkürzung.'

Ming Chen: 'Eins noch, Junge. Wenn du so, wie du jetzt hier singst, die Abkürzung nehmen würdest, würdest du dich im Wurmloch komplett auflösen. Denn da ist viel zu viel Energie konzentriert, als dass du da einfach so hindurch könntest.' 'Und wenn ich ganz schnell gebeamt werde?' will der Junge wissen.

'Auch ganz schnell. Zu viel Energie. Tut mir leid, Moshe! Wie das bei uns funktioniert – da habe ich nicht die geringste Ahnung.'

Sein Blick wendet sich fragend an Lichtwesen.

'Ihr braucht so eine Art Schutzhülle, um durch das Wurmloch zu kommen. Das ist die blau-weiße Lichtspirale, die euch von hier zur Erde und wieder zurück trägt. Sie hält die hochfrequente Strahlung im Wurmloch von euch fern. Wie ein Lichtgefährt.'

'Super. Dann fahren wir immer mit einem eigenen Raumschiff rauf und runter. Ein Super-Space-Lift!' Der aufgeweckte Junge ist begeistert.

'Wenn du das so sagen möchtest.' antwortet Lichtwesen. 'Wir sagen Merkaba dazu, so wie Jihane das vorhin benannt hat.'

'Das Wort sagt mein Vater auch ganz oft. Dass Jesus mit einer Merkaba auf die Erde gekommen ist und in

einer Markaba wieder in den Himmel gefahren ist.'
Lichtwesen, wieder etwas mehr zu Ming Chen gewandt: 'Eine Merkaba ist ein hoch schwingendes Lichtenergiegefährt, das durch Rotations-Zirkumversion die Überlappung von Raum und Zeit erschafft. Etwa so, wie Ming Chen euch das gerade gezeigt hat mit seiner Hand. Macht und Richtung der Merkaba folgen direkt aus dem Denken, das in Verbindung mit dem höchsten Licht ist, also mit Gott, Allah oder Jawhe.'

Und zu Moshe gewandt: 'Und dieses Lichtraumschiff fliegt schneller als mit Lichtgeschwindigkeit.'

'Boah. Wenn ich das meinen Freunden erzähle...' Der Junge strahlt über das gesamte Gesicht und versinkt bald in einem Meer aus blauen Schlieren, weil er so aufgeregt hin und her springt.

'Übrigens habt ihr euch auf dem Nazca-Plateau auch mit einem Lichtraumschiff,' er wendet sich zu Moshe, 'also einer Merkaba bewegt. Dazu habt ihr eure Gedankenkraft eingesetzt. Ihr habt euch vorgestellt, euch von einem Platz zu einem anderen zu bewegen. Und mit dieser Gedankenkraft habt ihr euch selbst eine kleine Merkaba geschaffen, die euch dann an das gewünschte Ziel gebracht hat. Das war für euch leicht, weil ihr dort ja in eurem feinstofflichen Körper gewesen seid.'

Jimmy räuspert sich betont laut.

'Ihr könntet dies auch in eurem stofflichen Körper. Dazu ist nur mehr Energie durch eine sehr starke Bewusstseinskraft notwendig. Natürlich in Verbindung mit dem universellen göttlichen Licht, dass die Merkaba aufbaut.'

'Ich finde, das ist nicht so schwer.' reagiert Sonam.

'Das stimmt auch, Sonam. Aber vergiss nicht, das Bewusstsein der Menschen ist meist getrennt von der Quelle. Du bist immer verbunden.'

Als Antwort wedelt Sonam einfach mit seinem Schwanz.

Moshe strahlt: 'Wow. Dann war ich ja auch schon Captain. Weil das bin ich ja in meinem eigenen Raumschiff.'

'Das Teleportieren ist schon sehr ähnlich. Nur das Energieniveau ist recht unterschiedlich. Wenn ihr viel Licht und Energie aufbauen könnt, dann könnt ihr euch auch von A nach B teleportieren ohne den Weg zurückzulegen. Ihr faltet dann den Raum, so wie Ming Chen das gezeigt hat, und seid sofort dort.'

Nyima nickt zarte Schlieren und Sonam wedelt erneut mit dem Schwanz.

'Und nun sind wir auch bei einer Frage, Jimmy, warum du im Gegensatz zu den anderen mit deinem physischen Körper auf der Erde bist. Die Antwort ist ganz einfach: Du wirst mit deinen körperlichen Fähigkeiten gebraucht. Dein physischer Körper schwingt zwar höher als zuvor, aber deine physischen Möglichkeiten und Kräfte werden gebraucht. Du wirst es merken.'

'Wenn ihr sonst keine weiteren Fragen mehr habt, möchte ich euch jetzt gerne mitteilen, warum wir euch hergebeten haben.' setzt Lichtwesen fort. 'Hergebeten und hergeholt, ist zutreffender. Wir haben euch alle Sieben gefragt, ob ihr einverstanden seid, diese Aufgabe zu übernehmen. Aber wir sind nur zu Vieren von euch durchgedrungen. Und nur Nyima und Sonam haben klar und eindeutig ihr Einverständnis gegeben. Bei Ming Chen haben wir keine klare Antwort verstanden. Und Moshe,' Lichtwesen spricht den Jungen direkt an, 'du warst wohl so mitten drin in deinem Science Fiction Traum als Nummer 1 der Enterprise 10, sodass wir nicht sicher sind, wozu du dein 'Yes, Sir!' gegeben hast.'

'Yes, Sir!' antwortet Moshe mit aufgeregten blauen Schlieren um seinen nickenden Kopf und seine wirbelnden Hände. 'War das die Nacht vor unserem allerwichtigsten Fußballspiel? Da habe ich geträumt, ich wäre der Leutnant auf der neuesten Enterprise. Und wir waren natürlich in geheimer Mission unterwegs. Ein ganz wichtiger Auftrag, um die Erde zu retten. Wir mussten zu den Romulanern, den Klingonen und zu einem Kubus der Borg. Fünf Artefakte sollten wir aus dem Universum holen. Nur die fünf zusammen konnten die Erde retten. Das war so spannend. Und ich war immer der Chef der Außenmission, weil der Captain ja normalerweise an Bord des Raumschiffes bleiben muss. Das war sehr gefährlich. Aber eine wichtige Aufgabe. Und alle mussten auf mein Kommando hören, auch in dem unhzeimlichen Kubus der Borg. Auf der Brücke hatte natürlich der Captain das Sagen. Aber ich war die Nummer Eins.'

Moshe ist in der Erinnerung an den nächtlichen Traumfilm noch völlig aus dem Häuschen.

'Aber ich erinnere mich jetzt. Der Captain in dem Traum hatte gar kein Gesicht. Weder Captain Picard noch Captain Pike. Und ...aber... ja... er hatte die gleiche Stimme wie du!'

Alle blaue Schlieren vor Moshe verschwinden. Sein Erstaunen über seine Erkenntnis steht still zwischen ihm und Lichtwesen.

'Ja, das war ich.' antwortet Lichtwesen freundlich lachend nach einer kurzen Pause. 'Wir haben das mit der Spannung wohl übertrieben.'

'Nein, überhaupt nicht. Das war der beste Traum meines Lebens.'

Bei den Umstehenden leuchten je zwei kleine blaue Tropfen in Höhe des Mundes auf.

'Erinnerst du dich noch, als der Captain dich fragte, ob du die Außenmission übernehmen willst? Ich – äh, der Captain hat gesagt, er könne dir das nicht befehlen, aber er wäre dir sehr dankbar, wenn du das freiwillig übernehmen würdest.'

'Klar, kann ich. Und ich habe sofort geantwortet: Klar Sir! Yes, Sir!'

'Und wenn ich dich jetzt hier frage, ob du einverstanden damit bist, mit den anderen hier Hilfreiches für die Erde zu tun? Nach all dem, was du, was ihr nun schon erlebt habt?'

'Aber ja, Sir! Ich finde das hier voll aufregend. Und ich mag auch Sonam so gerne. Und den Amerikaner. Und die anderen natürlich auch.'

Wenn er seinen Körper hier hätte, würde Jimmy rot werden. So wird er nur in seiner oberen Hälfte etwas heller. Die anderen sehen, dass ein zartes Leuchten von ihm ausgeht. Und fünf blaue Tropfenpaare hängen in der gallertigen Luft.

'Die anderen kann ich nun direkt fragen, ob ihr bereit seid, auf diese geheime Mission zu gehen, um dem wunderbaren Wesen Erde und den Menschen, den Tieren, den Pflanzen und den anderen Lebewesen zu helfen. Und lasst euch ruhig das, was ihr Zeit nennt, mit der Antwort. Es nimmt euch niemand übel, wenn ihr nein sagt, weil euch das alles zu ungewohnt oder absurd oder unglaubwürdig oder gefährlich vorkommt. Alles ist gut. Wenn ihr von Herzen ja sagen könnt, dann bleibt hier. Wenn ihr nein sagt, dann seid ihr im selben Moment dort auf der Erde, von wo ihr hergekommen seid.'

Jimmy antwortet als erster: 'Klar bin ich dabei. Wenn ich helfen kann – immer. Yep!'

Rosa: 'Auch wenn ich nicht die geringste Ahnung habe, auf was ich mich da einlasse – ich bin dabei. Ein klares Ja von mir.'

Jihane: 'Ich würde ja auch gerne mitmachen, schon allein wegen der Wale und der Tiere. Aber mein Großvater wird auf mich warten. Er wird mich überall im Zikkurat suchen und sich furchtbare Sorgen machen...'

Rosa: 'Lichtwesen hat uns doch versichert, das die Zeit auf der Erde so gedehnt wird, dass sie dort gar nicht merken, dass wir überhaupt fort waren. Ich glaube, um deinen Großvater musst du dir keine Sorgen machen.'

'Gut, wenn das so ist, sage ich auch gerne von ganzem Herzen Ja!'

'Sonam hat direkt hier oben zugestimmt und Nyima in einer tiefen Mediation.'

Nun steht noch Ming Chen aus. Von dem Chinesen ist nichts zu telepathieren und nicht Blaues zu sehen.

Lichtwesen spricht ihn direkt an: 'Wir wissen, dass du nicht sicher bist, ob wir Gutes wollen. Ob wir auf der lichtvollen Seite stehen. Du hast schon zu schmerzlich erfahren müssen, dass dunkle Mächte Böses angerichtet haben. Wenn ich das hier sagen darf...'

Ming Chen nickt schwache blaue Schlieren.

'Du hast deine geliebte Frau durch schwarze Magie verloren.'

Weitere zarte blaue Schlieren zeigen den anderen an, dass der Chinese verhalten nickt. Und in allen macht sich sofort eine unglaublich tiefe Traurigkeit breit und ein kaum auszuhaltender Schmerz im Herzbereich.

Da bewegt sich Nyima vorsichtig auf Ming Chen zu. Kurz vor seinem Energiefeld hält sie inne. Dann tritt aus der Höhe ihrer Brust ein zarter goldener Lichtstrahl nach oben zur Brust des großen Chinesen. Goldenes Licht strömt von Nyima zu Ming Chen. Das Gold wird immer intensiver. Und als würde jemand einen Dimmer langsam herunter drehen, werden Schmerz und Traurigkeit in allen immer weniger. Jimmy sieht, dass auch von Sonam ein goldener Strahl zum Herzen des Chinesen zieht.

'Es ist immer die Liebe, die heilt.' Lichtwesen ist der einzige mit Gedankenfreiheit. Die anderen sind alle voll in ihrer Herzensenergie.

Es geht eine lange Weile so. Ming Chen erschien der Schmerz über den grausamen Verlust seiner Frau unendlich groß. Doch mit dem Schwinden der Gefühle entsteht in ihm wieder Raum für die Gewissheit, dass nur die Liebe unendlich ist.

Auch von Rosa, Jihane, Moshe und Jimmy sind inzwischen zarte goldene Lichtströme zu ihm entstanden, die nun wie eine goldene Sonne um ihn erstrahlen. Bald sind die trüben Gefühle, die sein Herz so verschleiert haben, vollständig aufgelöst. Nach und nach lösen sich auch die goldenen Ströme auf, als letzte die von Nyima und Sonam.

Nach einer stillen Weile in der gallertigen Stille sagt Lichtwesen: 'Deiner Frau geht es gut, Ming Chen. Nachdem sie hier oben den Schrecken ihres gewaltsamen Todes geheilt hat, ist sie schon wieder inkarniert. Sie hat sich ausgesucht, als Sohn einer russischen Heilerin wieder auf die Erde zu gehen. Sie lebt jetzt als Junge im Altai-Gebirge.'

'Mailin hat die Berge immer geliebt!' Ming Chens Liebe und Erleichterung und Glück füllen seinen sonst unsichtbaren Energiekörper. Als der Goldschimmer langsam wieder verblasst kommt ein klares 'Ja!' aus seiner Richtung.

Eine Weile ist noch schlierenfreie Stille zwischen ihnen.

Dann beginnt Lichtwesen: 'Ich erkläre euch jetzt die Wirkungen auf der Erde, für deren Ursachen wir euch um eure Hilfe bitten. Ihr habt sicher von den seltsamen Ereignissen und Vorfällen in den letzten Wochen und eigentlich schon Monaten auf der Erde gehört. Die Satelliten, die plötzlich von eurem Himmel herunterfallen. Die seltsamen Stromausfälle in großen Städten – ohne für euch und eure Experten verständliche Ursachen. Der wundersame Korkenziehermais in Mexiko. Gewaltige Tornados in Deutschland und Frankreich.'

Bis auf Jimmy nicken alle blaue Schlieren. Als Soldat in Afghanistan war er von den aktuellen Weltnachrichten weitestgehend abgeschnitten. Einige erhielt die Truppe mit Tagen oder Wochen Verspätung, andere sollten sie von der obersten militärischen Führung aus auch nicht erreichen. Und da es in ihrem Einsatzgebiet so gut wie kein Internet gibt, konnten sie sich auch nur unzureichend selbst informieren.

Ming Chen ergänzt: 'In der indischen Provinz Punjab gab es mysteriöse Verwachsungen auf den Reisfeldern. Riesige runde Reiskörner an den Reispflanzen, aber nur in einer geraden Linie. Kilometerlang. Über unzählige separat bearbeitete Felder hinweg.'

Und Rosa: 'Fällt das nicht auch da rein – diese seltsame Irrfahrt des Luxuskreuzers AIDA? Die waren doch tagelang verschollen, wussten auch selbst nicht, wo sie waren. Und nichts funktionierte mehr, kein Handy, kein Navi, nichts. Und dann tauchten sie plötzlich wie aus dem Nichts wieder auf.'

Lichtwesen: 'Alle diese Ereignisse sind Auswirkungen davon, dass sich das Magnetfeld der Erde verändert. Ihr habt erfahren, dass Gaia, der Planet Erde, wie ihr sie nennt, ein individuelles und fühlendes Lebewesen ist. Genau so wie ihr auch – nur sehr viel größer. Und genau so wie ihr Menschen, wie Sonam, wie jedes Lebewesen, umgibt auch die Erde eine Aura. Und ihre erste, also innerste Auraschicht ist – wie bei euch auch – ihr Ätherkörper. Und dieser Ätherkörper ist das elektromagnetische Feld, das die Erde umgibt. Dieses elektromagnetische Feld ist nicht mehr an seinem Platz, es ist instabil. Und alles Leben hier auf der Erde braucht das Erdmagnetfeld. Unter anderem schützt es vor der von euch so genannten kosmischen Strahlung und vor den Sonnenwinden.'

Jetzt wird die Biologin wach: 'Jedes Jahr orientieren sich fünfzig Milliarden Zugvögel unter anderem am Erdmagnetfeld. Aber auch der Monarchfalter, der von der mexikanischen Sierra Nevada bis zu 3.500 Kilometer über den nordamerikanischen Kontinent fliegt, richtet sich nach dem Erdmagnetfeld. Die Schmetterlinge haben dafür in ihrem Kopf Magnetite eingelagert. Und auch im Wasser viele Tiere, die Wale in den Ozeanen, und auch Meeresschildkröten wie die Unechte Karettschildkröte.'

Auch die Physikbegeisterung in Ming Chen ist aktiviert: 'Aber ja. Was für eine gigantische Aura. Das Magnetfeld umgibt die Erde in 60.000 Kilometer Abstand. Das muss man sich mal auf der Zunge zergehen lassen. Dort wo die Feldlinien des Magnetfeldes senkrecht in die Erde laufen, dort sind ja die beiden Magnetpole. 1831 wurde der Nord-Magnetpol entdeckt, in der Arktis. Aber – wandert das Magnetfeld der Erde nicht sowieso? Ich meine mich zu erinnern, gut 50 Kilometer im Jahr verschiebt sich der Nordmagnetpol – und damit ja auch das gesamte Magnetgitter. Genau – jetzt fällt es mir wieder ein. Die Wissenschaftler sagen, dass sich der Magnetpol zurzeit fünf Mal so schnell wie noch vor dreißig Jahren bewegt. Und wenn sich seine Wanderungsgeschwindigkeit weiter so erhöht, dann soll der Nordmagnetpol im Jahr 2040 in Sibirien liegen. Und nicht unwahrscheinlich, dass er bald sogar über Kanada liegt. Insgesamt über 1000 Kilometer hat sich der Nordmagnetpol schon über die Erde bewegt.'

Ming Chen ist voll in seinem Element. 'Und gibt es nicht noch die die südatlantische Anomalie? Ein Loch im Erdmagnetfeld?'

'Ja, so ist es.' antwortet Lichtwesen. 'Das Erdmagnetfeld ist völlig aus dem Gleichgewicht geraten. Durch die Energieanhebung, die auf und mit der Erde stattfindet, muss sich auch das Magnetfeld der Erde verändern. Das gehört zu dem energetischen Aufstiegsprozess, in dem sich die Erde und alle Wesen auf ihr befinden. Da es voller Achtsamkeit und Liebe für euch Bewohner ist, gleicht das Erdenwesen diese notwendigen Veränderungen schon lange aus. Das merkt ihr Erdlinge – wenn ich das so sagen darf, es ist sehr liebevoll gemeint – durch verstärkte Klimabesonderheiten wie längere Trocken- oder Regenperioden, für euch immer unkalkulierbarer werdendes Wetter. Übrigens hat das weniger mit der zunehmenden Umweltverschmutzung zu tun. Aber auch durch Erdbeben und Vulkanausbrüche schafft der Erdenkörper es bislang immer wieder, die Auswirkungen der notwendigen Veränderungen des Magnetfeldes zu besänftigen.

Doch die Menschen greifen zu stark in diesen Selbstregulationsprozess des Erdenwesens ein. Ein Netz aus Hochfrequenzschwingungen überzieht inzwischen nahezu die gesamte Erdoberfläche. Euch ermöglicht dies, überall zu telefonieren oder euch an das Internet anzuschließen. Dabei könntet ihr Menschen, wenn ihr es nur wüsstet und auch zulassen würdet, alle diese Worte und Infos auch einfach telepathieren. Menschen vergiften die Erde, den Boden und die Meere – und sogar die Luft, die ihr eigentlich selbst zum Atmen braucht. Sie schlagen gewaltige Wunden in ihren wunderschönen Körper. Und schließlich sind es die negativen Gedanken und

Emotionen der Menschen, die sich durch die Energieanhebung immer schneller manifestieren: Ängste, Sorgen, Zorn, Wut, Zweifel, Aggressionen. Eure Welt wird immer aggressiver. Gleichzeitig sind viele Menschen sehr gleichgültig geworden, so als ob sie den Großteil ihres Lebens schlafen. So ist auch weniger Mitgefühl unter euch und mit der Schöpfung. All das manifestiert sich auch im Magnetgitter eures Heimatplaneten. All diese Energien müssen sich letztlich über die Aura des Erdenwesens entladen. Des Wesens, das euch so gut, so freundlich und liebevoll beherbergt. Würde das Erdenwesen all diese polaren Gewalten nicht stetig sanft ausgleichen, die elektromagnetische Kraft hinter all dem, was ihr auf der Erde anrichtet, sanft ausbalancieren, würde alles irdische Leben buchstäblich und augenblicklich auseinander gerissen.'

Nach einer kurzen Pause fährt Lichtwesen fort: 'Gleichzeitig ist aber auch ein immer größer werdender Teil von euch Menschen dabei zu erwachen. Viele Menschen spüren, dass sie in Wahrheit geistige Wesen, Lichtwesen sind.'

'Lichtwesen so wie du?' fragt Moshe.

'So ungefähr. Ich habe keinen festen Körper, keinen zum anfassen, so wie ihr, wenn ihr auf der Erde lebt. Ich schwinge einfach etwas anders. Mit etwas mehr Energie als ihr, etwas höher als ihr. Vielleicht könnt ihr euch das so vorstellen, dass ich einfach etwas schneller schwinge. Ich habe einfach eine andere Aufgabe hier im Universum als ihr zurzeit. Aber irgendwann werdet ihr auch alle so wie ich. Und irgendwann schwingt euer Energiekörper auch noch feiner als meiner jetzt. Und irgendwann werden wir alle zu Licht, zu einem einzigen Licht. Aber bis dahin haben wir noch einiges vor.'

Moshe nickt einige sehr ernst gemeinte blaue Schlieren.

'Immer mehr Menschen sehen und achten die Schöpfung. Sie töten und essen keine geschöpften Mitgeschwister. Sie halten sich von den Medien fern und lassen sich nicht mehr mit Mord und Totschlag berieseln. Sie achten darauf, liebevoll miteinander zu sein, mehr ihr Herz als ihren Verstand sprechen zu lassen.'

'*Humata. Hukhta. Huvareshta.*' kommt es unvermittelt aus Jihane.

'Danke, liebe Jihane. Zarathustra wusste schon vor dreieinhalbtausend Jahren eurer Zeitrechnung darum, dass nicht nur Taten, sondern auch Worte und Gedanken eure Realität auf der Erde erschaffen. Gute Gedanken. Gute Worte. Gute Taten.

Ohne es zu wissen umgebt ihr Menschen euch mit feinstofflichen Wesenheiten, die euer Selbst widerspiegeln. Denn es ist so, dass ihr bereits bei jedem Gedanken positive oder negative Energiewellen erzeugt. Und durch sie können sogar geistige Wesen entstehen. Jeder Gedanke findet im unteren Teil der niederen Astralebene so etwas wie einen Widerhall. Anders ausgedrückt geht mit jedem Gedanken in der vierten Dimension etwas in Resonanz. Dort leben Elementarwesen. Man könnte sie auch als halbintelligente Kraft der Natur verstehen. Die Energie des Gedankens eines Menschen verschmilzt mit dem Elementarwesen, mit dem es in Resonanz ist, und bildet eine Wesenheit, die fähig ist, in der materiellen Welt zu agieren. Die Lebensdauer dieses von Menschen selbst geschaffenen oder geschöpften Wesens entspricht der Intensität, mit der der menschliche Verstand den Gedanken hervorgebracht hat. Deshalb ist es, wie schon Zarathustra...' Lichtwesen wendet sich zu Jihane, '...aber auch Jesus sagte, entscheidend für den Lebensweg eines Menschen, was er denkt, womit er seinen Verstand beschäftigt. Denn diese Wesen wirken in die mentalen und physischen Bereiche des Menschen ein. Und da ist es doch besser, wenn den Menschen liebevolle und wohlgesonnene Wesen umgeben, oder? - Und es geht sogar noch weiter, wenn ihr das noch hören wollt?'

Einhelliges langsames Schlierennicken.

'All diese Wesenheiten, die sich ein Mensch allein durch seine Gedanken in seinem Erdenleben selbst erschafft – und das ist im Laufe eines Lebens meist ein ganzer Strom von Wesenheiten – die bestimmen zu einem großen Teil die Höhe der Schwingung seiner Seele in der mittleren Astralebene. Die Hindus nennen diesen Strom der Wesenheiten übrigens Karma.'

Die Ausführungen bringen die Umschwebenden in schlierenfreie Nachdenklichkeit. Es entsteht eine Pause.

'Aber zurück zur Aura des Erdenwesens. Es gibt eine Möglichkeit, wie wir das Erdenwesen dabei unterstützen können, ihr Energiefeld zu stabilisieren. Dazu benötigen wir die Energie der fünf ältesten Sprachen der Erde: Sanskrit, Tibetisch, Ägyptisch, Chinesisch und Hebräisch.'

'Hebräisch!' juchzt Moshe. Der Junge wird langsam ungeduldig ob der vielen langen Erklärungen. 'Das kann ich. ‫סונאם הוא כלב נחמד‬[1]. Ich kann dir helfen, Lichtwesen. Was soll ich tun? ‫אני רוצה להציל את כדור‬ ‫הארץ‬[2].' Vor Moshe bildet sich ein diffuser Schwall aus blauen Schlieren.

'Vielleicht wird allmählich klarer, warum eure bunt anmutende Gruppe ausgewählt wurde.'

'Nur Deutsch und Englisch passen da nicht rein.' widerspricht Rosa in Gedanken.

'Yep!' kommentiert Jimmy die Deutsche.

Lichtwesen ignoriert die Einwände: 'Wenn alle diese fünf energiereichen Schöpfersprachen zugleich gesprochen werden, dann wird die mentale Raumzeit gekrümmt.'
Ming Chen springt sofort an: 'Entsteht dann nicht ein Wurmloch?'

'So ähnlich, Ming Chen. Der höhere Lichtkörper der Erde wird dadurch angeregt, sich in das Innere der Erde zu wölben. Dorthin, wo das Bewusstsein des Erdenwesens ist, mit all seinen Speicherungen in den riesigen Bergkristallen, einem gigantischen Gedächtnis. Die fünf Sprachen bilden gemeinsam ein Gitter, nennen wir es Sprachgitter. Dieses Sprachgitter erzeugt eine kosmische Lichtschwingung. Und diese hohe Schwingung verbindet das höhere Ich-Bin-Lichtbewusstsein des Erdenwesens mit seinem dreidimensionalen Lichtbewusstsein. Zugleich werden durch das Sprachgitter Energietore geöffnet, die es höher entwickelten Zivilisationen ermöglichen, hier hinabzusteigen. Sie sind in der Lage, das elektro-

---

[1] *Hebräisch, Übersetzung: Sonam ist ein netter Hund.*

[2] *Hebräisch, Übersetzung: Ich will die Erde retten.*

magnetische Gitter der Erde zu stabilisieren. - Konntet ihr mir bis hierher folgen? Ich weiß, das sind für euch viele neue und völlig ungewöhnliche Gedanken und Zusammenhänge. Gönnt es euch, durch das Gesagte völlig neue, vielleicht zunächst fremdartige Bilder in eurem Geist entstehen zu lassen. Ihr seid alle fähig dazu dieser neuen Wahrheit in euch Platz zu geben. Ich lasse euch jetzt ein wenig mit euch allein, damit ihr alles verarbeiten könnt.'

Augenblicklich war Lichtwesen mit einem weißen Lichtstrahl entschwunden.

'Ich glaube, dadurch wird die Zeit zusammengezogen. Vergangenheit, Gegenwart und Zukunft sind dann auf der Erde eins. Aber ich habe nicht wirklich die geringste Idee, wie das alles funktionieren kann oder soll.' Selbst Ming Chen wirkt leicht irritiert.

Jimmy: 'Fuck! Nur durch ein paar Worte soll so etwas Gigantisches entstehen?'

Moshe, aufgeregt wie immer: 'Ob wir dann auch Aliens treffen? Das glaubt mir zuhause keiner!'

Als sich alle wieder etwas beruhigt haben, beginnt Nyima: 'Töne und Worte haben Kräfte. Ich glaube ihr im Westen sagt dazu Energie....'

Rosa ergänzt: '...oder Schwingungen, Frequenzen.'

'Es gibt heilige Töne und Worte, die eine sehr große Macht haben. Die meisten von euch kennen dieses Mantra sicher durch den Dalai Lama oder tibetische Mönche: *Om-mani-padme-hum. Om-mani-padme-hum. Om-mani...*'

Die kleine Nonne beginnt in ihrem tiefen Ton das Mantra mehr zu singen als zu rezitieren. Es entsteht ein hellgoldenes Lichtfeld, zunächst um sie selbst. Mit jeder Wiederholung des Mantras auch immer mehr um die anderen. Die staunen nicht schlecht.

Nyima hält kurz inne. Das goldene Feld löst sich rasch auf. Dann stimmt sie mit ihrer tiefen Stimme erneut ein Mantra an, das so ähnlich klingt, aber doch auch sehr anders: 'Om-Ma-Tri-Mu-Ye-Sa-Le-Du. Om-Ma-Tri-Mu-Ye-Sa-Le-Du. Om-Ma-Tri....'

Sofort finden sie sich alle in einer goldenen Lichtkugel wieder, die mit jeder Wiederholung dieses Mantras größer und größer wird. Das kräftige, dabei aber gleichzeitig sehr weiche goldene Licht dehnt sich immer weiter im gallertigen Nichts aus. Es scheint bald bis an die Unendlichkeit zu reichen. Alles ist erfüllt von goldenem Licht.

'Das war das ursprünliche Bön-Mantra,' ist die knappe Erläuterung Nyimas.

Bei dem Wort Bön fängt Sonam aufgeregt an zu bellen und tapst von einem Vorderbein auf das andere. Ganz Hund.

'Sonam war einmal der Hund eines hohen Bön-Priesters. Er hat ihn sehr geliebt. Er liebt dieses alte Bön-Mantra.'

'Okay. Das war deutlich. Wow!' Jimmy ist beeindruckt.

'Was ist denn Bön?' will hingegen Jihane wissen, deren Wissensdurst offenbar keine Verdauungsprobleme kennt.

'Die Lehre des Yungdrun Bön, des 'Ewigen Geistes' ist schon sehr alt. Es ist die ursprüngliche Schau oder Sicht auf die Welt, die älteste Religion in Tibet.

Viel älter als der Dalai Lama, den du vielleicht kennst.' antwortet Nyima direkt zu Jihane gewandt.

'Als der Buddhismus nach Tibet gekommen ist, hat er den Bön weicher gemacht. Aber wir haben in den Klöstern die alten Schriften des ursprünglichen Lha-Bön über die Jahrhunderte aufbewahrt. Auch vor den Chinesen versteckt. Der Kotau um den Yungdrun Gutse stammt zum Beispiel aus dem Lha-Bön. Der Pilgerweg ist schon sehr alt. Der Lha-Bön weiß schon immer, dass der Yungdrun Gutse die Krafthülle der Erde trägt.'

'Danke.' antwortet Jihane in ihrer freundlich zurückhaltenden Art.

Wie mit einem sanften Flügelschlag ist in einem feinen Lichtstrahl Lichtwesen wieder bei ihnen. 'Habt ihr noch Fragen? Möchtet ihr noch etwas wissen?'

'Also ich für meinen Teil bin mehr als voll.' kommt von Jimmy. 'Ich kapier das alles eh nicht wirklich. Aber die Erde retten – das ist natürlich okay für mich. Ich weiß nicht warum, aber ich vertraue dir – obwohl ich dich nicht mal richtig sehen kann und du schon ziemlich spooky bist.'

'Ich finde dich toll, Lichtwesen. Bist du nicht irgendwie schon ein Alien?' Ohne eine Antwort von Lichtwesen abzuwarten fährt Moshe fort: 'Nur nicht so gruselig wie in den Filmen.'

Erneut grinsen die anderen kleine blaue Tropfenpaare ins gallertige Nichts.

Rosa: 'Ich bin auch ziemlich voll. Dabei weiß ich nicht einmal, was ich überhaupt verstanden habe. Oder ob überhaupt!'

'Das kommt noch. Im Verlaufe eurer Mission wird alles für euch immer klarer werden. Seid gewiss. Ein wenig möchte ich euch noch erzählen. Einen Teil der Worte in den fünf alten Sprachen wissen wir schon. Das sind die heiligen göttlichen Namen in der jeweiligen Sprache. Sie sind die Keimsilben des jeweiligen Mantras, also des jeweils kompletten Mantras, das wir für das Sprachgitter brauchen. Das ist *Buddha* auf Sanskrit, *Jibriel* auf Hebräisch, *Phowa* auf Tibetisch, *Kwan Yin* auf Chinesisch und *Amen-Ptah* auf Ägyptisch. Wir legen euch nahe, das sich jeder von euch einen Namen merkt. Und dann im Verlaufe der Mission das gesamte Mantra in der jeweiligen Sprache. So geht nichts verloren. Unser Vorschlag: das ägyptische *Amen-Ptah* für Jihane, das tibetische *Phowa* für Nyima, das chinesische *Kwan Yin* für Ming Chen, das sanskrit *Buddha* für Rosa und das hebräische *Jibriel* für Moshe.'

'Mmmhh...' kommt es von Jimmy, unter dessen Füßen es sich Sonam wieder bequem gemacht hat.

'Das ist auch für dich.' kommt es von dem kleinen Hund zu dem Amerikaner hoch.

'Danke, Sonam.' sagt Lichtwesen. 'Die fünf Worte sind wichtiger Teil, quasi das Fundament der Mantren für das Sprachgitter. Aber – jetzt kommen wir zu deinem Teil, Jimmy. Wenn sie gemeinsam gesprochen werden, diese fünf heiligen Namen, entsteht ein gemeinsames Mantra, das die Schwingungen des Körpers anhebt. Du wirst bei der Mission ja die physischen Aufgaben zu bewältigen haben. Und solltest du aus irgendeinem Grund eine Anhebung deiner Energie benötigen, konzentrieren sich die fünf anderen anderen auf dich, sprechen gleichzeitig die fünf heiligen Namen und heben durch die entstehenden Schwingungen dein Körperbewusstsein und die dich umgebenden Energien an. Du wirst dann Dinge tun können, die du vorher nicht konntest, die du dir nicht einmal vorstellen konntest. Was dir dann möglich ist, hängt von den Erfordernissen der Situation ab, in der ihr euch gerade befindet. Möglicherweise kannst du für andere Menschen kurze Zeit unsichtbar sein, weil die Frequenzen deiner Körperschwingungen für ihr optisches Sinnessystem zu hoch sind. Oder du wirst in eine andere Zeitschleife geschoben und kannst einen Blick werfen in das, was ihr Vergangenheit und Zukunft nennt. Was gebraucht wird, geschieht.'

Jimmy merkt plötzlich, dass ihm warm wird. Nicht unangenehm. Aber unvermittelt. Es wird auch immer heller, so als würde jemand den Dimmer des Lichtschalters ganz langsam hochdrehen. Er schaut an sich herunter und kann nun das erste Mal hier oben in dem gallertigen Nichts seine Konturen sehen. Sie leuchten in strahlendem Weiß. Sein erster Blick fällt auf seine weiß leuchtenden Militärstiefel. Das sieht lustig aus.

'Militärstiefel mit Heiligenschein!' geht ihm kurz durch den Kopf.

Sein Blick geht weiter hoch. Er streckt seine Arme vor. Er leuchtet komplett. Seine ganze Gestalt. 'Dass ich mal eine Leuchtstoffröhre werde...!' grinst der Amerikaner in sich hinein. Dann verblassen die Strahlen langsam wieder.

'Genau so. Ihr fünf seid meinen Worten gefolgt und habt mit euren jeweiligen heiligen Namen an Jimmy gedacht. Noch sehr beiläufig, eher neugierig und staunend. Ihr versteht jetzt sicher, welche Kraft ihr habt, wenn ihr die heiligen Namen mit wachem Bewusstsein auf Jimmy konzentriert.'

'Amerikaner, leuchte noch mal! Das hat toll ausgesehen.' Moshe konzentriert mit aller Kraft auf sein Jibriel. Aber es passiert nicht.

Rosa: 'Ich glaube, das klappt nur, wenn wir das alle zusammen machen.'

'Och, schade! seufzt Moshe.

Doch kurz darauf leuchtet Jimmy noch einmal für einen Augenblick auf. Gerne haben die Vier dem Jungen den Gefallen getan.

Lichtwesen: 'Jeder von euch wichtig. Und gemeinsam habt ihr Kräfte zur Verfügung, die ihr euch bislang nicht einmal habt vorstellen können. Aber ihr habt euch ja schon schnell dran gewöhnt.'

'Seid ihr nun bereit für eure erste Mission?' fragt Lichtwesen in die Runde. Die Antwort ist ein zartes mehrstimmiges 'Ja.' von sechs nickenden Schlieren und einem Schwanzwedeln.

'Bevor wir die magischen alten Silben oder Worte, die Schriftzeichen, suchen, müssen wir zunächst alte Wunden heilen. Wunden, die Menschen dem Erdwesen und den Geschöpfen auf ihr zugefügt haben. Wir bitten um Vergebung und um Heilung, damit diese unlichten Energien und die daraus hervorgegangenen Wesenheiten eure Mission nicht behindern oder gar verhindern können. - Gut. Dann bringen wir euch an einen Ort, der für euch in Mexiko liegt. Dort war einmal eine Stadt mit einer großen Tempelanlage. Dort haben Menschen Dinge mit ihren Mitgeschöpfen getan, die das Licht auf der Erde nicht gerade vermehrt haben. Menschen mit hohen Bewusstsein haben dies wissentlich, also bewusst getan. Sie haben sich bewusst für das Unlichte entschieden, um ihre eigene weltliche Macht zu vergrößern. Ihr werdet an diesem Ort viele grauenvolle Dinge sehen. Erschreckt euch nicht. Der Mensch hat immer schon die Wahl gehabt zwischen lichtvollen Gedanken und Taten oder unlichten Gedanken und Taten. Das ist die Freiheit auf der dichten dreidimensionalen Erde. Die Freiheit des Geistes, des individuellen Bewusstseins eines jeden Wesens, hier Erfahrungen zu machen. Sorgt und erschreckt euch nicht. Am Ende geht alles wieder ins Licht.

Wenn wir an diesen Ort um Vergebung bitten, um Heilung bitten, transformiert dies das Dunkel ins Licht. Beim Dunklen wegschauen ändert nichts. Wir müssen Licht in das Dunkel bringen, erst das verändert. Das ist Transformation. Und da dies ein hoch energetischer Ort ist, geht die Heilung weit über diesen Tempel hinaus. Auch das, was ihr womöglich an Leid zu sehen oder spüren bekommt. Die Heilenergie an diesem Ort, den ihr Xochicalco nennt, verteilt sich über das gesamte Energiefeld der Erde, über ihre komplette Aura. Sie heilt und transformiert den Schmerz der gesamten irdischen Schöpfung.'
'Und was genau ist für uns an diesem Ort zu tun?' fragt Jimmy, der es gewohnt ist, Anweisungen zu empfangen und umzusetzen, als erwarte er jetzt eine militärische Befehlskette.

'Das können wir euch hier nicht sagen.' antwortet Lichtwesen. 'Das ergibt sich für euch dort vor Ort. Ihr werdet wissen, was zu tun ist. Schaut euch dort um. Lasst aufmerksam an euch vorbeiziehen, was euch begegnet, ohne euch hineinziehen zu lassen. Und wenn ihr unsicher seid, haltet euch an Nyima und Ming Chen.'

Sonam bellt schwanzwedelnd. '...und natürlich an Sonam. Orientiert euch an dem, was sie tun. Sie können am besten in ihrer Mitte bleiben. Sie haben Erfahrung damit, mit feinstofflichen Gegebenheiten umzugehen. Habt Vertrauen. Ihr seid niemals allein. Ihr seid immer beschützt. Lichtvolle Helfer sind stets mit euch. Ihr seid bereit!'

Und schon erfasst die Gruppe ein blau-weißer Lichtwirbel, der sie sanft auf die Erde bringt.

* * *

4

Alle Sieben stehen vor einer Steinmauer. Sehr solide. Etwas mehr als einen Meter hoch und gut einen halben Meter dick. Natursteine – passgenau geschlagen, perfekt eingepasst. Einige tausend Jahre hat sie bereits überdauert, das ist sicher. Und nun kommt diese seltsame Gruppe an ihre Grundfeste.

Sonam macht es vor. Als wäre es das Selbstverständlichste auf der Welt spaziert der kleine weiße Terrier mit erhobenem Schwanz einfach so durch die Mauer. Für einige Momente ist der Hund komplett verschwunden. Dann erscheint sein weißes Fell wieder. Zunächst sein Köpfchen über den flink nach vorne geworfenen Vorderbeinchen. Er bellt aufmunternd. Er zupft Nyima an ihrem weinroten, bodenlangen Nonnenmantel. Die kleine Tibeterin lacht verlegen auf – und ist im nächsten Moment durch die Mauer verschwunden. Kurz darauf lugt ihr Kopf durch die Mauer. Nyima schaut an sich herunter. Vielmehr schaut ihr vorgestreckter Kopf an den Steinen der Mauer herunter. Und schon bricht sie in ihr ansteckendes fröhlich-lautstarkes Dalai-Lama-Lachen aus. Bald prusten auch alle Umstehenden los, unterlegt von sehr hellem, aber äußerst melodiösem Hundegeheul.

Nacheinander probieren auch die übrigen fünf ihren Durchtritt durch die Mauer aus.

"Autsch! Fuck!" Jimmy versucht, sich gleichzeitig seinen Kopf und sein Knie zu halten. Seine Hände spüren deutlich seinen harten knöchernen Schädel und seine Kniescheibe. Er war lässig auf die Mauer zugerannt, nachdem er gesehen hat, dass seine Begleiter alle problemlos darin oder dahinter oder wie auch immer verschwunden sind. Er aber prallte sehr hart ab. Er war mit vollem Anlauf mit Knie und Kopf gegen die im wahrsten Sinne des Wortes steinharte Mauer gelaufen. Nun brummt dem Amerikaner der Schädel.

Rosa will sein Knie untersuchen. Aber ihre Hände können Jimmys Knie nicht berühren. Sie gleiten einfach durch sein Bein hindurch. Wie durch Nichts. Oder sie ist das Nichts. Jimmy setzt sich, völlig durcheinander, auf den staubigen Boden vor der Mauer hin. Sonam leckt dem Amerikaner voller liebevoller Anteilnahme einmal quer durch sein Gesicht. Mit einer automatischen Bewegung krault Jimmys große Hand zärtlich Sonams Nacken. Dann registriert Jimmy, dass er auch den Hund spüren, fühlen, tasten kann. Auf seinem Gesäß dreht sich Jimmy um neunzig Grad nach links und stemmt mit aller Kraft seine Füße gegen die Mauer. Seine mächtigen Militärstiefel stehen stramm nebeneinander senkrecht auf der alten Mauer. Sie versinken nicht einen Millimeter tief in den Steinen. Der Soldat scheint offenbar als einziger komplett seinen physischen Körper wieder zu haben – mit allen Vor- und Nachteilen die das so hat.

"Tja, dann kann ich wohl nicht mit," entgegnet Jimmy. "Aber sagt mal, wie fühlt sich das denn an, einfach so durch eine so fette Wand durchzumarschieren?"

'Toll! Toll!' juchzt Moshe, der immer wieder in die Mauer rein- und rausspringt.

Bald lässt in der Gruppe die Faszination des Mauerdurchtritts nach.

Ming Chen ist der erste, der seinen Blick auf die Umgebung richtet. Im rechten Winkel zu ihrer Durchtrittsmauer fällt sein Blick auf eine weitere Mauer, die einen langgezogenen, leicht zur Seite abfallenden und mit Gras bewachsen Streifen Gelände begrenzt. Der Verlauf der Mauer scheint die schräg abfallende Wiese komplett zu umfassen. Etwa auf der Mitte der oberen Mauer erblickt der Chinese einen großen schwarzen Ring. Das Loch in der Mitte scheint ausgespart zu sein. Er erkennt durch den Rind hindurch die Fortsetzung des Mauermusters.

Moshe ist unterdessen schon losgelaufen. Sein Energiekörper gleitet schwerelos und blitzschnell über das Gelände: 'Das ist ein riesiger Spielplatz. Schaut mal – die großen Ringe hier sind die Tore. Da müssen die Mannschaften den Ball durchschießen. Nee, schießen ist zu schwer - durchwerfen. Toooor!'

Ming Chen lässt seinen Blick über das weitläufige Gelände in Richtung Moshe schweifen. Ja, diese Anlage hier ist völlig symmetrisch. Auch auf der anderen Seite befindet sich ein von Mauern umfasstes, langgestrecktes abfallendes Stück Wiese, spiegelgleich. Und auch hier auf der Mitte der oberen Mauer ein solch senkrecht aufgehängter Ring. Die beiden Schrägen flankieren einen etwa gleich breiten waagerechten Wiesenstreifen in ihrer Mitte. Das könnte tatsächlich ein Spielfeld sein. Es sieht jedenfalls sehr bewusst konzipiert aus.

'Es sind sechs Spieler auf dem Feld. Sie tragen nur einen Lendenschurz. Ein Stück dünnes Leder, das zwischen den Beinen hochgebunden ist. An dem Hüftgurt ist an jeder Seite ein U-förmiger Stein befestigt. Die geschlossene Seite liegt der Hüfte auf. Das ist der Jochstein. Denn alle Spieler hier haben gegen irgendwelche Regeln der hier lebenden Gemeinschaft verstoßen. Dieses Ballspiel hier ist ihre Strafe und

Chance zugleich. Je höher die Strafe, desto schwerer ist der Jochstein an ihren Hüften. Manche spielen hier sogar um ihr Leben, je nachdem, was sie verbrochen haben. Nur wenn sie es schaffen, den Ball durch den Ring hindurch zu werfen, haben sie eine Chance auf Straflinderung oder bestenfalls Begnadigung.'

Rosa, Jimmy, Jihane und Nyima folgen aufmerksam den Worten Ming Chens.

Während der Erzählung des Chinesen füllt sich tatsächlich der Platz mit kraftvoll hin und her rennenden Männern. Sie tragen Sandalen, die bis kurz unter die Knie hoch geschnürt sind, außerdem einen Lendenschurz. Die vom Mauerwerk eingefasste Schräge links und rechts vom eigentlichen Spielfeld darf offensichtlich nicht betreten werden. Das heißt, der Ball muss aus einer stattlichen Entfernung durch den Ring geworfen werden. Die Schräge dient nur dazu, dass der Ball nach einem Wurf von selbst wieder auf das eigentliche Spielfeld zurückrollt.

Dann stürzen sich die Männer auf den Ball. Derjenige, der ihn als erster zu fassen bekommt, läuft in Richtung einer der beiden Ringe und versucht, den Ball hindurch zu werfen. Das wird ihm allerdings dadurch erschwert, dass die übrigen Spieler alle hinter ihm her sind. Jeder versucht ihm den Ball abzunehmen. Unterhalb des Rings entsteht eine wilde Rangelei. Alles scheint erlaubt. An den Schmalseiten und in den Ecken des großen ebenen Spielfeldes johlen zahlreiche Zuschauer.

Unbemerkt von dem sich durch Ming Chens Erzählung aufgebauten Spielgeschehen tobt Moshe über das Spielfeld. Der Junge genießt es offenbar sehr, sich allein durch seinen Willen blitzschnell durch die

Gegend fortbewegen zu können. Unbeeindruckt von dem Vergangenheitshologramm des traditionellen mexikanischen Ballspiels saust er geschickt wie einst Harry Potter in seinen Büchern einem imaginären Schnatz hinterher, um das vermeintliche Quidditch-Spiel zu gewinnen – nur ohne Besen.

Währenddessen treten sich die Männer in dem zusammengelaufenen Pulk, schubsen sich, ringen, ziehen an Armen, Beinen, Nasen und Ohren, nehmen sich in den Schwitzkasten, würgen sich und teilen kräftige Boxhiebe aus. Bald geht der Spieler, der zuerst den Ball erobert hatte, nach einem Fausthieb benommen zu Boden. Der Ball kullert ihm aus der Hand. Blitzschnell ergreift ihn ein anderer und wirft den Ball mit aller Kraft in Richtung Ring. Doch daneben. Der Ball rollt langsam die schräge Wiese herunter. Alle Männer, bis auf den noch benommen am Boden liegenden, stürzen in Richtung Ball los. Zwei sind am schnellsten. Der hintere der beiden stellt geschickt dem Schnelleren ein Bein, woraufhin dieser sofort zu Boden geht. In einem kleinen Bogen umläuft er den Gefallenen, sodass dessen nach ihm greifende Hände ihn nicht erreichen können. Geschickt nimmt er sich den Ball und wirft ihn – durch den Ring. Geschafft. Jubelnd reißt der glückliche Werfer seine Arme in die Luft. Sein Leben ist gerettet. Die übrigen Spieler verlassen daraufhin langsam und mit hängenden Köpfen das Spielfeld. Dabei gehen einige mitten durch Moshe hindurch, den sie offensichtlich weder sehen noch spüren können. Der Junge war während des ganzen Spielverlaufs gefesselt von seinem eigenen Quidditch-Nachspiel durch das Spielfeld hin und her geflitzt, ohne wirklich zu bemerken, was die erwachsenen Spieler dort tun.

Nach und nach verblasst die Ballspielszenerie wieder. Die Spieler und das Publikum lösen sich wie platzende Seifenblasen in Luft auf. Schließlich stehen die Sechs wieder vor dem leeren Spielfeld. Ein glücklich strahlender Moshe gesellt sich auch wieder zur Gruppe.

'Müssen die Männer jetzt alle sterben, bis auf den einen, der gewonnen hat?' fragt Jihane betroffen in die Runde.

Erneut weiß Ming Chen zu antworten: 'Ja, liebe Jihane, die meisten von ihnen gehen jetzt in ihren Tod. Kein wirklich lustiges Spiel.'

'Was für grausige Sitten!' kommentiert Rosa.

"Nun ja, selbst bei uns in den USA gibt es in einigen Staaten wie Arizona und Oklahoma noch die Todesstrafe – und zwar aktiv vollstreckt." steuert Jimmy bei.

'Und nicht nur beim IS oder archaischen islamischen Staaten, euren vermeintlichen Brutstätten des Terrors!' kann sich Rosa nicht verkneifen.

'Oder bei uns in China. Seit Mao sind beginnend mit der Kulturrevolution bis heute durch das kommunistische Regime Millionen von Menschen umgebracht worden. Landsleute! Chinesen! Und durch Chinesen, durch die eigenen Leute! Oder in sogenannten Umerziehungslagern malträtiert und gequält oder auch getötet worden. Heute vor allem die Uiguren. Vor zehn oder zwanzig Jahren ward ihr Tibeter dran.'

Ming Chen wendet sich mit einer demütigen Verbeugung in Richtung Nyima. 'Die tibetischen Mönche wurden gezwungen ihre eigenen Klöstern und ihre heiligen Symbole selbst zu zerstören oder sich gegenseitig zu foltern und zu töten. Wer nicht folgte, wurde selbst gefoltert oder getötet. Mehr als niederträchtig.'

'Auch in Tibet haben Menschen einander misshandelt und getötet. Als der Dalai Lama noch ein sehr kleiner Bauernjunge mit Namen Lhamo Döndrub war, war Tibet noch ein Feudalstaat mit Leibeigenen. Es herrschte ein rigides Strafrecht mit Verstümmelungen und Todesstrafen. Das harte Leben eines armen Bauern oder Nomaden war in der von einer kleinen korrupten Aristokratie beherrschten Rechtsprechung wenig wert. Nur ein reicher Adeliger konnte sich von den teilweise drakonischen Bestrafungen freikaufen.' Nyima reagiert ungewohnt emotional.

'Und bei mir zu Hause schießen Palästinenser auf uns Juden, und wir schießen dann wieder auf die Palästinenser, weil die auf uns geschossen haben. Immer hin und her. Ich weiß gar nicht, wer überhaupt angefangen hat.'

Nachdem auch Moshe sein Statement abgegeben hat, herrscht langes Schweigen unter den Sechsen. Selbst Sonam liegt sehr klein und eng angekuschelt an Jimmys Militärstiefeln.

Die Jungenhaftigkeit von Moshe bricht schließlich das Eis der grauen Schwere, die sich über alle gelegt hat: 'Ich will jetzt los und weiter gucken, was es hier so alles gibt. Wer kommt mit?'

Moshes Worte und seine überschäumende Energie setzen einen Lichtstrahl in die dunkelgraue Wolke.

'Es macht wohl keinen Sinn, andere Menschen wegen ihrer Taten beziehungsweise Untaten zu ver-

urteilen. Irgendwie haben wir alle Dreck am Stecken.'
kommt von Rosa.

'Das Dunkle ist immer da, und überall und unter uns. Wir können uns nur in jedem Moment für oder gegen das Licht entscheiden.' fügt Nyima hinzu. 'Karma ist die Antwort.'

Jimmy bleibt Tatmensch. Er läuft in Richtung Moshe los: 'Dann mal los, Junge. Ich komm mit. Schauen wir mal, was es hier sonst noch gibt.'

Die beiden ziehen mit dem freudig um sie herum springenden Sonam los. Mit etwas Abstand folgen bald auch die anderen.

Sie gehen eine breite Treppe hinauf, ebenfalls aus Natursteinen gebaut, wie offenbar alle Gebäude hier. Keine 20 Stufen. Sie gelangen auf eine Terrasse vor einer Art großem Raum, der sicherlich einmal ein Dach hatte. Von hier oben sehen sie, dass die Siedlung auf einem Hügel liegt, der sich aus der umgebenden weiten Ebene erhebt. Im Hintergrund hebt sich gegen den Morgendunst eine Bergkette ab. Sie erkennen auch, dass ein Teil der ehemaligen Stadt auf einer künstlich erhöhten Terrasse erbaut wurde. Dort scheinen auch noch größere Gebäude zu stehen. Unter anderem auch Bauwerke, die wie Pyramiden aussehen, deren Spitze gekappt wurde.

Sie laufen oder schweben durch ein weitläufiges Gelände, gespickt mit Mauerresten, die die Zeit von einer wohl einst prächtigen und großen Stadt übrig gelassen hat. Gemauerte Straßen verbinden großzügige Plätze miteinander. Zunächst passieren sie einen vielleicht nur heutzutage, vielleicht aber auch immer schon, mit Wiese bewachsenen Platz. In dessen Mitte steht auf einem aus den hier sonst üblichen Natursteinen gebauten Plateau ein seltsamer aufrechter, wie glatt geschliffener und im Sonnenlicht fast silbrig glitzernder Quader, der nicht wirklich hierhin zu passen scheint. Er sieht aus wie aus hellem Marmor gefertigt.

Der Chinese hat den ungewöhnlichen Quader als erster erreicht.

'Der Megalith hier trägt Schriftzeichen. Sieht aus wie sehr primitive Zeichnungen. Könnte auch eine Stele sein. Die Zeichen kann ich nicht entschlüsseln. Sind auch keine sich so einfach erschließenden Bilder.'

'Doch,' ruft Moshe dazwischen, 'oben ist doch ganz klar ein Schiff, sogar ein Dampfschiff. Hier ist der Schornstein.'

Moshe zeigt mit dem Finger auf ein Rechteck über einem Bogen, der sich aus dem möglichen Schiffsrumpf, wie ihn Kinder zeichnen, heraushebt: 'Und das hier unten ist ein Panzer. Das sieht man doch sofort. Er fährt vor dem Fenster eines Hauses entlang.'

Ming Chen wirft noch Mal einen skeptischen Blick auf die Hieroglyphen.

'Kann schon sein, Moshe. Aber auf jeden Fall hat die Stele hier eine komplett andere Energie als die übrigen Gebäude und Säulen hier. Siehst das auch so, Nyima?'

Ming Chen hat die tibetische Nonne offenbar als oberste Energieinstanz auf ihrer Erdemission auserkoren.

'Ja.' ist ihre trockene Antwort. 'Es ist nicht das, was wir suchen.'

Die flach stehende Sonne bescheint die illustre Gruppe von einem wolkenlosen blauen Himmel aus. Kein Mensch ist in den Ruinen zu sehen. Sie sind allein. Es scheint früh am Morgen zu sein, bevor sicherlich auch hier Touristen aus aller Herren Länder das Terrain erobern.

Auf der zuvor gesichteten Terrasse erkennen sie, dass die gesamte Stadt auf zahlreichen künstlich angelegten Terrassen und Plateaus errichtet worden ist, die von meterhohen, meist nach hinten geneigten langen Natursteinmauern gehalten werden. Sie erblicken viele kleinere der oben abgeflachten Pyramiden. Außerdem entdecken sie ein weiteres Ballspielfeld. Dessen noch etwas steilere Schrägseiten zum Abrollen des geworfenen Balls bestehen nicht aus Rasen, sondern die Flächen sind vollständig aus den hier fast überall verwendeten Natursteinen gemauert.

Andere Ruinen sind wohl die Grundmauern ehemaliger Wohnhäuser. Viele Treppen führen die Gruppe immer höher hinauf. Jimmy und Sonam nehmen die Treppen. Der Amerikaner ist so froh, festen Boden unter seinen Stiefelsohlen zu spüren. Und Sonam begleitet selbstverständlich seinen neuen Freund.

Bald stehen sie hoch oben auf einem der höchsten Punkte der Anlage. Es bietet sich ihnen ein Rundblick auf die offenbar einstmals sehr große Stadt. Die künstlich terrassierten Abhänge sind wohl auf einem natürlichen Hügel entstanden. Nicht allzu fern ist von hier wird ihr Blick auf einen länglichen See freigegeben.

'Schaut mal, dort die Pyramide. Sie ist etwas kleiner, aber ich glaube, etwas besonders. Da ist sogar eine Absperrung drumherum. Sie ist zwar sehr flach, aber sieht irgendwie sehr intakt aus. Und sie liegt ziemlich im Zentrum der Stadt. Sieht auch aus wie die höchste Stelle der Anlage.'

Jihane zeigt in Richtung der aufgehenden Sonne. Jimmy muss sich die Hand vor seine Augen halten, um gegen die grellen Lichtstrahlen die Konturen der recht flachen Pyramide ausmachen zu können.

"Okay. Lasst sie uns mal näher anschauen." Jimmy läuft gleich in die Richtung los. Vier weiße Pfoten tapsen flink neben ihm her. Der Weg führt bergab, dann sind einige Stufen zu nehmen. Die anderen folgen den beiden.

Je näher die Gruppe der Pyramide kommt, desto beeindruckender wird sie. Gut zweieinhalb Meter hoch ist ihre nach innen geneigte unterste Einfassung, und etwa zwanzig Meter lang. Über die gesamte Höhe tun sich heraus gemeißelte Figuren und Hieroglyphen auf. Eine Schlangendarstellung zieht sich über eine halbe Seite der Pyramide hin. In ihren meandernden Windungen sitzen menschliche Gestalten mit prächtigem Kopfschmuck. Außerdem sind verschiedene Muster zu erkennen. Sieben oder acht Federn bilden das Schwanzende der Schlange. Da diese untere Einfassung leicht nach hinten abfällt, strecken sich dem Betrachter die Figuren geradezu entgegen. Jimmy vernimmt beim Anschauen des Reliefbandes ein undeutliches Tuscheln. Nun hatte er ja schon einmal auf dieser seltsamen Tour hier Steine Töne und Laute und sogar Worte machen hören. Also hört er er mit gespitzten Ohren hin, ob er irgendetwas verstehen kann. 'Olma' ist das erste Wort, das er aus dem Tuscheln heraushören kann. Nochmal 'Olma'. Dann 'Erde im Meer'... 'Ozean Mitte'. Dann Rauschen. Unverständliches. Dann kommen wieder klarere Worte in Jimmy aufgespannte Ohren: 'Zerstörung' und 'Tod'. Dann '...nichts als Staub blieb'.

'Keine Ahnung, was das wieder zu bedeuten hat', geht es Jimmy durch den Kopf. Schnell vergisst er, was er soeben zu hören gemeint hat und wendet sich wieder der Pyramide zu.

Über die untere Wand mit dem Bandrelief erstreckt sich eine etwa halb so hohe Mauer mit deutlich weniger erkennbaren Abbildungen. Diese sind eher ungleichmäßig verstreut. Diese zweite Mauer ist senkrecht ausgerichtet und springt ein wenig über der Grundmauer hervor. Ihr oberer Rand streckt sich gleichmäßig nach außen vor, und das sogar abgerundet. Um zu sehen, was über der zweiten Pyramidenschicht ist, muss Jimmy einige Schritte zurücktreten. Die anderen schweben geradewegs hinauf. Jimmy erkennt eine dritte, etwa gleich hohe Mauer, die wie die erste ebenfalls nach innen geneigt ist. Auch hier sind einige Figuren hinein gemeißelt. Tiere und Gegenstände kann Jimmy erkennen. Er geht um das Gebäude herum. An einer Ecke der einfach durch ein Seil angedeuteten Absperrung steht eine Tafel. In der ersten Zeile steht auf spanisch: "Templo de Quetzalcoatl". In der zweiten Zeile steht auf Englisch: "Temple of the Feathered Serpent[1]". Und "Xochicalco". Vermutlich der Name der Stadt.

Jimmy will gerade die knapp zehn Meter breite Treppe, die er auf einer der vier Seiten entdeckt hat, hoch sprinten, als die anderen ihm von oben schon wieder entgegenkommen.

---

[1] *Tempel der gefiederten Schlange*

'Hier ist nichts, in diesem Tempel der gefiederten Schlange.' Rosa klingt enttäuscht. 'Aber Nyima hat an der Schmalseite dieser Gebäuderuinen etwas entdeckt, eine recht hohe abgeflachte Pyramide, die von Interesse für uns sein könnte. Sie hat dort Energien auf- und absteigen gesehen, oder so was Ähnliches. Komm einfach mit. Schau nicht so, Jimmy! Ich weiß genauso viel wie du. Wir gehen am besten einfach mit.'

"Okay." Jimmy springt geschickt über die erste niedrige Mauer vor ihm, indem er sich mit seinen Händen auf ihr abstützt und seine Beine seitlich hinüberschwingt. Dann hält er kurz inne, beugt sich zurück, hinüber auf die andere Seite der Mauer, senkt seine beiden Arme hinter der Mauer ab und greift sich den dort stehenden Sonam. Mit dem kleinen Hund unter den Arm geklemmt überwindet der Soldat geschickt die verschiedenen Mauerreste. Um eine schräge hohe Wand, offensichtlich eine der Terrassenbefestigungen, auf dem Hosenboden herunter zu rutschen, steckt er Sonam kurzerhand in sein Hemd. Somit hat er zum Abstützen beide Hände frei. Der kleine weiße Kopf schaut keck und zufrieden oben raus. Heil unten angekommen setzt er Sonam wieder auf den Boden, nicht ohne von dessen kleiner Zunge kurz abgeschleckt zu werden.

Direkt gegenüber der Mauer, die sie gerade heruntergerutscht sind, hebt sich die Pyramide in die Höhe, die sie sich genauer anschauen wollen, sicher eines der höchsten Gebäude hier. Sie scheint aus zwei unterschiedlichen Bauteilen zusammengesetzt zu sein. Und auch sie hat keine Spitze, wie er sie von Abbildungen von der Pyramide von Gizeh kennt. Vor Jimmy erhebt sich eine glatte geneigte Wand aus den hier üblichen Natursteinen mit nur einem großen

Absatz etwa auf halber Höhe. Jimmy geht rechts um die Pyramide herum und erreicht auf der nächsten Seitenhälfte deutliche Stufen. Die linke Seite der Pyramide hier ist relativ glatt, während die rechte Seite in Stufen aufsteigt. Als er um die nächste Ecke geht, sieht er einen mittig in die Stufen platzierten Aufgang, in dem allerdings die Stufen sehr viel höher sind als drumherum. 'Eine halbe glatte und eine halbe Stufenpyramide. Seltsames Ding, das hier.'

Jimmy geht weiter um die seltsame Pyramide herum, bis er wieder an der glatten Südseite angekommen ist.

Die anderen haben den kurzen Weg per Luftlinie gewählt und sind schon oben versammelt. Jimmy klemmt sich wieder Sonam unter den Arm und klettert geschickt, aber doch mit einigem Kraftaufwand über die hohen Absätze der Stufenpyramide hinauf. Der Amerikaner hat völlig vergessen, dass im Unterschied zu ihm sich der kleine weiße Hund auch anders bewegen kann. Er hatte nur die hohen Stufen und die kurzen Beine von Sonam übereinander gebracht und sich deshalb automatisch den kleinen Hund geschnappt. Sonam hatte aber auch nicht protestiert. Im Gegenteil. Der Terrier genießt den Lift durch den sportlichen Amerikaner.

Nachdem Jimmy auf dem oberen Pyramidenplateau Sonam wieder abgesetzt hat, sieht er sofort, dass Moshe nicht bei den anderen ist. Er fragt in die Runde. Alle zucken mit den Schultern und schauen sich in alle Richtungen um.

'Da ist er.' Jihane hat den Jungen als erste entdeckt. 'Was macht er nur da? Wieso kommt er nicht rauf zu uns?'

Moshe hopst immer an der leicht nach innen geneigten Wand einer großen Stufe hoch und fällt dann wieder runter.

'Komm doch einfach hoch, Junge.' fordert ihn Ming Chen etwas verwundert auf.

'Ich übe telepatieren.' ruft er von unten hoch. 'Aber es klappt nicht. Höher komm ich nicht.'

'Ist ja schon mal ein Anfang.' bemerkt Ming Chen väterlich. Er hat den Jungen bereits in sein Herz geschlossen. 'Aber vielleicht solltest du jetzt doch auf dem einfachen Weg zu uns hoch kommen.'

'Okay.' Und schon schwebt Moshe – aber wenigstens Zickzacklinien müssen es sein – zu den anderen nach oben. Oben angekommen wendet er sich an die Runde: 'Captain Moshelgate meldet sich zum Dienst!'

Das Kommando über sein eigenes Raumschiff gefällt dem Jungen sehr. Auch wenn es noch nicht aus dem Hangar herauskommt.

Nyima schwebt unterdessen über der Mitte des Plateaus der oben abgeflachten Stufenpyramide. Noch mehr in sich gekehrt als sonst. Ming Chen bemerkt als erster, dass etwas in der Nonne vor sich geht. Der Chinese versucht, sich in das Energiefeld der Tibeterin einzuschwingen. Kurz darauf ist auch er an den feinstofflichen Datenstrom angeschlossen. Unzählige Bilder, Rufe und Schreie ziehen nun durch seinen Geist:

Pferde laufen in vier entgegengesetzte Richtungen los und zerreißen einen in ihrer Mitte an sie angebundenen Menschen bei lebendigem Leib in vier Stücke.

Schreiende und verstummte und Gebete murmelnde Frauen werden bei lebendigem Leibe auf Scheiterhaufen verbrannt.

Ein gewaltiger Pilz aus Asche und Feuer und eine unvorstellbar wuchtige Welle aus Energie und Hitze verglüht und zerstäubt Menschen, die zuvor noch mit ihrer Einkaufstasche oder einem Kinderwagen die Straße entlang gegangen sind, in einem einzigen Augenblick, dass nur noch ein dunkler Schatten an der gegenüber liegenden Wand zurückbleibt.

Ming Chen klingt sich aus dem Strom aus: 'Jihane und Moshe. Könnt ihr euch bitte hier am Rand auf die Mauer setzen und für uns die Energie halten. Sonam wird euch gerne dabei helfen und Gesellschaft leisten.' Der Letztgenannte wedelt freudig bellend mit dem Schwanz.

'Jimmy und Rosa, ihr solltet euch zwischen Nyima und mich stellen. Ich denke, dass ist für euch auch wichtig.'

Ein rosafarbenes, mit Dreck und Kot verklebtes großes Schwein steckt in einem Gitter fest, so dass es sich nicht mehr bewegen kann, während seine neun Kinder an seinen Zitzen trinken. Vor dem Kopf der Sau liegt unerreichbar ein totes Schweinekind, übersät mit kleinen blutroten Bisswunden.

Ming Chen durchzieht ein Herzschmerz, der für ihn kaum auszuhalten ist.

Einem mageren chinesischen Jungen werden beide Hände abgehackt, weil er einen Apfel gestohlen hat. Sein Schreien und Weinen zerbersten fast Ming Chens Kopf. Jimmy erstarrt und Rosa weint unsichtbare Tränen.

In einem sehr hohen Haus werden vor ihrem Computer sitzende Menschen jäh von einem in ihr Büro herein fliegenden Flugzeug erfasst und explodieren im nächsten Moment zu Asche. Andere halten hier die von unten aufsteigende gewaltige Hitze nicht mehr aus, öffnen ein Fenster und stürzen sich ohne anderen Ausweg in die Tiefe. Wieder anderen bricht hier der Fußboden unter den Füßen weg und sie werden zwischen Stahl und Beton zermalmt und in die Tiefe gerissen.

Gewalt, Feuer, Tod und Verzweiflung ziehen kaum aushaltbar schmerzhaft durch die vier Erwachsenen.

Zarte kleine Kinderhände halten den Körper eines weißen Schmetterlings fest, die andere Kinderhand zieht am Vorderteil des rechten Schmetterlingsflügels und wirft die weiße Flügelhälfte achtlos auf den Boden. Dann ist der hintere Flügelteil dran, dann die linke Seite, zum Schluss die beiden langen empfindlichen Fühler. Die stummen Schreie des Schmetterlings werden vom Gebrüll im Hintergrund überlagert, wo sich eine Frauen- und eine Männerstimme aufs Übelste beleidigend anschreien.

Kräftige Muskelmänner mit langen roten Zöpfen unter dem gehörnten Helm, gekleidet in Fell und Leder, dringen in verzweifelt schreiende Frauen ein. Ebenso schlanke Männer mit langen schwarzen Haaren und dunklem Teint. Ebenso kräftige und schlanke schwarz- oder dunkelhäutige Männer. Ebenso wie blonde, rothaarige, braunhaarige oder schwarzhaarige Männer in den unterschiedlichsten Militäruniformen. Alle vergewaltigen und demütigen Frauen. Manche Männer, in Lumpen oder in feinen Designeranzügen, auch Kinder, Babys, Kühe, Ziegen, kleine Hunde.

Mäuse liegen auf der Seite in Sägespänen in ihren vergitterten Plastikboxen und krümmen sich vor Schmerzen in ihrem um ein Vielfaches aufgeblähten Unterleib, in den nun auch noch eine Spritze hineingestochen wird, um eine gelbliche Flüssigkeit abzuziehen.

Sonam, der sich, obwohl er bei den Kindern sitzt, offenbar auch angedockt hat, heult bei dieser Szene herzzerreißend auf.

Mehr als hundert nackte Menschen stehen dicht an dicht gedrängt in einem fensterlosen Raum, ringen immer verzweifelter nach Luft, klammern sich aneinander fest, kratzen sich an den Wänden und Stahltüren die Nägel wund, jammern, schreien, stöhnen, weinen und beten, ehe sie mit ihren letzten Atemzügen übereinander zu Boden sinken.

Zahlreiche Beagle-Hunde sind in einer Reihenapparatur bewegungsunfähig arretiert. Auf ihren Köpfen sitzen Masken, aus denen Zigarettenqualm aufsteigt.

Wieder heult Sonam durchdringend auf.

Bomben explodieren in der Luft kurz über dem Boden und streuen einen Feuersturm über Felder, Dörfer und Wälder. Die Schreie der lichterloh brennenden Pflanzen, Tiere und Menschen hallen in ihren Köpfen nach.

'Das reicht.' Nyima geht mental aus dem Datenstrom heraus. Sofort ist es leer in den Köpfen der anderen – bis auf ein sehr heftiges Nachrauschen.

'Puh! Allerdings!' bringt Rosa kaum hervor.

Jimmy ist still erstarrt. Die beiden Asiaten sind, obwohl sehr berührt, dennoch relativ gefasst. Sie sind es geübt, nicht in Gefühle einzusteigen.

Als sich die beiden Westler wieder etwas gefasst haben, erklärt Nyima: 'Hier ist einer der Schmerzpunkte der Erde. Hier öffnet sich das, was ihr die Matrix nennt, in die Energie, in die Aura der Erde. Es zieht sich das Schmerzgitter über die ganze Erde. Seine Energie wird leider durch das Tun, aber auch schon die Gedanken und die Worte der Menschen gespeist. Jihane hat uns davon erzählt. Hier, an solch einem Knotenpunkt des Schmerzgitters, können wir unsere Mitmenschen, unsere Mitbrüder und Mitschwestern, das Erdenwesen, die Schöpfung, die höchste Quelle des Lichts und der Liebe und Vergebung und um Heilung bitten.'

Sehr verhalten nicken die drei anderen.

'Was war denn? Was habt ihr gesehen? Sogar Sonam hat geheult.' will Moshe verstört-neugierig wissen.

Der besonnene Ming Chen findet die richtigen Worte für den Jungen: 'Uns wurden die Schmerzen der Lebewesen auf der Erde gezeigt. Was Menschen alles anrichten können, wenn sie nicht in Mitgefühl und Liebe miteinander oder mit den Tieren umgehen. Deshalb sind wir ja hier. Hier ist ein Knotenpunkt, wo die Schmerzen der Erde und der Lebewesen in ihrem Energiefeld um die Erde herumlaufen. Wir sind hier, um ihre Wunden zu heilen. Wir schicken ganz viel Licht und Liebe in diesen Knotenpunkt hier hinein. Wir kleben eine Art Energiepflaster auf die Wunden, auf die Schmerzen. Und wir bitten alle von Herzen um Verzeihung.'

Die letzten Sätze hat Ming Chen vor allem in Richtung Moshe gesprochen.

'Und wir bitten Allah um Verzeihung.' ergänzt Jihane. '*Allahu-Akbar.*'

'Ja, Gott und die gesamte Schöpfung.' Rosa ist noch ganz benommen von dem Herzschmerz. Wenn sie hier einen Körper hätte, wäre sie nahezu unstillbar in Tränen ausgebrochen. Doch ihr Bewusstsein will nicht bei dem Schmerz bleiben. Deshalb fordert die Deutsche die Gruppe auf, zu überlegen, was nun zu tun ist. 'Wie können wir bei all dem eine Heilung herbeiführen?' ist ihre fast verzweifelte Frage.

Jihane: 'Wir sollten Allah, Gott den Höchsten des Universums, anrufen. Nur ihn können wir um Hilfe und Vergebung und um Heilung bitten. Das macht mein Großvater immer in schweren Situationen.'

"Vielleicht kann Ming Chen seine Hände auf oder an den Knotenpunkt legen. Das scheint ja hier oben irgendwo in der Mitte zu sein. Er hat doch heilende Hände." steuert Jimmy ungewohnt ernst bei.

'*Kodoish, Kodoish, Kodoish, Adonai Tsebayoth.*[1]' kommt es unvermittelt aus Moshe. Inzwischen zuckt der Junge bei solchen Eingebungen schon gar nicht mal mehr mit den Schultern. 'Danke, Moshe. Das Mantra hat eine sehr hohe Energie.' stellt Nyima fest.

'Ich gehe dann in einen Segensspruch aus der jahrtausendealten Rig Veda über: *Lokah Samastah Sukhino Bhavantu.* Das ist Sanskrit und bedeutet in eurer Sprache so etwa „*Mögen alle Wesen in allen Welten glücklich sein*". Das Mantra erinnert uns

---

[1] *Hebräisch: Heilig, Heilig, Heilig ist der Herr, Gott der Herrscharen.*

daran, dass wir alle miteinander verbunden sind. Dass es Glück und Frieden auf der Erde nur geben kann, wenn wir unser Herz öffnen und mit den anderen Lebewesen in Wohlwollen und Liebe sind.'

Ohne weitere Absprache scheint jeder zu spüren, was er zu tun hat. Der Qigong-Master stellt sich genau in die Mitte der obersten Pyramidenterrasse und streckt seine Hände mit den Innenflächen nach oben in den blauen Himmel. Die anderen bilden einen Kreis um den Chinesen.

Ganz selbstverständlich gibt Moshe vor: '*Kodoish, Kodoish, Kodoish, Adonai Tsebayoth.- Kodoish, Kodoish, Kodoish, Adonai Tsebayoth.- Kodoish, Kodoish....*' Nach und nach stimmen die anderen mit ein.

Nyima stimmt wieder ihr tiefes, die Energie tragendes und erhöhendes 'OM' an, geht aber bald in das Sanskrit-Mantra über: '*Lokah Samastah Sukhino Bhavantu. Lokah Samastah Sukhino Bhavantu. Lokah Samastah....*'

Die kleine Nonne singt die Worte hin und her schwingend auf zwei sehr tiefen Tönen, offenbar ohne eigens dafür Luft zu holen. Rosa spürt sofort, dass dieses alte Mantra hier an diesem Ort die Energie noch mehr hebt als ihr schon sehr kraftvolles OM. Inzwischen hat sich auch Sonam mit seinem hohen Wolfsgeheul eingereiht.

Indem sie ihren Gebete und Mantren vollziehen taucht zwischen ihnen ein ins murmelnde Gebet versunkener Mönch auf. Dann ein weiterer. Einer nach dem anderen, im inbrünstigen Gebet vertiefte Mönche. Manche tragen die typischen tibetischen roten und orange-gelben Kleidungsstücke, andere schlichte braune oder graue Kutten, wieder andere völlig bunte oder ihnen gänzlich unbekannte Kleidung. Es werden immer mehr Mönche und andere Wesenheiten, die die Sieben umgeben und mit ihnen gemeinsam beten. Erst sind es hunderte, bald tausende, bald sind sie nicht mehr zu zählen. So beten, rezitieren und tönen die Sieben gemeinsam mit diesen Meistern für die Heilung der Menschheit, für die Heilung der Erde. Alles findet in einer riesigen Halle statt, die allmählich unvorstellbar groß geworden ist, so groß wie eine eigene Welt in sich selbst. Die Sieben lösen sich fast auf in der stillen Präsenz dieser reinen und bedingungslosen Liebe, die hier mit sanfter Schwingung alles erfüllt. Sie verlieren jedes Gefühl für Zeit, während das Universum hier durch sie zu atmen scheint.

Nach einiger Zeit – sie haben kein Gefühl, wie viel davon vergangen ist – steigt aus ihrer Mitte eine weiße Lichtsäule auf. Mit jedem gemurmelten hebräischen und Sanskrit Mantra wird diese Lichtsäule kräftiger. Irgendwann kommt von oben ein mächtiger heller Lichtstrahl auf die Gruppe herunter. Ihr aufsteigender Lichtstrahl verschmilzt sofort mit diesem mächtigen Licht von oben. Die Herzen der Sieben öffnen sich noch mehr, ihre Herzchakren weiten sich auch nach hinten weit auf. Bei Sonam natürlich nach oben.

So nimmt ihre Lichtsäule an Umfang immer mehr zu. Nun strömt immer mehr hellgrün leuchtendes von den Sieben aus. Immer stärker. Immer kräftiger. Immer dunkler wird das Grün. Und strömt immer höher in den Himmel hinauf. Die Halle, die sie bis dahin umgeben hat, löst sich um sie herum auf. Auch die betenden Mönchen sind verschwunden.

Selbst Jimmy spürt, dass sie dennoch nicht alleine sind. Einige meterhohe Engel umschweben sie in mehreren gegenläufigen Kreisen. Und sogar der amerikanische Soldat vernimmt ein kristallklares *'Kodoish, Kodoish, Kodoish, Adonai Tsebayoth. Kodoish, Kodoish, Kodoish, Adonai Tsebayoth...'*, das von den Engeln ausgeht, sich mit ihrer Rezitation mischt. Es sind auch Tierwesen oder Tierengel dabei: feinstoffliche Pferde, Ziegen, Elefanten, Löwen, Schweine, Stiere, sogar Hühner und Hunde. Einige von ihnen tragen auch engelsgleiche Flügel.

Sie haben kein Gefühl dafür, wie viel Zeit vergangen ist, als sich die große Lichtsäule von oben wieder zurückzieht. Die Engelwesen sind plötzlich verschwunden. Eine Weile lassen die Sieben ihre Mantren noch nachklingen, ehe sie verstummen.

Schweigend, gedankenleer, aber mit sanfter Weichheit erfüllt, begeben sie sich einer nach dem anderen langsam hinunter zum Fuß der Pyramide. Jimmy hockt sich auf einen Eckstein. Sonam rollt sich zu seinen Füßen zusammen. Aber nicht, ohne ihm zuvor die herabhängende Hand abgeschleckt zu haben. Auch die anderen ziehen sich zur Besinnung am Fuß der Pyramide in sich selbst zurück.

Es ist wieder einmal der aufgeweckte Junge aus Israel, der die anderen schließlich in ihr Tagesbewusstsein zurückholt. 'Schaut mal!' sagt er, dieses Mal in sehr ruhig gelassenem Tonfall.

Moshe zeigt mit seinem lang ausgestreckten Arm auf den Weg, der von der Pyramide leicht bergauf in den südlichen Teil der Ruinenstadt führt. Nach und nach heben die anderen Sechs ihren Blick. In unzähligen meterlangen Linien ziehen tausende, nein es müssen Millionen Ameisen sein, aus der sandigen Erde rund um den Sockel der Pyramide den Weg hinauf. Feine Schwingungen gehen von ihnen aus. Es ist fast, als würden die Ameisen summen.

Sonam springt auf Jimmys Schoß. Die Ameisen krabbeln einfach über seine dicken Stiefel hinweg. Der Terrier kuschelt sich in Jimmys Schoß ein.

Und während sie gedankenleer versonnen den Auszug der Insekten betrachten, bildet sich um die Gruppe der inzwischen vertraute blau-weiße Lichtwirbel, um sie wieder aus der dichten dreidimensionalen Welt ins gallertige Nichts der fünften Dimension zu heben.

* * *

Das gedankenleere Schweigen bleibt auch vor Lichtwesen noch lange erhalten.

Irgendwann beginnt Lichtwesen: 'Wir wollten euch das nicht ersparen. Das Ausmaß, die Tragweite der Kehrseite des menschlichen Handelns. Danke für eure Heilenergie für die Schöpfung und für das Erdenwesen. Ihr versteht jetzt vielleicht noch mal mehr, warum die Energieanhebung für die Erde so wichtig ist. Und damit auch eure Aufgabe.'

Zarte Schlieren ringsum zeigen nachdenklich zustimmendes Nicken an.

Lichtwesen fährt fort: 'Seid ihr nun schon bereit für eure erste Aufgabe?'

Es bleibt bei zarten Schlieren als Reaktion.

'Es geht als erstes um die hebräischen Schriftzeichen. Alles Gute für euch!'

* * *

5

Dieses Mal setzt der blau-weiße Lichtwirbel die Gruppe auf einer staubigen Steinplatte ab.

Jimmy springt sofort auf und läuft auf der Stelle. Seine trommelnden Stiefelgeräusche untermalen sein "Oh wie herrlich. Ich liebe es, auf der Erde zu sein! Festen Boden unter den Füßen!".

'Ich mag das alles – hier, und auch da oben. Und das Schweben ist einfach nur super.' Moshe zieht einige Kreise um den Amerikaner. Sonam folgt dem Jungen vergnügt wedelnd unten auf dem Steinboden.

'Da haben sich ja echt drei gefunden!' geht es Rosa mit einem Schmunzeln durch den Kopf, ehe sie sich orientiert, wo sie dieses Mal gelandet sind.

'Wir sind in Persepolis, wir sind in meiner Heimat!' ruft Jihane aus. 'Hier war ich schon mal mit meinem Großvater.'

Das iranische Mädchen hebt langsam ihren Blick nach oben. Sie muss ihren Kopf in den Nacken legen, um die Figur, oder sind es nur Verzierungen, an der Spitze der Säule zu erkennen. Etwa zwei Meter im Durchmesser und zwölf Meter hoch ragt die perfekte Säule vor ihr in den blauen Himmel. Keine zehn Meter daneben ein weiterer Himmelsweiser. Mehr als ein Dutzend dieser gigantischen Säulen stehen um Jihane, strecken sich in einen unwirklich tiefblauen Himmel. Majestätisch und etwas verloren gleichzeitig. Sie trugen sicherlich einmal eine Decke, stützten eine imposante Halle.

* * *

Und sogleich dröhnen Nafirs[1] in ihren Ohren. Ihre Beine und ihre Schädeldecke vibrieren synchron mit den zahlreichen, teilweise überdimensionalen Trommeln, geschlagen von unzähligen kräftigen Männern.

Die Neuankömmlinge müssen schnell beiseite treten. Vor allem natürlich Jimmy. Die übrigen fünf müssten es ob ihres feinstofflichen Zustandes ja eigentlich nicht, aber es ist die Macht ihrer irdischen Gewohnheit. Zudem hat das, was da auf sie zukommt eine solch gewaltige Kraft und Energie, dass sie schon allein von dieser Vibration aus dem Weg gedrängt werden.

Die dröhnenden Trompeten und Paukenklänge untermalen und dirigieren zugleich den Einzug einer riesigen Menschenkarawane: Menschen in den verschiedensten prachtvollen Gewändern, lange oder kurze Haare und Bärte, unterschiedlich reich ausstaffierter Kopfschmuck, kunstvolle Stäbe und Speere, mit denen ausladend vorangeschritten wird, und nicht zuletzt sehr verschiedene Gesichtszüge mit schmalem oder breitem Schädel, großen schwarzen oder eher sehr schmalen Augen, kleinen oder großen Hakennasen. Die so unterschiedlichen Gestalten bezeugen die ethnische Vielfalt der einströmenden Menschen. Hände oder Rücken sind teilweise schwer beladen mit kostbaren Gaben, offensichtlich aus ihrer jeweiligen Heimat. Auch einige Tiere wie Pferde und Kamele werden mitgeführt, vielleicht als Gastgeschenke?

Sonam macht sich einen Spaß daraus, geschickt zwischen den unzähligen Beinen hin und her zu lau-

---

[1] *traditionelle persische, schrill klingende, gerade Naturtrompeten mit einer zylindrischen Röhre und einem konischen Schallbecher*

fen. Dabei bellt er lautstark, als wolle der die pompöse Musik verstärken. Wo er es nicht schafft, rechtzeitig auszuweichen, schreiten die Beine einfach durch ihn hindurch.

Es scheint sich um Delegationen verschiedener Länder, Provinzen oder Städte zu handeln. Es sind deutlich Gruppen mit ähnlicher Kleidung zu erkennen. Bei näherer Betrachtung fallen auch soziale Unterschiede auf: Nomaden und Edelleute, Priester und Krieger, Handwerker und Bauern.

Die mindestens zwölf Meter hohe Halle hat sich über den Ruinen der Säulen von Persepolis in der Wahrnehmung unserer Gruppe vollständig geschlossen. Die durchdringende Musik lässt das gesamte imposante Bauwerk leicht vibrieren.

Eine Delegation nach der anderen hält Einzug. Hunderte von Menschen finden Platz in dieser gigantischen Palasthalle, deren Wände in kräftigem Blau und Gold erstrahlen. Allmählich dünnt die Schlange der einziehenden Menschen aus. Dann hört schlagartig die Musik auf. Trotz der eindrucksvollen Menschenmenge in der Halle ist es augenblicklich mucksmäuschenstill. Eine gefühlte Ewigkeit hält die Stille an.

Bald ertönt ein tiefer Gong. Alle Augenpaare blicken in die Richtung aus der der laute Ton kommt. Eine prachtvolle mit Gold und Leder ausstaffierte und mehr als zwei Meter große menschliche Gestalt betritt am hinteren Ende der großen Halle eine Empore. Schweigend nimmt sie auf einem gewaltigen Thron aus reinem Gold, geschmückt mit zahlreichen Edelsteinen, Platz. Ein Raunen geht durch die Menschenmenge. Ein erneuter kräftiger Gongschlag lässt die Menschenmenge sofort wieder verstummen.

Der stattliche Mann erhebt sich von seinem Thron und tritt an den Rand der Empore: 'Ich bin Darius, der Großkönig, König der Könige, König von Persien, König der Länder, des Hystaspes Sohn, des Arsames Enkel, Achämenide. Erbe des Großen Kyros. Von Ahura Mazdas Gnaden.'

Die Menschenmenge beginnt laut zu rufen und zu johlen. Ein Meer von Lauten und und Worten wabert durch die Halle.

'Sie sprechen alle verschiedene Sprachen,' geht es Rosa durch den Kopf.

Die Sechs haben sich in eine stille Ecke der Halle zurückgezogen, von wo aus die die Geschehnisse gut beobachten können.

'Wo ist Sonam?' geht es Jimmy durch den Kopf, der sich inzwischen schon mehr als daran gewöhnt hat, dass der kleine Hund ihm nicht mehr von der Seite weicht. Sein Blick sucht die Halle ab. Nirgendwo kann Jimmy das weiße Fellknäuel ausmachen.

Schließlich fällt sein Blick hinter den raumgreifenden König Darius. Da leuchtet doch etwas Weißes aus dem Gold hervor. Jimmy muss laut loslachen. Ob der feierlichen Atmosphäre um ihn herum hält sich der Amerikaner sofort die Hand vor den Mund. Im nächsten Moment ist er sehr dankbar dafür, dass er sich in einer anderen Zeitschleife befindet als das Spektakel hier. Weder König Darius noch seine Gäste haben seinen Lachanfall gehört.

Nun hat auch Moshe den Hund entdeckt: 'Schaut mal – König Sonam!' Moshe zeigt aufgeregt in Richtung des goldenen Throns. Alle Sechs wenden den

Kopf und prusten ungehört durch Darius Palasthalle. Sonam liegt eingerollt auf Darius Thron.

'Was so eine Hundewille alles kann!' Auch Jihane muss lachen.

Am lautesten ertönt das Lachen der kleinen tibetischen Nonne. Sonam, zu dem das vertraute Lachen nun durchgedrungen ist, erhebt sich aufgrund der ihm gewidmeten Aufmerksamkeit seiner Gefährtin. Der weiße Terrier steht aufrecht auf dem Thron, hebt stolz seinen kleinen weißen Kopf in die Höhe und blickt fast majestätisch in die Runde.

Rosa summt die Melodie: 'Ich bin ein kleiner König. Gib mir nicht zu wenig. Gib mir nicht zu viel, mit...ach das lass ich weg' Dann ergänzt sie '...von dem goldenen Spiel.'

'Die Melodie kenne ich auch.' und flugs summt Ming Chen das Kinderlied auf chinesisch. Jimmy steuert anschließend die englische Version bei, begleitet von Sonams melodiösem Hundegeheul. Am Ende des Liedes springt Sonam vom Thron und gesellt sich wieder zu seinen Leuten. Selbstverständlich nimmt er neben Jimmys Stiefeln Platz.

* * *

Als die Sieben wieder dichter zusammengerückt sind verschwinden der Festzug und die Delegationsaudienz samt König Darius wieder. Sie wundern sich inzwischen schon nicht mehr darüber, dass sich die zahlreichen ethnischen Gruppen einschließlich des stattlichen Königs wieder wie zerplatzende Seifenblasen nach und nach in Nichts auflösen. Schon scheint die pralle Sonne vom stahlblauen Himmel auf einen amerikanischen Soldaten mit einem Tibetterrier hernieder, inmitten einer unterdessen angewachsenen Anzahl von Touristen zwischen zwölf Meter hohen Steinsäulen.

'Setz lieber dein Cappy auf, Jimmy. Duuu...' Rosa zieht die Anrede sehr lang, '...kannst hier schnell einen Sonnenbrand bekommen.'

Folgsam klaubt der Amerikaner Cappy und Sonnenbrille aus seinen Hemdtaschen hervor.

Ming Chen fragt Jihane: 'Kannst du uns etwas über Darius und Persepolis erzählen, Jihane. Ich weiß überhaupt nichts über die iranisch-persische Geschichte.'

'Ja, gerne.' beginnt die junge Iranerin. 'Darius, oder König Darius, hat um 515 vor Christus Persepolis erbaut. Persepolis war einst ein weitläufiger und prächtiger Palast. Darius war der Herrscher über das Große Persische Reich. Der Makedonier Alexander der Große brannte 333 vor Christus Persepolis nieder. Für ihn waren die Perser lediglich Barbaren. Zehntausende Perser kamen bei seinen zerstörerischen Raubzügen ums Leben. Noch mehr?'

Ming Chen nickt interessiert.

'Darius war der Nachfolger von Kyros dem Zweiten, der das große Perserreich begründet hat. Kyros hat weite Teile von Asien und Nordafrika erobert. Er hat sogar erfolgreiche Eroberungen in Südeuropa gemacht. Zur Blütezeit des Großen Persischen Reiches zog es sich von Indien über Afghanistan, Pakistan, Kleinasien, Ägypten und Libyen bis sogar nach Griechenland. Kyros hat sogar das mächtige Babylon erobert. Dennoch war er offenbar kein grausamer König und Eroberer. Manche Völker ergaben sich ihm auch aufgrund seiner geschickten Propaganda. Er wohl sehr tolerant gegenüber den sich ergebenden und wohl auch den eroberten Völkern. Er ließ ihnen ihre Götter und religiösen Zeremonien. Sehr ungewöhnlich für einen erfolgreichen Eroberer. Und auch später machte Darius – den haben wir ja gerade in Aktion gesehen – seinen Herrschaftsbereich zu einem Schmelztiegel der Kulturen. Am Hof von Persepolis ging es stets polyglott zu. Das persische Reich war immer reich an Sprachen und Kulturen.'

"Aber sollten wir auf dieser ersten Mission nicht das hebräische Mantra für das Sprachgitter vervollständigen? Ich bin schon sehr erstaunt, dass wir ausgerechnet im Iran etwas derart wichtiges in Hebräisch finden sollen." Jimmy ist nachdenklich-skeptisch.

'Ich glaube, es waren deutsche Archäologen. Jedenfalls wurde, ich weiß nicht mehr wann, das so genannte Palastarchiv von Persepolis gefunden. Das ist eine sehr umfangreiche Sammlung von Inschriften. Fast 30.000 Tafeln, vor allem zum hier natürlich rege betriebenen Handelsverkehr. Ich weiß nur, dass es vor allem Arbeitsverträge, Lieferscheine und Quittungen sind. Aber es ist nur ein kleiner Teil davon entziffert. Wer diese Tafeln lesen will, muss wenigstens ein halbes Dutzend verschiedener alter Sprachen können. Sie sind unter anderem in Aramäisch, Altpersisch, Elamisch, Babylonisch und Altgriechisch verfasst. Schmelztiegel der Völker halt.'

"Wie kommen wir denn da ran?" will Jimmy wissen.

'Ja, wie?' Jihane denkt kurz nach.

'Ach ja, jetzt fällt es mir wieder ein. Die Tafeln sind gar nicht mehr hier. Die sind nicht mal mehr im Iran. Wie so vieles hat sich das auch der Westen unter den

Nagel gerissen. Unser halbes Land ist ja leer und steht in irgendwelchen Museen in Berlin, New York oder London herum. Aber ich erinnere mich. Die Tafeln sind in Chicago.'

"In meiner Heimatstadt? So etwas Altes, Wichtiges?" Jimmy ist verblüfft.

'Aber warum sollten wir dann hier sein?' schlussfolgert Ming Chen. 'Spirituelle Verbindungen zwischen Iran und USA. Das würde mich sehr wundern. Selbst zwischen euch beiden hier,' zu Jimmy gewandt, 'findet ja eher ein zwar leises, aber permanentes Säbelrasseln statt. Jedenfalls, was ich da mitbekomme.'

'Das verstehe ich auch nicht.' stimmt Rosa zu. 'Ich denke, es wird doch um etwas anderes gehen. Handelsverkehr und Belege passen ja auch nicht so recht zu heiligen magischen Worten. Obwohl man die darunter natürlich auch gut verstecken könnte. Denn da würde so schnell niemand drauf kommen. Und den auf pekuniären Gewinn ausgerichteten Händlern wären energetische Mantrensilben auch nicht weiter aufgefallen.'
'Sicher nicht.' pflichtet Ming Chen bei.

"Sollen wir nicht mal losziehen und diese Riesenruine hier erkunden. Vielleicht kommen uns dann ja auch Ideen!" Die praktische Seite von Jimmy verschafft sich wieder Raum.

Schon macht sich die kleine Gruppe auf den Weg durch meterhohe abgebrochene Säulen, Tore, Mauerreste und Skulpturen, verbunden über zahlreiche Treppenstufen. Sie passieren steinerne geflügelte Pferdewesen mit einem Menschenkopf, dessen Antlitz sie an König Darius erinnert, in Treppenaufgänge gemeißelte Abgesandte unzähliger Völker, Löwen und

Stieren und vielen Fabelwesen, darunter auch ein Greifvogel, der seine kräftigen Schwingen voll zur Seite ausgebreitet hat, und der statt eines Greifvogelkopfes einen menschlichen Oberkörper mit einem großen Ring in einer Hand trägt.

Jihane hält sich länger vor diesem Relief auf. 'Faravahar.'

Rosa fragt: 'Kennst du dieses Wesen?'

Jihane: 'Ja. Das ist das wichtigste Symbol der Zoroaster. Es steht für den Geist des Menschen, der fliegen soll. Der Mensch soll ja – Gute Gedanken. Gute Worte. Gute Taten. – Gutes tun, damit sein guter Geist aus Reinheit fliegen kann.'

Die Touristen, die ihnen auf ihrem Weg begegnen, starren Jimmy in seiner amerikanischen Militäruniform, zu dem offensichtlich auch noch der kleine weiße Hund gehört, misstrauisch an. Aber niemand geht auf ihn zu oder spricht ihn an. Sowohl die iranischen als auch die wenigen ausländischen Touristen machen eher einen großen Bogen um das seltsame Duo.

Darius Schlafgemach – Jihane hatte es ihnen erklärt – macht im Verhältnis zum übrigen Palast, einen fast mickrigen Eindruck auf sie.

Rosa: 'Für ein königliches Schlafgemach ein bisschen lütt. Da kenne ich von Versailles und Schönbrunn aber andere Dimensionen...'

Es schweift Rosas Blick von der etwas erhabenen Position in die Ferne. Nahe dem Horizont erblickt sie einen flachen runden Turm auf der Spitze eines kleinen Hügels. Sie öffnet ihren Mund, während ihre Augen über die weite Ebene aus Sand und Stein blicken. Zunächst kommt nur ein eher hilfloses 'Uuuaaa' heraus. Stockend. Und sie weiß: viel zu leise. Sie hat es schon einmal gerufen. Vor sehr, sehr langer Zeit. Einen Laut, der aus ihrem ganzen Körper kam. Den sie aus den Tiefen ihres Beckens hervorholte und dessen Vibrieren sie über ihren Nabel, Solarplexus, Herzraum bis in ihre geöffnete Kehle strömen ließ.

Rosa öffnet erneut ihren Mund. Diesmal fließt ein rundes volles 'Ooooooohhh' aus ihrer Kehle. Alles vibriert. Alles schwingt. Alles geht mit dem Ton. Sie ist der Ton. Und sie schickt ihn zu dem fernen Turm, dem Turm jenseits der Ebene vor ihr, dessen Feuer sie in der Ferne mehr spüren als sehen kann. Und erneut ruft Rosa singend ihr 'Ooooooohhh' über Sand und Fels zum gegenüber liegenden Feuerturm. Und wieder und wieder. 'Ooooooohhh'.

Allmählich entsteht aus dem 'Ooooooohhh' ein 'Aaaaaahhh', ein 'Maaaaahhh', ein 'Maadaaahhh', und schließlich ein 'Maassdaaahh'. Plötzlich kommen klare Worte von irgendwo in ihrem Geist aus ihrem Mund: *Ahura Mazda*. Rosa wiederholt die beiden Worte. Sie hat nicht die geringste Ahnung, was sie bedeuten. Aber die Worte fühlen sich wahr an. Passend für hier. Für jetzt. Für sie.

Während gerade die Ladung eines französischen Touristenbusses an ihr vorbei und teilweise durch sie hindurch strömt, tönt Rosa immer kräftiger ihr *Ahura Mazda*.

Bald kommen zwei weitere Worte hinzu. Nun schwingt in einer höheren Frequenz in Persepolis ein *Anahita - Ahura Mazda – Ormazd*. Und die Schwingung trägt die Worte, deren Sinn Rosa weiterhin nicht versteht, weit über die Ebene bis zu dem runden Turm. Das einzige was Rosa nun mit Gewissheit weiß, ist, dass auf diesem Turm ein großes Feuer brennt. Woher auch immer sie das weiß.

Zu ihrer Freude stimmt Jihane mit ungewohnt lauter Stimme in dieses Mantra mit ein. Die beiden Frauen rufen klar und so kräftig '*Anahita - Ahura Mazda – Ormazd*', dass die Luft über der Ebene vor ihnen mit dem Klang ihrer Worte zu schwingen beginnt. Die beiden Männer und Moshe hören fasziniert zu. Nyima unterlegt das Mantra der beiden kurz darauf mit ihrem kräftigen tiefen OM. Was die Vibrationen derart erhöht, dass alle eine Meer aus Schwingungen über der Ebene nicht nur spüren können, sondern fast zu sehen glauben. Gleichzeitig registrieren sie, dass das Feuer auf dem runden Turm in der Ferne immer größer wird. Als hätte ihr Tönen das Feuer entfacht. Immer größer wird das Feuer. Und kein Rauch steigt auf. Es ist das reinste Feuer, das Rosa je gesehen hat.

Nach einer Weile spüren die drei Frauen, dass alles gut ist. Sie lassen fast gleichzeitig ihren rufenden Gesang ausklingen. Während die französischen Touristen plappernd durch sie hindurch die Treppen wieder hinabsteigen, strahlen sich Rosa, Jihane und Nyima erfüllt an.

'Wenn ich es könnte, würde ich euch jetzt umarmen.' Rosas Energiefeld leuchtet. 'Ich habe mich schon lange nicht mehr so voll und glücklich gefühlt. Danke, dass ihr mitgemacht habt – was immer das war.'

Und zu Jihane: 'Jihane, du als gedächtnisfotografierende Einheimische. Hast du eine Idee?'

'Na klar.' antwortet das iranische Mädchen mit breiter Stimme. Sie scheint auch sehr berührt und glücklich zu sein. 'Das sind Götternamen der Zoroaster.'

'Zoroaster?' Rosa versteht nicht.

'Die alte persische Religion. Lange vor dem Islam. Zarathustra war ihr Prophet.'

'Zarathustra kenne ich nur als ..., 'also sprach Zarathustra'. Das ist ein Ausspruch von Nietzsche, ein bekannter deutscher Philosoph. Ich meine, das sagt man bei uns, wenn man etwas besonderes Gewicht verleihen will.'

'*Humata. Hukhta. Huvareshta.*'

'Ja, ich erinnere mich. Das hast du schon einmal zitiert. Da ging es darum, dass man stets Gutes tun soll. Nicht nur tun, sondern auch denken. Richtig?'

'Ja. Gute Gedanken. Gute Worte. Gute Taten. Die wichtigste Botschaft von Zarathustra ist, dass sich die gute Schöpfung, das *spenta*, verbinden soll, um *angra*, das Böse, zu vernichten. Mein Großvater hat mir viel über Zarathustra erzählt. Zu dessen Lebzeiten war das Leben sehr rau. Die Menschen waren einfach gestrickt, hatten wenig Bildung. Und um seine Lehren und Reformen auch unters Volk zu bringen, hat er den beiden gleichwertigen universellen Kräften Namen gegeben.'

'Sie also personifiziert.' denkt Rosa mit.

'Da Licht, das Positive nannte er *Ahura Mazda*, den Schatten, das Passive, *Ahriman*. Er lehrte dann die Verehrung von Ahura Mazda. Das hat jedenfalls mein Großvater erzählt. Und Zarathustra soll auch gelehrt haben, dass der Mensch aus drei Komponenten besteht.'

Jihane kommt richtig in Fahrt. '*Akko*, dem Bewusstsein in unserer materiellen Welt, charakteristisch für unseren physischen Körper. Und *Akko* erleuchtet in unserem Leben den einzuschlagenden Weg, wenn man sich an die Regel hält: *Humata. Hukhta. Huvareshta.* Und Zarathustra wusste wohl schon von dem Zustand, in dem wir uns jetzt befinden. Das zweite war nämlich für ihn *Dyan*, der feinstoffliche, geistige Körper, der Astralkörper. Und auch, dass es darüber hinaus noch etwas Größeres gibt, wusste er. Nämlich der Geist, das, wo das wahre Wissen sitzt.'

'Und was bedeuten die Worte, die wir gerade gerufen haben. Die hatten ja eine mächtige Wirkung!'

'*Ahura Mazda* ist der Name für Allah, für Gott. Heißt wohl übersetzt so viel wie 'weiser Herr'. *Ahura Mazda* war schon immer da. Er hat die Welt erschaffen. *Ormazd* ist ein anderer Name für eine frühe Form von *Jibriel*. Ich glaube, ihr Christen sagt Gabriel, Erzengel Gabriel. *Ormazd* ist der Prinz des Lichts. Or ist das Licht, das wir von Gott bekommen. Und *Anahita* ist die Göttin des Wassers, der Weiblichkeit und der Fruchtbarkeit und die große Nährerin.

Es gibt noch heute bei uns im Iran Zarathustraner, die das ewige Feuer hüten. Es wird nur ausgesuchtes trockenes Holz verwendet. Deshalb entsteht auch kein Rauch. Das Feuer, zu dem wir gerufen haben, hat ja auch nicht gequalmt. Habt ihr gesehen?

Feuer steht für die Weltordnung. Der Mensch und die anderen Schöpfungen von *Ahura Mazda* wie Himmel, Wasser, Erde, Tiere, Pflanzen und eben das Feuer sollen in Harmonie leben und unsere und die geistige Welt miteinander verbinden. Zarathustra sagt, dass der Mensch hierbei eine besondere Aufgabe hat.

Ahura Mazda hat dem Menschen seinen freien Willen gegeben. Der freie Entscheidungswille ist sozusagen gottgegebenes Menschenrecht. Eigentlich verbunden mit dem Respekt für die Schöpfung, was auch Mitgefühl und Fürsorge nicht nur mit den Mitmenschen, sondern auch mit den Tieren umfasst. Mir gefällt Zarathustra sehr. Darius und sein Vorgänger Kyros waren auch Zoroaster. Die waren mächtige, aber wirklich keine grausamen Könige.'

'Weißt du noch, was es mit dem Feuer auf dem Turm auf sich hat?' will Ming Chen noch wissen.

'Einmal geht es um das ewige Feuer. Für den Zoroastrier bedeutet Gott das ewige Licht. Es durchdringt die Welt. Feuer ist sein Symbol, steht für die vollkommene Reinheit. Daher brennt in den Feuertempeln zu Ehren von *Ahura Mazda* das ewige Feuer. Es gibt Feuer hier im Iran, die brennen schon ununterbrochen seit mehr als tausendfünfhundert Jahren.

Und dann sind den Zoroastriern die vier Elemente Feuer, Erde, Wasser und Luft heilig und keines darf durch die Toten verunreinigt werden. Deshalb haben sie hohe Türme der Stille errichtet, die *Dakhmas*, auf denen die Toten den Geiern und anderen Aas fressenden Vögeln überlassen wurden.'

'Himmelsbestattung – wie bei uns.' geht Nyima still durch den Kopf. Dabei schaut sie ernst in Richtung Sonam.

Rosa. 'Nur – woher kannte denn ich diese Götternamen? Ich habe sie ja aus dem Nichts einfach so gerufen. Mir unbekannte Worte, Namen. Jemand eine Idee?'

"Warst bestimmt hier schon mal inkarniert!" kommt es beiläufig und mit einem Quäntchen Ironie von Jimmy. Alle wenden sich verblüfft dem Amerikaner zu.

"Keine Sorge, das ist nicht auf meinem Mist gewachsen. Das hat mir mein kleiner Freund hier gerade zugeflüstert." Jimmy zeigt unter sich.

Sonam wedelt kurz mit dem Schwanz, als sein Name fällt. Der kleine Terrier hat sich wieder eng an die Militärstiefel gedrückt.

'Wollen wir uns weiter umschauen?' fragt dieses Mal Ming Chen.

'Guckt mal, da oben sind Höhlen,' Moshe zeigt auf den Berg an der Längsseite der Ruinenstadt Persepolis. 'Ich hab eh genug von den kaputten Steinen hier. Da oben ist es bestimmt viel spannender.'

Alle Blicke richten sich sofort auf die kleinen dunklen Öffnungen in den Felsen. Offensichtlich sind es kleine rechteckige Eingänge in den Fels, in den Berg. Sie sind umrahmt von großen, aus dem Fels heraus gehauenen rechteckigen Nischen. Die bilden jeweils eine Art Kreuz um den vergleichsweise kleinen Eingang. Im unteren Bereich zieren symbolisch einige Säulen den offenen Eingang. Darüber befinden sind innerhalb der Nische verschiedene Figuren.

'Das sind die Gräber der Könige. Das mittlere ist von Darius, den wir gerade erlebt haben. Mein Großvater hat gesagt, dass sind dunkle, verwunschene Orte. Dort sind schon manche Menschen verschwunden oder haben ihren Verstand verloren.' mahnt Jihane.

'Au ja, da spukt's bestimmt!' und schon setzt sich Moshe in Bewegung.

Nyima sagt nur trocken: 'Das ist ein sehr kraftvoller Ort. Aber nicht nur dunkel. Wir sollten ihn uns anschauen.'

Ohne weitere Diskussion setzt sich daraufhin die gesamte Gruppe in Bewegung und folgt dem vorauseilenden Jungen. Jimmy stapft den ansteigenden Pfad hoch, umkreist von Sonam, der alle paar Meter sein Bein hebt, um diverse Steine zu markieren. Erst jetzt fällt Jimmy auf, dass er den Hund noch niemals hat pinkeln sehen. Die anderen schweben per Luftlinie vor die Eingänge der königlichen Felsengräber.

"Ich habe eine Taschenlampe dabei." Jimmy läuft schon in den ersten Eingang hinein, der, wie im Iran üblich, nicht abgesperrt oder gesichert ist.

'Warte, Amerikaner!' ruft Ming Chen mit leicht besorgter Stimme. 'Wir sollten ernst nehmen, was Jihanes Großvater gesagt hat. Ich glaube, es ist nicht so eine gute Idee, da jetzt einfach rein zu stürmen.'

'Wir können den Amerikaner schützen, während er hineingeht. Und Sonam wird ihn sicher gerne begleiten.' Nyima ist wie immer kurz und knapp.

Ming Chen: 'Vielleicht wie oben bei Lichtwesen, als der Amerikaner zu leuchten begann?'

Nyima gibt das kraftvolle heilige Mantra vor: '*Kwan Yin, Jibriel, Amen-Ptah, Buddha* und *Phowa*. Ihr erinnert euch?'

'Aber ich will mit rein!' jammert Moshe. 'Ich habe die Höhlen schließlich entdeckt und euch gezeigt. Und ich will auch die Gespenster sehen.'

Da hockt sich Sonam vor den schwebenden Jungen: 'Da sind keine lustigen Gespenster drin, lieber

Moshe. In der Höhle ist es zu gefährlich. Und ich kann nur auf einen von euch aufpassen.'

"Hey-hey!" brummt Jimmy.

'Aber du bist doch nur ein kleiner Hund. Und du darfst rein!' jault Moshe weiter.

Als Antwort rennt Sonam los. Im Kreis, immer um Moshe herum. Schnell wie der Wind. Dabei schraubt er sich langsam in einer großen Spirale um Moshe hoch. Immer schneller dreht sich der kleine Hund um Moshe. Dabei treten seine kleinen Beinchen flink und immer flinker in die Luft. Der Junge indes dreht sich innerhalb des Wirbels um seine eigene Achse. Schnell und immer schneller. Wie ein Brummkreisel. Dabei immer schneller rotierend.

'Uch. Ach. Ooh. Aufhören, Aufhören.' johlt Moshe. 'Mir ist schon ganz schwindelig.'

Sonam sinkt zu Boden. Und er schüttelt sich, wie sich ein Hund so schüttelt. Moshe dreht langsam aus.

'Okay. Okay. Du hast gewonnen.' Moshe will den Hund tätscheln, greift aber natürlich durch ihn hindurch. 'Du bist nicht einfach nur ein kleiner Hund. Ich geb auf.'

"Okay. Dann wäre das auch geklärt. Ich geh dann mal auf meinen eigenen Füßen da rein. Wenn ich nicht wiederkomme: Ich heiße Jimmy Foulton, wohne in Chicago. Und sagt dann bitte meinen Eltern Bescheid: Eleonore und Michael Foulton. Heavens Bay 1. Ebenfalls Chicago."

'Wie passend.' denkt Rosa. 'Das können wir uns merken. Aber du kommst ja zurück, Jimmy. Du bist ja schließlich nicht allein!'

Sonam zupft mit seinem kleinen Mäulchen an der Uniformhose des Amerikaners.

"Okay, kleiner Wolf." Jimmy tätschelt seine aufkommende Nervosität in das weiße Fell. "Dann los. Lass uns Geister aufmischen gehen!"

'Halt, Jimmy!' Rosa klingt besorgt. 'Ich glaube, ganz so locker solltest du das hier nicht angehen. Oder wie seht ihr das, ihr beiden Energiespezialisten?' spricht die Deutsche zu den beiden Asiaten gewandt.

"Ich dachte, ihr verschafft mir von hier aus die nötige Energie, damit ich da drin rumzaubern kann, wenn es angesagt ist? Und dann habe ich ja noch meinen kleinen Helden an meiner Seite. Melde gehorsamst: Spezialeinsatzkommando bereit für Außenmission!" Bewusst schlaksig schlägt Jimmy die Hacken zusammen und hebt zum Militärgruß seine rechte Hand an die Stirnseite.

'Wir werden hier nicht auf Soldaten aus Fleisch und Blut treffen.' kommt es von Sonam auf Wadenhöhe, in seiner ganzen Größe mit erhobenem Kopf und Schwanz vor ihm stehend. 'Wir haben es hier mit Energien zu tun, und zwar mit sehr heftigen Energien. Die können sich – von dir völlig unbemerkt – in deinen Verstand schleichen, bis du gar nicht mehr weißt, ob du Jimmy bist, und überhaupt noch Amerikaner!'

"Aber dafür habe ich doch dich dabei!" rechtfertigt und beruhigt sich Jimmy.

'Sonam kann mit geistigen Energien umgehen. Dennoch solltest du deinen Geist fokussieren, bevor du dich dem Dunklen aussetzt.' Auch Nyima klingt ungewohnt beunruhigt.

Ming Chen schlägt vor zu meditieren, um Jimmys Energie zu bündeln und seinen Geist zu fokussieren.

"Ich kann nicht meditieren!" widerspricht der Amerikaner sofort.

'Wie langweilig – meditieren.' mault Moshe herum. Er ist immer noch sehr enttäuscht darüber, dass er nicht mit rein darf.

Ming Chen: 'Wir meditieren zusammen, Amerikaner. Wenn du es gestattest, lege ich meine Hände auf dein hinteres Herzchakra und deinen Solarplexus, also auf deinen oberen und mittleren Rücken.' Nyima nickt zustimmend auf einen fragenden Blick des Chinesen in ihre Richtung. 'Und ich verschließe dir die beiden Fengchi[1]. Dann können sie dir dort schon mal nichts anhaben. Es ist nicht lustig, wenn ein Dämon in dich fährt!'

"Dämonen. So schlimm wird es schon nicht kommen!"

'Ich habe schon gesehen, wie ein Dämon in eine unserer Nonnen gefahren ist!' kommt von Sonam.

'Sie war nicht mehr bei sich.' ergänzt Nyima. 'Sie hat unverständliches Durcheinander in mehreren Sprachen gesprochen. Sie konnte weder meditieren noch beten.'

---

[1] *Fengchi ist der Akupunkturpunkt Gallenblase 20, "Tor des Windes", im Nacken, zwei Ausbuchtungen am unteren Ansatz der Schädelkalotte; gilt als Eintrittspforte für Wind und geistige Energien*

'Und wie wurde sogar richtig böse. Sie hat mich immerzu getreten und ist sogar mit dem großen Küchenmesser auf mich und die anderen losgegangen.' Der Terrier schüttelt sich, um die unerquickliche Erinnerung sofort wieder loszuwerden.

'Wir haben sieben Tage gebetet und unsere ältesten kraftvollen Mantren gesungen, bis dann der Dämon gewichen ist.'

'Ich habe ihn rauskommen sehen. Schrecklich sah er aus und eiskalt ist mir geworden. Dem möchte ich wirklich nicht im Dunkeln begegnen.' Sonam schubbert sich freundschaftlich an Jimmys Bein.

Auch Jihane meldet sich nun zu Wort: 'Mein Großvater hat auch schon von Dämonen erzählt. Die Djinn sind ja noch die harmloseren. Aber die können einem auch übel mitspielen.'

'Siehst du Jimmy,' Rosa wird richtig fürsorglich, 'nimm das nicht auf die leichte Schulter. Ich glaube, hier haben wir es mit etwas zu tun, was wir beide noch nicht kennengelernt haben.'

Sonam: '...oder nicht bemerkt!'

'Ja. Oder nicht gemerkt haben.' fährt Rosa fort. 'Lass uns auf die anderen hören. Ich glaube ganz sicher, dass Ming Chen und Nyima wissen, was sie tun. Und was jetzt zu tun ist. Ich möchte schließlich nicht deine Mutter anrufen müssen.'

Und schon beginnt Nyima das Energiebett mit ihrem tiefen OM zu bereiten.

Und aus dem Schulter-zuckenden Moshe kommt ein: *'Ehyeh, Asha Ehye.* Keine Ahnung!' dann wieder: *'Ehyeh, Asha Ehye. Ehyeh, Asha Ehye.'*

'Ich bin, der ich bin.' übersetzt Sonam schwanzwedelnd.

'Das hat eine gute Energie, Klar. Und hoch.' Ming Chen stimmt zu. Auch die tönende tibetische Nonne nickt.

Bald umstehen die Sechs den amerikanischen Soldaten und rezitieren gemeinsam das sehr stark auf die Gottesenergie ausgerichtete hebräische Mantra. Ming Chen stellt sich hinter Jimmy und legt seine rechte Hand mittig auf dessen mittleren Rücken. Seine linke Hand liegt mittig etwas unterhalb von Jimmys Schulterblättern. Wärme zieht von hinten durch Jimmys Körper und tritt auf der gegenüberliegenden Seite in Höhe des Herzens und zwischen Rippenbogen und Nabel vorne wieder aus.

'Gar nicht so übel.' geht es Jimmy durch den Kopf.

Zunächst noch etwas zögerlich stimmt auch Jimmy in das Mantra mit ein. Bis auf ihn selbst können alle die Lichtsäule sehen, die von seinem Körper ausgehend weit in den Himmel hinein wächst und immer heller und kräftiger erstrahlt.

Nach einer Weile löst der Qigong-Master seine Hände von Jimmys Rücken. Er legt je einen Finger ein wenig oberhalb des Nackens hin, dort, wo die Schädelkalotte beginnt. Jimmy spürt einen heißen Strom durch seinen Körper ziehen. Dieser strömt über seinen Nacken, umgreift seitlich seine Flanken in Brusthöhe, dann seitlich seiner Lendenwirbelsäule, die Außenseite seiner Beine entlang, um sich schließlich in seinem Ringzeh zu verlieren.

Ming Chen verändert leicht die Position seiner Finger in Jimmys Nacken. Und schon ändert der heiße

Strom in Jimmys Körper seine Richtung. Die Energie fließt nun in großem Zickzack über seinen Schädel oder durch seinen Schädelknochen hindurch. Da ist sich Jimmy nicht sicher. Der gefühlte heiße Lavastrom endet irgendwo mitten über seinen Augenbrauen. Hinter seinen Augen entsteht ein Druck. Dieser wird immer stärker. Fast unerträglich. Sein ganzer Schädel fühlt sich nun so an, als würde er in einem zu engen Stahlhelm stecken. Jimmy stöhnt auf.

'Mach weiter!' flüster ihm Sonam zu.

Jimmy zuckt nur mit den Schultern.

'Mit dem Mantra.'

Jimmy reißt sich zusammen: "*Ehyeh, Asha Ehye. Oha! Ehyeh, Asha Ehye.*"

Allmählich lässt der Druck im Kopf nach. Kurz darauf löst der Qigong-Master seine Finger aus Jimmys Nacken, hält seine Hand noch einmal kurz mittig über seinen Schädel und kehrt dann zurück in den Kreis zu den anderen.

Langsam wird das Mantra leiser und klingt bald aus.

"Puh!" ist das einzige, was Jimmy hervorbringt.

'Deine Augen leuchten richtig.' bemerkt Rosa. 'Wie fühlst du dich?'

"Sehr seltsam. Ich fühle mich unglaublich gerade und wach. Und mein Kopf ist gleichzeitig leicht und schwer. Ich kann das gar nicht beschreiben." Jimmy streckt und räkelt sich.

'Nun bist du so weit, Amerikaner.' sagt Nyima bestimmt. 'Wir halten mit den heiligen Namen die Energie.'

Jimmy holt seine Taschenlampe hervor. Sonam weicht ihm nicht von der Seite.

Ming Chen platziert sich entschlossen vor Moshe, der sich schon verstohlen in den Grabeingang drücken wollte. Während sich die Fünf in das gemeinsame Mantra der heiligen Namen Gottes einschwingen, sehen sie nur noch einen immer dünner werdenden Lichtstrahl einer Taschenlampe in der Dunkelheit von Darius Grab verschwinden.

Immer lauter hallen die schweren Militärstiefel des Amerikaners in dem Felsengang wieder. Sonam läuft äußerst aufmerksam an seiner rechten Seite. Seinen kleinen Kopf trägt er hoch erhoben, die Ohren steil aufgerichtet. Ebenso seinen Schwanz.

Jimmys Taschenlampe leuchtet links und rechts des Gangs die Wände ab. Nichts als blanker Fels. Gut zwanzig Meter gehen die beiden den schmalen Gang entlang. Dann biegt der Gang abrupt steil ab. Aber nicht nach links oder rechts, sondern nach unten. Jimmy hätte sich beinahe lang hingelegt, wenn Sonam ihm nicht rechtzeitig vor die Füße gelaufen wäre.

'Das sind mindestens dreißig Prozent Gefälle,' geht es durch Jimmys Kopf.

Eine gefühlte Unendlichkeit bohrt sich der steile Felsengang tiefer und tiefer in den Berg hinein. Jimmy hört sein Blut in den Ohren rauschen, untermalt von dem Rhythmus seiner Stiefeltritte und dem sehr viel schnelleren Tapsen der Hundenägel auf dem Fels.

Mit einem Mal hat Jimmy das Gefühl mit seinem Kopf gegen etwas zu laufen. Nicht so etwas hartes wie ein Felsvorsprung oder ein Holzbalken, den hätte er ja auch gesehen. Dumpf ist sein Kopf gegen etwas gestoßen, das so anfühlt wie etwas zwischen Schaumstoff und Watte. Jimmy tritt einen Schritt zurück und greift mit der Hand nach oben. Da ist nichts. Dort, wo er mit seinem Kopf anzustoßen geglaubt hat, greift seine ausgestreckte Hand ins Leere. Er geht den Schritt wieder vor – und wieder trifft sein Kopf auf etwas Halbweiches.

'Vielleicht ist dieses komische Etwas nur hier oben,' denkt er.

Jimmy geht in die Knie und will im Entengang unter dem mysteriösen Hindernis hindurchgehen. Sein vorgestrecktes Knie geht durch, doch erneut bleibt sein Kopf an einem dumpfen Hindernis stecken. Jimmy verliert das Gleichgewicht und sitzt platt auf seinem Hosenboden.

Sonam ist unterdessen zwei Meter vor gelaufen. Ihm scheint dort unten auf Tibetterrierhöhe nichts den Weg zu versperren.

Langsam schiebt Jimmy ein Bein in Richtung Sonam. Nach der schmerzhaften Erfahrung mit der mexikanischen Mauer ist er vorsichtig geworden mit der körperlichen Überschreitung von wie auch immer gearteten Grenzen, die sich ihm in den Weg stellen. Sein Fuß geht auf Terrierhöhe anstandslos durch das vermeintliche Hindernis. Er hebt langsam sein Knie an. Auch das geht einfach durch. Auch seine Hände kann, egal auf welcher Höhe er sie hält, problemlos durch diese Sperre schieben. Als er an anderer Stelle seinen Kopf vorbeugt – wieder die dumpfe, undurchlässige Barriere.

"Fuck. Kopflos will und kann ich hier aber echt nicht weiter!"

Sonam läuft unterdessen einige Male durch diese offensichtlich energetische Barriere hin und her. Dann bleibt er mitten in der von Jimmy gespürten Barriere stehen.

"Weißt du, was hier los ist?" Jimmy stutzt kurz. "Oha, ich frage jetzt tatsächlich einen kleinen weißen Hund, mir zu helfen, etwas zu verstehen, was ich selbst nicht begreifen kann! Gleich werde ich ihn noch bitten, mir zu helfen!"

'Klar helfe ich dir, Amerikaner.' kommt es nur trocken von unten. 'Hier ist eine Wand von seltsamen Schwingungen. Ich glaube, das hat mit den unterschiedlichen Schwingungen unserer Gehirne zu tun, dass mein Kopf hier durchkommt, deiner aber nicht. Meine Frequenz ist offenbar höher als die der Energiebarriere hier. Deine ist niedriger. Deshalb bleibt dein Kopf wohl hier hängen.'

"Nein. Ich diskutiere jetzt nicht wirklich mit einem Hund über Gehirnfrequenzen!"

'Bleibt dir wohl nichts anderes übrig,' kontert Sonam freundlich. Nach einer kurzen Pause: 'Wir haben dich doch schon hochgetuned. Und auch jetzt wird deine Energie von außen angehoben:'

"Vielleicht liegt es an dem steilen Schacht hier nach unten. Vielleicht kommen die anderen gar nicht bis hierhin."

'Nein. Die Energieanhebung hat nichts Raum und Zeit und schon gar nicht mit Felsen, egal wie dick, zu tun. Das schwingt auf der geistigen Ebene, jenseits von dem, was du anfassen kannst. Es hat was mit deinen Hirnströmen zu tun. Wenn du schläfst, geht deine Hirnfrequenz runter, unter vier Hertz. Aber du schläfst doch jetzt nicht, oder?'

"Machst du Scherze, Sonam. Ich bin hellwach und denke nach."

'Gut. Dann müssen wir deine Gedanken mehr bündeln. Auf einen Punkt hin zusammenlaufen lassen. Ich gehe jetzt auf die andere Seite und du schaust nur auf mich. Und du denkst nur an diesen einen Gedanken: Ich will jetzt bei diesem seltsamen kleinen sprechenden und klugen weißen Hund sein. Sag dir immer wieder nur diesen einen Satz: Ich will jetzt bei diesem seltsamen kleinen sprechenden und klugen weißen Hund sein. Dreißig oder vierzig Hertz werden wir nicht schaffen. Das kann nur Nyima. Aber zwanzig müssten wir hinkriegen. Das schaffst du doch, oder?' spornt Sonam den Ehrgeiz seines amerikanischen Freundes an. So gut kennt er Jimmy inzwischen.

"Yep!" Und noch während der kleine Hund auf die andere Seite der Barriere tapst, murmelt Jimmy den vorgegebenen Satz vor sich hin. Er nimmt sich so stark zusammen, wie er nur kann. Er konzentriert sich voll auf die Position von Sonam.

Mit einem Mal spürt Jimmy, das etwas anders ist, dass er es jetzt noch mal versuchen sollte. Und tatsächlich. Jetzt geht sein Kopf mit dem Rest seines Körpers anstandslos den entscheidenden Schritt vorwärts, als wäre nie etwas anders gewesen.

Und weiter geht es für die beiden bergab. Nach wenigen Metern kommen sie in eine kleine Höhle mit rohen Felswänden.

'Mach mal bitte das Licht aus:' sagt Sonam.

Mit dem Erlöschen der Taschenlampe leuchten unzählige leicht bläuliche Lichtpunkte in der Höhle auf. Manche pulsieren. Andere bewegen sich. Wieder andere sehen aus wie von der Felsendecke herunterhängende, blau leuchtende Quallen. Allmählich lässt das bläuliche Leuchten wieder nach und die beiden stehen im Stockfinsteren.

'Kann es sein, dass hier tief im Berg, in diesen Felsen, ohne jegliches Sonnenlicht, irgendetwas leben kann?' fragt sich Jimmy.

'Ja, hier sind Lebewesen. Sogar sehr viele.' antwortet Sonam.

"Was du alles weißt, kleiner weißer Hund!" Jimmy schaltet seine Taschenlampe wieder ein. "Sind eigentlich alle Hunde so schlau wie du?"

'Die einen so. Die anderen so.' ist die Antwort. 'Ich spüre die leuchtenden Wesen hier. Ich versuche, mit ihnen zu sprechen. Aber sie sind sehr wortkarg. Sie sagen nur, dass sie da sind. Sie wollen nicht gestört werden. Wir sollten einfach weitergehen.'

In Schlangenlinien führt der Felsgang wieder nach oben. Dann endet er abrupt. Jimmy leuchtet in die Umgebung. "Fuck. Wir sind in einer Sackgasse!"

Jimmy blickt fragend nach unten, wo er Sonam vermutet. Doch kein weißes Fell strahlt ihm entgegen. Er sucht alles mit der Taschenlampe ab. Nirgends ein Sonam.

"Hey, Bursche! Nicht einfach abhauen und mich hier allein lassen!"

'Das würde ich nie tun.' kommt die inzwischen vertraute Stimme – von oben. Jimmy richtet den Strahl der Taschenlampe senkrecht über sich. Da lugt ein kleines weißes Hundeköpfchen mit wachen dunklen Augen aus den Felsen hervor.

"Du Lümmel, mich so zu verjagen. Schnell 'ne Merkaba gebaut und teleportiert, was?"

'Yep!' imitiert Sonam den Amerikaner. 'Hier ist ein Felsvorsprung, auf dem ich jetzt stehe. Dann kommt ein Wendelgang nach oben. Wie eine Schnecke. Und dann – schau selbst! Da müssen wir hin.'

Während Jimmy Anlauf nimmt, mit aller Kraft abspringt und seine großen, kräftigen Hände Halt auf dem Felsvorsprung finden, geht ihm durch den Kopf: 'So eine Merkaba ist schon ganz schön praktisch.'

Der durchtrainierte Soldat zieht sich an dem vorstehenden Felsen hoch, wirft seinen rechten Fuß auf die Felsplatte und zieht sich ganz hinauf. Er folgt Sonam durch den sich steil nach oben windenden Gang, der nach oben immer schmaler zuzulaufen scheint.

"Tatsächlich wie ein Meeresschneckengehäuse."

'Sag ich doch!' kommt durch die Öffnung, wo die Spirale zu enden scheint.

"Okay. Okay. Du Teleportierer. Bloß – komm ich da durch?"

'Try!'

"Ach. Englisch kannst du auch!"

Jimmy greift mit beiden Händen seitlich um den Rand der Öffnung. Tatsächlich passen seine breiten Schultern so gerade eben zwischen seinen angewinkelten Armen hindurch. Jimmy zieht sich langsam hoch, die Taschenlampe im Mund. Die ersten Lichtstrahlen fallen als kräftiges Gold auf seine Augen zurück.

"Wow!" noch ehe er ganz auf dem Boden zu stehen kommt.

'Yep!' kommentiert Sonam.

Die beiden stehen in einer großen Höhle, eigentlich einer Halle, einem prunkvollen Saal. Die sauber ausgemeißelten Wände erstrahlen in reinstem Gold. Darauf sind zahlreiche Inschriften, Bilder und Zeichnungen zu erkennen, meist in Schwarz, nur einige in bunten Farben.

Selbst Jimmy spürt sofort eine mächtige Energie, die von den Buchstaben und Bildern ausgeht. Ihre Botschaften dringen unvermittelt und ungefiltert in seinen Verstand ein. Ihm ist, als würde die gewaltige Menge an Informationen aus den Wänden direkt auf ihn einstürzen, seinen Kopf füllen und füllen und füllen.

Aus anfänglichem Kopfdruck wird Schmerz, mächtiger Schmerz. Sein Kopf scheint zu platzen, so voll fühlt er sich an, so unvorstellbar stark ist der Schmerz. Jimmy reißt die Arme hoch und presst von außen mit aller Kraft seine Hände gegen seine Schläfen. Dann sinkt der Soldat halb bewusstlos zu Boden. Jimmy verdreht seine Augen und windet sich am Boden, um sich schlagend, wie bei einem epileptischen Anfall. Sonam schleckt ihm durch sein Gesicht. Aber der Amerikaner reagiert nicht mehr auf ihn.

Vor dem Grabeingang lungern zwischen den Mantren rezitierenden Astralkörpern von Jihane, Ming Chen, Rosa, Moshe und Nyimas Touristen herum, einige von ihnen mitten durch die Gruppe hindurch. Die Fünf lassen sich jedoch durch nichts stören.

Mit einem Mal ruft Nyima aus: 'Sonam ruft. Ich muss sofort rein. Macht weiter.'

Und ist schon mit einem kurzen Aufleuchten ihres Energiekörpers verschwunden.

Zunächst landet Nyima in dem kleinen Höhlenraum mit den fluoreszierenden Lebewesen. Es ist stockfinster. Nyima vernimmt nur ein sehr leises Wispern der kaum leuchtenden Höhlenbewohner: 'Höher!'

Die tibetische Nonne konzentriert sich erneut und steht sogleich neben dem am Boden um sein Leben krampfenden amerikanischen Soldaten.

Nyima ist hellwach und fokussiert. Die einige Meter weit auf dem Boden hin und her rollende Taschenlampe wirft schwankendes diffuses Licht auf Jimmy und die Situation.

'Sonam, stell dich bitte vor die Füße des Amerikaners und halte die Energie.'

Nyima geht rasch zu dem sich hin und her wiegenden Kopf des Amerikaners. Unter laut ausgestoßenen, kraftvollen tibetischen Beschwörungsformeln, unterstützt von dem kräftigsten Knurren, das Sonams kleiner Hundekörper hervorbringen kann, greift die kleine Nonne mit den Händen energisch immer wieder über seinen Kopf und scheint das, was sie dort Unsichtbares zu fassen bekommt, im weiten Bogen von Jimmys Schädel fortzuwerfen. Immer wieder greifen ihre über Jimmys Schädel, fassen mit aller Kraft zu, fast so, als wollten sie ihm etwas aus dem Schädel herausziehen. Und im weiten Bogen schleudert Nyima dieses Etwas mit jedem Handgriff von ihm weg.

Während Nyima weitere Gebete und Beschwörungsformeln murmelt, langen ihre Hände unter ihr Gewand. Aber ihre Hände greifen durch alles hindurch.

'Sonam, bitte hilf mir. Zieh bitte den geschnürten Beutel hervor.'

Und mit seinen kleinen Mäulchen zerrt der kleine Terrier den Beutel unter Nyimas Gewand hervor. Verschiedene Steine und weitere kleinere Säckchen fallen zu Boden.

'Das rote Säckchen, Sonam. Die Kräuter darin müssen sofort auf die Brust des Amerikaners.'

Sonam nimmt das kleine rote Säckchen in sein Mäulchen und stellt sich damit auf Jimmys Brust. Dann hält er das Kräutersäckchen zwischen seinen Vorderpfoten fest und beißt hinein und zieht und zerrt, bis der grobe Stoff des Säckchens mit einem reißenden Geräusch nachgibt. Sonam nimmt das zerfetzte Säckchen zwischen seine Zähne und schüttelt über Jimmys Brust wild seinen Kopf. Der Beutelinhalt stiebt in alle Richtungen auf Jimmys Militärhemd. Schließlich ist Jimmys Brust von einer feinen dunkelgrünen Schicht aus getrockneten Kräutern bedeckt. Nyima murmelt währenddessen hoch konzentriert ihre Gebetsformeln.

Daraufhin schnappt Jimmy unter mehrmaligem heftigem Aufbäumen seines Oberkörpers nach Luft. Sonam springt zur Seite, um nicht von einer Arm oder einem Militärstiefel des Amerikaners getroffen zu werden. Jimmy strampelt und tritt um sich, wie ein Fisch auf dem Trockenen.

'Nun brauchen wir den Larimar[1], Sonam. Das ist der milchig weiß-blaue Stein. Auf sein drittes Auge.' Nyima unterbricht kaum ihre kraftvollen Gebete.

Sonam nimmt daraufhin den weiß-blauen Stein in sein Mäulchen und versucht ihn so gut wie er vermag irgendwo auf den Schädel des krampfenden Amerikaners zu platzieren. Doch Jimmys Kopf zuckt und schlägt unkalkulierbar hin und her. Es gelingt Sonam nicht, den Stein auf den Kopf zu legen.

Da nimmt der kleine Hund den Stein so weit an einem Ende ins Mäulchen wie möglich, sodass der größte Teil des Larimars frei herausschaut. Dann legt er sich mit flachem Vorderkörper hin. Sein Hinterteil steht. So kann er besser agieren und ausbalancieren. Seinen Kopf hat Sonam etwas vorgestreckt, aber so flach wie möglich auf den Boden gelegt. Sonams Plan geht auf. Mit dem nächsten Kopfzucken und sich zur Seite werfen landet Jimmys Stirn auf dem Larimar-Stein. Fast augenblicklich hört sein Körper auf zu krampfen.

Jimmy rollt sich auf den Rücken. Jetzt kann Sonam den Larimar auf Jimmys Stirn platzieren, mittig, etwas höher als die Augenbrauen. Schlagartig öffnet der Amerikaner die Augen und starrt den kleinen weißen Tibetterrier groß an.

"Fuck. Was ist passiert Kumpel?"

---

[1] *Larimar oder Atlantis-Stein, ein starker Schutzstein gegenüber negativen Einflüssen; der Legende nach sprachen die Bewohner von Atlantis mit diesen hell- oder weißblauen Steinen*

'Der Fluch des Darius.' ist die nüchterne Antwort Nyimas von der Seite.

'Sonam. Jetzt bitte den runden Türkis.'

Der Hund rollt geschickt mit seinen Vorderpfoten, unterstützt von seiner Schnauze, die durch Anstupsen die Richtung der rollenden Kugel korrigiert, eine tennisballgroße Kugel aus Türkis in die Mitte des Felsensaals. Innerhalb weniger Augenblicke verdunkelt sich der zuvor hell türkis leuchtende Stein. Es dauert nicht lange und der Türkis ist tiefschwarz.

Nun rollt Sonam die schwarze Steinkugel geschickt mit seinen kleinen weißen Pfötchen zur oberen Öffnung des Schneckenaufgangs und schiebt sie über den Felsrand. Wie bei einem gigantischen Murmelspiel schallt das Klickediklack in die Halle hinauf. Der schwarze Türkis rollt und springt durch den Spiralgang. Begleitet wird das Steinklickern von einem Schwall furchtbarer Äußerungen, von widerwärtigen Lauten, Ausstoßungen, Stöhnen, Ächzen, Rufen und Schreien. Als die Kugel schließlich mit einem lauten Knall und einem letzten sich aufbäumenden Stimmenwirrwarr am Grund des Schneckengangs zerspringt, ist es endlich still.

"Danke, Nyima. Ich denke mal, du hast mir gerade das Leben gerettet." Jimmy ist ganz leise.

'Sonam hat gerufen.'

"Danke, mein kleiner schlauer Freund."

Jimmy tätschelt Sonams Nacken, während dieser dem noch liegenden Amerikaner mit der Zunge quer durch dessen Gesicht zieht. 'Ich pass nur auf dich auf. Hab ich doch versprochen.'

'Kannst du schon aufstehen, Amerikaner?' fragt Nyima. 'Du solltest dich nicht allzu lange hier aufhalten. Die Energien hier sind sehr stark. Darius war ein sehr mächtiger König.'

Jimmy versucht sich vorsichtig hochzurappeln. Aber seine Arme tragen ihn noch nicht. Er kann sich noch nicht hoch stemmen. Er hat noch ein benommenes Gefühl im Kopf. Aber immerhin ist dieser unglaubliche Druck, der so plötzlich von außen gekommen war, komplett verschwunden.

"Danke Nyima!" Jimmy ist inzwischen mehr als beeindruckt von der kleinen tibetischen Nonne. Spürte er doch in diesem Moment so klar die törichte Enge seiner mit Hochmut gefüllten Vorurteile gegenüber fremden Ethnien. Wer anders aussah, in seinen Augen einfach gestrickt oder nach seinen Maßstäben arm war, den hielt er erst einmal für beschränkt und dumm. Auf jeden Fall aber die USA und sich stets für etwas besseres. In Afghanistan war diese Denke unter all den anderen jungen amerikanischen Soldaten in vermeintlicher Loyalität mit ihrem Vaterland auf die Spitze getrieben.

Hier in dieser Darius-Höhle, mitten in einem felsigen Berg im Iran, begann Jimmy zu spüren, dass es sehr viel mehr gab als den american way of life.

'Lass dir Zeit.' reagiert Nyima auf Jimmy noch etwas gequälte Versuche aufzustehen. 'Ich schau mich um. Sonam bleibt bei dir.'

Ohne eine Antwort abzuwarten schwebt die Tibeterin durch den riesigen Felsensaal davon. Ihr reicht das immer dünner werdende diffuse Licht von Jimmys Taschenlampe, die sich inzwischen auf dem Felsenboden ausgerollt hat und einen ruhigen Lichtstrahl ungefähr in ihre Richtung abgibt. Nyima spürt mehr als das sie sieht, in welche Richtung sie muss. Ihr kommt das Bild ihrer geheimen Bibliothek in ihrem eigenen Kloster in den Sinn.

Sie erreicht das gegenüberliegenden Ende von Darius goldenem Felsensaal. Es scheint keine weiteren Gänge oder Türen zu geben. Auf einer Felsempore steht ein prächtig verzierter und mit reichlich Gold überzogener quaderförmiger Sarkophag. Nyima spürt, dass sich darin die sterblichen Überreste des einstigen Herrschers über das Große Persische Reich befinden. Noch immer geht eine starke Energie von Darius aus.

Ihre innere Stimme zieht sie hinter die Sarkophag-Empore. Nyima sucht mit ihrem dritten Auge die vergoldete Felswand ab. An einer Stelle hält sie inne. Sie hat einen energetischen Unterschied in der Felswand ausgemacht. Im Vergleich zur übrigen Felswand kommt aus einem sehr schmalen senkrechten Spalt eine deutlich höherfrequente Strahlung hervor. Nyima spürt es sehr deutlich. Hinter dieser Stelle der Felswand ist ein Hohlraum und dahinter befindet sich etwas, das eine sehr hohe Energie hat. Nyima versucht mit ihren Fingern den Spalt zu ertasten. Aber ihre Hände gehen natürlich einfach durch den Felsen hindurch. 'Der Amerikaner!'

Zurück bei Jimmy, der inzwischen seinen Oberkörper aufgerichtet hat, aber immer noch mit angezogenen Beinen auf dem Felsboden hockt: 'Amerikaner, kannst du stehen?'

Jimmy versucht es, rutscht aber kraftlos wieder auf den Boden zurück.

'Da ist Pulver auf deinem Hemd. Mach den Finger mit Speichel feucht und tupfe etwas von dem Pulver ab. Dann steck den Finger mit dem Pulver in den Mund und leck das Pulver ab. Das wird dir gut tun.'

Das Pulver brennt auf seinen Wangenschleimhäuten und seiner Zunge und schmeckt extrem bitter. Aber es bringt Jimmy rasch auf die Beine.

Nyima führt ihn hinter Darius' Sarkophag und zeigt ihm den Spalt im Fels. Seine Hände ertasten die Lücke zwischen zwei Felsblöcken. Der Soldat holt sein großes Messer aus seiner Gürteltasche. Die Klinge passt in den Spalt. Jimmy versucht einen Hebel anzusetzen. Aber er weiß nicht, in welche Richtung er drücken soll. Und ob sich hier überhaupt etwas bewegen lässt.

Nyima stimmt unterdessen ihr tiefes OM an, was in dieser Prunkhalle aus Stein und Gold eine gewaltige Resonanz hat. Sogar die massiven Felswände scheinen in leichte Resonanz zu gehen. Und tatsächlich bewegt sich etwas unter Jimmys Messer. Er drückt das Messer mit aller Kraft nach rechts. Etwas im Felsen ruckelt rechts von der Klinge.

"Okay, Vielleicht lässt sich das nach rechts aufschieben." Jimmy drückt nun das Messer mit aller Kraft in die entgegengesetzte Richtung. "Ich muss nach vorne, in meine Richtung drücken."

Und tatsächlich. Es bewegt sich etwas. Er muss auf sich zu hebeln. Stück für Stück kommt Jimmy eine Art quadratische, nein, eine würfelförmige Tür aus Fels entgegen, an deren rechtem Ende eine Art Scharnier befestigt zu sein scheint. Es wird immer leichter. Jimmy nimmt seine Taschenlampe auf, die er aufrecht zwischen seine Stiefel gesteckt hatte, um seine Hände frei zu haben. Er leuchtet in die nun offene Felsnische. Was für eine Enttäuschung: leer. Leerer geht es nicht. All das für nichts?

Nyima: 'Die Nische ist nicht leer. Im Gegenteil, Amerikaner. Ich sehe Stapel von runden Scheiben. Dünne, große Scheiben.'

Gewohnheitsmäßig streckt Nyima ihre rechte Hand vor, will eine oberste Scheiben greifen. Aber ihre Hand geht natürlich wie nichts durch die Säule aus Scheiben hindurch.

"Ich sehe nichts. Die Nische ist ..." Jimmy streckt seine Hände in die Nische aus und – tatsächlich: da ist doch etwas. Jimmys Hände tasten sich an einer geriffelte Säule hoch. Er schätzt: etwa dreißig Zentimeter im Durchmesser. Mit waagerechten Riefen. Das obere Ende der Säule ist eine flache Scheibe. Intuitiv versucht Jimmy das das obere Ende der Säule, die oberste Scheibe, irgendwie zu bewegen. Schließlich hat Nyima von Scheiben gesprochen. Und tatsächlich: Jimmy muss etwas fummeln, aber es löst sich die oberste Scheibe von was auch immer. Er kann die Scheibe vom Kopf der Säule verschieben. Es scheinen fein säuberlich aufeinander gestapelte dünne Scheiben zu sein. Etwa so wie die Langspielplatten von seinem Vater. Allerdings ungleich schwerer. Es gelingt Jimmy zwar, die für ihn immer noch unsichtbare oberste Scheibe Stück für Stück von dem Stapel herunterzuziehen, aber er kann sie kaum halten, so schwer ist sie.

"Wie strange ist das denn? Ich habe etwas Sauschweres in den Händen, das ich kaum halten, aber überhaupt nicht sehen kann!"

'Es schwingt zu hoch für dich. Die Informationen auf der Scheibe. Da sind feine Zeichen oder Buchstaben eingeritzt oder eingeätzt. Ich kann Sanskrit und aramäische Buchstaben erkennen.'

"Wir suchen ja was Hebräisches! Ich frag mich eh, ob wir hier im Iran, noch dazu im Alten Iran, dafür richtig sind. Die haben sich ja zu Darius Zeiten noch mehr bekriegt als heute." analysiert Jimmy.

'Mag sein,' antwortet Nyima, knapp wie immer 'Weißt du, wie hebräische Buchstaben aussehen, Amerikaner?'

"Nö, keine Ahnung. Könnte ich ja eh nicht sehen."

'Hebräisch kenne ich nicht.' Nyima denkt nach.

"Aber Moshe hat uns doch Worte gegeben. *Kodoish, Kodoish, Kodoish.* Auch so ein Energie-Mantra." Jimmy denkt mit.

'*Kodoish, Kodoish, Kodoish, Adonai Tsebayoth.* Danke, Amerikaner.' Nyima erinnert sich. Hoch konzentriert suchen ihre Augen die Scheibe ab, die Jimmy mit äußerster Kraft hoch hält.

'Hier ist keines dieser hebräischen Worte zu finden.'

Mit einem Seufzer lehnt Jimmy die schwere Scheibe aufrecht an die vergoldete Felswand. "Puh, was ist das bloß für ein Zeugs. Das wiegt ja echt Tonnen!"

Nyima indes konzentriert sich auf die drei Säulen aus je etwa hundert dünnen Scheiben in der Felsnische. Sie lädt die hebräischen Worte *Kodoish, Kodoish, Kodoish, Adonai Tsebayoth* in ihr Bewusstsein, lässt sie in ihrer Vorstellung mal mit goldener, mal mit feuerroter Schwingung erstrahlen. Mit diesem inneren Bild sucht die Tibeterin die drei Säulen ab. Und tatsächlich: in der dritten Säule, etwa im oberen Fünftel, gibt es eine Resonanz. Eine Linie in der rechten Säule flackert leicht in gold-rot. Nyima sieht genauer hin. Jetzt erkennt sie, dass zwei, je etwa drei Millimeter dicke Linien rot-goldenes Licht reflektieren.

'Ich hab sie, Amerikaner. Die rechte Säule von den dreien. Etwa die zwanzigste Scheibe von oben.'

"Das heißt, du möchtest, dass ich zwanzig sauschwere Scheiben aus was auch immer da herunternehmen soll, die ich gar nicht sehen kann?" Jimmy hört die Antwort schon, bevor Nyima leise ihr 'Ja.' ausspricht.

"War klar!" Jimmy hebt die zweite Scheibe von der rechten Säule. "Und dann in der gleichen Reihenfolge wieder zurücklegen?"

Nyima antwortet nicht auf rhetorische Fragen.

Jimmy hievt und wuchtet eine unsichtbare Scheibe nach der anderen von dem rechten Stapel und reiht sie hintereinander aufrecht an die Wand gelehnt auf. Obwohl es in Darius Prunkhalle recht kühl ist, rinnt ihm bald der Schweiß herunter. Gefühlte Tonnen hat er bewegt. Das Mitzählen ob dieses absurden Schleppens von etwas Unsichtbaren hat er längst aufgegeben, als Nyima endlich sagt: 'Die nächste und die übernächste Scheibe.'

Jimmy denkt: "Aye, aye, Sir!"

Nyimas Reaktion ist lediglich ein wortloses Erstaunen. Die Energien dieser Worte sind der Nonne vollkommen fremd.

Jimmy stellt die beiden Scheiben separat an die Wand. Dann hebt er die erste Scheibe vom Boden hoch und will sie zurück auf den Stapel legen. Mit aller Kraft hält der Amerikaner die Scheibe waagerecht über den Stapel. Doch sie schwimmt wie auf einem Luftkissen über dem Stapel hin und her und lässt sich nicht absenken. Er spürt über seine Hände eine Kraft, die verhindert, dass er die Scheibe zurück auf den Stapel legen kann. "Die stoßen sich ab wie zwei gleich gepolte Magnete."

'Umdrehen!' geht es Jimmy und Nyima nahezu gleichzeitig durch den Kopf.

Jimmy zieht die unsichtbare Scheibe in seinen Schoß, zieht das rechte Knie an, stützt damit die Scheibe ab, und wendet das schwere Unsichtbare. In dieser Ausrichtung kann Jimmy dann die Scheibe ungehindert auf den Stapel zurücklegen.

'Durch die beiden nun fehlenden Scheiben hat sich das Energiemuster verändert.' erklärt Nyima, während der Amerikaner Scheibe für Scheibe umgekehrt auf den Stapel wuchtet. Er muss die Scheiben Gott sei Dank nicht per Hand akkurat übereinander ausrichten. Wenn er eine Scheibe auf den Stapel legt, rutscht sie von alleine in die korrekte Position. Nun scheinen Nord- und Südpol der magnetischen Kräfte in den Scheiben zu passen. Nur die letzte Scheibe schwimmt wieder auf den magnetischen Abstoßungskräften. Er hebt sich noch einmal runter, wendet sie und dann ruckelt auch sie sich passgenau als Abschluss zurecht. Alles passt.

Nyima sieht, wie von der rechten Säule ausgehend ein Lichtstrahl durch alle drei Säulen zieht, der nach einem kurzen vergoldeten Aufhellen wieder verschwindet. Sogar Jimmy sieht, dass es in der Felsnische kurz heller geworden ist.

Nyima erkennt, dass durch die Entnahme der beiden Scheiben die drei Säulen nun exakt gleich hoch sind. 'Die beiden hebräischen Scheiben wurden hier nur aufbewahrt, vermutlich versteckt.'

"Ich nehme an, ich soll die beiden Scheiben hier mitnehmen?" Und als spräche er zu sich selbst, ohne Nyimas Antwort abzuwarten, nimmt er seinen Militärrucksack ab, öffnet ihn und lässt die ja nicht großen, nur sehr gewichtigen Scheiben an die Rückenseite gleiten. Als Jimmy die Klippverschlüsse seines Rucksacks wieder zuschnappen lässt, erfasst die drei – Sonam hatte die ganze Zeit an Jimmys Seite gelegen – der blau-weiße Energiewirbel und spuckt sie sanft im gallertigen Nichts aus. Kurz nach den Dreien aus Darius prachtvollem Grabsaal landen auch Rosa, Moshe, Jihane und Ming Chen in der blauen Gallerte.

* * *

'Ihr seid ein wunderbares Team. Danke.' werden die Sieben von Lichtwesen begrüßt, während sie noch ihre irdischen Eindrücke sortieren und allmählich registrieren, dass sie wieder in der fünften Dimension sind.

Die Vier, die vor dem Eingang die Energie gehalten hatten, brennen nun natürlich darauf, zu erfahren, was den anderen in der Höhle widerfahren ist. Moshe hält es gar nicht mehr aus: 'Habt ihr Geister gesehen? War es gefährlich? Habt ihr mit Aliens gekämpft? Hat Sonam euch gerettet?'

Der völlig aufgedrehte Junge hockt sich herunter zu Sonam, der sich sich ganz ruhig neben Moshe gelegt hatte.

'Moshe, ich glaube der Alien bin ich.' will Lichtwesen den Jungen beruhigen. 'Und ich glaube, ich bin nicht zum Fürchten.'

'Na, dich kenne ich ja, Lichtwesen.' winkt Moshe ab. 'Du bist ja einer von den Guten. Das weiß ich ja. Aber es gibt doch auch Böse unter den Aliens.Wie in den Filmen. Gegen die man mutig kämpfen muss. Jimmy, nun erzähl doch!' bedrängt Moshe voll ungestümer Ungeduld den Amerikaner.

'Wohl eher nicht, Moshe. Da muss ich dich leider enttäuschen. Keine Aliens. Da war als erstes eine Energiebarriere. Da konnte mein Kopf nicht durch. Völlig strange. Alles andere ja, Hände, Füße, Beine, Bauch, aber nicht mein Kopf. War wohl mein Gehirn. Sonam, der kleine weise Kerl, ist natürlich wieder mal einfach hindurch spaziert. Und er hat mir schließlich geholfen da durchzukommen. Der Bursche hat mich echt dazu gebracht mein Gehirn auf Vordermann zu bringen.'

Alle spüren, wie Jimmy den kleinen Hund verschmitzt aus seinem Herzen heraus angrinst.

'Ja, und dann in dem prachtvollen Totensaal von Darius – da bin ich einfach zusammengeklappt. What a fuck! Bums, lag ich da. Keine Ahnung, was da passiert ist. Aber eins weiß ich: Nyima hat mir das Leben gerettet.'

'Sonam.' korrigiert die Nonne. 'Sonam hat mich gerufen. Ich habe nur Steine und heilige Kräuter gebracht. Sonam hat sie auf dich gelegt, um den Fluch des Darius von dir zu nehmen.'

'Und wirklich keine Aliens?' fragt Moshe noch mal nach. Der Junge hatte sich unbemerkt an Jimmys Seite begeben.

'Nein, Captain. Melde: No aliens at all!'

'Aber vielleicht doch etwas, dass ihr als Geister bezeichnen würdet.' ergänzt Lichtwesen. 'Der Fluch des Darius beinhaltet auch den Schutz des Ortes durch Djinn. Sie setzen sich auf das Kronenchakra der so weit eingedrungenen Menschen und machen dieses Energietor zu. Durch das verschlossene Kronenchakra kann dann keine Lebensenergie Qi mehr nachströmen. Damit ist die Lebensquelle komplett abgeschnitten. Nyima hat sie als erstes entfernt.'

'Oha!' Jimmy wird noch im Nachhinein ganz plümerant. 'War wohl echt knapp, was?' stellt er mehr fest als dass er fragt.

Erstauntes Schweigen macht sich in der Gruppe breit.

'Und...?' will Rosa bald in das stumme Staunen hinein wissen. 'Habt ihr die hebräischen Buchstaben oder Worte gefunden?'

'Vielleicht.' antwortet Jimmy, während in gleichen Moment Nyima und Sonam mit einem klaren 'Ja' antworten, begleitet von fröhlichem Schwanzwedeln.

'Also ich habe nichts gesehen. Ich habe lediglich eine Art bleischwere Langspielplatte, allerdings ziemlich unsichtbar, eingesteckt. Genauer gesagt, zwei von den Dingern. Ich kann sie nur fühlen und tragen natürlich, aber nicht sehen. Und Nyima kann sie sehen, aber nicht tragen. Ist ja offenbar mein Job hier. Der Kerl fürs Grobe. Ist schon ganz schön nützlich hier, mein Fleischanzug für meine Seele.'

'Herrlich!' Rosa bekommt einen Lachanfall. 'Fleisch-anzug für die Seele. Ich könnt mich schmeißen!' Und auch Ming Chens Mundwinkel ziehen blaue Schlieren.

'Ich kann kein Hebräisch. Nur dank Moshe, der uns das hebräische Energiemantra gegeben hat, konnten wir die entsprechenden Scheiben finden.' erklärt Nyima nüchtern.

'Da waren wohl Hunderte von diesen merkwürdigen Scheiben in der geheimen Felsennische, die Nyima entdeckt hat. Drei Stapel. Nyima hat dann irgendwie diese beiden hier herausgefischt. Könnt ihr die se-hen?'

Jimmy kramt in seinem Rucksack. 'Ja, fuck. Jetzt sehe ich sie auch!' Und lässig zieht der Amerikaner zwei matt silbrig glänzende Scheiben hervor. 'Das gibt's doch nicht. Jetzt sehe ich sie auch. Und plötzlich wiegen die Dinger nichts mehr. Spooky. Jetzt fühlen sie sich wirklich nur noch an wie Dads LPs, nur in versilbert!'

Jimmy platziert die beiden Scheiben in ihre Mitte und richtet sie waagerecht aus. Sie bleiben einfach dort zwischen ihnen schwebend mitten in dem galler-tigen Nichts.

'Die Scheiben stammen ursprünglich nicht von der Erde.' erklärt Lichtwesen. 'Das Material, aus dem sie bestehen, das kommt auf der Erde gar nicht vor. Eure Wissenschaftler könnten die Frage nach ihrer Beschaffenheit nicht beantworten. Das Material ist sehr dicht, auch von seiner Energie her. Deshalb ist es auf der Erde unter dem Einfluss der Gravitation so sehr schwer. Das Material bewegt sich an der Grenze zur derzeitigen dreidimensionalen Dichte der

Erde. Deshalb konnte Jimmy die Scheiben zwar nicht sehen, aber immerhin auf der Erde anfassen. Jimmys Energie ist ja auch erhöht. Die Archäologen und die anderen Wissenschaftler, die in Persepolis tätig waren, konnten deshalb diese beiden Scheiben, aber auch die anderen, zwischen denen sie versteckt waren, weder sehen noch tasten. Und auch ihre Messinstrumente sind zu grob dafür. Jihane. Dir fällt etwas zu den Scheiben ein, ist das richtig? Teil uns doch bitte deine Erinnerung mit. Hilf uns, zu verstehen.' ermuntert Lichtwesen das iranische Mädchen.

'Ja, das kommt wieder von meinem Großvater.' setzt Jihane an. 'Er weiß sehr viel über Persepolis. Und er hat uns immer viele Geschichten erzählt. Ich habe euch ja schon von dem Palastarchiv von Persepolis erzählt, das der deutsche Archäologe Herzfeld gefunden hat. Mein Großvater hat nie geglaubt, dass das Archiv nur aus Handelsverträgen und Belegen bestanden hat. Er meint, es müsste auch Inschriften des alten Wissens geben. Jetzt habt ihr, der Westen, das schon wieder geraubt!' Jihane ist betroffen, aber auch ein wenig aufgebracht.

'Ich glaube nicht, dass wir von dem alten persischen Wissen etwas mitgenommen haben. Diese Scheiben sind anders. Sie waren vielleicht zwischen dem alten Wissen versteckt. Die drei Säulen sind jetzt wieder, wie sie einmal waren. Sie sind jetzt wieder gleich hoch und fest zusammengefügt.' erklärt Nyima. 'Aber wer sollte denn die Gelegenheit und die Macht gehabt haben, etwas in ein solch geheimes und geschütztes Archiv einzuschleusen?' fragt Rosa skeptisch.

'Darius selbst. Oder Kyros der Zweite. Wahrscheinlich sogar Kyros.' spekuliert Jihane. 'Vielleicht wusste Darius nicht einmal von der geheimen Felsnische. Aber egal. 538 vor Christus hat Kyros der Große ja Babylon besiegt. Er befreite daraufhin auch das Volk Israel aus seiner langen babylonischen Gefangenschaft und Knechtschaft. Kyros erlaubte den Israelis sogar, nach Jerusalem zurückzukehren. Und obendrauf gab er ihnen sogar noch Mittel aus seinem persischen Staatsschatz, damit die Israelis ihren zerstörten Tempel in Jerusalem wieder aufbauen konnten. Perser, Iraner, sind sehr friedliche und tolerante Menschen. Das möchte ich einfach noch mal deutlich sagen. Kyros ist sogar der einzige Ungläubige – ihr sagt Heide – der in eurem Alten Testament positiv erwähnt wird. Cyrus heißt er dort. Ich meine, er wird sogar Gottgesalbter genannt. Ich weiß nur noch die Stelle: Jesaja 45.1. Zahlen kann ich mir halt besonders gut merken.'

'Ah.' wirft Rosa ein. Ihr Verstand freut sich mit gewisser Erleichterung, dass nun etwas wie ein einem Puzzle endlich zusammenzupassen scheint. 'Da haben wir endlich die Verbindung. Die Verbindung zwischen dem Iran, Persepolis und den Juden. Jetzt kommt langsam Sinn in die Sache. Warum wir ausgerechnet hier im Iran nach heiligen hebräischen Schriftzeichen gesucht und sie sogar gefunden haben.'

Und zu Moshe gewandt: 'Kannst du hier auf der Scheibe irgendetwas lesen, Moshe?'

Moshe konzentriert sich auf die beiden silbrigen Scheiben, die vor ihm auf Augenhöhe schweben. Aber er kann nur vereinzelte hebräische Buchstaben entziffern: 'Ich sehe nur einzelne Buchstaben. Schon hebräisch. Aber kein Wort. Doch: *Kodoisch*. Aber nur *Kodoisch*. Das heißt ja heilig. Sonst nur einzelne

Buchstaben. Verstreut. Aber kein weiteres vollständiges Wort, kein einziges. Jedenfalls kein Wort, das ich verstehen oder lesen kann.'

'Offensichtlich hat Nyimas konzentriertes Bewusstsein nur das Wort *Kodoisch* auf der Scheibe materialisiert.' erklärt Lichtwesen. 'Wenn alle fünf Sprachen zusammenkommen, vermutlich werden dann diese Scheiben vollständig aktiviert.'

'Und so lange schleppe ich diese Gewichte über die Erde?' beschwert sich Jimmy.

'Ja Jimmy. Es ist besser, du nimmst sie mit. Ich glaube, sie sind eher hilfreich als beschwerlich.' 'Wenn du meinst.' grummelt Jimmy in Gedanken in sich hinein. 'Bin eh nur der Kerl fürs Grobe!' 'Nein, die Schnittstelle.' Der Einwurf kommt von Sonam, der sich wieder zu seinem amerikanischen Freund gesellt hat. 'Ohne dich geht hier gar nichts!'

'Nachdem die Aufgaben noch einmal geklärt sind – seid ihr bereit für die nächste Etappe?'

Und noch ehe Lichtwesen die letzte Silbe gedacht hat, trägt der blau-weiße Lichtwirbel die Sieben schon davon.

* * *

6

Dieses Mal setzt der weiß-blaue Lichtstrudel die Gruppe in einer weichen, allerdings außergewöhnlich klaren Dunkelheit ab.

Jimmy spürt weichen Untergrund unter seinen Stiefeln, nicht eben, sondern leichte Hanglage. Seine Hände greifen neben seine Stiefel: "Ich stehe auf Gras, einer Wiese, wohl auf einem sanften Hügel."

An seiner Uniform zerrt ein kräftiger Wind. "Und ganz schön zugig ist es hier."

'Oh Gott, das ist aber wirklich ein Alien.' schreit Moshe auf. 'Ein riesiger Alien.'

Der Junge rutscht beim Absinken mindestens sechs Meter lang an etwas herunter, teilweise durch es hindurch.

Jimmy kramt sofort seine Taschenlampe vor. Deren Lichtstrahl fällt auf ein riesiges, extrem langgestrecktes Gesicht. Alles an dem gigantischen, fast rechteckigen Kopf ist lang: die Nase, das vorgeschobene Kinn, die Ohren, selbst die Ohrläppchen. Die Augen liegen sehr tief in ihrer Höhlung unter dichten Augenbrauen. Der Mund ist sehr schmallippig. Der gesamte Gesichtsausdruck wirkt sehr ernst bis geradezu stoisch. Mit Jimmys Arm senkt sich der Lichtstrahl der Taschenlampe. Dieser beleuchtet nun, dass die Figur mit ihrer Brust in der Erde des Berghangs steckt.

Jimmy lässt das Licht seiner Taschenlampe in die Umgebung wandern: "Da sind noch mehr."

Einige Meter weiter ragt ein anderer riesiger Kopf aus dem Gras. Sein Hinterkopf ist deutlich flacher, aber insgesamt ist sein Kopf genauso langgestreckt und groß wie der des Ersten. Etwa zwei Meter dahinter ein weiterer Kopf, nur um fünfundvierzig Grad nach hinten geneigt. In der Ferne beleuchtet der schmale Lichtstrahl der Taschenlampe einen weit nach vorn geneigten Kopf, der die Grasnarbe mit seinen schmalen Lippen zu küssen scheint.

'Du, Moshe,' erklärt Ming Chen in seiner ruhigen Art dem Jungen. 'Das sind keine Aliens. Zumindest keine lebenden. Das sind Steinfiguren. Das sind die Moai. Ich denke Mal, wir sind auf der Osterinsel.'

Ming Chen zeigt sich, für alle ungewohnt, ziemlich beeindruckt. 'Rapa Nui, wie die Bewohner selbst ihre Insel nennen. Mitten im Pazifischen Ozean, genauer, im Südpazifik.'

Rosa: 'Jimmy, mach doch mal die Taschenlampe aus. Es ist zwar Nacht, aber auch Vollmond. Schau!'

Rosa zeigt auf einen sehr großen Vollmond, der so klar und nah am Nachthimmel steht, als könne man ihn mit der ausgestreckten Hand greifen. Mit bloßem Auge sind seine Kraterlandschaften mit den riesigen dunklen Tälern in verschiedensten Grauschattierungen zu erkennen.

'Das Licht sollte ausreichen, wenn sich unsere Augen daran gewöhnt haben. Und schaut euch mal diesen Sternenhimmel an!'

"Wow!" entfährt es Jimmy, der gespannt nach oben blickt.

Alle sechs Menschen haben den Kopf in den Nacken gelegt und blicken mit fünf offenen Mündern nach oben. Nur Nyima bleibt wenig beeindruckt von den Abermillionen kleinen und größeren Lichtern, von denen manche sogar farbig schimmern, in dem hellen wolkigen Band, das sich breit über den gesamten Himmel zieht. Nyima ist der so klar funkelnde Nachthimmel aus ihrer Heimat vertraut. Auch Sonam blickt nur kurz nach oben.

Jihane ist völlig absorbiert von dieser Schönheit, diesem weder durch Streulicht noch durch Schmutzoder sonstige Bestandteile in der Luft beeinträchtigtem, extrem klaren Blick ins All. Sie fragt Ming Chen: 'Was ist eigentlich die Milchstraße? In einem breiten Streifen leuchten hier besonders viele Sterne, aber warum? Was ist das, dieses Sternenband?'

Ming Chen erklärt gerne: 'Wenn wir auf die Milchstraße schauen, dann schauen wir in unsere Galaxie hinein. Stell dir unsere Galaxie vor, also den riesigen Sternenhaufen, in dem sich auch unser Sonnensystem als eines von sehr vielen befindet. Unser Sonnensystem, also in der Mitte die Sonne, dann die Planeten Merkur, Venus, dann wir auf der Erde, und dann kommen noch Mars, Jupiter, Saturn, Uranus, Neptun und Pluto. Alle diesen Planeten ziehen ihre Bahnen um die Sonne, einen Fixstern, was heißt, sie bewegt sich selbst nicht – von uns aus betrachtet. Aber die Planeten sind immer in Bewegung. Eigentlich ist alles immer in Bewegung. Aber ich schweife ab. Entschuldige. So, dieses im Verhältnis sehr kleine Sonnensystem befindet sich in einer riesigen und sehr flachen Galaxie, die sich dazu auch noch dreht. Um sich selbst. Stell dir diesen gigantischen Haufen von Sternen und Sonnensystemen vor wie ein Spiegelei. In der Mitte etwas dicker, da wo das Eigelb ist, und zum Rand hin dünner werdend. Also unser Sonnensystem, wenn wir bei unserer Spiegelei-Galaxie bleiben, liegt ziemlich am Rand des Spiegeleis, also am Rand der Galaxie, wo das Eiweiß schon recht dünn ist. Kannst du dir das vorstellen Jihane?'

Das Mädchen nickt zufrieden.

'Wenn wir jetzt von Rand aus in die Mitte des Spiegeleis gucken, dann sehen wir die Milchstraße. Unsere Galaxie besteht ja aus hunderten Milliarden einzelnen Sternen. Und in dieser Richtung, also Richtung Mittelpunkt unserer Galaxie, sind natürlich besonders viele Sterne. Wenn wir im Rand des Spiegeleis in dessen Mitte schauen würden, würden wir auch erst das Eiweiß vor dem – hoffentlich weichen...' Ming Chen grinst kurz in sich hinein, '... – Eigelb, dann das auf dem Eiweiß liegen Eidotter und schließlich das hinter dem Eidotter liegende Eiweiß sehen. Wenn wir jetzt von unserem Spiegeleirand – stellen wir es uns der Einfachheit halber noch in der Pfanne vor – nach oben schauen, also aus der Pfanne heraus, ist da nur eine sehr dünne Eiweißschicht zwischen uns und dem oberen Rand. Dann sehen wir natürlich nur sehr wenig Eiweiß – also sehr wenige Sterne. Desgleichen wenn wir nach unten schauen, also zur krossen Seite des Spiegeleis hin. Aber wenn wir eben in die Mitte des Spiegeleis, also unserer Galaxie schauen, also in die Milchstraße, dann sehen wir unzählige Sterne und Sternballungsgebiete, die heller leuchten.

Und das Ganze ist durchsetzt mit hellen und dunklen Nebeln, das sind meistens Gase. Alles gigantisch groß. Und alles dreht sich. Du musst dir vorstellen, dass sich das Spiegelei in der Pfanne dreht, und zwar um den Mittelpunkt den zentralen Eidotters. Dabei hat unsere Sonne – du erinnerst dich, weit außen – eine Geschwindigkeit von 960.000 km/h. Und trotz dieser extrem hohen Geschwindigkeit dauert ein

einziger Umlauf um das Zentrum unserer Galaxie gut
240 Millionen Jahre unserer Zeitrechnung.

Unsere Sonne – und damit auch wir – ist etwa
26.000 Lichtjahre von Zentrum unserer Galaxie, also
der Mitte des Eidotters entfernt. Das heißt, das wunderschöne Funkeln, das wir hier so deutlich sehen
können, also das Licht der Sterne, ist gut und gerne
26.000 Jahre unterwegs, bis es auf die Netzhaut
unseres Auges trifft. Nur um mal eine Vorstellung
von den Dimensionen zu bekommen.'

Moshe hat ebenfalls fasziniert zugehört: 'Das ist ja
ein Riesen-Riesen-Riesen-Spiegelei!'

Der Junge hüpft aufgeregt um den riesigen Steinkopf
herum und schwebt schließlich aufgedreht durch die
Köpfe hindurch.

'Und die Sternbilder, die wir sehen, Orion, Kassiopeia, der Große Bär und die Tierkreiszeichen,' will
Rosa wissen, 'gehören die zu unserer Galaxie oder
schon zur nächsten?'

'Die gehören zu unserer Galaxie, Rosa.' antwortet
Ming Chen. 'Die uns nächste Galaxie, quasi unsere
Nachbargalaxie, ist der Andromedanebel. Der ist 2,5
Millionen Lichtjahre entfernt. Das heißt, sein Licht,
das wir in der Nähe vom 'W' der Kassiopeia sehen, ist
2,5 Millionen Jahre unterwegs, ehe es uns erreicht.
Fantastisch, nicht wahr? Und hier kann man den
Andromedanebel mit bloßem Auge sehen.'

Ming Chen ist voll in seinem Element und zeigt begeistert mit dem ausgestreckten Zeigefinger in Richtung eines leuchtenden Punktes mit einem leicht
ovalen, etwas bläulich, oder doch rötlich schimmernden Lichtkranz.

'Aktuell geht man von mindestens einer Billion – also Tausend Milliarden Galaxien in unserem Universum aus.' ergänzt der Chinese respektvoll.

"Puh! Das macht uns Menschen aber ganz schön klein!" fasst Jimmy sichtlich beeindruckt die astrologischen Darlegungen von Ming Chen zusammen.

'Das kann man wohl sagen.' pflichtet Rosa dem Amerikaner bei. 'Bei diesen Dimensionen, diesen Weiten, da wird mir ganz schwindelig.'

'Oh! Schaut mal!' ruft Moshe, der sich einen Spaß daraus gemacht hat, dicht über einem Moai-Kopf zu schweben, von oben in die Gruppe hinein. 'Da kommen goldene Dinger aus dem Himmel!'

Sein dünner Jungenarm weist knapp über dem Horizont in eine Richtung des Südhimmels, geradewegs dem fein strukturierten Gesicht des Vollmondes gegenüber. Synchron wenden sich sechs Köpfe in die von Moshe angezeigte Richtung.

Ming Chen versucht zu erklären, was sie sehen: 'Das ist Orion. Seht ihr die drei Sterne in einer geraden Reihe? Das ist der Gürtel des Sternbilds Orion. Tatsächlich. Von hier kommen Figuren, geometrische Figuren, hervor. Körper sind das. Dreidimensionale geometrische Körper.' Rosa stimmt zu: 'Ja, das sind geometrische Körper. Ich kann sie auch deutlich erkennen. Hier – jetzt kann ich einen Tetraeder sehen.'

Jihane: 'Was ist ein Tetraeder?'

Rosa: 'Eine Pyramide. Eine Pyramide aus lauter gleichseitigen Dreiecken. Nicht wie die Große Pyramide von Gizeh. Die hat ja eine quadratische Grundfläche, auf der vier Dreiecke stehen. Diese hier hat ein

Dreieck als Grundfläche. Mit drei gleichlangen Seiten. Und auf jeder Linien dieses Dreiecks steht wiederum ein gleichseitiges Dreieck. Und sie kippen so zusammen, dass sich die Spitzen der drei stehenden Dreiecke in der Mitte berühren. Also nicht vier Seiten wie bei Cheops, sondern nur drei Seiten.'

Jihane, gewohnt höflich: 'Ja danke, das hast du sehr gut erklärt. Ich kann's mir sehr gut vorstellen.'

'Ich auch!' trötet Moshe jubelnd. 'Und das sind jetzt aber Raumschiffe!'

Ming Chen: 'Ich habe keine Ahnung.'

Rosa: 'Ich kenne nur Raumschiff Orion. Das war super! Das war eine der ersten Science fiction Serien im Fernsehen. Lange vor Star Trek und was dann da noch alles kam. Dietmar Schönherr als Commander McLane war mit seinem Raumkreuzer Orion wegen Eigenmächtigkeit strafversetzt worden. Und seine abenteuerliche Strafexpedition wurde von einer Frau – damals echt revolutionär – überwacht. Sicherheitsoffizier Tamara Jagellovsk. Auch noch eine Russin. Und das in den Zeiten des Kalten Krieges. Das lief in den 1960er Jahren. Damals haben die für den Film noch die Raumkapsel mit Bügeleisen und Duschköpfen als Schaltpultelemente ausgestattet. Gleichzeitig innovativ und witzig!'

Keiner der anderen reagiert auf Rosas begeisterte Ausführung. Außer ihr kann wohl keiner was mit dem Klassiker anfangen, der einst Star Trek und Co den Weg geebnet hat.

'Schaut mal. Da kommen auch Würfel rein, wie bei meinem Malefiz-Spiel. Und aneinander geklebte Tekapeder. Und so runde Würfel, da, die habe ich bei

meinem Zaubererspiel. Ob da Aliens drin sitzen?'
Moshe ist hin und weg.

"Ich glaube nicht. Sorry, Kumpel." antwortet dieses
Mal Jimmy dem Jungen. "Schau mal genau hin. Die
Dinger lösen sich alle auf!"

Und Moshe kneift ein wenig die Augen zusammen,
um genau zu erkennen, was hier passiert.

Die seltsamen geometrischen Gebilde scheinen aus
dem Gürtel des Orion herauszukommen. Sie fliegen
oder schweben in ihre Richtung, so weit man das bei
den Entfernungen sagen kann. Es sieht ein wenig so
aus, als kämen diese geometrischen Formen auf sie
zu. Eigenartigerweise werden sie dabei aber nicht
größer, obwohl sie mit beachtlicher Geschwindigkeit
auf sie zukommen.

'Da ist ja Wasser überall. Ganz weit – überall ist Wasser.' ruft Moshe aus.

Ihre Augen, die sich nun vollständig an die dämmrige
Dunkelheit gewöhnt haben, blicken nun von ihrer erhabenen Position auf dem grasbewachsenen Hügel
aus auf das weite, vom reflektierten Mondlicht leicht
silbern schimmernden Meer, in dem sich die geometrischen Figuren aufzulösen scheinen.

'Die fallen alle ins Meer. Oder?' fragt Moshe.

"Sieht ganz so aus." antwortet Jimmy.

Unzählige dieser geometrischen Körper fliegen ruhig,
aber offensichtlich mit sehr hoher Geschwindigkeit
aus dem Sternbild Orion heraus, das nur knapp über
dem Horizont steht. Und eine geometrische Figur
nach der anderen fällt aus Sicht der sechs Beobachter ins Meer. Wie eine Perlschnur, die sich leicht

schräg in ihre Richtung spannt, folgt eine Figur der anderen, um sich in den Weiten des Pazifiks aufzulösen.

'Ah, ich weiß jetzt, was das ist.' Ming Chen hat einen Geistesblitz. 'Das sind Platonische Körper. Genau. Platonische Körper.'

Nachdem er um sich herum nur in fragende Gesichter schaut, fährt Ming Chen fort: 'Platonische Körper sind geometrische, dreidimensionale Körper mit der größtmöglichen Symmetrie. Der einfachste ist der Tetraeder, den Rosa ja so prima erklärt hat. Insgesamt gibt es fünf Platonische Körper. Den zweiten hast du erkannt, Moshe, das ist der Würfel, der ja aus sechs Quadraten besteht. Den dritten hast du fast erkannt, Moshe, das ist der Oktaeder. Das sind schon zwei Pyramiden aufeinander, aber nicht zwei Tetraeder, sondern zwei Pyramiden mit einer quadratischen Grundfläche – wie die Große Pyramide von Gizeh. Da bilden nicht vier, sondern acht – daher der Name – gleichseitige Dreiecke den Körper. Okta – Eder.'

Wenn Moshe in seinem physischen Körper wäre, würde er nun rot werden. In seinem Astralleib dreht er ausgelassen eine Runde um den großen Steinkopf. Noch nie haben ihn Erwachsene so ernst genommen wie hier. Moshe ist überglücklich. Er wird gesehen und gehört. Das ist für ihn mindestens so toll wie die Abenteuer, die sie an all diesen ungewöhnlichen Orten auf der Erde und bei Lichtwesen erleben.

In Moshes Glückseligkeit hinein fragt Jimmy ungeduldig-frotzelig: "Gut, symmetrische geometrische Körper. Aber wir sind ja nicht in der Schule und auch nicht auf der Suche nach einem Architekturbüro, wo es um Geometrie geht. Wieso ausgerechnet solche Körper, und dann noch von irgendwo aus dem All..."

'...von Orion.' ergänzt Moshe.

"Okay...von Orion aus, in Massen, und dann fallen die ins Meer. For what?"

'Also irgendwie sind das halt sehr energiereiche Körper.' denkt Rosa fast laut nach. Und zu den anderen gewandt: 'Mir fällt dazu eine Übung ein, die Hilde, meine spirituelle Freundin, so gerne mit mir gemacht hat. Da stellt man sich einen Oktaeder in seinem Kopf vor. Das geht ja noch mit etwas Üben. Aber dann soll man den Oktaeder auf einer seiner beiden Spitzen drehen – und zwar alles in meinem Kopf. Also die schon recht komplizierte dreidimensionale Figur noch bewegen, ohne dass sie die Form verliert. Aber das ist erst der Anfang. Anschließend den Oktaeder im Kopf hinlegen, so dass seine beiden Spitzen von innen auf die Schläfen zeigen. Und dann das gute Stück im Kopf vor und zurück rollen. Noch nicht genug. Zum Schluss soll ich mich selbst noch von außen beobachten, wie ich den sich um seine Achse drehenden Oktaeder in meinem Kopf beobachte. Das Letzte habe ich kaum hingekriegt. Aber das macht den Kopf schon mächtig frei. Das soll nämlich die Zirbeldrüse anregen. Weit wird alles dadurch. Weit und offen.'

Nun meldet sich Nyima zu Wort: 'Es ist Energie, die auf die Erde gebracht wird. Bön-Priester sagen, dass in seltsamen Figuren zu bestimmten Zeiten Energien auf die Erde gebracht werden, um das Erdenwesen und auch das Feuer, das Wasser, die Luft und die Erde zu stärken. Bei uns findet das am Yungdrun Gutse statt. Ihr sagt ja Kailash zu dem heiligen Berg.'

'Dann wird hier das Wasser energetisiert? Und bestimmt auch die Wale.' ergänzt Jihane, halb fragend, halb sich selbst anwortend.

Sonam erläutert: 'Ja, die Wale, diese alten weisen Wesen. Sie brauchen viel Kraft, um auf der Erde zu überleben.'

'Aber warum ausgerechnet in Form Platonischer Körper?' sinniert Ming Chen vor sich in. Dazu fällt Rosa ein: 'Größtmögliche Symmetrie ist vielleicht auch die größtmögliche Harmonie. Vielleicht die beste Möglichkeit, harmonisierende Energien von A nach B zu bringen.'

'Das klingt logisch.' pflichtet der Chinese Rosa bei.

Unablässig fallen Tetraeder, Würfel, Oktaeder, Dodekaeder[1] und Ikosaeder[2] vor ihren Augen in den Pazifischen Ozean.

'Ob es auch andere Menschen gibt, die dieses Ereignis beobachten. Ich habe jedenfalls noch niemals von einer solchen Beobachtung gehört.' geht es Rosa durch den Kopf.

'Ich auch nicht.' stimmt ihr Ming Chen zu.

'Und solch eine Beobachtung wäre bestimmt durch die Presse gegangen.' entgegnet Rosa.

'Nicht unbedingt.' reagiert der Chinese. 'Die Mächtigen dieser Erde geben nicht unbedingt alle außergewöhnlichen Informationen an alle Menschen weiter. Es gibt auch Interessen, uns kleingläubig und eng-

---

[1] *Symmetrischer Körper mit einer Oberfläche aus 12 Fünfecken.*

[2] *Symmetrischer Körper mit einer Oberfläche aus 20 gleichseitigen Dreiecken.*

stirnig zu halten. So ein Volk ist einfacher zu regieren, zu manipulieren. Wir Chinesen kennen uns damit sehr gut aus.'

'Da hast du natürlich auch wieder recht.' pflichtet ihm Rosa bei.

"Schaut mal!" Dieses Mal ist es der amerikanische Soldat, der mit ausgestrecktem Arm auf das Meer hinaus weist, "Wow!"

Dort, wo die noch immer herein strömenden Energiekörper vom Meer aufgenommen werden breitet sich ein weiß-goldenes Lichtoval aus. Das Lichtfeld nimmt beständig an Größe und Intensität zu, während weiterhin Platonische Körper in sein Zentrum fallen.

'Das muss ja eine riesige Fläche sein, eine unvorstellbare Menge an Energie.' geht es Ming Chen durch den Kopf, während Nyima mit geradem Blick hinaus auf das Meer schaut und ihr tiefes OM anstimmt, begleitet von Sonams zartem, hohem Wolfsgeheul.

"Wird tatsächlich die Energie der Erde von Außen aufgefüllt?" fragt sich ein irritierter Jimmy.

'Ja, von Außerirdischen!' ergänzt Moshe aufgeregt. 'Von den Orioranern!'

'Schon möglich.' antwortet Rosa. 'Ich halte inzwischen nichts mehr für unmöglich.'

Eine Weile schauen sie schweigend dem gigantischen Spektakel zu.

Wie zuvor fragt irgendwann der amerikanische Macher in die Runde: "Alles schön und gut! Aber da draußen kann ja nicht unsere Aufgabe liegen. Weshalb sind wir also hier? Auf dieser Insel mit diesen

seltsamen riesigen, streng dreinblickenden Stein-
köpfen?"

Im selben Moment schnurrt das inzwischen riesen-
große Lichtfeld auf dem Meer zu einem gleißend hellen Punkt in seiner Mitte zusammen und zerspringt
im nächsten Augenblick in hunderte Lichtbänder, die
sich sternenförmig in alle Richtungen ausbreiten.
Eines der Lichtbänder schlängelt sich geradewegs auf
sie zu. Ehe sich die Gruppe Gedanken darüber
machen kann, was das bedeutet, ob sie möglicherweise sogar in Gefahr sind und besser das Weite
suchen sollten, erreicht die Spitze des Lichtstrahls
offenbar gezielt etwas auf ihrer Insel, gar nicht weit
von ihnen entfernt, etwas oberhalb von ihnen, am
gegenüber liegenden Hang. Vielleicht zwei Kilometer
von ihnen entfernt. Im hellen Schein des Lichtbandes
erkennen sie sieben Figuren oder Köpfe, ähnlich den
steinernen Gesellen neben ihnen. Das Lichtband
scheint in der Empore, auf der die sieben Figuren
stehen, zu verschwinden. Das Lichtband hat offenbar
ein Ende. Irgendwann sehen sie es noch zwischen
den Steinfiguren verschwinden, ehe sie wieder die
nur vom Vollmond beschienene silbrige Dunkelheit
der Nacht umgibt.

"Hier ist ja was los!" Jimmy ist der erste, der seine
Sprache wiederfindet.

Auch die unzähligen übrigen Lichtbänder sowie die
ins Meer fallenden Platonischen Körper sind verschwunden. Die Weiten des Pazifiks liegen wieder in
der Dunkelheit der Nacht vor ihnen, im kühlen Sil-
bergrau des Mondlichts, mit Orion am Himmelshori-
zont, dem stolzen und fruchtlosen Jäger.

Diesmal ist es Jihane, die die Gruppe zur Bewegung
ermuntert: 'Wir sollten dort hinüber gehen und uns

die Steinfiguren auf der Empore genauer ansehen. Das scheint auf dieser wundersamen Insel ein ganz besonderer Ort zu sein, wenn er so mit Energie aufgeladen wird.'

Ohne weitere mündliche Absprachen setzt sich die Gruppe schweigend bergauf in Bewegung. Sonam läuft schwanzwedelnd vorweg. Nach einem sanften Aufstieg beziehungsweise Hinaufgleiten erreichen die Sieben die längliche Plattform. Das Mondlicht spiegelt sich in sieben etwa fünf Meter hohen Steinmännern wieder. Das kühle Licht des Erdtrabanten verleiht dem in Stein gemeißelten ernst-verkniffenen Gesichtsausdruck zusätzliche Strenge. Die langen Köpfe nehmen ein Drittel der gesamten Figuren ein. Eng anliegende schlanke Arme reichen fast bis zu ihrem Sockel. Unterleibe und Beine fehlen. Alle Sieben starren in die gleiche Richtung – weit aufs Meer hinaus.

Erneut kommt Ming Chens archäologisches Wissen zum Zuge: 'Das sind die Ausnahme-Moais hier. Sie sind die einzigen, die aufs Meer hinaus schauen. Alle anderen, etwa einhundert Steinmänner und Köpfe haben nämlich dem Meer den Rücken zugewandt. Ob das den Lichtstrahl erklärt, weiß ich natürlich nicht.'

Jimmy untersucht die Steinmänner im Licht seiner Taschenlampe. "Die sehen gar nicht alle gleich aus. Das wirkt nur auf den ersten Eindruck so. Manche haben einen flachen Hinterkopf. Manche sind schlank. Und der hier, der dritte von links, hat sogar eine kleine Wampe. Auch die großen Nasen sehen alle etwas anders aus: gerade, spitz, Hakennasen und fast stubsnäsig. Und die Kerle haben extrem lange und sehr dünne Finger."

* * *

Da erklingt plötzlich ein melodiöses Tönen von unverständlichen Silben. Viele Stimmen summen und tönen unisono. Und es beginnt sich der Bereich um die Plattform zu füllen. Auf einmal ist es fast überfüllt auf dem kleinen Platz. Männer und Frauen mit schlichtem Lendenschurz umkreisen unter Singsang die sieben Moais.

Als sie sich umsehen, sehen sie gerade noch drei große, doch eher riesige Gestalten, die in Richtung Meer verschwinden. Sie müssen mindestens so groß sein wie die Steinmänner hier, wenn nicht noch größer. Ein fast durchsichtig wirkender blauer Schimmer umgibt sie. Wirklich zu gehen scheinen sie nicht. Und sie sind sehr schnell. Kurz darauf haben sich ihre unscharfen Konturen für die sieben Augenpaare über dem Meer aufgelöst.

'*Mu* aus *Lhayül*.' bemerkt Nyima trocken. Fünf Augenpaare schauen sie verständnislos an. 'Geistwesen aus der himmlischen Welt.' kommt es ebenso trocken zwischen ihren Beinen hervor. 'Ich übersetze nur.' sagt Sonam.

'Aliens?' Moshe lässt nicht locker.

'Ich weiß nicht genau, was Aliens sind, Moshe.' antwortet Sonam. 'Aber diese blauen Wesen kommen jedenfalls nicht von der Erde.'

'Wow! Ich hab Aliens gesehen! Endlich! Blaue Riesenaliens!' Moshe saust vor Begeisterung im Zickzack immer zwischen den sieben Steinmännern hindurch. Die Menschen, die die Plattform darunter singend umkreisen hat der Junge völlig vergessen und saust das eine oder andere Mal auch durch die Prozession hindurch.

"Komm mal wieder runter, Junge." mahnt Jimmy, der das Gefühl hat, der herum sausende Junge könnte die konzentrierte Menschenmenge bei ihrem Ritual stören, auch wenn diese auf einer anderen Zeitlinie agiert.

'Aber die sehen und spüren mich doch gar nicht.' juchzt Moshe übermütig, ohne seinen Zickzack-Kurs zu verändern.

'Aber das fühlt sich nicht richtig an, Moshe. Bitte!' Rosa fordert den Jungen mit einer Handbewegung auf, zu ihnen zu kommen.

'Na gut.' gibt Moshe schließlich widerwillig nach und landet zwischen den beiden Männern.

Unterdessen hat die Prozession angehalten. Sieben Teilnehmer treten aus der Gruppe heraus, während der Singsang der Übrigen immer höher und ekstatischer wird. Alle Sieben halten etwas Rechteckiges in ihren Händen. Sie treten in einer Reihe vor das Podest mit den Steinmännern, den Figuren ihren Rücken zugewandt. Unter den strengen, starren Blicken der sieben regungslosen Moai fallen die sieben Menschen auf die Knie und rufen unverständliche Worte in Richtung Meer. Sie legen ihre Rechtecke vor sich in das Gras. Und beugen sich so weit vor, dass sie die Rechtecke auf dem Boden mit ihrer Stirn berühren. Dann erheben sie sich nahezu gleichzeitig.

Augenblicklich ist es mucksmäuschenstill. Die Menschenmenge ist stehengeblieben. Alle schauen auf die sieben Moai. Dann treten je zwei Männer aus der Menge vor eine Steinfigur. Jeweils einer lehnt sich mit ausgestreckten Armen vor die Brust eines Moai, der andere klettert auf dessen Schulter. Jeweils einer der Männer erklimmt mit der rechteckigen Tafel die Schulter des zweiten Mannes. Jeder wirft ein Seil oder ein Band über den Kopf eines der Steinmänner. Dieses ist offenbar mit der rechteckigen Tafel verbunden. Denn als die Sieben wieder hinunterklettern, hängt vor der Brust jedes Moai ein Rechteck – wie ein Schild oder eine Tafel.

Gleich darauf lösen sich die Menschen, wie sie es inzwischen bereits kennen, wie zerplatzende Seifenblasen auf. Sie sind wieder allein mit den sieben Steinmännern unter dem vollen Mond. Um den Hals der Moais baumeln rechteckige Tafeln.

Jimmy schaut sich sofort im Licht seiner Taschenlampe die Tafeln genauer an. Dazu muss sich der Einsneunzigmann gewaltig strecken. "Da sind irgendwelche Zeichen drauf. Ist einfach nur ein Holzbrett mit eingravierten Zeichen." Er wirkt enttäuscht.

'Das ist bestimmt ein Artefakt von den Aliens.' ruft Moshe. 'Mit geheimen Botschaften für die Menschen. Vielleicht steht da, wie wir ein Raumschiff bauen können.'

'Vielleicht.' antwortet Ming Chen dem Jungen gelassen.

'Das wäre mal eine Aufgabe.' ergänzt Rosa schmunzelnd.

'Wir schauen uns diese Tafeln mal genauer an.' fährt der Chinese fort.

Schließlich recken auch Rosa, Ming Chen und Jihane ihre Köpfe in die Höhe, um die vermeintlichen Hieroglyphen zu erkennen.

'Ihr könnt doch hochschweben.' feuert Moshe die drei an. 'Das ist doch viel einfacher.' Dem Jungen ist der Umgang mit dem Astralkörper schon in sein feinstoffliches Blut übergegangen.

'Danke, Moshe. Ich komme da manchmal noch nicht drauf. Du bist schon richtig fit mit deinem Zustand.' Rosa schwebt als erste auf Augenhöhe mit den Tafeln. 'Ich kann sie ja nicht anfassen, Aber ich denke auch, es ist eine Holztafel. Sie ist voll mit eingeritzten und eingekerbten Zeichen und Symbolen. Ich kann Fische erkennen. Manche könnten vielleicht auch tanzende oder laufende Männchen sein. Und auch einfach Striche sind da. Aber keine Ahnung, was sie bedeuten.'

Auch die anderen Vier schauen sich nun im Licht von Jimmys Taschenlampe, die von unten hoch leuchtet, auf Augenhöhe die Holztafeln an.

'Moshe: 'Lustig. Ich hab eins, das sieht aus wie ein Gummibärchen.' Jihane: 'Dies hier könnte ein Schaf oder ein Esel von oben sein.' 'Dann ist der hier ein Wattwurm.' scherzt Rosa. 'Moshe: 'Ich habe noch ein A auf dem Kopf gefunden. Aber kein Raumschiff.' Jihane: 'Hier ein Vogel mit langen Kopfschmuckfedern.' Ming Chen: 'Hier ist so etwas wie das deutsche Hitler-Hakenkreuz. Das ist aber nur ein Mal da. Manche kommen auch mehrfach vor wie die Perlschnur hier mit drei Perlen oder der Fisch.' 'Und hier sieht eins aus wie ein Hundertfüßer.' bemerkt Jihane.

"Schaut euch mal die anderen Tafeln an." fordert Jimmy die Schwebenden auf, indem er mit seiner Taschenlampe in Richtung Brusthöhe des benachbarten Moai wedelt. Gemeinsam untersuchen sie die übrigen sechs Holztafeln. Sie sind alle mit Zeichen beschrieben. Auf allen können sie die gleichen Symbole, nur in anderer Zusammensetzung, erkennen.

'Wir suchen ja Buchstaben, Worte, Sätze. Aber wie uns diese Hieroglyphen hier weiterhelfen sollen – ich habe keine Idee.' fasst Ming Chen seine Beobachtungen zusammen.

Die Zeichen erinnern mich an Tĕlugu[1], eine Sanskrit-Schrift.' bemerkt Nyima.

'Wir suchen ja Sanskrit.' erwidert Jihane.

'Das schon.' antwortet Nyima. 'Aber dies ist kein Tĕlugu oder Sanskrit. Da bin ich sicher. Das sieht nur ähnlich aus.'

'Ich habe mal elamische Schriftzeichen in Susa[2] gesehen, auch so ähnlich, nur sehr viel eckiger. Aber das hilft uns auch nicht weiter.' ergänzt Jihane.

"Hmmhh...!" Jimmy ist genervt. "Und was machen wir nun damit? Soll ich alle sieben Holztafeln einstecken? Sind wir deshalb hier?"

'Nein!' entgegnet Nyima sehr bestimmt und ernst. 'Das fühlt sich nicht richtig an. Die Scheiben, die wir aus der Darius-Höhle von Persepolis mitgenommen haben, die waren dort versteckt. Das hier ist anders.'

---

[1] *Eine Sprache aus der dravischen Sprachfamilie, die vor allem viele Einzelwörter aus dem Sanskrit, der klassischen Sprache des Hinduismus, entnommen hat; sie wird hauptsächlich von den Menschen in Andhra Pradesh und Telangana, Regionen in Indien, gesprochen; Tĕlugu ist die zwölftgrößte gesprochene Sprache der Welt.*

[2] *Susa ist eine antike Stadt in Persien. Sie gilt als eine der ältesten durchgehend besiedelten Städte der Welt*

'Andererseits – da sich das Zeitfenster wieder zugezogen hat und die ...' zu Moshe '...Aliens und die Menschen, Einheimische, Polynesier vermute ich, wieder verschwunden sind, und die Holztafeln aber geblieben sind – das könnte schon eine Botschaft für uns sein.' analysiert Ming Chen.

Rosa wird praktisch: 'Sag mal, Jimmy, hast du dein Handy dabei?'

"Ja sicher," antwortet der Amerikaner, "aber das hat sicher keinen Saft mehr."

'Schau doch mal nach. Wir erleben hier so viel mit Zeit und Energie. Wer weiß?'

Jimmy klaubt aus seiner linken oberen Hosenbeintasche sein Handy hervor. Und Erstaunen macht sich auf seinem Gesicht breit. Es wird von dem aufflackernden Bildschirm seines Handys erhellt. "Einhundert Prozent Stoff. Das gibt's doch gar nicht! Schon in Afghanistan hatte ich kaum noch Saft. Da bin ich mir sehr sicher."

Und zu Nyima gewandt fährt Rosas praktische Seite fort: 'Wie fühlt sich das denn für dich an, Nyima: Jimmy fotografiert die Schriftzeichen auf den sieben Holztafeln ab?'

'Gute Idee!' wirft Ming Chen ein, bevor Nyima mit einem stummen Nicken antworten kann.

Sofort macht sich der hochgewachsene Amerikaner daran, auf Zehenspitzen, mit weit nach oben gereckten Armen die sieben Holztafeln aus jeweils verschiedenen Positionen mit dem Handy abzufotografieren. Sorgfältig kontrolliert er nach jeder Session, ob er die gesamte Tafel, also alle Symbole und Schriftzeichen erwischt hat, und ob die Bilder scharf und hell genug sind, damit sie später die Zeichen auch noch erkennen können.

Wieder ist es der aufgeweckte Moshe, der in der ganzen Geschäftigkeit das Ungewöhnliche bemerkt: 'Schaut mal!' ruft er aus. 'Die Holztafel, die Jimmy gerade fotografiert hat, ist jetzt weg. Da – die nächste.'

Und tatsächlich – unmittelbar nach jeder Fotosession löst sich die entsprechende Schrifttafel wie eine zerplatzende Seifenblase in Luft auf. Nachdem Jimmy seine Fotos fertiggestellt hat, stehen die sieben Moai so karg, nüchtern und versteinert da wie zuvor, als sie sie das erste Mal gesehen haben. Im schwächer werdenden Licht des inzwischen beträchtlich tiefer gesunkenen Vollmondes schauen die Steinmänner noch ernster und finsterer drein. Fast kommt es ihnen so vor, als wären die Moai nicht damit einverstanden, dass die kleinen Menschen vor ihnen diesem Ort dieses Geheimnis entlockt haben. Auch, oder vielleicht gerade deshalb, weil diese Menschen nichts verstehen.

* * *

'Wir werden jetzt offensichtlich noch nicht zurückgeholt. Vielleicht ist unsere Aufgabe hier doch noch nicht gelöst. Aber – wollen wir nicht einfach die Gelegenheit nutzen, und noch zum Meer runtergehen? Das ist ja nicht weit.' fragt Rosa in die Runde. 'Also ich liebe das Meer, und Moshe hat ja noch nie so viel Meer gesehen.'

'Au ja.' Moshe schwebt schon begeistert los.

'Wir sind ja schnell dort. Und Jimmy ist doch fit, oder?' setzt Rosa nach.

"Gerne. Ich habe schon gerne echten Boden unter den Füßen. Und so echte Bewegung tut jetzt auch mal gut. So ein Fleischanzug will bewegt werden. Meiner jedenfalls." Und schon läuft der Soldat geschickt hinter Moshe her den Hang Richtung Meer hinunter. Sonam folgt dem Amerikaner sichtlich vergnügt. Die anderen Vier schweben lautlos hinter den beiden her, die sie bald eingeholt haben.

Die gesamte Gruppe trifft sich in einer malerischen Strandbucht wieder. Die kräftigen Wellen des pazifischen Ozeans brechen sich mit lautstarkem Rauschen kurz vor der Küste und rollen sanft auf dem weißen Sand in der Bucht aus. Jimmy hat seine Militärstiefel ausgezogen und rennt barfuß durch die ausrollenden Wellen, dass es nur so spritzt. Auch Sonam vergnügt sich am Meeressaum. Der weiße Hund schnappt mit seinem kleinen Mäulchen aufgeregt nach den weißen Schaumkronen der ausrollenden Wellen.

'Wie gerne würde ich jetzt auch durch den Spülsaum laufen.' denkt Rosa. 'Aber ich kann nicht einmal meine Schuhe anfassen, geschweige denn ausziehen. Na ja, man kann nicht alles haben.'

Stattdessen stimmt Rosa in gespielter Inbrunst einen alten deutschen Schlager an: '*Wenn bei Capri die rote Sonne im Meer versinkt.....und am Himmel die bleiche Sichel des Mondes blinkt.....zieh'n die Fischer mit ihren Booten auf's Meer hinaus.... und sie....*'

Bei ihrem klaren und kräftigen Gesang weist Rosa mit weit ausholenden, theatralisch überzogenen Gesten auf die Weite des Meeres vor sich und den sie beleuchtenden Mond.

'Das Lied kenne ich gar nicht. Ist das ein deutsches Volkslied?' fragt Ming Chen interessiert. 'Das ist eine sehr schöne Melodie. Wie ein romantischer Tango.'

'Stimmt, Ming Chen. Das ist mir noch gar nicht aufgefallen. Ist tatsächlich ein Tango. Ich kenne das Stück nur als Schlagerschnulze aus den Fünfziger- oder Sechzigerjahren. Ist nämlich kein Volkslied, sondern eben ein sehr alter deutscher Schlager. Aus der Zeit, als damals bei uns die Reisewelle losging. Italien. Capri. Damit fing das an.'

Rosa geht mit erhobenen Ellenbogen und leicht geneigtem Kopf in Tanzhaltung.

'Klar. Das ist ein Tango.' Murmelt sie begeistert vor sich hin und bewegt ihre Füße mit leicht angewinkelten Knien nach ihrem eigenen, nun betont rhythmisch gewordenen Gesang über den Sand.

Diese Vorlage lässt sich Ming Chen nicht entgehen. 'Ich liebe Tango. Darf ich bitten?'

Mit großer Geste öffnet der hoch gewachsene Chinese seine Arme und streckt Rosa einladend seine linke Hand entgegen. Mit feierlichem Gesichtsausdruck nimmt Rosa seine Hand entgegen. Sie greift natürlich ob ihres Astralzustandes immer wieder durch Ming Chens Hand hindurch. Aber es gelingt ihr doch, ihre Hand in der Nähe der Hand ihres Tanzpartners passend zu positionieren. Schließlich bewegt sich sogar ihr gesamter Astralkörper mit angewinkelten, hochgestellten Armen mehr oder weniger direkt vor beziehungsweise dicht vor dem feinstofflichen Körper des Chinesen.

Wie durch eine geheime Absprache weiß jeder der beiden, was zu tun ist. Rosa setzt ihren rechten Fuß zurück, bevor Ming Chen seinen linken Fuß vorschiebt. Ming Chen ruckt mit seinem schwebenden Astralkörper in dem zackigen Tangorhythmus, woraufhin Rosa sofort ihre Bewegungsrichtung ändert. Auch wenn sie immer wieder ineinander und durcheinander fließen, schieben die beiden schwebend zu Rosas rhythmisch betontem Vierviertel-Gesang der Capri-Fischer einen Tango über den Sand.

Dieses Mal steht ein kleiner Mund verblüfft offen. Mit großen Augen staunt Nyima über die Tanzeinlage des ungleichen Paares auf den Osterinselstrand: der so traditionell-konservativ in weiß gekleidete Chinese mit dem langen, geflochtenen schwarzen Zopf schiebt die Jeans und T-Shirt tragende Deutsche mit den langen braunen Haaren in zackigem Tango über den Sand, wirft Rosas Oberkörper zwischendurch mit einem Ruck nach hinten, was die Deutsche noch mit einer weit ausholenden Geste dramaturgisch übertreibt.

Als das Lied aus Rosas Mund zu Ende ist, rollt Ming Chen seine Tanzpartnerin ein Mal mit hoch erhobenem Arm um ihre Längsachse in seine Richtung ein. Auch wenn Rosas Kopf durch den Arm von Ming Chen hindurch gleitet, spielt sie mit vor Freude glühendem Gesicht geschickt die Eindrehfigur mit.

Der Chinese verbeugt sich nach der Pirouette artig vor seiner Tanzpartnerin: 'Vielen Dank für diesen wunderschönen Tanz, Rosa.'

'Einen Knicks mache ich jetzt aber nicht.' antwortet Rosa aus ihrem vor Glück rot strahlendem Gesicht. Sie neigt mit Blick auf Ming Chen vornehm den Kopf etwas zur Seite. 'Ich habe auch zu danken. Ein guter Tänzer bist du also auch, Ming Chen.'

'Ich kann das Kompliment nur zurückgeben, Rosa.'

Rosa hält ein wenig inne: 'Manno. Das Leben ist doch einfach wunderbar!'

Rosa dreht mit ausgebreiteten Armen eine Pirouette um sich selbst. Dabei strahlt sie auf allen sichtbaren Frequenzen: 'Das hätte ich mich vorher gar nicht getraut, never ever: einfach hier am Strand vor anderen Leuten laut zu singen. Und dann noch zu meinem eigenen Gesang mit einem Fremden zu tanzen. Es ist hier auf einmal alles so einfach. Alles was ist, ist selbstverständlich, ist okay, darf sein. Ich find's herrlich!'

Es folgt eine weitere ausgelassene Drehung der Deutschen im Sand. Der groß gewachsene Chinese nickt mit ebenfalls strahlendem Gesicht zustimmend.

Nach einer Pause des leuchtenden Schweigens zwischen ihnen beiden kehrt Ming Chens Ratio zurück: 'Tango war bei uns lange Zeit sehr in Mode. Hat ein wenig Gigong und Taichi in der Öffentlichkeit abgelöst. Eine Zeit lang waren alle öffentlichen Parks in chinesischen Städten voll mit Tango und Walzer tanzenden Menschen.'

'Und ich habe mal ein bisschen Turniertanz gemacht. Auch ein wenig Latein, aber vor allem Standard: Tango, Walzer, Quickstep und Slow Fox. Herrlich. Ich habe das so geliebt. Eine schöne Zeit war das. Hat mir viel Freude gemacht. Jetzt singe ich im Chor. Aber dass ich einmal, und dann noch zu den Capri-Fischern, an einem einsamen Stand mitten im pazifischen Ozean mit einem Chinesen mit einem langen Zopf einen Tango tanze ... das kann sich ja wirklich niemand ausdenken.....'

Moshe umschwebt zunächst die beiden Strandtänzer. Dann zieht es ihn weit auf das Meer hinaus. So viel Wasser hat der Junge aus Israel noch nie gesehen. 'Ist das riesig! Das Wasser hört ja gar nicht auf.'

Als er wieder zu den anderen zurückkehrt teilt er ihnen seinem Erstaunen mit: 'Puh, ich habe noch nie so viel Wasser auf einem Haufen gesehen. Ist das jetzt wirklich ganz um uns herum? Und nirgends kann man anderes Land sehen? Ich war noch nie auf einer Insel im Meer.'

'Oh ja,' antwortet Ming Chen, 'und diese Insel hier ist so was von mitten im Meer. Es ist extrem viel Meer drumherum. Das nächste Festland, das ist Südamerika, genauer gesagt, Peru. Das ist von hier mehr als dreitausend Kilometer entfernt. Und in die andere Richtung ist es noch weiter bis zum ersten Land. Ich glaube viertausend Kilometer bis Tahiti, was ja auch nur eine Insel ist. Und dann noch mal lange nichts als Wasser, bis man schließlich nach Neuseeland und Australien kommt. Und dazwischen nichts als Wasser. Der unvorstellbar riesige pazifische Ozean.'

Währenddessen haben sich Jihane und Nyima auf eine kleine Anhöhe seitlich des Strandes begeben. Dort umkreisen sie fünfzehn riesige Moai, die stoisch auf einer langgestreckten Plattform stehen. Alle fünfzehn haben dem Meer ihren Rücken zugewandt. Die Steinmänner unterscheiden sich beträchtlich. Der größte Steinkoloss ist mit gut zehn Metern doppelt so groß wie der kleinste. Ein Moai trägt einen seltsamen großen Hut auf seinem Kopf. Bei seinem Nachbarn zur rechten blinkt das rechte Auge weißlich im abnehmenden Mondlicht. Hinter den Steinmännern zieht das Meer weiße Schaumkronenlinien. Auf der gegenüberliegenden Seite der kleinen Bucht ragt eine steile Wand aus vulkanischem Inselgestein auf.

'Es ist schon seltsam,' sagt Jihane zu der tibetischen Nonne, 'diese Steinmänner, die hier mit dem Rücken zum Meer stehen. Wenn man am Meer steht, schaut man doch eigentlich raus in die Ferne, auf's Meer hinaus.'

Nyima antwortet dem Mädchen: 'Vielleicht halten sie die Energie dieser sehr einsamen Insel.'

Inzwischen hat sich Ming Chen zu ihnen gesellt: 'Von den einsamen Weiten des Meeres ringsherum droht ja auch kaum Gefahr. Aber auf diesem vergleichsweise kleinen Eiland mussten die Menschen ja überleben. Wasser, Nahrung. Da macht es schon Sinn, die Energie auf der Insel selbst zu halten. Noch dazu ist die Osterinsel ja vulkanischen Ursprungs. Das ist ja recht fragil – im Vergleich zum Festland, wo wir alle sonst leben. Ein Punkt, an dem das Erdinnere mitten im Meer aus der Erdkruste quillt und sich so hoch auftürmt, dass es aus dem Wasser herausragt. Unter dem Meeresspiegel erstreckt sich ein Gebirgszug, und die Insel ist der höchste Gipfel, der aus dem Wasser ragt. Das ist schon rein geologisch gesehen eine sehr fragile Angelegenheit. Ich glaube, drei Vulkane gibt es hier auf der Osterinsel. Und das lebensnotwendige Süßwasser? Ob das nur das Regenwasser ist, das sich idealerweise in den Vulkankratern sammelt? Ich weiß es nicht. Ich finde es sowieso ein Wunder, dass sich die Natur einen so abseits gelegenen Flecken erobern kann. Dass hier Samen von verschiedenen Pflanzen und sogar Tiere anlanden können, um das an sich leblose Vulkangestein zu besiedeln. Und dann müssen ja noch Menschen diesen winzigen Flecken in dem unendlichen Ozean gefunden haben. Also – es ist schon wichtig, überlebenswichtig, dieses Eiland zu schützen und zu stärken – auch energetisch.'

'Vielleicht steckt auch deshalb die Hälfte der Moais – zumindest symbolisch, in der Erde.' ergänzt Jihane.

'Es ist ein sanfter Energiefluss im Boden unter den Steinmännern.' steuert Nyima den Gedankengängen bei.

'Dann kann es gut sein, dass die Moai tatsächlich diesen Vulkansockel stabilisieren.' fühlt sich Ming Chen bestätigt.

Jihane: 'Und die blauen Wesen, und auch das Lichtband, das wir gesehen haben, das hat bestimmt auch alles Energie auf die Insel gebracht. Vielleicht stehen die sieben Moai oben deshalb einzige mit dem Gesicht zum Meer, weil sie von außen, von außerhalb der Insel, Energie aufnehmen, die die anderen Steinmänner dann auf der Insel halten.'

'Das hört sich sehr gut und logisch an.' lobt Ming Chen das Mädchen mit einem Seitenblick auf Nyima. Die kleine tibetische Nonne hat ihren neutral-freundlichen Gesichtsausdruck. Doch ihr klarer, in sich ruhender Blick sagt dem Chinesen, dass sie nicht alles diskutieren und verstehen muss.

Allmählich findet sich die Gruppe bei den fünfzehn Moai vor der malerischen Kulisse mit den feinen Sandstrand zusammen. In ihrem entspannten Zusammensein erfasst die Sieben der ihnen inzwischen schon vertraute weiß-blaue Lichtwirbel.

* * *

7

Doch dieses Mal setzt sie der Lichtstrudel nicht bei Lichtwesen in der fünften Dimension ab. Die Gruppe landen erneut auf der Erde, auf einem kleinen gepflasterten Platz, geblendet von der prallen Sonne, die völlig unbeeindruckt vom klaren blauen Himmel herunter scheint.

"Aha, schon wieder staubige Ruinen! Irgendwie nervt das langsam!" Ich habe ja definitiv lieber Gras unter meinen Füßen." Jimmy merkt, dass er noch barfuß ist. Seine Stiefel, in die er am Strand seine Socken gestopft hat, liegen einen halben Meter weit neben ihm. Rasch schlüpft er hinein.

'Na, dann kannst du bei deinem Einsatz in Afghanistan aber auch nicht besonders glücklich gewesen sein, Soldat.' bemerkt Rosa ungewöhnlich schnippisch.

Der Soldat schaut die Deutsche nur kurz stumm an, während er sich noch die Schnürsenkel zubindet. Seine Augenbrauen haben sich etwas zusammengezogen und seine Stirn in Falten gelegt.

Der kleine Platz ist rundherum von etwa zwei Metern hohen Mauern umgeben. Sie können lediglich einen auf einem kleinen rundlichen Hügel stehenden Bau erkennen, oben abgeflacht. Vielleicht eine Art Zisterne. Vor ihnen führt eine steile Treppe aus dem tief liegenden eingefassten Platz heraus. Auf der gegenüberliegenden Seite zieht ebenfalls eine steile Treppe die Einfassung hoch. Ihr kleiner Landeplatz scheint eine Art Becken zu sein.

Jimmy erklimmt flink die steile Treppe vor ihnen, die unter seinen schweren Stiefeltritten ein wenig bröselt. Oben angekommen muss er durch eine Absperrung aus gespannten Drahtseilen klettern. "Ganz schön baufällig, das alles hier."

Die anderen schweben hoch und verschaffen sich in einigen Metern Höhe einen Überblick über ihren neuen Einsatzort. Dicht an dicht sind breite Mauern gezogen. An manchen Stellen reihen sich auch nur gemauerte Quader und Würfel aneinander. Die erhaltenen Mauerreste und Fundamente lassen einst unterschiedlich große Räume erkennen. Manche quadratisch, manche rechteckig, manche verwinkelt. Große und kleine. Manche Mauern fassen auch langgezogene Gänge ein.

'Sieht aus, als wären wir in den Ruinen einer ehemaligen Stadt gelandet.' stellt Rosa fest.

Ming Chen untersucht unterdessen die Mauern. 'Das sind alles Ziegel. Die ganzen Mauern und teilweise auch die Böden sind aus Ziegeln errichtet worden. Und zwar aus gebrannten Ziegeln. Nicht einfach gestampfter Ton oder Lehm. Deshalb sind sie auch noch erhalten. Ich weiß nur von einem Ort, an dem die Menschen eine Stadt komplett aus und auf Ziegeln gebaut haben: Mohenjo Daro. Das war sozusagen die Hauptstadt der Induskultur. Demnach müssten wir in Pakistan sein.'

'Pakistan!' rufen Jihane und Jimmy gleichermaßen erregt aus.

'Wo ist Pakistan?' fragt Moshe.

'Pakistan grenzt an mein Heimatland, den Iran.' antwortet Jihane mit einem Leuchten in ihren Augen.

'Und Pakistan hat im Westen eine lange Grenze mit Afghanistan.' ergänzt Jimmy.

'Dann sind wir ja gar nicht mehr sooo weit von Sika weg, oder?' will Moshe wissen.

Die anderen schauen den Jungen fragend an.

'Na, das ist mein Zuhause. Da komme ich her, da wohne ich doch. In Israel. Sika. Mein Dorf in Israel.'

'Na ja,' antwortet ihm Ming Chen, 'so nah ist es jetzt auch wieder nicht von hier zu deinem Papa. Aber auf jeden Fall viel näher als von der Osterinsel, auf der wir vorhin waren. Immerhin gut zwanzigtausend Kilometer bis hierher. Schon ziemlich unglaublich. Hast du Heimweh, Moshe?'

'Ich?' ruft Moshe entgeistert. 'Nein. Ich doch nicht. Ich finde das ganz toll mit euch.'

'Na ja, du bist doch auch noch ein Junge.' hakt Ming Chen nach. 'Da hat man doch Heimweh.'

Sonam schwebt vor den Kopf des Jungen und schleckt ihm ein Mal, oder auch zwei Mal, durch sein Gesicht. Natürlich nur durch das Energiefeld seines Gesichts. Moshe wehrt die Zuneigung des Hundes halbherzig ab.

Ming Chen merkt, dass er einen wunden Punkt bei dem Jungen angesprochen hat: 'Alles gut. Ist auch nicht schlimm, Heimweh zu haben.' Doch nun spürt der Chinese, dass jedes weitere Wort zu viel ist.

'Hab ich aber nicht!' trotzt Moshe und macht sich ohne die anderen eines Blickes zu würdigen auf den Weg zu dem rundlichen Bau auf dem kleinen Hügel.

Rosa schmunzelnd, die anderen folgen dem Jungen mit ernsten Gesichtern. Jimmy läuft begleitet von Sonam durch das Labyrinth der Ziegelmauern. Die beiden erreichen als letzte den höchsten Punkt des Ruinenfeldes.

Vor ihnen breiten sich auf etwa einem Quadratkilometer die Grundmauern einer einstmals sicher sehr prachtvollen Siedlung aus. Ein Labyrinth aus teils meterhohen Mauern und Fundamenten, die unzählige Räume umfassen. Auch vereinzelte runde Türme oder brunnenartige Konstruktionen sind zu sehen. Mit verbindenden Wegen oder auch Straßen. Und letztlich gar nicht so ungeordnet, wie ihr erster Eindruck vermuten ließ. Diese Stadt aus Ziegeln scheint sorgfältig geplant worden zu sein. Im Zentrum entdecken sie das Becken, in dem sie gelandet sind.

'Von hier aus sieht es aus wie ein leeres Freibad.' geht Rosa durch den Kopf.

'Ich meine, diese uralten Städte hätten oftmals auch ein zentrales Gemeinschaftsbad gehabt.' versucht Ming Chen zu erklären. 'In der Blütezeit hier in Mohenjo Daro sollen, so weit ich mich erinnere, zeitweise über vierzigtausend Menschen gelebt haben. Der Indu, der große pakistanische Strom, kann nicht weit von hier sein. Mohenjo Daro war nämlich eine der größten Städte der Indus-Kultur. Und die Stadt gilt als sehr, sehr alt. Mehr als 2.500 Jahre vor Christus. So alt wie die Pyramiden von Gizeh. Eine der frühesten städtischen Zivilisationen. Die Indus-Kultur ist mit Mesopotamien, Ägypten und China eine der frühesten Zivilisationen der Erde überhaupt. Manche sagen sogar, dass die Stadt achttausend Jahre alt ist, das wäre älter als die ägyptische oder Sumerer Kultur. '

"Und hat diese staubige Stadt irgend etwas mit der Steinmänner-Insel zu tun, von der wir jetzt gekommen sind, Herr Archäologe?" fragt Jimmy nicht ohne spitzen Unterton.

'Ich kann ja nicht alles wissen!' antwortet Ming Chen sehr trocken und kurz.

'Na ja,' kommt von Rosa, 'wir werden ja nicht zufällig von der Osterinsel hier in die Indus-Kultur gebracht worden sein. Ich denke, da muss es einen Zusammenhang geben, den wir herausfinden sollen. Müssen wir uns eben ein wenig anstrengen.'

"Müssen!" korrigiert der Amerikaner, der etwas genervt wirkt.

'Aber wo sollen wir hier suchen? Und überhaupt nach was?' fragt Jihane unsicher und ungewohnt ungeduldig.

'Bislang haben wir ja immer deutliche Hinweise bekommen. Ich denke, wir werden schon auf das Richtige stoßen, oder gestoßen werden.' entgegnet Rosa.

'Ohne mich wärt ihr aber gar nicht auf die Höhlen von dem großen Perserkönig gekommen.' prustet Moshe ein wenig unwirsch heraus.

Der Junge hat wohl immer noch mit dem für ihn beschämenden Heimweh-Etikett von Ming Chen zu tun und versucht, sein Selbstbewusstsein wieder aufzupolieren. 'Das war kein Lichtband, das uns da geführt hat. Ich hab die Höhlen entdeckt!'

'Dann schau dich doch mit deinen Falkenaugen hier um.' versucht Ming Chen den etwas aus dem Lot geratenen Jungen zu beschwichtigen. 'Vielleicht entdeckst du ja hier auch etwas, was uns weiterhilft.'

'Schaut mal, die Stadt ist mit einem Mal voller Menschen.' Diesmal ist es Jihane, die als erste die Veränderung in den Zeitlinien bemerkt.

Überall in den verwinkelten Räumen, Gassen und Straßen bewegen sich nun Menschen. Aber irgendetwas ist sehr seltsam. Es ist kein gewöhnliches städtisches Treiben, was dort unter ihnen stattfindet. Es sind keine Stimmen zu hören. Kein Rufen oder Kinderlachen. Keine Händler, die ihre Waren lauthals anbieten, die um Preise feilschen. Keine Frauen oder Männer, die sich die neuesten Geschichten erzählen. Auch keinerlei Geräusche irgendwelcher Geschäftigkeit oder Arbeit wie Hammerschläge. Kein Hundegebell, kein Eselschreien, kein Gänseschnattern oder Taubenrufen ist zu hören. Selbst jeglicher Lufthauch ist aus der Stadt verschwunden.

Trotzdem ist es nicht still. Das, was Mohenjo Daro ausfüllt, sind unzählige dumpfe Geräusche, gleichförmig, monoton. Diese dumpfen Geräusche spiegeln sich in der dumpfen, wie trockener grauer Nebel aussehenden Glocke wieder, die sich in der Zwischenzeit über die gesamte Ziegelstadt gezogen hat.

'Die Menschen gehen alle in eine Richtung.' stellt Moshe verwundert fest. 'Ein bisschen so wie die Ameisen aus dem Tempel in Mexiko, nicht ? Nur - die Ameisen waren fröhlich. Die Menschen hier sind alle so schrecklich traurig.'

Alle Menschen bewegen sich ausnahmslos von ihnen weg, entfernen sich mit schlappenden Schritten und hängenden Köpfen. Kein einziges Tier ist zwischen ihnen zu erkennen. Kein Esel, kein Hund, keine Katze. Alle Menschen gehen in die gleiche Richtung. Schritt für Schritt. Offensichtlich verlassen sie alle die Stadt. Und sie tun es – das ist sehr deutlich sichtbar – nicht mit Freude. Trott für Trott. Alle hintereinander.

Die Sieben sehen von allen Menschen nur Rücken und Hinterkopf. Nicht einer dreht sich um und blickt zurück.

Rosa stimmt mit schweren Tönen ein Lied an: '*Wohin auch das Auge blicket, Moor und Heide nur ringsum. Vogelsang uns nicht erquicket. Eichen stehen starr und stumm. Wir sind die Moorsoldaten...*'

Moshe schwebt einige Meter über den anderen, um herauszufinden, wohin diese seltsame trübsinnige Menschenkarawane zieht. Die Menschenketten bewegen sich bis hinter den Horizont. Rosa, Ming Chen und Jihane haben sich zu dem Jungen in größerer Höhe gesellt.

'Seht ihr auch die großen Blauen, ganz weit dahinten, bevor man die Menschen dann nicht mehr sehen kann?' fragt Moshe. Die gedrückte Stimmung hat sich sogar auf den sonst stets fröhlichen Jungen gelegt.

Rosa kneift die Augen zusammen, um in der Ferne besser sehen zu können. 'Ja, ich sehe sie auch, Moshe. Da sind welche, die sind bestimmt doppelt so groß wie die Menschen. Und von ihnen schimmert es tatsächlich ein wenig bläulich.'

'Die Wesen erinnern mich ein wenig an die blau schimmernden Riesen bei den Moai.' ergänzt Ming Chen.

Allmählich hat sich die Ziegelstadt unter ihnen geleert. Bald verschwinden auch die Enden der Menschenketten hinter dem Horizont.

Unterdessen haben sich über Mohenjo Daro dunkle Wolken zusammengezogen, unbemerkt von der Gruppe, die von dem Auszug der Bewohner völlig gefesselt war. Wie aus dem Nichts entleeren die dunkelgrauen Himmelserscheinungen über ihnen tischtennisballgroße Hagelkörner auf die leergefegte Stadt. Während Jimmy unter seiner kräftigen Armeejacke, die er sich über den Kopf gespannt hat, Schutz vor den Eiskugeln sucht, fallen sie durch die anderen einfach hindurch. Sie können kaum noch etwas sehen, so dicht fallen die großen Hagelkörner auf sie hernieder.

Doch es ist ihnen, als würden hinter dem Horizont unter einem Regenbogen gewaltige Lichtkugeln in den Himmel aufsteigen.

Und es erfasst sie wieder ihr bekannter blau-weißer Lichtstrudel.

* * *

8

Auch dieses Mal setzt sie der Lichtwirbel nicht bei Lichtwesen ab.

Sie finden sich vor einer etwa vier Meter breiten Treppe wieder. Nach einem Absatz folgen den Stufen weitere, die nach oben hin immer schmaler zulaufen.

Die einladende Treppe führt zu einem Eingang eines reich dekorierten, nach oben spitz zulaufenden Turms. Mit Ornamenten und Figuren reich geschmückte Säulen und Simse tragen das teils in kleinen Terrassen zum Himmel hochgezogene pyramidenartige Dach des hoch aufragenden Gebäudes. Der Spitze sitzt eine bauchige, vasenförmige Konstruktion auf, deren Abschluss wiederum eine Art silberner Zapfen bildet. Die untere Treppe wird rechts und links von je einer rechteckigen, allerdings leeren Nische gesäumt. Links hinter einem kleinen Turm, der ebenfalls auf der großen Plattform steht, ragt ein weiteres großes Gebäude ähnlichen Stils hervor.

'Oh!' entfährt es Ming Chen. 'Ich glaube, jetzt sind wir in Indien. Für mich sieht das hier aus wie eine typische hinduistische Tempelanlage.'

'Aha!' kommentiert Rosa. 'Dann kommen wir unserem Sanskrit ja langsam näher.'

Die Gruppe folgt der einladenden weiten Treppe und befindet sich auf einer etwa drei Meter hohen weitläufig rechteckigen Plattform, die etwa vierzig Meter lang und dreißig Meter breit ist. Jede der Ecken wird von einem etwa acht Meter hohen, oben schmal zulaufenden kleiner Turm gekrönt. Die Türmchen sind ebenfalls reich geschmückt und mit fein ausgearbeiteten Figuren, Symbolen und Mustern versehen. Im kleinen Maßstab wiederholt sich hier der Dachabschluss des großen Gebäudes: eine vasenähnliche Form mit kleinem silbernen Zapfen obenauf. Überall, auch an dem zentralen Hauptgebäude, entdecken sie bei genauerer Betrachtung auf den kunstvoll verschachtelten, mit zahlreichen kleinen Säulen und Dächern versehenen Außenwänden Muster, Symbole und vor allem unzählige Figuren. In erster Linie sind hier Menschen dargestellt. Weniger Reliefs, sondern sorgfältig herausgearbeitete dreidimensionale Statuen.

'Hier sind Elefanten.' zeigt Jihane. ' Der rechte Elefant droht einen Menschen mit erhobenem Fuß zu erdrücken. Er hält den Menschen kopfüber mit seinem Rüssel an einem Bein fest. Seltsam – so etwas in Stein zu meißeln. Oh! Was ist denn das dahinter?'

Während das Szenario mit den beiden Elefanten im Vordergrund kalkweiß hervorsticht, sind die beiden etwas zurückgesetzten Figuren zudem auch noch recht dunkel gefärbt. Offenbar penetriert hier ein Mann von hinten eine Frau, die ihren nackten Oberkörper mit hängendem Kopf sehr weit nach vorne beugt.

'Das ist eine erotische Darstellung, Jihane. Ein Geschlechtsakt. Hat bestimmt etwas mit dem indischen Tantra zu tun.' erklärt Rosa.

'Bei Allah!' entrüstet sich mit gleichzeitig immenser Verlegenheit das muslimische Mädchen, das schon fast eine junge Frau ist. 'So etwas darf man doch nicht öffentlich zur Schau stellen. Und das hier soll auch noch ein Tempel sein? *Allah-u-akbar! Bismillah ...*'

'Andere Länder, andere Sitten.' reagiert Rosa lapidar.

Die meisten der menschlichen Figuren an der Außenwand des Hauptgebäudes sind nackt, manche der Nackten sind mit Ketten und Bändern, andere mit Kopfbedeckungen geschmückt. Sie stehen meist in eindeutig erotischen Posen, etwa mit einladenden, zur Seite geneigten Hüften oder lockenden Gesten der Hände. Viele menschliche Figuren sind in teils akrobatischem Geschlechtsakt festgehalten.

'Lasst uns doch hineingehen.' versucht Ming Chen die für Jihane offensichtlich sehr unangenehm-peinliche Situation zu entschärfen.

Das Mädchen murmelt indes leise Gebete auf Arabisch vor sich hin. Dabei hat sie sich von der frivolen Außenseite des Tempelgebäudes abgewandt und steht sichtlich irritiert mit geschlossenen Augen ins Gebet vertieft da.

"Wow!" Der amerikanische Soldat hingegen ist sehr fasziniert von den erotischen Darstellungen. "Was alles geht! Die Inder scheinen ja echte Sex-Akrobaten zu sein."

'Jimmy, komm doch bitte mit rein.' Rosa versucht, Jimmy an seiner Uniform von der attraktiven Außenseite des Tempels fortzuziehen. Aber sie greift natürlich nur wirkungslos durch ihn hindurch. 'Wir sind schließlich nicht hier, damit du deine Sexualpraktiken verfeinern kannst.' sagt sie mit einem frechen Schmunzeln auf ihrem Gesicht.

Jimmy kann sich kaum loseisen. "Kann aber auch nicht schaden," erwidert er Rosas Grinsen.

Nun mischt sich auch Ming Chen ein, der neben den beiden in den Tempel hinein schwebt: 'Bei Tantra geht es nicht nur um Sex, Amerikaner. Die sexuellen Handlungen werden eher als magische Praktiken verstanden. Es geht um eine tiefe spirituelle Verbindung zwischen Mann und Frau, um Würdigung verschiedener Gottheiten und auch um das Erwecken des Kundalini, ähnlich wie beim Yoga oder auch Taichi. Im Vordergrund steht die Beherrschung des Körpers durch den Geist. Durch bestimmte Rituale und Atemtechniken werden die Chakren und Nadis geöffnet, so dass das Qi, oder wie die Inder sagen, das Prana, frei fließen kann. Eigentlich könnte man im weitesten Sinne Tantra auch als eine andere Form der Akupunktur betrachten.'

Nun schmunzelt Ming Chen vor sich hin. Rosa und Jimmy tauschen unter hochgezogenen Augenbrauen verschworene Blicke aus.

Unterdessen sind sie in der Vorhalle angelangt. An den Streben im Deckenbereich fallen ihnen weibliche Figuren auf, dargestellt in oft extrem verdrehten Posen beim Ballspiel, Musizieren, Schminken oder Entkleiden. In Wandnischen scheinen verschiedene Gottheiten aufgestellt zu sein.

'Ich wusste gar nicht, dass der Hinduismus eine solch symbolbeladene Religion ist.' kommentiert Rosa ihre Eindrücke.

Jihane beginnt sich allmählich etwas zu entspannen. Ihre Gebete sind inzwischen wieder verstummt. Ihr Blick versucht, den figürlichen Darstellungen auszuweichen. Es drängt sie vorwärts. Sie schwebt über einige Treppenstufen in den nächste, etwas höher liegenden Raum, und zügig weiter über einige kleinere Treppen bis in den am höchsten gelegenen hintersten Raum. Vier mächtige, im oberen Bereich wiederum reich mit Figuren und Ornamenten verzierte Säulen füllen den kleinen Raum fast vollständig aus. Ihr Blick haftet dort an einer dreiköpfigen weiblichen Figur, die einst auch vier Arme gehabt haben muss. Diese sind aber auf Höhe der Ellenbogen abgeschlagen. Deutlich ist zu erkennen, dass diese Figur einst in einem Stück aus der großen Steinplatte herausgemeißelt worden ist, die nun ihre Rückseite bildet. Die kunstvoll bearbeitet Steinplatte steht aufrecht in einer Nische an der hinteren Wand des letzten Raumes.

Die anderen sind Jihane in gemäßigtem Tempo gefolgt. Als letzter stößt Moshe zu ihnen: 'Ich bin ein Mal um das ganze Gebäude herumgeflogen. Von außen sieht es aus wie ein kleines Gebirge mit unterschiedlichen Berggipfeln. Und die haben sogar Balkone dort reingebaut. So ein Haus habe ich noch nie gesehen. Und nebenan ist noch ein viel größeres, höheres Gebäude. Ein bisschen so ähnlich wie dieses hier, nur größer.'

Der jüdische Junge ist wieder voll in seinem Entdeckerelement. 'Schaut mal hier. Das ist doch bestimmt eine Geheimtür.'

Moshe weist auf zwei parallel verlaufende Linien im Abstand von etwa achtzig Zentimeter in der Eingangswand des letzten Raumes hin. Die minimalen Spalte liegen gegenüber der Steinplatte mit der weiblichen Figur.

'Du bist ein sehr guter Beobachter, Commander Adlerauge.' lobt Ming Chen den Jungen, der vor Freude eine Pirouette dreht.

Jimmys kräftige Hände untersuchen währenddessen die beiden kaum sichtbaren Spalte in der Wand. Er zückt sein Taschenmesser und versucht, mit der Klinge in einen der schmalen Spalte einzudringen.

Da schwebt Nyima an seine rechte Seite: 'So nicht, Amerikaner.' Als Jimmy sie nur verständnislos anschaut, fährt die Tibeterin fort: 'Die Tür lässt sich nicht so öffnen. Die Tür ist versiegelt. Energetisch – würdet ihr sagen. Ich vermute, dass nur ein bestimmtes Mantra, in der richtigen Weise gesprochen, diese Tür öffnet. Bei uns ist das so.' Nyimas nüchterne Erklärung lässt nicht nur Jimmy in verblüfftem Erstaunen zurück.

"Und wie sollen wir denn das herausbekommen?" fragt Jimmy nach einiger Zeit in das Schweigen des Nachdenkens hinein.

Ming Chen hat als erster eine Idee: 'Die hinduistischen Tempel werden meines Wissens einer bestimmten ihrer zahlreichen Gottheiten geweiht. Wir sollten zuerst herausfinden, was für ein Tempel dieser hier ist und wem er geweiht ist. Vielleicht hilft uns das dann weiter. Ich glaube nämlich auch, also ich spüre, so wie Nyima, das unser Sanskrit-Schlüssel hinter dieser Geheimtür verborgen ist. Es ist wirklich prima, Moshe, dass du diese Geheimtür gefunden hast!'

Moshe dreht eine weitere Freudenpirouette.

"Und wie?" Die Ungeduld kommt langsam wieder in dem Amerikaner hoch.

'Wir sind hier ja nicht allein. Ich bin ja außen herum geflogen. Und hier sind einige Menschen unterwegs, die sich den Tempel angucken. Touristen. Und die wissen bestimmt, wie der Tempel heißt.' Und nach kurzer Nachdenkpause fährt Moshe fort: 'Die können uns doch nicht sehen. Wir schweben einfach zwischen den Touristen und lauschen, was sie über den Tempel sagen.'

"Eine super Idee, Commander." Jimmy will Moshe anerkennend auf die Schulter klopfen, aber seine Hand fährt natürlich nur durch dessen Astralleib hindurch. "Aaah. Ich vergesse das immer! Auf jeden Fall: Du bist ein echt cleveres Kerlchen!"

'Sag das mal meinem Papa!'

'Mach ich gerne, wenn ich ihn sehe.'

'Ich bleibe lieber hier bei dem Amerikaner.' sagt Jihane, die sehr bemüht so tut, als vertiefe sie sich in die Symbole neben der senkrechten Steinplatte.

'Alles gut.' antwortet Rosa, die sich mit Ming Chen, Moshe und Nyima auf den Weg nach draußen macht.

Sonam hat sich neben Jihane vor der Steinplatte gemütlich zusammengerollt. Im Hinausschweben sieht Rosa noch, wie ein zarter rosa Lichtstrahl von dem kleinen weißen Hund zu Jihanes Herzchakra zieht. 'Ach, dieser kleine Fellkerl. Wunderbar. Er ist immer dort, wo er gebraucht wird.'

Die vier Astralkörper begeben sich unter die Touristen.

Ein japanisches Pärchen mittleren Alters steht vor einer extrem akrobatisch anmutenden Tantra-Pose vor der Außenwand des Tempels. 'Das würde ich auch gerne mal ausprobieren, Schatz.' denkt die Frau mit einem verstohlenen Seitenblick auf ihren in seinem perfekten Anzug eher etwas steif aussehenden Mann. Rosa ist erstaunt: 'Nicht nur, dass ich ihre Gedanken lesen kann! Ich kann plötzlich sogar perfekt Japanisch!'

Nyima begleitet ein junges, indisch aussehendes Pärchen, das in gemächlichen Schritten die Außenfassade des Tempels umrundet. 'Schau, dieses Samhita[1] kennen wir doch.' sagt der Mann unaufgeregt, aber mit leuchtend schwarzen Augen zu seiner Begleiterin. 'Dabei haben wir das erste Mal Bhukti[2] erfahren.' Die schwarzen Augen seiner Begleiterin strahlen zurück. Ihr Strahlen scheint miteinander zu verschmelzen. Die beiden sind sehr verliebt ineinander.

Ming Chen hat sich an ein fülliges älteres Paar gehalten, nach ihrem äußeren Erscheinungsbild mit zu engen Shorts und zu bunten Hawaiihemden offensichtlich US-Amerikaner. Der dicke Mann liest seiner leicht genervt wirkenden Frau unablässig laut aus einem Reiseführer vor.: "...und der Lakshmana-Tempel wurde 950 nach Christus fertiggestellt. Damals war er der größte Tempel im Norden Indiens. Der Tempel ist dem Gott Vishnu in seinem Aspekt als Vaikuntha geweiht, was so viel heißt wie "Herr des Paradieses". Im Zentrum der Cella steht eine dreiköpfige Vishnu- beziehungsweise Vaikuntha-Figur. Die ist drinnen. Also lass uns reingehen und sie anschauen." Fast schiebt der Mann in seiner bestimmenden Art die Frau vor sich her.

Ming Chen hingegen ist kurz erstaunt darüber, wie gut er auf einmal Englisch versteht, noch dazu diesen breiten Südstaatenakzent. Aber der Chinese

---

[1] *vishnuistisches Tantra*

[2] *sanskrit: Genuss; auch: Macht über das Diesseits. Im "linkshändigen Tantra" (Vama Marga) bedeutet "Bhukti Mukti" Befreiung durch Genuss. Er bildet einen Gegenpol zu dem Weg der Entsagung (Sannyasa).*

hält sich nicht lange mit Wundern auf. Er hat jetzt, was er braucht. Er ruft mit klaren, bewusst fokussierten Gedanken die anderen zusammen. Sie treffen sich im letzten Raum des Vishnu geweihten Lakshmana Tempels, vor der Vaikuntha-Figur, wie bald darauf alle von Ming Chen erfahren.

"Schön und gut, Ming Chen. Sollen wir die Namen jetzt singen?" ist Jimmys erste, üblich skeptische Bemerkung.

'Oder jodeln? Das wär doch mal eine Alternative!' gibt Rosa feixend auf Jimmys Bedenkenträgerei zum besten, einschließlich eines anschließend von ihr angestimmten mehr oder weniger gelungenen bayrischen 'Lakshmana'-Jodlers. Jimmy steigt drauf ein und beide kringeln sich bald vor Lachen.

Den anderen rauchen vor angestrengtem Nachdenken, Konzentrieren und Kombinieren die Köpfe. Als Rosa wieder Luft holen kann, wendet sie sich an Jimmy: 'Oh, die Lage ist ernst. Ich glaube, wir sind zu albern.' Daraufhin müssen die beiden erst recht losprusten. Beruhigen sich aber bald wieder.

Jihane, froh dass sie ihren Kopf wieder mit anderen Gedanken und Bildern als nackten Menschen füllen kann: 'Wir waren doch vorher auf der Osterinsel. Das wird ja kein Zufall gewesen sein. Vielleicht war ja dort ein Schlüssel für diesen Türzauber. Wir haben ja immerhin dort Schriftzeichen oder Symbole gefunden. Oder wie seht ihr das?'

Rosa versucht wieder ernst zu werden und sich an der Lösungssuche zu beteiligen. 'Jimmy, du hast doch Fotos von den Symbolen auf den Holztafeln gemacht. Zeig doch mal. Vielleicht fällt uns ja jetzt etwas auf.' kommt immer noch gickernd aus der Deutschen heraus.

Während Jimmy in seiner Hosentasche nach seinem Handy fischt, stimmt Nyima einen Gesang an: '*Vaikuntha. Vaikuuunthaaa. Vaaaiikuuunthaaaa.*'

Die Nonne lässt die Vokale unterschiedlich lang tönen und probiert auch verschiedene Tonhöhen, Klangfarben und Lautstärken aus. Sonams zartes Wolfsgeheul untermalt oder verstärkt auch manchmal die verschiedenen Schwingungen von Nyimas Gesang. Im flackernden Licht von Jimmys Taschenlampe nehmen die anderen wahr, dass sich allmählich der ganze Raum mit den Schwingungen von Nyimas Tönen füllt.

'Nyima tastet sich mit den verschiedenen Frequenzen vor und sucht wohl die Tonhöhe und Lautstärke, die am meisten mit des Akustik des Raumes hier in Resonanz geht.' analysiert Ming Chen.

'Wie schlau ist das denn!' antwortet Rosa dem Gedankengang des Chinesen und schaut voller Respekt auf die singende Nonne.

Ton für Ton nähert sich Nyimas, von Sonams Heulen unterstützter Gesang der maximalen Resonanzfrequenz des Raumes an. Das ist für alle deutlich am sich aufbauenden Schwingungsfeld im Raum zu spüren. Als sie den optimalen Ton getroffen hat, kommt von der Vishnu-Steinplatte eine Art Echo zurück. Um kaum eine Sekunde zeitversetzt wirkt es so, als töne der Sandstein-Vishnu zurück. Die gesamte Steinplatte verstärkt das Tönen der beiden Tibeter derart, dass der gesamte Raum, alle Wände, Figuren und Symbole zu vibrieren beginnen. Gleichzeitig ist es im Raum selbst deutlich heller geworden. Sowohl der steinerne Vishnu, als auch die beiden hauchdünnen Spalten in der gegenüberliegenden Wand leuchten zart auf, und zwar jedes Mal, wenn die beiden in der optimalen Frequenz tönen. Doch die Geheimtür bleibt verschlossen. Auch die Drück- und Schiebeversuche von Jimmy bewegen die Tür keinen Millimeter. Sobald Nyimas Tönen zum Luftholen verklingt, erlischt auch das zarte Leuchten wieder.

'Es sieht so aus, als sei Nyima auf dem richtigen Weg.' fasst Ming Chen zusammen. 'Aber irgendetwas Entscheidendes scheint noch zu fehlen. Es passt noch nicht ganz.'

'Vielleicht fehlt nichts, sondern die Verbindung kann einfach noch nicht hergestellt werden. Es leuchten doch die Geheimtür, oder irgendetwas hinter der Geheimtür, und der steinerne Vishnu auf. Nyima singt ja mitten im Raum, also zwischen den beiden. Vielleicht muss sie beim Singen einfach ihre Position ändern, damit zwischen Vishnu und der Tür eine Verbindung entstehen kann? Ich meine ja nur.' Jihane wundert sich selbst über ihren Einfall und den für ihre Verhältnisse ausgesprochenen Gedanken- und Redeschwall.

'Gute Idee.' kommentiert Rosa, während sich Nyima bereits seitlich neben die Steinplatte, zwischen zwei der mächtigen Säulen gestellt hat. Sie hat schnell raus: sie muss an dieser Stelle des Raumes den Ton ein klein wenig höher singen, um das Aufleuchten der beiden Stellen hervorzubringen. Als sie den optimalen Ton gefunden hat und damit die maximale Vibration des Raumes herruft, stimmt auch Sonam wieder mit ein. Frequenz als auch Lautstärke scheinen nun zu passen. Die Spalten und der dreiköpfige Vishnu leuchten wieder auf. Diesmal konzentriert sich das Licht in Vishnus nach vorne gerichtetem Kopf und sendet einen feinen Lichtstrahl genau in die Mitte zwischen die beiden leuchtenden Spalten in der gegenüberliegenden Wand. Mit einem Knirschgeräusch von Stein auf Stein springt nun tatsächlich die Wand zwischen Moshes Spalten nach hinten auf. Im gleichen Moment erlischt das Licht im Raum. Nur Jimmys Handy-Display leuchtet noch.

Sofort fingert Jimmy seine Taschenlampe hervor: "Hoffentlich tut sie's noch!"

Skeptisch drückt er den Anschalter. Unvermindert hell leuchtet daraufhin die Taschenlampe auf. 'Immer noch hundert Prozent. Wir scheinen uns wohl in einer Energieschleife zu bewegen' geht Jimmy erleuchtet durch den Kopf. "Ich geh dann mal vor."

Der Lichtstrahl fällt in die freigegebene schwarze Öffnung der Tempelwand, dem der Soldat sofort folgt. Natürlich nicht ohne Sonam an seinen Fersen. Auch die anderen fünf schweben durch die geöffnete Geheimtür. Hinter Ming Chen, der den anderen den Vortritt gelassen hat, schließt sich mit erneutem Stein-auf-Stein-Knirschen die Geheimtür wieder.

Die Taschenlampe wirft diffuses Licht in den würfelförmigen Raum, in dem sie sich nun befinden. Sonam bellt laut warnend auf: 'Vorsicht! Hier geht es runter!'

Jimmy leuchtet hinter den im Lichtstrahl kurz strahlend weiß aufleuchtenden Hund in eine quadratische dunkle Öffnung in einer Ecke des ebenfalls quadratischen Bodens. "Hier scheint es nach unten zu gehen. Sieht aus, als wären hier Stufen."

Dann fährt Jimmy mit dem Lichtstrahl durch den Raum. Er ist völlig leer, und im Gegensatz zu dem bisherigen Tempel auch schmucklos. Lediglich unter der Decke zieht sich eine Art schmale Borde mit Ornamenten und Symbolen lang.

'Endlich keine Nackten mehr.' denkt Jihane.

"Also runter?" fragt Jimmy rhetorisch und klettert die schmalen Stufen hinunter, dicht gefolgt von Moshe und Sonam, dann den anderen.

Unten angekommen, offenbart sich ihnen das gleiche Szenario wie in dem kleinen Raum zuvor: Leer, mit Ornamentborde unter der Decke. Und wieder eine quadratische Öffnung in einer Ecke des Bodens.

"Weiter runter?" Jimmy verschwindet erneut, ohne eine Reaktion abzuwarten, in der kleinen Öffnung. Dort das gleiche Bild.

'Hier war einst sicherlich etwas sehr Kostbares versteckt. Sonst würde sich wohl keiner die Mühe machen, diese Räume hier auszubauen und auch noch mit einer Geheimtür zu verschließen.' denkt Ming Chen laut.

'Schade! Dann waren vor uns schon Räuber hier und haben die Schätze gestohlen.' wirft Moshe etwas enttäuscht ein.

'Sieht ganz so aus.' kommt von Rosa. 'Aber wir sind ja auch nicht bei Indiana Jones. Du bist doch Commander der Intergalaktischen Föderation, Moshe. Das ist doch eine ganz andere Liga.' Die beiden grinsen sich zufrieden an.

'Die Decke ist hier etwas niedriger als in den vorherigen Räumen. Aber sonst – alles wie gehabt.' setzt

Rosa fort. 'Und in der Ecke dort ist ein weiterer Durchgang nach unten. Also weiter. Runter.'

Jimmy mit seiner Taschenlampe geht wieder voran. Bereits auf der Hälfte der Treppe spürt er, das hier etwas anders ist. Im diffusen Rücklicht seiner Taschenlampe kann er plötzlich seinen Atem sehen. Jeder Ausatemstoß hinterlässt eine weißlich-graue Wolke kondensierter Atemfeuchtigkeit. Als er den Boden des vierten Raumes erreicht, ist eine klirrende Eiseskälte bereits seine Beine bis zu den Hüften hoch gekrochen. Seine Füße und Waden beginnen zu schmerzen als würde er in polarem Eiswasser stehen. Nicht, dass er das je gemacht hätte. Aber so müsste sich das anfühlen. Blitzschnell gehen ihm diese Bilder durch den Kopf. Unentrinnbare, hoch kriechende Eiseskälte. Kälter als Eis. Leblos. Tod.

Moshe, der ihm wieder unmittelbar gefolgt ist, schwebt neben dem Amerikaner, der sich irritiert stöhnend seine schmerzenden Beine reibt, in dem Versuch sie aufzuwärmen. Allerdings vergeblich. Die leblose Kälte hat inzwischen bereits seinen Bauchnabel erreicht. Seine gesamte untere Körperhälfte schmerzt nahezu unerträglich. Es fühlt sich an, als würde Jimmy von unten nach oben absterben.

Sein einziger Gedanke ist: 'Ich muss sofort raus hier!'

Jimmy will die Stufen wieder hinaufgehen. Wenn es sein muss kriechen. Aber seine Beine gehorchen ihm nicht mehr. Während der Kälteschmerz immer weiter nach oben zieht, spürt er seine Füße und bald auch seine Beine nicht mehr.

Sonam bellt mit all seiner Energie Moshe an. Erst ist der Junge nur hilflos irritiert, was hier los ist. Doch dann beginnt er leise *'Ehyeh - Asha Ehye'* vor sich ihn zu rezitieren. Sonam unterstützt ihn mit seinem lautest möglichen Wolfsgeheul.

'Hier ist alles voller Schatten.' flüstert Moshe zwischen seinen hebräischen Mantren den Nachkommenden zu.

Auch die anderen bemerken sofort, dass sie hier in dem vierten Raum nicht alleine sind. Auch wenn sie selbst dank ihres feinstofflichen Energiezustandes keine Kälte spüren, wissen sie doch sofort, dass hier etwas nicht stimmt und dass Jimmy in allerhöchster Gefahr ist. Jimmy steht zwar noch auf seinen Beinen, ist aber völlig starr. Er windet sich vor Schmerzen und reibt stöhnend und verzweifelt mit nachlassender Kraft an seinem ganzen unteren Körper herum.

"Mir ist so unglaublich kalt! Ich erfriere! Macht das weg! Bitte! Da frisst mich was auf. Macht das weg! Ich kann bald nicht mehr. Ich spüre meine Beine gar nicht mehr. Alles stirbt ab. Helft mir bitte!"

Moshe sprudelt hervor: 'Das sind alles Djinn hier drinnen. Die lassen sich nicht so einfach fortschicken. Die haben wie wir Menschen einen freien Willen.' Die vier Erwachsenen blicken sich erstaunt an. 'Alles nur mein Papa, der Rabbi,' wirft Moshe irritiert den anderen entgegen.

Sie müssen diesen Raum reinigen, auskehren sozusagen, irgendwie diese ganzen Wesen hier herausbekommen. Das ist allen sofort klar.

'*Djinn. Djinn. Djinn.*' summt Jihane leise vor sich hin.

'*Al-Wahhab, Al-Mumit,*' Kurz darauf hat die junge Iranerin ihre gesummten Worte gewechselt. Immer wieder: '*Al-Wahhab – Al-Mumit. Al-Wahhab – Al-Mumit...*'

Und mit jedem summenden Zitieren wird die sonst so zurückhaltende Jihane lauter und lauter, kräftiger und lauter. Immer lauter.

'Ich glaube, wir sollten da mit einstimmen', sagt Ming Chen.

Rosa nickt zustimmend und stimmt als erste in den Sprechgesang mit ein. Die anderen folgen ihr. Und bald ist der ganze Raum erfüllt von dem immer kräftiger werdenden Sprechgesang *'Al-Wahhab – Al-Mumit. Al Wahhab – Al-Mumit...'*

Nur Nymia ist in ihren tiefen Mantrengesang eingestimmt, der den ohnehin kraftvollen Worten der anderen ein starkes Fundament gibt: 'OM.'

Alle spüren, dass sich im Raum etwas tut.

Rosa und Nyima spornen mit ausholenden Gesten die anderen an, nicht nachzulassen. Wie ein schwingender Besen scheinen diese zwei Begriffe, dieses Mantra, den Raum energetisch auszukehren.

Alle Beteiligten spüren eine immer deutlicher werdende Kraft in sich, die sich in den gemeinsamen Schwingungen der Worte verbindet. Das versetzt den gesamten Raum in immer stärker werdende Schwingung.

Jimmy, der sich schon hatte erfrieren sehen, hat nun immerhin das Gefühl, dass die Kälte in seinem Körper zumindest schon einmal nicht weiter aufsteigt. Die Eisigkeit steht jetzt zwischen Bauchnabel und Zwerchfell. Seine Beine, auch seinen Unterleib, spürt er aber immer noch nicht.

Eine gefühlte Stunde verbringen die sechs Menschen und ein still in der Mitte zusammengerollter Sonam konzentriert in dem kleinen, kahlen Raum.

Dann beginnt sich Jimmy sehr vorsichtig von einem auf das andere Bein hin und her zu wiegen. Sehr, sehr langsam lässt der Schmerz nach und er beginnt wieder seine Beine zu spüren.

Ming Chen ergreift als erst das Wort: 'Die Wesen sind weg. Die Luft ist jetzt leer, sie ist durch und durch klar und rein. Wie geht es dir, Jimmy?'

"Die Kälte ist weg. Gott sein Dank. Danke, Danke. Danke. Ja, ich bekomme jetzt auch wieder ganz anders Luft," antwortet Jimmy mit gebrochener Stimme. Die Ausatemnebel sind verschwunden.

Nyima erklärt ruhig: 'Die Geistwesen, die hier waren, die ihr Djinn nennt, ziehen alles Leben, alle Wärme und alle Liebe aus ihrer Umgebung ab. Wäre die Kälte weiter hochgestiegen, dann hätte bald dein Atem gestockt und dein Herz wäre stehengeblieben. Das hättest du nicht überlebt. Diese Geistwesen sind zum Schutz für diesen Raum und der noch darunter liegenden Räume hierher gebracht worden. Wir sind richtig.'

'Wie die Dementoren bei Harry Potter. Und ich dachte, Miss Rowling hätte sich das alles ausgedacht.' wirft Rosa mit überbordender Gelassenheit nach dem Überstehen einer äußerst gefährlichen Situation ein. Wenn Rosa in ihrem Körper wäre, würde sie wohl rot werden. Denn eigentlich ist sie verlegen und zugleich überglücklich, dass Jimmy nichts weiter passiert ist.

Sonam steht auf und wedelt zu Füßen des amerikanischen Soldaten unter dem freundlichen Lächeln von Nyima mit dem Schwanz. Jimmy steht noch ganz benommen mit wackeligen Beinen an der Wand des vierten Raumes angelehnt. Er bringt keinen Laut hervor. Er weiß, dass er knapp dem Tod entronnen ist.

'Danke, Jihane, vielen, vielen Dank.' sagt Rosa. 'Was ihr alles könnt! Die alten Religionen haben offensichtlich mehr zu bieten als Unterordnung unter Papst und Imam. Sorry, aber ich habe es nicht so mit den Religionen.'

'Weißt du etwas über dieses kraftvolle Mantra? Woher das kommt? Ist das iranisch?' fragt Ming Chen.

'Nein, das ist nicht Persisch oder Farsi,' antwortet Jihane. 'Das hat mein Großvater immer in schwierigen Situationen gesprochen oder gebetet. Das sind zwei der neunundneunzig Namen Allahs. Arabische Namen. *Al-Mumit* heißt der Todbringende. So steht in der 9. Sure des Koran: *Gottes ist das Reich des Himmels und der Erde, Er lässt leben und sterben, und außer Gott habt ihre keinen Schutzfreund und keinen Helfer.* Und *Al-Wahhab* ist der Verleihende, der gebende Gott. Dazu sagt der Koran: *Oder gehört ihnen das Königreich der Himmel und der Erden und dessen, was zwischen beiden ist? Mögen sie nur weiter Mittel und Wege ersinnen.*'

'*Chebroiah* und *Melahel*,' kommt es aus Moshe, der nur mit seinen Schultern zuckt. 'Papa! Das sind diese arabischen Namen Gottes auf hebräisch, wie sie in der Kabbala benannt werden.'

Rosa ist nachdenklich: 'Offenbar haben auch die gegensätzlich erscheinenden Religionen viele Gemeinsamkeiten. Eigentlich geht es doch auch um den gleichen Gott, die Quelle allen Seins und Nichtseins. Na ja – zumindest sollte es.'

Allmählich berappelt sich Jimmy wieder. Der Qigong-Master hält seine Astralhände vor den Solarplexus des Amerikaners. Bis auf Jimmy selbst sehen alle feine Lichtfäden aus Ming Chens Händen in den Oberbauch des Soldaten fließen.

"Puh! Erfrieren ist aber auch kein schöner Tod!" kann Jimmy schon wieder flapsen. Er ist langsam wieder bei sich im Körper angekommen.

Dann wendet er sich den beiden Jüngsten zu: "Vielen herzlichen Dank, Jihane und Moshe. Ich glaube, diesmal habt ihr beide mir das Leben gerettet."

Dann in die Runde blickend: "Danke auch euch. Ich danke euch allen natürlich. Euch hat das gar nichts anhaben können, oder? War euch überhaupt kalt?"

'Nein.' antwortet Rosa. 'Unsere physischen Sinne spielen in unseren Energiezustand offensichtlich keine Rolle. Dafür können wir ganz andere Sachen wahrnehmen. Wesen und Energien, von denen ich bis vor kurzem gar nicht wusste, dass es sie überhaupt gibt!'

"Also, dass es diese Djinn, oder wie du sie genannt hast, Moshe, dass es diese Burschen gibt, dass weiß ich ab heute nun ganz genau, auch wenn ich sie nicht gesehen habe. Bin ich auch nicht scharf drauf. Auf eine weitere Begegnung kann ich liebend gerne verzichten. Zu unangenehme Zeitgenossen!"

'Sie leben immer unter uns, zwischen uns.' sagt Jihane. 'Aber meist bemerken wir sie nicht, weil sie in einer etwas anders schwingenden Welt leben. Die

Djinn sind wie die Engel und wir Menschen und die Tiere auch Allahs Schöpfung. Der Koran sagt, dass sie aus rauchlosem Feuer erschaffen wurden.'

'Ich vermute, dass ihre energetische Schwingung eine etwas andere Frequenz hat als unsere, weshalb wir sie, auch wenn sie direkt neben uns stehen, normalerweise gar nicht wahrnehmen können. Wahrscheinlich laufen sie durch die Menschen hindurch, und wir Menschen auch durch sie, ohne es mitzubekommen. So ähnlich wie wir hier.'

"Hör auf, Ming Chen. Ich will das alles gar nicht hören. Ich habe echt genug von diesen Kreaturen. Gott sei Dank ist dieser Raum ja nun leer." Mit diesen Worten leuchtet Jimmy mit seiner Taschenlampe alle vier Ecken des Raumes aus. "Weiter geht's!"

Sein Lichtstrahl hält über einer erneuten quadratischen Luke im Boden inne. "Schaun wir mal, was uns in der nächsten Etage erwartet."

'Bist du denn schon wieder okay, Jimmy?' fragt Rosa etwas besorgt.

"Klar doch!" ist die knappe Antwort des Soldaten, der sich noch etwas an der Wand abstützt.

'Vielleicht sollte ich jetzt vorgehen.' schlägt Ming Chen vor. 'Du kannst ja in die Luke hineinleuchten.'

'Aber ich komm mit!' ruft Moshe und schiebt sich dicht hinter den Chinesen. Nach einem fragenden Blick auf Nyima, die sanft nickt, stimmt Ming Chen zu: 'Also gut, Commander. Na dann los! Die Mutigen voran!'

Der Lichtstrahl von Jimmys unerschöpflicher Taschenlampe fällt auf die Treppenstufen unter dem quadratischen Bodeneinstieg. Ming Chens und Moshes hinab schwebende Astralkörper streuen mit ihrem Energiefeld das Taschenlampenlicht nur geringfügig.

Im nächsten Moment kommen zwei blasse Lichtkugeln aus der Luke geschossen, prallen von der gegenüberliegenden Wand ab und rollen zwischen den anderen aus, die sich rasch an die Wände des Raumes drücken.

"Puh! Was war das denn?"

Moshe entrollt sich als erster. Instinktiv versucht er sich in seinem chaotisch wirbelnden Astralkörper zu schütteln. Seine materielose Existenz lässt allerdings nur ein Wabern seines Energiefeldes zu.

Ming Chen entfaltet sich langsamer und versucht, sich mit seiner gewohnten Atemtechnik wieder zu zentrieren. Doch sein Atem spielt auf seiner derzeitigen Körperebene eine untergeordnete Rolle.

Intuitiv stimmt Moshe sein 'Ehyeh - Asha Ehye' an. Zunächst Nyima, dann auch die anderen, stimmen unterstützend und verstärkend in das ihnen inzwischen schon vertraute hebräische Mantra mit ein. Allmählich beruhigen sich die Energiefelder der beiden. Die diffusen Energiewirbel lösen sich nach und nach auf. Die Astralkörper der beiden treten wieder in Erscheinung. Die Gruppe lässt das Mantra ausklingen.

'Irgendwer oder irgendwas hat uns zusammengerollt und einfach hochkant da unten rausgeworfen.' Moshe ist zugleich erschrocken und fasziniert.

"Etwa wieder diese Djinn-Burschen?" will Jimmy nicht ohne eine gewisse aufgebrachte Entrüstung wissen.

'Nein. Djinn waren das nicht. Da bin ich sicher.' antwortet Ming Chen. 'Ich glaube, da waren überhaupt keine Wesenheiten im Spiel. Obwohl da meiner Meinung nach nur Energien im Spiel waren, fühlte sich das trotzdem irgendwie mechanisch an. Ich weiß, das klingt seltsam, ja, widersprüchlich. Aber ich kann das nicht anders beschreiben, wie eine energetische Maschine, oder, neutraler ausgedrückt, irgendeine Art Vorrichtung. Wir sind nicht einfach von irgendetwas abgeprallt. Das war irgendwie komplexer. Mir fehlen die Worte, das genauer beschreiben zu können. Und ich habe keine Idee, was das sein könnte. So etwas habe ich noch nie erlebt.'

Ming Chens Blick geht fragend zu Nyima. Die tibetische Nonne antwortet nur: 'Es gibt viele Möglichkeiten der magischen Versiegelung.'

"Und was machen wir jetzt?" fragt Jimmy. "Vorhin haben sie mich mit meinem physischen Körper gepackt, und nun euren Energiekörper. Das kann doch hier wohl nicht alles gewesen sein!"

'Das erste war doch eine rein physisch wirkende Schranke. Vielleicht ist diese zweite hier eine energetische.' denkt Rosa. 'Die erste konnte uns in unseren Energiekörpern nichts anhaben. Die hatte uns gar nicht auf dem Schirm, hat aber Jimmy malträtiert. Die zweite stößt unseren Astralkörper ab, aber vielleicht nicht den physischen Jimmy?'

Die anderen nehmen Rosas Gedanken auf und lassen sie in sich sacken.

Nach seinen jüngsten Erfahrungen prescht Jimmy dieses Mal nicht gleich vor. Der amerikanische Soldat hält sich ungewohnt verhalten zurück und schweigt. Während sich Nyima und Ming Chen sich mit klarem Blick schweigend anschauen, ergreift Jihane das vorantreibende Wort: 'Die Djinn könnten sicherlich so etwas machen, wie es Ming Chen erzählt hat.'

Jimmy durchschauert es kalt.

'Aber die beiden hätten in unserem energetischen Zustand sicher gesehen oder zumindest gespürt, wenn dieser rabiate Rauswurf durch lebende Wesen geschehen wäre. Und es macht doch Sinn. Der Eintritt in diese Räume hier unten ist normalen Menschen verwehrt. Wer dann doch hindurch gelangt, muss ja ein geistiges...'

'...oder feinstoffliches...' ergänzt Rosa.

'...Wesen sein. Da braucht es doch keine physisch wirksame Barriere mehr. Ich glaube, dass der Amerikaner da unbehelligt hineingehen kann.'

Jimmy räuspert sich übertrieben laut. "Und ihr habt wirklich keine Wesen, Djinn, Geister oder sonstige Nicht-Menschen dort gesehen oder wahrgenommen oder gespürt? Seid ihr ganz sicher?" wendet er sich an Moshe und Ming Chen. Die beiden Angesprochenen schütteln sehr vehement den Kopf.

Jimmys Augenbrauen ziehen sich in skeptischer Ergebenheit hoch. "Also gut!" Jimmy wirkte schon Mal entschlossener. "Aber Sonam muss mit! Ich weiß ja auch gar nicht, wonach ich suchen soll. Da brauche ich schon den kleinen schlauen Kerl an meiner Seite." Schwanzwedelnd springt Sonam auf und wirbelt sich einige Male um seine eigene Achse: 'Danke Jimmy. Ich bin bei dir.'

Behäbiger als sonst knipst der Amerikaner seine Taschenlampe an und mit dem aufleuchtenden Lichtstrahl verschwinden beide in der fünften Luke. Nach wenigen Sekunden fliegt ein blasser Energieball aus der Luke, prallt gegen die gegenüberliegende Wand und rollt zwischen die verblüfften Zurückgebliebenen. Der kleine Hund bekommt sich schnell wieder sortiert und bellt laut in die Luke nach unten hinein.

"Okay, Sonam. Ich hab's kapiert. Diesen Job muss ich wohl ohne dich machen. Bei dir alles okay, Kumpel?" kommt es von unten durch die Luke.

Ein gebelltes 'Yep.' und 'Pass auf dich auf!' ist die Antwort.

Rosa ruft in die Luke: 'Ist bei dir auch alles okay da unten?'

"Ja, ja. Alles gut." kommt halbherzig und sehr leise zurück. Irgendetwas dort unten scheint Jimmys Aufmerksamkeit in Anspruch zu nehmen.

'Was siehst du denn, Jimmy? Was ist denn da unten?' ruft Moshe ungeduldig, bäuchlings über der Luke schwebend. Es dauert, bis von unten eine Antwort kommt.

"Hier steht ein Gerät oder eine Maschine. Sieht ziemlich kompliziert aus. Aber keine Ahnung, was das ist oder wozu das Ding gut sein soll. Auf jeden Fall ist das ganze Ding aus Metall. Sieht eher nach Star Trek Discovery aus als nach einem alten Hindu-Tempel. Irgendwie aus der Zeit gefallen. Etwa einen mal zwei Meter groß. Auch nichts Mechanisches, also keine Zahn- oder Schwungräder. Ziemlich strange."

'Mach auf jeden Fall ein Foto.' ruft Rosa neugierig hinunter.

"Mach ich gleich. Seltsame Formen. Was pyramidiges, auch eiförmige Teile, Würfel, sehe ich hier. Keine Ahnung, ob das was drin ist. Jedenfalls ganz fein gearbeitet. Keine Lötstellen oder Verschraubungen oder so. Ich weiß auch gar nicht, was das für ein Metall ist. Irgendwie nicht gewöhnliches Metall. Wirkt alles komplett fremdartig. Also gut, ich mach dann mal Fotos davon."

Jimmy drückt mehrfach aus verschiedenen Positionen auf den Auslöser. "Immer noch Saft. Super!"

Als er sich das Ergebnis seines Fotoshootings ansehen will bleibt das Display schwarz. "Das gibt's doch gar nicht! Spinnt der Fotoapparat? Der Blitz hat doch funktioniert."

Jimmy macht ein Selfie von sich. Und bei der Kontrollansicht grinst ihm ein breiter verzerrter Mund unter einem Militärcappy entgegen. "Tut's doch. Auf eine neues!"

Erneut schießt Jimmy Fotos von dem seltsamen Ding vor ihm, von allen Seiten, von oben. Die Kamerablitze erhellen den Raum. Doch als er sich die Fotos anschauen will ist wieder alles schwarz. "Willst dich wohl nicht fotografieren lassen, du seltsames Teil!"

'Was machst du denn die ganze Zeit da unten?' will Moshe mit wachsender Ungeduld wissen.

"Ich versuche das Ding zu fotografieren. Klappt aber nicht. Bleibt alles schwarz. Sehr merkwürdig. Die Kamera ist aber in Ordnung." ruft Jimmy nach oben.

'Soll wohl nicht sein.' denkt Ming Chen. 'Dann lass es, Amerikaner. Wird schon seinen Grund haben. Siehst du denn irgendwelche Schriftzeichen? Oder sonst etwas Interessantes in dem Raum?'

"Hier ist auf jeden Fall schon mal keine weitere Luke nach unten mehr." ruft er hoch, nachdem er den Boden ausgeleuchtet hat. "Das scheint hier der unterste, der letzte Raum zu sein. Wenn nicht noch irgendwo eine Geheimtür versteckt ist."

'Sonst noch was?' drängt Rosa.

"Nee, außer diesem komischen Teil hier ist der Raum so leer wie die vorherigen. Tut mir ja leid. Wenn hier irgendetwas mit unserem Sprachenpuzzle zu tun hat, muss das mit diesem seltsamen Gerät hier zu tun haben."

'Sind vielleicht irgendwelche Schriftzeichen oder Symbole auf dem Ding?' fragt Rosa nach.

"Ich schau noch mal genau nach. Aber ich glaube nicht." Jimmy leuchtet sorgfältig alle Bestandteile des Geräts vor ihm aus, selbst die feinsten Verstrebungen, auch von allen Seiten und sogar von unten, soweit es ihm möglich ist, ohne das Ding zu berühren. Da ist er jetzt sehr vorsichtig geworden. Aber nichts. Alle Metallteile sind schier und glatt. "Nee, ich kann nichts finden. Alles nur blankes Metall."

'Vielleicht ist ja irgendwo ein Knopf und du kannst die Maschine anstellen.' schlägt Moshe vor.

"Gute Idee, Junge. Aber ich habe ja alles abgesucht. Kein Hebel oder Anschaltknopf oder ein sichtbares Sensorfeld auf dem Metall. Vielleicht funktioniert das hier auch wieder nur auf Zauberspruch!"

Rosa will sich fragend an Nyima wenden und dreht sich zur Tibeterin um, die sie hinter sich schwebend wähnt. Doch die Nonne sitzt in tiefer Meditation versunken im Lotossitz in einer Ecke des Raumes. Sonam hat sich in ihrem Schoß zusammengerollt. Das heißt, eigentlich liegt er auf dem Boden, aber umhüllt von dem feinstofflichen Schoß der Nonne.

"Ich komme hier nicht alleine weiter. Am besten komme ich hoch und zeichne euch das Gerät auf. Vielleicht fällt euch ja was dazu ein."

Problemlos kommt Jimmy die Stufen hoch. Er legt die Taschenlampe auf eine der weiter nach oben führenden Stufen, hockt sich davor auf den Boden in deren Lichtstrahl und zieht ein kleines Notizbuch und einen Stift aus einer seiner zahlreichen Uniformtaschen hervor. Mit geschickter, klarer Linienführung zeichnet Jimmy unter den neugierigen Blicken der Umschwebenden im Handumdrehen das seltsame Konstrukt auf.

'Schade, es ist kein Raumschiff, nicht mal ein Raumgleiter.' kommentiert Moshe als erster.

"Nein, ein Raumschiff ist das nicht. Jedenfalls kein gewöhnliches."

'Naja, was immer ein gewöhnliches Raumschiff ist. Aber es sind einige Platonische Körper eingebaut. Schaut mal!' Ming Chen zeigt auf drei Gebilde in Jimmys sehr detaillierter Zeichnung: ein Würfel, ein Tetraeder und ein Oktaeder.

'Super zeichnen kannst du, Jimmy. Richtig plastisch.' Rosa ist beeindruckt.

"Ich wollte mal technischer Zeichner werden. Habe immer schon gerne Maschinen und alles Technische gezeichnet. Und dann ist irgendwie die Armee dazwischen gekommen."

Rosa leuchtet den Amerikaner an: 'Was nicht ist, kann ja noch werden.'

"Ja, wer weiß..." Und zu Ming Chen: "Ich glaube dein Gedanke ist wichtig, weiser Chinese. Da waren noch zwei solche Gebilde. Die habe ich hier nur angedeutet. Die waren mir zu kompliziert da rein zu zeichnen. Das könnten dieses Dreiecksdings und dieses Fünfecksdings sein. Das schaue ich mir noch mal genauer an. Aber ich denke schon, ja, das könnte hinkommen."

Jimmy sprintet sofort die Treppe herunter und ist im Nu wieder bei ihnen: "Ja, eins ist aus den Dreiecken, und das andere aus den Fünfecken."

Jihane hat zwar die ganze Zeit über nichts gesagt, ist aber in Gedanken voll dabei. 'Daher kenne ich diese Formen. Die kamen doch auf der Osterinsel von Himmel herunter. Das waren doch genau solche Figuren, oder?' fragt sie in die Runde.

'Genau, Jihane. Hier sind offensichtlich auch die fünf Platonischen Körper verbaut.' pflichtet Rosa dem Mädchen bei. 'Da kann ja nun wirklich kein Zufall sein. Erst die Osterinsel mit den Platonischen Körpern, und jetzt die gleich geometrischen Formen in dem Untergeschoss des hinduistischen Tempels. Aber wo ist die Verbindung?'

Alle fünf blicken gebannt auf Jimmys Zeichnung.

'Ist das Ding starr überall, also fest? Oder kann man irgendwelche Teile davon bewegen? Hast du das mal ausprobiert?' will der Chinese in die nachdenkliche Stille hinein wissen.

"Nee, direkt ausprobiert habe ich das nicht. Das sieht aber alles fest und unbeweglich aus. Nur – ehrlich gesagt habe ich das Ding bislang gar nicht angefasst. Ich wollte nicht wieder einen gewischt kriegen. Ich habe ein bisschen die Nase voll von den Elektro- und Kälteschocks! So ein Superheld bin ich nun auch wieder nicht." Der letzte Satz kommt mit einem schulterzuckenden Seitenblick auf Moshe.

'Sind die Platonischen Körper tatsächlich alle so an ihren Ecken befestigt, wie du es aufgezeichnet hast?' fragt Jihane, in deren Kopf sich offenbar eine Idee zusammenzusetzen beginnt.

"Ja, der Würfel ist an zwei gegenüberliegenden Ecken in die dünnen Metallstreben eingespannt, genauso wie diese doppelte Pyramide..."

'...Oktaeder...' wirft die Deutsche ein.

"...Die einfache Pyramide an den sich schräg gegen- überliegenden Ecken. Das Ding mit den Fünfecken auch, das habe ich gerade noch mal gesehen. Und ich glaube, das mit den vielen Dreiecken auch."

'Vielleicht kann man diese Körper drehen?' vollendet Jihane ihre Idee.

"Ja, das ist gut!" nimmt Jimmy begeistert Jihanes Vorschlag auf. Und schon ist der Amerikaner die Treppe hinuntergesprungen. Begeisterte "Ja"-Ausrufe begleiten ihn: "Ja, das ist es!"

Gleichzeitig dringt immer heller werdendes Licht aus der Luke: "Die gedrehten Dinger leuchten alle. Ist jetzt richtig hell hier. Nur das Ding mit den Fünf- ecken..."

'Dodekaeder!' geht der Deutschen durch den Kopf.

"...das lässt sich keinen Deut bewegen. Das rührt sich keinen Millimeter von der Stelle. Weder in die eine noch in die andere Richtung. Das Ding sitzt völlig fest."

Jimmy steckt den Kopf aus der Luke. "Wir sind wohl auf dem richtigen Weg. Aber etwas fehlt noch!" Sein Blick wandert erwartungsvoll durch die Runde und bleibt schließlich bei der noch immer im Lotossitz versunkenen tibetischen Nonne haften. Mit weiterhin verschlossenen Augen murmelt Nyima kaum hörbar vor sich hin: 'Tafel der Steinmänner.'

'So weit ich mich erinnern kann, waren da keine Platonischen Körper drauf. Das waren sehr einfache Symbole. Primitive Schriftzeichen.' entgegnet Rosa mit einer gewissen Skepsis in ihrer Stimme.

'Primitiv?' Ming Chen sieht die Deutsche konsterniert an. 'Na ja, ich meine halt sehr einfache Zeichen.' verteidigt Rosa ihre Wortwahl.

Jihanes Denkapparat ist richtig in Fahrt gekommen: 'Vielleicht sind ja Dreiecke, Quadrate oder Fünfecke dabei. Keine Körper, sondern zweidimensionale Flächen. Daraus setzen sich ja diese Platonischen Körper zusammen. Und für sich genommen, sind diese geometrischen Flächen ja sehr einfache Zeichen.'

Jimmy steigt ganz aus der Luke heraus und fingert sein Handy hervor. "Hoffentlich sind die nicht auch schwarz geworden!" Doch zu seiner Erleichterung erscheinen im Display die ersten Fotos der Holztafeln von der Osterinsel. Er klickt die Fotoreihe kurz durch. "Sind noch da, alle Fotos. Man kann die Zeichen auch gut erkennen. Dann schauen wir sie doch mal durch."

Alle blicken gebannt auf das erste Foto einer Moai-Holztafel. Aber niemand kann auch nur annähernd eine der drei geometrischen Flächen ausmachen. Desgleichen bei den drei weiteren Tafeln. Als das fünfte Foto auf dem Display erscheint, ruft Moshe sofort: 'Da! Da! Das könnte doch ein Fünfeck sein. Da in der Mitte!'

"Ja, Mister Adlerauge. Das ist irgendwie ein Fünfeck. Ein wenig abgerundet. Aber ein Fünfeckding." stimmt Jimmy dem Jungen anerkennend zu. "Lasst uns die andern Tafel noch durchschauen, ob es da noch was gibt." Jimmy fährt ein Foto nach dem anderen hoch. Doch auf den anderen Holztafeln können sie weder Drei-, noch Vier-, noch Fünfecke entdecken.

"Okay! Dann geht es wohl um diese eine Tafel hier." Jimmy tippt so lange auf das Display, bis das Foto mit der Fünfecktafel wieder auftaucht. "Und nun?"

'Also mir fällt zu Fünfecken was Biologisches ein. Auch in der DNA und der RNA, also unserer genetischen Information für die physische Umsetzung in Proteine, gibt es Fünfecke. Einige Basen, die diese Moleküle aufbauen, haben neben dem Sechserring ein Fünfeck: Adenin und Guanin. Aber was sich als Fünfeck durch das ganze Riesenmolekül durchzieht, das ist die Ribose, chemisch ein Zucker. Der bildet über Phosphatbindungen die langen Fäden der DNA. Und an den fünfeckigen Zuckern hängen jeweils die verschiedenen Basen, die dann den genetischen Code, also die Information, ausmachen. Aber ich weiß nicht, ob uns das hier weiterhilft.' Rosa wirkt trotz ihrer Erklärung eher ratlos.

Erneut starren sie mit rauchenden Köpfen auf das Display. Fische. Menschenähnliche Figuren bei offenkundig unterschiedlichen Verrichtungen. Wurmähnliche Formen mit und ohne Noppen auf ihrer Oberfläche. Und allerlei abstrakte Symbole, manche wie lateinische Buchstaben auf dem Kopf. Die Minuten vergehen, aber kein erhellendes 'ja' oder 'vielleicht' taucht zwischen ihnen auf. Nur gedankenschwere Stille füllt den durch das durch die Luke eintretende Licht sanft erhellten Raum.

'Die Sefer Jezira[1] sagt,' kommt es irgendwann leise unvermittelt aus Moshe, 'ein Punkt ist ohne Dimension, eine Linie mit zwei Endpunkten beschreibt die erste Dimension. Eine dreieckige Fläche mit drei Endpunkten beschreibt die zweite Dimension. Nur vor und zurück und zur Seite. Alles findet auf einer Ebene statt. Eine Pyramide aus vier Dreiecken mit vier Eckpunkten beschreibt die dritte Dimension. Jetzt kommt die Höhe und die Tiefe dazu. Es entsteht Raum.'

Ming Chen greift Moshes Gedanken sofort auf: 'Danke Moshe! Danke Papa Rabbi! Die vierte Dimension ist die Zeit. Die hätte demnach fünf Eckpunkte Ein Fünfeck hat fünf Eckpunkte.' Dann stockt der Chinese: 'Aber ein Fünfeck ist kein Körper. Und der Dodekaeder, der Platonische Körper aus den zwölf Fünfecken hat zu viele Eckpunkte!'

Wie in Trance fährt Moshe fort: 'Ein Punkt plus zwei Punkte plus drei Punkte plus vier Punkte macht zehn Punkte. Wie die vier Welten Assiah, Yetzirah, Beria und Atzilut. Eins plus zwei plus drei plus vier gleich zehn.' Nach einer kurzen Pause: 'Keine

---

[1] *Die Sefer Jezira ist das „Buch der Schöpfung", wichtiges Werk der Kabbala; eine antike Abhandlung, die die wesentlichen Elemente der Schöpfung in ihrer Entstehung und ihrer Struktur darstellt. Unter anderem werden die Energien der 22 Buchstaben des hebräischen Alphabets und die 10 Sefiroth, die den Lebensbaum bilden, behandelt.*

Ahnung. Papa halt! Ich weiß immer noch nicht, was das bedeutet.'

'Die Zeit. Die vierte Dimension. Markiert durch fünf Eckpunkte. Fünfeck.' fasst Ming Chen nachdenklich zusammen. 'Zehn sind zwei mal fünf. Zwei Fünfecke erfassen eher einen Raum. Wobei ja Zeit an sich kein Raum ist. Zeit ist eher eine Richtung. Zeit erweitert den dreidimensionalen Raum um eine Richtung. Schiebt den gesamten Raum quasi eine Zeitlinie entlang. Wiederum sind aber Vergangenheit, Gegenwart und Zukunft eins, ist die lineare Zeit eine Illusion, eine Abmachung der dreidimensionalen Menschen. Ach – ich weiß gerade auch nicht weiter...'

'Welche Zeichen sind denn auf der Tafel neben dem Fünfeck?' fragt Jihane nach.

'Links daneben ist so eine Art Männchen und rechts was mit senkrechten Strichen.' beschreibt Rosa.

'Die Fünf ist der Übergang, symbolisiert den Zwischenbereich. Sie ist – wie der ihr zugeordnete fünfte Buchstabe des hebräischen Alphabets He[1] – das Fenster, durch das man andere Welten hineinlässt. Die fünf steht für den halbfertigen Menschen. Sie ist die Mitte zwischen Himmel und Erde und damit der Beginn des Aufbruchs auf dem Weg zum Licht. Hier stehen Lösung und Erlösung durch die Gegensätze der Zahl vier. Und außerdem ist das Fünfeck die Grundform für eine Merkaba.' kommt es wieder aus dem schulterzuckenden Jungen.

"Lösung wäre gut." Jimmy schaut Moshe mit großen Augen an.

---

[1] *hebräisches Zeichen: ה*

'Ok. Der halbfertige Mensch, das könnte das Männecken zur linken sein.' ist Rosas Versuch.

'Das ist Jimmy!' ruft Moshe aus. 'Er ist doch der einzige von uns so richtige Mensch. Nur Jimmy kann das Rätsel lösen. Wir können ja nicht mal da runtergehen.'

'Und rechts daneben ist so eine Art Perlschnur. Drei Kugeln übereinander, mit einer Art Faden verbunden. Und dann kommt so eine Art W.'

'Shin[1].' wirft Moshe ein. 'Das ist auch ein hebräischer Buchstabe. Shin eben. Shin ist Feuer. In der physikalischen Welt ist Shin die Energie, nicht die Materie. Das ist der Buchstabe Mem[2]. Shin entspricht dem Bewusstseinszustand von Binah. Das Verständnis. Der Verstand, der die Weisheit von Chochmah durch Sprache zum Ausdruck bringt. Dadurch entsteht eine erste Trennung vom göttlichen Licht. Durch Binah wird überhaupt erst Raum erschaffen. Sonst würde Existenz nur in einem Punkt stattfinden.' führt der Junge mit tranceartig monotoner Stimme weiter aus. 'Ich kann nichts dafür. Entschuldigt. Das kommt einfach so aus mir heraus.'

'Das hilft uns ganz bestimmt weiter, Moshe. Vielen Dank, Junge.' bemerkt Ming Chen wiederum anerkennend. 'Danke, dass du dieses Wissen mit uns teilst. Da hast uns schon so viel geholfen. Du warst bestimmt einmal ein sehr kluger Rabbiner.'

Moshe lacht: 'Nein. Ich bin doch kein Rabbi. Das ist mein Vater. Ich bin doch nur ein Junge.'

---

[1] *hebräisches Zeichen:* ש

[2] *hebräisches Zeichen:* מ

'Ich meine in einem früheren Leben.'

Doch Moshe geht auf diese letzte Bemerkung nicht weiter ein.

'Dann ist da ein umgedrehtes U, mit so Spikes drauf. Und links neben dem Männecken ist ein Fisch, aufrecht, zu erkennen, und dann wieder Männchen, die offenbar etwas in den Händen halten. Dann ein X.' setzt Rosa ihre Beschreibung fort. 'Tja, und nun? Was machen wir jetzt damit?'

Ihr Blick geht zu Nyima. Doch die Nonne sitzt weiterhin stumm in ihrer meditativen Versenkung. Während die anderen weiter über den Symbolen grübeln, erhebt sich plötzlich Sonam aus Nyimas Schoß. Schwanzwedelnd und drei Mal sehr tief bellend, tiefer als sie es von dem kleinen Hund gewohnt sind, stellt sich Sonam in ihre Mitte: 'Tür. Drei Punkte. Feuer.' kommt es von unten zu den fünf umstehenden Menschen. 'Verbinden.' Es kommt ihnen vor, als würde Nyima zu ihnen sprechen. Durch den Hund.

'War da irgendwie eine Tür oder ein kleines Törchen in dem Gerät?' rät Rosa.

"Nee. Nichts dergleichen. Das Ding besteht nur aus den Metallverstrebungen, mal dünn, mal dicker, aus diesem fremdartigen Metall. Und diesen fünf Platonischen Körpern, wie ihr sie nennt."

'Und fällt dir was zu den drei Punkten ein?' bohrt Rosa nach.

"Nee, ich habe auch schon überlegt. Mit dreien fällt mir gar nichts ein. Es sind ja fünf Körper. Das passt auch nicht."

Kurz darauf meldet sich Ming Chen mit seinem Gedankengang: 'Das ist ja keine Zufall, dass es ausgerechnet die fünf Platonischen Körper sind. Darin sind wir uns doch einig, oder?'

Die anderen nicken zustimmend.

'Ich habe mal etwas von Dualkörpers gehört.' fährt der Chinese fort. 'Man kann bestimmte Platonische Körper ineinander setzen, ohne dass ihre Symmetrie beeinträchtigt wird. Aber ich muss noch mal genau überlegen, wie das war.'

Alle blicken den Qigong-Master erwartungsvoll an. 'Eins war mit dem Würfel. Das weiß ich noch. Der Tetraeder passt nicht in den Würfel rein. Aber...' Ming Chen atmet tief ein. '...aber der Oktaeder. Amerikaner, kannst du bitte noch mal Block und Stift rausholen. Ich muss das aufzeichnen.'

Als erstes zeichnet Ming Chen mit zwölf Linien dreidimensional einen Würfel. Dann markiert er jede entstandene quadratische Fläche in der Mitte mit einem Punkt. Anschließend verbindet er die Punkte, sodass zunächst in der Mitte des Würfels ein liegendes Quadrat entsteht, dessen Ecken jeweils auf die Mitte der aufrechten quadratischen Flächen des Würfels stoßen.

'Ja, es passt. Die acht Ecken des Oktaeders treffen genau mittig auf die acht Seiten des Würfels. Dabei bleiben beide Körper erhalten, aber auch die vollkommene Symmetrie des entstandenen Dualkörpers. Und ich glaube, das passt auch umgekehrt, also der Würfel in den Oktaeder.'

Ming Chen versucht auch diese Idee zu zeichnen. Er fängt mit dem Oktaeder an, aber bekommt den Würfel nicht symmetrisch in die kompliziertere Form hinein gezeichnet. Mit schroffen Strichen verwirft er seinen Zeichenversuch. 'Ich kann es nicht aufmalen. Aber in meinem Kopf ist das Bild. Das passt auch umgekehrt. Die acht Würfelecken stoßen genau in deren Mitte auf die acht gleichseitigen Dreiecke. Wenn ihr euch auf meine Gedanken konzentriert, könnt ihr das Bild in meinem Kopf vielleicht auch sehen.'

'Ja, es klappt. Ich hab's.' Rosa ist begeistert. Bis auf Jimmy können die anderen beiden auch den zweiten Dualkörper sehen.

Jihane ist begeistert: 'Vielleicht kann der Amerikaner diese beiden Körper zusammenführen. Dann hätten wir nur noch vier Körper. Es geht doch um den fünfeckigen Körper, wenn ich das richtig verstanden habe. Der könnte der Schlüssel oder die Lösung sein. Also hätten wir dann drei andere und den Fünfeckigen. Wenn der Amerikaner dann die drei anderen miteinander verbindet, wie Nyima gesagt hat, vielleicht passiert dann etwas mit dem Dodekaeder, was uns weiterhilft.'

Alle schauen das iranische Mädchen mit großen Augen an.

'Machst du auch gerne Mathe?' fragt Moshe.

'Ja, auch.' antwortet Jihane wieder in ihrer gewohnten Zurückhaltung.

"Das hört sich gut und logisch an." reagiert Jimmy. "Aber wie stellt ihr euch das vor: verbinden. Die Dinger bewegen sich ja keinen Millimeter vom Fleck. Das habe ich ja schon probiert."

Der Einwand des Amerikaners füllt erneut den Raum mit Schweigen.

'So eine gute Idee. Manno!' geht Rosa durch den Kopf. 'Ja, fuck auch.' pflichtet ihr Jimmy in Gedanken bei. Da bellt Sonam in ihrer Mitte wieder mit tiefer Stimme: 'Nicht fuck. Qi. Berühren. Qi. OM. Qi fließt.' Sonam tanzt ganz freudig aufgeregt zwischen ihnen. Für den weißen Tibetterrier scheint alles klar zu sein.

Nyimas Haltung ist unverändert. 'Nyima scheint gar nicht mehr hier zu sein.' geht Jimmy durch den Kopf.

'Doch, Jimmy. Nyima ist hoch konzentriert bei uns. Das Äußere täuscht – wie so oft.' kommt es von zwischen seinen Füßen hoch.

'Also einen Qifluss, einen Energiefluss herzustellen zwischen den Körpern.' denkt der Qigong-Master laut nach. 'Ich kann da ja nicht runter. Also musst du das machen, Amerikaner. Ich denke, dass könnte funktionieren, wenn du sehr konzentriert die Körper berührst, vielleicht einfach deine Hände drauflegst. Du bist dann quasi die Leitung, also die Verbindung zwischen den Körpern. Unterstützen kannst du deine Zentrierung, indem du, wie Sonam oder Nyima vorgeschlagen haben, das tibetische Mantra OM sprichst, laut sprichst. Ich gehe davon aus, dass dich Nyima nach Kräften dabei unterstützt. Wie Sonam schon gesagt hat: Sie wirkt höchst konzentriert.'

Jimmy schaut den Chinesen noch etwas ungläubig an.

'Wir haben nichts zu verlieren.' kommt von Rosa. 'Einen Versuch ist diese etwas verrückte Super-Idee doch wert.' 'Vertraue auf Allah. Ich bete für dich.' ist

Jihanes Zuspruch. 'Und auf Jawhe. *Adonai cebayot.*' muntert der jüdische Junge den Atheisten auf. 'Vertrau auf die kosmische Führung. Alles ist eins. Und es gibt keine Zufälle.' sagt Ming Chen. Den aufmunternden Abschluss bildet Sonam, der ihn einfach von unten mit sehr klarem Blick aus seinen schwarzen Knopfaugen anschaut.

'Also gut. Wenn ich nicht wiederkomme – ihr wisst ja, wo meine Eltern wohnen.' reagiert Jimmy halb im Scherz, als er die Stufen in den immer noch sanft von den leuchtenden Körpern erhellten untersten Raum hinuntersteigt. Über sich vernimmt er, mit jedem Schritt leiser werdend, arabische und hebräische Gebetsformeln.

"So, mein Baby." spricht Jimmy entschlossen zu dem mysteriösen Gerät, das völlig unbeeindruckt vor ihm steht. "Dann wollen wir mal sehen, was es mit dir so auf sich hat. Wir werden schon irgendwie zusammenkommen."

Er sucht in dem Gestell zunächst den Würfel. Den hat er schnell gefunden. Den Oktaeder macht er ziemlich in der Mitte des Apparates aus. Er zählt zur Sicherheit noch mal nach, ob das Ding auch tatsächlich acht Dreiecke hat. "Alles klar. Du bist es." redet Jimmy halblaut mit dem seltsamen Metallkörper.

Jimmy muss sich auf den Rücken legen und seinen Kopf und seinen Oberkörper zwischen einige Metallverstrebungen schieben, um den Oktaeder mit seiner linken Hand erreichen zu können. Aber so kommt er nicht an den Würfel ran. Der befindet sich nun genau auf der anderen Seite. "Na, das war ja nicht besonders klug, alter Junge."

Also robbt er wieder unter dem Gestell hervor und schiebt sich auf der anderen Seite zum zentral gelegenen Oktaeder. Nun kann er den über ihm schwebenden Würfel mit der anderen Hand erreichen. Aber der Amerikaner zögert noch zuzugreifen. Bilder von der aufsteigenden Todeskälte, der unsichtbaren Energiewand und seinem fast geplatzten Schädel schießen ihm durch den Kopf. "Fuck! Was in Gottes Namen mache ich bloß hier? Ich werde bestimmt gleich wach und es entpuppt sich alles nur als ein Traum."

Aber die drei Worte 'in Gottes Namen' bleiben in seinen Gedanken stehen. Sie lassen in ihn ruhiger werden.

"Also gut!" seufzt Jimmy auf. Vorsichtig berührt er mit spitzen Fingern den Oktaeder. Nichts passiert. Dann fasst er beherzt zu. Seine rechte Hand greift nach dem Würfel. Gleichzeitig kneift er fest die Augen zu, nach dem Motto: "Ich will gar nicht wissen, was jetzt wieder kommt! Ach ja: das OM."

Er stimmt, zunächst nur sehr leise, das tibetische Mantra an. Je lauter er wird, desto mehr spürt er, dass er nicht alleine ist im Raum. Aber das beängstigt ihn nicht. Im Gegenteil, es ist ihm sogar irgendwie vertraut. Es fühlt sich wie Nyima an und lässt ihn innerlich ganz gefasst und ruhig werden. In seinen Händen spürt Jimmy ein ansteigendes Kribbeln, sehr sanft nur. "Das also ist das Qi. Es fließt. Gar nicht so übel!"

Das Kribbeln ist ihm sogar irgendwie angenehm. Er merkt, dass sich irgendetwas an dem Gerät tut. Der Oktaeder beginnt sich zu bewegen. Das heißt, die Metallverstrebungen, die den achtseitigen Körper halten, krümmen sich. Und tatsächlich: der Oktaeder bewegt sich durch das Zusammenwirken der Metallverstrebungen in Richtung Würfel, der an seinem Platz verharrt. Immer näher schieben sich die acht Dreiecke an den Würfel heran. Bald müssten sie sich berühren. Jimmy wendet seinen Kopf so weit wie möglich zur Seite ab, ohne die beiden Körper loszulassen. Wieder kneift er beide Augen fest zusammen, in Erwartung von – ja, was eigentlich? Dann berühren sich seine beiden Hände. Mit noch immer geschlossenen Augen ertasten seine Hände den Würfel. Der Oktaeder ist verschwunden. Jimmy öffnet seine Augen und wendet den Kopf, vor sich den Würfel.

"Wow, der Chinese ist schon ziemlich genial!"

Seinen Augen bietet sich nun genau das Bild, das Ming Chen aufgezeichnet hat: In dem Würfel sitzt nun der Oktaeder, genau mittig, sodass er mit seinen spitzen Ecken je ein Quadrat des Würfels genau in der Mitte berührt.

"Ming Chen, du bist super!" ruft er freudig nach oben. "Es hat geklappt. Genau wie du gesagt hast. Und ich lebe noch. Ist sogar noch alles dran an mir. Und auch in mir ist alles an seinem Platz – soweit ich das beurteilen kann."

Im Raum über Jimmy entlädt sich die Anspannung in tiefen Seufzern, die rasch in juchzendes Freudengelächter übergehen. "Okay. Dann mach ich mal weiter." Nach einer Pause: "Nur schade, dass ich nicht drei Hände habe. Da muss ich wohl meinen Kopf benutzen!"

Und schon hat sich Jimmy breitbeinig auf den Boden gesetzt, an die Längsseite des Apparates, auf der der Würfel, jetzt mit oktaedrischem Innenleben, sitzt. Seine Beine liegen gespreizt auf den unteren Metallverstrebungen, ragen zwischen ihnen hindurch. Die Platonische Fünfeckform, deren Namen er schon wieder vergessen hat, liegt weit oben in dem Gestell, fast mittendrin. Er muss ja die beiden anderen Körper greifen. Rechts vom Würfel fällt sein Blick auf die vier gleichseitigen Dreiecke des Tetraeders. Dorthin kann seine rechte Hand gut reichen. Und der komplexeste Körper aus den vielen Dreiecken befindet sich links vom Würfel.

Ohne lange zu überlegen legt Jimmy seine Stirn an den Würfel, ergreift aus den Augenwinkeln heraus rechts den Tetraeder und zieht seinen Oberkörper etwas nach links, damit der den dicken Dreieckskörper mit seiner linken Hand greifen kann. Als gebranntes Kind kneift er trotz der letzten guten Erfahrung wieder automatisch die Augen fest zu und beginnt sein 'OM' zu singen.

Erneut zieht ein Kribbeln von Hand zu Hand, auch seine Arme, und diesmal auch seine Schultern und den Nacken entlang über seine Stirn. Es fühlt sich genauso leicht und angenehm an wie zuvor, nur dass das Qi nun auch deutlich spürbar durch seinen Kopf fließt. Auch das Energiefeld von Nyima ist wieder in seiner Nähe.

Vor seinem inneren Auge tauchen in dem Qi-Strom durch seinen Kopf innere Bilder auf: Riesige Gestalten, umgeben von einem zartblauen Schimmer, scheinen an dem Gestell, in dem er sich jetzt etwas verdreht festhält, herumzuhantieren. Oder sie haben es vor Zeiten getan. Dann gehen, oder besser schweben, sie um ihn herum. Aber nie kann er ein Gesicht eines der bläulichen Wesen erkennen. Ein wenig erinnern sie ihn an Lichtwesen. Aber doch auch wieder ganz anders. Jimmy muss den Stirnkontakt mit dem

Würfel halten. Deshalb kann er nicht aufblicken, ob die Wesen tatsächlich mit ihm hier im Raum sind oder ob er eine Art Traum oder Vision hat.

Diesmal bewegen sich seine Hände weder aufeinander zu noch in sonst eine Richtung. Die drei Körper, mit denen er jetzt physischen Kontakt hält und die auch einen Qi-Strom induzieren, verändern alle nicht ihre Position. Es scheint außer dem Qi-Strom durch seinen Körper nichts zu passieren.

Jimmy intensiviert sein 'OM'. Er wird lauter, und versucht, die Tontiefe der kleinen tibetischen Nonne zu erreichen. Nach einer gefühlten halben Stunde in dieser immer unbequemer werdenden verdrehten Position, beginnt Jimmys linke Schulter zu schmerzen.

"Ich bekomme gleich einen Krampf. Es tut sich nichts. Aber ich kann bald nicht mehr die Position halten." ruft Jimmy nach oben.

Während Rosa ihm 'Halt noch durch, Soldat!' zuruft, hört Jimmy neben sich leise die vertraute tiefe Stimme Nyimas: 'Es ist alles getan. Du bist fertig. Lass los.'

Erleichtert zieht er zuerst seine am weitesten ausgestreckte linke Hand zu sich heran, lässt dann auch den Tetraeder los und löst seine Stirn vom Würfel. So schnell es ihm sein verspannter Körper erlaubt blickt er sich im Raum um. Keine blauen Wesen zu sehen.

'Na, da hab ich mir wohl was eingebildet.' denkt Jimmy.

Sein nächster Blick fällt auf den Dodekaeder. Aus seiner jetzigen Position auf dem Boden sieht das Fünfeckding unverändert aus.

"Nein, das kann doch nicht sein!" ruft er laut voller Enttäuschung aus.

Jimmy springt auf und sieht sich den Körper genauer an. Etwas ist anders. Aus der obersten Linie des Körpers, dort, wo die beiden obersten Fünfecke zusammentreffen, ragt nun eine etwa zehn Zentimeter langer Metallstreifen heraus. Jimmy greift ohne zu zögern nach ihm. Beinahe wäre ihm der Metallstreifen aus der Hand gefallen. Der nur etwa einen Millimeter dicke Metallstreifen stand ganz lose auf der Naht der beiden Fünfecke. Die Vorderseite des Streifens ist blank, keinerlei Zeichen, keine Symbole, keine Schrift. Nicht mal Rillen. Einfaches blankes glattes Metall. Desgleichen auf der Rückseite.

"Oha! Dafür der ganze Aufwand, für ein Stück Metall. Gut. Ist ein ziemlich spezielles Metall. Gibt es vielleicht auch sonst nirgends auf der Erde. Es wiegt auch fast nichts. Aber was wir brauchen ist ja Schrift!"

'Und?' ruft Rosa ungeduldig nach unten.

Jimmy springt die Stufen hoch. "Nichts: Und? Einen blanken Metallstreifen hat das Ding ausgespuckt. Sonst nichts. Schaut selbst."

'Das scheint extrem leichtes Metall zu sein, so wie du es anfasst.' bemerkt Ming Chen sofort.

'Nur ein blanker Metallstreifen. Da steht nichts drauf, weder vorne noch hinten.' Auch Rosa ist enttäuscht.

Da bewegt sich was am Ende des Raumes. Nyima erhebt sich und begibt schon im nächsten Moment zwischen sie: 'Ihr habt das Feuer vergessen.'

'Hast du vielleicht auch noch ein Feuerzeug dabei? Ihr Soldaten scheint ja mit allem Überlebensnotwendigen ausstaffiert zu sein.' nimmt Rosa rasch Nyimas Bemerkung auf.

"Ja sicher." und zieht ein Sturmfeuerzeug aus einer seiner Militärhemdtaschen. Um sich die Finger nicht zu verbrennen, nimmt Jimmy das eine Ende des Metallstreifens zwischen einige Lagen seiner aufgeknöpften Armeejacke. An das andere Ende hält er das brennende Feuerzeug. Alle starren gebannt auf das eigenartig graublau schimmernde Stück Metall. Doch trotz der erwartungsvoll fokussierten Blicke und der zugeführten Hitze passiert nichts. Enttäuschte Gesichter. Jimmy macht das Feuerzeug wieder aus. Intuitiv leckt er Zeigefinger- und Daumenspitze seiner rechten Hand feucht und setzt beide Finger kurz auf das Metallstück. Kein Zischen, kein Knistern, Nichts.

"Dachte ich mir's doch!" Er schiebt den Jackenstoff beiseite und fasst den ganzen Metallstreifen mit bloßen Fingern fest an. "Das Ding ist nicht mal warm geworden. Sehr merkwürdig. Ich sag ja, dass das kein gewöhnliches Metall ist."

'Vielleicht doch ein Artefakt von den Aliens.' Moshe lässt nicht locker. Jimmy gehen die Bilder von den Blauschimmer-Wesen wieder durch den Kopf. Aber er traut sich nicht auszusprechen, was er an dem Gestell hängend zu sehen geglaubt hat. Er entgegnet nur: "Ja, wer weiß."

'Ja, das waren wieder die blauen Riesen. Die, die wir auch auf der Insel mit den Steinmännern gesehen haben. Und die ich ja auch bei den Menschen in der komischen Ziegelstadt gesehen habe.' Moshe blüht auf. Jimmy hat ganz vergessen, dass sie ja auch untereinander Gedanken lesen können.

'Wie waren die Aliens da unten bei dir? Nun erzähl schon!' fragt der Junge mit großen Augen. "Ich weiß nicht genau. Ich hatte die Augen zu. Trotzdem habe ich sie irgendwie gesehen. So Ähnliche wie auf der Osterinsel, ja. Aber ich glaube nicht, dass sie wirklich bei mir im Raum waren. Eher so wie Nyima, die irgendwie auch bei mir war, obwohl sie ja hier bei euch gehockt hat."

Jimmy wirft einen nach Bestätigung suchenden Blick auf die tibetische Nonne, die nur sanft nickt.

'Das ist ein Artefakt. Das ist ein Artefakt von den Aliens!' Moshe dreht seine Begeisterungspirouetten. 'Darf ich das Artefakt mal anfassen? Bitte!'

Jimmy reicht dem Jungen den Metallstreifen. Doch es fällt durch Moshes Hand einfach auf den Boden. 'Ach ja!' kommt nur von Moshe.

Als Jimmy den Metallstreifen wieder aufhebt, begutachtet er das blanke Stück Metall erneut von allen Seiten. Moshes Augen folgen mit großer Aufmerksamkeit dem in Jimmys Händen gedrehten Metallstreifen, als hielte der Amerikaner den größten Schatz des Universums in seinen Händen. Wie nebenbei bemerkt Moshe: 'Hier auf der schmalen Seite ist das aber nicht blank. Da ist was!'

Jimmy fokussiert daraufhin seinen Blick auf die Schmalseite des Metallstreifens: "Tatsächlich, da sind irgendwelche Mini-Zeichen!"

Jimmy streckt Ming Chen die Schmalseite des Streifens hin. Ming Chens Blick erfasst gerade noch irgendwelche Linien auf der Schmalseite, ehe sie im nächsten Augenblick vollständig verschwunden sind.

'Es ist weg. Vor meinen Augen verschwunden. Aber du hast recht, Commander Adlerauge. Da war etwas. Das könnten sogar Schriftzeichen gewesen sein. Vielleicht hältst du noch mal dein Feuerzeug dran, Amerikaner. Das Feuer war ja wohl der Schlüssel. Die Hitze. Yang.'

Jimmy nimmt das eine Ende des Metallstreifens mit spitzen Fingern in die eine Hand und hält sein Sturmfeuerzeug wieder an das andere Ende. Dabei hält er die lange Schmalseite des Metallstreifens auf Augenhöhe vor sich. Und tatsächlich. Nach einiger Zeit treten hier Zeichen hervor.

Nyima, die sich lautlos direkt hinter Jimmy begeben hat, bestätigt gelassen: 'Das ist Sanskrit.'

* * *

Im gleichen Moment erfasst die Sieben ein weißlich-blauer Lichtwirbel und sie finden sich in der blau-schlierigen fünften Dimension wieder, wo sie Licht-wesen freundlich empfängt: 'Ihr arbeitet so wunder-bar zusammen: Commander Adlerauge. Der mutige praktische Jimmy. Die kluge und aufmerksame Jiha-ne. Die so unterschiedlich Analytischen: Rosa und Ming Chen. Die hoch schwingende Nyima. Und natürlich der stets wachsame Sonam. Würden die Menschen nur begreifen.... Aber das ist ein anderes Thema.'

'Lichtwesen. Ich hab da mal eine Frage. Woher weißt du, dass ich Commander Adlerauge bin? Beobachtest du uns?'

'Das könnte man so sagen, Moshe. Auf eine gewisse Weise bin ich immer bei euch.' antwortet Lichtwesen.

'Aber sag, Lichtwesen.' beginnt Rosa ernst. 'Diese zweite Geschichte, da in der Ziegelstadt, das war doch bestimmt ein Versehen, dass wir dort gelandet sind, oder? Und dann dieser gruselige Auszug aus der Stadt! Was war denn das?'

'Wir wollten euch das zeigen. Etwas, das schon viele Male auf der Erde geschehen ist. Eure Archäologen und Historiker sprechen häufig von einem plötzlichen Untergang einer Hochkultur. Ihr habt jetzt etwas aus dem sogenannten Untergang der Indus-Kultur erlebt. Aber auch die Maya und die Inkas in Mittelamerika, die Assyrer und Babylon in Kleinasien, die Anasazi in Nordamerika oder Phönizier und Römer im Mittelmeerraum, und schließlich Atlantis – um nur einige zu nennen – sind auf dem vermeintlichen Höhepunkt ihrer kulturellen Entwicklung meist recht schnell wieder verschwunden.'

'Ich habe gelesen, dass die gesamte Indus-Kultur plötzlich verschwunden ist. Es wird dann in den Geschichtsbüchern einfach gesagt: '...mit dem Ende der urbanen Phase...'. Was ja keine Erklärung ist.' fügt Ming Chen hinzu.

'Ja. Und eure Wissenschaftler stellen viele Theorien dazu an, was denn dazu geführt haben könnte, meist Überschwemmungen, Hungersnöte, Meteoriteneinschläge oder andere sogenannte Naturkatastrophen. Aber das sind bestenfalls äußere Begleiterscheinungen. Diese Kulturen, die Menschen, die sie gelebt haben, werden oftmals von hohen geistigen Welten oder Wesenheiten aus dem System genommen. Manche haben sich irgendwann für die dunkle Seite entschieden. Irgendwann sind sie – du würdest sagen gekippt. Meist war der Hochmut der Menschen die Ursache. Der hat sie vom Licht, von der Liebe zur Schöpfung, dem achtsamen und respektvollen Umgang mit ihr, abgetrennt. Die Menschen sahen sich irgendwann selbst als Götter oder gar gottgleich und haben sich mit der ihnen zur Verfügung gestellten Technologie und Macht über die Schöpfung erhoben.

So war es auch in Mohenjo Daro, einst die pulsierende Metropole der Indus-Kultur. Sie unterhielt rege Handelsbeziehungen mit dem sumerischen Mesopotamien, Ägypten und sogar mit China. Mit zunehmendem Erfolg und Reichtum der Handelsmetropole vergaßen die Menschen aber allmählich ihre Ausrichtung auf das Licht und die Liebe. Und dass sie Teil der Schöpfung sind.

Mohenjo Daro hatte sich nur noch auf das Materielle ausgerichtet. Die Menschen vernachlässigten ihre Gebete, die Nächstenliebe und den respektvollen Umgang mit ihren Geschwistern, den Tieren, und dem Erdenwesen. Alles Denken und Handeln diente nur noch der Vermehrung des materiellen Reichtums. Bis die ganze Stadt vollständig vom Licht abgetrennt war.

Vielleicht habt ihr es selbst gemerkt. Auch unter euch war eine andere Stimmung als ihr in Mohenjo Daro ward. Euer sonst respektvoller Umgang miteinander begann sich dort zu verändern. Das Ego trat wieder mehr in den Vordergrund: den einen zog es nach Hause, der andere ging weniger liebevoll mit diesem Schmerz um, als er sonst tat. Und manch schnippische Bemerkung ist gefallen, ungewöhnlich für euren sonst respektvollen Ton miteinander. Und bedenkt: ihr ward nur kurz dort. Nicht umsonst gilt der Ort unter Einheimischen als verflucht.

Menschen kreieren lokale Energiefelder. Und die lokalen Energiefelder wirken auf den Menschen zurück. Um der Weiterentwicklung aller Menschen, die ja ein gemeinsames Energiefeld haben, und auch der des Erdenwesens nicht weiter zu schaden, sind die Menschen dort herausgenommen worden.'

'Haben wir deshalb keine Tiere in dem Menschenzug gesehen?' fragt Jihane.

'Ja, wie ihr erfahren habt, sind die Tiere eine höhere Ebene der Schöpfung. Sie sind stets mit dem Licht, mit dem Ursprung, der Quelle der Schöpfung verbunden.'

'...und haben ja aus freiem Willen, aus Liebe, Verträge mit den Menschen geschlossen, an die wir uns aber leider gar nicht halten!' wirft Jihane betroffen ein.

'Genau.' antwortet Lichtwesen. 'Menschen, die der Schöpfung und auch der Weiterentwicklung der Menschheit in höher schwingendes Bewusstsein der Liebe entgegenwirken, besonders wenn sie viel Macht etwa über Reichtum, vor allem aber auch Wissen und Technologien erlangt haben, die werden herausgenommen. Diese Aufgabe übernehmen höher schwingende Wesen, meist aus dem Bereich von Orion oder den Pleijaden. Das habt ihr in Mohenjo Daro gesehen. Sie werden an einen anderen Ort gebracht, wo sie einmal neu beginnen und sich erfahren, erproben und lernen und entwickeln können.'

'Deshalb wurden in dieser einst riesigen Stadt nur etwa vierzig menschliche Skelette gefunden...' wirft Ming Chen nachdenklich ein.

'Auch in den heiligen Schriften wird von solchen Korrekturen berichtet.' fährt Lichtwesen fort. 'Denkt nur an die Schilderungen über Babylon oder den ägyptischen Pharao in der Bibel und der Thora, oder auch an den Untergang von Atlantis, was keine Legende ist, sondern tatsächlich geschehen ist. Manchmal werden einzelne Menschen herausgenommen, manchmal ganze Kulturen.'

'Wo werden die Menschen von den Aliens denn hingebracht?' will Moshe wissen.

'Manche an andere Orte auf der Erde, manche auf andere Planeten, wo sie neu beginnen können. Die Hochkultur der Maya, die unter anderem keine Wagenräder kannte, weil sich sich teleportieren konnte, sie hat die Erde einfach durch ein Energietor in eine andere Galaxie verlassen. Ihr sogenanntes Goldenes Zeitalter war nach zwei-, dreitausend Jahren einfach beendet. Sie haben sich so weit entwickelt, wie es damals in der dreidimensionalen Erdendichte möglich war. Die Mayas haben ihre Energie als Gemeinschaft über diese Zeit so stark angehoben, dass sie in die nächst höhere Energieebene aufgestiegen sind. Das ist das, woran ihr auf der Erde jetzt arbeitet, oder vielmehr ihr euch daran erinnert – den Aufstieg in die fünfte Dimension. Und manche Kulturen werden auch ganz aus der physischen Welt herausgenommen. Das ist sehr unterschiedlich.

Einige Menschen aus Mohenjo Daro wurden auf die Osterinsel gebracht. Daher finden eure Wissenschaftler auch Ähnlichkeiten zwischen der Schrift auf der so weit entfernten Osterinsel und den Schriftzeichen Indus-Kultur. Ihr habt die Schriftzeichen auf den Holztafeln der Moai gesehen. Das Indus-Volk hatte irgendwann seine Schriftzeichen nur noch dazu benutzt seine Besitztümer und weltliche Macht mit Siegeln zu festigen und zu verwalten. Später auf der Osterinsel wurde die Schrift wieder dazu benutzt Zusammenhänge zwischen der materiellen und der geistigen Welt herzustellen, auch zu den Planeten, den Sternbildern und kosmischen Zusammenhängen, und diese mitzuteilen und auszutauschen. Die Menschen waren mit dem Licht verbunden. Dabei finden sich einzelne Worte der alten Indus-Sprache in den ältesten Schriftstücken Indiens wieder, in den RIGVEDA. Das ist der älteste Teil der vier indischen Veden[1], die für euch heute zu den wichtigsten Schriften des Hinduismus zählen.

Doch nun genug der Ausführungen und Erklärungen. Ihr habt die Sanskrit-Schriftzeichen im Lakshmana-Tempel gefunden.'

'Haben die Außeridischen, sag ich mal, die blauen Riesenwesen dieses Metall dort hinterlassen? Ist das ganze eigentümliche Gerät dort unten im Tempel gar nicht irdisch, gar nicht von Menschen gemacht?' fragt Jimmy mit einem gewissen Zögern.

'Was meinst du selbst, Jimmy?' fragt Lichtwesen zurück.

'Nun, das Metall kommt mir nicht vor wie von dieser Welt.' antwortet der Amerikaner. 'Und die ganze Konstruktion mit den Platon-Körpern, das ist schon ziemlich spooky. Kann ich mir eigentlich kaum vorstellen, dass Menschen das..., vor allem zur damaligen Zeit.... Also gut! Die Frage beantwortet sich von selbst.[2]

---

[1] *eine zunächst mündlich überlieferte, später verschriftlichte Sammlung religiöser Texte im Hinduismus*

'Hab ich doch gesagt: ein Alien-Artefakt!' jubelt Moshe und hüllt sich vor zappelndem Vergnügen in ein Meer aus blauen Schlieren ein.

Wären sie in ihren physischen Körpern, wäre der Junge zudem in freudig schallendes Gelächter der anderen eingehüllt.

'Ihr seid ein sehr gutes Team.' fasst Lichtwesen zusammen. 'Habt ihr noch Fragen? Oder seid ihr bereit für die nächste Aufgabe?'

'Wo geht's denn diesmal hin?' will Rosa wissen.

'Lasst euch überraschen.' antwortet Lichtwesen, als die Sieben bereits der blau-weiße Lichtstrudel erfasst.

* * *

---

[2] *Immer wieder sickert durch die archäologische Fachwelt, dass etwa in den tiefsten unterirdischen Kammern unter verschiedenen indischen Tempelanlagen Maschinen gefunden werden, deren Materialien und Technologien nicht nur der Bauzeit der Tempel, sondern meist auch unserer heutigen Zeit weit voraus sind. Solche Funde und Entdeckungen werden der Öffentlichkeit verschwiegen – angeblich, um die Bevölkerung mit Belegen für extraterristrische Besuche und Kontakte mit der Erde nicht zu beunruhigen.*

9

Jimmy spürt festen Boden unter seinen Füßen. Staubige, trockene Erde. Ein breiter Weg auf einem Hügel, dessen Hänge mit niedrigen Sträuchern und anderem Grün bewachsen sind. Es sieht aus, als schlängele sich der Weg um den Hügel rundherum aufwärts. Vor Jimmy eröffnet sich eine karge, strauchige Landschaft mit unbewachsenen, vegetationsarmen Hügeln, die nur sehr spärlich bewirtschaftet wird. Die ockerfarbenen Flächen ziehen sich bis zum Horizont.

Moshe scheint bereits etwas entdeckt zu haben. Zusammen mit Rosa, Jihane und Ming Chen schwebt der Junge einige Meter rechts von ihm vor einem senkrechten Felsen oder Mauerstück. Mit seinem treuen vierbeinigen Begleiter tritt Jimmy neben die anderen.

'Ich kenne solche Gesichter von den Inkas.' hört er Ming Chen.

Sein Blick fällt auf das beschriebene Steinrelief. Aus einem quadratischen Schädel blicken ihn große, runde und noch einmal eingefasste Augen an, dazwischen eine kurze, breite Nase und darunter ein sehr schmaler Mund mit leicht nach oben geschürzten Lippen und einer entblößten Zahnreihe. Während der Augenausdruck freundlich oder vielleicht erstaunt ist, wirkt der Mund eher grimmig.

"Habt ihr eine Ahnung, wo wir hier sind?" fragt Jimmy in die Runde. Die anderen schütteln nur schulterzuckend den Kopf.

'Nach diesem Relief hier könnte das Mittelamerika sein oder Peru.' Dann weist Ming Chen auf abgeflachte Hügel hin, die eine Art Hochebene bilden. 'Nur die Landschaft passt so gar nicht dazu. Hier fehlen hohe Berge, so weit ich das erinnern kann. Und Vegetation.'

Unterdessen hat sich Moshe in größere Höhen begeben und ruft ihnen von oben zu: 'Da unten sind Menschen. Ich glaub, das sind echte Menschen.'

Rosa, Ming Chen und Jihane begeben auf Moshes Höhe. Vor hier aus sehen auch sie drei Menschen in moderner Kleidung: Jeans mit T-Shirt oder Hemd. Die Drei bewegen sich in einer rechteckig ausgehobenen Grube zu Füßen des Hangs. In der Mitte der langgestreckten Grube erkennen sie Formen oder Erhebungen. Die Menschen scheinen dort etwas mit verschiedenen Geräten zu vermessen oder zu untersuchen.

Die Gruppe beschließt, dass Jimmy vor Ort bleiben soll, damit er als einzig Sichtbarer die Menschen dort unten nicht auf sich aufmerksam macht oder sonstwie beunruhigt. Die anderen wollen zu der Grube herunter schweben, um herauszufinden, was es mit diesem Ort hier auf sich hat, zu dem sie nun gebracht worden sind.

Während sich Moshe, Jihane, Rosa und Ming Chen in Richtung Grube auf den Weg machen, zeigt Nyima keinerlei Anzeichen, sich mit den anderen in Bewegung zu setzen. Statt dessen hockt sich die kleine Tibeterin neben den Amerikaner, nimmt mit geschmeidigen Bewegungen den Lotossitz ein und geht in stille Versenkung.

'Es sind Chinesen.' bemerkt Ming Chen sofort, als sie sich den drei Männern genähert haben und er Teile ihres Gesprächs aufgeschnappt hat. Rosa erkennt den asiatischen Gesichtsausdruck, wobei es ihr schwer fällt Chinesen, Japaner oder Koreaner rein nach Augenschein auseinanderzuhalten.

'So wie du!' ruft Moshe freudig aus. Man merkt, dass der Junge Ming Chen in sein Herz geschlossen hat. Der erste Erwachsene, von dem er sich so richtig ernst genommen fühlt.

'Wir scheinen tatsächlich in China zu sein. Eher im Norden, vermute ich. Die Landschaft passt jedenfalls.'

Aus der Nähe betrachtet entpuppen sich die Erhebungen in der langgestreckten Grube vor ihnen als Gebilde aus Ziegeln. Sie sind etwa so hoch wie die Menschen, die sie untersuchen. Das vordere Konstrukt sieht aus wie ein langgezogener Schlauch, etwa einen Meter fünfzig hoch und drei, vier Meter lang. An den beiden Enden ist es verschlossen, ebenfalls mit Ziegeln. Dahinter befindet sich eine an den Kanten und der Spitze leicht abgerundete Pyramide mit etwa quadratischer Grundfläche.

Beide Konstruktionen stehen in einer langgestreckten, mit scharfen Kanten ausgehobenen Grube in hellem Boden. Die chinesischen Männer sind offenbar Archäologen. Sie hantieren mit einem technischen Gerät an der kleinen Pyramide.

'Das ist vielleicht ein Ultraschall- oder Röntgengerät.' geht es Ming Chen durch den Kopf. 'Damit können sie in diese Ziegelpyramide quasi hineinschauen, aber eben ohne sie zu eröffnen und damit zu zerstören. So schauen Archäologen heutzutage ob überhaupt, und vielleicht auch was sich in Gebilden befindet.'

'Superman kann das so. Der hat einen Röntgenblick.' ist der Moshe-Kommentar.

'Ich finde, dieser ganze Hügel ist auch eine Pyramide, flacher, breiter, als die, die ich sonst kenne. Ich finde, dass da große Stufen sind. Wo wir gelandet sind, das ist kein Weg, der sich den Berg hoch schlängelt. Schaut mal: Das sind ganz waagerechte Linien, die sich an dem Hügel entlang ziehen. Die steigen überhaupt nicht an.' Die letzten Sätze spricht Jihane an Rosa und Ming Chen gewandt und zieht mit ihrem ausgestreckten rechten Arm die beobachteten waagerechten Linien des Hügels nach. Sie sind von ihrer aktuellen Position aus gut zu erkennen.

'Ja, stimmt Jihane.' antwortet Rosa. 'Von hier kann man auch deutliche Stufen an der linken und an der rechten Seite erkennen. Also das ist kein natürlicher Berg, sondern eine menschengemachte Stufenpyramide, großflächig, aber von der Höhe her eher flach. Und ziemlich bewachsen. Deshalb konnte man das nicht gleich erkennen.'

'Es gibt sehr viele Stufenpyramiden in meinem Land.' sagt Ming Chen. 'Ich weiß allein von einhundert geschätzten Pyramiden rund um die Millionenstadt Xianyang[1]. Das liegt mitten in China. Die meisten Pyramiden sind überwuchert und bewachsen. Das ganze Gebiet ist komplett zersiedelt. Die chinesischen Behörden legen keinen großen Wert darauf, sie freizulegen. Auch bei der großen Kaisergrabstätte, die ist auch hier in der Provinz Shaanxi, dort, wo sie die

---

[1] *in der Provinz Shaanxi in der Volksrepublik China, die als die Wiege der chinesischen Kultur gilt. Sie liegt 25 km nordwestlich von Xi'an (Hauptstadt der Provinz) am Wei-Fluss in der zentralen Guanzhong-Ebene.*

weltberühmte Terrakottaarmee gefunden haben, ist der größte Teil der unterirdischen Anlagen noch gar nicht freigelegt. Wobei – das munkelt man, das ist natürlich keine offizielle Verlautbarung – aber hinter vorgehaltener Hand erzählt man sich, dass dort unterirdisch große Mengen von flüssigem Quecksilber sein sollen. Das ist ja hochgiftig, mal ganz abgesehen davon, wie mysteriös das ist, wenn das stimmt. Angeblich sollen sie vor ein paar Jahren auch unter dem Azteken-Tempel Teotihuacan in Mexiko, unter dem berühmten Tempel der gefiederten Schlange, solche Kammern mit flüssigem Quecksilber gefunden haben. Aber ich schweife ab. Entschuldigt bitte....'

'Ist auf jeden Fall interessant. Kammern mit flüssigem Quecksilber unter heiligen oder hoch energetischen Orten ... Tempelanlagen, Pyramiden oder anderen Energiepunkten der Erde? Als Giftbarrieren? Zum Schutz? Untendrunter, sagst du? Das macht ja wenig Sinn. Nach dem, was wir bisher erlebt und erfahren haben, hat so etwas bestimmt eher etwas mit der hohen Energie an diesem Ort zu tun. Aber wie kommt man überhaupt an große Mengen Quecksilber? Und können Menschen das überhaupt dort hingebracht haben? Ohne Schutzanzug und ohne modernes Gerät?' Rosas analytischer Verstand hat Blut geleckt.

'Ich weiß es nicht.' kann Ming Chen nur antworten.

Ich will ja nicht nerven.' drängelt diesmal Jihane. 'Aber ich glaube, eure Quecksilberdiskussion bringt uns hier jetzt nicht weiter.!'

'Da hast du sicher recht, Jihane.' lenkt Rosa ein. 'Aber spannend ist das.... Nun gut! Wieder zurück in unsere Gegenwart, oder wie immer man diesen Zeitpunkt hier für uns nennen mag.'

Und nach einer kleinen Gedankenpause übernimmt der Chinese wieder: 'Hier ist ja gar nicht so viel Vegetation. Die überwiegend karge Gegend hier vor uns, das sieht aus wie ein Hochplateau, so ein typisches Löß-Plateau, wird kaum Dutzende von Pyramiden verstecken können. Also sind wir kaum bei Xianyang.'

'Es könnte höchstens sein, dass diese Pyramide hier am Rande des Pyramidenfeldes liegt und sich auf der anderen Seite der Pyramide ein ganz anderes Landschaftsbild auftut.'

Nach einer kurzen Pause setzt Rosa fort: 'Gut. Wollen wir nicht erst einmal zu Jimmy zurück und ihn aufklären, wo er sich befindet? Dann können wir ja beratschlagen, wie wir weiter vorgehen wollen.'

Und schon sind die Vier auf dem Weg bergauf zu der Terrassenstufe, auf der sie Jimmy schon ungeduldig erwartet.

'Wir sind in China! Wir sind in China!' prustet Moshe als erster raus. 'Jimmy, stell dir vor: in China! Das ist das Land von unserem Ming Chen!'

Sie setzen Jimmy ins Bild, die Gewissheiten und die Möglichkeiten. "Dann gehe ich mal auf dieser Stufe um dieses Schätzchen hier herum und schau mal, wie hoch ich komme. Ihr nehmt ja sicher wie immer den direkten Weg." schlägt Jimmy vor und stiefelt los, wie immer Sonam an seiner Seite.

An der linken Seite der Pyramide entdeckt Jimmy auf der gleichen Stufenhöhe ein ähnliches Relief wie das zuvor gesichtete. Etwa die gleichen Gesichtszüge, doch dieses Mal mit extrem großen Ohren, die offensichtlich Ohrschmuck tragen. Rechts und links vom Kopf sind angewinkelte Arme abgebildet. Die Hände weisen ausgebreitet nach unten. Dadurch wirkt die Figur so plastisch, als würde sie bäuchlings ausgestreckt auf angewinkelten Armen, ähnlich einem Liegestütz, aus der Mauer herausschauen.

Die anderen haben im Nu auf dem direkten Luftweg das Plateau der Stufenpyramide erreicht. Es ist unerwartet weitläufig. Doch auch auf der anderen Seite tut sich weder ein Pyramidenfeld noch das Bild einer dicht besiedelten Millionenstadt auf. Dort ist auch keine dichte Vegetation, unter der sich Bauwerke ihrem Blick entziehen könnten.

Unterdessen belebt sich plötzlich das Pyramidenplateau. Zwischen hölzernen Säulen tritt ein palastähnliches Gebäude hervor, bedeckt mit zwar sehr einfach gehaltenen, aber typisch chinesischen geschwungenen Dächern aus Ziegeln. In einigen umliegenden Häusern gehen Handwerker und Künstler ihrer Beschäftigung nach. Aus Zisternen schöpfen die immer zahlreicher werdenden Menschen Wasser.

Die Vier schweben durch das rege Treiben hindurch. Wie schon zuvor werden sie nicht wahrgenommen von den Menschen, die hier wieder einmal aus der Zeit gefallen sind. Die Vier begeben sich zum Rand des Plateaus. Sie blicken herunter auf ein Treiben sehr viel größeren Ausmaßes. Zu Füßen der Stufenpyramide, die nun gänzlich unbewachsen ist und aus klaren, offensichtlich gestampften Lehmstufen mit seitlichen Befestigungsmauern besteht, breitet sich eine geschäftige große Stadt aus. Um ein Häusermeer ziehen sich zwei Stadtmauern, eine enge innere und eine weitläufig äußere. Dem Verlauf der Stadtmauern zufolge bildet die etwa siebzig Meter hohe Stufenpyramide das Zentrum dieser pulsierenden Stadt.

Dort, wo sie zuvor die chinesischen Archäologen bei ihrer Arbeit in der Grube beobachtet haben, steht nun ein auffällig aus dem Häusermeer herausragendes schmales Gebäude. Mit Blick auf dieses Gebäude schlägt Ming Chen vor: 'Das sollten wir uns, glaube ich, einmal näher anschauen.'

Und schon schweben die Vier über die Pyramidenstufen ins Stadtgetümmel hinunter.

"Oh! Also wieder runter." Jimmy, der die Gruppe gerade zu Fuß erreicht hatte, nimmt die veränderte Situation sportlich.

Vor dem langgestreckten, relativ hohen Gebäude erwartet sie bereits Nyima mit offenem Lächeln: 'Hier ist ein Heilhaus.'

Die anderen drängeln sich im wahrsten Sinne des Wortes durch die Menschenmassen hindurch. An der Längsseite des Gebäudes stecken Ming Chen und Jihane mit einem kräftigen, all ihren Mut vereinenden Atemstoß, ihren Kopf durch die Wand des Gebäudes. Moshe und Rosa machen es den beiden nach einigem Zögern nach. Allmählich gewöhnen sie sich an ihren feinstofflichen Zustand. Jimmy geht nach all seinen schmerzhaften Erfahrungen nun durch die Eingangstür an der Schmalseite des Gebäudes. Er sieht von innen die vier aufgereihten Köpfe seiner Freunde durch die langgezogene Seitenwand lugen. Die fünf Augenpaare blicken auf ein ungewöhnliches Szenario:

Zwei, drei Menschen helfen einem offensichtlich geschwächten oder schwer kranken Menschen, der sich kaum alleine auf den Beinen halten kann, in den langgestreckten Raum hinein. Sie unterstützen ihn dabei, in den langen Tunnel aus Ziegeln zu steigen – neben dem vorhin noch die Wissenschaftler ihre Messungen durchführten. Der Tunnel ist so flach, dass der Kranke darin liegen muss. Dann steigen die Helfer über Stufen an der Längsseite der tiefen Grube heraus und gehen in den Eingangsbereich. Sie platzieren sich direkt neben Jimmy.

Dann treten die Menschen in diesem Eingangsbereich zur Seite. Ehe Jimmy reagieren kann, läuft ein Zimbeln anschlagender, auffällig geschmückter Chinese durch ihn hindurch. Ihm wird kurz etwas schummerig. Aber sonst ist nichts passiert. Der Chinese hat Jimmy offenbar gar nicht mitbekommen. Begleitet vom leicht schrillen Klang seiner Zimbeln stimmt er einen durchdringenden, teils in den Tönen sehr hochgezogenen Singsang an. So tritt er breitbeinig vor die kleine Pyramide hinter dem Tunnel.

Rosa dreht ihren Kopf in der Wand leicht nach rechts in Richtung Ming Chens: 'Verstehst du, was er singt?'

'Nein. Nicht wirklich.' antwortet der Chinese. 'Das muss ein sehr altes Chinesisch sein. Ich kann nur ein paar Bruchstücke erahnen. Wie Nyima gesagt hat, geht es wohl um Heilung eines Kranken. Bitte oder Anrufung von Heilung. Etwas sehr Mystisches. Aber ich kann nicht verstehen, wer oder was angerufen wird.'

Der chinesische Heiler oder Priester hat sich zunehmend in Ekstase gesungen. Seine Tonlage ist immer höher und schriller geworden. Dann tritt er zwei Schritte zurück und verstummt plötzlich. Auch seine Zimbeln sind verstummt. Zur gleichen Zeit tritt aus den winzigen Fugen zwischen den Ziegeln des Tunnels ein zartes, fast silbernes Licht hervor. Dieses Licht wird begleitet von einem sehr tiefen, wie Blubbern oder Brodeln klingenden Geräusch. Für die fünf Zuhörer scheint das Brodeln aus dem Boden unter dem Tunnel und der Pyramide zu kommen. Der Heiler oder Priester verharrt still und regungslos, bis das Leuchten aus den Ritzen des Tunnels langsam verlischt.

Die fünf Beobachter haben jedes Gefühl für Zeit verloren. Sie haben alle nicht die geringste Idee, wie viel Zeit vergangen ist, als der chinesische Zeremonienmeister, diesmal von tiefer tönendem Singsang aus seinem Munde, ein Mal die Pyramide und den Tunnel umrundet, ehe er rasch durch den Eingangsbereich des Gebäudes entschwindet.

'Jetzt hat er sich bedankt. Das habe ich verstanden.' sagt Ming Chen, seinen Kopf zu den anderen in der Wand hin und her wendend.

Die drei Helfer eilen herbei und helfen dem sichtlich gekräftigten Menschen wieder aus dem Ziegeltunnel heraus.

Kaum dass die vier Chinesen das Gebäude verlassen haben, treten die nächsten ein. Sie sehen noch, dass eine Mutter ihr schweißüberströmtes Kind mit rotglühendem Fiebergesicht auf dem Arm hineinträgt, ehe sich das gesamte Szenario – wie gehabt – wie platzende Seifenblasen auflöst.

* * *

Doch statt wie zuvor in die dreidimensionale Gegenwart zurückzukehren, baut sich vor ihren erstaunten Augen ein völlig fremdartiges Szenario auf.

Alles wird noch leichter und durchscheinender. Es ist, als würde alles um sie herum fließen, aber ohne flüssig zu sein.

Rosas, Moshes, Jihanes und Ming Chens Köpfe lugen noch immer durch die Mauer des mystischen chinesischen Heilhauses, doch die Wände des Gebäudes sind wie durchsichtig und für die Vier kaum noch wahrzunehmen. Dennoch wissen sie genau, dass die Wand, in der ihre Kopfe stecken, noch da ist.

Sie hören ein leises Wimmern aus dem Tunnel. Auch der kleine Ziegelbau ist wie durchscheinend. So nehmen sie in dem Tunnel ein kleines Menschenwesen wahr. Offensichtlich liegt das kleine kranke Kind, das die Mutter vorhin gebracht hat, noch darin. Sie vernehmen auch den schrillen hohen Singsang des Priesters oder Heilers und seine klirrenden Zimbeln. Aber beides klingt leiser, gedämpfter, wie aus weiter Ferne. Stattdessen erfüllt den langgezogenen Raum ein in seiner Lautstärke langsam hochfahrender tiefer, leicht schräbbelnder Ton, der eine starke Schwingung mit sich führt. Was sie zuvor als tiefes Blubbern unter Pyramide und Tunnel vernommen haben, schwingt nun rhythmisch, synchron mit diesem tiefen Ton. Dieser tiefe Ton kommt von außerhalb des Gebäudes. Er schwillt immer stärker an, wird immer lauter und kräftiger.

Aber es ist nicht die Schwingung des Tons, die den Raum füllt. Es ist, als käme mit oder auf dem tiefen Ton etwas Sanftes, aber sehr Mächtiges, Großes hereingeschwebt oder hereingeflogen.

'Da ist etwas sehr, sehr Großes, etwas Lebendiges!'

Nicht nur Jihane, alle Vier spüren deutlich, dass dies die Energie eines lebenden Wesens ist. Es füllt bald den ganz Raum über den Ziegelkonstruktionen aus.

'Ah. Deshalb ist das Gebäude so hoch. Ich hatte mich schon gewundert.' geht Rosa kurz durch den Kopf.

Mit dem überdimensionalen Wesen hat sich ein feiner violetter Lichtstrahl auf die Spitze der nun ebenfalls durchsichtigen kleinen Pyramide vor dem Ziegeltunnel herabgesenkt. Die Ziegelpyramide füllt sich ganz mit dem zartvioletten Licht auf. Bald pulsiert das Violett in der Pyramide mit dem pulsierenden tiefen Ton, der von unterhalb des Tunnels widerhallt.

Ming Chen konzentriert sich und fokussiert seine gesamte Aufmerksamkeit unter den Tunnel. Er muss sich sehr stark konzentrieren, denn das mächtige Wesen vor ihm hat eine zwar sanfte, aber sehr, sehr mächtige Energie. Nach einer Weile kann der Qigong-Master seine fokussierte Aufmerksamkeit – eher an dem Wesen vorbei als durch es hindurch – und schließlich durch den Tunnel hindurch führen. Der Chinese nimmt eine Art unterirdischen See oder ein Wasserbecken wahr, dessen Inhalt im Rhythmus des gesamten Heilraumes mitschwingt. Doch die Bewegungen der Flüssigkeit sind zu zäh, zu langsam, zu schwer für Wasser. Außerdem sieht die Flüssigkeit zu silbern aus. Sie wabert, wie zu schweres Wasser. In diese silberne, schwingende Flüssigkeit fallen von oben kleine graue Tropfen herunter. Sie scheinen aus dem Ziegeltunnel zu kommen. Die herabfallenden Tropfen kann Ming Chen gerade noch erkennen, als seine Konzentration nachlässt und er diesen

Durchblick unter der hohen Energie im Raum wieder verliert.

Irgendwann – wieder haben die Vier jedes Gefühl für Zeit verloren – zieht sich der violette Lichtstrahl zusammen mit dem mächtigen Energiewesen nach oben, weit nach oben zurück. Die Vier schauen noch lange hinterher. Es ist ihnen, als würde ein Punkt am Himmel, vielleicht ein Stern, kurz aufleuchten.

Die Mauer, in der noch immer ihre vier Köpfe stecken, nimmt wieder Gestalt an. Mit tief tönendem Singsang umrundet der Heiler oder Priester die nun wieder massiven, braunen Ziegelbauten, ehe sich dieses Szenario wie platzende Seifenblasen auflöst.

* * *

Die Vier, deren Köpfe eben noch in der Wand des chinesischen Heilhauses steckten, rudern mit den Armen, um nun ihr Gleichgewicht zu halten. Ohne Wand stehen sie plötzlich vor der offenen tiefen Grube, in der drei chinesischen Archäologen nicht die geringste Vorstellung davon haben, welchen wundersamen Heilzeremonien die vor ihnen liegenden Ziegelkonstruktionen einst dienten.

'Die drei hier gehen bestimmt davon aus, dass es sich um Grabstätten oder religiöse Gebetsorte handelt. So funktioniert leider der überwiegende Teil der modernen Archäologie. Findet man Knochen, wird der Fundort als Grabstätte abgehandelt. Ohne Knochen könnten auch Grabschänder am Werk gewesen sein. Und wenn alles nicht passt, ist es ein Ort religiöser, astrologischer oder bestenfalls astronomischer Handlungen.' erörtert Ming Chen. 'Ich hatte immer schon das Gefühl, dass das zu eng ist. Das hier bestätigt das.'

Trotz seines nüchternen Kommentars ist zu spüren, dass Ming Chen von dem soeben Gesehenen noch vollkommen beeindruckt ist.

'Allerdings!' stimmt Rosa dem Chinesen zu. 'Diese Ziegelkonstruktionen dienten tatsächlich der Heilung von Kranken. Offenbar auch erfolgreich. Der Chinese, der erst gar nicht selbst laufen konnte, kam ja sichtlich gestärkt aus der Röhre wieder heraus. Was man von unseren medizinischen Röhren ja nicht so unbedingt sagen kann. Aber hier waren auch wirklich sehr mächtige Energien am Werk! Hast du irgendeine Idee, Ming Chen, was da passiert sein könnte? Irgendetwas oder irgendwer mit sehr hoher Schwingung oder Energie, denke ich? Und irgendeine Art von geistigem Wesen war doch auch mit im Spiel, oder? Ein Engel?'

'Ich habe noch keine Vorstellung. Das heißt, eine Idee vielleicht. Aber ich muss darüber noch mal nachdenken.' antwortet Ming Chen.

'Wo sind denn die anderen?' ruft Moshe, der ob all dieser Überlegungen der beiden Erwachsenen müde und gelangweilt wirkt. 'Nyima ist da!' Er zeigt auf die wieder im Lotossitz meditierende tibetische Nonne. 'Aber ich kann den Amerikaner und Sonam nirgends entdecken!'

Um sich einen Überblick zu verschaffen, schweben sie über den drei Archäologen in größere Höhe. Jihane entdeckt dann die beiden Gesuchten versteckt hinter einem Felsen. Jimmy musste ja vor den Chinesen hier außer Sicht bleiben. Sonam hat ihn, wie immer, begleitet.

Begrüßt von dem schwanzwedelnden Terrier scharen sich die Vier um den Amerikaner. "Und nun?"

'Nun erzählen wir dir erst einmal, was wir gesehen haben.' antwortet Rosa ruhig.

'Einen Engel haben wir nämlich gesehen!' legt Moshe los. 'Einen riesigen Engel, noch größer als der Raum.'

Mit verändertem Tonfall fährt Moshe fort, sich heftig am linken Ohr zupfend: 'Michael. Es war der Erzengel Michael. Die Seele des Merkur. Pe[1] – *Adonai cebayoth.*'

'Merkur. Mercurius. Danke Moshe!' klinkt sich Ming Chen ein. 'Quecksilber! Das war kein Wasser, das war Quecksilber. Die Flüssigkeit da unter dem Tunnel.' Der Chinese ist für seine Verhältnisse richtig aufgedreht. 'Konntet ihr sehen, was ich unter dem Tunnel wahrgenommen habe?'

'Ja.' antwortet der Junge sofort. 'Da war ein Silbersee unter der Erde. Und der hat sich im Rhythmus bewegt. Im Rhythmus mit dem Ton.'

'Okay.' sagt Rosa. 'Ich habe davon nichts mitgekriegt. Ich war so mit dem mächtigen Wesen in dem Raum beschäftigt, dem Licht und dem rhythmischen Ton. Da hatten deine Gedanken und Bilder wohl keinen Platz mehr in meinem Kopf, Ming Chen.'

'Es sah aus, als würde der Silbersee zu dem Rhythmus des tiefen Tons tanzen.' Jihane ist noch ganz verzaubert von den Eindrücken.

Ming Chen fährt fort: 'Ich dachte erst, dass es Wasser ist. Aber dafür war die Bewegung viel zu viskos. Jetzt bin ich ziemlich sicher, dass das Quecksilber war. Flüssiges Quecksilber.' Und an Moshe gewandt:

---

[1] *Pe – פ ist ein hebräischer Buchstabe, der in der Kabbala dem Merkur zugeordnet ist.*

' Danke Moshe, für deinen Hinweis mit dem Merkur. Das hat mich überhaupt erst auf das Quecksilber gebracht. Mercurius ist nämlich der lateinische Name von Quecksilber. Farbe und Konsistenz – das passt genau.'

'Aber ist Quecksilber nicht eigentlich giftig?' beteiligt sich Rosa. 'Das ist doch ein leicht flüchtiges Schwermetall, schon bei Raumtemperatur. Deshalb haben sie doch die Quecksilberthermometer abgeschafft, weil die Dämpfe, die sofort entstehen, wenn das zerbricht, hochgiftig sind.'

'Ja, aber wenn das dicht verschlossen ist, dann können die Dämpfe nicht entweichen. Quecksilber ist nämlich auch sehr reaktiv. Es geht schnell Verbindungen mit anderen Metallen ein. Es wird unter anderem zur Goldgewinnung benutzt, so viel ich weiß. Goldstaub wird damit aus dem Boden ausgewaschen. Das Quecksilber bindet die feinen Goldpartikel. Und wenn man das Quecksilber dann abdampft, bleibt das reine Gold zurück.'

'Der Goldrausch hat ja ganze Landstriche und auch Flüsse auf der Erde mit dem Quecksilber vergiftet. Da gibt es immer noch tausende kleiner Goldminen vor allem in Asien, Lateinamerika und Afrika, die so arbeiten und ihre Umgebung furchtbar verpesten.' ergänzt Rosa nachdenklich.

Jihane ist noch immer ganz erfüllt und tief berührt von den Ereignissen: 'Moshe, oder sein Vater, hat gerade etwas von einem Engel gesagt.' murmelt das Mädchen gedanken- und bilderversunken mehr vor sich hin als zu den anderen. 'Großvater sagt, dass jeder Stern ein Engel ist.'

'Er führt ihr Heer vollzählig heraus und ruft sie alle mit Namen. Jesaja 40:26.' kommt daraufhin aus dem schulterzuckenden Jungen. *'Er zählt die Sterne und nennt sie alle mit Namen. Psalm 147.* Und der Sohar sagt auch, dass jeder einzelne Stern einen Namen hat. Einen dauerhaften Engel mit Namen. Diese Engel wurden am fünften Tag erschaffen. Die Sterne am vierten Tag. Genesis.'

Jimmy schüttelt, inzwischen mehr verwirrt als ungläubig, den Kopf: "Ihr meint echt, ihr habt einen Engel gesehen?"

Eine kleine raue Zunge leckt seine Hand: 'Aber natürlich gibt es Engel. Du hast auch einen. Er steht gerade hinter dir. Ich habe einen, der mich überall hin begleitet. Wir alle hier. Bei jedem ist ein Engel.'

"Ach, Sonam, Kumpel." Jimmy krault Sonam hinter seinen Ohren, was der kleine weiße Hund besonders gerne mag.

'Ich habe mal eine Klangschalen-Behandlung bekommen.' denkt Rosa weiter. 'Die Frau hat gesagt, dass jede der metallenen Schalen den Ton eines Planeten hat. Erde, Venus, Mond, Sonne und auch Merkur.'

'Sogar die NASA hat Klänge von den einzelnen Planeten veröffentlicht. Sehr tiefe sphärische Töne waren das.' ergänzt Ming Chen. 'Ich meine, das seien Radiowellen gewesen, die sie für unser Gehör akustisch aufbereitet haben, wie auch immer sie das gemacht haben.'

'Mercurius, das Quecksilber. Merkur, der Planet, mit seinem Erzengel Michael ja offenbar. Und das alles als Heilsystem für schwerkranke Menschen im alten

China.' fasst Rosa ihre Gedanken mit fragend hochgezogenen Augenbrauen zusammen.

'Und vielleicht nicht nur in China.' kommentiert der Chinese. 'Ich hatte euch doch von den jüngst entdeckten Quecksilberkammern erzählt, auch hier in China unter der Terrakottaarmee, aber auch in Mexiko, unter dem berühmten Tempel der gefiederten Schlange von Teotihuacan, auch Pyramide des Gottes Quetzalcoatl genannt. Wir waren ja auch bei einem Tempel der Gefiederten Schlange, allerdings bei einem anderen, in Xochicalco. Aber nur, weil das noch nicht entdeckt oder öffentlich gemacht wurde, heißt das ja nicht, dass sich darunter nicht auch ein Quecksilbersee befindet. Da war das mit dem mexikanischen Ballspiel. Und da ging es ja bei dem einen Stufentempel auch um Heilenergie. Und zwar um Heilenergie für die Erde. Erinnert ihr euch? Möglicherweise hat das Quecksilber hier auch eine Rolle bei der Heilung gespielt. Nur haben wir das nicht mitbekommen. Könnte doch sein, oder? - Ach ja. Und da war noch etwas hier bei dem Quecksilbersee unter dem Heilhaus. Ich weiß nicht, ob ihr das gesehen habt. Es sind feine graue Tropfen von oben in den Quecksilbersee hineingefallen. Das muss ... ja, der Tunnel, der Tunnel, in dem lag doch das kranke Kind, und der war doch genau darüber.'

'Ich selbst kann keine Aura sehen.' denkt Rosa weiter. 'Aber ich weiß von meiner Freundin Hilde, die genau das kann, dass eine kranke Aura oftmals grau ist, vor allem wenn es sich um eine schwerwiegende Krankheit handelt. Vielleicht hängt das ja zusammen. Das kann sicherlich Nyima beantworten. Wo ist Nyima eigentlich?'

'Ich habe sie das letzte Mal vor dem Eingang zu dem Heilhaus gesehen.' antwortet Jihane. Alle schauen sich suchend um. Aber selbst der in fünf Meter Höhe schwebende Moshe kann die kleine Nonne nirgends entdecken. Jimmy schaut Sonam fragend an. Der Amerikaner hat sich immer noch nicht daran gewöhnt, den Hund direkt anzusprechen.

'Nyima ist immer bei uns. Es geht ihr gut.' antwortet Sonam mit großer Ruhe.

"Okay." reagiert Jimmy. "Wenn du das sagst. Dann müssen wir sie also nicht suchen gehen."

Sonam blickt Jimmy nur sehr direkt mit leichtem Schwanzwedeln an. "Dann lasst uns doch mal zusammenkommen und beratschlagen, was wir jetzt machen. Es war ja sicherlich sehr aufregend, was ihr alles gesehen und erlebt habt. Aber wir suchen ja keine spooky Heilmethoden mit Planetenstrahlen und Engelsgeflüster, sondern Worte oder Sätze auf Chinesisch. Und da wir noch hier sind, scheint unsere Aufgabe auch noch nicht erfüllt zu sein."

'Wo du recht hast, hast du recht, Jimmy!' reagiert Rosa mit etwas ratlosem Gesicht.

'Ja, mit chinesischer Schrift hatte das alles hier bislang noch nicht erkennbar zu tun.' pflichtet Ming Chen Rosa bei.

'Merkur beeinflusst Weisheit, Sprache und Schrift – sagt die Bareita[1] von Rabbi Shmuel ha-Katan[2].'

---

[1] *Bareita ist aramäisch und bedeutet: draußen, extern; der Begriff bezeichnet eine Tradition im jüdischen mündlichen Gesetz, die nicht in die Mischna, die erste große schriftliche Sammlung der jüdischen mündlichen Überlieferungen, aufgenommen wurde*

[2] *babylonischer Religionsgelehrter, Ende 1. Jahrhunderts n. Chr.*

spricht es plötzlich wieder aus dem Jungen aus Israel. 'Ist alles Kabbala!'

'Ob Nyima etwas gefunden hat? Vielleicht sollten wir sie doch suchen.' schlägt Jihane nach einer Pause vor.

Sie begeben sich auf die gegenüberliegende Seite der Stufenpyramide. Jetzt erst nehmen sie wahr, dass hier Terrassen, Mauern und große, offensichtlich aus Lehm festgestampfte Stufen freigelegt worden sind. Jihane entdeckt in einer kleinen Nische die Tibeterin. Sonam läuft Nyima freudig entgegen. Dieses Mal erhebt sich Nyima, geschmeidig wie immer, gleich beim Anblick ihrer Gefährten aus ihrem Lotossitz und begrüßt sie mit den Worten: 'Das war eine sehr, sehr alte und heilige, kosmische Heilungszeremonie.'

'Ja, das war wirklich etwas ganz besonderes. Das konnte ich auch spüren.' reagiert Jihane, die noch immer erfüllt ist.

'Es war kein Nang-Shen[3]. Es war viel größer und mächtiger.'

Sogar die kleine tibetische Nonne scheint dieses Mal von den Ereignissen stark berührt zu sein. 'Dass die Chinesen einst eine solch machtvolle Heilkunst hatten, Kontakt mit solch machtvollen Lichtwesen, davon wurde nie berichtet.' fährt Nyima fort. Ihre Gefährten sehen das erste Mal in dem Gesicht der Nonne einen Ausdruck des Erstaunens, des ehrfürchtigen Erstaunens.

Schweigend machen sie es sich in der Terrassennische bequem. Sonam rollt sich wieder in Nyimas Schoß zusammen. Alle schweigen, sind in sich ge-

---

[3] *Dämonenaustreibung im tibetischen Bön*

kehrt. Den einen gehen die mächtigen Bilder, Klänge und Energien nach. Die anderen lenken ihren Verstand auf die Suche nach den chinesischen Schriftzeichen. Lange sitzen oder schweben sie so, ohne Austausch von gesprochenen Worten, ja nicht einmal Gedanken oder Bildern. Jeder ist mehr oder weniger in sich versunken, verarbeitet auf seine ganz eigene Weise. Nicht Mal Jimmy oder Moshe rufen zu neuen Taten auf.

Sie haben keine Ahnung, wie viel Zeit vergangen ist, als die dieses Mal ein besonders sanfter blau-weißer Lichtwirbel erfasst. Jimmys letzter Gedanke ist, dass sie doch noch gar nicht die chinesischen Schriftzeichen gefunden haben, ehe auch er sich in das ihn sanft aufnehmende Licht hineinfallen lässt.

* * *

Sie landen in der der Gallerte der fünften Dimension.

Dieses Mal taucht Lichtwesen erst kurz nach ihnen auf: 'Entschuldigt bitte. Wir mussten eine Programmänderung vornehmen.'

'Chinesische Schriftzeichen haben wir auch nicht mitgebracht.' findet Jimmy als erster seine Sprache wieder.

'Alles ist gut.' antwortet Lichtwesen. 'Die chinesischen Schrift brauchen wir auch nicht mehr. Wir haben festgestellt, dass sie sehr an Kraft verloren hat. Sie ist schon zu lange nicht mehr auf das Licht, auf die Quelle ausgerichtet benutzt worden.'

'Oha!' kommt es betroffen aus Ming Chen. 'Mao's Kulturrevolution[1] und die aktuelle komplette Ausrichtung auf Wirtschaftswachstum und materiellen Reichtum spätestens seit Xi Jinping[2] haben uns wohl energetisch den Rest gegeben.'

'So kann man es zusammenfassen, Ming Chen. Doch die Abkehr vom Licht ist schon lange vorher passiert. Aber es würde zu weit führen, das hier zu erläutern.'

'Aber die Israelis sind doch auch nicht nur ein friedliches Volk und eine wohlhabende Wirtschaftsmacht.' fragt Rosa nach. 'Und auch Ägypten hat einige Diktatoren hervorgebracht. Und das Wirken der Pharaonen war ja auch nicht in erster Linie von Nächstenliebe und Respekt den Menschen gegenüber gekennzeichnet.'

'Das ist leider so. Die Menschen haben noch einiges zu lernen, was das respekt- und liebevolle, das friedliche Miteinander angeht. Dennoch – in all diesen Kulturen und Völkern, auch in Indien und in Tibet, hat es immer auch einen energetischen Ausgleich durch gläubige und nach Liebe und dem Licht ausgerichtete Menschen gegeben. Unterschätzt nicht die Wirkung von tief aus dem Herzen kommenden Ge-

---

[1] eine 1966 von Mao Zedong (1893-1976) ins Leben gerufene politische Kampagne in der Volksrepublik China, deren vordergründiges Ziel es war, kapitalistische, bürgerliche und traditionalistische Infiltrierungen der Gesellschaft durch eine Fortsetzung des Klassenkampfs zu entfernen; allerdings ging die Bewegung mit massiven Menschenrechtsverletzungen, Denunziationen bis in das Private der Familien hinein und politischen Morden bis auf der höchsten Ebene einher – die Zahl der Opfer wird mit bis zu 20 Millionen Toten in ganz China angegeben; sogar im heutigen China wird die Kulturrevolution inzwischen auch als „Zehn Jahre Chaos" benannt

[2] geb. 1953; seit 2013 Staatspräsident der Volksrepublik China

danken und Gebeten. Sie holen das Licht aus der Quelle auf die Erde und gleichen Unlichtes aus. Habt ihr euch schon einmal über den Ganges in Indien gewundert? Abertausende Menschen gehen jedes Jahr in diesen Fluss. Und der Ganges verschmutzt nicht wirklich. Im Gegenteil hat und hält er sogar noch Reinigungskraft für die Menschen. Ununterbrochen verrichten gläubige Hindus unter dem Lauf des Ganges reinigende und stärkende Gebete. Auch das ist die Kraft des Geistes.

Ihr kommt jetzt aus einer viele tausend Jahre alten Stadt. Shimao war die erste Hochkultur in China. Damals lebten die Chinesen noch sehr eng in kosmischen Zusammenhängen, wie ihr bei dieser alten alchimistischen Heilungszeremonie gesehen habt.

Die Existenz der geistigen Welten war damals für alle Chinesen selbstverständlich. Deshalb war das Heilhaus, das ihr gesehen habt, auch kein prachtvoller Tempelbau. Es enthielt nur das, was für die kosmische Energieübertragung notwendig war. Irgendwann haben sich die Menschen davon abgewandt und es bald völlig vergessen.'

'Über dieses alte China habe ich nie etwas Konkretes erfahren können. In der Schule sowieso nicht. Aber auch sonst sind darüber in China selbst so gut wie keine Informationen zu bekommen. Von Shimao habe ich noch nie etwas gehört, obwohl ich viel archäologisch unterwegs bin.'

'Du weißt ja, Ming Chen, die chinesische Regierung hält den Deckel drauf, wenn es um etwas geht, das nicht in ihr Weltbild und vor allem ihre politischen Pläne passt. Die Stufenpyramide ist erst 1976 entdeckt worden. Und erst seit zehn Jahren finden dort

Ausgrabungen statt. Aber nahezu unter Ausschluss der Öffentlichkeit. Zumal auch die chinesische Geschichte umgeschrieben werden muss, oder sagen wir: müsste. Nur sehr sparsam sickern seit einigen Jahren Informationen zu Shimao in die westliche Welt.'

'Das stimmt mich schon sehr nachdenklich, was du über China, über uns Chinesen gesagt hast. Ich weiß es auch irgendwie, dass wir als Nation vom lichtvollen Weg abgekommen sind. Leider ja ein Großteil der Menschheit überhaupt, weltweit. Und leider kann ich auch nachvollziehen, was du über China gesagt hast. Unsere Beziehung zur Quelle, zu Gott ist wirklich wie abgestorben. Gutes Karma haben wir uns bestimmt nicht damit gemacht.'

Ming Chen wirkt sehr betreten. Alle schweigen eine Weile mit dem Chinesen.

Dann löst Rosa das Schweigen auf: 'Lichtwesen, kannst du uns bitte noch etwas zu den besseren Zeiten Chinas sagen. Zu dem dem alten Heilhaus, und zu der Zeremonie, der wir beiwohnen durften.'

'Das tue ich gerne, Rosa. Aber zuvor möchte ich noch sagen, dass es keine besseren oder schlechteren Völker oder Kulturen gibt. Die Menschen in China haben einfach einen anderen Weg eingeschlagen. Wie jedes andere Volk auch, haben sich die Chinesen damit ein bestimmtes Karma geschaffen. Das ist das universelle Gesetz von Resonanz und Ausgleich. Irgendwann werden sich auch die Chinesen wieder darauf besinnen, was sie eigentlich sind: geistige Wesen. Irgendwann werden auch sie aufwachen und sich wieder mit dem Licht und der Liebe, mit der Quelle verbinden. China geht einfach nur einen anderen Weg. So wie jedes Volk, wie jeder einzelne Mensch, über Generationen, Karma und Inkarnationen seinen ganz eigenen Weg geht. Jeder mit seinen Umwegen, seinen Korrekturen, seinen Neuausrichtungen, seiner Art zu lernen. Das ist die Freiheit und die Bürde des freien Willens, den jeder Mensch hat. Das ist Menschsein – Lernen.'

Nach einer Weile des schlierenfreien Schweigens in der Runde meldet sich erneut Rosa zu Wort: 'Wenn du uns jetzt etwas zu der kosmischen Heilung im alten China erklären würdest...? Und – darf ich dich dazu auch noch etwas fragen, was mir die ganze Zeit schon durch den Kopf geht? Und das würde ich auch gerne tiefer verstehen.'

Lichtwesen: 'Natürlich, Rosa. Du kannst mich alles fragen. Ich weiß zwar nicht, ob ich dir alles beantworten kann oder darf. Aber bitte frag.'

'Die Ereignisse, die Welten, in die wir an den verschiedenen Orten auf der Erde eintauchen. Du hast gesagt, dass die Zeit zusammengezogen wird und wir deshalb einen Blick in die Vergangenheit tun können. Was ich mich die ganze Zeit frage – aber das ist natürlich nur mein begrenzter irdischer Verstand – ist alles, was geschieht, alles, was jemals geschehen ist, und vielleicht auch alles, was jemals geschehen wird, ist das irgendwo gespeichert? Gibt es so etwas wie ein universelles Gedächtnis.'

'Das sind mehrere Fragen auf einmal, Rosa. Fangen wir hinten an. Jeder Gedanke, jedes Wort und jede Handlung gehen in das Energiefeld ein. Manche von euch nennen das Matrix – aber dieser Begriff wird sehr vieldeutig verwendet, deshalb reden wir lieber neutral von Energiefeld. Das sind ja alles Energien.

Alles diese geistigen und materiellen Aktionen werden dort im Energiefeld der Erde gespeichert. Für immer. Ohne Zeit. Alles geht in das Gedächtnis des Universums ein. Je mehr Bewusstheit und Gefühle ein Wesen in seine Gedanken, Worte und Taten legt, desto stärker ist die Auswirkung. Bis hin zu Wesenheiten, die durch das Sein angezogen oder sogar geschöpft werden. Das hatten wir schon mal,...' Lichtwesen blickt auf Jihane, '...und zwar im Guten wie im Nicht-Guten, im Lichtvollen wie im Unlichten. Deshalb ist es ja so bedeutsam, womit wir uns beschäftigen, was wir denken, sprechen und tun.'

Nach kurzer Pause des Sackenlassens fährt Lichtwesen fort: 'Was wir tun, damit ihr dort hineinschauen könnt, ist, eure Energie noch ein wenig anzuheben, vor allem aber die Zeit zusammenzuziehen. Ihr erlebt dann auf geistiger Ebene das, was in dem Energiefeld des jeweiligen Ortes abgespeichert ist. Das funktioniert aber nur, wenn keine materiellen Absichten dahinter stehen. Was ja bei euch der Fall ist. Ihr habt einen Auftrag aus der geistigen Welt bekommen und angenommen, der auf der energetischen und feinstofflichen Ebene liegt. Ihr selbst könnt kaum verstehen, was der Auftrag beinhaltet, welche Ebenen er berührt und was letztlich das Ziel ist.

In der sehr alten chinesischen Stadt Shimao um die Stufenpyramide haben wir ab einem bestimmten Punkt die gesamte Energie noch etwas stärker angehoben. Auf diese Weise konntet ihr die kosmischen Zusammenhänge dieser euch heute so gänzlich unbekannten Art der energetischen Heilung ein wenig verstehen. Wir wollten euch damit auch zeigen, was die alten Kulturen, was die Menschen damals wussten und womit sie umgehen konnten. Eure Wissenschaftler heute stufen sie als primitiv ein, als nicht weit entwickelt. Aber sie verstehen einfach nur nicht, was sich wirklich abgespielt hat.

Wenn zum Beispiel kein Rad zu finden ist, nicht einmal als Abbildung, dann gelten Kulturen schnell als unterentwickelt. Doch wer teleportieren kann, braucht kein Rad. Eure vermeintlich hoch entwickelte Wissenschaft kratzt nur an der Oberfläche der Wirklichkeit. Ihr Blick hat sich nahezu vollständig auf das Materielle verengt.

Wir wollen euch zeigen, was möglich ist, was bereits geschehen ist, wenn man um die Zusammenhänge von kosmischen Energien weiß. Die hohen Schwingungen des Planeten Merkur, die ihr als tiefen Ton gehört und deren Energie ihr vielleicht auch gespürt habt, wurden durch seinen geistigen Aspekt – ihr nennt ihn Michael, Erzengel Michael – fokussiert. Die kleine Pyramide hat die einkommende Energie für die irdischen Verhältnisse angepasst. Damit konnte schließlich der Energiekörper der erkrankten Menschen gereinigt werden.'

'Dann sind die grauen Tropfen, die in den Silbersee aus Quecksilber ...?' Ming Chen blickt fragend auf Lichtwesen, '...gefallen sind, energetische Schlacken oder Gifte, die den Menschen krank gemacht haben? Und die sind in diesem Heilhaus mittels kosmischer und geistiger Kräfte herausgelöst und entfernt worden?'

'Ja.' antwortet Lichtwesen. 'So kann man sich das vorstellen. Licht und Schwingungen, auch Töne haben eine größere Kraft als ihr meistens für möglich haltet. Also diese Energieformen lösen das beeinträchtigende Dunkle aus der Aura, damit der physische Körper gemäß seiner geistigen, feinstofflichen Matrize genesen kann.

Eine Ahnung davon hatte bereits Rudolf Steiner[1], der ja ein Landsmann von dir ist, Rosa. Steiner hatte einige Einblicke in astrale Welten. Er war meist in der vierten Dimension unterwegs. So hat er unter anderem einen astralen Vorgang geschaut, den er selbst als Quecksilberprozess oder Merkurprozess bezeichnet hat. Dabei handelt es sich in etwa um den umgekehrten Vorgang, den ihr gesehen habt.

Steiner beschreibt, wie er in die Anschauung der vierdimensionalen Raumes kommt. Ich möchte hier nur auf den ersten Schritt eingehen. Dazu geht Steiner zunächst in die vertiefte Anschauung von Wasser. Nicht in die Vorstellung von Wasser. Sondern er lässt seinen Geist tief in die Natur des Wassers eindringen. Steiner nannte das 'meditatives Hineinkriechen'. Ein sehr zutreffendes Bild. Anschließend das gleiche mit dem Licht. Die vertiefte Anschauung der Natur des Lichts, und zwar nicht nur des äußeren, sondern auch des inneren, selbst hervorgebrachten Lichts. Steiner hat die geistige Natur alles Seienden verstanden. Diese beiden Anschauungen hat er anschließend verbunden. Das hat ihn zu einer Art von Wasser gebracht, das vom Licht vollkommen durchdrungen ist. Einen Körper, den die Alchemisten[2] Mercurius genannt haben. Das ist auf

---

[1] *Rudolf Steiner (1861-1925), Begründer der Anthroposophie (wörtl.:„Weisheit vom Menschen"), einer spirituellen Weltanschauung, deren wesentliche Inhalte auf Steiner's hellseherische Einblicke in die geistige Welt beruhen, u.a. begreift sie den Menschen als geistiges Wesen und überwindet die einseitig materialistische Deutung alles Seienden.*

[2] *Alchemie ist ein alter Zweig der Naturphilosophie, der sich ab dem 1./2. Jahrhundert mit den Eigenschaften der Stoffe und ihren*

der höheren energetischen Ebene nicht reines Quecksilber, sondern vom Licht vollständig durchdrungene Wasserkraft. Und damit wiederum ist es eines der Elemente der astralen Welt.

Das habt ihr unterhalb des kosmischen Heilhauses gesehen: der Silbersee. Wenn allerdings eure Wissenschaftler diesen Silbersee auf der dreidimensionalen Ebene analysieren, werden sie zu der Feststellung kommen, dass es reines Quecksilber ist. Was auch richtig ist. Es ist immer die Frage, auf welcher energetischen Ebene man die Dinge betrachtet.'

Moshe dauern all die Erklärungen zu lang. 'Und – war das wirklich ein Engel, der dabei war? Riesengroß? Größer als das ganze Haus?' will der unruhig gewordene Junge wissen, der ein Meer von blauen Schlieren um sich herum erzappelt hat.

'Oh ja, Moshe. Da war ein Engel. Michael. Zumindest ein Teil von ihm. Michael ist so groß, das kannst du dir kaum vorstellen, Moshe. Er ist eher so groß wie die ganze Erde als wie ein Mensch. Was ihr gesehen habt, oder, ich nehme an, noch mehr gespürt habt, das war nur ein kleiner Teil von Michael, den er zur Unterstützung der Heilkraft seines Planeten Merkur auf das Heilhaus, auf den Reinigungs- und Heilungsprozess gelegt hat.'

Die Vorstellung in ihren Köpfen lässt Moshe, Rosa und Ming Chen verstummen. Jihane erinnert sich an Erzählungen ihres Großvaters. Und während Jimmys Verstand durch all das komplett überfordert und daher leer ist, ist Nyima's Verstand erfüllt von demüti-

---

Reaktionen beschäftigt; wurde ab dem 17. Jahrhundert nach und nach von der modernen Chemie und Pharmakologie abgelöst.

gem tiefen Glück und daher gedankenleer. Sonam liegt entspannt zusammengerollt in ihrem Schoß.

'Habt ihr noch Fragen? Sonst würde ich jetzt zur Programmänderung kommen.'

Sechs mit Bildern gefüllte Köpfe nicken sehr bedächtig zarte blaue Schlierenwellen.

'Gut. Es geht weiterhin um das Sprachgitter für die Erde. Wir haben bereits hebräische und Sanskrit-Schriften. Tibetisch und Ägyptisch kommen noch. Und statt Chinesisch nehmen wir Sumerisch. Der Hohe Rat der Galaktischen Föderation des Lichts hat diese älteste Schrift der Menschen vorgeschlagen. Sumerisch hat eine sehr hohe Energie und wird sich gut in das Sprachgitter einfügen. Seid ihr bereit? - Wir bringen euch an einen Ort in Mesopotamien, im Zweistromland. Ihr nennt es heute Irak. Dort liegt die Stadt Ur, eine der ältesten sumerischen Städte. Ihre Gründung reicht etwa in das vierte Jahrtausend vor Beginn eurer christlichen Zeitrechnung zurück. Dort ist die Geburtsstätte von Abraham, eurem Stammvater, und zwar in allen drei großen Religionen: Judentum, Christentum und Islam.'

'Wie sollen wir die sumerische Schrift erkennen?' will Rosa wissen. 'Oder kennt jemand von euch Sumerisch?'

Rundherum auftretende waagerechte, blaue Schlierenlinien zeigen einhelliges Kopfschütteln an.

'Sumerisch ist eine Keilschrift. Ihr werdet sie erkennen, wenn ihr sie seht. Sie wird auf Tontafeln gestanzt sein. Nyima kann ihre hohe Energie spüren.'

Und schon hüllt sie der blau-weiße Lichtstrudel ein...

* * *

10

...und setzt sie auf staubigem Boden ab.

Vor ihnen ragt eine etwa vier Meter breite Rampe in den blauen wolkenlosen Himmel. Sie ist mit einer schmucklosen, gut einen Meter hohen und zwei Meter breiten Mauer aus Ziegeln eingefasst. Steile Stufen führen hinauf. Links und rechts hinter der steilen Treppe erheben sich meterhohe senkrechte Mauern mit turmartigen Vorsprüngen. Das mächtig Gebäude ist sicherlich fünfzehn bis zwanzig Meter hoch. Zu beiden Seiten führt jeweils eine weitere kleinere Rampe hinauf, die sich an die mächtigen Mauern schmiegt. Das gesamte Gebäude scheint aus Ziegeln errichtet zu sein.

'Ein Zikkurat!' ruft Jihane aus. 'Und es ist so gut erhalten.'

'Ich glaube, da muss ich dich enttäuschen.' reagiert Ming Chen, der die Rampe, die Stufen und die Mauern näher begutachtet hat. 'Das sieht alles ziemlich neu aus. Ich vermute, das Zikkurat ist weitaus mehr als nur restauriert worden. Ich denke, das ist größtenteils rekonstruiert, also neu gebaut worden.'

'Das macht nichts.' antwortet das Mädchen. 'So sehe ich wenigstens mal, wie ein Zikkurat im Ganzen aussieht.'

Und schon schwebt Jihane geschickt die steile Treppe hinauf, bald gefolgt von Jimmys schweren Stiefeltritten und dem geräuschlosen Aufschweben der anderen. Oben angekommen befinden sie sich auf einer quadratischen Lehmfläche. Diese Ebene ist nicht vollständig von einer Ziegelmauer eingefasst.

Jihane ist enttäuscht: 'Hier haben sie wohl mit der Rekonstruktion aufgehört. Schade!'

Rund um das Zikkurat tut sich eine weite, staubig-graue Ebene auf. Am Fuß der Stufenrampe liegt ein ovaler Platz, an dessen Rand einige Autos abgestellt sind. Menschen sehen sie keine. Dafür rund um das Zikkurat zahlreiche im rechten Winkel zueinander verlaufende Mauerreste.

'Das scheinen die Ruinen von Ur zu sein.' begeistert kling Rosa nicht.

"Yep! Schon wieder staubige Ruinen." schließt sich Jimmy an.

Diesmal ist es Nyima, die die Gruppe in Bewegung setzt: 'Es ist nicht das Zikkurat. Die höchste Energie ist dort unten in den Überresten der Stadt.'

Mit einer kurzen Handbewegung weist Nyima auf eine auffällig erhabene Ruine, keine zwanzig Meter neben dem Sockel der Zikkurat-Rekonstruktion, und macht sich, ohne die Reaktion der anderen abzuwarten, sogleich auf den direkten Weg hinunter. Die anderen Astralen folgen ihr. Jimmy und Sonam springen mit sportlichem Vergnügen die kleinen steilen Stufen der langen Rampe herunter. Die Gruppe trifft sich an dem etwa sechs Quadratmeter großen Gebäuderest, auf den Nyima gewiesen hatte. Die Außenmauern dieser Ruine sind noch bis auf knapp zwei Meter Höhe erhalten. In einer Außenseite der Wand sind über einem Sockel zehn senkrechte Nischen eingelassen. Dort scheint der Eingang in das kleine, innen extrem verwinkelte ehemalige Gebäude zu sein.

Dann hören sie mit einem Mal zwei lautstark miteinander diskutierende Männerstimmen, die sich, der Zunahme der Lautstärke nach zu urteilen, mit raschen Schritten dem kleinen Gebäude nähern. Gott sein Dank befindet sich der sichtbare Jimmy innerhalb der Mauern. Moshe lehnt sich über die Wandruine: 'Die Männer gehen vorbei. Sie haben nichts gesehen und interessieren sich nicht die Bohne für uns.' entwarnt Moshe.

'Es ist hier in der Mitte. Vor der höheren Mauer.' stellt Nyima mit konzentriert nach innen gerichtetem Blick fest. 'Im Boden. An oder unter der Mauer.'

"Das heißt, ich soll jetzt graben?"

Unter dem einmaligen kurzen Nicken der kleinen Tibeterin hat sich der Amerikaner seine Frage bereits selbst beantwortet. Er hat bereits seinen Klappspaten aus seinem Militärrucksack hervorgekramt. 'Grundausrüstung! Das hat jeder gemeine Soldat dabei!'

Mit Kraft sticht Jimmy den Spaten an die beschriebene Stelle vor der Mauer, froh, dass er sich wieder körperlich betätigen kann. Erneut nähert sich ein Geräusch. 'Ich höre Schritte.' stellt Jihane fest.

'Pscht, Jimmy. Stop. Hör mal auf!' Rosa schwebt mit Moshe über den Mauerrest. 'Er geht auch vorbei. Warte noch einen Moment, Jimmy. Nicht, dass du ihn auf dich aufmerksam machst. Buddeln ist in den Ruinen bestimmt nicht erwünscht. Und schon gar nicht von einem amerikanischen Soldaten – hier im Irak!'

Jimmys Körper ist in der Ausholbewegung mit dem Spaten in seinen Händen arretiert. Mit einem nickenden 'Okay' von Rosa schnellt dann der Spaten in die harte, trockene Erde. Immer wieder stößt Jimmy den Spaten in die Erde. Trotz seiner Kraft dringt der Spaten mit jedem Stich nur wenige Zentimeter tief in die feste Erde ein. Ein sehr mühsames Unterfangen. Nicht lange, und Jimmy rinnt der Schweiß von der Stirn. Sein Hemd ist schon durch. Dabei ist sein Loch erst zwanzig Zentimeter tief.

'Kleine Pause?' kommt es von der Seite. Ein unternehmungslustig dreinschauender kleiner weißer Terrier steht schwanzwedelnd neben ihm.

"Okay, Kumpel. Dann mal los!" Jimmy tritt mit einer überzogenen Verbeugung zur Seite.

Sonam wirft sich kopfüber in das kleine Erdloch. Seine Hinterpfoten strampeln blitzschnell mit Erdkrumen versetzte Staubwolken aus dem Loch. Jimmy kann gar nicht so schnell beiseite springen. Eine hochgewirbelte Staubwolke trifft ihn voll ins Gesicht. Er bekommt einen Hustenanfall.

'Pscht!' kommt sehr energisch von Rosa, die zusammen mit Moshe noch über dem Rand der Wand schwebt. 'Da kommen wieder Leute!'

Jimmy hält sich den Mund zu und macht nur noch kurze Atemstöße durch die Nase. Unterm Gaumen, im Rachen, im Hals und auch hinten in der Nase – überall kitzelt es Jimmy. Alles ist voller Staub. So leise wie möglich prustet und röchelt er vor sich hin.

Die beiden Männer bleiben horchend vor der Mauer stehen, können aber nicht hinübersehen. Rosa schaut in Jimmys Richtung. Sie hält mit hochgezogenen Augenbrauen ihren Zeigefinger verschließend vor den Mund. Jimmy hält die Luft an und drückt sich eng an die Mauer.

Nach einigem Zögern gehen die beiden Männer weiter. Jimmy kann nicht mehr. Der Staub kitzelt so sehr in der Nase. Er muss niesen. Auch wenn er sich Mund und Nase so fest wie möglich zugehalten hat, war sein explosives 'Hatschi' dennoch zu hören. Sicher auch auf der anderen Seite der Mauer. Einer der beiden bereits im Weggehen befindlichen Männer bleibt stehen und wendet sich um. Er blickt zurück auf die Wand, hinter der Jimmy versucht, alle Öffnungen seines Kopfes zuzuhalten. Doch es nützt alles nichts. Das Kribbeln des Staubs in seiner Nase ist zu stark. Jimmy muss erneut niesen.Was die beiden Männer natürlich sofort auf den Plan bringt. Sie machen sich eilig auf den Weg in das Innere der Ruine.

Da wird in Windeseile Moshe aktiv: 'Ist das Westen, von wo die Männer jetzt kommen?' fragt er aufgeregt und klar zugleich.

Min Chen schaut in Richtung der sich spätnachmittaglich dem Horizont zuneigenden Sonne, wirft einen Blick auf seine Uhr und bestätigt dann die Vermutung des Jungen.

'Dann lasst uns rasch den Westen energetisch versiegeln. Wenn wir Glück haben, und das klappt, dann können die beiden Männer nicht nur sowieso uns nicht, sondern auch den Amerikaner nicht mehr sehen. Der dreidimensionale Raum ist dann aus ihrer Richtung versiegelt. Die können dann da nicht mehr reingucken.'

Inzwischen wundert sich keiner mehr über die erstaunlich klugen und weit reichenden Aussagen des elfjährigen jüdischen Jungen.

Moshe malt indes unter allerhöchster Konzentration, damit seine derzeitige feinstoffliche Gestalt die dreidimensionale Erdebene erreicht, rasch mit seinen Fingern Linien in den Staub zu ihren Füßen. Zunächst von links nach rechts einen kurzen, aber dicken waagerechten Strich mit einem lang nach unten ausgezogenen Fortsatz. Der Abdruck ist nur sehr schwach. Anschließend etwas wie ein Dach über einem auf der Seite liegenden Komma. Und schließlich etwas wie das Satzzeichen Komma. Dieser kleine Haken wird deutlich kleiner als die beiden vorherigen Zeichen.

Moshe erklärt hastig, aber klar: 'Dies sind die drei hebräischen Buchstaben *Vav*, *He* und *Jod*. Auf diese drei Buchstaben konzentrieren wir uns jetzt und denken und sprechen sie in Richtung Westen. Unbedingt genau in dieser Reihenfolge. Und am besten stellt ihr sie euch bildlich vor, so wie ich sie hier in den Sand geschrieben habe. Die Buchstaben sind leider etwas schwer zu erkennen. Ich gehe die Zeichen schnell noch einmal mit meinem Finger nach, damit ihr sie euch merken könnte. Damit versiegeln wir von uns aus gesehen den Osten. Und wenn das klappt, dann können die Männer den Amerikaner nicht mehr sehen.'

Rosa stimmt als erste in das vorgeschlagene Gedankenmantra, das Moshe nun vorgibt, mit ein: '*Vav, He, Jod,...Vav, He, Jod...*' Nach Jihane und Ming Chen schließlich auch Jimmy, der die drei hebräischen Buchstaben immer lauter werdend vor sich in brummelt.: "*Vav, He, Jod ...Vav, He, Jod ...*"

Die beiden Männer sind inzwischen um die Ecke der Ruine gebogen und rufen laut aus: "Ahlaan! Madha tafaeala?[1]"

Nyima unterlegt unterdessen das Szenario mit ihrem tief schwingenden 'Ooooomm', das die Tore nach oben und gleichzeitig die Verbindung zur Erde öffnet. Natürlich unterstützt von Sonams wolfsähnlichem Heulen, soweit dies sein kleiner Körper zulässt.

"Das gibt es doch gar nicht!" Die beiden Männer stehen fassungslos im Eingangsbereich des Ruinenraums.

Dann ruft der andere Mann aus: "Hier waren doch eben noch ein Soldat und ich glaube sogar ein kleiner weißer Hund. Die sind weg. Plötzlich weg. Da ist keiner mehr. Kein Soldat. Nicht mal mehr der Hund. Das gibt's doch gar nicht! Von einem Moment auf den anderen – einfach weg!"

Ming Chen erfasst als erster die Situation: 'Es scheint zu funktionieren. Aber sie kommen näher. Die werden sich das hier noch genauer ansehen. Sie trauen natürlich ihren Augen nicht. Die kommen sicher her, um sich das seltsame Verschwinden von Jimmy genauer anzusehen. Also müssen wir weitermachen mit dem Mantra, mit den drei Buchstaben. Dabei müssen wir uns dann, vor allem du Jimmy, rückwärts in Richtung Osten, zurückziehen.'

'Ja, genau so,' bestätigt Moshe. 'Es ist nur der Westen versiegelt. Die Männer dürfen nicht hinter den Amerikaner gelangen. Von dort würden sie ihn ziemlich sicher wieder sehen.'

---

[1] *arabisch: „Hallo! Was machen Sie da?"*

Und Schritt für Schritt gehen Jimmy und Sonam – die anderen schweben – rückwärts in die entgegengesetzte Richtung aus die beiden Männer immer näher kommen.

Die beiden Männer sind mehr als verwirrt: "Du hast das doch auch gesehen und gehört. Ein Soldat, ich glaube der hatte eine amerikanische Uniform an. Jedenfalls keiner von uns. Und der hat doch genossen. Das habe ich doch deutlich gehört. Sogar zwei Mal. Und hatte noch einen weißen Hund bei sich. Und die sind jetzt spurlos verschwunden?"

"Ich verstehe das auch nicht." antwortet der andere, während er langsam seine Schultern und Augenbrauen hochzieht.

Die beiden Männer schauen in jede Ecke, hinter jede Mauer des Raums, und lassen schließlich ihre Blicke die ganze Umgebung absuchen – nichts. Das Terrain ist menschenleer. Und hundeleer. Beiden wird schnell klar, dass hier niemand mehr ist. Was auch immer hier passiert sein mag. Sie sind jetzt die einzigen hier zwischen staubigen Ziegeln und Sand – außer vielleicht der einen oder andern Eidechse.

"Vielleicht waren das Djinn! Lass uns lieber schnell von hier verschwinden, Rafi!" sagt der größere und kräftigere der beiden Männer.

"Ach, Samir, du immer mit deinen Geistern! Aber wie dem auch sei – hier ist niemand. Und es ist ja auch nicht unser Job, auf die alten Ziegel hier aufzupassen. Also los. Lass uns zum Auto gehen. Meine Frau wartet sicher mit dem Essen." antwortet der kleine Dicke.

Und schon sind die beiden Männer aus der Ruine verschwunden.

"Danke, Moshe," sagt Jimmy zu dem Jungen. Er will ihm anerkennend auf die Schulter klopfen, doch seine große Hand fällt ins Leere. "Shit. Ich vergesse das immer noch. Trotzdem: Danke Junge. Du hast mir wieder den Arsch gerettet. Bist ein ganz schön pfiffiges Kerlchen."

'Puh. Sie sind weg. Ihr könnt weitermachen.' Rosa ist erleichtert und schaut beeindruckt auf den Rabbinersohn aus Israel.

Nur mühsam kommen die beiden vorwärts. Inzwischen ist das Loch immerhin einen halben Meter tief. Sonam kratzt mit den Krallen seiner Vorderpfoten eine Schicht des immer fester werdenden Bodens auf, und Jimmy schaufelt dann die gelockerte Erde aus dem Loch heraus.

"Wie tief müssen wir denn?" fragt Jimmy die Nonne, die in der gegenüberliegenden Ecke wieder ihren Lotossitz eingenommen hat, aber dieses Mal nicht in tiefer Meditation versunken ist.

'Tief. Bis unter die Mauer.'

"Fuck. Das kann ja noch dauern." Jimmy ist schweißüberströmt, zumal die Sonne erbarmungslos auf ihn herunter scheint.

"Kann uns denn niemand mit einem Hochenergiestrahl, einem Laser oder einem Planetengesang helfen?" fragt er nicht ganz ernst vor sich hin.

'Sieht nicht so aus.' antwortet Ming Chen.

'Können Jihane und ich nicht so lange die Gegend hier auskundschaften?' fragt Moshe. 'Wir hängen doch hier nur rum. Und uns sieht ja eh keiner!'

'Okay, ihr beiden!' antwortet Rosa. 'Haut ruhig ab. Ming Chen und ich passen solange auf Jimmy auf.'

Die beiden Jüngsten schweben erst hoch aus den Gebäuderesten heraus und dann vergnügt davon. Ming Chen nimmt den Posten neben Rosa ein uns steht Schmiere.

Jimmy hat inzwischen sein Hemd ausgezogen, so sehr ist er in Schweiß gebadet. Und auch Sonam's Vorderpfötchen kratzen nun deutlich langsamer durch die oberste Bodenschicht. Endlich ruft Jimmy die erlösenden Worte aus: "Wir sind unten!"

Angespornt durch die Nähe des Ziels werfen sich die beiden noch mal richtig ins Zeug. Staub und Erdkrümel fliegen nur so herum, um die untersten Ziegel der Mauer freizulegen. Mit der Hand wischt Jimmy die letzten Reste Erde von der Unterseite des untersten Ziegels, der genau in der Mitte der Mauer liegt: "Also, die Unterseite des Ziegels ist glatt, soweit ich das fühlen kann."

Seine Finger fahren vorsichtig noch einige Male über die untere Ziegelfläche. "Einen Filzstift werden die alten Sumerer ja kaum benutzt haben." flapst der Amerikaner etwas enttäuscht.

Nyima bleibt beharrlich in ihrer Nüchternheit: 'Du bist richtig, Amerikaner. Der Ziegel hat die hohe Energie.'

"Also gut! Dann hol ich ihn mal raus." Und Jimmy macht sich dran, zunächst mit dem Klappspaten, bald mit seinem Taschenmesser, die Fugen zu den umliegenden Ziegeln auszukratzen. Es geht leichter als er gedacht hat: "Ein Vorteil des hohen Alters."

Kurz darauf kann er den Ziegelstein unter der Mauer hervorziehen. Er klopft und pustet rundherum Erde, Staub und jahrtausendealte Fugenmasse ab. Und tatsächlich werden auf einer Flachseite des Ziegels Vertiefungen sichtbar. Durch festsitzende Fugenmasse werden die Zeichen sogar mit bloßem Auge sichtbar.

'Das sieht wie Keilschrift aus.' kommt erleichtert von Ming Chen. 'Sehr clever: mit der Schrift nach oben eingemauert!'

Jimmy trägt den Ziegelstein vorsichtig zu Nyima, als alle vom blau-weißen Lichtstrudel angehoben werden und sich vor Lichtwesen wiederfinden.

* * *

'Das war ja mal ein ganz einfacher Job. Ganz ohne Geister, Aliens und Planetenstrahlen.' ist der erste Kommentar von Jimmy.

'Joo, ich fand das ziemlich langweilig.' kommt von Moshe. 'Auch rund um die Pyramide war nichts los. Nur kaputte Mauern und Staub. Habt ihr denn die Schrift gefunden?'

'Ja, und offenbar die richtige, sonst wären wir ja nicht alle hier.' antwortet Rosa.

'Ja, den dritten Puzzlestein habt ihr gefunden.' bestätigt Lichtwesen.

'Im wahrsten Sinne des Wortes.' muss Rosa noch hinzufügen. 'Fehlen noch Tibetisch und Ägyptisch. Wo geht's als nächstes hin?'

'Habt ihr keine Fragen mehr, bevor es weitergeht?'

'Ich wüsste gerne noch etwas über das Zikkurat hier. Irgendwie war das doch anders als das Zikkurat in meiner Heimat.'

'Das hast du richtig wahrgenommen, liebe Jihane.' antwortet Lichtwesen. 'Die Energie dieser Stufenpyramide jetzt im Irak war mit Abstand nicht so hoch wie die von Tschogha Zanbil, dem Zikkurat, über das du hierher gekommen bist. Obwohl es für euch sicherlich erste einmal besser aussah, vollständiger. Nun, das Zikkurat von Ur ist von den Irakern rekonstruiert worden. Als es entdeckt wurde, war es eine zerfallene Ruine, etwa so wie die Reste von deinem iranischen Zikkurat, Jihane. Dein iranische Zikkurat Tschogha Zanbil wurde vor mehr als dreitausend Jahren erbaut. Es war einst gut fünfzig Meter hoch. Das Zikkurat bildete damals des Zentrum der großen elamischen Residenzstadt des Königs Untasch-Napirischa.

Aber zurück zu dem Zikkurat von Ur. Ein Übriges taten die Menschen der Umgebung hier in Ur, indem sie die verbliebenen Ziegel in ihren eigenen Häusern und Gebäuden verbaut haben. Irgendwann haben die irakischen Behörden entschieden, das Zikkurat nach alten Unterlagen neu zu errichten. Von den Archäologen etwas zu oberflächlich betrachtet, wurde das Zikkurat als eine Art Tempel der Mondgöttin Nanna zugeschrieben. Und das tatsächlich ohne die hohe Energie eines Zikkurats zu berücksichtigen.

Denn das Entscheidende eines Zikkurats oder einer Pyramide ist das pyramidale Energiefeld unter der Erde. Es entspricht dem Spiegelbild der physischen Pyramide, also des sichtbaren, materiellen Pyramidenkörpers. Etwa im Bereich der nach unten zeigenden Spitze des unterirdischen pyramidalen Energiefeldes liegt der zentrale Brennpunkt. Darüber sind durch ein magnetisches Resonanznetzwerk alle pyramidalen Energiefelder rund um die Erde miteinander verbunden. Wenn schon die physischen, aus Lehm, Ziegeln oder tonnenschweren Granitblöcken erbauten Pyramiden eine hohe Energie haben, jedenfalls ursprünglich, könnt ihr euch vielleicht vorstellen, wie hoch erst die Energie ihrer unterirdischen Energiefelder ist.

Bei dem erdumspannenden Energiegitter kommen übrigens die Platonischen Körper zu tragen, die euch inzwischen ja schon mehrfach begegnet sind: als Energiepakete aus dem Bereich des Orion auf der Osterinsel oder als Verschlüsselungscode für das Sanskrit-Mantra in Indien. Nun, das Beziehungsgeflecht der Pyramidenverbindungen auf der Erde hat viel mit einem Ikosaeder zu tun...'

'Zwanzig gleichseitige Dreiecke, etwa wie ein etwa kantiger Fußball.' wirft Rosa etwas schulmeisterlich ein.

'...hier greifen Tetraeder und Oktaeder ineinander, also die einfache dreiseitige Pyramide und die an ihrer quadratischen Grundfläche gespiegelte vierseitige Pyramide. Das daraus hervorgehende Ikosaeder-Gitter ist letzlich ein Lichtgitter. Die Intensität, oder besser die Energie des Lichts an jedem Punkt des Gitters wird durch die Tetra- und Oktaeder der Pyramide beziehungsweise ihre Energiefelder bestimmt.

Damit natürlich die Stärke, also die Wirksamkeit des gesamten Gitters.

Die stärksten Energiezentren auf der Erde drücken die zwölf Spitzen des Ikosaeders quasi nach außen. Die weniger starken halten die Linien zwischen diesen Punkten. Jede der Spitzen bildet innerhalb des Ikosaeders wiederum die Spitze einer fünfseitigen Pyramide, also einer Pyramide mit einem Fünfeck als Grundfläche. Ihr könnt euch das Ganze wie den Energiekörper der Erde vorstellen, vergleichbar mit einer ersten Auraschicht, der innersten Auraschicht.

Nun diese Zusammenhänge kennen eure Wissenschaftler nicht. Sie haben, wie gesagt, ihren Fokus zu stark auf das Materielle ausgerichtet. Mit dem Bewusstsein, dass es sich, ich sage mal 'nur' um einen Tempel für die Mondgöttin Nanna handelt, was sie zudem für reinen Aberglauben halten, ist natürlich wenig Energie in den Rekonstruktionsbau geflossen. Damit ist viel der ursprünglich hohen Energie dieses Ortes – immerhin die Geburtsstätte des Propheten Abraham – verloren gegangen. Damit ist auch Energie des gesamten Gitternetzwerkes der Pyramiden und hohen Energieorte verloren gegangen. Nicht direkt eine Lücke, aber es ist ein Schwachpunkt entstanden. Und das ist an einigen Energiepunkten auf der Erde geschehen. Ich hatte euch ja schon vom Energieverlust der Großen Pyramide von Gizeh in Ägypten berichtet. Deshalb brauchen wir ja das Sprachgitter, um dieses Energiegitter und damit auch die Aura der Erde wieder zu stabilisieren. Ihr versteht jetzt sicher mehr, welche Bedeutung das Sprachgitter und eure Aufgabe hat.'

In dem bewegungslosen Schweigen der Sechs drückt sich ihre wachsende Ehrfurcht vor ihrer Mission aus.

'Möchtet ihr sonst noch etwas wissen?' fragt Lichtwesen. Das Schweigen bleibt.

'Gut. Dann geht es jetzt zu dem vielleicht schwierigsten Ort für euch, zu den Pyramiden in Ägypten. Seid nicht erstaunt, wenn nicht das berühmte Bild der Großen Pyramide von Gizeh vor euch erscheint. Es geht zwar um die großen Gizeh-Pyramiden. Aber der Zugang dort in die wirklich bedeutungsvollen Räume ist verschlossen. Ihr müsst unter die Große Pyramide gelangen, also wirklich unter die Erde, dorthin, wo das derzeit abgeschwächte pyramidale Energiefeld liegt. Diese Mission kann vor allem für dich heikel werden, Jimmy. Die Große Pyramide ist ein Ort sehr mächtiger Flüche und dunkler Energien. Da heften sich sehr schnell sehr dunkle Wesen an den Menschen. Deshalb halte dich eng an Nyima...'

Sonam bellt auf.

'...und Sonam. Sie spüren, wenn Gefahr droht, und wissen, was zu tun ist. Du hast es ja schon erfahren.'

'Oh ja, allerdings.' reagiert Jimmy etwas kleinlaut.

'Ihr seid ein gutes Team. Bleibt möglichst zusammen. Ihr bringt so ein weites, vielfältiges Spektrum an Wissen, Gespür und Erfahrung zusammen – einer von euch wird immer die passende Lösung finden. Du kannst natürlich frei entscheiden, Jimmy. Ohne einen Nachteil daraus zu erfahren, kannst du jetzt auch nein sagen. Du hast uns schon sehr geholfen, aber du hast den freien Willen jedes Menschen, deine eigenen Entscheidungen zu treffen.'

'Ich kann die doch jetzt nicht im Stich lassen! Ich kneife doch jetzt nicht!' ist Jimmys erste, etwas soldatische und fast entrüstete Reaktion. Mit Blick auf

Nyima und weiter auf jeden einzelnen in der Runde, Moshe, Ming Chen, Jihane, Rosa und Sonam: 'Wir gehören außerdem zusammen. Wie du schon sagst, wir sind ein Team. Und zwar ein gutes. Ich vertraue jedem einzelnen von uns. Ich bin natürlich dabei, und zwar mit ganzem Herzen.' Jimmy leuchtet in die Runde.

'Danke Jimmy. Gut. Ich sollte euch noch einiges zu den Pyramiden sagen. Wir schicken euch in die Pyramiden von Sakkara, genauer: in die Djoser-Stufenpyramide. Sakkara ist für eure Archäologen die älteste und die größte Grabstätte des alten Ägypten. Ihr habt dort zahlreiche Grabstätten und Pyramiden gefunden und nennt Sakkara deshalb Nekropole, Totenstadt. Sakkara wurde mindestens dreieinhalbtausend eurer Erdenjahre aktiv genutzt, vom Alten Reich bis zur Römerzeit. Es gab Begräbnisstätten, Tempel und Klöster, anfangs nur für die Oberschicht, später auch für die einfachen Menschen. Unter der Djoser-Pyramide – übrigens eine der wenigen in Ägypten mit nicht quadratischer Grundfläche – befindet sich ein verzweigtes unterirdisches Tunnel- und Gangsystem. Darüber bekommt ihr die Verbindung zur Großen Pyramide von Gizeh. Und zum ägyptischen Sprachschlüssel.'

Die Gruppe hat aufmerksam zugehört. Still. Ohne Bewegungsschlieren. Jimmy gehen die Bilder seiner Erfahrungen mit den Djinn, die Energiebarrieren und die herauskatapultierten Energiekörper von Moshe und Sonam durch den Kopf. Lichtwesen schaut den Amerikaner nur ruhig an. 'Habt ihr noch Fragen?'

Da alle zurückhaltend den Kopf schütteln, umhüllt sie bald der blau-weiße Lichtwirbel. Dabei schwingt ihnen noch ein Bild aus den Gedanken von Lichtwesen nach. Ein markant gezeichnetes Auge mit ausgezogenen Lidstrichen.

* * *

11

Die Gruppe mit Hund schaut sich in Ruhe um, wo sie sich jetzt befindet.

Sie blicken einen langgezogenen, ebenen Sandplatz hinunter, der links von Gebäuden oder Gebäudeteilen gesäumt ist. Deren Frontansichten sehen recht neu aus, möglicherweise sehr sorgfältig restauriert. In etwa zwanzig Meter Entfernung erhebt sich in sechs Stufen eine über sechzig Meter hohe Pyramide.

'Das wird wohl die Djoser-Pyramide sein.' geht es Rosa durch den Kopf.

Man sieht ihr ihr hohes Alter irgendwie an. Die unterste Stufe ist nur noch teilweise erhalten. Obwohl die Pyramide Jahrtausende überstanden hat, wirkt sie auch recht fragil. Als könne man sie nicht betreten, ohne dass sie unter den Füßen zerbröckelt.

Sie bewegen sich langsam über den weitläufigen Sandplatz auf die Pyramide zu, außer Jimmy und Sonam, die anderen in einiger Höhe. Moshe natürlich am höchsten. Nur wenige Kilometer entfernt pulsiert Kairo.

Von seiner hohen Position aus kann Moshe in der Ferne durch den bis in die Wüste hinein wabernden Dunst der Millionenstadt ihr Ziel sehen:' Wow. Ich kann die Spitzen der Großen Pyramiden sehen. Direkt neben der Stadt.' Moshe weist mit dem Arm nach Nordwesten. Ming Chen, Jihane, Rosa und Nyima steigen bis auf seine Höhe auf.

'Oh ja, das sind sie. Die Pyramiden von Gizeh.' Ming Chen ist ob des Anblicks beeindruckt. 'Stellt euch vor, wie prächtig sie einst in ihre Umgebung geleuchtet haben. Die Pyramiden waren einst mit glatten Kalksteinplatten verkleidet. Sie schimmerten dadurch in einem grellen Weiß im Sonnenlicht. Heute ist davon leider nichts mehr zu sehen. Lediglich die Überreste der Verkleidung an der Spitze der Chephren-Pyramide erinnern daran.'

'Und diese Weltwunder sind ja jetzt immer noch äußerst imposant. Aber das ist eine ganz schöne Ecke bis dahin!' ist Rosas pragmatischer Kommentar. 'Das sind sicher fünfzehn, wenn nicht zwanzig Kilometer. Das sollen wir, vor allem Jimmy, wie die Maulwürfe unter der Erde zurücklegen. In tausende Jahre alten Tunneln und Gängen. Oha! Mal ganz abgesehen von den ganzen Widrigkeiten, die uns erwarten. Na, ich bin ja mal gespannt, wie wir das hinkriegen.'

"Ich bin gut zu Fuß. Soldaten sind lange Tagesmärsche gewohnt." ruft Jimmy von unten hoch.

'Das würde ich nie in Frage stellen, Jimmy. Ich weiß, dass du gut durchtrainiert und voll fit bist. Aber zwanzig Kilometer in wie auch immer gearteten Gängen unter der Erde sind kein Pappenstiel. Ich denke, auch für einen jungen amerikanischen Soldaten nicht.'

Rosa klingt wirklich ein wenig besorgt. "Das wird schon." ermuntert Jimmy. Und um seine eigenen düsteren Bilder im Kopf zu überspielen legt er nach: "Und außerdem habe ich ja immer Sonam an meiner Seite." Es folgt ein leises, aber sehr tiefes Ausatmen: "Und wer weiß, was Nyima auftut. Oder Ming Chen."

Dann kommt der pragmatische Soldat in Jimmy wieder durch: "Kommt doch mal runter und lasst uns beratschlagen, wie wir vorgehen. Das Lamentieren hilft uns ja nicht weiter."

Als die Gruppe zusammengekommen ist, beginnt Jimmy eine Strategie zu entwickeln: "Wir müssen ja nun irgendwie den Einstieg in die unterirdischen Gänge finden. Und es läuft die Zeit – hier jedenfalls. Die Sonne wird bald untergehen. Wir haben vielleicht noch ein bis zwei Stunden Licht. In der Zeit sollten wir den Einstieg gefunden haben. Also lasst uns drei Gruppen bilden. Rosa, Ming Chen und Moshe machen den Spähtrupp weiträumig links herum. Nyima und Jihane auch in größerem Radius um die Pyramide rechts herum. Ihr seid beweglicher als ich auf meinen Füßen. Also bewegt euch in weitem Bogen um die Pyramide herum. Ich schaue mir mit Sonam den engeren Kreis um die Pyramide an. Abmarsch!"

'Hey, Soldat! Kommandierst du uns gerade herum?' reagiert Rosa mit einigem Widerwillen.

Ming Chen, der Rosas Gedanken mitbekommen hat, versucht sofort diplomatisch zu vermitteln: 'Das ist eine gute Idee, Amerikaner. Dass uns jetzt nicht die Rotation der Erde noch ein Schnippchen schlägt....' Moshe und Jimmy schauen den Chinesen verständnislos an. 'Naja, die Nacht, die Dunkelheit, das Untergehen der Sonne...' antwortet Ming Chen in Richtung des Jungen.

Seine vermeintlich auflockernde Bemerkung schließt Ming Chen mit der Frage ab, die wieder alle ins gemeinsame Boot holt: 'Seid ihr damit einverstanden? Oder hat jemand eine andere Idee?'

'Nö!' antwortet Rosa beschwichtigt. 'Das ist sicher das Vernünftigste!'

Und schon setzen sich die von Jimmy eingeteilten Spähtrupps in Bewegung.

Jihane und Nyima nehmen am Ende des rechteckigen Sandfeldes unterhalb der Djoser-Pyramide ihren Weg nach rechts. Bis auf nicht einmal tausend Meter hat sich hier der gigantische Moloch Kairo durch den Wüstensand an die älteste Pyramide der Welt herangerobbt. Nach einigen Feldern mit meist rechteckig angeordneten Gebäuderuinen kreuzen sie eine Straße, an deren Seite ein großer Touristenparkplatz liegt. Zwischen weiteren Straßen sehen die beiden Frauen einen augenscheinlich besser erhaltenen Rest eines größeren Bauwerks.

Auf dem Weg dorthin queren sie eine felsige Abbruchkante der Wüste. Zu Füßen des Cliffs sind einige an den Seiten offene Zelte aufgebaut. Als sie seitlich hereinschweben blicken sie auf etwa dreißig sorgfältig aufgereihte, gut erhaltene hölzerne und steinerne Sarkophage, mit den typisch ägyptischen aufgemalten Antlitzen von Toten. Beiden ist nicht wohl bei dem Anblick.

Nyima sagt in ihrer klaren spartanischen Art: 'Das ist kein guter Ort. Das darf kein Mensch tun. Die Seelen müssen ihre Ruhe haben, besonders dann, wenn ihre geliehenen Körper nicht der Natur zurückgegeben wurden.'

Die beiden Frauen schauen sich nur kurz an, verständigen sich mit einem kurzen stummen Kopfnicken und verlassen diesen Ort so schnell wie möglich.

Sie erreichen das größere Gebäude mit der in weitem Schwung unter die Erde einladenden breiten Rampe. Bereits als sie etwas näher gekommen sind, entpuppt es sich als ein modernes, flach gehaltenes Gebäude, wahrscheinlich ein Museum oder ein Verwaltungsgebäude. Auf jeden Fall ist hier kein unterirdischer Eingang zu sehen oder zu vermuten.

Zwischen einigen Bäumen tauchen weitere, wie die beiden inzwischen finden, unspektakulär gewordene Gebäuderuinen auf. Links von ihnen stehen noch die Überreste einer Pyramide, die den Unbillen der Witterungseinflüsse nicht so erfolgreich getrotzt hat. Sie überqueren noch weitere derart eingefallene mittlere und kleinere Pyramiden. Beiden ist nicht wohl auf ihrer Strecke. Die starke pulsierende Energie der Zehn-Millionen-Stadt Kairo wabert unangenehm durch sie hindurch – selbst noch hier, am Rand der Wüste.

Nicht nur die tibetische Nonne, auch das iranische Mädchen nimmt das Vibrieren der Stadtenergie sehr fein wahr. Ohne Worte sind sie sich schnell einig nun den direkten Weg zurück zum Treffpunkt zu nehmen. Die beiden Frauen sind die ersten dort. Nyima nimmt ihren Lotossitz ein und geht in Meditation, während Jihane in tiefer Hingabe ihre muslimischen Gebete verrichtet.

Rosa, Ming Chen und Moshe schweben wenige Meter hoch zunächst quer über den großen, rechteckigen Sandplatz. An dessen Ende passieren sie eine gut erhaltene hohe Mauer, deren obere Kante mit zahlreichen dreidimensional hervortretenden Köpfen von Kobras bestückt ist. Vor ihnen liegt ein größerer gesicherter Schacht zwischen halb zerfallenen Ziegelmauern, der aber nirgends hin zu führen scheint. Sie überqueren den Schacht und lassen sich dann hinter der anschließenden Mauer wieder absinken. Aus der gut zwei Meter hohen Mauer springen in regelmäßigen Abständen eckige Pfeiler vor. Diese jeweils einige Meter dicken Pfeiler verleihen der gesamten Mauer den Eindruck eines einst sehr mächtigen und schützenden Bollwerks.

Weiter geht es über Sand, Staub und Schutt. Rechts liegt eine zerfallene kleinere Pyramide. An einer Seite dieser Pyramidenruine senken sich zwei gegenüberliegende Rampen in die Erde. Diese sehen aus wie Eingänge in irgendetwas Unterirdisches. Doch die erste Rampe endet blind vor einer Mauer. Die zweite, die sich steiler nach unten bewegt, scheint tiefer und weiter zu gehen.

Moshe eilt voraus in den Gang hinein und jubelt: 'Wir haben ihn schon gefunden, den Eingang!' Nach einigen Metern schwebt er vor schweren gusseisernen Gitterstäben, die gewöhnlichen, stofflich dichten Menschen den weiteren Zugang verwehren würden. In seinem Astralkörper kann sich der Junge jedoch einfach hindurch bewegen.

'Hier geht's weiter!' ruft die Jungenstimme Ming Chen und Rosa freudig aus dem Dunkel des Gangs entgegen.

'Moshe, bitte, geh nicht so weit vor. Wir bleiben doch besser zusammen.' mahnt Rosa mit liebevoller Vorsicht.

'Ich sehe auch nichts mehr.' kommt es aus dem dunklen Loch. 'Hier ist es stockfinster. Aber das ist auf jeden Fall ein Eingang in die Unterwelt.'

'Super Moshe! Die Stelle merken wir uns. Komm doch bitte wieder heraus. Wir sollten uns noch weiter umschauen. Wir sind ja ein Spähtrupp. Außenmission. Mit dem Commander höchstpersönlich.'

Das Gesicht des wieder durch die dicken Gitterstäbe zurückkehrenden Moshe strahlt ob des Star-Trek-Bildes von Rosa.

'Okay! Dann mir nach. Die Laserpistolen griffbereit!' steigt Moshe auf das angebotene Spiel ein.

'Aye, aye, Sir!' antworten Rosa und Ming Chen fast synchron, tippen sich, breit grinsend, zum Militärgruß mit den Fingerspitzen der flachen Hand an die Stirn.

Nach einer flachen staubigen Sandfläche erreichen sie erneut ein kleines Feld mit Gebäuderuinen. Dicht darauf folgen ein gutes Dutzend eng beieinander stehender sehr kleiner Pyramiden. Dann überschweben die Drei eine weite sandige Ebene. Als sie etwas höher schweben sehen sie, dass die Struktur und die Farbe der Sandflächen unter ihnen verändert. Sie ahnen, dass hier sicherlich noch einige Gebäudefundamente unter dem Wüstensand auf ihre Entdeckung warten. Etwas weiter zieht sich ein wie mit dem Lineal gezogener breiter Streifen durch den Wüstensand.

'Eine Straße.' ruft Moshe.

Ming Chen und Rosa sehen einen Lastwagen auf dem sicheren Asphalt den Sand durchqueren. Die Drei folgen dem Straßenverlauf nach rechts. Er endet in einem großen rechteckigen Parkplatz. An dessen Rand stehen einige neuzeitliche Überdachungen.

'Hier finden wohl aktuell Ausgrabungen statt.' bemerkt Ming Chen.

Sie schauen unter die Wellblechdächer. Aber unterirdische Schächte oder Eingänge sind hier zwischen freigelegten Mauern und Fundamenten nicht zu sehen.

Etwas weiter links steht in einiger Entfernung ein größeres Gebäude. Ming Chen fordert seine Begleiter auf, ihm dorthin zu folgen. Natürlich wird er bald von Commander Adlerauge überholt. Schließlich muss sich der Commander einer Außenmission als erster neuen Situationen und Gefahren stellen.

Eine moderne Betontreppe führt zwischen alten Ziegelmauern zu einem unterirdischen Eingang. Ohne zu zögern passieren die Drei die verschlossene stählerne Eingangstür. Sie gelangen in einen mit modernen Stahlkonstruktionen stabilisierten felsigen Gang. Von irgendwo scheint im weiteren Verlauf leicht orangefarbenes Licht der Abendsonne in den Gang zu fallen. Somit ist es für die Drei dort nicht stockfinster. Als sie sich an das indirekte diffuse, orangefarbene Licht gewöhnt haben, erkennen sie unmittelbar hinter der Stahltür einen Lichtschalter.

'Geht nicht ohne Jimmy!' Moshe zuckt mit den Schultern. 'Um die Lage hier ein wenig zu peilen reicht das Licht von da hinten gerade noch aus.'

Rosa schwebt langsam den Gang hinunter. Nach etwa zehn Metern biegt links ein weiterer, sich erweiternder Gang ab. Dieser Bereich hier ist nun vollständig mit Stahlträgern gesichert. Er führt an ebenfalls mit Stahlträgerkonstruktionen gesicherten, gemauerten Nischen vorbei. Je drei auf der rechten und drei auf der linken Seite. Das Restlicht reicht gerade noch aus, dass sie in jeder der gemauerten Nischen gewaltige steinerne Formen ausmachen können. Manche sind zwei Meter, andere sogar vier Meter hoch.

'Die sehen ja aus wie Riesensärge!' ruft Moshe aufgeregt.

'Genau, Moshe. Danke für das Stichwort.' greift der Chinese die Worte des Jungen auf. 'Ich glaube, wir sind in der Gruft der Riesen von Sakkara, im Serapeum. Und du hast mal wieder gut hingeschaut und kombiniert, Commander Adlerauge. Das sind tatsächlich Särge. Riesige Särge oder Sarkophage. Im alten Ägypten wurde der riesige Apis-Stier als Verkörperung des Gottes Ptah...'

'Ist das nicht der ägyptische Göttername für das Sprachgitter, den sich Jihane merken sollte?' ruft Moshe in Ming Chens Erläuterung.

'Ja, das stimmt, Moshe. Jedenfalls wurde hier der riesige Apis-Stier verehrt. Vielleicht habt ihr das schon mal irgendwo gesehen: der wirklich sehr, sehr große Stier wird oft mit einer Sonnenscheibe zwischen den Hörnern dargestellt. Er ist natürlich größer und gewaltiger als unsere normalen Stiere. Manchmal ist er auch ein Mischwesen aus einer übergroßen kräftigen Menschengestalt mit Stierkopf. Soweit ich mich erinnere, wurde der heilige Apis-Stier in prächtigen Stallungen gehalten – die müssten hier über uns gestanden haben. Nach ihrem irdischen Tod wurden die Stiere entsprechend der ägyptischen Tradition einbalsamiert und hier in den unterirdischen Gruften in diesen gigantischen Sarkophagen bestattet. Ich meine mich allerdings zu erinnern, dass diese riesigen Sarkophage zur Enttäuschung der Archäologen leer waren. Es bleibt also ein großes Mysterium um diesen Ort hier, um das Serapeum. Zumal die Sarkophage aus Granit sind, tonnenschwer. Ich meine mich zu erinnern, dass die ein Gewicht von über siebzig Tonnen hatten. Und nicht nur das. Der Granit stammt nicht von hier, sondern ist gut tausend Kilometer aus der Gegend von Assuan hierher transportiert worden. Genauso wie die gewaltigen Granitblöcke für den Innenausbau in der Großen Pyramide von Gizeh.'

Kaum hat Ming Chen seinen letzten Satz zu Ende gebracht, erhellt sich der Gang, von dem die Sarkopharg-Nischen abgehen. Bläulich schimmerndes, und dennoch grellweißes Licht breitet sich aus. Die Lichtwelle, oder irgendetwas drumherum, erfasst die Drei und schiebt ihre Astralkörper langsam, aber mit unausweichlicher Kraft Meter um Meter immer weiter in den Gang hinein. So sehr sich die Drei auch dagegen wehren und bemühen, sie können dem sie immer weiter vorwärts schiebenden Druck nichts entgegensetzen.

'Wir müssen unbedingt zusammenbleiben!' ruft Rosa in die nun anschwellende Geräuschkulisse aus sehr hohen sphärischen Tönen und Klängen sowie Menschenstimmen, die den gesamten Gang füllen.

Es tauchen zwei Männer mit langen schwarzen Haaren auf, die in lange weiße Tücher gekleidet sind. Langsam rückwärts gehend kommen sie auf sie zu. Das blau-weiße gleißende Licht, das aus genau dem Seitengang zu kommen scheint, über den auch sie hierher gelangt sind, beleuchtet eine riesige rechteckige Form. Sie ist etwa doppelt so hoch wie die Männer groß sind. Und wesentlich länger. Das riesige Gebilde füllt nahezu den gesamten Durchmesser des Tunnels aus.

'Die stabilisierenden Stahlträger sind verschwunden.' stellt Ming Chen fest.

'Ja, tatsächlich.' stimmt Rosa zu. 'Nur noch die blanken Steinwände oder Mauern. Keine Ahnung. Wir sind wohl am Ursprung der ganzen Geschichte hier. Kleine Zeitreise mal wieder.'

'Sieht das nicht aus wie der Stier-Sarg?' stellt Moshe fragend fest. 'Hast du nicht gesagt, der wiegt hunderttausend Tonnen?' zu Ming Chen gewandt.

'Ja, ja. Viele Tonnen. Menschen können den Sarkophag jedenfalls nicht tragen.'

Die Drei werden jetzt im Tempo des Sarkophags und der beiden rückwärts gehenden Männer immer tiefer in den Gang hineingedrückt.

'Sieht das nicht aus, als würde das Ding schweben? Da ist doch nichts drunter, keine Rollen, keine Räder, nichts! Oder kannst du etwas erkennen, Ming Chen?' fragt Rosa ungläubig.

'Danke dass du das ansprichst. Ich frage mich auch schon die ganze Zeit, wie sich dieses Granitmonster bewegt. Ich hätte mich gar nicht getraut es laut auszusprechen, aber für mich sieht es so aus, als würde dieser Koloss auf dem Licht gleiten.'

'Genau! Unglaublich! Aber so sieht es aus! Mein Gott – was wir alles zu sehen kriegen. Unglaublich. Das stellt doch alles auf den Kopf!'

'Kommt! Wir verstecken uns einfach in der nächsten Nische. Da kommt der Lichtschieber bestimmt nicht hin.' schlägt Moshe vor und drückt sich in die nächste Ecke einer Sarkophag-Nische.

'Moshe, wir müssen doch zu...' mehr hört der Junge nicht mehr von Rosas Stimme.

Schon schiebt sich das grelle blau-weiße Licht mit dem Sphärenklang an ihm vorbei und verschluckt den Rest von Rosas Worten. Moshe in seiner Nische bleibt indes unbehelligt von dem gleißenden, kraftvollen Licht, das in gerader Linie mit ohrenbetäubendem Lärm an der Nische vorbeizieht.

'Moshe!' ruft Rosa noch aus, als Ming Chen's Astralkörper mitten durch sie hindurch in die nächste gegenüberliegende Sarkophag-Nische drängt. Die Durchquerung von Ming Chen gibt Rosas Energiefeld genau den richtigen Drall in seine Richtung. 'Komm schnell rein, Rosa!' Ming Chens energische Worte geben ihr den restlichen Willensimpuls, sich noch kurz vor dem eintreffenden Lichtschwall zu dem Chinesen in die Nische einzudrehen. Auch die beiden lässt der vorbeiziehende Energieschwall unbehelligt.

'Und was ist mit Moshe?' Rosa ist sehr beunruhigt.

'Moshe ist in Sicherheit. Er ist in der Nische schräg gegenüber.' Ming Chen weist diagonal über den Gang hinweg, der komplett mit dichtem grellweißem Licht erfüllt ist.

'Bist du sicher?'

'Ja.' antwortet Ming Chen mit mehr Gewissheit, als sein Verstand analysieren kann. Der Chinese will nicht nur Rosa beruhigen.

Langsam schiebt sich der riesige Granit-Sarkophag an ihrer Nische vorbei. Beide bücken sich weit hinunter. Rosa geht sogar in Bauchlage knapp über dem Boden schwebend. 'Ich kann wirklich nichts unter dem Sarkophag erkennen. Der gleitet tatsächlich auf dem Licht dahin, oder was da sonst noch für eine Energie im Spiel ist.'

Am hinteren Ende des Sarkophags, das nun der Ausschnitt ihrer Nische freigibt, gehen zwei weitere Männer. Ihre Arme haben sie nach vorne ausgestreckt.

'Auch sie schieben den Koloss nicht.' bemerkt Rosa. 'Sie scheinen das Ding nur mit leichtem Antippen zu dirigieren. Schau mal!'

'Ja, das sieht so aus. Damit er nicht an den Wänden anschlägt oder in einer Nische hängenbleibt.'

Ming Chen ist verdutzt-begeistert.

Im nächsten Moment verändern die fortlaufend erklingenden schrillen hohen Laute ihre Tonhöhe. Sie gehen in ein tieferes Staccato über. Die Männerstimmen werden lauter. Sie scheinen sich etwas zuzurufen.

Vorsichtig versucht Rosa um die Ecke aus der Nische hervorzulugen. Sie spürt, dass sich der Lichtstrahl nicht mehr vorwärts bewegt. Aber sie muss ihren Kopf mit nicht geringer Kraftanstrengung gegen etwas drücken, damit sie aus der Nische heraus in den lichterfüllten Gang blicken kann. Über ihr macht Ming Chen ihre vorgestreckte Haltung nach.

Sie sehen, dass sich der Sarkophag nicht mehr vorwärts bewegt. Stattdessen bugsieren die vier Männer mit minimalen Bewegungen, durch Antippen des Kolosses mit ihren Händen, in die übernächste, schräg gegenüber liegende Nische. Deren Öffnung ist groß genug für den Sarkophag, sodass dieses gigantische Riesenmanöver recht schnell und problemlos vonstatten geht.

Mit einem lauten Knirschen von Stein auf Stein schnurrt gleichzeitig im Gang der mächtige grelle

Lichtstrahl von rechts nach links in sich zusammen. Ming Chen und Rosa sehen ihn noch in dem Quergang Richtung Ausgang verschwinden.

Sich vorsichtig umschauend schweben sie langsam aus ihrer Nische heraus. Nichts erfasst sie oder behindert sie mehr.

'Moshe! Junge!' Rosa stürzt auf den Jungen zu, der sich ebenfalls aus seiner gegenüberliegenden Nische herausgewagt hat, und will ihn in ihre Arme schließen. Rosa greift natürlich nur durch Moshe hindurch. Rosa kommentiert ihre alte Gewohnheit nur mit einem kurzen 'Ach ja!', ehe sie ein erleichtertes 'Oh Moshe. Was bin ich froh, dich zu sehen!' hervorbringt.

'Ja. Ich auch.' kommt artig aus dem aufgeregten Jungen. 'Aber habt ihr sie auch gesehen? Die Aliens? Die langen golden aussehenden Aliens, da wo der Gang abgeht?'

'Nein.' antwortet Ming Chen. 'Wir waren die ganze Zeit mit dem Sarkophag beschäftigt und wie sie ihn bewegt haben. Unglaublich!'

'Das waren die Aliens. Ich habe gesehen, wie sie um die Ecke geschaut haben. Und die waren so groß. Die mussten sich bücken, sonst wären sie mit dem Kopf an die Decke gestoßen.'

Ming Chen und Rosa schauen sich mit fragenden Gesichtern an.

'Ich habe sie aber wirklich gesehen. Ganz in echt und wirklich!'

'Ich glaube dir doch, Moshe. Nur – ich habe sie nicht gesehen. Aber sicher nur, weil ich die ganze Zeit in die andere Richtung geschaut habe.'

'Sahen die so aus die blauen Wesen, die wir schon gesehen haben? Auf der Osterinsel?' will Rosa wissen.

'So ungefähr. Nur viel dünner irgendwie. Und eben so golden schimmernd.'

Aus den Augenwinkeln nimmt Ming Chen wahr, dass die Stahlträger nun wieder die Decken, Wände und Nischen stützen. Auch die vier Männer sind verschwunden. Als der Chinese zu der Nische schwebt, die soeben noch das Ziel dieser mysteriösen Transportaktion war, steht dort in der eng gemauerten Nische der gewaltige Granit-Sarkophag. Er ist von einer dicken Staubschicht bedeckt.

'Sie werden die Nischen nachträglich enger, kleiner gemauert haben. Erst, wenn der Sarkophag dort hineingebracht worden ist.' denkt er sich, mit Blick auf die Ziegelwände, die kaum Platz zwischen sich und dem Koloss lassen.

'Das denke ich auch.' pflichten Rosas Gedanken denen des Chinesen bei.

'Das waren Aliens. Goldene Aliens.' Vor sich hin brummelnd schwebt Moshe an den beiden vorbei tiefer in den dunklen Gang hinein, um festzustellen, dass er nach gut zehn Metern blind endet. 'Hier geht's nicht weiter. Nicht mit Eingang in die Unterwelt.' ruft Moshe ihnen entgegenkommend zu.

'Gut Moshe. Dann können wir diese heiligen Hallen ja nun wieder verlassen.' Rosa schwebt Richtung

Ausgang. Ming Chen blickt noch etwas verständnislos hinter Rosa her. 'Rosa mit ihren seltsamen Vergleichen und Redewendungen.' geht ihm durch den Kopf.

Als sie die Eingangsstufen aus Beton hoch schweben, küsst die Sonne bereits intensiv den Horizont. Es beginnt zu dämmern. Angefüllt mit den Bildern und Klängen aus den Katakomben der Apis-Stiere kehren die Drei zufrieden schweigend zum vereinbarten Treffpunkt zurück.

Jimmy und Sonam sind unterdessen über den Sandplatz direkt auf die Djoser-Pyramide zugegangen.

Vor einer Rampe, die offenbar in oder unter die alte Pyramide selbst führt, stoßen sie auf eine kleine Gruppe Touristen. Aussehen und Sprache lassen vermuten, dass es sich um verschiedene Nationalitäten handelt. Jimmy in seiner auffälligen US-Armee-Uniform will sich so unauffällig wie möglich an der Gruppe vorbei schleichen, um kein Aufsehen zu erregen. Schließlich sind sie in Ägypten, das nicht das entspannteste Verhältnis zu den USA hat, geschweige denn zu deren Streitkräften.

Sonam springt mit den Vorderpfoten kratzend an den Beinen des amerikanischen Soldaten hoch: 'Steck mich in dein Hemd, unter deine Jacke. Hunde dürfen hier bestimmt nicht rein.'

Jimmy schaut den kleinen weißen Hund zunächst ungläubig an. Doch er hat inzwischen gelernt, Sonams Gespür zu vertrauen, unabhängig davon, was sein Verstand dazu meint. Er hebt den Hund hoch und wendet der Touristengruppe den Rücken zu, um Sonam unter seinem Militäroutfit zu verstauen: "Wie praktisch, dass du so klein bist." flüstert er seinem Kumpanen zu.

'Manchmal ja.' antwortet Sonam. 'Aber atmen muss ich trotzdem. Lass den obersten Knopf bitte auf, damit ich da meine Nase hinlegen kann.' Gesagt, getan. Jimmy schließt zu den Touristen auf.

Als ein fülliger älterer Herr mit breitem Gesicht und rasiertem Schädel den uniformierten Jimmy sieht, salutiert er sofort: "First Lieutenant Peter Hackman, Irak 2004!" Jimmys geschulter Militärautomatismus rastet sofort ein: "Private First Class Jim Fulton. Afghanistan. Äh – zurzeit auf Urlaub." korrigiert sich Jimmy sofort.

Durch die ruckartige Bewegungsfolge des Strammstehens wäre Sonam beinahe unten aus Jimmys Hemd herausgerutscht. Gut, dass Jimmy einen Gürtel trägt und die Uniformjacke weit genug ist, dass das Gegenüber den versteckten Hund nicht bemerkt. Jimmy schiebt mit verschränkten Unterarmen Sonam unauffällig wieder nach oben.

"Und trotzdem immer für unser Land im sichtbaren Dienst!" kommentiert der Lieutenant a.D. Peter Hackman. "Ein treuer Soldat!"

Mit einer wertschätzenden Geste und gespitzten Lippen in seinem breiten, nickenden Gesicht deutet sein ausgestreckter Arm von oben nach unten auf Jimmy in seiner Uniform: "Der Junge liebt sein Vaterland!"

'Nenn mich nicht Junge, fremder Mann!' geht Jimmy ob dieses ungefragten Überschwangs seines Landsmanns durch den Kopf. Seine Lippen bringen dem höheren Dienstgrad entsprechend nur ein kurzes:

"Yes, Sir!" hervor. Doch der Lieutenant lässt nicht nach.

An seine Frau gerichtet, die die ganze Zeit über schweigend auf ihren Mann blickend neben ihm steht: "Kate, biete unserem braven Soldaten hier doch von den feinen Datteln an."

In über Jahre eingeübter Folgsamkeit klaubt seine Frau Kate sofort eine Plastiktüte mit frischen Datteln aus ihrer großen Umhängetasche hervor, öffnet sie und bietet Jimmy mit einem freundlichen Gesichtsausdruck die Früchte an. Jetzt merkt Jimmy, dass er überhaupt keinen Hunger hat, weder jetzt, noch die ganze Zeit über, die sie nun schon unterwegs sind. Höflich dankend greift er zu. Die frische süße Dattel schmeckt köstlich.

"Nimm noch eine, Junge!" drängen Kate und Peter Hackman gleichzeitig.

"Vielen Dank. Die sind wirklich köstlich." Auch wenn er keinen Hunger hat, merkt Jimmy, dass ihm die süßen, gehaltvollen Früchte sehr gut tun.

Und – immerhin integriert dieser Kontakt Jimmy in die kleine Touristengruppe. Nachdem ihn Mr. Hackman wie einen alten Bekannten begrüßt hat, kümmern sich die anderen Touristen nicht um seinen militärisches Outfit. Eigentlich beachten sie den Soldaten gar nicht.

Nach Jimmys Augenschein sind Mr. und Mrs. Hackman die einzigen Amerikaner in dieser Gruppe. Die meisten anderen Touristen sehen asiatisch aus. Es scheinen Italiener und Deutsche dabei zu sein.

Dann setzt sich die Gruppe in Bewegung. Zunächst geht es eine kaum zwei Meter breite, von einer groben Mauer eingefasste Rampe hinunter. Der Fremdenführer schließt eine schwere Stahltür auf, die auf Jimmy ohne Schlüssel einen unüberwindlichen Eindruck macht.

"Danke Sonam, schlauer Kumpel. Ohne dich wäre ich nie hier hereingekommen." flüstert Jimmy in sein Hemd. 'Yep!' Sonam kuschelt sich an Jimmys üppig behaarte Brust.

Ein schmaler, aber gut ausgeleuchteter Gang leitet die Gruppe durch einen grob gehauenen, etwa vier Meter breiten Tunnel unter die Stufenpyramide. Die Gruppe zieht sich allmählich in die Länge, weil die Teilnehmer einzeln hintereinander hergehen müssen. Jimmy bleibt am Ende, um sich gegebenenfalls unauffällig absetzen zu können. Bald biegen sie in einen für die Besucher mit Holzdielen ausgelegten engen Gang ab. Er ist vielleicht zwei Meter hoch. Doch der hoch gewachsene Jimmy zieht instinktiv den Kopf beim Durchgehen ein.

Die Gruppe macht Halt vor einem etwa einen Quadratmeter großen Durchlass in der linken Wand. Der Fremdenführer tritt etwas zur Seite. Die erste Touristen zücken ihr Handy, um aus der Hocke heraus Aufnahmen in die Luke hinein zu machen. Jimmy hört noch, dass des sich um den Sarkophag des Königs Djoser handelt, zu dem sie gleich hinuntersteigen werden. Jimmy, der als letzter an der Reihe ist, wirft einen Blick durch die Öffnung. Es tut sich ein tiefer Schacht auf, auf dessen Grund er ausgeleuchtete große hellgraue Steinplatten oder -quader erkennt.

Durch weitere abfallende Gänge und Treppen gelangen sie immer tiefer unter die Pyramide, bis sie schließlich vor dem schmucklosen Sarkophag stehen, der aus etwa vier Meter hoch gestapelten Großen Steinquadern besteht. 'Was für einen Aufwand für einen Toten – König hin oder her!' denkt Jimmy. Er zwängt sich mit den Touristen um den Sarkophag herum. Die Grabkammer ist nicht besonders geräumig. Er kann aber nirgends einen weiteren Gang oder eine Tür entdecken.

'Kein guter Ort, so eine Totenkammer.' kommt es schnaufend unter seinem Hemd hervor. 'Schlechte Luft und schlechte Energie.' Jimmy schiebt Sonam wieder etwas höher und lupft seinen Hemdkragen, damit der Hund etwas mehr Luft bekommt.

Der Touristenführer leitet sie anschließend durch weitere Gänge, die teilweise so niedrig sind, dass sich bis auf die kleinen Asiaten alle Teilnehmer bücken müssen. Sie gelangen in eine weitere Grabkammer mit farbigen Malereien an den Wänden. Auf einer Seite sind zwei bemannte Schiffe oder Barken abgebildet. Darüber Menschen unterschiedlicher Größe in der typisch ägyptischen Haltung. Die beiden Füße sind voreinander gesetzt. Die Figuren sind in extrem aufrechter Position stehend von der Seite dargestellt. Ihre Lenden verdeckt ein weißes, rockähnliches Tuch. Ihr Oberkörper ist von vorn dargestellt, wie dem Betrachter zugewandt. Der Kopf schaut wiederum zur Seite. Es scheinen überwiegend Männer zu sein mit kurz geschnittenem schwarzem Haar. Ihre Haut ist typisch ägyptisch rotbraun. Dazwischen sind einige sehr hellhäutige Figuren abgebildet, die ein langes Tuch über der Brust halten. Sie tragen deutlich erkennbar langes schwarzes Haar. Das sind sicherlich Frauen. An der andern Seite der Kammer tragen Männer auf einem geschulterten Brett eine Art Miniatur-Pyramiden, andere tragen Keulen oder andere Gerätschaften. Auch diese Kammer weist keine weiteren Ausgänge auf.

Als sich die Gruppe wieder dem Ausgang aus der Pyramide nähert fällt Jimmys Blick auf eine Info-Tafel für Touristen, auf der das unterirdische Gangsystem der Djoser-Pyramide schematisch aufgezeichnet ist. Bis auf den Zugang, auf dem sie gekommen sind und nun die Pyramide wieder verlassen, und dem Rundgang, den sie der Guide entlang geführt hat, enden alle Seitengänge hier auf dem Plan blind. 'Es wäre auch zu schön gewesen, wenn sie uns hier den Weg gewiesen hätten.' denkt Jimmy. Hinter ihm verschließt der Führer die schwere Stahltür. Dann weist er die Touristen mit einer Handbewegung in eine Richtung: "Hier geht es zum Parkplatz. Das war die letzte Führung. Das Gelände wird in zwanzig Minuten geschlossen. Bitte verlassen sie jetzt zügig das Sakkara-Gelände." Der Guide geht mit offen vorgehaltenen Händen durch die Touristengruppe, die ihm beim Hinausgehen Trinkgeld zusteckt.

Während sich alle anderen Richtung Parkplatz auf den Weg machen, drückt sich Jimmy hinter die nächste Mauer. "So, jetzt befreie ich dich erst mal wieder, kleiner Freund." Jimmy knöpft sein Hemd zur Hälfte auf, holt Sonam vorsichtig mit seinen Händen unter Bauch und Achseln fassend hervor und setzt ihn sanft auf den staubigen Boden.

"Das war ja nicht sehr ergiebig." brummelt der Amerikaner vor sich hin. "Ehe es ganz dunkel wird, noch einmal um die Pyramide herum."

Als Antwort läuft Sonam, der froh ist, sich wieder frei bewegen zu können, vorweg. Doch auch ihre Umrundung bringt außer unzähligen Steinen, Sand und Staub keine neuen Erkenntnisse hervor, geschweige denn Schächte, Eingänge oder Türen. Leicht frustriert kehrt Jimmy in der fortschreitenden Dämmerung zum vereinbarten Treffpunkt zurück und hofft, dass die anderen Erfolg gehabt haben.

Die beiden treffen als letzte am ausgemachten Treffpunkt auf dem großen Sandplatz ein. Jimmy wird stürmisch von einem aufgedrehten Moshe begrüßt: 'Stell dir vor: Ich hab schon wieder Aliens gesehen! Ist das nicht toll?'

"Tja, wenn Commander Adlerauge unterwegs ist, da ist kein Alien mehr sicher!" geht Jimmy mit fragendem Blick auf Rosa und Ming Chen auf Moshes Vorlage ein.

'Ja, da waren schon andere Kräfte am Werk als die von Menschen.' antwortet der Chinese diplomatisch. Er berichtet gemeinsam mit Rosa von ihren Erlebnissen mit dem schwebenden oder gleitenden Riesen-Sarkophag.

'Und ich habe am Ende des Gangs die goldenen Aliens gesehen, als sie um die Ecke geschaut haben. Die mussten sich sogar bücken, so groß waren die. Ganz dünn und groß. Und golden geschimmert haben die.' versucht der Junge erneut seinen Enthusiamus unter die anderen zu bringen.

Als die anderen nicht in seine Begeisterung einstimmen, fragt Moshe entrüstet: 'Glaubt ihr mir etwa nicht? Ihr glaubt mir nicht! Ihr denkt, ich denke mir das alles nur aus.' Moshe ist tief getroffen.

Von Rosa kommt ein langgezogenes 'Dooooch!' Jimmy schickt ein klares "Ich glaub dir, Junge!" hinterher.

Da meldet sich von der Seite Nyima zu Wort: 'Es waren höhere Lichtwesen dort, die vom Siebengestirn gekommen sind.'

'Von den Pleijaden?' versucht Ming Chen zu übersetzen.

Alle schauen die kleine Nonne verdutzt an. Am verblüfftesten blickt Moshe drein. Sofort zieht dann ein breites Strahlen über sein Gesicht: 'Sag ich doch!'

Die anderen blicken sich ernst, mit hochgezogenen Augenbrauen in der Runde um. Nyima schweigt.

"Es ist schon fast dunkel. Die haben den Laden inzwischen auch schon dicht gemacht. Findet ihr den Eingang wieder?" Ming Chen, Rosa und Moshe nicken auf Jimmys Frage hin. "Dann lasst uns dorthin gehen, ehe es stockfinster ist. Wir können ja dann dort besprechen, wie wir weiter vorgehen." Commander Moshe setzt sich als erster in Bewegung. Die anderen folgen ihm.

Vor dem schweren Gitter kommen sie alle wieder zusammen.

'Wie kriegen wir denn den großen Jimmy da hindurch?' will Moshe wissen.

"Vielleicht könnt ihr das ja auch aufsingen." bemerkt Jimmy etwas ratlos. Aber es findet keiner seine Bemerkung witzig.

'Ich würde es erst mal ganz weltlich probieren. Hat irgendjemand einen Draht? Einen festen, dickeren

Draht? Oder irgendetwas Schmales aus Blech oder Metall? Irgendetwas, was ich biegen kann, und was trotzdem fest ist? Das ist ja ein normales Schloss hier – jedenfalls bislang.' lacht Rosa. 'Jimmy, hast du vielleicht etwas, woraus ich eine Art Dietrich machen kann? Ich denke, damit würde ich das Schloss auf-bekommen. Ganz ohne Gesang.'

Jimmy leert seine vielen Uniformtaschen und schließlich auch noch seinen Rucksack auf den Boden aus.

'Aha. Hier ist dein Armeebesteck. Da ist doch be-stimmt eine Gabel dabei.' stellt Rosa fest.

"Klar." Jimmy knipst das ineinander liegende Besteck auf und holt eine grobe Gabel hervor.

'Hattest du nicht an deinem Taschenmesser eine kleine Zange?'

"Auch das." Jimmy fingert aus seinen ausgebreiteten Sachen sein Taschenmesser hervor und klappt die Zange aus.

'Das sind herrlich lange, kräftige Zinken an deiner Gabel. Der links außen ist am dicksten. Bieg den doch zu einem Drittel um. Im rechten Winkel. Okay, genau so. Und nun die anderen drei Zinken in die entgegengesetzte Richtung nach hinten abbiegen, dass sie aus dem Weg sind. Genau. Jetzt haben wir einen Dietrich. Gib mal her, ich versuch mein Glück.'

Jimmy legt den gebastelten Gabel-Dietrich in Rosas ausgestreckte Hand. Aber der fällt natürlich durch diese hindurch auf den Boden.

'Manno! Ich vergesse das immer noch! Aber das kriegst du auch hin, Jimmy. Wie einen Schlüssel in das Schloss hineinstecken und dann mit Gefühl vortasten. Wo ist was? Wo greift der Haken etwas, das sich bewegen kann? Tasten und ausprobieren. Den Schnapper suchen.'

"Sehen tue ich nichts mehr." Jimmy schaltet seine Taschenlampe ein und stellt sie vor dem Stahlgitter so auf den Boden, dass der Lichtstrahl nach oben leuchtet. Inzwischen wundert er sich nicht mehr darüber, dass die Lampe immer noch Saft hat.

'Sehen kannst du sowieso nichts, Jimmy. Im Schloss kannst du mit dem Dietrich nur fühlen. Spüren, ausprobieren, fühlen, wo der bewegliche Widerstand ist. Und den dann erwischen.'

Jimmy hockt sich vor das Schloss der Gittertür und steckt den Eigenbau-Dietrich ins Schlüsselloch. Grob stochert er mit der Gabel darin herum. 'Sachte, Jimmy. Erst mal spüren, testen, wie es in dem Schloss aussieht...' Da dreht Jimmy mit Effet die Gabel nach rechts und man hört, dass sich im Schloss etwas bewegt hat, aber wieder zurückgeschnellt ist. 'Du bist nah dran, Jimmy. Nun etwas behutsamer.'

Und beim zweiten, etwas langsameren Drehversuch hören alle erleichtert ein lautes Klacken. Die schwere Gittertür setzt sich langsam einen Spalt breit in Bewegung. Das Schloss ist geknackt. 'Ein Panzerknacker-Naturtalent, unser Amerikaner.'

'Wie echte Einbrecher. Toll! Mit einer Gabel!' Moshe ist aus dem Häuschen. Jimmy steckt seine ausgebreiteten Utensilien wieder ein.

Mit seiner Taschenlampe voran setzt sich die Gruppe nun in die Ungewissheit des Tunnels in Bewegung. Der Gang hat ein leichtes Gefälle nach unten.

"Ist das eigentlich die richtige Richtung auf die Pyramiden von Gizeh zu?" fragt Jimmy nach hinten über seine Schulter hinweg Ming Chen, der als Dritter hinter ihm schwebt.

'Ja.' antwortet der Chinese. 'Die Rampe verläuft genau in Richtung Gizeh-Pyramiden. Und bislang sind wir ja nur geradeaus unterwegs. Das passt. Wir müssten jetzt bald etwas links unterhalb der Djoser-Pyramide sein.'

Sie gehen beziehungsweise schweben still den sonst unauffälligen, schmucklosen Gang entlang. Immerhin ist er so hoch, dass sich der große Amerikaner nicht bücken muss. Mit großen Schritten geht er zügig voran.

'Das jetzt zwanzig Kilometer lang? Das sind bestimmt drei Stunden. Fuck! Und hoffentlich wird die Luft nicht dünner.' geht Jimmy durch den Kopf.

'Wir bekommen Hilfe.' antwortet Nyima Jimmys Gedanken.

Die kleine Nonne stimmt ihr inzwischen allen vertrautes 'OM' an. Doch sehr leise, fast zart.

Daraufhin beginnt auch Moshe leise vor sich hin zu murmeln: '*Elohim. Adonai. Ehyeh - Asha Ehye. Elohim. Adonai...*'.

Auch Jihane stimmt leise mit dem Gesang der Fatiha[1] auf arabisch mit ein: '*Bismi Allahi arrahmani arraheem...*'

Rosa und Ming Chen schließen sich leise dem 'OM' von Nyima an, nur eine Oktave höher, denn so tief wie die kleine Nonne kommen sie nicht.

Jimmy bleibt stumm, hört aber mit verwundertem Wohlgefühl dem leisen Chor der verschiedenen Religionen zu und lässt sich von dessen friedlicher Schwingung vorwärts tragen.

Immer tiefer führt der Tunnel die in ihrem Tönen sanft schwingende Gruppe unter die Erde. Alle haben jegliches Gefühl für Zeit verloren und bewegen sich einfach in Jimmys physisch vorgegebenem Tempo voran. Es gibt keine Seitengänge oder Abzweigungen, so dass auch keine weiteren Entscheidungen getroffen werden müssen. Wie in einer Art Trance schiebt sich die kleine sanft tönende Menschenschlange Meter um Meter durch den schier endlosen Tunnel.

* * *

Plötzlich spürt Jimmy ein Krabbeln auf seiner rechten Hand, die ein wenig ausgestreckt vor seinem Oberkörper die Taschenlampe hält. Sein Blick fällt auf eine etwa zehn Zentimeter große Spinne, die von der Decke auf seine Hand gefallen zu sein scheint.

---

[1] *die erste Sure des Korans, die Eröffnende: „Im Namen Allahs, des Erbarmers, des Barmherzigen! Lob sei Allah, dem Weltenherrn, dem Erbarmer, dem Barmherzigen, dem Herrscher am Tage des Gerichts! Dir dienen wir und zu dir rufen wir um Hilfe. Leite uns den rechten Pfad, den Pfad derer, die deine Gnade erhalten, nicht derer, die in der Finsternis sind." Sie ist Bestandteil des täglichen Gebets eines jeden gläubigen Moslems.*

Mit einer kurzen ruckartigen Handbewegung schüttelt er sie ab.

Als sein Blick das heruntergefallene Tier verfolgt, sieht er direkt vor seinen Füße weitere Spinnen. Etwa ein Dutzend weitere Spinnen gleicher Größe vor seinen Stiefeln. Je länger er hinschaut, desto mehr Spinnen werden es. Jimmy richtet den Lichtstrahl der Taschenlampe auf den Boden vor sich. Weitere Spinnen fallen von oben auf den Boden. Er dreht die Taschenlampe in seiner Hand um, so, dass sie die Decke des Tunnels beleuchtet. In der Felsdecke sind weder Löcher noch Spalten. Nur schierer, zu einem Gang ausgehauener Felsen. Jetzt sieht Jimmy unmittelbar, wie sich ein Spinnenkörper aus dem Felsgestein über ihm herauszuschälen scheint.

'Oh Gott! Was ist das denn?' ruft Rosa erschrocken aus. 'Wo kommen die denn auf einmal alle her? Die sehen aus wie fette Taranteln!' Den anderen steht der Mund offen ob dieser mysteriösen Materialisation. Ihr Gebets- und Mantrengesang ist verstummt.

Nur Nyima tönt weiterhin unerschütterlich und in großer Gelassenheit ihr 'OM'. Sie ist die letzte der Gruppe. Bedächtig schiebt sich die Nonne an den anderen vorbei, bis sie Jimmy erreicht hat. Dort unterbricht sie für einen Satz ihren Mantrengesang: 'Sie sind hier, um uns zu helfen.' Ohne weitere Erklärungen setzt sogleich wieder ihr 'OM' ein.

Gut zwei Meter vor Jimmy fällt kurz darauf etwas hell Leuchtendes von der Decke. Dessen Licht erhellt einen weiten Bereich des Tunnels. Jimmy senkt seine Hand mit der Taschenlampe ab. Nun sehen alle einen Teppich aus hunderten von Spinnen vor Jimmys Füßen. Gute zwei Meter weit ist der Boden des Gangs dicht an dicht mit Spinnenkörpern bedeckt. Im Augenblick scheinen keine weiteren Tiere mehr von der Decke zu fallen.

"Bei dem monotonen einen Fuß vor den andern setzen kamen mir einfach Bilder in den Kopf. Ich habe nur gerade an Spinnen gedacht, und wie leichtfüßig die hier durch den Gang flitzen würden."

'Du hast mit deinen Gedanken und Bildern diese Form der Hilfe von der geistigen Welt gewählt.' erklärt Nyima.

Das von der Felsdecke heruntergefallene leuchtende Etwas scheint tatsächlich ein Geistwesen zu sein. Es nimmt kurz eine ihnen freundliche zugewandte, menschenähnliche Gestalt an, ehe es sich wie eine leuchtende Matte flach über den Spinnen ausbreitet.

'Sollst du dich da jetzt drauf setzen oder legen?' fragt Rosa irritiert. Nyima nickt nur.

Und Sonam springt einfach, ehe Jimmy weitere Überlegungen anstellen kann, mit einem 'Yep!' auf die sanft wabernde, von Licht durchflossene Fläche, die nun auf den Spinnenkörpern liegt. Die Spinnen sind alle bewegungslos verharrt.

Nyima nickt Jimmy auffordernd zu, ohne ihren Mantrengesang zu unterbrechen. Wie auf ein geheimes Zeichen setzen auch Moshe und Jihane fast gleichzeitig wieder in ihre heiligen Rezitationen und Gesängen ein.

"Na, wenn ihr meint!" brummt der Amerikaner ziemlich unsicher vor sich hin und klettert vorsichtig auf den Lichtteppich, der sich vor ihm gebildet hat.

Der Lichtteppich bietet mehr Halt als sich Jimmy vorstellen konnte. In dessen Mitte lässt er sich auf seine Knie nieder und stützt sich rechts und links mit den Händen ab. Sonam hockt sich dicht vor ihm hin. Dann setzt sich da eigentümliche Vehikel in Bewegung. Jimmy spürt ein wenig durch die wabernde und dennoch feste Lichtmatte hindurch unter sich die Laufbewegung der Hunderte von Spinnen. Die Matte federt sanft die Unebenheiten durch die Bewegungen der vielen einzelnen Tiere ab. Sie werden immer schneller. Doch nur so schnell, dass ihnen Jimmys Gefährten problemlos mit ihrer astralen Fortbewegungsart folgen können. Auf diese Weise passiert die eigentümliche Karawane Seitengänge, die nach links oder rechts abgehen, an anderen Stellen teilt sich der Gang.

"Die scheinen den Weg zu kennen!" ruft Jimmy den anderen zu, noch immer etwas verunsichert ob dieser bizarren Art des Transports.

Nyima nickt nicht einmal mehr. Die anderen spüren, dass sie dem Amerikaner zustimmt. Irgendwann führt der Tunnel wieder aufwärts. Die Abzweigungen nehmen zu. Sie scheinen mehrere Labyrinthe aus Gängen und Tunneln zu durchqueren. Aber Jimmys lebendes Vehikel weiß offensichtlich genau, wo es lang geht.

* * *

Bald gelangen sie in einen kleinen pyramidalen Raum, in dessen Mitte ein steinerner Sarkophag steht. Dies scheint allerdings noch nicht ihr Zielort zu sein.

Von hier aus geht eine eine im großen Bogen geschwungene Steintreppe hoch. Auf seinem spinnengetragenen Lichtteppich spürt Jimmy jede einzelne Stufe als kleine Welle unter sich. Schließlich öffnet sich vor ihnen ein langgestreckter, gut vier Meter hoher Raum. Er ist aus hellem Stein. In seiner Mitte stehen vier, unten leicht bauchige Steinsäulen, gefolgt von einer Art Torbogen aus zwei Säulen in größerem Abstand. Diesen schließen sich weitere zwölf Säulen gleicher Bauart an.

Abrupt stoppt Jimmys Gefährt und schleudert Jimmys Trägheit der Masse nach vorn. Nicht ohne vorher Sonam unter den Arm zu klemmen rollt sich der durchtrainierte Soldat geschickt nach vorne ab. Sobald er keinen Kontakt mehr zu dem Lichtteppich hat, löst sich dieser sofort auf. Auch die Spinnen sind augenblicklich verschwunden.

Dennoch ist es nicht völlig dunkel in dem Raum. Obwohl Jimmy noch gar nicht seine Taschenlampe angeknipst hat, können sie sich im Raum umsehen. Schwaches diffuses Licht fällt bei den vorderen vier Säulen in den Eingangsbereich.

Jetzt weist Sonam der Gruppe den weiteren Weg. Der Hund verschwindet rasch hinter den vier Säulen, dem einfallenden Licht entgegen. Nyima und die anderen folgen ihm wortlos. Sie bewegen sich eine weitere, in großem Bogen steil nach oben führende Treppe hinauf. Diese führt die Gruppe in einen kleineren rechteckigen Raum.

Doch das Licht, das hier etwas heller geworden ist, kommt von noch weiter oben. Es fällt auf eine sehr steile Stiege. Kurz entschlossen nimmt Jimmy den kleinen Hund auf und steckt ihn unter sein Hemd, was sich Sonam wiederum mit einem gewissen Vergnügen gefallen lässt. Dann erklimmt der Amerikaner die Stiege und folgt einer weiteren kurzen Treppe. Die anderen folgen ihm.

Durch ein kleines Loch fällt hier offenbar von außen ein helles, leicht flackerndes weißliches Licht in einen weiteren kleinen Raum.

Ming Chen versucht mit seinen Augen die Lichtquelle zu fokussieren: 'Das ist ein Stern. Das ist das leicht flackernde Licht eines Sterns, der haargenau in der Verlängerung dieser kleine Öffnung hier liegt und genau hier hineinscheint.'

'Schaut mal her! Hier liegt eine Scheibe mit einem Auge drauf.' Commander Adlerauge hat wieder etwas entdeckt.

'Oh, das ist das Auge des Horus.' erklärt Ming Chen sofort. 'Das ist kein gewöhnliches Auge. In der ägyptischen Mythologie hat das Auge des Horus eine große heilerische Bedeutung. Horus[1] opferte sein von Thoth[2] geheiltes Auge, das dieser aus sechs Teilen wieder zusammengesetzt hatte, seinem Vater Osiris[3].

---

[1] *in der frühen Mythologie des Alten Ägypten ein Hauptgott, häufig dargestellt mit einem Falkenkopf. Ursprünglich ein Himmelsgott, war er auch Kriegsgott, ein Welten- oder Lichtgott und Beschützer der Kinder; Sohn der Isis und Osiris, manchmal aber auch Sohn des Sonnengottes Re. Hathor ist seine Gemahlin.*

[2] *in der ägyptischen Mythologie der Gott des Mondes, der Magie, der Wissenschaft, des Schreibens, der Weisheit und des Kalenders, aber auch der Totenführer im Jenseits; Thoth soll ein 42-bändiges Werk mit dem gesamten Wissen der Menschheit verfasst haben; als Mischwesen häufig mit einem Ibiskopf oder auch mit einem Paviankopf dargestellt; Bruder oder auch Gemahl der Göttin Seschat, der Göttin der Schreibkunst und des Messwesens, der "Herrin der Bücher".*

[3] *im Alten Ägypten sehr verehrter Gott des Jenseits (Totengott), der Wiedergeburt und des Nils; Verstorbene mussten bei ihm vor Ge-*

Horus setzte es seinem Vater, dem Totengott, als drittes Auge ein. Damit erweckte er in Osiris ein neues erweitertes Bewusstsein und brachte der Mythologie nach Licht in die Dunkelheit der Unterwelt. Die alten ägyptischen Ärzte und Heiler benutzten bei der Herstellung ihrer Heilmittel die mathematischen Verhältnisse des Horus-Auges für die Dosierung ihrer Zutaten. Das Horus-Auge ist das Sinnbild für Opfergaben, für Licht, für Ganzheit und für Heilung.'

Jimmy, der direkt neben Moshe steht: "Dann zeig doch mal her, das Wunderauge!" 'Ich kann es doch nicht aufheben.' antwortet der Junge schulter-zuckend. "Stimmt – ja!" Jimmy hebt die kleine, kaum zwanzig Zentimeter große, bemalte Steinplatte auf. Dabei fällt der zarte Strahl des einfallendes Sternen-lichts genau auf die Mitte des Auges, auf die große Pupille.

Und sofort intensiviert sich der Lichtstrahl, durch-dringt die kleine Steinplatte in Jimmys Hand und fällt dahinter auf den Boden des kleinen Raumes. Von dort aus dehnt sich nun das zuvor zarte Ster-nenlicht in dem gesamten kleinen Raum aus.

'Oh Gott! Was hab ich jetzt wieder gemacht!' schießt es Jimmy durch den Kopf.

Im selben Moment erhellt sich der Raum erneut. Diesmal ist das Licht sehr weich, fast sanft – und es stehen drei große Lichtwesen vor ihnen. Sie haben eine menschenähnliche Gestalt, aber alles an ihnen leuchtet sehr weich, mit einem leicht goldenen

---

richt erscheinen und für ein Leben in der Nachwelt wahrheitsge-mäß Fragen aller 42 Göttinnen und Götter beantworten; Bruder von Seth sowie der Göttinnen Nephthys und Isis, die auch seine Frau war.

Schimmer. Und sie sind wesentlich größer als Menschen. Mit gut drei Metern reichen sie bis zur Decke des Raumes. Es geht eine sehr weiche, liebevolle Energie von diesen drei durchscheinenden Wesen aus.

'Du hast uns gerufen. Du hast das Licht des Orion durch das Auge des Horus gebracht. Damit hast du ein Energietor geöffnet, und wir können euch nun zur Seite stehen bei eurer Aufgabe, dem wunderbaren Erdenwesen bei ihrem Übergang zu helfen. Wir kommen aus der Region des Orion. Wir sind Abgesandte der Galaktischen Föderation des Lichts.'

Sogar Moshe ist von den Besuchern derart beeindruckt, dass ihm nicht einmal der Gedanke an abenteuerliche Aliens in den Sinn kommt. Von den drei Lichtwesen geht eine solche Wärme und Liebe aus, dass selbst in Rosas und Jimmys Kopf jeglicher Zweifel verschwunden ist.

Erst jetzt merkt Jimmy, dass er die kleine Steinplatte mit dem Horus-Auge nicht mehr in seinen Händen hält. Wie aufgefädelt auf dem Sternenlichtstrahl hängt die kleine Steintafel in der Luft. Seine Finger spüren den Stein gar nicht mehr. Sie gehen einfach durch den Stein hindurch. Jimmy wendet sich zur Wand. Seine Hand fährt wie nichts durch den Sandstein hindurch, ohne dass er auch nur die geringste Berührung spürt.

'Oha! Ich jetzt auch!' Mehr bringt der Amerikaner nicht heraus, als er sich wieder zu den anderen umdreht, die genauso erstaunt sind wie er selbst.

'Jimmy, deine Stirn leuchtet! Dein drittes Auge leuchtet ganz doll!' stellt Rosa erstaunt fest.

Für Jimmy fühlt sich auf einmal alles ganz weich an. Er merkt, dass er keinen Boden mehr unter seinen Stiefelsohlen spürt. Und dieses Gefühl ist ihm erstaunlicherweise sogar recht angenehm. Gleichzeitig fühlt sich seine Brust weich und weit offen an. In seinem Verstand ist nichts als Ruhe und Frieden. Ein solch tiefes und umfassendes Gefühl von 'Alles-ist-gut' hat Jimmy noch nie zuvor gespürt.

'Du kostest von der unendlichen Liebe der Quelle. Deine Zirbeldrüse ist gereinigt, regeneriert und angeregt. Dadurch kann sich die Tür zu deinem höheren Selbst wieder öffnen und sich deine Verbindung zur Quelle intensivieren. Wenn du das möchtest und zulässt. Auch Singen und Summen, die Schwingungen der Töne, aktivieren die Zirbeldrüse. Nyima weiß das. Ihr habt es alle genutzt, als ihr durch den langen Tunnel von Sakkara gekommen seid. Heilige Mantren und Gebete erhöhen die Schwingung, also die Wirkung. Mit eurem dritten Auge hat sich auch euer Bewusstsein erweitert und ihr konntet euch eine Realität schaffen, die euch doch sehr geholfen hat. Oder?'

Wie selbstverständlich nimmt Jimmy die Gedanken der drei Lichtwesen auf. Jimmy würde am liebsten alle vor Glück umarmen...

'...aber das geht so nicht.' reagiert Rosa liebevoll auf Jimmys inneres Bild.

'Wir teilen die Liebe und den Frieden mit dir.' bemerkt Nyima.

Sonam erhebt sich auf Jimmys Kopfhöhe und schaut ihn nur still und klar mit seinen schwarzen Knopfaugen an. Jimmy ist zumute, als könne er durch Sonams Augen bis ans Ende des Universums schauen.

'Und ich hab dich sowieso lieb!' strahlt der Junge aus Israel den jungen Amerikaner an.

'Wir helfen den Menschen dabei Frieden auf die Erde zubringen. Wir helfen euch gerne mit unseren Licht-Technologien. Damit könnt ihr die für Menschen kaum zu überwindenden Hindernisse und energetischen Sperren und Fluchbarrieren umgehen. Sie wurden einst geschaffen, um die geheimen Räume und gespeicherten Informationen zu schützen, die in und unter der großen Pyramide verborgen sind.'

'Ehe wir uns weiter auf den Weg machen, könnt ihr uns bitte sagen, wo wir jetzt sind? Sind wir noch unter der Erde? Oder sind wir bereits in der Großen Pyramide?' will Ming Chen wissen.

'Oh nein.' antworten die drei Angesprochenen synchron. 'Ihr seid jetzt im Kopf der Großen Sphinx vor der Großen Pyramide von Gizeh.'

'In der Sphinx? Im Kopf? Innen drin? Dann ist die gar nicht massiv aus Stein?'

'Nein. Ihr habt es selbst gesehen. Ihr seid über verschiedene Räume und Kammern innerhalb der Sphinx nach hier oben gelangt.'
'Aber das müssten die Archäologen doch wissen! Die Archäologen und Ägyptologen!' beharrt Ming Chen.

'Ja, einige Forscher wissen darum. Auch um die großen unterirdischen Räume und Anlagen unter der Großen Pyramide. Aber die Menschen, vor allem aber bestimmte Wesenheiten, die zurzeit auf der Erde das Sagen haben, unterdrücken diese Informationen. Sie begründen dies damit, den Menschen keine Angst vor fremden Zivilisationen aus fernen Welten machen zu wollen, Panik verhindern zu wollen. Sie wissen von uns, und zwar schon sehr lange nach eurer Zeit-rechnung. Viele sind auch in Kontakt mit höher ent-wickelten geistigen Wesen von außerhalb der Erde. Doch leider auch oft mit denen, die für die Menschen nicht immer das Beste wollen, die aber den Men-schen, die das Sagen haben, Macht versprochen haben. Und sie diesen machthungrigen Menschen manchmal auch beschaffen. Aber in Wahrheit geht es ihnen darum, das Bewusstsein der Menschheit mög-lichst eng zu halten, damit sie leichter kontrollierbar sind. Menschen, die sich als geistige Wesen, die sie ja eigentlich sind, begreifen, die ihr Bewusstsein für die geistigen Dimensionen und ihr Herz für die allumfas-sende Liebe geöffnet haben, sind nicht mehr mit Angst und Hass zu manipulieren. Sie wissen um ihre göttliche Schöpferkraft. Sie erschaffen mit ihren posi-tiven, aus ihrem Herzen und ihrer Intuition kommen-den Gedanken, Worten und Taten friedliche und lichtvolle Realitäten.'

'So, wie das Zarathustra gesagt hat.' sagt Jihane.

'Cashmal.' kommt von Moshe 'Schweigend sprechen. Das Pendeln zwischen der schwingenden Weisheit des Chocmah-Bewusstseins und dem redenden Ver-stand des Binah-Bewusstseins. Das Mem[1] des Choc-mah summt, das Shin[2] des Binah zischt, und das Aleph[3] des Kether[4] ist der Lufthauch, der zwischen ihnen entscheidet.'

---

[1] *hebräischer Buchstabe:* מ

[2] *hebräischer Buchstabe:* שׁ

[3] *hebräischer Buchstabe:* א

[4] *Kether ist im kabbalistischen Lebensbaum der höchste Zustand, reines göttliches Sein, die höchste Quelle; er entzieht sich dem menschlichem Begreifen vollständig.*

'Ja, kleiner Moses, das ist ein Weg, wie in der Sefer Jezira die Kabbala die Schnittstelle zwischen Physischem und Geistig-Spirituellem beschreibt.' antworten die drei Lichtwesen.

'Kleiner Moses?' fragt der Junge zaghaft.

'Der hebräische Name von Moses war Mosheh. Und dieser wird, wie dein Name, mit Mem, Shin und He buchstabiert. Du schwingst schon ziemlich hoch, kleiner Moses. Nicht umsonst bist du hier bei der Mission dabei. Das Mem hat übrigens eine ähnliche Schwingung oder Energie wie das OM, mit dem Nyima euch schon viel geholfen hat.'

Nach einer kurzen Pause fragen die drei golden schimmernden Lichtwesen: 'Wollt ihr noch etwas wissen, ihr lieben Menschen? Oder seid ihr bereit für den nächsten Schritt?'

'Ich habe noch eine Frage. Seid ihr verwandt mit dem blauen Lichtwesen, den wir immer da oben...' Moshe zeigt diffus mit der Hand wedelnd nach oben, '...treffen und der uns geholt hat und den Auftrag gegeben hat? Und dann haben wir ja auf der Insel mit den Steinmännern mitten im Meer auch so große, blau Leuchtende gesehen. Und dann noch in der Ziegelstadt welche, die die Menschen alle aus der Stadt herausgeholt haben. Und dann habe ich noch welche bei dem Stiersarg gesehen, ganz dünne, die waren aber golden, so ähnlich wie ihr.'

Moshe ist zwar sehr aufgeregt, aber irgendetwas in ihm sagt ihm wieder, dass das Wort Aliens, das ja mal eines seiner Lieblingsworte war, besser vermeiden sollte.

'Kleiner Moses. Das hast du gut beobachtet.' antworten die drei Lichtwesen, 'Wir sind alle geistige Wesen, das heißt, wir haben alle keinen materiellen, also anfassbar dichten Körper wie ihr irdischen Menschen. In etwa so, wie ihr ja nun hier auch das Feste auf der Erde, das Grobstoffliche, die Wände der Sphinx beispielsweise oder die Steinscheibe mit dem Horusauge nicht mehr anfassen oder berühren könnt. Wir schwingen einfach immerfort feiner. Oder höher, wenn du so willst. Wir sind einfach immer in den höheren, feinstofflichen Dimensionen zuhause.

Und es gibt sehr viele Dimensionen. Dort leben auch sehr, sehr viele Wesen. Ihr seid verschiedenen Vertretern aus verschiedenen geistigen Zivilisationen begegnet. Wir gehören alle zur Galaktischen Föderation des Lichts. Einige Gruppierungen sind auf der Erde bekannt. Vielleicht habt ihr schon der Weißen Bruderschaft gehört, von der der Blauen Loge der Schöpfung oder dem Rat des Sirius, der mitverantwortlich ist für die Entstehung der Erde? Und Rosa – du kennst doch die Hathoren?'

Rosa antwortet verdutzt: 'Hathoren? Nein, die kenne ich nicht. Ich doch nicht. Ich bin noch nie Außerirdischen begegnet. Also – außer hier jetzt...'

Lichtwesen: 'Aber meditierst du nicht mit der unendlichen Acht, dem dreidimensionalen Atom und dem Oktaeder?'

Rosa: 'Doch, das mache ich regelmäßig. Das macht den Kopf so herrlich frei. Aber du willst doch nicht sagen....?'

Lichtwesen: 'Doch, doch. Nun – diese Meditation kommt von den Hathoren, einer Zivilisation, die ursprünglich über Sirius in euer Universum gekommen sind und euch Menschen schon sehr lange mit Liebe und Humor bei euer Entwicklung begleiten. Vermittelt wurde diese Meditation über Tom Kenyon.'

Rosa nickt sehr langsam und sehr verblüfft.

Lichtwesen weiter: 'Nun. Unser Aussehen ist sehr vielfältig. Manche sehen aus wie hier in Ägypten auf den alten Darstellungen. Viele sind hoch entwickelte tierähnliche Wesen. Wir drei kommen aus dem Bereich, den ihr hier von der Erde aus als Sternbild Orion bezeichnet. Das heißt, genauer gesagt kommen wir von den Pleijaden. Das sind von hier aus gesehen sieben kleinere Sterne, die einen Sternenhaufen etwas rechts oberhalb von Orion bilden. Manche von euch nennen die Pleijaden deshalb auch Siebengestirn. Jihane ist unsere Heimat vielleicht schon als die sieben Wächter des Himmels begegnet, und dem kleinen Moses als Menora, den siebenarmigen Leuchter. Aber du hast auch schon einige von uns gesehen, nicht wahr, kleiner Moses?'

'Ja klar. Die dünnen Goldenen. Haben mir die Erwachsenen nicht geglaubt!' strahlt Moshe.

'Doch, doch. Du hast im Seraneum von Sakkara einige von uns gesehen. Das stimmt schon.'

Moshe blickt kräftig nickend in die Runde, alle intensiv in Augenschein nehmend.

'Ja, Moshe. Wir haben dir nur ein bisschen geglaubt. Tut uns leid.' Ming Chen macht einen kleinen Kotau vor dem Jungen.

Die drei Lichtwesen fahren fort: 'Und Ming Chen wird vielleicht die Himmelsscheibe von Nebra kennen, auf der als sieben eng beieinander liegende Punkte unsere Heimat abgebildet ist. Und Rosa mag vielleicht die Frage aus der Bibel kennen, in Hiob 9,9: *'Er macht den Großen Wagen am Himmel und den Orion und das Siebengestirn und die Sterne des Südens.'*

'Oh, nein.' reagiert Rosa etwas peinlich berührt. 'Ich bin in der Bibelangelegenheiten überhaupt nicht bewandert.'

'Und bereits die Sumerer wussten von uns. Die Pleijaden galten ihnen als die Sterne des Enki, der sumerischen Gottheit, die in ihren Augen die Menschen erschaffen hat. Über die Pleijaden kommt das Licht, das zur Verkörperung des Lichtbewusstseins benötigt wird. Auch eure Vorfahren sind einst von den Pleijaden und dem Gebiet des Orion gekommen. Damals noch viel feinstofflicher als die Menschen heute. - Verzeiht uns bitte. Die Ausführungen sind ein wenig lang geworden. Wir wollten euch deutlich machen, dass die Menschen seit jeher um ihren geistigen Ursprung wissen, dass es unzählige geistige Zivilisationen gibt, mit den sie vielfach auch in Kontakt waren und noch sind. Und dass die Menschen ebenfalls multidimensionale Wesen sind. Nur, dass sie es vergessen haben.'

Moshe ist aufgeregt: 'Heißt das, ich war auch mal ein A..., äh, ein Lichtwesen, so groß und leuchtend wie ihr?'

'Ja, wenn du es so ausdrücken möchtest, ungefähr so. Du hast es nur, wie fast alle Menschen vergessen, als du in deinen Körper geschlüpft bist, um dein Leben auf der dichten Erde zu leben. Es ist hinter dem Schleier des Vergessens verschwunden.'

Die Antwort bringt ein verstehendes Strahlen mit gleichzeitig fragend hochgezogenen Augenbrauen auf Moshes Gesicht. Bis auf Nyima – und natürlich Sonam – geht es den anderen nicht anders.

'Eure wahre Natur ist die geistige, feinstoffliche Existenz. Wir kommen alle aus der gleichen Quelle und werden uns irgendwann alle darin wieder vereinen.'

Auch über Jimmys Gesicht zieht ein leuchtendes Strahlen. Er fühlt sich so leicht und auf eine so tiefe Weise froh, dass er all diesen Ausführungen der Lichtwesen keine verstandesmäßige Bedeutung zumessen kann – und es auch gar nicht erst versucht.

'Wir sind jetzt durch das große kollektive Tor im Orion zu euch gekommen. Im Orion gibt es auch das große zentrale Energiefeld, von wo aus alle Pyramiden und ihre Energien koordiniert und synchronisiert werden. Und damit kommen wir nun auch zu eurer Aufgabe hier, dem Finden der alten ägyptischen Schriften.'

'Bevor es weitergeht habe ich noch eine Frage.' meldet sich Ming Chen zu Wort.

'Frag nur.'

'Bei der Djoser-Pyramide in Sakkara haben wir gesehen, wie nur vier Männer einen riesigen Sarkophag, ich vermute aus Granit, also tonnenschwer, in eine Grabnische, ja, wie soll ich sagen, eher begleitet als gebracht, geschweige den getragen haben. Da waren keine Rollen oder Räder. Der Koloss schien aus unserer Sicht zu schweben. Die vier Männer haben ihn offensichtlich nur durch leichtes Antippen in die gewünschte Richtung bugsiert. Wie ist das möglich?'

'Die Levitation[1] geschah durch reine Gedankenkraft. Die Bestandteile der Materie, also die Protonen, Neutronen und Elektronen, die fließen bei der Levitation nach oben. Das wirkt der Gravitation, also der Schwerkraft, entgegen, und macht die Materie ganz leicht. Ihr Menschen habt nur vergessen, welche Kraft eure Gedanken und Vorstellungen haben. Bevor die Menschen unter den Schleier des Vergessens geraten sind wussten sie noch darum. Die alten Kulturen auf der Erde hatten noch direkten Zugang zu ihren geistigen Kräften, kosmischen Zusammenhängen und höher schwingenden Wesen.'

Die nun folgende kleine Pause wirkt so, als würden sich die drei Lichtwesen auf ihrem höheren Gedankenniveau absprechen: 'Auch die Große Pyramide hier vor euch wurde mit Hilfe von Levitation und Gedankenkraft erbaut.'

Vor ihrem inneren Auge tauchen daraufhin bei den Sieben bewegte Bilder auf: Geschäftiges, aber dennoch ruhig fließendes Treiben auf dem Wüstensand unter blauem, sonnendurchflutetem Himmel. Hunderte Männer in weißen Tüchern, mit schwarzen langen Haaren dirigieren, so wie es Rosa, Ming Chen und Moshe in der Gruft der Apis-Stiere beobachtet haben, gewaltige Steinquader. Sie schweben wie Federn durch die Luft. An einigen Stellen verschwinden plötzlich Steinquader, um offenbar auf einem nach innen hin enger zulaufenden Konstrukt weiter oben wieder aufzutauchen. Dort oben scheinen Männer diese Steinquader zu erwarten. Mit leicht

---

[1] *Levitation bezeichnet das freie Schweben eines Objektes im Raum. Mit Hilfe einer Kraft wird das Gewicht, das durch die Kraft der Gravitation entsteht, kompensiert und ein Objekt im Raum positioniert, wobei kein direkter Kontakt zum Boden oder zu festen Objekten besteht.*

wirkenden Bewegungen fügen sie die riesigen Steine in die passende Stelle ein. Etwas abseits des Baus tauchen wie aus dem Nichts immer neue Sandstein- und Granitblöcke auf. Von dort bugsieren zahlreiche Männer Steinblock um Steinblock in Richtung des langsam anwachsenden Baus.

Dann lösen sich die Bilder in ihren Köpfen wieder auf.

'War das Telepatite?' will Moshe wissen.

'Ja, kleiner Moses. Das war Teleportation. Wir wollten euch zeigen, wie die große Pyramiden gebaut worden sind. Eure Forscher stehen da immer noch vor einem Rätsel, weil sie zu eng suchen. Sie wissen zwar, dass die Granitblöcke, die unter anderem im Inneren der Großen Cheops-Pyramide verbaut wurden, aus der Gegend von Assuan stammen. Aber sie können sich nicht erklären, wie die in ihren Augen so primitiven Menschen ohne die heutigen technischen Mittel und Möglichkeiten diese Stein- blöcke über fast eintausend Kilometer nach Gizeh ge- bracht haben. Wir haben den Menschen geholfen, die gewaltigen Steinblöcke aus Kalksandstein und für den Innenausbau aus Granit durch Levitation und Teleportation, also durch konzentrierte Gedanken- kraft, hierher zu bringen: Aus ihnen haben sie die Pyramiden errichtet – wie ihr soeben gesehen habt. Immerhin wurden weit mehr als zwei Millionen der tonnenschweren Kalksteinblöcke verbaut, um die einhundertvierzig Meter hohe Große Pyramide zu er- richten. Ihr Menschen haltet das heute für unmög- lich, aber nur, weil ihr die Kraft des Geistes verges- sen habt.'

'Habt ihr die großen Steine gebeamt?' Der Junge versucht nun all die neuen Eindrücke in etwas Gewohntes einzuordnen.

'So ähnlich.' antworten die Lichtwesen. 'Nur braucht es dafür keine Maschinen oder elektrische Vorrichtungen wie in euren Sciencefiction-Filmen. Es reichen reine, hoch schwingende Gedanken. Wir zeigen dir das, kleiner Moses. Wir sollten nämlich jetzt in die Große Pyramide von Gizeh hinüberwechseln, damit ihr zu den benötigten ägyptischen Schriftzeichen kommt. Seid ihr bereit?'

Die anderen nicken still, noch voll von den ungewohnten und außergewöhnlichen Bildern des Pyramidenbaus und zahlreicher geistiger Zivilisationen in ihrem Kopf.

Nur Moshe findet Worte: 'Dann beamt ihr uns jetzt rüber?'

Und mit einem liebevollen 'Ja' hüllen die drei Lichtwesen die Sieben in ihr golden schimmerndes weiches Licht.

* * *

Als sich das weiche Licht wieder zurückzieht, finden sich die Sieben in einem nicht sehr großen runden Raum mit einer runden Kuppel wieder.

'Genau eine halbe Kugel.' geht Rosa durch den Kopf.

Boden und Wände sind aus Felsgestein, aus passgenauen Granitblöcken gebaut. Dennoch wirkt der ungewöhnliche runde Raum leicht und hell. Das Licht in dem Raum geht nicht nur von den drei Lichtwesen aus. Obwohl sie deutlich die dunkle Färbung des Granits erkennen können, geht von dem Stein eine

Art Leuchten aus, das den Raum bis unter die Kuppel vollständig mit hellem, aber warmem Licht erhellt.

Jimmy bewegt seine Hand an die Granitmauer, doch sie gleitet einfach hindurch und löst keinerlei Gefühl von Berührung aus. 'Okay.' murmelt er vor sich hin.

'Wie ihr vielleicht spürt, sind wir jetzt in der Großen Pyramide von Gizeh. Doch wir sind nicht exakt in der dreidimensionalen Schwingung der dichten materiellen Welt eurer menschlichen Existenz. Ihr wisst ja inzwischen, dass Pyramiden Orte mit sehr hoher Energie, mit sehr hoher Schwingung sind, die sie durch ihre Form zusätzlich konzentrieren und verstärken. Dieser Raum hier befindet sich in einer kleinen Falte des Raum-Zeit-Kontinuums, wie es euer kluger Albert Einstein genannt hat. Dadurch schwingt dieser Raum etwas höher als die meisten Bereiche der Pyramide. Es ist nicht die nächste Dimension, also nicht die fünfte Dimension, die ihr ja auch bereits kennengelernt habt. Die Schwingung hier liegt zwischen dazwischen, kann man sagen. Sie befindet sich in einem Übergangsbereich von der vierten in die fünfte Dimension. Deshalb konnten eure Wissenschaftler diesen Raum hier bislang noch nicht entdecken. Sie wüssten ja auch nicht, wonach sie suchen sollten, geschweige denn, wie sie suchen sollten.'

Da bringt sich der archäologische Astrophysiker Ming Chen ins Spiel: 'Ich hatte mir nie Gedanken darüber gemacht, wie die Große Pyramide innen aussieht. Da waren die vier über den Eingang und die Gänge betretbaren Räume: die Königskammer und eine Königinnenkammer, eine große Galerie, eine Sarkophagkammer sowie mehrere Luftschächte und

Entlastungskammern. Ich dachte, der Rest wäre einfach Stein. Doch erst vor ein paar Jahren, ich glaube 2017, haben Forscher einen mindestens dreißig Meter langen Hohlraum über der sogenannten Galerie entdeckt. Die bekannten Strahlen wie Röntgen- oder Gammastrahlen können ja kein Felsgestein durchdringen. Erst die Einbeziehung von kosmischer Strahlung hat einen Blick durch das Gestein ermöglicht. Mit Hilfe von Myonendetektoren[1] und viel Geduld konnten die Forscher einen ersten Blick in das steinerne Innenleben der Pyramide tun. Die Forscher haben extrem viel Geduld aufgebracht, um mit den entsprechenden Detektoren die Myonen zu zählen, die durch die Pyramidensteine hindurchgeflogen sind. Auf diese Weise haben sie eine Art Röntgenbild des Hohlraums erhalten.'

'Ja, eure Wissenschaftler pirschen sich langsam an die energetischen Wahrheiten heran. Aber dieser Raum, in dem ihr euch jetzt befindet, der ist im Unterschied zu diesem jüngst entdeckten Raum energetisch auf einem anderen Niveau. Er schwingt einfach in einer etwas höheren Frequenz.'

---

[1] *Myonen sind winzige Elementarteilchen, beim Eintreffen von kosmischer Strahlung auf die Atomkerne von Sauerstoff- und Stickstoffmoleküle der Erdatmosphäre entstehen. Myonen sind etwa 200 mal schwerer als Elektronen und bewegen sich nahe der Lichtgeschwindigkeit. Mit dieser großen Masse und der hohen Geschwindigkeit, mit der sie unterwegs sind, können sie auch dichtes Material wie Blei, Beton oder Stein relativ unbehelligt durchdringen. Dabei verursachen sie – anders als Röntgen- oder Gammastrahlen – keinen Schaden. Myonen sind überall und ungefährlich. Der Vorteil für die Wissenschaft ist: es braucht keine Strahlenquelle, um eine Messung durchzuführen. Der Nachteil: Sie sind rar. Im Schnitt treffen nur hundert Myonen pro Sekunde auf einen Quadratmeter.*

Jimmy kann sich überhaupt nicht auf die Ausführungen Ming Chens oder der drei Lichtgestalten konzentrieren. Die erweiterte Wahrnehmung seines neuen energetischen Zustands nimmt ihn voll in Anspruch. Er berührt nun zwar nicht mehr den Boden mit seinen Füßen beziehungsweise Stiefeln, aber dennoch spürt er unter dem gehauenen Kalkstein, über dem sich hier alle in dem Kuppelraum befinden, ein Pulsieren. Und zwar ein Pulsieren mit einer solchen Kraft und Energie, wie er sie nie zuvor aus der Erde kommend gespürt hat. Und er ahnt, vielmehr weiß er zu seinem Erstaunen mit einer ihm neuen inneren Gewissheit, dass unter ihnen Leben ist, kraftvolles, vitales Leben.

Und als er – aus reiner Neugier seines aufgewühlten Verstandes – seine Aufmerksamkeit unter sich in Richtung Erdinneres schickt, wird das Pulsieren immer stärker. Er spürt nicht nur, er fühlt nicht nur, er sieht sogar irgendwie irgendeine Bewegung tief unter sich. Je näher sein Bewusstsein der Quelle kommt, desto weicher wird das Pulsieren, ohne aber an Kraft nachzulassen. Und es wird umso heller, je tiefer er kommt. Hell und kristallklar.

Jimmy ahnt, was es sein könnte, was er hier fast sehen kann. Bei einer Freundin hatte er vor einiger Zeit einmal einen Bergkristall[1] gesehen. Einen recht klei-

---

[1] *die farblose Varietät von Quarz oder Siliziumdioxid (SiO_2), dem zweithäufigsten Mineral der Erdkruste. Der Bergstristall ein Heilstein, der Energien am kräftigsten verstärkt, insbesondere Heilenergien, nicht zuletzt wegen seiner einzigartigen Kristallstruktur in der Form einer Helixspirale. Bei Berührung oder auch nur wenn sich in seiner Umgebung Energien befinden erhöht er die Schwingung. Der Bergkristall ist eine Verbindung zwischen der von uns wahrgenommenen 3D-Welt und dem höheren Bewusstsein und trägt zur Bewusstseinserhöhung bei. Er ist einer der zentralsten Steine des Lichts. Entsprechend förderlich geht er*

nen Bergkristall. Aber so rein und klar und fest und voller Kraft. Schon damals hatte ihn dieser glasklar durchscheinende Edelstein seltsam berührt. Und nun hat Jimmy das Gefühl, sich über einem gigantischen Bergkristall zu befinden, dessen Kraft und dessen Reinheit er bis tief in sich hinein spüren kann.

Es scheint auch Hohlräume in diesem gigantischen pulsierenden Kristall zu geben. Und Leben darin. Und es ist nicht mehr nur ein Gefühl. Für Jimmy wandelt sich seine Wahrnehmung immer mehr zu Gewissheit. Jimmy fühlt sich so klar, so sehr bei sich, so zentriert wie noch nie zuvor in seinem Leben – trotz des gefühlten pulsierenden Bodens unter ihm. Dieser Zustand füllt ihn vollständig aus, macht ihn ruhig und bringt ihn in einen tiefen Frieden.

Vor allem Moshe und Sonam nehmen freudig die Veränderungen und Wandlungen ihres amerikanischen Freundes wahr. Für einige Momente, es können auch mehrere sein, taucht ein Lichtstrahl zwischen ihren Herzen auf und verbindet die drei in einem zart rosa leuchtenden Lichtdreieck.

Die tiefe Liebe weckt dann doch Jimys Verstand: 'Hey, Jungs. Ich heul gleich noch! Obwohl – das geht wahrscheinlich gar nicht mehr, oder Moshe? Aber ich hab euch auch sehr, sehr gerne.' Gewohnheitsmäßig will Jimmy dem Jungen auf die Schulter klopfen –

---

mit hohen, lichtvollen Energien um, während er tiefe, dunkle Energien eher abwehrt. In der antiken Welt wurde er für versteinertes Eis gehalten, welches nicht mehr schmelzen konnte. Darauf ist auch seine Namensgebung zurückzuführen. Die Griechen nannten ihn „krystallos" was übersetzt „Eis" heißt. Die Indianer legten diesen heiligen Stein zu Neugeborenen in die Wiege, und Buddhisten nutzten ihn, um sich mit seiner Hilfe in der spirituellen Praxis höher verbinden zu können.

doch sein kumpelhaftes Männergebaren löst sich der Berührungslosigkeit auf.

Jimmy ist mehr als verlegen und weiß in seinem augenblicklichen Zustand überhaupt nicht, wohin mit sich. Er fängt einen kurzen klaren Blick von Nyima auf. Jetzt kommen ihm die Erklärungen der drei Lichtwesen gerade recht.

'Du hast eine Energie-, eine Schwingungserhöhung erfahren, Jimmy. Das ist etwa so, als hätte dein Radio nicht nur Langwellen zur Verfügung, sondern nun auch noch den Ultrakurzwellenbereich hinzubekommen – ihr nennt das auch in eurer Umgangsspache abgekürzt UKW. Dein Radio kann jetzt ein wesentlich größeres Frequenzspektrum der vom Radiosender permanent abgestrahlten elektromagnetischen Wellen empfangen. Die Dimensionen kann man in etwa mit den unterschiedlichen Tönen und Frequenzen eines Radiosenders vergleichen. Die verschiedenen Radiosender sind fortwährend auf Sendung, und zwar gleichzeitig, so wie die verschiedenen Dimensionen ja auch auf ihrem Energieniveau existieren und schwingen. Wenn du, Jimmy, einen bestimmten Radiosender hören willst, der etwa deine liebste Rockmusik ausstrahlt, dann stellst du die Frequenz deines Radios, also deines Schwingungs-Empfängers, entsprechend ein. Dennoch bleiben ja alle anderen weiteren Radiosender weiterhin auf Sendung. Aber hören kannst du nur den Sender, dessen Frequenz du eingestellt hast.'

Jimmy nickt nur.

'Gut. Wollen wir dann zu eurer Mission kommen?'

Alle nicken zurückhaltend.

'Es ist sehr einfach. Im Grunde seid ihr seid schon am Ziel. Hier in diesem Raum sind die altägyptischen Schriften, die ihr braucht, verborgen vor unwissendem oder unberechtigtem Zugriff.'

Erst auf diesen Hinweis hin richten sie ihre Aufmerksamkeit auf die schmalen waagerechten Spalten in der runden Granitwand. Darin erkennen sie unzählige Schriftrollen.

'Hier ist die große Bibliothek des alten Wissens der Ägypter. Nyima hat schon gefunden, was ihr braucht.'

In ihrem Lotossitz schwebt die kleine tibetische Nonne vor einer der untersten Spalten mit Schriftrollen. 'Ist es die zweite Rolle von links?' Die anderen hören Nyima das erste Mal seit sie zusammengekommen sind eine Frage stellen. 'Genau.' Ist die Antwort.

Wie gewohnt bewegt sich Jimmy neben die Tibeterin und will die zweite Rolle greifen. Doch seine Hand langt nun auch berührungslos hindurch.

'Oha. Wenn ich nun so bin wie ihr, wie sollen wir die Rolle denn dann herausbekommen und mitnehmen können?' Jimmy ist irritiert. Da kommt Sonam zwischen die beiden gelaufen. 'Ich bin ja auch noch da.'

Und schwanzwedelnd zieht der kleine weiße Tibetterrier sehr vorsichtig mit seinem kleinen Mäulchen zufassend die Rolle aus dem Steinspalt heraus. Sie rollt kurz über den Boden. Dann nimmt Sonam die Schriftrolle an deren Mitte vorsichtig mit seinen Zähnen auf.

'Sonam, jetzt siehst du aus wie ein gewöhnlicher Hund, der eine Zeitung apportiert.' bemerkt Rosa.

'Ich bin ein gewöhnlicher Hund!'

'Wir verabschieden uns jetzt von euch. Eure Aufgabe hier ist erfüllt. Das heißt, von sechs von euch. Jimmy brauchen wir noch. Natürlich nur, wenn du einverstanden bist.'

Jimmy fühlt sich so weich und so friedlich. Selbst sein Wille ist weich und friedlich geworden. 'Sehr gerne,' ist seine einzig mögliche Antwort.

Und mit ihrem weichen, golden schimmernden Licht umhüllen die drei Lichtwesen von den Pleijaden die anderen sechs Erdenwesen in Liebe, ehe diese wieder der vertraute blau-weiße Lichtwirbel sanft erfasst und vor Lichtwesen im blauen Nichts absetzt.

* * *

Lichtwesen: 'Willkommen, ihr lieben Menschen. Nun habt ihr unsere Geschwister von den Pleijaden kennengelernt, an diesem so bedeutsamen und energetisch so hoch schwingenden Ort in Ägypten. Ihr versteht nun sicher, warum wir euch nicht unmittelbar in die Große Pyramide absetzen konnten. In der Großen Pyramide laufen unter anderem die biophysischen, geophysischen und astrophysischen Meridiane der Erde zusammen, die Verknüpfungen zu den Halbwertszeiten des lokalen Universums herstellen. Wie ihr selbst erfahren habt, ist die Große Pyramide über das Dimensionstor im Orion auch eng mit den Pleijaden verbunden, der Region für die positive Programmierung und für tiefgreifende energetische Heilungsprozesse in diesem Universum. Die Pleijaner waren rasch bei euch, um zu helfen.'

'Ja, Lichtwesen,' reagiert Jihane noch immer tief berührt, 'und diese Geistwesen hatten so eine unglaubliche weiche und liebevolle Energie. Die haben sogar den Amerikaner verwandelt. Wo ist er eigentlich?'

'Die Pleijaner haben Jimmy mitgenommen. Er holt mit ihrer Hilfe nun die noch fehlenden tibetischen Schriftzeichen.'

Nach kurzem Schweigen fährt Lichtwesen fort: 'Ihr habt viel gesehen, wahrgenommen und erfahren. Ihr habt sicherlich noch Fragen dazu?'

'Allerdings ... allerdings.' Rosa ist ganz aufgewühlt von all den Ereignissen und Wahrnehmungen. 'Also, das mit dem Spinnen-Teppich, auf dem Jimmy durch die Gänge geschwebt ist. Wie kann denn so was sein? Waren das echte Spinnen? Das geistige Wesen so fantastische Dinge vollbringen können – gut, das habe ich ja inzwischen schon reichlich erfahren. Aber die Tiere? Sag, mir als Biologin, waren das wirklich echte Spinnen? Weil – die kamen doch aus dem Felsen heraus, so weit wir das gesehen haben?'

'Ja und nein.' antwortet Lichtwesen. 'Auf jeden Fall haben sich die Spinnen mit Hilfe der Pleijaner aufgrund von Jimmys Gedankenkraft materialisiert. Jimmy hätte sich auch vorstellen können einfach am Ziel zu sein oder kurz vor der Großen Pyramide. Jimmy ist auf ein Energieniveau angehoben, auf dem er sehr viel leichter materialisieren kannst als sonst.'

'Wie, als sonst?' fragt Rosa mit großen Augen zurück.

'Eure Gedanken bestimmen immer eure Realität. Jimmy und auch du, Rosa, ihr alle, ihr habt auch schon zuvor eure Lebenswirklichkeit durch eure Gedanken, Bilder, Wünsche, Befürchtungen und Erwartungen selbst erschaffen – sowohl durch eure bewussten oder auch unbewussten Gedanken. Und je intensiver, auch intensiver gefühlt, und je reiner ein Gedanke ist, vor allem frei von Zweifel, desto wahrscheinlicher ist seine Realisation, seine bewusste Materialisation. So hat zum Beispiel Jesus gewusst, dass ein bewusst und in tiefer und geeigneter Konzentration ausgesprochenes Wort dessen Materialisation hervorrufen kann. Das ist unter anderem geschehen bei der Speisung der Fünftausend, die Matthäus beschrieben hat. Das Geheimnis liegt in einer Beschleunigung des Schwingungsrhythmus des Geistes. Und Jimmy hatte Bilder von schnell laufenden Spinnen und den Transportbändern in euren Flughäfen im Kopf. Diese bildliche Vorstellung in seinem Kopf ist zu dem von den Tieren getragenen Energieteppich verschmolzen. Hätte Jimmy in dem Tunnel mit der gleichen Intensität an ein Motorrad oder ein Pferd gedacht, wäre euch dies in dieser Situation zu Hilfe gekommen.'

'Ich will ja nicht nerven.' meldet sich Ming Chen zu Wort. 'Aber ich würde gerne noch etwas zu den riesigen Stier-Sakophagen verstehen. Wir haben ja erfahren, dass sie, wie manch anderes Gigantische auf dieser Erde, per Levitation bewegt wurden. Ich verstehe nur nicht, warum so ein Aufwand betrieben wurde. Alles nur symbolisch zu Ehren der heiligen Apis-Stiere? Denn soweit ich weiß, waren doch alle diese gigantischen Sarkophage leer, oder?'

'Du stellst die wichtigen Fragen, Ming Chen. Es ist auch ein wichtiger Antrieb für die Erweiterung des Bewusstseins, verstehen zu wollen.' antwortet Lichtwesen. ' Also zu den Apis-Stieren von Sakkara gibt es auch noch eine andere Geschichte. Es waren nicht alle Granit-Sarkophage dort unten in dem Serapeum leer. Eigentlich nur einer. In den anderen fanden eure Archäologen kleinste Knochenteile in natürlichem Bitumen[1]. Und zwar zerhackte Knochen von vielen verschiedenen Tierarten in einer Art natürlichem Teer oder Asphalt. Da hätten sich euren Wissenschaftlern doch eigentlich sofort zwei Fragen auftun müssen. Zum einen, warum sollten die alten Ägypter einen solchen Aufwand betrieben haben – Zerhacken, in Bitumen einfüllen, unterirdische Grabkammern, tonnenschwerer Granitsarkophag – nur um Tierknochen oder Tierleichen zu beseitigen? Zum anderen: Wenn es etwas besonderes mit diesen Tieren auf sich hatte, widersprach doch diese Art der Bestattung vollkommen ihrem Glauben. Der altägyptische Totenkult setzt ja für die Wiederauferstehung im Jenseits einen intakten Körper voraus. Deshalb haben sie ja diesen enormen Aufwand mit Einbalsamierung und Mumifizierung getrieben, bei Menschen, aber auch bei vielen, vielen Tieren, nicht nur bei den euch bekannten unzähligen Katzen.

Diese Grabstätte Serapeum erweckt daher doch eher den Eindruck, als wollten die alten Ägypter nicht unterstützen, sondern im Gegenteil mit allen zur Verfügung stehenden Mitteln verhindern, dass diese Wesen wiederauferstehen: den Körper kleingehackt, in Bitumen gegossen, in tonnenschwere, schmucklose Granitsarkophage unter die Erde verbracht. Sieht das nicht eher aus, als wollten die Ägypter diese Wesen für immer loswerden, unschädlich machen?

---

[1] *Naturbitumen, Erdpech oder Naturasphalt ist ein Festkörper auf Erdölbasis, 99,9% reine natürliche, langkettige Kohlenwasserstoffe, Schmelzpunkt über 150°C.*

Ihr habt ja inzwischen schon einiges über die zahlreichen nicht-irdischen Zivilisationen erfahren. Viele von ihnen haben tierähnliche Gestalten. Viele sind Mischwesen. Nicht nur die alten Ägypter haben von Göttern erzählt, die sich mit Menschen gepaart haben. Alle alten Religionen berichten davon. Aber lasst die Worte und Bilder einfach auf euch wirken, spürt hinein, und macht euch eure eigenen Gedanken.'

11

'Es fehlen jetzt nur noch die tibetischen Schriftzeichen für das Sprachgitter, nicht wahr, Jimmy?'

'Ja.' Jimmy nickt.

'Wir möchten euch, also dir jetzt, gerne helfen, sie zu finden. Die tibetischen Energie-Zeichen für das Sprachgitter sind nämlich nicht mehr auf der dichten physischen Erde zu finden. Zwei sehr weise und energetisch sehr hoch schwingende Mönche aus dem Himalaya haben sie einst tief im Erdenwesen versteckt. Sie wollten verhindern, dass diese große Kraft des Sprachgitters in falsche Hände gerät oder gar unwiederbringlich zerstört wird – wie so Vieles ihrer alten, von tiefen geistigem Wissen durchtränkten Kultur.'

'Aber wieso gerade ich? Wieso nicht Nyima? Sie ist doch Tibeterin, kennt die Schrift, und sie weiß und kann so viel. Wäre sie nicht viel besser für diese Aufgabe geeignet?' fragt Jimmy.

'Ja, Nyima könnte das auch machen. Aber du Jimmy, du hast auf dem Weg bis hierhin die meisten Fortschritte gemacht. Du bist über deinen permanenten Zweifel hinweggegangen und hast dich auf all das eingelassen, was du selbst einmal als 'spooky' bezeichnet hast. Du hast dein Herz geöffnet und die Liebe zugelassen. Deshalb wurde dir das Auge des Horus gegeben, wodurch deine Energie angehoben werden konnte. Du bist jetzt in Ruhe, in Frieden und in Liebe eingehüllt.'

Jimmy bringt nur ein tief berührtes, eher geseufztes 'Danke' in seinen Gedanken hervor.

Über modulierte Luftdruckwellen aus dem Mund kommunizieren sie schon eine Weile nicht mehr. Auch das ist Jimmy einfach passiert. Und es ist so schnell selbstverständlich für ihn geworden.

'Wir müssen dir, bevor es weitergeht, noch einiges erklären, Jimmy. Der Ort, zu dcm cs als nächstes geht, ist nämlich ein Ort mit sehr, sehr hoher Energie. Es ist ein Raum in dem großen Bergkristalltempel im Inneren der Erde, in den großen Hallen von Amenti, von dem übrigens schon die Menschen damals in Atlantis[1] wussten. In den Bergkristallen, in ihren Schwingungen, ist das gesamte Wissen der Erde, auch das Wissen um die Entstehung der Menschheit und des ganzen Universums gespeichert. Alles ist hier aufgezeichnet.

Ihr habt ja inzwischen erfahren, dass das ganze Universum aus Schwingungen besteht. Nun gibt es bestimmte Töne, die die Schwingungskraft des Kosmos in sich vereinen. Diese Schwingung ist eigentlich ein Ton, der in verschiedenen Erscheinungsformen auftritt. Dieser ganz bestimmte Ton wird auch als das schöpferische Wort betrachtet. Das höchste Wesen erzeugt oder erschafft in allen großen Religionen alles was im Universum existiert mit Hilfe des Wortes. In der christlichen und jüdischen Genesis ebenso wie etwa in der wahren altägyptischen Religion durch Ra. Worte sind ja Töne mit einer bestimmten

---

[1] *Atlantis ist eine untergegangene, hoch entwickelte menschliche Zivilisation mit tiefem Verständnis und Umgang der geistigen Dimensionen; durch unlichte Beeinflussung - Abtrennung von der liebevollen Herzens-energie und Unterdrückung und (auch genetischer) Manipulation anderer Menschen – sank das Bewusstsein und damit die Schwingung und die Energie wurde immer dichter. Als wesentlich Folge haben die Menschen vergessen, dass sie geistige Wesen sind.*

Schwingung, einer bestimmten Energie. Vielleicht erschließt sich dir nun noch einmal mehr die Kraft und Macht des Wortes - und damit auch die Bedeutung des Sprachgitters für die Erde.

Doch zurück zum tibetischen Mantra im Bergkristalltempel von Amenti. Für immer und ewig speichern hier die Kristalle alle Geschehnisse, alles Erlebte und alles Abgeschlossene. Du kannst dir das wie einen riesigen Computer vorstellen, nur noch sehr viel feiner und präziser und umfassender. Dennoch ist es keine dir bekannte Form der Aufzeichnung. Die Kristalle benötigen keine Sprach- oder Schriftform. Sie sind innerhalb ihrer feinsten kristallinen Struktur und der Schwingung, aus der sie besteht, aufgefüllt mit dem unermesslichen Wissen, das sich nur dem freien offenen Geist offenbart. Sie füllen den Seelenkern jedes Wesens, das bereit ist, sich ihrem Wissen von allen Ebenen des Seins zu öffnen. Als die Menschen noch ihre geistige Natur verstanden haben, wurden die Bergkristalltempel unter anderem auch zu ihrer Unterweisung und zur Übung genutzt, den Geist und seine unendliche Macht zu ergründen. Es wurde zum Beispiel das Manifestieren oder die Kunst der Alchimie geübt. Aber das ist ein anderes Thema und würde jetzt zu weit führen. An diesem Ort wirst du die noch fehlenden tibetischen Schriftzeichen finden.'

'Aber ich kann sie doch gar nicht mitnehmen. Ich kann ja nichts mehr anfassen in meinem Zustand.' wirft Jimmy ein.

'Das brauchst du auch gar nicht, Jimmy.' antworten die drei golden schimmernden Lichtwesen in ruhiger Telepathie. 'Alles wird in und mit deinem Geist stattfinden. Deshalb müssen wir dir all das jetzt vorher erklären. Und außerdem ist die Energie an diesem Ort so hoch, dass du es dort mit deiner derzeitigen energetischen Schwingung nur kurze Zeit aushalten kannst. Die hohe Energie dort würde dich sonst schädigen. Aber sorge dich nicht. Wir geben auf dich acht. Und wundere dich nicht – es ist eine gut besuchte, wie ihr sagen würdet, öffentliche Bibliothek. Bist du bereit dafür?'

Erneut nickt der junge Amerikaner.

'Gut. Einer der Zugänge in die kristallinen Hallen von Amenti liegt in dem Sarkophag in der Großen Pyramide von Gizeh, in der wir uns jetzt befinden. Wir wechseln jetzt wieder ein klein wenig die Energieebene und bringen dich erst einmal in die Königskammer.'

Jimmy wird sanft von dem weichen goldenen Licht der drei Lichtwesen erfasst.

* * *

Im nächsten Augenblick befindet er sich in einem etwa fünf mal zehn Meter großen Raum mit vollkommen glatt polierten Wänden. Der Raum ist etwa fünf Meter hoch. Also ein präziser Quader aus Granit. Vor ihm steht eine offenbar aus einem einzigen Stück gefertigte Sarkophagwanne, ebenfalls aus Granit. Der leere Sarkophag ist mehr als zwei Meter lang und etwa einen Meter breit und hoch. Der Deckel fehlt.

Die drei golden schimmernden Lichtwesen haben Jimmy in der Königskammer bereits erwartet: 'Hier stehst du nun vor einem Eingang zu den Bergkristallhallen von Amenti. Wir können dir die mathematischen und energetischen Zusammenhänge nicht erklären, das würde zu weit führen. Vielleicht kannst du dir die Große Pyramide, in der du sich jetzt befindest, als einen gigantischen geophysikalischen Computer vorstellen. Hier kommen unzählige Datenmengen zusammen und werden außerhalb der Zeit augenblicklich verarbeitet. Übrigens auch unter Einbeziehung unserer Heimatregion Orion. Aber das nur nebenbei. Dieser Sarkophag befindet sich auf einer Position innerhalb der Pyramide, in der verschiedene Energieströme gebündelt werden. Ein energetischer Knotenpunkt sozusagen – Kannst du dir das vorstellen?'

Jimmy nickt zaghaft.

'Wenn du dich in deinem jetzigen feinstofflichen Zustand dort hineinlegst, dann werden dich diese fokussierten Energiestränge in den irdischen Kristalltempel leiten. Wir helfen natürlich ein wenig.'

Jimmy ist schon dabei, sich in den Granitsarkophag zu legen, als die drei Lichtwesen ihn noch einmal stoppen: 'Halt, Jimmy, nicht so schnell. Du musst vorher noch einiges wissen. Die feinstoffliche Welt funktioniert schon ein wenig anders als die sehr dichte materielle der dreidimensionalen Erde.'

Jimmy hält inne und hockt sich in seiner etwas lässigen Art mit einem angewinkelten Bein über die Ecke des königlichen Granitsarkophags. Das heißt, er schwebt ja nun etwas darüber.

'Also. In dem Kristallraum, in den nun von hier aus gelangst, konzentriere dich bitte auf die tibetischen Schriftzeichen für der Sprachgitter für die Erde. Nur darauf. Alle deine Gedanken und inneren Bilder. Nur auf die Schriftzeichen. Lass dich nicht von irgendwelchem Augenschein beeindrucken. Und lass dich mit nichts durch deinen Verstand von diesem einen Gedanken abbringen. Kannst du dir das vorstellen?'

'Ich werde es versuchen.'

'Verstärke dein Vorhaben, fokussiere dich mehr. Programmiere deinen Verstand und deinen Geist darauf, dass du es schaffst.'

'Gut. Ich schaffe es!'

'Gib klar deine Absicht vor. Dem Geist folgen die Ereignisse. Bei klarem Fokus werden dann in deinem Geist die tibetischen Schriftzeichen erscheinen, sich dir einprägen. Und dann holen wir dich sofort wieder raus.'

'Oh Gott. Wie soll ich mir denn so fremde Schriftzeichen merken. Wäre es nicht doch besser, wenn Nyima...'

'Sie werden in deinem Geist eingeprägt, Jimmy. Vertraue...'

Jimmy kann nicht einmal mehr verblüfft sein. Sein Verstand hat keine Chance mehr, da nun alles außerhalb von ihm liegt und geschieht. Im gleichen Moment hüllt ihn nun zum zweiten Mal das so weiche Licht der drei goldenen Lichtwesen ein und platziert ihn in den königlichen Granitsarkophag.

Eine Weile hüllt ihn einfach das weiche Licht ein, bewegt sich sanft um ihn herum und scheint ihn auch zu durchdringen. Jimmy kommt der Begriff Lichtbad in den Sinn. Wie eine Waschung, eine Reinigung mit Licht.

Irgendwann gleitet er mit zunehmender Geschwindigkeit durch eine Art Lichttunnel davon. Er hat keine Ahnung, ob nach unten, oben oder zur Seite.

* * *

Schließlich wird er in etwas unbeschreiblich Klarem und Hellem wieder freigegeben.

Jimmy findet sich in einem Raum wie aus Glas wieder. Glas, das nicht beschienen wird. Sondern das Licht, das den Raum so unglaublich weich erhellt, kommt aus diesem Glas selbst.

Auch wenn niemand zu sehen ist, spürt er sehr deutlich, dass er hier nicht allein ist. Er hat das Gefühl, dass ihn immer wieder jemand irgendwie berührt. Nicht richtig anfassend. Es fühlt sich ähnlich an, wie als er Moshe umarmen wollte, aber nur durch ihn hindurch langte. Oder als Rosa ihm Mut machend auf die Schulter klopfen wollte, ihre Hand aber nur durch seinen Körper hindurchfuhr. So ähnlich. Aber doch stärker. Manche Wesen scheinen sogar durch ihn hindurch zu laufen.

War er jetzt wirklich unter der Erde? Unter, oder genauer gesagt, innerhalb der Erde? Solch ein prachtvoller, riesiger Raum in der Erde – kaum vorstellbar. Aber hatte er in der Großen Pyramide nicht so etwas geahnt, gespürt? Unter sich? Aber das kann er jetzt nicht beantworten.

Ist jetzt auch nicht wichtig. Er hat ja einen Job zu erledigen. Sein Verstand versucht, ihn auf Spur zu bringen. Jimmy blickt sich um. Zu sehen ist wirklich niemand. Auf seinem Energieniveau ist er also offenbar der einzige hier.

Das Glas müssen die Bergkristalle sein, von denen die drei Lichtwesen gesprochen haben. Eine Art Bibliothek unter der Erde. Wobei – er sieht nur kristallklare Wände. Sonst ist hier nichts. Keine Vorrichtungen, Regale oder sonst etwas mit Kristallen. Gleichzeitig fühlt sich alles an wie in einer permanenten Bewegung. Jimmy kann es nicht sehen. Aber er spürt genau, dass das Geheimnis dieses Ortes in der Bewegung, in der Schwingung liegt. Das muss es gewesen sein, was er von der Erdoberfläche, als er in der Großen Pyramide war, unter sich gespürt hat. Unglaublich, wie scharf seine Sinne auf einmal sind.

Und doch ist der Raum leer. Bis auf diese unsichtbaren Wesen, die immer mal wieder durch ihn hindurch laufen.

'Wer seid ihr nur, die ihr mich nicht und die ich euch nicht sehen kann.' geht Jimmy durch den Kopf.

Daraufhin taucht in ihm als eine Art von aufgereihten Gedanken – also weder gesprochen noch geschrieben – auf: 'Sirianer.' 'Hathor.' 'Pleijaner.' 'Mensch.' 'Blaue Loge.' 'Medizinische Abteilung der Weißen Bruderschaft.' 'Pan.'

'Oh, so genau wollte ich das gar nicht wissen. Oder vielleicht doch?'

Und nach einer kurzen Pause. 'Okay. So funktioniert das also. Ich denke etwas und dann wird das telepathisch oder so beantwortet oder aus der Kristallbibliothek hier herausgesucht. Also gut: Bitte die tibetischen Schriftzeichen für das Sprachgitter um die Erde.'

Doch nichts passiert.

'Dachte ich mir doch gleich, dass ich so was nicht kann. Just an American boy.'

Daraufhin tauchen Bilder aus seiner Kindheit auf: Er mit seiner großen Schwester im Sandkasten und ihre Mutter, die sie beide zum Abendessen ruft. Wie er sich auf dem Schulhof ein einem viel größeren Jungen schlägt und mächtig Prügel einsteckt. Wie er mit seinem Vater sein Fahrrad repariert. Und wie er beinahe im Fluss ertrinkt, weil er sich alleine zu weit hinaus gewagt hat.

'Ja gut. Ich verstehe. American boy. Hier ist also wirklich alles drin. Jedes noch so kleine Detail ist auf dieser Riesenfestplatte drauf.'

Jimmy hält kurz inne. Es fällt ihm nicht leicht, sich zu konzentrieren. Er hat so ein Brummen im Kopf: ' Mmmhh...? Was würde Nyima jetzt in meiner Situation tun?'

Und schon ertönt ein vertrautes tiefes OM, in das er sofort mit seiner samtweichen, tiefen Stimme einstimmt. Den Kristallraum und die Wesen, die weiterhin durch ihn hindurch laufen, lassen seine Klänge unbeeindruckt. Doch er selbst wird ruhig und klar.

'Fokussieren. Also nur das. Nur die tibetischen Schriftzeichen für das Sprachgitter. Und keine Zweifel darin. Nur die tibetischen Schriftzeichen für das Sprachgitter...tibetische Schriftzeichen...tibetische Schriftzeichen...'

Bald tauchen vor seinem inneren Auge wunderschöne, doch recht komplexe Schriftzeichen auf. 'Das werden sie sein. Danke.' Und sie treten noch klarer in Jimmy hervor. Er versucht, sich die Linien irgendwie einzuprägen. Aber keine Chance.

'Vertraue...'

Also schaut Jimmy das ihm gezeigte innere Bild den vielen Schriftzeichen so konzentriert wie er kann an. Was ihm aber zunehmend schwerer fällt. Ein heftiger Druck steigt unerbittlich in seinem Kopf auf. Gleichzeitig fängt sein ganzer Körper an zu kribbeln. Bald zappeln seine Hände und auch seine über dem Kristallboden schwebenden Füße zucken unmotiviert. Die Bewegungen werden immer heftiger. Sie entziehen sich völlig seiner Kontrolle. Seine Arme schlagen wild um sich. Seine Beine treten völlig unwillkürlich aus...

* * *

...als ihn endlich der inzwischen so vertraute blau-weiße Lichtwirbel umhüllt, ihn umfasst und vor seinen sechs Weggefährten und Lichtwesen sanft wieder freigibt.

Lichtwesen begrüßt den Amerikaner sehr liebevoll: 'Das war höchste Zeit. Du hättest es nicht mehr lange in der Kristallbibliothek ausgehalten. Die hohe Energie dort hätte dich zerrissen.'

Jimmy schaut auf seine rechte Hand, die noch einige Male unkontrolliert zappelnd vor und zurück schnellt und einen blauen Schlierennebel erzeugt. Wohl ein letztes Auszittern. Auch sein Kopf tut noch arg weh.

Nachdem sich ihr Erstaunen wieder gelegt hat, fragt Ming Chen den Amerikaner: 'Wo hast du denn die tibetischen Schriftzeichen? Konntest du sie finden? Und wie überhaupt aufnehmen?'

'In meinem Kopf.' antwortet Jimmy zunächst kurz, ehe er dann allen seine ganze Geschichte erzählt. Als er fertig ist, schauen ihn die anderen mit einiger Skepsis an. Doch als er Nyimas klaren Blick auffängt und Sonam ihn freundlich schwanzwedelnd anbellt, ziehen aufkommende Zweifel in seinen Kopf sofort wieder fort. Alles ist gut.

Lichtwesen: 'Ihr habt jetzt die liebevollen Lichtwesen von den Pleijaden kennengelernt. Bald werdet ihr auf ihre Brüder und Schwestern von den Pleijaden treffen, die schon seit 26.000 Jahren auf der Erde leben. Es sind Wesen reiner Liebe. Mit ihrer hohen Schwingung sind sie liebevolle Hüter und machtvolle Heiler der Energie des Erdenwesens. Sie sind der Schlüssel für die Initiation des Sprachgitters, das nun dank eurer Hilfe aktiviert werden kann. Damit kann nun der natürliche Fluss des Magnetgitters eures Heimatplaneten wieder hergestellt werden.

Ich werde mich jetzt von euch verabschieden, ihr lieben Menschen. Ich danke euch im Namen der Galaktischen Föderation des Lichts für eure Hilfe...'

'Aber wir sind doch noch gar nicht fertig, Lichtwesen!' wirft Moshe beunruhigt ein. 'Wir brauchen doch bestimmt noch deine Hilfe.'

'Ihr seid in guten Händen, Moshe. Ihr werdet bald selbst erfahren, wie wunderbar das Licht und die Liebe der Schöpfung ineinandergreifen, wie eine kosmische Orchestrierung...'

Und als der blau-weiße Lichtstrudel sie sanft umhüllt hören sie noch '...wünsche euch Liebe und Licht...'

* * *

12

Als der weiß-blaue Lichtstrudel sie wieder sanft frei-gibt, landet nur Sonam mit seinen Pfoten auf irdischem Untergrund. Doch der kleine weiße Terrier hebt sofort wieder ab in die Höhe zu den anderen. Dabei schüttelt er etwas verächtlich seine Pfoten, die bei der Landung nass geworden sind und schleckt sie anschließend einzeln in der Luft ab. Sonam hat den Eindruck, dass sie dieses Mal mitten im Meer ausgesetzt worden sind. Vor sich sieht der nur unendliches Wasser bis zum Horizont. Unter ihm liegt ein kleines Felseiland im Meer, über dem sie nun alle schweben.

'Nicht ganz.' bemerkt Rosa zu Sonams Gedanken. 'Es ist nicht so wie bei der Osterinsel. Schau mal dort. Da ragen Berge aus dem Meer auf, gar nicht so weit weg. Und schaut: Die Berge tragen wunderschöne weißen Wolkenkragen.'

Und tatsächlich – alle haben sich in die von Rosa angezeigte Richtung umgedreht und blicken auf eine langgezogene Inselkette. Zahlreiche recht steile Berge steigen wie auf einer Perlschnur aufgereiht aus dem Meer auf. Einige der sehr dunklen Berge tragen Kragen, andere Hüte aus weißen, sie umschmiegenden Wolken. Eine Kulisse, wie aus einer alten verwunschenen Sagenlandschaft entsprungen. Sie erhebt sich vor einem tiefblauen, über den Inselbergen nahezu wolkenfreien Himmel, der sogar die Wucht und Kraft des Meeres um sie herum etwas abzumildern scheint.

'Ich weiß wo wir sind.' ruft Rosa aus. 'Ich kenne das hier. Wir sind auf den Lofoten. Vor uns hier liegt die erste bewohnte Insel, das ist Röst. Da war ich schon mal in der Jugendherberge. Da schwankte noch zwei

Tage der ganze Boden, so seekrank war ich von der Überfahrt. Bodö – Röst. Ja, lang ist's her. Ja – und dort ist Norwegen.'

Rosa weist mit der ausgestreckten Hand die Richtung über das Meer. Dann hält sie die rechte Hand flach hoch und tippt mit dem Zeigefinger der linken Hand in die Luft neben der ausgestreckten Hand: 'Also wenn das hier Norwegen ist, dann liegen hier die vielen Inseln der Lofoten wie aufgereiht, gehen dann in die Vesteralen über, die Inselgruppe, die sich dann an das Festland anschmiegt. 'Ich bin hier schon drei Mal gewesen. Ich liebe diese Inseln, überhaupt den Norden, Skandinavien.'

Jimmy ist durch die Ereignisse in Ägypten so sanft und friedlich geworden, dass er jetzt nur beglückt, und fast ein wenig entrückt, inmitten der anderen weilt und in aller Stille den Zauber der eindrucksvollen Landschaft in sich aufnimmt.

Und so ist es dieses Mal Jihane, die die Gruppe an ihre Mission erinnert: 'Die Inselberge sind wirklich sehr schön, sehen aus wie von Zauberhand geschaffen. Nur – wir sind jetzt auf einem blanken Felsen, vom Meer umspült. Wo soll denn hier ein Schlüssel zum Sprachgitter für die Erde sein? Hier ist doch nichts weiter!'

'Sieht wohl erst mal so aus, Jihane. Aber bislang sind wir ja immer an die richtigen Orte geschickt oder gebracht worden.' versucht Rosa Jihane, ein wenig aber auch sich selbst, zu beruhigen.

Während Nyima ihren üblichen Lotossitz einnimmt und ihr OM tönt, schauen sich die anderen mehr oder weniger ratlos auf dem Felseiland um. Nicht einmal ein einziger Grashalm oder eine Flechte wachsen

hier. Bald gesellen sich Sonam und ein völlig entspannter Jimmy in meditativer Position zu der kleinen Nonne. Auch der Verstand von Jihane, Rosa,
Ming Chen und Moshe kommt unter Nyimas monoto-
nem OM langsam zur Ruhe. Das ebenfalls eintönige
Meeresrauschen tut sein übriges. Still bilden sie mit
Nyima ein Kreis über dem Felsen.

Zur Überraschung der anderen stimmt Jimmy in das
Mantra der Tibeterin mit ein. Der junge Amerikaner
hat eine tiefe und kräftige, aber sehr warme, samtige
Stimme, die bald Nyimas Energieaufbau unterstützt.
Sonam wechselt mit seinem zarten Wolfsgeheul in
Jimmys Schoß. Rosa und Ming Chen grinsen sich
nur freudig an.

Dann stimmt Moshe sein Sprachmantra an: 'Gabriel.
Gabriel. Gabriel...'

Bald folgen Jihane mit ihrem ägyptischen 'Amen-
Ptah' und Rosa mit 'Buddha'.

Schließlich stimmt auch Ming Chen in das heilige
Mantrensingen mit ein. Ihm fehlt zwar ein sumeri-
scher Gottesname, aber er denkt, dass die Lobprei-
sung des überreligiösen Stammvaters sicherlich hilfreich sein wird: 'Abraham. Abraham. Abraham...'.

Als letzte wechselt Nyima ihr Matra zu 'Phowa'. Jimmy hält weiter mit seinem tiefen und klaren OM die
Grundenergie – natürlich unterstützt von Sonam's
hellem Terrier-OM.

Eine Weile schweben die Sieben in den Schwingungen ihrer tönenden Mantren über dem Meer umspül-
ten Felsen.

Die drei Jüngsten bemerken als erste, dass sich mit einem Mal das Meer anders bewegt. Mit einem freudig offenen OM in diese Richtung getönt begrüßt Jimmy das behäbig langsam aus den Meer auftauchende riesige Wesen.

'Ein Wal!' Vor Freude schwillt auch die Lautstärke von Jihanes ägyptischem Mantra an.

Gleich darauf schießt ein weiterer riesiger Buckelwal[1] wie in einer zeitlosen Sphäre in gelassener Freude aus den Wellen des Atlantiks heraus, seine lange Vorderflosse weit in den blauen Himmel gestreckt. Nach einem sanften Bogen über den Wellen taucht das riesige Wesen wieder in das Meer ein, nicht ohne mit seiner Fluke wie zur Begrüßung der Menschen vor ihm kräftig auf das Wasser zu schlagen. Ein weiterer Wal springt rücklings aus dem Meer heraus, beide Vorderflossen hoch erhoben. Ein Wal nach dem anderen scheint die Gruppe auf dem Felseneiland zu begrüßen.

Trotz dieses Naturschauspiels unmittelbar von ihnen schaffen es die Sieben weiterhin die Energie mit ihren jeweiligen Mantren der verschiedenen alten Sprachen zu halten – zwar mit großen Augen, aber weiterhin hoch konzentriert.

Nicht genug, dass diese zahlreichen imposanten Meeressäuger vor ihnen auftauchen, offenbar sogar auf sie gewartet haben, jetzt beginnen sich die riesigen Tiere sogar vor ihnen zu formieren. Zunächst sind es drei riesige Buckelwalköpfe, die nebeneinan-

---

[1] ein oft in Küstennähe vorkommender Vertreter der Furchenwale, gut erkennbar an den deutlich großen Flippern; Körpergröße von 12 bis 15 Metern, Gewicht zwischen 25.000 – 30.000 kg, Lebenserwartung bis 50 Jahre. Bekannt sind sie vor allem wegen ihres Walgesangs und ihrer Lebhaftigkeit.

der aus dem Wasser herausragen. Dazu müssen die tonnenschweren Tiere senkrecht im Wasser stehen oder schwimmen. Ein Wal nach dem anderen gruppiert sich auf diese Weise neben die anderen, bis schließlich sieben Walköpfe einen großen Kreis im Meerwasser vor ihnen gebildet haben.

Würden sie nicht diszipliniert ihre Mantren weiter singen, würden ob dieses überwältigenden Naturschauspiels sieben Münder sperrangelweit aufstehen. Ihr Geist tut es.

Intuitiv weiß Jimmy, dass er nun gefragt ist. Ein kurzer Blick auf Nyima, die ihn nur klar anschaut, bestätigt seine innere Stimme. Er hat ja die gemeinsam gesammelten Sprachartefakte ihrer Mission in seinem Rucksack auf dem Rücken. Allerdings kann er in seinem inzwischen ja nun auch feinstofflichen Zustand nichts davon hervorholen. Er kann sie ja überhaupt nicht anfassen. Er kann nicht einmal seinen Rucksack öffnen. Und das tibetische Sprach-Mantra ist in seinem Kopf oder Geist – wo auch immer.

Ein erneuter Blickkontakt mit Nyima verrät ihm, dass die Tibeterin ihn genau verstanden hat. Doch ihr klarer, ruhiger Blick gibt ihm die Sicherheit, sich nun einfach weiter führen zu lassen. Ihm wird schon das Richtige einfallen oder zugeflüstert werden.

Also schwebt Jimmy in seinem schon nicht mehr ganz neuen Astralzustand zu den sieben Walen und platziert sich in die Mitte des Kreises, den ihre mächtigen Leiber gebildet haben. Jimmy dreht sich kopfüber, hoffend, dass sich auf diese Weise der Inhalt seines Rucksacks ins Meer ergießt. Doch nichts passiert. Jimmy hat nicht die geringste Idee, wie er den

Walen oder dem Meer die gesammelten Sprachartefakte übergeben soll. Nur eines ist sichere Gewissheit in ihm: Das er genau dies tun muss!

Sein Verstand fängt an zu rotieren, ohne zu einer Lösung zu kommen. Schließlich kann er sich ja nicht einfach ins Meer stürzen. In seinem Verstand macht sich immer mehr hilflose Verzweiflung breit. Sein Kopf wird schwer und dumpf.

Da taucht ein kleines weißes Fellgesicht mit schwarzen Knopfaugen direkt vor seinem Gesicht auf. Jimmy hat in seinem Gedankenwust gar nicht bemerkt, dass Sonam ihm schon vor einer Weile gefolgt ist. Erst als der kleine Hund unmittelbar vor seinen Augen schwebt, kann Sonam durch Jimmys rotierende Gedankenschleifen durchdringen.

'Ach, Kumpel! Und nun? Ich krieg das Zeugs ja nicht raus!'

Darauf reagiert Sonam einfach und klar: 'Hör auf die Wale. Sie sprechen die ganze Zeit schon mit dir. Höre ihnen zu!'

Daraufhin lenkt der Amerikaner seine Aufmerksamkeit zu den großen Meeressäugern, ihre riesigen Köpfe rings um ihn herum. Aus allen Richtungen singt ihm ein 'Vertraue!' entgegen.

Sonam bestärkt seinen Freund: 'Vertraue ihnen. Es sind Wesen der reinen Liebe. Sie helfen dir.'

'Ihr meint echt....?' und noch während er diese Worte mehr denkt als ausspricht, steigt Jimmy einige Meter hoch, um sich dann kopfüber mitten in den Kreis aus sieben Walleibern ins Meer zu stürzen.

Vier Menschen auf einem winzigen Felseneiland vor der Inselkette der Lofoten starren auf das Meer mit den Walköpfen hinaus und halten vor Schreck den Atem an. Nur Nyima hat in ihrer meditativen Versenkung nicht einmal die Augen geöffnet. Jihane, die sich hilfesuchend zur Nonne umgedreht hat, sieht einen kurzen Anflug von lächelnder Entspannung über Nyimas Gesichtszüge huschen. Die augenscheinliche Gelassenheit der Tibeterin kann das iranische Mädchen etwas beruhigen.

Doch schon im nächsten Augenblick wird ihre Aufmerksamkeit von dem gigantischen Schauspiel im Meer vor ihnen gefesselt. Der von ihnen aus vorderste Buckelwal drückt seinen tonnenschweren Körper aus dem Wasser heraus, um mit seiner Brust und seinem Kopf voran in der Mitte des Walkopfkreises mit einem kräftigen Platschen ins Meer einzutauchen. Zum Abschluss schlägt er mit seiner breiten Fluke auf das aufgewühlte Wasser. Doch das wirkt so spielerisch leicht wie ein freundliches Zuwinken. Schon macht sich der nächste Wal auf die gleiche Weise auf den Weg in die Tiefen des atlantischen Ozeans.

Moshe, Jihane, Rosa und Ming Chen lassen ihren Geist von diesen faszinierenden Szenario der riesigen Meeressäuger davontragen. Und es bleibt nicht bei der wunderbaren Erfahrung des Auges. Nyima spürt es als erste. Der Felsen unter ihnen ist in leichte Vibration geraten: 'Die Wale singen!' unterbricht sie nur kurz ihr Mantra.

Moshe legt sein Ohr auf, genauer gesagt in den Felsen: 'Ja! Ja! Ich kann sie ganz laut singen hören.'

Jihane macht es dem Jungen sofort nach. 'Wie wundervoll! So wunderschön! Die Wale singen im Chor.'

Auch Rosa hat inzwischen diese lauschende Position eingenommen: 'Eine wunderschöne Sinfonie.'

Ming Chen hat unterdessen neben Nyima ebenfalls einen meditativen Lotossitz eingenommen. Die beiden Asiaten versenken sich mental in das Meer vor ihnen, um den Walen zu lauschen.

Mit jedem Buckelwal, der sich einer nach dem anderen in die Meerestiefen begibt, ertönt der Walchor mehrstimmiger. Ein zugleich einfaches und komplexes Oratorium aus sphärischen Klängen bis hin zu tiefen bassähnlichen Tönen. Zugleich fern und nah. Die Klänge gehen direkt ins Herz. Berühren zugleich Gefühl, Geist und Seele. Lassen den Verstand vollends verstummen.

Bald sind alle sieben Buckelwale untergetaucht. Schnell sind die Wogen des mächtigen Eintauchrituals geglättet. Das Meer liegt wieder mit sanftem Wellengang vor ihnen.

Jimmy ist verschwunden.

Jihane ist die erste, die meint, Worte zu verstehen: 'Singt oder spricht da nicht auch noch etwas?'

'Ja,' pflichtet Rosa ihr bei. 'Gemurmelte Worte. Ich kann das auch hören. Aber ich verstehe nichts. Und ich hab auch das Gefühl, diese Worte werden immer mehr. Ich kann nur gar nichts verstehen.'

'Ich verstehe immer 'Olam'. Das ist ein hebräisches Wort. Olam bedeutet Welt.' Moshe ist sehr konzentriert. 'Und jetzt 'Olam Haba', die kommende Welt.'

Ming Chen fasst sich dieses Mal mit seiner erklärenden Äußerung ungewohnt kurz: 'Das Sprachgitter wird aktiviert.'

'Ja.' Rosa ist begeistert. 'Ja, die Wale aktivieren mit ihrem Gesang das Sprachgitter. Über die ganzen Artefakte, die Jimmy ihnen gebracht hat. Es hört sich fast so an, als würden die Wale selbst in den fünf Sprachen singen. Es sind ja auch sehr kluge Säugetiere. Ihr Gehirn ist ja wesentlich komplexer als unser kleines Menschengehirn.'

Nun ergänzt Nyima die naturwissenschaftliche Begrenzung von Rosas Gedanken: 'Wale sind sehr, sehr alte Seelen. Sie tragen das Wissen von Jahrtausenden in sich. Nur sehr alte Seelen verkraften den Zugang zu derart umfassendem Wissen aus dem gesamten Universum. Wale wissen um die Unendlichkeit der Schöpfung in ihrer Tiefe und Weite. Sie sind immer mit dem unendlichen Liebesmeer der Schöpfung verbunden. Deshalb berühren sie uns Menschen auch so sehr. Sie stoßen immer eine tiefe Erinnerung in uns an.'

Weiterhin ihre heiligen Mantren rezitierend oder singend weitet sich ihre Herzenergie in den sanften sphärischen Klängen der sieben Buckelwale aus.

Ihre gesungenen Töne scheinen jetzt auf Worten zu liegen. Nur vereinzelt können manche von ihnen Worte in ihrem Verstand auflösen.

Ming Chen versteht das Sanskrit *'Shanti'* für inneren Frieden und Gleichmut, und *'Shama'* für Frieden und Gleichmut.

Nyima versteht ein Sanskrit-Wort: *'Prithivi'*, das sie als Erde kennt. Dann noch *'Satchitananda'*, das sie als *'Sat'* für das reine Sein, *'Chit'* für das universelle Bewusstsein und *'Ananda'* für die reine Liebe übersetzen kann. Auch den tibetischen Begriff für Tag-und-Nacht-Gleiche, *'nyin mtshan mnyam pa'* scheinen die Wale zu singen.

Aber all das spielt keine Rolle. Alle spüren die allumfassende Energie, die sich nun über das Meer ausbreitet. Die Energie ist unendlich weich. Sie schmiegt sich förmlich in ihr Bewusstsein. Füllt sie vollkommen aus. Dennoch nimmt die Intensität der Energie mit jeder Strophe des Walgesangs zu. Selbst ihre feinstofflichen Astralkörper scheinen sich fast noch in den intensiven Sphärenklängen aufzulösen.

Sie bemerken, wie sich die Töne zu bündeln beginnen. Sie scheinen sich an einer bestimmten Stelle des Meeres vor ihnen zusammenzuziehen.

Dann spüren sie mehr, als das sie es sehen: Eine Art Energiefontäne erhebt sich vor ihnen aus dem Meer. Gleichzeitig werden auch sie selbst leichter und sehr behutsam höher getragen, stets etwas oberhalb der Energiefontäne.

Die gebündelte Energie breitet sich bald hoch über dem Meeresspiegel in alle Richtungen aus, wie ein Energie verströmender Trichter. Von ihrer erhöhten Position aus können sie in den Energietrichter hinein schauen. Er verströmt Energie über das Meer, über die Erde hinweg, so weit sie schauen können: über die Inseln der Lofoten hinweg, über den großen Vestfjord zum norwegischen Festland, und schließlich auch darüber hinweg. Immer weiter steigen sie auf, werden sie sanft emporgehoben. Sie erkennen bald von weit oberhalb der Erdoberfläche die springende

Katze, die die markante Landmasse Skandinaviens bildet.

Auf der anderen Seite, wenn sie sich umwenden, erfasst das ausströmende Energietuch das nun so kleine Island vor dem gewaltigen schneeweißen Grönland. Bald liegt ihnen auf der einen Seite der gesamte europäische Kontinent zu Füßen. Schon taucht ockerfarben Nordafrika mit der Sahara auf. Auf der anderen Seite die USA, und bald der ganze amerikanische Kontinent bis einschließlich Südamerika.

Sanft werden sie vor dem sich über die Erde ausbreitenden Energietuch fortgetragen, überqueren den Nordatlantik, Südamerika, bis sie über den Weiten des riesigen Pazifiks ankommen.

Ming Chen entdeckt unter ihnen wie einen Stecknadelkopf die Osterinsel in dem schier unendlichen Blau des größten Ozeans. Die anderen verstehen den Chinesen noch leichter als sonst. Keiner bringt ein Wort hervor. Trotz ihrer mehr als ungewohnten Position sind alle ruhig, aber erfüllt von den vor ihnen auftauchenden Eindrücken.

Sie befinden sich nicht mehr auf der Erde. Sie sind weit weg. Sie befinden sich offensichtlich im Weltraum. Sie können die Erde von außen anschauen.

Sie sind so weit von der Erde entfernt, dass sie dieses wunderschöne Erdenwesen so wie einen Tischglobus vor sich sehen können. Nur ungleich schöner. Der überwiegend blaue Planet mit seinen grünen und ockerfarbenen, einigen schneeweißen Landmassen. Sofern die aktuellen Wolkenformationen den Blick freigeben.

Vor ihnen zieht der bei den Lofoten entsprungene Energieschleier wie ein gigantisches Tuch über das tiefe Blau des Pazifiks. Als er über die Osterinsel hinweg zieht schauen sich die Fünf kurz an.

Unterhalb, also südlich von Neuseeland, taucht der Energieschleier wieder ins Meer ein. Sie sehen nun, dass auch von der anderen Seite ein Energieschleier zu der Eintrittsstelle im Pazifik vorgedrungen ist.

Noch weiter auf Abstand gehoben erkennen sie, dass die gesamte Erdkugel von dem Energieschleier, von einem tuchartigen Energiefeld, umhüllt ist. Vor ihnen im Wasser des Pazifiks hat sich ein riesiger Trichter gebildet, in dem die Energie offensichtlich wieder im Meer versinkt. Die Erdkugel rollt indes unbeeindruckt unter ihnen dahin. Ihre Eigenrotation.

Je mehr sich ihr Abstand von der Erde vergrößert, umso klarer wird das Bild: Vor der norwegischen Küste, also den in diesem Maßstab nicht mehr auflösbaren Lofoten, strömt aus einem gewaltigen Trichter Energie zu allen Seiten rund um die Erde herum, um in einem zweiten riesigen Trichter genau am diametral gegenüberliegenden Punkt wieder in die Erdkugel einzuströmen. So ist ein gigantischer Energiekörper um die Erde herum entstanden. Das ganze sieht aus wie eine auf den gegenüberliegenden Seiten, dort wo die Trichter sind, leicht platt gedrückte Kugel, die dadurch an den Seiten etwas bauchig hervortritt. So ähnlich wie ein Donut.

So ganz lässt sich Ming Chens Verstand nicht abstellen: 'Das Sprachgitter ist ein riesiger Torus[1]. So wird

---

[1] *Ein Torus ist ein Rotationskörper, der dadurch entsteht, dass man einen Kreis um eine in der Ebene des Kreises gelegene Achse rotieren lässt. Der Querschnitt besteht also aus zwei Kreisen die*

das ganze Erdenwesen von der Energie umströmt und durchströmt.'

Sie kommunizieren nun völlig ohne das gesprochene Wort.

Der Energie-Torus stellt sich ihnen als Netz aus überwiegend in violetten Farbtönen irisierenden Lichtlinien dar, die die Erde von einer Trichteröffnung zur anderen umspannen. Dieses Lichtstreifennetz schwingt und pulsiert sanft und harmonisch. Und diese Schwingung ist absolut synchron mit den sphärischen Walgesängen, die sie zu ihrem Erstaunen auch in dieser Entfernung noch klar und deutlich hören können. Der Walchor ist inzwischen so unglaublich vielstimmig geworden, so voll, orchestral, als hätten nun alle Wale in den Wassern der Erde in den Sphärenchor mit eingestimmt. Über all dem liegt eine so liebevolle Harmonie, ein so tiefer Friede, dass Rosa und Jihane Tränen in die Augen steigen – zumindest fühlt es sich für die beiden so an.

Während die Erde in ihrem stärkend schützenden Torus unter ihnen weiter rollt, tauchen auf ihrer Oberfläche gold-violett erstrahlende Punkte auf. Zwar in unregelmäßigem Abstand, scheinen sie dennoch auf einer Linie zu liegen. Wie eine unregelmäßige Perlschnur reihen sich die violett-goldenen Punkte in großen Abständen aneinander, bilden einen Gürtel um die dickste Stelle der Erdkugel.

Moshe erkennt den ersten Lichtpunkt: 'Ist das nicht unsere Steinmännerinsel, die da leuchtet? Mitten in dem großen blauen Meer?'

Die anderen nicken.

---

auf verschiedenen Seiten der Rotationsachse liegen..

Während sie sich langsam in die entgegengesetzte Richtung bewegen, rotiert das Erdenwesen weiter um seine eigene Achse, und gibt ihnen die Sicht frei auf einen aufleuchtenden Punkt auf dem großen indischen Kontinent, einen weiteren dicht daneben.

'Das könnte der indische Tempel sein.' geht Rosa kurz durch den Kopf.

Beim nächsten auftauchenden Leuchtpunkt ruft Jihane in stillen Gedanken aus: 'Das ist mein Zuhause, der Iran. Hier waren wir ja in Persepolis.'

Auch direkt daneben leuchtet ein gold-violetter Punkt auf. Rosa erkennt die nächste Station: 'Das müssten die Pyramiden von Gizeh sein, Ägypten.'

Der letzte Punkt liegt in Südamerika, ehe wieder der riesige Pazifik mit der leuchtenden Osterinsel unter ihnen hervor rollt.

'Das letzte müssen die Nazca-Linien in Peru gewesen sein, unser erster Halt.' kommt von Ming Chen.

Alle ihre gemeinsam besuchten Orte liegen auf diesem Gürtel.

Ming Chen erkennt: 'Dieser Ring mit unseren Orten ist zwar so umfassend wie der geographische Äquator, aber er ist nicht der Äquator. Dieser leuchtende Ring ist zum eigentlichen Äquator etwas geneigt. Ich schätze mal so etwa dreißig Grad. Aber ist es nicht faszinierend, dass alle unsere Energie-Orte – ich sag mal unsere, ihr versteht mich schon, oder? – also, dass alle unsere Energie-Orte auf diesem alternativen Äquator liegen? Sie sind offensichtlich auch alle energetisch miteinander verbunden.'

So ist unter dem die Erde umhüllenden Energie-Torus inzwischen ein mächtiger aufleuchtender Ring entstanden. Dessen Energie zieht nun rasch weitere gold-violette Linien über die Erdoberfläche. Bald ist die gesamte Erdkugel von einem gold-violetten Gitternetz überzogen.

'Jetzt ist das Energienetz der Pyramiden und der anderen Energiepunkte auf der Erde aktiviert...' geht Ming Chen und Rosa fast gleichzeitig durch den Kopf.

Alles geht jetzt sehr schnell. Kaum dass sich das gold-violette Gitternetzwerk um die Erde vervollständigt hat, verbindet es sich mit den Energielinien des Torus. Die Zusammenführung dieser beiden Energiefelder oder -körper erhöht die Leuchtkraft des Torus-Schleiers um ein Vielfaches. Sein violettes Strahlen ist noch intensiver geworden. Sein Leuchten schwingt und pulsiert sanft mit den immer noch zu hörenden Walgesängen, die aus den Meeren über die gesamte Erde erklingen.

Sie spüren warme weiche Wogen von unter sich zu ihnen aufsteigen, die sie wie in einer behutsamen Umarmung umhüllen. Die sphärischen Walgesänge werden begleitet von weiteren weichen warmen Tönen, der wärmende Klang einer Sinfonie der Liebe.

Ihr Verstand kann hin und wieder einzelne Worte darin auflösen: 'Xiè Xiè... Efkharistó... Malo... Shukriyaa... Dzięki... Arigatō... Obrigado... Gracias... Shokran... Takker... Spasiba... Go ma wo... Bedankt... Teşekkürler... Asante... Merci... Kiitti...

Grazie... Köszi... Makasih... Takk... Mersi... Tashakor... Kòp Kun... Thank you... Danke.[1']

Sie fühlen tiefste Geborgenheit und Frieden, reich beschenkt dem sanften Hauch magischer Liebe der Wasser bewohnenden Pleijaner und von der unendlichen Liebe des Erdenwesens.

* * *

Die Zeit hat sich in den weichen sphärischen Schwingungen völlig aufgelöst.

Sie haben keine Ahnung, wie lange sie dieser gigantischen Energieheilung eines Planeten in den Weiten des Universums beiwohnen durften, ehe sie von dem wohlvertrauten blau-weißen Lichtstrahl sanft entnommen, eingehüllt und fortgetragen werden.

* * *

---

[1]*Xiè Xiè (Chinesisch)...Efkharistó (Griechisch)...Malo (Tongaisch)...Shukriyaa (Hindi)...Dzięki (Polnisch)...Arigatō (Japanisch)...Obrigado (Portugigisch)...Gracias (Spanisch)...Shokran (Arabisch)...Takker (Dänisch)...Spasiba (Russisch)...Go ma wo (Koreanisch)...Bedankt (Niederländisch)...Teşekkürler (Türkisch)...Asante (Suaheli)...Merci (Französisch)...Kiitti (Finnisch)...Grazie (Italienisch)...Köszi (Ungarisch)...Makasih (Indondesisch)...Takk (Norwegisch, Isländisch, Schwedisch)...Mersi (Rumänisch)...Tashakor (Persisch-Farsi)...Kòp Kun (Thailändisch)*

Teil 3

1

Nyima musste sich nicht lange besinnen. Sie wusste sofort, wo sie jetzt war.

Etwas in ihr ließ die Nonne noch im selben Augenblick aufspringen. Mit zügigen Schritten eilte sie auf den Klosterinnenhof. Kein Mensch war zu sehen. Die chinesischen Soldaten waren offenbar wieder fort. In der Mitte des Innenhofs glimmten noch die Überreste der verbrannten Bücher und Schriftrollen. Wie sie gehofft hatte lagen unter der Asche und Glut einige noch unversehrt aussehende Schriftrollen. Ein sekundenschnelles Schmunzeln zog über Nyimas Gesicht.

Nyima nahm die Feuerstelle genauer in Augenschein. Ein klares, weißes Licht umgab die langgestreckten, in vergoldeten Holztafeln gefassten alten Bön-Schriften. Das konnte sie selbst durch die graue Asche hindurch erkennen. Nyima ergriff einen Besen und kehrte Glut und Asche der verbrannten Bücher und Schriftrollen beiseite. Durch den freigelegten Gang ging sie in die Mitte des heruntergebrannten Scheiterhaufens. Nyima griff ohne Nachzudenken mit bloßen Händen nach dem ersten erreichbaren Buch.

'Sie sind noch da', dachte die kleine Nonne voller Dankbarkeit. Und sie konnte das Buch, selbst die vergoldeten Holzdeckel, problemlos mit ihren kleinen Händen anfassen. Sie waren nicht einmal besonders warm. Heiliges Licht hatte die unersetzbaren Bön-Schriftrollen vor dem Feuer geschützt.

Nyima nahm zwei der unversehrten Bücher auf und legte sie sich auf ihre vorgestreckten Arme. Mehr konnte sie nicht auf einmal tragen. Mit energischen, aber entspannten Schritten ging sie zurück ins Klosterinnere und legte die Schriften der uralten Weisheiten zurück in die geheime Bibliotheks-Nische. Anschließend holte sie die übrigen sechs Bön-Schriften aus dem Klosterhof herein und verschloss den Schrein.

Anschließend hockte sich die Klostervorsteherin, als wäre nichts geschehen, wieder in den Gebetskreis ihrer Nonnen, der noch immer um den toten Körper von Sonam die heiligen Worte murmelte.

Einige Stunden später hob Nyima ihr tiefes langgezogenes "OM" an. Ihre wohlklingende kräftige Stimme vibrierte durch den gesamten Gebetsraum. Die anderen acht Nonnen stimmten sogleich mit ein und gemeinsam versetzten sie nun die Wände des Klostergebäudes in sanfte Schwingung. Vor den Toren des Klosters stimmten bald die wilden Hunde, die traditionsgemäß von Kloster gefüttert wurden, mit gesetztem, fast melodiösem Heulen und Bellen in das tiefe "OM" ein, das aus den Klostermauern nach außen drang. Mit einer von dem toten Hundekörper aufsteigenden kleinen weißen Lichtkugel nahm der letzte Teil von Sonams Seele endgültig Abschied von der Existenz in der kleinen Terriergestalt. Sonams Körperhülle war nun leer.

Die Nonnen ließen ihren Mantrengesang langsam ausklingen. Auch die Hunde draußen vor den Toren waren verstummt.

'Fleischanzug.' Jimmys bizarres Wort schoss Nyima durch den Kopf. Sie sah kurz die beiden Freunde in ihrem Geist aufflammen – Sonam gemütlich auf den dicken Militärstiefeln, Sonam auf Jimmys Brust den Heilkräuterbeutel ausschüttelnd, die beiden auf dem spinnengetragenen Energieteppich, und das 'Yep!' zwischen ihren beiden männlichen Energien.

Die kräftige Kampa-Frau Tashima erhob sich unterdessen schweigend und nahm den toten Hundekörper auf. Mit einem kurzen Blick auf Nyima verständigten sich die beiden Frauen, dass es jetzt der richtige Zeitpunkt war, für einen angemessenen Verbleib von Sonams geliehener Hülle zu sorgen. Auch Nyima erhob sich und die beiden Frauen verließen die Gebetshalle. Tashima trug den Leichnam auf dem Arm.

Sie verließen das Kloster durch eine versteckt liegende Seitentür, die auf einen schmalen, in den nackten Fels gehauenen Pfad führte. Der kaum einen halben Meter breite Weg schlängelte sich steil den Hausberg des Klosters hinauf, unterbrochen von zahlreichen in den Fels gehauenen Stufen. Während des gesamten Aufstiegs rannen der gestandenen Kampa-Frau dicke Tränen über ihre Wangen. Sie hatte Sonam so sehr geliebt. Der Weg endete auf einem etwa drei Meter breiten Felsplateau kurz unterhalb des Berggipfels. In dessen Mitte legte Tashima behutsam den leblosen Hundekörper ab.

Die beiden Frauen stimmten einen letzten Bittgesang an, während Tashima die an der Seite des Plateaus bereitliegende Axt nahm und diese zwei Mal auf die nicht mehr benötigte Hülle von Sonam niederschnellen ließ. Der Gesang der beiden Frauen hatte bereits den ersten Geier angelockt, der seine Kreise über dem Berggipfel zog. Rasch gesellten sich drei weitere Geier hinzu.

Mit einer letzten Verbeugung verabschiedeten sich Nyima und Tashima von den letzten irdischen Spuren Sonams und stiegen mit leichtem, fast fröhlichem Singsang den Felspfad wieder hinab.

Die chinesische Regierung hatte den Tibetern auch diese alte Tradition der Himmelsbestattung schon lange verboten. Früher gab es in Tibet eine eigene Kaste, die Ragyapas, die an ausgewählten Plätzen die Körper von Verstorbenen zerteilt und den Geiern zum Fressen überlassen hatte. Die Vögel trugen nach tibetischer Vorstellung den Verstorbenen ins Bardo, einen Zustand zwischen dem Tod und der nächsten Wiedergeburt. Sonam hatte dieses Zwischenreich für die meisten Menschen jedoch schon längst übersprungen.

Die tibetischen Nonnen hatten sich bezüglich ihrer Bestattungstradition für Menschen und Tiere ihre Nische geschaffen, um die für das irdische Leben geliehene fleischliche Hülle wieder in den natürlichen Kreislauf auf der Erde zurückzuführen.

Wieder im Kloster angekommen stiegen den beiden Frauen wohlriechende Düfte in die Nase. Die verbliebenen Nonnen waren dabei, das Abendessen zu bereiten. Ein warmer, gelb-orangener Lichtstrahl der untergehenden Sonne fiel durch das kleine Fenster in der Küche auf die Frauen, die fröhlich Gemüse putzten und kleinschnitten. Auf zwei Gasflammen standen große Metalltöpfe, in die die Nonnen das vorbereitete Gemüse hineingaben. Ein großer Topf für die Abendmahlzeit der neun Frauen und ein doppelt so großer Topf für die wilden Hunde draußen. Die Nonnen selbst lebten vegetarisch. Doch in dem gewaltigen Hundekochtopf befand sich immer auch ein Stück Fleisch oder wenigstens ein Knochen zum Auskochen.

Jetzt merkte Nyima, wie hungrig sie war. Sie freute sich auf die gemeinsame Mahlzeit mit den anderen Frauen. Ob sie ihnen von ihrer Reise in die geistige Welt erzählen sollte? Nyima wusste es noch nicht...

2

Jihane rannte. Sie rannte so schnell sie konnte. Ihr Hidschab rutschte ihr vom Kopf. Aber das war ihr jetzt vollkommen egal. Sie lief ihrem Großvater entgegen. Ihre eigentlich so flinken Beine konnten sich gar nicht so schnell voreinander setzen, wie das Mädchen laufen wollte. Da war das Teleportieren doch erheblich flotter, praktischer gewesen.

Endlich hatte sie ihren Großvater erreicht, der ihr mit dem leicht schlurfenden Gang eines älteren Herrn entgegenkam. Wie als kleines Mädchen fiel sie ihrem Großvater um den Hals, der durch ihren Überschwang leicht ins Trudeln geriet. Jihane war sehr glücklich, ihren Großvater anfassen, berühren und drücken zu können.

"Oh, Großvater!' stieß es aus dem atemlosen Mädchen hervor. "Ich hab dich so lieb!"

Jihane drückte sich so eng sie konnte an den überraschten, aber in Liebe aufgeweichten alten Mann. Dieser dachte nur 'Wie liebebedürftig Jihane doch immer noch ist.'

Er drückte seine geliebte Enkelin, die inzwischen genauso groß war wie er, ganz fest an sich. Behutsam rückte er ihren Hidschab zurecht. Schließlich waren sie an einem öffentlichen Ort und seine Enkelin kein Kind mehr. Dabei sah er, dass Jihanes Augen ganz feucht waren.

"Weinst du, meine Kleine?" fragte er sie sanft.

"Ja, Großvater." stieß Jihane hervor. "Vor Glück, weil ich dich hab. Den besten Großvater der Welt." Und seine Enkelin drückte noch fester nach.

"Vorsicht, vorsicht, liebe Jihane. Ich bekomme ja keine Luft mehr. Du hast mehr Kraft als du denkst, großes Mädchen. Du tust ja gerade so, als hätten wir uns Tage nicht gesehen. Sag mal, bist du im Zikkurat einem Djinn begegnet? Oder womit habe ich diesen Liebesanfall verdient?"

"Ja, oder so ähnlich." antwortete Jihane kleinlaut.

Sie sollte ja von ihren Erlebnissen nichts erzählen. Nicht einmal ihrem Großvater. Das hatte Lichtwesen ja ausdrücklich gesagt, als sie nachgefragt hatte. Vielleicht irgendwann einmal. Sie hatte es versprochen.

Während über ihnen die Engel und die anderen Geistwesen durch das Wolkentor über dem Zikkurat ein- und ausgingen, erklommen Jihane und ihr Großvater sehr langsam die Stufen des Zikkurats.

Der Großvater schaute in das strahlende Gesicht seiner Enkelin. Irgendetwas war geschehen. Das spürte er ganz deutlich. Aber es ging ihn nichts mehr an. Jihane war jetzt eine junge Frau.

Die beiden verbrachten am Zikkurat von Chogha Zanbil einen zauberhaften Tag miteinander. Großvater erzählte viele Geschichten. Und Jihane hörte aufmerksamer zu als je zuvor. Ihrem Großvater war nicht entgangen, dass irgendetwas anders war mit seiner Enkelin. Sie schaute nicht mehr verwundert, sondern wissender in die Welt.

Jinhane selbst konnte nun den Durchtritt der Geistwesen durch das Energietor über dem Zikkurat nicht mehr nur ahnen, sondern sie konnte die ein- und ausschwebenden Geistwesen nun klar sehen. Und diese neue Wahrnehmung beunruhigte sie nicht. Im

Gegenteil: sie machte sie zutiefst glücklich und erfüllt.

Wieder Zuhause angekommen suchte Jihane sofort ihren Vater auf. "Vater, ich habe die Tiere schreien gehört."

Jihane kam mit dem Schwung ihrer Jugend unvermittelt zur Sache. "Schreie voller Verzweiflung, voller Leid und Schmerz. Ich bitte dich von ganzem Herzen, lieber Vater, aus der Tiefe meines Herzens bitte ich dich: Lass all unsere Tiere am Leben. Ich werde mich gerne um alle unsere Tiere kümmern. Alle Tiere sind reine Liebe. Ich werde ihre Schmerzen und ihr Leid nicht mehr aushalten können. Ich bitte dich, im Namen Allahs, lass bitte unseren Mitgeschöpfen, unsere Geschwistern, ihr Leben. Ich kann das Leid nicht mehr aushalten!"

Und Jihane fiel auf die Knie in tiefes Gebet, laut vor sich hin murmelnd.

"Jaja! Tochter! Beruhige dich bitte." antwortete der Vater, hin und hergerissen zwischen Beeindrucktsein und abwimmelnden Gesten. Er sah, dass seine Tochter für ihn nun gar nicht mehr erreichbar war, so tief war sie in ihr Gebet versunken. So kannte er Jihane gar nicht.

Er suchte seinen Schwiegervater auf: "Was ist denn mit dem Mädchen passiert? Jihane ist ja völlig verändert! So gottesfürchtig und dabei noch so vehement kenne ich sie gar nicht."

Der Großvater antwortet nur ruhig: "Jihane hat ihren Geist geöffnet und ist erwachsen geworden."

Drei Tage später schlachtete ihr Vater erneut ein Huhn.

Jihane packte daraufhin wortlos einen kleinen Koffer mit ihren nötigsten Sachen, umarmte und herzte unter Tränen ihre Mutter sowie ihren Großvater und verließ ihr Elternhaus. Sie betrat es nie wieder.

Das graue Schlauchboot bäumte sich mit den hoch schlagenden Wellen vor dem übergroßen metallenen Bug auf. Die vier Insassen hielten sich an Griffen auf dem Rand fest, geschickt den exzessiven Tanz des Bootes mit ihren Körpern abfedernd.

Eine junge Frau steuerte das winzige David-Boot immer wieder gekonnt vor die Fahrtroute des Goliath-Trawlers. Ein junger Mann hielt ein Transparent fest: "Stop whaling! Whales save the Earth!" Ein zweiter junger Mann filmte das Szenario. Und eine weitere junge Frau sang mit zugleich weicher und kräftiger Stimme Töne, die die drei noch niemals zuvor aus einer menschlichen Kehle vernommen hatten. Alle nannten Jihane deshalb auch nur noch Whale-Whisperer.

Kurz darauf tauchte der große Buckelwalkörper längsseits des kleinen Schlauchbootes auf. Das Tier holte Luft. Ebenso wie das kleine Kalb, das an seiner Seite schwamm. Die junge Frau am Steuer hatte das Schlauchboot geschickt zwischen den stählernen Walfangkoloss und Mutter und Kind manövriert. Nun tauchten die beiden Meeressäuger ab in den Schutz der tiefen Weiten des Pazifiks.

Das graue Schlauchboot drehte bei und nahm Kurs auf die Küste.

3

Christine äußerte mit erschrecktem Staunen: "Hast du auch diesen gleißend hellen Lichtstrahl hier gerade eben gesehen, Rosa?"

Rosa schüttelte noch leicht benommen ihren Kopf.

"Es stand für einige Sekunden hier eine richtige Lichtsäule im Zimmer. Direkt über Kevins Zettel." Christine war recht verwirrt.

"Und es sah aus, Rosa, als ständest du mittendrin. Hast du das auch gesehen? Hast du wenigstens irgendetwas gespürt? Oder spinne ich jetzt?"

Rosa war immer noch dabei, sich zu sortieren: 'Hospizgruppe. Christine. Ach ja, die Aufstellung. Kevin, der jetzt endlich dort oben weiterziehen konnte.'

Gedanken und Bilder, all das Unglaubliche, sauste wie ein Sturm durch ihren Kopf. Rosa schüttelte ihn noch einmal langsam und noch ganz wenig hin und her. Ja. Sie war nun in Christines Wohnzimmer. Kevins Aufstellung. Und seine Familie. Noch immer drehte sich alles um sie herum. Doch allmählich wurde das Karussell langsamer.

"Ich bin gleich wieder bei dir" sagte sie sehr leise.

Vorsichtig legte Rosa ihre rechte Hand auf ihren linken Arm und drückte sanft mit ihren Fingern zu. Aha, sie konnte sich wieder anfassen. Das fühlte sich fast ein wenig fremd an. Rosa schmunzelt kurz in sich hinein.

Dann drehte sie sich zu Christine und antwortete ihr ganz direkt: "Und ob da eine Lichtsäule war, Christine!"

Rosa musste innerlich schmunzeln.

"Oh, ja!" Rosa atmete einige Male tief ein und aus.

"Ich muss mich erst einmal hinsetzen, Christine. Mir ist doch ziemlich schummerig." Rosa nahm auf der Ecke des riesigen Sofas Platz.

"Und der Kevin – endlich ist der jetzt frei", fuhr sie fort. "Kevin war im Zwischenreich steckengeblieben, weil ihn seine Eltern nicht losgelassen haben. Aber jetzt ist seine Seele frei. Sie ist jetzt in der geistigen Welt aufgestiegen, oder besser, weitergereist. Sie ist jetzt im Licht."

War das wirklich wahr, was sie alles erlebt hatte? Rosa war noch völlig überwältigt von den Erfahrungen, die sie – Wo? Ja, wo überhaupt? – gemacht hatte.

Ihr sonst nie still stehender Verstand war komplett überfordert. Bilder von Pyramiden, grünen Schlieren, blau-weißen Lichtstrudeln, Lichtwesen, gigantischen Granitsärgen, kraftvollen Mantren in den unterschiedlichsten Sprachen, Sonam und den anderen Menschen aus aller Herren Länder schwirrten durch ihren Kopf. Sie konnte Christine unmöglich davon erzählen. Zumindest jetzt noch nicht. Christine würde sie für komplett verrückt erklären. Sie sollten ja auch nichts erzählen, hatte das Lichtwesen gesagt. Vielleicht später einmal. Das eine oder andere. Auf jeden Fall nicht jetzt. Sie musste selbst erst einmal wieder richtig hier ankommen.

"Woher weißt du das von Kevin? Rosa? Alles okay?"

Christines Stimme war recht laut geworden. Offenbar hatte sie Rosa schon mehrfach angesprochen, ohne eine Reaktion zu erhalten. Christines laute Worte halfen ihr aber nun, sich ganz in die Gegenwart zurückzuholen.

'Na, weil ich ihn getroffen habe,' dachte Rosa. Und ihr Mund sprach: "Das fühlt sich so an Christine. Es war auf einmal ganz leicht auf Kevins Platz.

"Okay." stutzte Christine. Sie sah ihre Kollegin mit ihrem besorgten Gesichtsausdruck an, der Rosa wohl vertraut war. Er signalisierte Skepsis pur.

"Ist mit dir wirklich alles in Ordnung, Rosa?" fragte sie erneut, nun mit dem gewissen nachdrücklichen Unterton in ihrer Stimme.

"Ja, ja." antwortete Rosa, typisch für sie, wenn sie nicht weiter über irgendetwas reden wollte.

Rosa schwang sich vom Sofa auf. "Ich denke, wir sind fertig für heute, Christine. Wir haben getan, was wir tun konnten. Jetzt schauen wir mal, was passiert."

Sie sah Christine mit offenem Lächeln an. Während Christine noch irritiert bewegungslos mitten im Raum stehen blieb, klaubte Rosa um die Füße ihrer Kollegin herum die Namenszettel vom Parkettboden auf.

"Hast du eine feuerfeste Schale, worin wir die Zettel verbrennen können? Ich denke, das wäre noch ganz gut. Um auch hier auf der dichten Erde noch einen symbolischen Schlussstrich zu ziehen."

Christine zuckte etwas zusammen. Irgendetwas war doch hier vorgegangen, was sie überhaupt nicht verstand. Es war ja schon seltsam genug eine Familienaufstellung für einen Toten zu machen, und das noch in Abwesenheit aller beteiligten Familienmitglieder. Aber irgendetwas war doch passiert, das spürte sie. Sie konnte es nur nicht fassen. Nun gut, sie hatte sich auf dieses Experiment eingelassen. Aber seltsam war das hier alles trotzdem...

Christine ging schweigend in ihre Küche und kam mit einer kleinen Metallschale zurück. Die körperliche Bewegung holte auch ihre Gedanken aus der Starre des Erstaunens heraus.

Mit stiller Konzentration verbrannten die beiden Frauen die vier Zettel mit den Namen der so gebeutelten Familie. Rosa murmelte währenddessen ein *"Al-Wahhab. Al-Mumit"*.

Christine verstand nichts. Aber sie beließ es nun auch dabei. Sie kannte Rosa gut genug, um zu wissen, dass es jetzt keinen Sinn hatte, nachzufragen. Wenn sie nicht wollte, dann bekam man aus Rosa ohnehin nichts raus.

So kehrte sie einfach wieder ihre praktische Seite hervor. Das konnte sie gut. Das gab ihr Sicherheit. Sie schenkte Rosa und sich je eine Tasse Yogi-Tee aus der Thermoskanne ein. Die heiße Würzigkeit tat beiden Frauen gut. Rosa summte zwischen einigen Schlucken des heißen Tees die Capri-Fischer vor sich hin. Dabei lag ein weiches Schmunzeln auf ihrem Gesicht.

"Wie kommst du denn jetzt auf diese alte Schmonzette, Rosa?" fragt Christine erstaunt.

"Ach. Das ist so ein erstaunlich herrlicher Tango. Strand. Meer. Sehnsucht. Einfach herrlich." Christine nahm wahr, dass Rosa tief beglückt in sich hinein schaute. Einen inneren Film, den sie offensichtlich nicht weiter teilen mochte.

"So, liebe Christine," begann Rosa mit dem letzten Schluck Yogi-Tee aus ihrem Becher, "dann schauen wir mal, ob sich hier in der dichten Welt bei Jan und Monika etwas tut. Ab jetzt liegt das nun alles nicht mehr in unserer Hand."

Rosa entspannte sich zusehends.

"Ich danke dir von ganzem Herzen, dass du bei diesem Experiment mitgemacht hast. Wir sehen uns dann in zwei, drei Wochen, ich habe den genauen Termin jetzt gerade nicht im Kopf, bei der nächsten Trauergruppe. Dann schauen wir mal, was mit unseren verwaisten Eltern los ist. Ich bin gespannt!"

"Oh ja, ich bin auch sehr gespannt," antwortete Christine. "Möchtest du noch einen Tee?"

"Nein danke, Liebe," antwortete Rosa. "Ich muss los."

Und schon hatte sie ihre Arme um Christine gelegt, ihre Kollegin ein Mal kurz gedrückt und war aus der Haustür verschwunden.

Mit etwas mulmigem Gefühl setzte sich Rosa zwei Tage später in ihr Auto. Etwas in ihr musste schmunzeln, dass sie sich nun wieder mit Hilfe eines Verbrennungsmotors auf vier Rädern fortbewegen musste. Sie fuhr eine gute halbe Stunde aufs Land hinaus, bis ihr das Navi mitteilte, dass sie ihr Ziel erreicht hatte – ein gutbürgerliches Haus auf einem Hügel mit Blick auf die Stadt zu dessen Füßen. Ordentlich gepflasterte Wege führten durch den Garten zum Hauseingang und zu verschiedenen Nebengebäuden.

Herr Homann kam ihr bereits entgegen und leitete sie mit offen-freundlichem Gesicht den Weg durch den Garten zu einem abseits stehenden Pavillon. Rosa legte ihren Mantel ab, zog ihre Schuhe aus und betrat einen kreisrunden Raum, der mit seiner runden Kuppel zugleich offen und schützend wirkte.

Herr Homann bat sie freundlich, auf einer Art Liegesessel Platz zu nehmen. Als sie sich darauf zurecht geruckelt hatte, fragte sie Herr Homann ruhig und unaufgeregt: "Was kann ich für Sie tun?"

"Ja. Was können Sie für mich tun?"

Rosa war immer noch so aufgewühlt und erfüllt von ihrer Reise über die ganze Welt mit den sechs wunderbaren Gefährten. Unzählige Bilder und Szenen kamen jetzt in ihr hoch: Von Pyramiden, Mantren, geistigen Wesenheiten jeglicher Couleur und Lichtwesen. Von dem leichten Schweben im körperlosen Zustand. Von dem Durchtritt durch verschiedene Energietore, letztlich sogar in die fünfte Dimension. Von der Leichtigkeit und Achtsamkeit der telepathischen Kommunikation. Von den Zeitreisen zur Evakuierung von Mohenjo Daro, dem Ballspiel um das eigene Leben, Platonischen Energiekörpern, riesigen Sarkophagen oder dem alten chinesischen Heilungsritual mit riesigem Erzengel und einem unterirdischem Quecksilbersee.

Wie im Schnelldurchlauf zogen erneut die vielfältigen Bilder ihrer Reise durch die Sphären des Seins durch ihren Kopf. Hier in dem domähnlichen runden Raum des Geistheilers schien ihr Geist offen und frei zu sein. Herr Homann saß schweigend zugewandt neben ihr. Er blickte sie offen und mit geduldiger Freund-lichkeit an. Rosa hatte kein Gefühl dafür, wie lange ihr Erinnerungsfilm lief. Aber wenn sie eins mitge-nommen hatte, dann, dass Zeit, sofern sie überhaupt existiert, ein sehr subjektives Gefühl ist.

Im nächsten Augenblick kehrte ihr Bewusstsein in den Tag, in den runden Raum, liegend auf einem Sessel, zurück. Die Uhr an der Wand verriet, dass kaum drei Minuten vergangen waren.

"Was kann ich für Sie tun?" hatte Herr Homann ge-fragt.

"Nun ja, Herr Homann. Sie sind ein Geschenk. Ein Geburtstagsgeschenk. Meine beste Freundin Hilde hat Sie mir zum Geburtstag geschenkt. Wegen meiner leichten, aber doch recht chronischen und nervenden Rückenschmerzen. Im unteren Rücken. Da habe ich oft das Gefühl, dort überhaupt keine Kraft zu haben. Ein Gefühl wie Durchbrechen ist das. Ich kann kaum längere Zeit irgendwo stehen." Rosa ging durch den Kopf, dass sie auf der ganzen Reise in ihrem Energiekörper keinerlei Schmerzen ge-habt hatte. Aber seit vorgestern spürte sie auch wieder ihren schwachen Rücken.

"Gehen und bewegen – und teleportieren..." diesen kleinen Test konnte sich Rosa nicht verkneifen.

Doch Herrn Homanns Gesicht erhellte lediglich der kurze Anflug eines heiteren Lächelns.

"...das geht so einigermaßen. Aber das fühlt sich für mich so schwach an. Die schwächste Stelle meines Körpers, wenn Sie mich fragen. Und Hilde meinte, dass Sie mir vielleicht helfen können. Wobei – ich habe überhaupt keine Ahnung, was Sie überhaupt machen." sprudelte es aus Rosa hervor.

Über Herrn Homanns Gesicht flog ein weiteres sanft heiteres Lächeln.

Ohne sein weiterhin zugewandtes Schweigen zu unterbrechen streckte Herr Homann seinen rechten Arm aus und fuhr mit der flachen Hand etwa fünfzig Zentimeter über Rosas Kopf, Hals, Brust und Oberbauch entlang. Kurz hinter ihrem Nabel sackte seine Hand abrupt ab und setzte den Weg kaum zehn Zentimeter über Rosas Unterbauch, Becken bis zu ihren Knien fort.

Rosa schoss ein undifferenziertes "Oha!" durch den Kopf. "Da ist wohl keine Energie?" warf sie mit einem überraschten und betretenen Grinsen in den Raum.

Herr Homann nahm, weiterhin wortlos, behutsam ihren rechten Arm hoch und winkelte ihn sanft im Ellenbogen an: "Versuchen Sie jetzt bitte sanft dagegen zu halten, wenn ich Ihren Arm herunterdrücke."

Dann fragte der Geistheiler über Rosas liegenden Körper hinweg in den runden Raum: "Ist Frau von Kampen frei von fremden Energien?"

Dabei drückte er sanft, aber bestimmt Rosas rechten Arm herunter. So sehr sie sich auch anstrengte, Rosa konnte ihren Arm nicht in der senkrechten Position halten.

"Hat hier eine fremde Energie angedockt?"

Mit dieser Frage versuchte Herr Homann erneut Rosas Arm herunterzudrücken. Diesmal spürte Rosa deutlich Kraft in ihrem Arm. Er ließ sich von dem Geistheiler kaum bewegen.

"Handelt es sich um einen Verwandten?" erneut hielt Rosas Arm dem ausgeübten Druck stand.

"Ein Großvater?"

"Väterlicherseits?"

Beiden Fragen hielt Rosas Arm stand.

Nach einem freundlichen Blickkontakt mit ihr setzte sich Herr Homann stumm an Rosas Kopfende. Er verblieb dort einige Zeit. Es mögen Minuten gewesen sein. Rosa hatte das Gefühl, dass der Geistheiler irgendetwas Energetisches machte. Spüren tat sie nichts. Aber sie hatte tiefes Vertrauen in den freundlichen schweigsamen Mann.

Dann setzte sich Herr Homann wieder an ihre Seite: "Es hatte sich ein Seelenanteil von Ihrem Großvater bei Ihnen angedockt. Den haben wir nun weggeschickt."

"Aber den Vater meines Vaters kenne ich nicht einmal. Ich kenne ja kaum meinen Vater. Ich habe nur ein altes Foto von ihm. Und der Großvater ist schon vor meiner Geburt gestorben." Rosa war irritiert.

Herr Homann lächelte nur mit offenem Gesicht.

"Was macht der denn bei mir? Hängt der schon all die Jahre an mir dran? Weil – den schwachen Rücken habe ich schon einige Jahre. Aber seit einiger Zeit macht mir das richtig Beschwerden." Rosa war sehr überrascht, was hier mit ihr passierte. Dennoch fühlte sich alles gut und richtig an. Stimmig.

"Es inkarnieren häufig nicht alle zwölf Seelenanteile in den physischen Körper. Den freien Platz belegen dann gerne andere, umherirrende Seelenanteile. Die ziehen dann von den Menschen Energie ab. Und wenn der Mensch irgendwie ins Ungleichgewicht gerät, zum Beispiel durch Stress, dann kann sich das in körperlichen Beschwerden äußern."

Rosa schaute Herrn Homann mit großen Augen an.

"Manchmal docken Seelenanteile auch an, weil sie Botschaften für den Menschen haben. Soll ich fragen, ob der Großvater Ihnen etwas mitteilen möchte?"

"Oh ja. Gerne. Danke!"

"Hat der Großvater eine Botschaft für seine Enkelin?" fragte der Geistheiler erneut über Rosa hinweg in den Raum, nachdem er ihren rechten Arm wieder aufgenommen hatte.

Rosas Arm gab dem leichten Druck von Herrn Homann sofort nach. "Nein. Es gibt keine Botschaft für Sie." übersetzte Herr Homann nüchtern.

"Möchten Sie denn gerne Ihren zwölften Seelenanteil zu sich holen?" fragte Herr Homann Rosa mit unaufgeregter Sachlichkeit als würde er ihr einen Apfel anbieten.

Rosa war überraschend berührt von den Worten, dem Angebot: "Oh ja. Natürlich. Gerne. Das fühlt sich nach einem tiefen Heilwerden an. Sehr gerne."

Ohne es beeinflussen zu können, und es auch nicht wirklich zu wollen, kullerten Rosa ein paar Tränen über ihre Wangen.

Herr Homann nahm erneut ihren Arm und ging in eine stille Kommunikation. "Bitte erneut gegenhalten."

Rosas Arm war nun kräftig und ließ sich nicht herunterdrücken.

"Ja, wir dürfen Ihren Seelenanteil holen. Sie müssen nur ausdrücklich sagen, also direkt hier jetzt aussprechen, dass Sie das wollen."

"Oh ja!" entgegnete Rosa, während ihr weitere Tränen unkontrolliert über ihre Wangen liefen. "Ich möchte den Seelenanteil zu mir holen. Ich möchte ganz sein. Danke für diese Möglichkeit."

Und Rosa wiederholte nochmals mit aller Ernsthaftigkeit: "Ja, ich möchte dass dieser Seelenanteil zu mir zurückgeholt wird. Ich möchte, dass dieser Seelenanteil zu mir kommt und integriert wird."

Wiederum schweigend setzte sich Herr Homann an Rosas Kopfende.

Rosa spürte eine stumme Kommunikation hinter ihrem Kopf. Ihre Reise hatte sie doch für feinere Wahrnehmungen sensibilisiert. Das spürte sie jetzt ganz deutlich. Auch, dass sie nach dieser Reise mit diesen so ungewöhnlichen Erfahrungen nun reif war für dieses energetische Ereignis. Da hatte Hilde, die immer schon sehr spirituell ausgerichtet gewesen war, mehr als voraus gegriffen.

Dann spürte sie, dass sich irgendetwas an ihrem Unterbauch tat. Irgendetwas hatte sich auf ihren Unterbauch gelegt. Kein Licht, eher ein Nebel. Aber doch viel weniger als ein Nebel. Sie spürte es ganz deutlich. Es war eine Energie. Ganz langsam verschmolz sie mit ihrem Unterbauch. Ganz langsam drang diese Energie weich fließend in ihren Unterbauch ein. Es dauerte eine Weile, bis diese Energie die Rückseite ihres Unterbauchs erreichte und schließlich bis an die Auflagefläche ihres Rückens auf dem Liegesessel gelangte. Dann weitete sich die Energie wie ein Nebel, nur viel zarter, sehr langsam in ihrem Becken aus, bis dieses ganz angefüllt war. Vor dort schob sich die Energie noch sehr viel langsamer in ihre Beine.

Zwischendurch hatte Rosa das Gefühl, dass sich diese Energie in ihrem Körper gar nicht mehr bewegte. Aber dann fühlte sie wieder eine sehr langsame Vorwärtsbewegung in ihre Beine hinein.

Rosa war überrascht, dass das Zurückholen oder Hereinholen dieses Seelenanteils so langsam ablief. Ihr Verstand hatte erwartet, dass dieser fehlende Teil quasi mit einem Plöpp in ihren Körper, in ihr Energiefeld zurückkehrte. Aber nun spürte sie sehr genau, wie sich diese Seelenenergie Stück für Stück in all ihre Körperteile hineinschob – zunächst durch ihre Oberschenkel, dann durch ihre Knie. Es dauerte gefühlt sehr lange, bis die Seelenenergie ihre Füße und schließlich ihre Fußsohlen erreichte. Fast unbemerkt hatte die einströmende Energie ihren Oberbauch und ihre Brust erfüllt und schob sich nun weiter in ihren Kopf.

Bald fühlte sich Rosa vollkommen erfüllt, ausgefüllt von dieser feinen Energie. Sie fühlte eine Hülle um ihren ganzen Körper. Ein sehr angenehmes Gefühl. Schutz. Geborgenheit. Für Rosa ein völlig neuer Zustand. Wohltuend. Mehr als wohltuend. Bis in große Tiefe hinein beglückend, begleitet von Tränen, die ihr unkontrollierbar über ihr Gesicht liefen.

"Was für ein Geschenk! Danke! Danke! Danke! Danke Hilde! Und natürlich auch Danke Ihnen, Herr Homann!"

Herr Homann blickte Rosa mit freundlich mit offen leuchtenden Augen an: "Die Zeit war jetzt reif. Nach dieser wunderbaren Reise fügt sich dieser Schritt doch nahtlos in ihren Weg."

"Woher wissen Sie...?" kurzes Erstaunen flackerte in Rosa auf. "Und Hilde? Woher sollte sie das wissen?"

Herr Homann lächelt nur.

"Ja, ja. Alles klar. Zeit und Raum. Alles fließt zusammen. Ja, Zeit gibt es ja nicht wirklich. Alles angewandte Telepathie und zusammengezogene Zeit. Schon klar." brummelte Rosa vor sich hin.

"Mein Verstand kommt da nicht mit. Muss er ja auch nicht. Ich weiß, dass alles gut ist! Ich bin so dankbar für die Begegnung mit Ihnen. Vielen, vielen Dank nochmals." Mit den letzten Sätzen blickte Rosa den Geistheiler wieder klar an.

"Kann ich sonst noch etwas für Sie tun?" fragte Herr Homann gleichbleibend freundlich und zugewandt.

"Danke. Ich glaube, ich bin voll. Alles gut. Ich fühle mich sehr wohl, sehr gut. Tatsächlich ganzer. Vielen Dank, Herr Homann."

Rosa schraubte sich langsam aus dem Liegesessel hervor. Sie brummelte leise vor sich hin. "Unglaublich. Was für Zeiten! Was ich alles erleben darf!"

Freundlich verabschiedeten sich die beiden voneinander.

Mit einem Glücksgefühl nie zuvor erfahrener, sie vollständig auffüllender Wärme und Tiefe fuhr Rosa nach Hause.

Drei Wochen später trafen sich Rosa und Christine turnusgemäß wieder mit den Eltern in der Trauergruppe.

Es war die erste Trauergruppe "Verwaiste Eltern", die seit Jahren ohne Jan stattfand. Er ließ sich von seiner Frau Monika entschuldigen. Er hätte so viel auf dem Hof zu tun.

Monika berichtete stolz, dass sie nun endlich dabei wäre, die Kirschbäume zu pflanzen. Eine Idee, die ihr schon so lange durch den Kopf gegangen wäre. Endlich hätte sie den Dreh gekriegt, ihren Hof um eine Kirschplantage zu erweitern. Rosa sah das erste Mal ein kleines Strahlen, etwas Feuer in Monikas Augen.

Jan kam nie wieder in die Eltern-Trauergruppe. Monika tauchte nur noch einige Male auf, ihre Erzählungen voller Kirschblüten...

4

Moshe hielt den Jad mit drei Fingern seiner rechten Hand.

Er stand also wieder vor der etwa dreißig Zentimeter weit aufgerollten Thora auf dem Altar-ähnlichen Tisch im Gebetsraum seines Vaters.

Seine Finger waren etwas verkrampft. Der Jad drohte ihm erneut zu entgleiten. Um das zu verhindern, legte der Junge den goldenen Messingstab mit dem ausgestreckten Zeigefinger rasch, aber dennoch mit sehr vorsichtigen Bewegungen auf dem extra dafür angefertigten kleinen Holzbänkchen rechts neben der Thora ab.

Moshe brauchte seinen Kopf gar nicht nach links zu wenden. Er spürte auch so genau mit der allmählichen Rückkehr seines Bewusstseins, an der Energie, die von links kam, dass dort noch immer der Rabbi mit seinen rhythmischen Vorbeugungen in sein Gebet aus unverständlichen Gemurmel vertieft war. Sein Vater hatte also tatsächlich nichts von seinem Verschwinden mitbekommen.

Moshe ging als erstes ein 'Eye-asha-eye' durch den Kopf. Er konnte gar nicht anders, als sich mit diesen Worten bei Jawhe, bei Gott, für die wunderbaren Abenteuer bedanken. Und dafür, dass er so tolle Menschen getroffen hatte, und Sonam natürlich.

Während Moshe noch versonnen in seinem Mantra den Bildern nachhing, hatte sein Vater die Gebete beendet: "Ach Junge, schau mal, eine Kerze auf der Menora ist schon wieder ausgegangen!"

Ungeduldig hantierte der Rabbi mit den langen Streichhölzern herum. Die ersten beiden brachen ihm ab. Und das dritte wollte sich trotz wiederholter Reibung an der Streichholzschachtel nicht entzünden.

Weiterhin mit '*Eye-asha-Eye*' seinen Verstand füllend und beruhigend, nahm Moshe recht bestimmt seinem Vater die Streichholzpackung aus den Händen. Gelassen entnahm der Junge ein weiteres Streichholz, zündete es gleich mit der ersten Reibung an der Seitenfläche an und brachte die kleine Flamme zu der erloschenen Kerze auf der Menora. Sein Vater brummelt nur ein "Mmmmhhh...!" vor sich hin.

Kurz ging Moshe mit einem leichten Grinsen durch den Kopf, dass Ming Chen jetzt 'Danke, Moshe.', und Jimmy ein 'Yep, Kumpel.' gesagt hätten. Und Sonam hätte vielleicht schwanzwedelnd zu ihm hinaufgebellt.

"Ich möchte gerne Kabbala lernen." entglitt Moshe plötzlich und unvermittelt laut in den Raum, ohne dass sein Verstand irgendeinen Einfluss darauf gehabt hätte. Und Moshe begriff sofort, dass ihn sein Vater ja nun hören konnte.

"Aber Sohn!" Rabbi Levy starrte Moshe völlig konsterniert an.

Nach einigen Augenblicken legte er nach: "Kabbala ist doch nichts für Kinder. Lern du doch erst einmal, deine übertragenen Aufgaben zu erfüllen, hilf deiner Mutter und lerne in der Schule."

'Wenn du wüsstest, Vater. Ich helfe Mutter jeden Tag. Und ich bin gut in der Schule. Und beim Fußball.

Aber du weißt ja nichts von mir.' Diese Gedanken behielt Moshe allerdings für sich.

Um sich über die, wenn auch nicht unerwartete, Reaktion seines Vaters nicht aufzuregen, erweiterte Moshe sein innerliches Mantra. Er summte – so tief eine seine Jungenstimme vermochte – ein 'OM' unter seine hebräischen Worte. Dann veränderte Moshe nach einer Weile sein Mantra: '"*Jod-he-wav-he. Elohim. Adonai.*"

Er war jedoch noch so gewohnt, dass ihn Menschen nicht wahrnehmen konnten, dass Moshe gar nicht mitbekam, dass er diese Worte zunächst leise, dann aber immer lauter und klarer tönte. So laut und rein, dass die Luft in dem Gebetsraum zu schwingen begann.

"Woher...?" Der Rabbi blickte seinen Sohn mehr als verblüfft an.

Und obwohl der Vater sah, dass ein starkes Leuchten von Innen heraus aus dem auf eine unerklärliche Weise völlig veränderten Jungen herauskam, wandte er sich kopfschüttelnd ab. Er musste es tun. Der Schatten war zu hoch, über den der Rabbi hätte springen müssen, wenn er sich mit Moshe auseinandergesetzt hätte.

Die Tage vergingen.

Moshes einziges Highlight war das Vorbereitungstraining für ihr großes Fußballturnier in Hebron. Seine Mutter liebte und herzte der aufgeweckte Junge noch mehr als zuvor. Mit den wachsenden Kräften eines Elfjährigen half er ihr, wo er nur konnte, trug Einkäufe und Wäschekörbe und vieles mehr. Und er klaute ihr sogar hin und wieder eine Blume aus den öffentlichen Anlagen des Dorfes.

Doch etwas in ihm brannte. Seit den Abenteuern mit Lichtwesen und seinen sechs Freunden war in ihm ein Feuer entfacht, das mit jedem Tag eher höher loderte als zu verglimmen. Dieses Feuer war ein Hunger. Ein immer mehr nach Stillen drängender Hunger seines Geistes.

Moshe begab sich fast jeden Tag auf einen kleinen Hügel abseits seines Dorfes Sika. Dort rezitierte er in aller Stille die heiligen Mantren, die er auf der Reise gelernt hatte. Manche sang er auch mit seiner klaren Jungenstimme voller Inbrunst in die Welt. Der Junge spürte genau, wie gut ihm diese Energien taten. Sie gaben ihm zugleich Kraft eine tiefe innere Ruhe.

Er hatte sogar inzwischen die Fatihah, die er so gerne von Jihane gehört hatte, auswendig gelernt. Die in seinem Gedächtnis fehlenden Worte sowie die korrekte arabische Aussprache hatte er im Internet recherchiert.

Ein Mal hatte er völlig selbstvergessen die Fatihah gesungen, als er mit den Einkauf für seine Mutter wieder nach Hause kam. Sein Vater schüttelte nur fassungslos den Kopf ob der arabisch-muslimischen Worte, die aus seinem Sohn ertönten: "Was ist nur in den Jungen gefahren?"

Verdutzt aus seiner leichten mentalen Versenkung herausgerissen entglitt Moshe völlig unkontrolliert: "Djinn waren es jedenfalls nicht!"

Daraufhin blieb sein Vater noch fassungsloser als zuvor stehen und fragte seinen Sohn mit weit aufgerissenen Augen: "Wo hast du das alles her, Sohn?" Doch ohne eine Antwort abzuwarten wendete sich der Rabbi von Moshe ab und brummelte noch im Weggehen vor sich hin: "Vielleicht ist er doch zu viel mit Palästinensern zusammen..."

"Ich habe wundervolle Dinge erlebt!" rief Moshe seinem Vater leise flüsternd hinterher.

Auch er sollte niemandem von seiner wundervollen Reise erzählen. Seinem Vater nicht. Aber auch nicht seinen Freunden. Was ihm deutlich schwerer fiel. Denn zwischendurch lief er förmlich über ob der so vielen, intensiven Erinnerungen an die Osterinsel mit den Energiekörpern und dem weiten, weiten Meer, die Wale, die Djinn, all den den wundervollen Aliens und Lichtwesen und vor allem der Achtung und Wertschätzung, die er als Junge von seinen Gefährten erfahren hatte. Doch auch wenn es ihm schwer fiel, hielt er sich an die Abmachung.

Dennoch brannte in ihm der Hunger seines Geistes. Sein Geist, der auf den Geschmack gekommen war, und der mehr Futter wollte, ja, regelrecht danach brannte. Ja. Er wollte Kabbala lernen. Kabbala lernen, verstehen und anwenden. Und irgendetwas in ihm, dem elfjährigen Jungen, gab ihm die Gewissheit, dass das jetzt der richtige Zeitpunkt für ihn war. Irgendein Teil in ihm würde die Kabbala verstehen. Brauchte das alte Wissen jetzt sogar. Verlangte danach.

Doch all seine Überlegungen, seinen Vater zu überreden, ihn doch zu unterrichten, führten Moshe nicht weiter. Bis ihm eines Tages, natürlich beim Fußballspielen, die zündende Idee kam.

Zwei Mal die Woche, etwa eine Stunde, nachdem er Jad, Thora und Menora für die Gebetsstunde des Rabbi Joshua Levy vorbereitet hatte, war Moshe für etwa eine Dreiviertelstunde verschwunden.

Er hatte mit einem Kompass präzise den Westen in dem Gebetsraum seines Vaters bestimmt. Anschließend hatte er seine Geistführung um Hilfe gebeten, und auch Jibriel und Jahwe eindringlich um Hilfe angefleht, und er murmelte jedes Mal fast lautlos, aber sehr intensiv "*Vav, He, Jod,...Vav, He, Jod...Vav, He, Jod...*".

So wohnte er unbemerkt den Kabbala-Seminaren seines Vaters bei.

In seinem geistigen Logenplatz bekam Moshe häufig Besuch. Klare schwarze Knopfaugen schauten ihn aus einem weißen Fellköpfchen liebevoll-keck an.

5

Er war vornübergebeugt, als seine Sinne langsam zurückkehrten. Die ausgestreckten Finger seiner rechten Hand umfassten noch immer sanft das feine Kupfergewinde der Nadel, die aus der Brust des vor ihm liegenden Mannes herauslugte.

Das war das erste, was Ming Chen sah, als er langsam seine Augen öffnete.

"...allein mit seinem Qi, dass durch seine Hände strömte, hatte der Junge den goldenen Sonnenstrahl behutsam durch das Nadelöhr gelenkt. Daraufhin erstrahlte nicht nur die kleine Hütte in goldenem Licht, auch die klaffende Wunde am Bauch seines Großvaters verschloss sich mit den Nadelstichen seiner Mutter. Die geschickt ausgeführten Stiche der Mutter schienen auch keinerlei Schmerzen bei dem Großvater zu verursachen. Die Naht war perfekt. Das goldene Licht verschmolz die zusammengenähten Hautlappen. Wie von Zauberhand. Es würde nicht einmal eine Narbe zurückbleiben."

Herr Wang leuchtete mit den letzten Worten seiner Geschichte seinen behandelnden Akupunkteur an. Doch dieser wirkte seltsam und vor allem ungewohnt abwesend auf den Geschichtenerzähler.

Ming Chen war wie erstarrt noch immer in der vorgebeugten Position über ihm, noch immer die Nadel im Punkt REN 22 hinter seinem Brustbein haltend.

"Oh! Ich hoffe, meine Geschichte hat Sie nicht gelangweilt, Herr Chen. Es war nur eine kleine Geschichte, ohne Drachen. Die mögen Sie ja besonders gerne. Das tut mir leid!"

Die Nennung seines Namens holte Ming Chen augenblicklich ganz in die Gegenwart zurück.

"Aber keineswegs, Herr Wang. Es war wieder eine wunderbare Geschichte, Herr Wang. Der goldene Qi-Fluss hat mich nur an etwas erinnert." antwortete Ming Chen von der Behandlungsliege zurücktretend und seinen langen schwarzen Zopf mit geübter ausholender Kopfbewegung wieder auf seinen Rücken schwingend.

"Nun lassen wir die Nadeln hier ihre Arbeit tun. Ich gehe währenddessen an Ihre Füße und werde versuchen, dort ihr goldenes Qi zu stärken."

Herr Wang grunzte wohlig. Er liebte es, wenn Ming Chen seine Füße mit seinen feinfühligen, energievollen Händen knetete, drückte und massierte und dabei konzentriertes Qi einströmen ließ.

Ming Chen schob sich durch die Menschenmenge, die den großen Bahnhof von Chengdu verstopfte. Er hatte sein Zugticket online gelöst und bahnte sich seinen Weg mit sanftem Nachdruck bis zu seinem reservierten Platz mit der Nummer Sieben im siebten Zugwagen nach Xi'an in der zentralchinesischen Provinz Shaanxi.

Dieses Mal musste er wieder ein Taxi zu seinem Ziel nehmen. Seine für heute ausgewählte Pyramide lag 40 Kilometer westlich von Xi'an. Sie wurde dem mächtigen Kaiser Wu-Ti zugeschrieben, der von 141 bis 87 v. Chr. gelebt hatte. Wu-Ti führte die absolute Monarchie wieder ein. Er vereinte als 'Sohn des Himmels' (*t'ien-tzu*) die höchste weltliche und sakrale Macht. Er war der oberste Vertreter der Menschen gegenüber den Göttern. Ihm allein waren Kulthandlungen vorbehalten. Dieses Monopol auf die Beziehungen zu den himmlischen Mächten festigte natürlich auch seine weltliche Macht.

Diesem Anspruch auf absolute Macht in seinem irdischen Reich gab seine gewaltige pyramidale Grabstätte mit einer Höhe von 46 Metern bei einer Länge der Basiskanten von 360 Meter entsprechenden Ausdruck.

Doch Ming Chen zeigte sich wenig beeindruckt. Er kannte das schon. Je imposanter eine Pyramide in seiner Heimat, dem Reich der Mitte, daher kam, desto weniger Energie konnte dort gebündelt werden. Die meisten chinesischen Kaiser waren mehr in sich selbst und ihre Macht verliebt als dass es ihnen bei den Pyramiden um energetische oder tatsächliche kosmische Zusammenhänge ging, geschweige darum, dem Erdenwesen zu dienen. Sie waren offensichtlich mehr im Weltlichen als in der geistigen Ebene verhaftet. Aber diese Verführung durch die weltliche Macht teilten sie mit der überwiegenden Mehrheit der Herrscherhäusern weltweit, gleich ob Kaiser, König, Schah, Pharao oder Häuptling.

Von der einstmals sechs Meter mächtigen Mauer aus gestampfter Erde waren von Wu-Ti's Pyramide heute nur noch Reste zu finden.

Die Zersiedelung der wie eine Krake rasch in die Umgebung expandierenden Vier-Millionen-Metropole Xi'an hatte nur wenige der einst unzähligen Pyramiden ihren Platz gelassen. Sie standen mit ihren kleinen oder großen Füßen in einem unendlichen Mosaik aus Feldern und Siedlungen, immer wieder zerschnitten von Straßen- und Wegenetzen.

Die meisten Pyramiden um Xi'an waren tatsächlich Gräber von Kaisern, ihren Frauen und Konkubinen und näheren Verwandten sowie hochrangigen Generälen und Beamten. Sie hatten nichts mit dem Energienetz um die Erde oder Energietoren zu tun.

Heute hatte Ming Chen wieder zwei echte Grabpyramiden aufgesucht. Er verrichtete dort seine übliche Energiearbeit zur Loslösung der auch hier wieder gebundenen Seelenanteile der Begrabenen. Das war Ming Chens bescheidener Beitrag Licht in das Reich der Mitte zu bringen und zu verankern.

An der zweiten Grabpyramide begann er wieder mit "*Ehyeh - Asha Ehye. Adonai. Cebajoth.*". Mit diesem Mantra, das er von Moshe gelernt hatte, ließ er sein Bewusstsein tief in die Erde unter sich strömen. Es öffnete den Ort energetisch. Es gab ein beeindruckendes Bild ab: Ein groß gewachsener, traditionell weiß gekleideter Han-Chinese auf einem Hügel mit ausgebreiteten Armen hoch konzentriert ein hebräisches Mantra vor sich hin singend. Doch selten registrierten hier wohnende Chinesen diese ungewöhnliche Erscheinung. In China nahm man bestenfalls aus den Augenwinkeln Notiz von ungewöhnlichen Vorkommnissen. Niemand wollte gerne in Vorfälle verstrickt werden, die schnell unangenehm ausarten konnten. So blieb Ming Chen bislang stets unbehelligt.

Bald wechselte er in das "*Al-Wahhab. Al-Mumit*" von Jihane, um den Ort energetisch zu reinigen. Während er das arabische Mantra vor sich hin murmelte, vernahm Ming Chen von irgendwoher ein zartes Wimmern. Das immer jämmerlicher werdende Wimmern begleitete seine gesamte Energiearbeit.

Als er fertig war, fokussierte er seine Aufmerksamkeit auf die zarten jammernden Laute, die aus einem dornigen Busch am Fuße des Grabhügels kamen. Je näher Ming Chen kam, desto deutlicher hörte er das verzweifelte, aber auch schwächer werdende wimmernde Miauen einer Katze.

Ming Chen musste sich lang auf den Boden legen, um unter den wehrhaften Strauch blicken zu können. Dort hockte in einer Mulde eine völlig zerzauste Katze. Das Fell war so voller Schmutz, dass er kaum eine Fellfarbe ahnen konnte. Rot vielleicht. Jedenfalls nicht schwarz. Der ganze Kopf saß voll mit fetten, vollgesogenen Zecken. Dazwischen lugte ein grünes Augenpaar panisch zu ihm hin. Am Rücken der Katze klaffte eine gewaltige offene Wunde. Blut und Dreck waren dort zu einer dunkelgrauen Paste verschmiert.

Ein durchdringender Schrei schoss durch Ming Chens Kopf. Es war Jihanes Schrei. Es war der Schrei des iranischen Mädchens nach Göbekli Tepe. Dem Ort des Vertrages zwischen den Tieren und den Menschen. Der Schmerz der Verletzung der selbstlosen Liebe der Tiere, der Ming Chen hier am Fuß der chinesischen Grabpyramide durch Mark und Bein ging.

Ohne zu zögern schob sich der Chinese durch den schmutzigen Staub unter den Busch und streckte seine Hand nach der Katze aus. Bei der ersten Berührung zog sich das wimmernde Fellbündel zurück. Ming Chen musste sich noch weiter unter den Strauch vorschieben, bis seine Fingerspitzen wieder das schmutzige Fell spürten. Weiter konnte die Katze offensichtlich nicht zurückweichen. Er hatte erwartet, Krallen oder Zähne in seiner Hand zu spüren. Doch ein Maunzen war die einzige Reaktion.

Ming Chen legte seine Hand flach auf den Boden, die Innenfläche nach oben. Seine Fingerspitzen berührten gerade eben das Fell. Eine Weile ließ er seine Hand dort bewegungslos liegen. Er fokussierte seinen sanften Qi-Strom, der von seinem Kronenchakra aus durch die Handinnenfläche ausströmte. Ein tiefes gesungenes "OM" begleitete den Energiefluss.

Es dauerte ein Weilchen, bis sich zaghaft ein kleines Köpfchen auf seine Fingerspitzen senkte. Ruhig ließ er seine Hand liegen, während er sanft das Qi weiter strömen ließ. Es verging noch einige Zeit, bis Ming Chen spürte, dass sich das Wesen auf seiner Hand entspannte. Einige Augenblicke wartete er noch. Dann robbte er noch etwas vor und schob seine Hand behutsam Millimeter für Millimeter unter das zitternde Katzenwesen. Es kommentierte die Bewegung unter sich mit einem erneuten zarten Maunzen. Doch seine Töne hatten eine andere Farbe angenommen.

Ming Chen hatte nie eine besondere Beziehung zu Tieren gehabt.

Chinas Regierungen hatten immer wieder Tiere entseelt. So wurden im Rahmen von Mao's "Großem Sprung nach vorn"[1] nahezu alle Vögel in den Städten

---

[1] *Die Massenkampagne des "Großen Sprungs nach vorn" begann 1958. Dazu gehörte die "Ausrottung der vier Plagen oder Übel", die sich gegen Ratten, Fliegen, Stechmücken und Sperlinge richtete. Alle diese Tiere wurden ausnahmslos getötet. Unter anderen erzeugten die Menschen in den Städten durch Schlagen auf Gongs und Töpfe einen derartigen Dauerlärm, dass die Vögel durch den Stress scharenweise tot vom Himmel fielen. Da nicht nur Körner fressende Spatzen, sondern auch unzählige Insektenfresser getö-*

vernichtet, weil Sperlinge angeblich Ernteschäden anrichteten – was sich allerdings als fataler Fehler herausstellte.

Sonam war das erste Tier, dem Ming Chen näher begegnet war, das einen Namen trug, das sogar mit ihm redete. Er hatte den klugen kleinen weißen Hund in sein Herz geschlossen. So nannte er seinen Findling Sima. Es war schließlich ein Katzenmädchen.

---

tet wurden, erlebte China anschließend eine nie zuvor gekannte Insektenplage mit nachfolgenden schwerwiegenden Ernteeinbußen, da die Vögel als wesentliche Vertilger landwirtschaftlicher Schädlinge fehlten.

6

Es dauerte lange, bis Jimmy wieder zu sich kam. Bleischwer fühlte er sich an. Ehe er sich traute, seine Augen zu öffnen, registrierte der junge Amerikaner, dass er offenbar in einem Raum zusammengekauert auf dem Boden hockte. Nicht weit entfernt erhob sich in Wellen ein Singsang mit für ihn unverständlichen Worten. Aber es kam ihm dennoch bekannt vor. Alles weibliche Stimmen.

Langsam kehrte er in sein irdisches Bewusstsein zurück: "Ich bin wieder in Afghanistan. Oh Gott!" flüsterte er leicht erschrocken vor sich hin.

Vorsichtig streckte er seine Hände vor sich aus, umfasste sie. Er konnte mit seiner rechten Hand die linke anfassen und drücken und umgekehrt. Jimmy spürte die Berührung. Auch seine vor ihm angewinkelten Beine konnte er anfassen. Seine Hände gingen nicht mehr hindurch, sondern stoppten an seinen spürbaren Kniescheiben. Er war also wieder ganz in seinem Körper angekommen.

Seine jüngsten Erfahrungen ließen ihn nun die Energie in dem Raum völlig anders wahrnehmen. Sein Verstand schien noch zu schlafen. Kein Gedankenrattern, kein Kopfkino, nichts dergleichen zerrte durch seinen Kopf. Jimmy fühlte eine tiefe Ruhe in sich.

Vor seinem inneren Auge tauchte kurz Nyimas klarer, direkter Blick auf. Und in seiner Zimmerecke im Schneidersitz hockend richtete Jimmy seinen Oberkörper auf und stimmte sein wohlklingendes tiefes OM an. Für einen Überraschungsmoment drehten die fünfzehn Frauen ihre Köpfe in Jimmys Richtung und hielten mit ihrem Gesang inne. Mehrere jungen

Frauen kicherten. Eine ältere Frau sprach einige freundliche Worte, und setzte, noch kräftiger als zuvor, ihren Heilgesang fort. Die anderen Frauen stimmten wieder mit ein.

Unterdessen hatten die Männer ihr Mittagsgebet beendet und kamen aus dem Nebenraum wieder heraus. Sie bildeten mit teils offenen Mündern einen Halbkreis um den in einer Zimmerecke im Schneidersitz OM-Mantren summenden und singenden amerikanischen Soldaten. Es waren vor allem die jungen Afghanen, denen vor kindlichem Erstaunen über den bizarren Anblick die Gesichtszüge entglitten. Die Älteren flüsterten sich etwas zu. Ein Junge ging auf Jimmy zu und zupfte mit kindlicher, aber auch ängstlicher Neugier an seiner Uniformjacke. Doch Jimmy ließ sich nicht beirren. Er setzte konzentriert seinen die Frauen unterstützenden Heilgesang für den verletzten afghanischen Jungen fort. Er hatte sein Bein gebrochen. Karim hieß er. Jetzt fiel Jimmy sogar der Name des Jungen wieder ein. Einer der Männer zog den unbedarft aufdringlichen Jungen von Jimmy fort und schob ihn und die übrigen Männer in bestimmendem Flüsterton aus dem Raum heraus.

Wieder allein spielten sich die moslemischen Frauen und der amerikanische Soldat aufeinander ein. Es war Jimmy, der begann, die Lautstärke und die Intensität seines OM-Mantras anzuheben. Die Frauen zogen sofort nach. Bald bebte die Luft in dem Raum angefüllt mit den Schwingungen der gesungenen Töne. Dann wurden die Frauen leiser und auch Jimmy nahm die Lautstärke seines Gesangs zurück. Nach einiger Zeit erhoben die Afghaninnen wieder ihre Stimmen und legten schließlich all ihre

Herzenskraft in ihren Gesang. Jimmy zog sogleich mit.

Die Frauen und der Mann hielten dieses hohe Energieniveau über eine längere Zeit an – bis Jimmy auf einmal eine verdutzt klingende Jungenstimme hörte, die etwas zu fragen schien. Die Frauen senkten die Lautstärke ihres Gesangs ab und gingen in ein sanftes Murmeln über. Auch Jimmy hatte seine Stimme gesenkt und murmelte nun sein OM eher als er es sang.

Aus den Augenwinkeln sah Jimmy, dass eine der Frauen dem Jungen in ihrer Mitte ein Glas Wasser reichte. Er verstand nur "*Ubö*" für Wasser. Karim trank das Glas gierig in einem Zug aus.

Dann fiel der Blick des Jungen auf den amerikanischen Soldaten in der Ecke hockend. Sein Gesicht erhellte sich zu dem leuchtendsten Strahlen, das Jimmy je bei einem Kind gesehen hatte. Aufgeregt streckte der Junge seine Arme in Jimmys Richtung aus. Und ehe eine der Frauen ihn abhalten konnte, robbte Karim flink und geschickt wie eine Eidechse auf den Ellenbogen, das geschiente Bein hinter sich herziehend, auf Jimmy zu und fiel ihm in die Arme. Verlegen wischte sich Jimmy die drei Tränen aus den Augen, die er sich, überwältigt von der Zuneigung des Jungen, nicht verdrücken konnte. Karim kuschelte sich, so gut er das mit seiner Beinschiene vermochte, in Jimmys Schoß. Der junge Amerikaner legte schützend seine kräftigen Arme um den Jungen und fuhr ihm mit seiner großen Hand durch sein schwarzes Haar: "*Karim. Merabaani.*" Die beiden Worte – sein Name und Danke – waren das einzige, was Jimmy einfiel. Er fühlte sich so weich, so voll, so tief glücklich, dass er bald begann, diese beiden Worte zu singen: "*Karim. Merabaani. Kaarim. Meeraaaabanii.*" Mit einem in Jimmys Herz vorschnellendes Lachen kuschelte sich Karim noch enger in dessen Schoß. Über den zusammengerollten Jungen hinweg tönte es fröhliche Melodien aus einem strahlenden amerikanischen Soldatengesicht.

Die Dorffrauen, die zunächst ungläubig staunend auf die beiden gestarrt hatten, gingen allmählich in ihre geschäftige, aber entspannte Geschwätzigkeit über. Die meisten verließen, wild gestikulierend, den Raum, während zwei Zurückgebliebene den Raum aufräumten und auskehrten. Jimmy und sein neuer junger Freund ließen sich nicht stören. "*Kaariiim. Meeeraaabaaanii.*" kam es weiterhin in sanften Melodien aus dem weit geöffneten Mund in Jimmys offenem Gesicht.

Plötzlich tauchte aus seinem Schoß ein zartes "*Jiimmy. Meerabanii.*" auf. Jimmy blickte den Jungen auffordernd nickend an.

Und bald erklang aus dem schmucklosen Raum in dem kleinen afghanischen Dorf ein wunderschönes Duett aus Bass und Jungentenor, mit den einzigen drei Worten, die sie beide verstanden. Ihre Töne umschlungen sich, spielten miteinander, forderten sich gegenseitig auf, brachten ihren Respekt und ihre Liebe füreinander zum Klingen.

Irgendwann trugen Männer unzählige Kissen in den Raum, die andere um ein auf dem Boden ausgebreitetes Tuch verteilten. Frauen brachten Töpfe mit dampfenden Speisen herein und drapierten sie auf dem Tuch. Andere brachten Wasserkaraffen und Gläser und Berge von Fladenbroten. Der Raum füllte sich mit Menschen, die auf den ausgelegten Kissen Platz nahmen.

Mit für Jimmy unverständlichen Worten, aber eindeutigen Gesten forderten sie die beiden auf, zwischen ihnen Platz zu nehmen. Karim wollte natürlich unbedingt neben seinem neuen Freund sitzen. Jimmy bekam reichlich aufgetischt und nahm einfaches, aber köstlichstes Essen zu sich, umgeben von freundlichen Männer- und Frauengesichtern. Es wurde viel geredet und gelacht und Jimmy mit wohlwollenden Blicken bedacht.

Nach der Mahlzeit zog sich Jimmy wieder in seine Ecke zurück, in der er vor einiger Zeit aufgewacht war. Karim wich mit seinen flinken Eidechsenbewegungen nicht von seiner Seite. Jimmy legte sein Gewehr vor sich hin. Karim zuckte nur kurz zusammen, als der Amerikaner das Gewehr aufnahm, entspannte sich aber schnell wieder, als er in Jimmys freundliches Gesicht blickte. Aus seinem Rucksack kramte er ein zusammengestecktes Werkzeugset hervor. Damit zerlegte er unter den neugierigen Augen des Jungen in aller Ruhe mit geschickten Bewegungen sein M16-Sturmgewehr in alle möglichen Einzelteile. Karim verfolgte jeden Handgriff fasziniert und nicht ohne Respekt. Nachdenkend hielt Jimmy kurz inne. Dann sucht er mit den Fingern aus dem Haufen der vor ihm auf dem Boden ausgebreiteten Einzelteile den Bolzen, den Abzugshahn und noch zwei weitere Kleinteile hervor und steckte sie in seine Hosentasche. Die übrigen Gewehrteile schob er mit seinen großen Händen zusammen.

Mit eindeutigen Grabbewegungen in der Luft machte Jimmy dem Jungen deutlich, dass er eine Schaufel brauchte, um den Metallhaufen vor ihm zu vergraben. Karim streckte ihm daraufhin seine Arme entgegen und Jimmy nahm den verletzten Jungen auf den Arm. Karim wies ihm mit Handzeichen den Weg zwischen einigen Häusern seines Dorfes hindurch zu einer Scheune, an der eine Schaufel lehnte.

Jimmy brachte den Jungen unter einen Baum auf dem zentralen Dorfplatz und deutete ihm mit Handzeichen, hier auf ihn zu warten, während er die Gewehrteile vergraben würde.

Jimmy ging in den Raum zurück, verstaute die einzelnen Teile seines einst als so existenziell wahrgenommenen M16 Sturmgewehrs in seinem Rucksack und stieg mit der Schaufel in einer Hand auf den Hügel seitlich des Dorfes. Er hob eine Grube aus, legte die einzelnen Gewehrteile hinein und bedeckte alles wieder mit sandiger Erde. Er war erstaunt darüber, dass er diesen Akt frei von jeglichen Gefühlen durchführen konnte. Eher fühlte sich alles nun noch etwas leichter an.

Anschließend kehrte er zu Karim unter dem zentralen Dorfbaum zurück. Mit einem Zeigefinger vor seinem geschlossenen Mund und mit der anderen Hand unter Kopfschütteln auf den Hang zeigend, versuchte Jimmy nun Karim zum ewigen Schweigen über diesen Ort und was er dort getan hatte zu bewegen. Ein wenig fragend blickte ihn der Junge an. Dann hob Jimmy seinen Zeigefinger unmittelbar vor Karims Lippen, der kurz zusammenzuckte. Mit der anderen Hand deutete er unter erneutem Kopfschütteln auf die Grabestelle am Hang. Dabei schaute er Karim sehr direkt, aber freundlich an. Jetzt hatte der Junge verstanden. Er wiederholte die Gesten des Amerikaners und schüttelte nun selbst den Kopf. Dann hockte sich Jimmy entspannt neben Karim.

Kurze Zeit später kam ein schlanker Mann in traditioneller afghanischer Kleidung auf die beiden zu. Karim fiel ihm sofort um den Hals und der Mann drückte den Jungen fest an sich. Nachdem sich die beiden herzlich begrüßt hatten, schaute Karim Jimmy freudig an und rief: "*Plaar[1]. Plaar.*" Dabei zeigte er mit übertriebenen Gesten auf den Mann, der ihn auf dem Arm hielt. Karims Vater traute sich kaum, Jimmy direkt in die Augen zu sehen. Er flüsterte seinem Sohn etwas ins Ohr, woraufhin dieser aufgeregt gestikulierte, Jimmy möge ihnen folgen.

Karims Elternhaus bestand aus zwei Räumen. Im ersten bereitete Karims Mutter gerade Fladenbrote an den Wänden eines mit offenem Feuer betriebenen Ofens zu. Jimmy verbeugte sich mit einem freundlichen "*ßalaam*" vor der Frau und warf wie beiläufig den Inhalt seiner Hosentasche zusammen mit einem gebrauchten Papiertaschentuch in die Flammen. Karim, den sein Vater neben seine Mutter gesetzt hatte, verstand genau, was Jimmy getan hatte. Beide strahlten sich verschworen an.

Jimmy trat vor den Jungen und zupfte kopfschüttelnd an seiner Uniform, an seiner Hose, seinem Hemd, seiner Jacke, und klopfte ebenfalls kopfschüttelnd auf seine schweren Militärstiefel. Dann ging er, den Blick mit Karim haltend, zu dessen Vater und zupfte unter übertriebenem Kopfnicken an dessen weiter Hose und langem Hemd. Dann drehte er vor seiner Brust seine Hände umeinander und

---

[1] *Paschtu für Vater*

wiederholte das Zupfen an seiner Uniform und der Kleidung des Vaters.

Dieses Mal verstand Karims Mutter die Gesten des Amerikaners als erste. Sie wechselte einige Worte mit ihrem Mann, der sogleich im Nebenraum verschwand und kurz darauf mit einem kleinen Stapel sorgfältig gefalteter Wäsche auf seinen Händen zurückkehrte. Mit freundlichem Gesicht überreichte Karims Vater Jimmy den Kleiderstapel.

Jimmy zog sich in den Nebenraum zurück, entleerte all seine Militärtaschen und schlüpfte in eine leichte beigefarbene Hose, das traditionell lange weiße Hemd, und darüber eine lange Weste. Auch die traditionelle Mütze afghanischer Männer, den Pakol, setzte Jimmy auf. Mit seiner ausgezogenen Uniform ging Jimmy zu dem Ofen und wollte alles dem Feuer übergeben. Aber er konnte Karims bittenden Augen nicht widerstehen und gab dem Jungen seine Schirmmütze in beige-braun gefleckten Militärlook. Karim setzte sie sofort mit freudestrahlendem Stolz auf.

Die Nacht verbracht Jimmy in Karims Bett. Seine Gastgeber teilten sich das Elternbett. Es dauerte, bis Jimmy in seinen Schlaf fand, die ungewöhnlichen Bilder der Ereignisse zwischen seinen beiden Afghanistan-Aufenthalten gingen dem jungen Amerikaner durch den Kopf. Doch am meisten erstaunte ihn, dass er so verändert war. Irgendetwas tief in ihm war aufgegangen, das spürte Jimmy ganz deutlich. Er nahm die Menschen, die Welt um ihn herum, völlig anders wahr.

Und er vermisste jetzt schon seine sechs Weggefährten, vor allem Sonam, den klugen, mutigen kleinen

Kerl mit dem großen Herzen, und Moshe, den pfiffigen Commander, aber auch die klare, zurückhaltende Nyima, eigentlich alle.

Und hier hatte er sich von Karim in dessen Herz schließen lassen und er hatte den Jungen auch richtig gern. Überhaupt waren die Menschen hier alle sehr nett, freundlich, und sogar zu ihm als eigentlich feindlichem Soldaten, so gastfreundlich, und so friedlich miteinander.

Aber Jimmy hatte seine Entscheidung längst getroffen. Mit weiterem Erstaunen über seine innere Klarheit, Gewissheit, fielen Jimmy endlich die Augen zu und ließen seine Gedanken zur Nachtruhe kommen.

Zwei Tage später durchkämmt die US-Army die Gegend, auf der Suche nach dem seit dem Anschlag auf den Versorgungstransport vermissten Private First Class Jimmy Fulton. Dem Beifahrer eines Jeeps der Militärpolizei fiel ein Junge mit einer Beinschiene auf, der ein beige-braunes Militärcappy trug. Sie hielten an und befragten ihn, indem sie immer wieder auf seine Mütze zeigten. Der unbedarfte Junge strahlte sie offen mit großen Augen an und erzählte den amerikanischen Soldaten voller Freude und Stolz in für sie unverständlichen Worten seine Geschichte. Doch als das Wort "Jimmy" aus Karims Mund kam, änderte sich schlagartig die Stimmung. Ein Soldat wollte den Jungen packen, doch sein Vorgesetzter gebot ihm Einhalt. Er gestikulierte schulterzuckend und immer wieder mit aufgerissenen Augen "Jimmy" und "friend" benennend vor dem Jungen. Mit freundlicher Geste wies Karim auf sein Elternhaus, nur wenige Meter von ihnen entfernt.

Seine ehemaligen Kameraden trafen im Haus auf einen am Boden im Schneidersitz kauernden Mann mit kurzem Vollbart in traditioneller afghanischer Kleidung, sich im Rhythmus seines mit samtiger tiefer Stimme gesungenen OM sanft hin und her wiegend. Die verblüfften Soldaten brauchten eine Weile, ehe sich einer vor diese befremdliche Gestalt stellte und fragte: "Jimmy? Jimmy Fulton? Private First Class Jimmy Fulton?"

Nun war es Jimmy, der eine Weile brauchte, um sich wieder ganz in die Realität vor ihm zurückzuholen: "Jimmy – ja. Jimmy Fulton – ja. Private First Class – nein, nicht mehr! Ich habe euch erwartet. Last mich bitte noch von meinen Freunden hier verabschieden."

Seine ehemaligen Kameraden trauten ihren Ohren und Augen nicht. Sie waren so überrascht, dass sie Jimmy wortlos aus dem Raum gehen ließen. Jimmy ging langsam zu Karim und nahm ihn fest in seine Arme. Damit seine Ex-Kameraden nicht noch auf die Idee kamen, Karim sein Cappy wegzunehmen, stopfte es Jimmy dem Jungen unter dessen Hemd. Mit einem Kuss auf dessen Kopf – einer Geste, die Jimmy noch niemals zuvor in seinem Leben gemacht hat – ließ er Karim los und ging mit ausgestreckten Armen auf seine Ex-Kameraden zu.

Der Kommandant sagte nur beiläufig: "Na, das wird ja nicht nötig sein, Jimmy. Was ist passiert? Was ist los mit dir?" Doch von diesem Moment an redete Jimmy Fulton nie wieder ein Wort in der Gegenwart eines Soldaten oder sonstigen Militär-Angehörigen.

Einig Wochen später verurteilte ein Militärgericht den Private First Class Jimmy Fulton nach dem Militärstrafrecht der Vereinigten Staaten, dem Uniform

Code of Military Justice im Rahmen des United States Code, gemäß Artikel 85 wegen AWOL (Absence Without Official Leave), also Desertieren oder Fahnenflucht, zu zwei Jahren und zwei Monaten Militärgefängnis, einschließlich dem Verlust jeglichen Lohns und finanzieller Zuwendungen, sowie der unehrenhaften Entlassung aus der US-Army.

Zu aller Verwunderung stichelte im Militärgefängnis niemand von den harten Kerlen an Jimmy herum, geschweige denn, dass er Repressalien oder Gewalt von seinen Mitgefangenen erfuhr.

Im Gegenteil. Jimmy genoss Hochachtung und rief bald eine kleine Meditationsgruppe ins Leben. Er erhielt schnell den Spitznamen "Jimmy Buddha". Täglich meditierte er mehrere Stunden. Sonam hatte ihn auf die Idee gebracht. Er telepatierte – wie Moshe gesagt hätte – täglich mit seinem klugen Freund, der inzwischen als Mastiff-Welpe wieder in den dreidimensionalen Bereich der Erde zurückgekehrt war. Er zeigte Jimmy grasbewachsene Hügel – so weit sein Auge reichte. Zu seiner Freude diesmal keine begrenzenden Berge, nur klare Weite.

* * * * * * * * * * * * * * * * * * * *

Übrigens: Wer diese Reise mit Bildern all dieser realen Orte begleiten oder nachvollziehen möchte – ich habe sie hier auf meiner Homepage zusammengetragen:

https://angela-kaemper.de/neuer-roman-sphaerenspringer/bilder/

Danksagung

Mein Dank tief aus meinem Herzen gilt all meinen spirituellen Lehrern. Ich danke all den Hundewesen, die in mein Leben getreten sind. Ich kann hier nur einige nennen: Chapa, die mich an ihrer Standleitung zum Licht, zur Quelle, hat teilhaben lassen; Bulja, die mich reine Liebe hat spüren lassen; Sarika und Carena, die mit weiser Liebe und Loyalität auch im Hintergrund immer da waren; die blinde Sissy, die mir gezeigt hat, mit wie vielen Sinnen Selbst-Bewusstsein gestärkt werden kann; Milka, die mir wortlos wie eine beste Freundin war; Einstein, der männlichste Hund, der mir je begegnet ist, der mir Klarheit und Respekt gezeigt hat. Ebenso gilt mein Dank den Katzen, die wieder vermehrt in mein Leben getreten sind, allen voran Mirabai, die mit ihrer stillen, aber starken Präsenz mein Schreiben im Lebensgarten Steyerberg begleitet hat.

Ich danke Nicole, die mir viele Türen durch den Schleier geöffnet hat, von der Tierkommunikation über die Kabbala bis zu den Hathoren. Sie hat mir Gott gezeigt. Meine Liebe wird immer mit Hilde sein, die ihre Spiritualität in ihren und unseren Alltag geholt hat – was ich damals viel zu wenig verstanden habe und kaum aushalten konnte. Und ich danke Selke, die immer einige Schritte voraus ist und mich einlädt, weitere Türen zu öffnen. Ich danke Jin He für ihre spirituelle Offenheit und ihren Ausspruch „Das machst du aber nicht zum ersten Mal!", der bis heute nachwirkt. Ich danke Gerhard, der mich mit der Weißen Bruderschaft bekannt gemacht hat. Und ich danke Barbara für all die wunderbaren Gespräche, die mir unter anderem Rudolf Steiner ein wenig erschlossen haben.

Ich danke Kerstin von ganzem Herzen dafür, dass sie mich in ihrem wunderbaren Zuhause des achtsamen Respekts aufgenommen hat, in dem ich mich erholen konnte und immer noch frei entfalten kann. Ich danke Antonia für ihre Unterstützung bei der (Re-)Integration in Bielefeld, bei meiner bislang dritten Anlandung in dieser ostwestfälischen Stadt.

Ich danke Susanne für ihre respektvoll-zurückhaltende Unterstützung auf meinem Heilungs-weg, insbesondere für ihre wundervollen Töne, mit denen sie mir energetische Türen nicht nur in die Mongolei aufgestoßen hat. Und auch dem Chor Ukuthula gilt mein Dank für das Seelenbett aus gemeinsam gesungenen Tönen und Mantren.

Ich danke meiner Mutter Erika dafür, dass wir es noch geschafft haben, miteinander in Frieden zu kommen. Sie hat es überhaupt erst ermöglicht, dass ich die Reise bei Books on Demand veröffentlichen kann. Eva werde ich immer dafür dankbar sein, dass sie mir stets Mut gemacht hat, meine Träume ins Leben zu holen, zu sein, wer ich bin.

Ich danke Heike für den klaren Klappentext. Und Margarita für die Gestaltungstipps zum Cover. Und ich danke Omira und Salun, die mich hinter dem Schleier begleitet haben und mir diese Reise überhaupt erst ermöglicht haben.

Die Autorin

Angela Kämper, Jahrgang 1957, ist ehemalige Erzieherin und promovierte Biologin. Sie hat sich mit der traditionellen chinesischen Medizin sowie verschiedenen energetisch-spirituellen Methoden wie der Kabbala oder der Heilung der Ahnenreihe beschäftigt. In Frankreich hat sie über mehrere Jahre einen Tierschutzhof mit aufgebaut. Sie war viele Jahre lang freie Fachredakteurin und Autorin im Bertelsmann Lexikon Verlag, vor allem im Bereich Biologie und Medizin. Angela Kämper hat darüber hinaus spirituelle Sachbücher verfasst, die bei Goldmann Arkana erschienen sind: Tierboten - Was uns Begegnungen mit Tieren sagen - Mythologie, Spiritualität, Träume (2005), Krafttiere: Set zur Deutung schamanischer Energien - Mit 80 Krafttier-Karten (2007), Unsere Haustiere: Spirituelle Begleiter des Menschen (2008), Prana-Nahrung: Rundum wohlfühlen mit lichtvoller Ernährung (2008), Der Übergang ins Licht: Ein spiritueller Wegweiser für den Kreislauf von Leben und Sterben (2009).

Sphärenspringer ist ihr erster spiritueller Roman.